위폐범들

Les Faux-Monnayeurs

세계문학전집 249

위폐범들

Les Faux-Monnayeurs

앙드레 지드

원윤수 옮김

민음사

로제 마르탱 뒤 가르에게,
깊은 우정의 표시로 나의 첫 소설을 바친다.
—A.G.

차례

1부 파리   9

2부 사아스 페   231

3부 파리   311

작품 해설—동성식   545

옮기고 나서—원윤수   565

작가 연보   567

1부
파리

1

'복도에서 발소리가 들릴 때가 됐는데.' 하고 베르나르는 생각했다. 그는 머리를 쳐들고 귀를 기울였다. 하지만 무슨 소리건 들릴 리가 없었다. 아버지와 형은 재판소에 남아 있었던 것이다. 어머니는 나들이를, 누나는 음악회에 갔으며, 한편 중학생인 동생 칼루브는 매일 학교가 끝나면 기숙사에 있게 마련이었다. 베르나르 프로피탕디외는 대학 입학 시험인 바칼로레아 준비로 집에 남아 있었다. 앞으로 삼 주밖에 남지 않았다. 가족들은 그가 조용히 있을 수 있게 해 주건만 악마란 놈은 그렇지 않았다. 베르나르는 웃옷을 벗고 있었지만 숨이 막힐 지경이었다. 한길을 향해 열린 창문으로는 더위밖에 들어오는 것이 없었다. 이마에는 땀이 배어 있었다. 땀방울 하나가 코를 따라 흐르더니 손에 들고 있던 편지에 떨어졌다.

'제법 눈물 같은데.' 하고 그는 생각했다. '그렇지만 훌쩍거리기보다는 땀을 흘리는 편이 낫지.'

그래, 날짜에는 반론의 여지가 없어. 의심할 나위가 없다. 분명히 자기에 관한 이야기였다. 수신인은 어머니였다. 십칠 년 전 연애 편지로, 서명은 없었다.

'이 첫 이름자는 뭘까? V 같기도 하고 N 같기도 해……. 어머니에게 물어봐도 괜찮을까? ……어머니의 고상한 취향을 믿자. 어느 공작님이었다고 생각한대도 내 자유일 테고. 그렇지만 내가 어느 하잘것없는 녀석의 아들이기라도 하면 어처구니없는 노릇이겠는걸! 아버지가 누군지 모르면 아버지를 닮는다는 걱정도 없지. 조사를 해 본다면 이래저래 귀찮아져. 자유롭게 된 것만도 다행으로 여겨야지. 깊이 캐지 않는 게 좋아. 오늘은 이 정도로 그만해 두자……'

베르나르는 편지를 접었다. 한 꾸러미로 묶인 다른 편지 열두 통과 같은 크기였다. 편지는 모두 분홍색 리본으로 비끄러매여 있었지만 그것을 풀 필요는 없었다. 그는 리본을 다시 밀어서 먼저처럼 꾸러미에 띠가 감기게 하였다. 그는 편지 꾸러미를 조그만 상자 속에 집어넣은 다음, 그 상자를 콘솔 서랍 속에 넣었다. 서랍은 열려 있지 않았더랬다. 그는 비밀을 위로 끌어냈던 것이다. 베르나르는 떼었던 테이블 상판을 다시 본래대로 맞추었다. 그 위에는 무거운 줄무늬 마노판을 씌우게 되어 있었다. 그는 살그머니 조심스럽게 그것을 덮었다. 그러고는 그 위에 수정 촛대 두 개와 장난삼아 수리를 해 보았던 큼직한 탁상시계를 다시 올려놓았다.

시계가 4시를 알렸다. 그가 그렇게 맞추어 놓았던 것이다.

'예심판사님과 그의 아들인 변호사께서는 6시 전에 돌아오지 않을 것이니 시간은 충분하다. 내가 나간다는 것을 알리는 편지를 책상 위에 놓아 판사님이 돌아온 후 발견하도록 해야할 것이다. 그런데 편지를 쓰기 전에 머리에 바람을 좀 쐬고 싶은 생각이 간절하다. 그리고 올리비에를 찾아가서 적어도 임시로나마 몸 담을 곳을 확보해 둬야겠다. 이봐 올리비에, 이제 나에게는 네 친절을 시험해 볼 때가 왔어. 그리고 너에겐 네 가치를 내게 보여 줄 때가 온 거야. 우리 우정 속에서 아름다웠던 것은 지금까지 우리가 서로를 이용한 일이 없었다는 것이지. 뭐, 괜찮아! 재미있게 도와줄 수 있는 일인데 청하기 어려울 거야 뭐 있겠어. 거북한 일은 올리비에가 혼자 있지 않으리라는 사실이지. 하지만 할 수 없지, 둘이서만 말하기 위해 따로 불러낼 수 있겠지. 아주 침착한 태도로 놀라게 해 줘야겠어. 심상치않은 일에 부닥칠수록 나는 더욱 태연할 수 있으니까.'

베르나르 프로피탕디외가 여태껏 살아 온 T 거리는 뤽상부르 공원에서 매우 가깝다. 그곳, 메디시스 분수 부근, 그 분수가 내려다보이는 가로수 길에서 수요일마다 4시부터 6시 사이에 그의 몇몇 친구들이 늘 모였다. 그들은 예술과 철학, 스포츠와 정치와 문학 등을 이야기했다. 베르나르는 매우 빨리 걸었다. 그러나 공원 문을 들어서서 올리비에 몰리니에를 찾은 순간 곧 발걸음을 늦추었다.

그날 모인 사람들의 수는 여느 때보다도 많았다. 아마 날씨가 좋은 탓이었을 것이다. 베르나르가 아직 알지 못하는 축들도 몇몇 끼어 있었다. 거기 모인 젊은이들은 누구나 남의 눈앞에서 어엿한 인물 태를 내느라고 자연스러움을 잃고 있었다.

베르나르가 다가오는 것을 보고 올리비에는 낯을 붉혔다. 그러고는 지금까지 함께 이야기하던 젊은 여자 곁을 불쑥 떠나서 저쪽으로 가 버렸다. 베르나르는 그의 가장 친한 친구였다. 그랬던 만큼 그는 일부러 베르나르를 뒤쫓아 다니지 않는 것처럼 보이려고 무척 신경을 썼다. 때로는 그를 못 본 체하는 일까지 있었다.

올리비에에게까지 가자면 베르나르는 여러 패와 부딪쳐야 하는 데다가 그 역시 올리비에를 뒤쫓아 다니지 않는 체하느라고 능청을 부렸다.

친구들 중 넷이, 코안경을 쓰고 수염을 기른 자그마한 사나이를 둘러싸고 있었다. 사나이는 그들보다 퍽 나이가 많아 보였으며 책을 한 권 들고 있었다. 뒤르메르였다.

"도대체 그게 뭐지."

뒤르메르는 네 사람 중 특히 한 사람에게 말하고 있었지만, 모두들 자기 이야기를 듣고 있다는 것에 분명히 만족감을 느끼는 눈치였다. "30쪽까지 읽어 봤지만 색채가 하나도 없고 묘사하는 말도 하나도 없어. 여자에 대한 이야기를 하고 있는데, 그 여자의 옷이 붉은지 푸른지조차 분간할 수 없거든. 요컨대 난 빛깔이 없으면 아무것도 눈에 보이지 않는단 말이야." 그렇게 말하며 그는 자신의 이야기가 진지하게 받아들여지지 않는다고 느껴지자, 더 과장하려고 이렇게 강조했다. "정말 아무것도 보이질 않아."

베르나르는 그 사나이의 이야기를 이미 듣지 않고 있었다. 너무 서둘러서 그 자리를 떠나 버리는 것도 점잖지 못한 일이라고 생각하면서도, 그는 벌써 그의 뒤쪽에서 언쟁을 하는 다른 패들에게 귀를 기울이고 있었다. 올리비에도 젊은 여자와 떨어져서 거기에 와 있었다. 그중 한 사람은 벤치에 걸터앉아서 《악시옹 프랑세즈》*를 읽고 있었다.

　그 모든 친구들 가운데서 올리비에 몰리니에는 얼마나 의젓하게 보이는가! 그렇지만 그는 가장 어린 축에 든다. 하지만 아직 어린애 같은 그의 얼굴, 그리고 그의 시선에서는 그의 조숙한 생각이 드러난다. 그는 쉽게 낯을 붉히기 일쑤고 다정하다. 누구에게나 상냥하지만 무엇인가 내밀한 조심성이랄까, 수줍음이랄까, 그러한 것이 친구들로 하여금 그와의 사이에 좀 거리를 두게 하는 것이다. 그는 그것을 괴로워했다. 베르나르가 없다면 더 괴로웠을지도 모른다.

　몰리니에도 지금 베르나르처럼 여기저기에 있는 패들에 잠시 끼는 체했다. 남들의 비위에 거슬리지 않기 위해서였지만, 듣고 있는 이야기 중 재미있는 것은 하나도 없었다.

　그는 신문을 읽고 있는 청년의 어깨 너머로 몸을 기울였다. 베르나르는 뒤돌아보지 않고서도 올리비에가 하는 말을 들을 수 있었다.

　"신문 같은 것을 읽는 건 잘못이야. 그러다가 넌 열이 치밀어 돌아 버릴 거야."

　그러자 상대편은 토라진 목소리로 말했다.

　"넌 모라스** 이야기라면 금세 창백해져."

　그러자 세 번째 청년이 비웃는 어조로 물었다.

　"그래, 모라스의 글이 너에겐 그렇게 재미있어?"

　"지루하긴 하지만 그가 하는 이야기는 옳다고 생각해." 첫

---

* Action française, 1908년 창간된 극우 일간지이자 반공화정 단체의 이름.

** Maurras(1868~1952), 작가이자 정치가. '악시옹 프랑세즈' 운동의 주요 지도자이기도 하다.

번째 청년이 대답했다.

그러자 이번에는 네 번째 청년이 말했다. 베르나르가 아직 들어 본 적 없는 목소리였다.

"넌 따분하지 않은 것에는 깊은 맛이 없다고 생각하거든."

첫 번째 청년이 응수했다.

"그럼 엉터리 수작이기만 하면 재미있는 줄 알아!"

"이리 좀 오지." 베르나르는 불쑥 올리비에의 팔을 잡으면서 나직이 말했다. 그러고는 몇 걸음 떨어진 곳으로 끌고 갔다.

"빨리 대답해 줘, 급하니까. 네가 자는 방은 부모님 침실과 같은 층이 아니라고 했지?"

"내 방문을 너에게 보여 주지 않았어? 가족들 방에 들어가기 전에 있는 중간 층이라서 바로 층계를 향해 있어."

"동생도 거기서 잔다고 했지?"

"조르주가 함께 자지."

"둘뿐이야?"

"그래."

"동생은 비밀을 지킬 줄 알까?"

"그래야 한다면 그럴 테지. 왜?"

"다른 게 아니라, 난 집을 나왔어. 적어도 오늘 밤엔 나와 버릴 생각이야. 어디로 갈지 아직 모르겠는데, 하룻밤만 재워 줄 수 없을까?"

올리비에는 얼굴이 파랗게 질렸다. 너무 놀랐기 때문에 베르나르를 마주 볼 수가 없었다.

"그러지. 그렇지만 11시 전엔 오지 마. 자기 전에 밤마다 어머니가 '잘 자라.'라고 말하러 내려와 보고선 방문에 자물쇠를 채우니까 말이야."

"그럼 어떡하지……."

올리비에는 빙그레 웃었다.

"열쇠가 또 하나 있어. 조르주가 자다가 깨면 안 될 테니까 문을 가만히 두드려 줘."

"수위가 들여보내 줄까?"

"이야기해 둘게. 그와는 퍽 친하니까 괜찮아. 열쇠를 또 하나 준 것도 바로 그 사람이야. 그럼 좀 있다 보자."

그들은 악수도 하지 않고 헤어졌다. 베르나르가 이제 쓰려는 편지, 아버지가 집으로 돌아와서 발견할 그 편지를 깊이 생각하며 그곳을 떠나 걸어가는 동안, 자신이 베르나르하고만 따로 떨어져 어울린다고 남들이 생각할 것을 꺼리던 올리비에는, 마침 다른 친구들이 좀 거리를 두는 것 같은 뤼시앵 베르카유에게로 다가갔다. 만일 베르나르를 그보다 좋아하지 않았다면 올리비에는 뤼시앵을 퍽 좋아했으리라. 베르나르에겐 패기가 있는 반면에 뤼시앵은 내성적이다. 보기에도 약하게 느껴지고 마음과 머리밖에는 존재하지 않는 것 같아 보이는 소년이다. 그가 먼저 다가오는 일은 별로 없었지만, 올리비에가 다가오는 것을 보기만 하면 그는 곧 좋아서 어쩔 줄 몰라 했다. 뤼시앵이 시를 쓴다는 것은 누구나 짐작한다. 그러나 뤼시앵이 자기 계획을 알리는 사람은 아마 올리비에뿐이리라. 두 친구는 테라스 가장자리까지 걸어갔다.

"내가 해 보고 싶은 건." 뤼시앵이 말했다. "그것은 어떤 인물 이야기가 아니라, 어떤 장소 이야기 — 가령 이런 공원 길에서 일어나는 일을 쓰는 거야. — 아침에서 저녁까지의 일을 말이야. 맨 처음에는 어린애 보는 여인네들, 모자에 리본을 늘 어뜨린 유모들이 올 거야…… 아냐, 그렇지 않아…… 맨 처음에 오는 건 회색 빛깔 인물들, 남자인지 여자인지 구분도 안 되고 나이도 가늠할 수 없는 인물들이야. 그들이 길을 쓸고, 풀에 물을 주고, 꽃을 갈아 놓고 하면서, 공원 문이 열리기 전에, 말하자면 무대와 장치를 준비하는 거야, 알겠어? 그러고는 유모들이 등장한다. 조무래기들이 모래 언덕을 만들고 장난을 치다가 싸움이 벌어지면 애 보는 여자들이 뺨을 때리고. 그다음엔 하교하는 저학년 학생들 — 다음에는 직공 여성들, 벤치에 앉아서 음식을 먹는 가난한 사람들도 있어. 그 후에는 서로 만나러 오는 젊은이들, 또 서로 피하는 사람들, 또는 동떨어져서 공상을 하는 사람들. 그러다가 음악이 시작되고 상점 문들이 닫힐 무렵이면 많은 사람들이 모여들지. 바로 지금처럼 학생들도 오고. 저녁에는 껴안고 키스를 하는 연인들이 있는가 하면, 또 울면서 헤어지는 이들도 있어. 끝으로 날이 저물어 가는데 늙은 부부…… 그런데 갑자기 북소리가 울리고 문이 닫히는 거야. 모두들 나가 버리지. 그럼 막이 내리고 이야기는 끝난단 말이야. 알겠어, 무엇인가, 모든 것의 종말, 말하자면 죽음 같은 인상을 줄 수 있는 그런 것 말이야…… 물론 죽음을 이야기하는 건 아니지만."

"그래, 참 재미있군."이라고 올리비에는 말했다. 그러나 베르나르를 생각하던 그는 사실 한마디도 듣고 있지 않았다.

"그것으로 끝나는 게 아니야, 또 있어!" 뤼시앵은 열심히 이야기를 계속했다. "일종의 에필로그 같은 것을 붙여서 밤에 모두 가 버리고 난 다음에 인기척 없는, 낮보다 훨씬 더 아름다워진 바로 그 공원 길을 보여 주고 싶어. 깊은 정적 속에 북받쳐 오르는 온갖 자연의 음향, 분수의 물소리, 나뭇잎 사이로 부는 바람 소리, 밤 새 울음소리. 처음엔 그림자들, 가령 대리석상 그림자 같은 것들을 걸어 다니게 해 볼까 하고 생각했어…… 그렇지만 그건 좀 평범한 것 같아. 네 생각은 어때?"

"안 되지, 대리석상은 안 돼, 대리석상은 말이야." 올리비에는 건성으로 반대했다. 그러나 상대방이 섭섭해하는 눈치를 보이자 "하지만 이 친구야, 잘만 되면 걸작이 될 거야." 하고 그는 열심히 외쳤다.

2

푸생의 편지에는 부모에게 품어야 했을 고마운
마음의 아무런 흔적도 없다. 그 뒤에도 그가 부모로
부터 멀리 떠나 버린 것을 후회하는 기색은 전혀 보
이지 않았다. 자진해서 로마로 거처를 옮긴 그는 집
으로 돌아가고 싶은 생각을 완전히 잃었다. 모든 추
억까지도 잃어버렸다고 말할 수 있으리라.
——폴 데자르댕, 『푸생』에서

　프로피탕디외 씨는 빨리 집으로 돌아가고 싶었다. 그는 생
제르맹 거리를 따라 함께 걷고 있는 동료 몰리니에의 걸음이
몹시 느리다고 생각했다. 알베리크 프로피탕디외는 오늘 재판
소에서 유난히 바쁜 하루를 보낸 터였다. 오른쪽 옆구리가 좀
무거운 듯이 느껴져 신경이 쓰였다. 그는 피로하면 좀 민감한
간에 부담이 갔다. 그는 집에 돌아가서 할 목욕을 생각했다.
훈훈한 목욕처럼 속 썩었던 하루 피로를 풀어 주는 것은 아무
데도 없었다. 그 때문에 오늘은 간식도 먹지 않았던 것이다.

아무리 미지근할지라도 목욕물에 들어갈 때는 빈속이지 않으면 위험하다고 생각했기 때문이다. 그런 것은 결국 억측에 지나지 않는지도 모른다. 그러나 억측은 문명의 기초가 된다.

오스카르 몰리니에는 될 수 있는 대로 걸음을 재촉하면서 프로피탕디외를 따라가려고 애썼다. 그러나 그는 프로피탕디외보다 훨씬 키가 작고 다리도 짧았다. 게다가 심장에 지방질이 좀 많은 편이어서 쉽게 숨이 차곤 했다. 프로피탕디외는 쉰다섯 살인데도 아직 정정해서 체격도 좋고 걸음걸이도 경쾌했던 만큼 몰리니에를 떼어 놓고 가자면 얼마든지 그럴 수도 있었다. 그러나 예의에 퍽 마음을 쓰는 그였다. 그의 동료는 그보다 나이가 많고 직장에서도 선배였던 것이다. 그래서 그는 몰리니에를 존중하지 않을 수 없는 처지였다. 게다가 극히 미안한 노릇은, 장인과 장모가 돌아가신 이후로 자신의 재산이 막대해진 것이다. 그렇지만 몰리니에에게는 전 재산이라야 부장 봉급, 그토록 높은 지위엔 어울리지 않는 보잘것없는 봉급뿐이었다. 그러나 그 지위에 따르는 품위는 약소한 봉급을 얼버무리듯 아주 대단했다. 프로피탕디외는 성급한 마음을 숨기고 있었다. 그는 몰리니에에게로 몸을 돌려, 땀을 닦으면서 따라오는 그의 모습을 바라보았다. 어쨌든 몰리니에가 하는 말에 그는 매우 흥미를 느꼈다. 하지만 관점이 서로 달라서 토론이 활기를 띠었던 것이다.

"그 집을 감시시키세요." 몰리니에는 말했다. "수위와 하녀로 가장한 여자의 보고를 받도록 하세요. 모든 것이 잘될 것입니다. 그렇지만 주의하셔야 할 것은, 자칫 조사가 지나치면 사건은 걷잡을 수 없어질 거요…… 처음에 생각했던 것보다 훨씬 더 말려들 우려가 있단 말이죠."

"그런 걱정은 재판 자체와는 아무런 관계도 없지 않습니까?"

"하아! 이보세요! 당신이나 나나 재판이 어떤 것이어야 하는지, 그런데 그것이 현재 어떤지, 잘 알지 않습니까. 물론 우리는 최선을 다하고 있지요. 그렇지만 아무리 잘한다 할지라도 어림잡아 어느 정도밖에는 다다를 수가 없어요. 지금 당신이 취급하는 사건은 특히 미묘합니다. 피고 열다섯, 아니 당신말 한마디로 내일 그렇게 될 사람들 중에는 미성년자가 아홉이나 있습니다. 그리고 그 아이들 중 몇 명은 아시다시피 명문가 자제들입니다. 그렇기 때문에 이런 경우에 영장을 발부한다는 건 지극히 서툰 짓이라고 생각합니다. 정당적 색깔을 띤 신문들은 이 사건을 낚아채 문제 삼으며 나설 것이고, 갖가지 협박, 그리고 온갖 중상의 길을 열어 주는 일이 될 것입니다. 그러면 소용없는 노릇이, 아무리 신중하게 한다 할지라도 몇몇 사람 이름은 반드시 나고야 말 테니까…… 물론 당신에게 충고해 줄 자격은 나에게 없습니다. 오히려 당신 충고를 내가 기꺼이 받고 싶습니다. 당신의 높은 식견, 통찰력, 정의감에 언제나 탄복하던 터니까요…… 그렇지만 내가 당신이라면 나는 이렇게 하겠어요. 우선 그런 흉악한 추문들을 끝내기 위해서 주모자를 네댓 잡습니다…… 잡기 어려운 놈들이라는 것은 나도 잘 압니다. 그렇지만 별 수 없죠. 그게 우리 직업이니까요. 그다음에는 그런 난잡한 놀이의 무대가 된 집을 닫아 버리게 하지요. 그리고 나서 조용히, 슬며시, 다만 재범을 방지할 수 있도록 그 뻔뻔스러운 짓을 한 아이들의 부모에게 경고를 하는 것입니다. 아, 같이 논 여자를 잡아넣는 것은 찬성하겠습니다.

말할 수 없이 타락한 여자들인 모양이니까 싹 쓸어 버려서 사회를 정화해야지요. 그러나 거듭 말해 두지만, 아이들은 체포하지 않는 게 좋습니다. 한번 혼을 내 주는 정도로 하시지요. 그리고 '철없이 한 일'이라는 딱지를 붙여서 당사자들도 한번 혼만 나고 말았다는 사실을 오랫동안 이상하게 생각하도록 내버려두세요. 그중 셋은 열네 살도 채 못 되니, 그 부모들은 그들을 틀림없이 순결무구한 천사들처럼 생각할 게 아닙니까? 그런데 이보세요, 우리끼리 이야기지만, 도대체 그런 나이에 우리들도 여자를 생각했나요?"

걸음 때문이라기보다는 자기 자신의 웅변으로 숨이 가빠진 그는 멈춰 섰다. 그리하여 그는 자신에게 팔이 붙들려 있던 프로피탕디외도 멈춰 서지 않을 수 없게 만들었다.

"생각했다 하더라도." 그는 말을 이었다. "그저 이상적으로, 신비롭게, 말하자면 종교적으로 생각했다고 해야겠지요. 그런데 요즘 아이들 말이에요, 그 아이들에게는 이상이라는 게 없단 말이에요…… 참, 당신 자제들은 어떻습니까? 물론 지금 한 말은 당신 자제들을 두고 한 이야기는 아닙니다만. 당신의 감독이 있고 또 당신의 교육 덕분에 그들처럼 길을 잘못 들 염려는 없으리란 건 저도 잘 압니다."

사실 프로피탕디외는 지금까지 자식들에게 만족할 수밖에 없었다. 그러나 환상을 품진 않았다. 아무리 훌륭한 교육이라도 나쁜 본능을 누를 수는 없기 때문이다. 그렇지만 다행히도 그의 자식들에겐, 아마도 몰리니에의 자식들도 그렇겠지만, 나쁜 본능이 없었다. 그래서 그들은 좋지 못한 친구를 사귄다든가, 해로운 책을 읽는다든가 하는 일을 스스로 삼갔다. 막을 수 없는 것을 금지해 보았자 무슨 소용이란 말인가? 읽지 말라고 하는 책이 있으면 어린애는 그 책을 숨어서 읽는다. 그의 방침은 아주 간단했다. 나쁜 책을 읽지 못하도록 하는 것이 아니라, 그런 책을 아이들이 읽고 싶어 하지 않게끔 하자는 것이었다. 그는 이번 사건에 관해서는 좀 더 생각해 보겠노라고 말하고, 몰리니에와 상의하기 전에는 아무 일도 하지 않겠다고 약속했다. 다만 눈에 띄지 않게 감시를 계속할 생각이었다. 석 달 전부터 나쁜 짓이 계속되는 터이니, 며칠 또는 몇 주일 동안은 더 그럴 것이 틀림없었다. 게다가 여름방학이면 범인들도 흩어질 것이니까. 그럼 안녕히 가십시오.

프로피탕디외는 그제야 걸음을 빨리 할 수 있었다.

집으로 돌아오자마자 그는 화장실로 달려가서 욕조 수도꼭지를 틀었다. 앙투안은 주인이 돌아오는 것을 기다렸다가 복도에서 마주치도록 했다.

이 충실한 하인은 이 집에 들어온 지 십오 년이나 되어서 아이들이 자라는 것을 죄다 보아 왔다. 그는 여러 가지 일을 목격할 수 있었고 다른 일들도 많이 짐작했지만, 사람들이 자기에게서 감추려고 하는 것은 전혀 못 본 체했다. 베르나르도 앙투안에게만은 애정을 갖지 않을 수 없었다. 그리고 아마 가족에 대한 화풀이로, 근친들에게도 알리지 않고 집을 나가는 마당에 한낱 하인에게만 슬쩍 알려 준다는 것에 그는 쾌감을 느꼈으리라. 하지만 베르나르를 변호해 줘야만 할 것이 그때 집에는 가족이라고는 아무도 없었던 것이다. 게다가 베르나르가 작별 인사 같은 것을 했더라면 집안사람들은 그를 붙들려고 했을 것이다. 이러니저러니 피차간에 여러 말이 오갈 것이 그는 달갑지 않았다. 앙투안에게는 간단하게 "나, 나갈 테야." 하고 말할 수 있었다. 그러나 그렇게 말하면서 그가 아주 엄숙하게 손을 내밀었기 때문에 늙은 하인은 어리둥절해졌다.

"저녁 식사 때에도 안 돌아오시나요?"

"자러도 안 들어올 거야, 앙투안." 그러고는 앙투안이 어떻게 이해해야 할지, 무엇을 더 물어봐야 할지 알 수 없어 망설이는 것을 보고 베르나르는 더한층 의도적으로 "그럼, 나갈 테야." 하고 되풀이했다. 그리고 덧붙여서 "편지를 책상 위……." 하고 이야기를 꺼냈으나, 아무래도 '아버지 책상'이라고 말할 수 없었다. 그는 말을 바꿔서 "…… 사무실 책상 위에 놔뒀어." 하고 말했다. "그럼, 잘 있어."

앙투안의 손을 잡았을 때 그는 그와 동시에 자신의 과거와 작별하는 것 같은 감회로 가슴이 뭉클함을 느꼈다. 베르나르는 다시 한 번 잘 있으라는 말을 남기고, 목구멍에 치밀어 오르는 오열이 터져 나오기 전에 밖으로 나왔다.

앙투안은 그렇게 베르나르를 나가게 한 것이 중대한 책임 문제가 되지나 않을까 생각했다. 그렇지만 어떻게 그를 붙들 수 있단 말인가?

베르나르가 그처럼 집을 나가 버리는 것이 가족 전체에게 뜻하지 않은 엄청난 사건이라는 것을 앙투안은 뻔히 알았지만, 흠잡을 데 없는 하인이라는 자신의 역할에 맞게 놀라는 빛을 보이지 않아야만 했다. 프로피탕디외 주인께서 알지 못하는 사실을 그가 알아서는 안 되는 것이다. "베르나르 도련님이 집을 나가신 것을 주인께서는 아십니까?" 하고 그는 간단하게 물을 수도 있었을 것이지만, 그러면 자신의 처지가 나빠지고 게다가 그건 도무지 재미가 없는 일이었다. 그가 이처럼 주인이 돌아오기를 초조하게 기다렸던 것도, 어느 편을 들지 않는 중립적이고 공손한 어조로, 그저 베르나르에게서 부탁받아 전달하는 이야기에 지나지 않는 것처럼, 미리 한참 동안 궁리해 두었던 이 말을 슬쩍 하기 위해서였다.

"베르나르 도련님이 나가시기 전에 주인님께 드리는 편지 한 장을 사무실 책상 위에 놓고 가셨습니다." 너무나 간단해서 자칫하면 아무런 주의도 끌지 못할 만한 말이었다. 좀 더 대단한 말을 찾아보고자 했으나 동시에 이만큼 자연스러운 말도 없었다. 하지만 지금까지 베르나르가 집을 비우는 일은 없었으므로, 앙투안이 곁눈질로 살펴보고 있으려니까, 프로피탕디외는 그 말을 듣고 깜짝 놀라는 몸짓을 억누르지 못했다. "뭐라고! 나가기 전에……."

그는 곧 정신을 가다듬었다. 아랫사람 앞에서 놀란 눈치를 보여서는 안 되는 것이다. 자신이 윗사람이라는 생각이 그에게서 떠나는 일은 거의 없다. 지극히 침착하고 그야말로 위엄 있는 어조로 그는 말을 맺었다.

"알았어."

그리고 사무실로 가면서 물었다.

"그 편지가 어디 있다고?"

"주인님 책상 위입니다."

방 안으로 들어서자 프로피탕디외는 과연, 글을 쓸 때면 언제나 앉는 안락의자 맞은편에 눈에 잘 띄도록 편지 한 장이 놓여 있는 것을 보았다. 그러나 앙투안은 그렇게 빨리 그를 가만 놓아두질 않았다. 프로피탕디외가 두 줄도 채 읽기 전에 문을 두드리는 소리가 들렸던 것이다.

"드릴 말씀을 잊었습니다만, 손님 두 분이 작은 응접실에서 기다리십니다."

"어떤 손님이야?"

"모르겠습니다."

"둘이서 같이 왔어?"

"그런 것 같진 않습니다."

"무슨 용건인가?"

"모르겠습니다. 만나 뵙겠다고 하십니다."

프로피탕디외는 더 참을 수가 없었다.

"말해 두지 않았어, 여러 번이나. 집에까지 성가시게 찾아오는 건 싫다고, 특히 이 시간에는 말이야…… 재판소에 면회 날짜와 시간을 정해 두지 않았나…… 왜 들여앉혔어?"

"두 분이 다 급히 말씀드릴 게 있다고 하셔서요."

"오래전부터 와 있었나?"

"거의 한 시간쯤 됩니다."

프로피탕디외는 방 안을 몇 걸음 걷고 나서 손을 이마에 얹었다. 다른 손에는 베르나르의 편지를 들고 있었다. 앙투안은 문 앞에 점잖게 태연히 서 있었다. 판사 양반께서 평소의 침착성을 잃어버리고 발을 퉁퉁 구르면서 이렇게 말하는 것을 평생 처음으로 들었을 때, 그는 마침내 기뻐할 수 있었다.

"귀찮게 굴지 마! 귀찮게 굴지 말아 줘! 바쁘니까 다른 날 오라고 말해."

앙투안이 나가 버리자 프로피탕디외는 문으로 뛰어갔다. "앙투안! 앙투안! 욕조 수도꼭지를 잠그도록."

목욕이고 뭐고 할 처지가 아니었다. 그는 창가로 가서 편지를 읽었다.

삼가 올립니다.

오늘 오후 우연히 어떤 것을 발견해, 저는 이제 더 이상 당신을 아버지로 생각하지 말아야 한다는 것을 깨달았습니다. 저는 마음이 퍽 가벼워졌습니다. 지금까지 당신에게 별로 사랑을 느낄 수 없었던 저는 오랫동안 저 자신을 비뚤어진 못된 아들이라고 믿었습니다. 그걸 생각할 때 우리가 완전 남이라는 것을 알게 되어 차라리 기쁩니다. 당신으로부터 당신 자녀의 한 사람과 같은 대우를 받았다는 것에 대하여 제가 당신에게 감사해야 한다고 생각하실지도 모르겠습니다. 그러나 첫째로 저는 당신이 당신 자식들과 저를 대하는 태도에서 언제나 차별을 느꼈습니다. 그리고 당신을 잘 아는 저는, 당신이 해 주신 그러한 모든 일은, 추문이 두려워서, 당신에게는 그다지 명예스럽지도 못한 사정을 감추기 위해서 ─ 그리고 결국 그렇게 할 수밖에 없었던 까닭에 한 일이라는 것을 압니다. 어머니를 뵙지 않고 떠나기로 합니다. 어머니에게 작별 인사를 하다가는 마음이 약해질까 두렵고, 또 저를 보시면 어머니도 거북하실 것이기 때문입니다. ─ 그런 것은 싫으니까요. 저에 대한 어머니의 사랑이 그리 애틋한 것 같지도 않고요. 저는 거의 언제나 기숙사에 있었던 까닭에 어머니에겐 저를 알 기회가 별로 없었습니다. 그리고 저를 보기만 하면, 잊어버리고 싶었을 생애의 어떤 사건이 생각나곤 했을 테니까, 제가 집을 나가는 것을 아시면 차라리 시름이 덜어져 기뻐하실 것으로 생각합니다. 만약에 그러실 수 있다면 어머니가 저를 사생아로 낳아 주신 것에 대해 제가 어머니를 원망하지 않는다는 것, 오히려 당신 아들로 태어나는 것보다는 차라리 낫게 여긴다는 것을 전해 주십시오.(이런 말을 하는 것을 용서하세요. 당신을 비방하는 글을 쓰려는 것은 아닙니다. 하지만 저의 이런 이야기는 당신이 저를 멸시할 수 있게 해 줄 것입니다. 그러면 마음도 편해지실 것입니다……)

제가 당신 집을 떠나게 된 은밀한 이유에 관해 침묵을 지키기를 원하신다면, 저를 돌아오게 하려고 하지 마십시오. 당신에게서 떠나려는 저의 결심은 확고부동하니까요. 오늘날까지 저를 키우는 데 비용이 얼마나 들었는지는 모르겠습니다. 사실을 모르는 동안에는 당신에게 신세를 지고 지내 왔습니다만, 앞으로는 당신으로부터 아무것도 받고 싶지 않다는 것은 말할 것도 없습니다. 무엇이든 간에 당신 신세를 진다는 것은 생각만 해도 견딜 수 없습니다. 만일 다시 시작한다면 당신 집 식탁에 앉기보다는 차라리 굶어 죽는 편을 택할 것입니다. 다행히 결혼 당시 어머니께서 당신보다는 돈이 많았다는 말을 들은 것 같습니다. 그렇다면 여태껏 저는 어머니의 부담으로 살아 왔다고 생각해도 좋을 줄 압니다. 저는 어머니에게 감사하며, 모든 일을 용서해 드리기로 하는 터이니, 어머니도 저를 잊어버리시기를 바랄 뿐입니다.

제가 집을 나간 것에 놀라는 사람들에게는 적당히 설명하실 길이 있을 것입니다. 모든 책임을 제게로 돌리셔도 좋습니다.(물론 제 허락이 없어도 그렇게 하시리라는 것을 잘 압니다만.) 당신의 우스꽝스러운 이름으로 여기 서명을 합니다. 당신에게 돌려드리고 싶은 이름, 어서 떼어 버리고 싶은 이름입니다.

베르나르 프로피탕디외

추신. 제 물건은 전부 댁에 두고 갑니다. 칼루브에게 더 정당하게 쓰일 수 있을 것입니다. 그렇게 되기를 기원합니다.

프로피탕디외 씨는 휘청거리면서 안락의자로 걸어갔다. 마음을 가다듬으려 했으나 여러 생각이 머릿속에서 소용돌이쳤다. 게다가 오른쪽 옆구리, 늑골 밑이 따끔거리는 것이 느껴졌다. 참으면서 피할 수 없을 것 같았다. 간장의 발작이기 때문이다. 집에 비시 온천수라도 있다면? 어쨌든 아내가 돌아와 있기라도 했으면! 하지만 베르나르의 가출을 아내에게 어떻게 알려야 할까? 편지를 보여 주는 것이 좋을까? 그 편지는 부당하다. 아주 가증스럽게 부당하다. 화를 내야 마땅할 편지다. 자기의 슬픈 심정이 화라고 믿고 싶었다. 그는 커다랗게 숨을 쉬었다. 그리고 숨을 내쉴 때마다 한숨 같은 빠르고 나지막한 "아이고!" 소리가 새 나왔다. 옆구리 고통이 슬픔과 겹쳐서 그 슬픔을 증명하고 슬픔의 자리를 가르친다. 그에게는 슬픔이 자신의 간장에 있는 것 같았다. 그는 안락의자에 몸을 던지고 베르나르의 편지를 다시 읽어 본다. 그러고는 슬프게 어깨를 으쓱 올린다. 그에게는 참으로 참혹한 편지다. 거기에선 원한과 도전과 허풍이 풍긴다. 자기 자신도 그랬으려니와 다른 아이들, 그의 친자식들이었다면 그러한 글을 도저히 쓰지 못했을 것이다. 그것을 그는 잘 안다. 왜냐하면 아이들의 성질을 자기 자신에게 비춰 봐서 너무나 잘 알기 때문이다. 물론 그는 베르나르에게서 느끼던 새로운 것, 거친 것, 다잡을 수 없는 것을 꾸짖어야만 한다고 항상 생각했다. 그러나 지금 아직도 그렇게 생각한다 해도 소용없는 노릇이었다. 바로 그러한 점 때문에 다른 자식들보다도 더 베르나르를 사랑했다는 것을 그는 잘 알기 때문이다.

조금 전부터 옆방에서, 음악회에서 돌아온 세실이 피아노에 앉아서 바르카롤의 같은 대목을 연거푸 되풀이하는 소리가 들려왔다. 마침내 알베리크 프로피탕디외 씨는 더 참을 수가 없었다. 그는 살롱 문을 지그시 열고, 때마침 간장의 급경련통이 치밀어 몹시 쑤시기 시작했으므로 (그리고 그는 언제나 딸에게는 좀 조심스러웠다.) 가련한, 거의 애걸하는 듯한 목소리로 말했다.

"애, 세실. 너 집에 비시 온천수가 있는지 알아봐 주렴. 만약에 없으면 사 오라고 시켜 다오. 그리고 피아노를 좀 그만둬 주면 좋겠는데."

"어디 불편하세요?"

"아니, 그런 게 아니고, 그저 저녁 먹기 전에 좀 생각할 게 있어서 그래. 피아노가 방해가 되는구나."

그러고는 상냥하게 ─ 괴로움이 그를 다정하게 만들었던 것이다. ─ 덧붙였다.

"지금 치던 곡, 썩 좋은데. 뭐지?"

그러나 그는 대답을 듣지 않고 나와 버렸다. 게다가 딸 역시, 음악을 몰라 유행가인 「비앵 푸풀」과 「탄호이저」 행진곡도 구별하지 못하는 그에게 (적어도 세실의 말에 의하면) 대답을 할 생각은 없었다. 한데 그가 다시 문을 열었다.

"어머니 안 돌아오셨니?"

"아직 안 돌아오셨어요."

맹랑한 일이군. 그녀가 늦게 귀가할 참이니, 저녁 식사 전엔 이야기할 틈이 없겠는걸. 그런데 베르나르가 없어진 것을 우선 뭐라고 설명하면 좋을까? 사실대로 이야기할 수도 없는 일이었다. 자식들에게 어머니의 일시적 과오의 비밀을 알릴 수는 없는 것이다. 아아, 깨끗이 용서하여 모든 것이 그렇게도 잊혀 버리고 원만히 해결되었는데. 막내아들의 출생은 그들을 완전히 화해시켰던 것이다. 그런데 졸지에 과거로부터 복수의 망령이 나타나고, 이렇게 시체가 물에 떠서 내려오다니……

자아! 이번엔 또 무슨 일인가? 사무실 문이 소리 없이 열렸다. 재빨리 그는 편지를 웃옷 안쪽 호주머니에 집어넣었다. 누가 칸막이 커튼을 천천히 들어올린다. 칼루브였다.

"아빠……. 이 라틴어 문장이 무슨 뜻이야? 도무지 알 수가 없어……"

"문을 두드리지 않고 들어와선 안 된다고 말하지 않았어? 그리고 이렇게 끊임없이 와서 방해를 하면 못써. 스스로 애를 쓰진 않고 남의 도움을 받고 남에게 의지하는 버릇이 있구나. 어제는 기하학 문제더니 오늘은 또 뭐…… 대체 그 라틴어 문장은 누구 글이냐?" 칼루브는 공책을 내밀었다.

"선생님은 아무 말씀도 안 하셨어. 그래도 이거, 아빠 알 거야. 선생님이 불러 주신 걸 받아쓰기했는데 아마 잘못 썼는지도 몰라. 틀리지 않았는지, 그것만이라도 알았으면 좋겠어……"

프로피탕디외 씨는 공책을 받아 들었지만 너무나 고통이 심했다. 그래서 그는 슬며시 아이를 뿌리치며 말했다.

"좀 있다 하자, 식사 시간이 됐으니까. 샤를은 돌아왔니?"

"사무실로 내려가던데."(변호사인 샤를은 아래층에서 손님을 받았다.)

"가서 내게로 좀 오라고 해라. 어서 가 봐."

벨이 울리는 소리! 그제야 프로피탕디외 부인이 마악 돌아온 것이다. 부인은 늦어서 미안하다고 했다. 방문해야 할 곳이 여러 군데 있었던 것이다. 괴로운 듯한 남편의 모습을 보고 그녀는 서글퍼졌다. 무엇을 하면 좋을까? 그러고 보니 안색도 퍽 좋지 않다. ― 그는 식사를 할 수 있을 것 같지도 않았다. 그는 자기를 빼놓고 식사를 하라고 했다. 그리고 식사가 끝나면 엄마는 아이들과 함께 다시 이곳으로 와 달라는 것이었다. ― 베르나르는? ― 아아! 참, 그 애 친구가…… 왜 그 수학 복습을 함께 하곤 하던 친구 말이야, 그 애가 찾아와서 저녁 식사 하자고 데려갔어.

프로피탕디외 씨는 기분이 좀 나아졌다. 처음엔 너무 괴로워서 이야기도 할 수 없을 것 같았다. 그렇지만 베르나르가 없어진 것에 대해서는 무슨 설명을 할 필요가 있었다. 지금 그는 그것이 아무리 가슴 아픈 일일지라도 말을 해야만 한다는 것을 알고 있었다. 이제는 자신이 결연히 마음을 정한 것을 느낄 수 있었다. 다만 한 가지 걱정은 아내가 울음을 터뜨리거나 소리를 질러서 자기 이야기가 중단되어 버리지나 않을까 하는 점이며, 또한 그녀가 기절하지 않을까 하는 것이었다…… 한 시간 후에 아내는 세 아이들과 함께 들어와서 그의 곁으로 왔다. 그는 아내를 자기 안락의자 옆 의자에 앉혔다.

"침착하게 들어 줘야겠어." 그는 낮지만 엄숙한 목소리로 말했다.

"그리고 아무 말도 마. 먼저 내 말을 듣고 그다음에 둘이서 이야기하지."

이야기를 하면서 그는 아내의 한쪽 손을 자기의 두 손으로 잡고 있었다.

"자, 얘들아, 너희들도 앉아라. 그렇게 시험이나 치르듯 앞에 우두커니 서 있으니 거북하구나. 몹시 슬픈 이야기를 해야겠어…… 베르나르가 집을 나갔다. 그러니 그 애를 만날 수 없을 거야. ……지금부터 얼마 동안은. 오늘은 지금까지 너희들에게 숨겼던 일을 말하지 않을 수 없게 됐어. 숨겼던 까닭은 너희들이 베르나르를 친형제처럼 사랑하기를 바라는 마음에서였지. 어머니나 나나 베르나르를 정말 자식처럼 사랑했으니까. 그런데 그 앤 우리 자식이 아니었어……. 그래서 그 애 외삼촌, 죽으면서 우리에게 그 애를 맡긴 그 애 친어머니의 오빠 되는 사람이…… 오늘 저녁 와서 데려갔다."

이야기가 끝나자 괴로운 침묵이 뒤를 이었다. 그러자 칼루브가 코를 훌쩍거리는 소리가 들렸다. 모두들 아버지가 무슨 말을 더 하려니 하고 기다렸다. 그러나 그는 손짓을 하며 말했다.

"자, 얘들아, 이젠 가거라. 어머니와 이야기를 좀 해야겠으니."

아이들이 가 버린 뒤, 프로피탕디외 씨는 한참 동안 아무 말도 하지 않았다. 그의 두 손에 맡겨진 프로피탕디외 부인 손은 마치 죽은 사람 손 같았다. 다른 손으로 부인은 손수건을 눈으로 가져갔다. 그러고는 큰 테이블에 팔꿈치를 괴고 고개를 돌려 울기 시작했다. 복받치는 흐느낌 사이로 프로피탕디외 씨에게 이런 말이 들려왔다.

"참 매정해요…… 당신은 그 애를 내쫓으셨습니다……."

그는 조금 전까지만 해도 베르나르의 편지를 보이지 않을 결심이었다. 그러나 부당한 비난을 받자 그는 편지를 아내에게 내밀었다.

"자, 읽어 봐."

"전 못 읽겠어요."

"반드시 읽어야 해."

그는 이젠 자신이 아픈 것도 잊었다. 아내가 편지를 한 줄 한 줄 읽어 내려가는 것을 그는 지켜보았다. 아까 이야기를 하는 동안에는 간신히 눈물을 참았더랬다. 그러나 이제는 흥분조차 사라졌다. 그는 물끄러미 아내를 바라보았다. 그녀는 무엇을 생각하는 것일까? 여전히 같은 목소리로, 같은 흐느낌 사이로 아내는 또 이렇게 중얼거렸다.

"왜 그 애에게 이야기를 했어요…… 말을 하지 않았어야 하는데……."

"하지만 난 아무 말도 하지 않았다는 것을 알지 않아. 편지를 좀 더 잘 읽어 봐."

"잘 읽었어요…… 그렇지만 어떻게 그 애가 알았을까요? 누가 말했단 말이에요……?"

뭐야! 그런 생각을 하고 있었군! 그래서 이렇게 서글픈 어조로군! 이런 슬픔이야말로 사실상 두 사람의 마음을 결합해 줘야 마땅한 것이 아닌가. 그런데 슬프게도 프로피탕디외 씨는 어렴풋이 두 사람의 생각이 제각기 다른 방향으로 달리고 있음을 느꼈다. 그래서 그녀가 원통하게 여기고 나무라며 주장하는 동안 그는 아내의 비뚤어진 마음을 더 종교적인 정감으로 돌려 보려고 했다.

"속죄를 하게 된 셈이지." 하고 그는 말했다.

위세를 부려 다스리고 싶은 본능적인 욕망이 움직여 그는 벌떡 일어섰다. 지금 그는 육체의 고통도 잊어버린 듯 개의치 않고 우뚝 서서 점잖게, 다정하게, 위엄을 지닌 채, 손을 마르그리트의 어깨 위에 올려놓았다. 그로서는 항상 일시적인 과오라 믿고 싶었던 그 일을 아내가 깊이 뉘우친 적이 없다는 것을 그는 잘 안다. 그는 이제 이 슬픔, 이 시련이 아내의 속죄가 될 수 있으리라는 것을 말해 주고 싶은 것이다. 그러나 만족스러운 말, 아내에게 들려주고 싶은 말은 아무리 해도 찾아낼 수가 없었다. 마르그리트의 어깨는 남편 손의 부드러운 압력에 저항을 보였다. 마르그리트는 남편이 일상생활의 사소한 사건들에서도 지긋지긋하게 그가 만들어 낸 무슨 도덕적 교훈을 내놓지 않고서는 도저히 배기지 못한다는 사실을 잘 안다. 그는 모든 것을 자기의 독단적인 의견에 따라 해석하고 설명한다. 그는 아내에게로 몸을 굽혔다. 이런 말을 하고 싶었던 것이다.

"이 사람아, 알겠지, 저지른 죄과로부터는 좋은 건 아무것도 안 생기는 법이야. 당신 잘못을 덮어 버리려고 해 봤지만 아무 소용도 없었어. 그 애를 위해서 나는 할 수 있는 일은 다 했어…… 친자식처럼 대했지. 그렇게 했다고 자부한 것은 잘못이었다는 사실을 이제 주님께서 보여 주신 거야……."

그러나 첫마디에 그는 멎어 버리고 말았다.

그리고 아내도 그처럼 의미심장한 말의 뜻을 알아차린 모양이었다. 아마 그 말은 그녀의 마음속까지 꿰뚫고 들어갔음에 틀림없다. 조금 전에 울음을 그쳤던 아내가 더 심하게 흐느껴 울기 시작했기 때문이다. 그러더니 남편 앞에 무릎을 꿇기라도 하려는 듯 허리를 굽혔다. 그도 그녀에게로 허리를 굽혀 그녀를 부축했다. 울먹거리면서 아내는 무어라고 말하는 것일까? 아내의 입술 근처까지 그는 몸을 굽혔다. 그리고 이런 말을 들었다.

"그래요…… 그래요…… 아아! 왜 나를 용서해 줬어요……? 아아! 돌아오지 말았어야 하는 걸!"

거의 짐작으로가 아니면 알아들을 수 없는 말이었다. 그러더니 아내는 말이 없다. 그녀 역시 그 이상 더 이야기할 수가 없는 것이다. 남편이 그녀에게 요구하는 정절 속에서 자기는 마치 갇힌 몸처럼 느낀다는 것, 숨이 막힌다는 것, 이제 와서는 잘못을 후회하기보다는 그 잘못을 뉘우쳐 고백했다는 사실을 후회한다는 것을 어떻게 남편에게 말할 수 있단 말인가?

프로피탕디외 씨는 다시 몸을 일으켜 세웠다.

"여보." 그는 점잖고 엄숙한 어조로 말했다. "오늘 저녁엔 당신 기분이 좀 언짢은 모양이야. 밤도 늦고 했으니 가서 자는 것이 좋겠어."

그는 아내를 부축해 일으켜 아내 방까지 데리고 가서 이마에 키스해 주고는 사무실로 돌아와서 안락의자에 털썩 주저앉았다. 이상하게도 간장의 발작은 멎었다. 그러나 몹시 피로했다. 그는 두 손으로 이마를 받쳤다. 너무나 슬퍼서 눈물도 흐르지 않았다. 문을 두드리는 것도 듣지 못하다가 문이 열리는 소리에 그는 머리를 쳐든다. 아들 샤를이었다.

"안녕히 주무시라고 인사하러 왔어요."

샤를은 가까이 다가온다. 그는 모든 것을 알아차렸다. 그것을 아버지에게 알리고 싶었다. 자기 동정, 애정, 헌신적 심정을 아버지에게 보여 주고 싶었던 것이다. 하지만 그래 가지고 어떻게 변호사라고 할 수 있겠는가. 그는 자기 생각을 표현하는 것이 서투르기 짝이 없었던 것이다. 아마도 그는 자기 생각이 진정에서 우러나올수록 서툴러지는 것인지도 모른다. 그는 아버지를 포옹했다. 유난스럽게 아버지의 어깨에 머리를 갖다 대고 슬며시 기대 얼마 동안 그대로 가만히 있는 그의 태도는, 아버지로 하여금 그가 모든 사실을 알아차린 것이 틀림없음을 알게 한다. 사실 너무나 잘 알기 때문에 그는 지금 머리를 쳐들고, 그가 하는 일마다 그렇듯 아주 서툴게 묻는 것이다. 하도 마음이 괴로워서 그는 이렇게 묻지 않고서는 견딜 수 없었다.

"칼루브는요?"

터무니없는 질문이었다. 왜냐하면 베르나르가 다른 아이들과 판이했다면, 그만큼 칼루브에게서는 한 가족 같은 모습이 두드러졌기 때문이다.

프로피탕디외 씨는 샤를의 어깨를 두드린다.

"아니다, 안심해라. 베르나르뿐이다."

그러자 샤를은 아주 점잖게 말했다.

"주님은 침입자를 내쫓아 주셨습니다……."

그러나 프로피탕디외 씨는 그의 말을 막아 버린다. 새삼스레 그런 소릴 듣고 싶지 않았던 것이다.

"그만둬."

아버지와 아들은 그 이상 더 할 말이 없다. 두 사람의 이야기는 그만해 두자. 10시가 가까웠다. 자기 방 안에서 별로 편안하지도 못한 조그마한 의자에 걸터앉아 있는 프로피탕디외 부인도 그냥 놔두자. 이제 부인은 울음을 그쳤다. 아무 생각도 하지 않는다. 자기도 도망치고 싶은 심정이다. 그러나 그런 일은 하지 않을 것이다. 전에 사랑했던 남자, 우리들이 지금 알 필요가 없는 베르나르의 아버지와 함께 있었을 때, 그녀는 마음속으로 이렇게 말했더랬다. '아무리 해 봐야 소용없어, 결국 너는 얌전한 여자밖에 될 수 없으니까.' 자유, 죄, 안일, 그런 것이 그녀는 두려웠다. 그래서 열흘 뒤에 뉘우치며 가정으로 돌아왔던 것이다. 예전에 그녀의 부모는 "너는 너 자신이 뭘 바라는지도 몰라." 하고 말했더랬다. 지금 생각하면 그럴 법도 한 말이었다. 이제 그녀의 이야기도 그만해 두자. 세실은 벌써 잠이 들었다. 칼루브는 절망적인 눈빛으로 촛불을 바라본다. 그 촛불은 오늘 밤 베르나르가 집을 나간 사건을 잊어버리려고 펼쳐든 모험소설을 그가 다 읽기까지 지탱할 수 없을 것이다. 앙투안이 친하게 지내는 요리사 아가씨에게 무슨 소리를 했는지, 우리는 그것도 알고 싶기는 하다. 그러나 모든 것을 다 들을 순 없는 노릇이다. 이제 베르나르가 올리비에를 찾아갈 시간이 되었다. 그가 오늘 저녁 밥을 어디서 먹었는지, 또는 전혀 밥을 먹지 않았는지는 알 수 없는 일이다. 그는 수위 방 앞을 무사히 통과했다. 그리하여 슬그머니 계단을 올라가고 있다……

3

풍요함과 평화는 비겁자를 기르지만, 견딜 수 없
는 어려움은 언제나 담대함을 낳게 한다.
— 셰익스피어

올리비에는 어머니의 키스를 받으려고 침대에 들어가 있었
다. 매일 밤 어머니는 자리에 누운 두 아이에게 키스를 해 주
러 왔다. 그는 베르나르를 맞이하기 위해 다시 옷을 입을 수도
있었다. 그러나 그는 아직도 베르나르가 정말 올 것인지 의심
스럽게 여겼고, 동생이 눈치를 챌 것을 염려했다. 조르주는 보
통 일찍 잠들고 늦게 깨는 아이였다. 아마 여느 때와 다른 별
난 기색을 알아채진 못하겠지.

살그머니 문을 긁는 것 같은 소리를 듣고 올리비에는 침대
에서 뛰어내려 서둘러 발을 슬리퍼에 끼워 넣고 문을 열려고
달려갔다. 불을 켤 필요도 없었다. 달빛이 환하게 방 안을 비추
고 있었던 것이다. 올리비에는 두 팔을 벌려 베르나르를 껴안

왔다.

"얼마나 기다렸는지 몰라! 정말 오리라고는 믿지 못했어. 부모님은 오늘 밤 네가 집에서 자지 않는다는 걸 아니?"

베르나르는 어둠 속에서 똑바로 앞을 바라보고 있었다. 그는 어깨를 으쓱했다.

"그들의 허락을 받았어야 한다고 생각해? 그래야 돼?"

아주 쌀쌀한 비웃음을 지닌 어조여서 올리비에는 곧 그의 질문이 어리석었다는 것을 느꼈다. 아직도 그는 베르나르가 '정말로' 집을 나와 버렸다는 것을 알지 못했다. 그가 오늘 밤만 외박하려는 것이려니 생각했기 때문에 이런 무모한 짓의 동기를 이해할 수 없었다. 그는 주의 깊게 그를 살펴본다. '베르나르는 언제 집에 돌아갈 생각이지?' '돌아갈 생각 없어!' 그제서야 올리비에는 머릿속이 분명해졌다. 그는 자기도 그만한 사건쯤 수월하게 받아넘길 수 있다는 빛을 보이며 아무런 일에도 놀라지 않으려고 무척 마음을 썼다. 그래도 "너 지금 대단한 짓을 하고 있는 거야."라는 말이 입 밖에 나와 버렸다.

베르나르는 친구가 좀 놀라는 것이 싫지 않았다. 특히 탄성 속에 드러나는 감탄의 표시에 그는 민감했던 것이다. 그러나 그는 다시 한 번 어깨를 으쓱해 보였다. 올리비에는 그의 손을 잡았다. 아주 심각한 태도였다. 그리고 걱정스러운 눈치로 묻는다.

"한데…… 왜 집을 나온 거지?"

"아, 그건 집안 사정이야. 이야기할 순 없어." 그러고는 심각한 낯을 보이지 않으려고 올리비에가 발끝에 걸고 흔들고 있는 한쪽 슬리퍼를 장난치듯 자기 구두코로 툭 차서 떨어뜨렸다. 그들은 침대가에 앉아 있었던 것이다.

"그럼 어디 가서 살 작정이야?"

"나도 모르겠어."

"그리고 어떻게 살지?"

"생각해 봐야지."

"돈은 있어?"

"내일 아침 먹을 돈은 있지."

"그다음엔?"

"그다음엔 찾아봐야지. 뭐, 무엇인가 생길 거야. 두고 봐. 앞으로 이야기해 줄 테니."

올리비에는 베르나르의 태도에 무척 경탄해 마지않는다. 베르나르가 과감하다는 것은 알고 있었다. 그러나 아직도 의심스러웠다. 뾰족한 수도 없으니 머지않아 곤경에 처하면 집으로 돌아갈 생각이 들지 않을까? 베르나르는 그런 걱정을 말라는 것이다. 가족들 곁으로 돌아갈 바엔 무슨 짓이라도 할 것이라는 것이다. 그가 몇 번이고 더 거친 어조로 그 "무슨 짓이라도"라는 말을 되뇌는 바람에 올리비에의 가슴은 불안으로 죄어드는 것 같았다. 무슨 말을 하고 싶었으나 말이 나오질 않았다. 마침내 그는 머리를 숙이고 자신 없는 목소리로 말했다.

"베르나르…… 그렇다 해도 너 설마……." 말이 끊어졌다. 베르나르는 눈을 들었다. 올리비에의 표정을 똑똑히 볼 수는 없었지만, 그가 뭐라고 해야 좋을지 몰라 당혹해한다는 것만은 알아차릴 수 있었다.

"뭘 말이야?" 베르나르가 물었다. "무슨 소리야? 말해 봐. 도둑질이라도 할까 봐서?"

올리비에는 머리를 흔든다. 아니, 그런 말은 아니야. 그는 갑자기 흐느껴 울기 시작한다. 그러더니 경련을 일으키듯 떨리는 몸짓으로 베르나르를 껴안았다.

"약속해 줘, 제발……."

베르나르는 올리비에를 포옹해 준 다음 웃으면서 그를 떼어 놓는다. 무슨 말인지 알아차린 모양이다.

"약속하고말고. 아니야, 난 깡패짓 따윈 안 해." 그리고 이어서 말했다. "그렇지만 사실은 그게 제일 간단한 방법이긴 하지 뭐." 그러나 올리비에는 그제야 마음이 놓였다. 뒤에 덧붙인 말은 짐짓 냉소적인 태도를 보이느라고 한 것에 불과하다는 것을 알기 때문이다.

"시험은 어떡하지?"

"그래, 그게 골치 아파. 그래도 낙제는 하고 싶지 않고. 준비는 됐다고 생각해. 그보다도 그날 지쳐 있지 말아야 할 것이 중요해. 빨리 무슨 방책을 세워 곤경에서 빠져나와야겠어. 좀 위태롭긴 하지만…… 어떻게 될 거야. 두고 봐."

그들은 잠시 말이 없었다. 한쪽 발에 그대로 남아 있던 슬리퍼가 떨어졌다. 베르나르는 말했다.

"감기 들겠어. 다시 누워 자."

"아니야, 네가 자야지."

"무슨 소리야! 자, 어서."

그는 억지로 올리비에를 흐트러진 침대 안에 들어가게 했다.

"그럼 넌 어디서 자고?"

"어디서든지 괜찮아. 마룻바닥에서든 한쪽 구석에서든. 그런 것에 길들어야 해."

"그러지 마. 너에게 하고 싶은 말이 있는데, 곁에 있어 주지 않으면 말할 수가 없을 거야. 내 침대로 들어와." 베르나르가 재빨리 옷을 벗고 자리 속으로 기어들자 올리비에는 덧붙였다. "이봐, 요전에 내가 말한 것, 그거 말이야…… 나 거기 갔더랬 어."

끝까지 듣지 않고 그 몇 마디만으로도 베르나르는 무슨 말인지 짐작할 수 있었다. 그는 올리비에를 자기에게로 끌어당겼다. 올리비에는 이야기를 계속했다.

"그런데 몹시 더럽더군. 끔찍해…… 그 뒤 난 침을 뱉고 토해 버리고 싶었고, 살가죽을 갈가리 찢어서 자살이라도 하고 싶은 심정이었어."

"과장이 심한데."

"그렇지 않으면 계집을 죽여 버리든지."

"누구였어? 경솔한 짓을 하진 않았을 테지?"

"아니야, 뒤르메르가 잘 아는 여자야. 뒤르메르가 소개해 주었어. 무엇보다도 그 계집이 하는 이야기가 구역질이 났어. 잠시도 멈추지 않고 지껄이는 거야. 게다가 그런 바보가 어디 있어. 그럴 때 어떻게 입을 다물지 않을 수 있는지 난 알 수가 없어. 입을 틀어 막고 목을 졸라 죽이고 싶더군……."

"이 딱한 친구야! 뒤르메르가 소개해 준 여자라면 바보일 수밖에 없다는 것쯤은 알 수 있을 것 아냐…… 그래, 얼굴은 예쁘기나 했어?"

"얼굴 같은 것 보지도 않았어!"

"그 무슨 바보짓이람. 귀여운 어린애 같잖아. 잠이나 자자. 그래도 어쨌든 잘되긴 했어……."

"물론이지! 그런데 바로 그게 무엇보다도 불쾌해. 그러면서도 내가 한 짓이 마치 그 계집이 좋아서 그런 것 같았으니 말이야."

"그래, 그건 멋있는 일인데."

"말 마. 그런 게 정사라면 난 진절머리 낼 거야."

"어린애같이 야단이네!"

"너도 거기에 있었다면 어떻게 했을런지."

"아, 나 말이야, 서둘러 추구하진 않지. 언젠가도 말했지만 난 정사의 때가 오기를 태연히 기다리는 거야. 그저 냉정하게 말이야, 애탈 게 뭐 있어. 그렇지만 만약 내가……."

"만약 네가 뭐……."

"만약 여자가…… 그만두자. 이제 자자." 그러고는 베르나르는 올리비에의 체온이 거북하게 느껴져서 조금 사이를 두고 돌아누워 버렸다. 그러나 올리비에는 잠시 후에 말했다.

"이봐…… 바레스*는 당선될까?"

"참! 뭐 그런 것에 열을 올려!"

"그까짓 건 아무래도 좋아. 이봐…… 내 이야기 좀 들어 봐."

올리비에가 베르나르의 어깨를 누르자 베르나르는 다시 돌아누웠다.

"내 형에게 애인이 있어."

"조르주 말이야?"

자는 체하면서 이야기를 모두 듣고 있던 어린 동생은 자기 이름이 나오자 숨을 죽였다.

---

* 국회의원에 입후보한 소설가 모리스 바레스.

"미쳤어? 뱅상 말이야."(올리비에보다 나이가 위인 뱅상은 최근에 의과대학 예과를 마쳤다.)

"이야기를 해 줬어?"

"아니야, 형이 눈치채지 못하게 내가 알아냈지. 아버지나 어머니는 아무것도 몰라."

"안다면 뭐라고 할까?"

"글쎄, 어머니는 낙심할 거야. 아버지는 헤어지든지 결혼하든지 하라고 하겠지."

"그럴 테지! 점잖다는 사람들은 자기네들처럼 하지 않으면 틀렸다고 생각하니까. 그래 넌 어떻게 알아냈어?"

"들어 봐. 얼마 전부터 밤중에 아버지와 어머니가 잠든 다음에 뱅상이 밖으로 나가거든. 되도록 발소리를 죽이고 내려가지만, 길가에 나서서 걷는 소리로 나는 형이라는 걸 알 수 있지. 지난 주, 아마 화요일이었을 거야. 그날 밤 하도 무더워서 누워 있을 수가 있어야지. 숨을 좀 돌리려고 창가에 있었거든. 그때 바로 아래 문이 열렸다가 도로 닫히는 소리가 들리는 거야. 몸을 기울여서 내다보았는데, 가로등 곁을 지나는 모습에 뱅상이라는 걸 알아냈어. 자정이 지난 때야. 그것이 처음이었어. 내가 처음으로 알아차린 순간이란 말이야. 한번 알게 되니까 — 본의 아니게 — 살피게 돼…… 그래서 거의 매일 밤 형이 나가는 소리를 들어. 형은 자기 열쇠를 가지고 있어. 그리고 아버지와 어머니는 형이 환자를 받을 수 있도록 예전에 조르주와 내가 쓰던 방을 형에게 마련해 주었어. 형 방은 바로 그옆 현관 왼쪽에 있어. 그런데 다른 방은 모두 현관 오른쪽에 있거든. 그러니까 형은 아무도 모르게 맘대로 드나들 수가 있어. 보통은 형이 돌아오는 소리는 들리지 않아. 그런데 그저께, 월요일 저녁이었어, 어찌 된 셈인지 뒤르메르의 잡지 계획을 생각하고 있었지…… 잠이 오지 않았어. 그러자 층계에서 말소리가 들려왔어. 뱅상이 틀림없다고 생각했지."

"몇 시나 됐었지?" 베르나르가 물었다. 알고 싶었다기보다도 흥미 있게 이야기를 듣고 있다는 것을 알려주기 위해서였다.

"새벽 3시쯤이었을 거야. 일어나서 문에다 귀를 대고 들어 봤더니, 뱅상이 여자와 이야기를 하고 있는 거야. 아니 말을 하고 있는 건 여자였어."

"하지만 어떻게 뱅상이라는 걸 알 수 있었어? 이 집에 사는 사람들은 모두 네 문 앞을 지나지 않아?"

"그래서 때론 몹시 불편하기도 하지. 밤이 깊으면 깊을수록 계단을 오르면서 더 소란을 떤다니까. 자는 사람에게 방해가 될 건 조금도 생각 않거든……! 그런데 그때 그 사람은 뱅상일 수밖에 없었어. 여자가 몇 번이고 형 이름을 불렀으니까 말이야. 이런 이야기를 했어…… 아, 말을 옮기기도 불쾌해……."

"말해 봐."

"한다는 소리가 '뱅상, 사랑하는 사람, 내 사랑, 제발 나를 버리지 마세요!'라는 거야."

"당신(vous)이라고 해?"

"그래, 우습지?"

"그리고 또 뭐라고 했어?"

"'당신에겐 이제 저를 버릴 권리가 없어요. 저는 어떻게 하란 말이에요? 어디로 가란 말이에요? 뭐라고 제발 이야길 해줘요. 아! 말 좀 해 줘요.' 그러고는 다시 뱅상의 이름을 부르고 또 되풀이야. '내 사랑, 내 사랑하는 사람.' 목소리는 점점 서글퍼지고 점점 더 낮아져 가. 그러더니 무슨 소리가 들렸어. (둘이 아마 계단 중간에 서 있었던 모양이야.) 무엇인가 넘어지는 소리였어. 여자가 무릎을 꿇었을 거야."

"그래 뱅상은 아무 대답도 안 했어?"

"형은 아마 계단 끝까지 올라왔던 모양이야. 방문이 닫히는 소리가 들리더라. 그리고 여자는 오랫동안 내 방문 옆에 거의 기대다시피 하고 있었어. 홀쩍홀쩍 우는 소리가 들려왔어."

"문을 열어 줬어야 해……."

"차마 그럴 수가 있어야지. 나한테 들켰다는 걸 알면 뱅상은 골을 냈을 거야. 게다가 여자도 자신이 우는 꼴을 보이는 것이 거북할 거라고 생각했어. 무슨 이야기를 해 줘야 좋을지 나도 모를 일이고."

베르나르는 올리비에에게로 몸을 돌렸다.

"내가 너였다면 열었을 거야……."

"아무렴! 넌 뭐든 다 하지. 머리에 떠오르는 것을 그대로 실천하는 사람이니까."

"그게 나쁘다는 말이야?"

"천만에, 부럽지."

"그 여자가 누군지 알 수 있겠어?"

"내가 어떻게 알아? 잘 자."

"이봐…… 우리 이야기를 조르주가 듣지나 않았을까?"

베르나르는 올리비에의 귀에다 대고 소곤거렸다. 잠시 그들은 눈치를 살폈다.

"걱정 마, 자고 있어." 태연한 목소리로 올리비에가 말했다.

"그리고 들어도 무슨 소린지 모를 거야. 요전에 아버지에게 뭐라고 물었는지 알아……? 왜……."

조르주는 그 이상 더 참을 수가 없었다. 침대 위에 몸을 한 절반쯤 벌떡 일으키고 형의 말을 가로막으며 "바보!" 하고 외쳤다. "일부러 가만히 듣고 있다는 걸 몰랐어? 아까부터 둘이 이야기하는 거 죄다 들었어. 놀랄 필요는 없어. 뱅상 형 일을 난 오래전부터 알고 있었어. 제발 낮게 좀 이야기해 줘. 졸려 못 견디겠어. 이야기를 그만두든지."

올리비에는 벽 쪽으로 돌아누웠다. 베르나르는 잠을 이루지 못하고 방 안을 둘러본다. 달빛이 비쳐 방이 널찍해 보인다. 실상 그는 이 방을 잘 알지 못한다. 올리비에는 낮에 이 방에 있는 일이 없었다. 간혹 베르나르가 집에 와도 언제나 위층 방으로 안내했다. 지금 달빛은 마침내 잠이 들어 버린 조르주의 침대 발밑까지 이르렀다. 조르주는 형이 하는 이야기를 거의 전부 들었다. 그것으로 꿈거리가 생긴 셈이다. 조르주의 침대 위에 조그만 두 단 서가가 보이는데, 거기에는 교과서들이 꽂혀 있다. 올리비에의 침대 곁에 놓여 있는 탁자 위에서 베르나르는 큼직한 책 한 권을 보았다. 『토크빌』이었다. 그러나 도로 탁자 위에 놓으려던 찰나에 책이 떨어지며 탁 소리를 내어 올리비에가 눈을 떴다.

"이제는 『토크빌』을 읽는 거야?"

"뒤바크가 빌려 줬어."

"재미있어?"

"좀 지루하지만 그래도 썩 좋은 대목들이 있어."

"이봐, 내일 뭘 할 거야?"

이튿날인 목요일은 리세* 학생들에겐 수업이 없는 날이었다. 아마도 베르나르는 올리비에와 다시 만날 생각을 하는 모양이었다. 베르나르는 앞으로는 학교에 가지 않고도, 학년 말 수업에 출석하지 않고도 혼자서 시험 준비를 할 수 있으리라고 생각하고 있었다.

"나 내일 11시 30분에 생 라자르 역에 가야 해. 디에프발 기차로 영국에서 돌아오는 삼촌을 마중하는 거야. 오후 3시엔 루브르에서 뒤르메르와 만나기로 했어. 그 밖의 시간에는 공부를 해야만 해." 하고 올리비에가 말했다.

"에두아르 삼촌?"

"그래, 어머니와 이복 남매야. 한 반년째 여행을 하고 있는데 나도 잘 알지는 못해. 그렇지만 난 그 삼촌이 퍽 좋아. 내가 마중 나오리라는 걸 모르지. 내가 삼촌을 알아볼 수 있을지 걱정이야. 우리 집안사람과는 딴판이어서 닮지를 않았거든. 아주 훌륭한 사람이야."

"무얼 하는데?"

"글을 쓰지, 삼촌 작품들을 난 거의 다 읽었어. 그렇지만 오래전부터 아무것도 발표하지 않아."

"소설을 써?"

"응, 소설 같은 것들이지."

"왜 내게 지금까지 그것에 대해 아무 말도 하지 않았어?"

"말을 하면 너도 읽고 싶어 할까 봐. 읽고 나서 네가 맘에

---

* Lycée. 현재는 삼 년제 고등학교지만, 1975년 이전에는 칠 년제였고, 개혁 후 전반 사 년은 중학교로 개편되었으며 '콜레주(college)'라고 부른다. 따라서 이 작품에서 말하는 리세는 과거 칠 년제를 말한다.

들어 하지 않는다면……."

"그게 어떻단 말이야! 끝까지 말해."

"그리되면 내가 괴로울 거 아냐. 그뿐이야."

"삼촌이 훌륭하다고 생각하는 이유는 뭐야?"

"글쎄 나도 잘 모르겠어. 조금 전에도 말했지만 거의 알지 못하는 사이니까 말이야. 예감이라고나 할까. 우리 아버지나 어머니라면 흥미를 느끼지 않는 많은 여러 가지 일들에 흥미를 느끼는 게 분명하고, 무슨 이야기든지 다 털어놓고 해도 좋을 사람 같았어. 어느 날, 그가 떠나기 얼마 전 일이었는데, 삼촌이 우리 집에서 점심을 먹었지. 아버지와 이야기를 하면서 삼촌이 줄곧 나만 보고 있다는 걸 나는 느꼈어. 아주 거북해서 방에서 나와 버리려고 했지 뭐야. 커피를 마시고 나서 그대로 식당에 있을 때였어. 그런데 삼촌이 뭐라고 아버지에게 내 이야기를 묻잖아. 그래서 나는 더 거북해졌지. 그러더니 아버지는 갑자기 일어서서 내가 얼마 전에 썼던 시를 가지러 가는 거야. 어리석게도 그걸 아버지에게 보여 드렸거든."

"네가 쓴 시?"

"그거 말이야. 너도 알지, 네가 보들레르의 「발코니」와 비슷하다고 한 그 시 말이야. 나는 그게 보잘것없거나 대수로운 게 못 된다는 걸 잘 알고 있었어. 그런 걸 아버지가 꺼내려는 데 화가 났단 말이야. 아버지가 원고를 찾으러 간 사이에 삼촌과 나는 잠시 그 자리에 둘만 남았지 뭐야. 나는 얼굴이 화끈 달아오르는 것을 느꼈지. 할 말이 뭐 있어야지. 그래서 난 다른 곳을 바라보고 있었어. 삼촌도 마찬가지였고. 삼촌은 담배를 말기 시작하더군. 그러더니 내가 낯을 붉히고 있는 것을 본 게 틀림없는지, 나를 편하게 하려고 일어서서 창밖을 내다보기 시작했어. 휘파람을 불면서 말이야. 그러다가 갑자기 나를 보고 '너보다 내가 훨씬 더 거북한걸.' 하고 말했어. 아마 상냥한 태도를 보이자는 생각이었을 거야. 마침내 아버지가 돌아와 에두아르 삼촌에게 내 시를 줘서 삼촌이 그걸 읽기 시작했어. 나는 그만 화가 나서 삼촌이 만약에 칭찬이라도 했으면 욕설을 퍼부어 주고 말았을 거야. 물론 아버지는 그러기를 기다렸지. 칭찬해 주길 말이야. 그런데 삼촌이 아무 말도 없으니까 아버지는 기다리다 못해 물었어. '어때? 어떻게 생각하나?' 그렇지만 삼촌은 웃으면서 대답하는 거야. '매형 앞에서 이야기하긴 거북하군요.' 그러자 아버지도 웃으면서 나가 버렸어. 다시 단둘이 되자 삼촌 말이, 내 시는 제대로 돼 있지 않다는 거야. 그렇지만 난 그 말을 듣고 기뻤어. 그리고 나를 더 한층 기쁘게 해 준 건, 갑자기 손가락으로 두 행, 그 시에서 오직 내 마음에 드는 그 두 행을 삼촌이 가리키더니 빙그레 웃으면서 '이건 좋아.' 하고 말하잖아. 멋지지 않아? 그런데 그렇게 말하는 그 어조가 기가 막혀. 껴안고 키스하고 싶어질 지경이었어. 게다가 또 내 잘못은 한 관념에서부터 출발하는 거고, 좀 더 말에다 몸을 맡겨 버리지 않는 것이라는 거야. 처음엔 무슨 소린지 알 수 없었지만 지금 생각하면 삼촌이 무슨 말을 하려던 것인지, 그리고 그 말이 옳다는 것을 알 수 있다고 생각해. 이담에 다시 설명할게."

"그러니까 마중가야겠다는 거네."

"지금 이야기한 건 아무것도 아냐. 왜 내가 이런 이야길 하는지 모르겠어. 사실은 그 밖에 다른 이야기도 서로 많이 했어."

"11시 30분이랬지? 어떻게 그 기차로 온다는 걸 알았어?"

"어머니에게 온 엽서에 그렇게 적혀 있었어. 그리고 기차 시간표를 알아봤지."

"그럼 함께 점심을 먹겠네?"

"아니야, 12시에는 집에 돌아와야 해. 잠깐 악수나 할 시간밖에 없을 거야. 그러기만 해도 난 좋아……. 아, 잠들기 전에 말해 줘, 언제 너와 만날 수 있겠어?"

"며칠 지나기 전엔 안 되겠는걸. 궁지에서 벗어날 무슨 방도가 생기기 전엔."

"그래도…… 내가 너에게 도움이 될 수 있는 일이 있다면."

"네가 도움이 될 수 있는 일? 안 돼. 그렇게 하면 반칙을 하는 거야. 내가 속임수를 쓰는 것 같은 생각이 들 거야…… 잘자."

4

나의 아버지는 어수룩했지만, 나의 어머니는 재치 있는 정적주의(靜寂主義) 신봉자였다. 키가 자그마하고 온유한 여인이었는데 곧잘 나에게 "애야, 너는 지옥에 떨어질 거야." 하고 말하시곤 했다. 그러나 실은 그녀는 그런 일을 조금도 걱정하지 않았다.

— 퐁트넬

아니다, 뱅상 몰리니에가 그처럼 매일 밤 나갔던 것은 애인 집으로 가기 위해서가 아니었다. 걸음이 빠른 그이기는 하지만, 뒤를 밟아 보기로 하자. 뱅상은 그가 사는 노트르담 데 샹 거리 꼭대기부터 그 거리에 잇달린 생 플라시드 거리까지 내려간다. 그리하여 바크 거리를 지나는데, 거기에는 아직 집에 돌아가지 못한 사람들이 몇몇 오가고 있다. 그가 바빌론 거리에 이르러 어느 큰 대문 앞에 멈춰 서면 대문이 열린다. 그는 지금 파사방 백작 집에 온 것이다. 자주 이곳에 오지 않는다면 이 으리으리한 저택에 그렇게 당당하게 들어가진 못할 것이다. 문을 열어 준 하인은, 침착한 체하는 그 태도 뒤에 숨긴 소심함을 쉽게 알아볼 수 있다. 뱅상은 일부러 모자를 하인에게 맡기지 않고 좀 떨어진 데서 안락의자 위에 던져 버린다. 그렇지만 뱅상이 이곳에 오기 시작한 것은 그다지 오래되지 않았다. 그가 친구라고 말하는 로베르 드 파사방에겐 친구가 많다. 뱅상과 그가 어떻게 알게 됐는지는 썩 잘 알지 못한다. 파사방은 뱅상보다 두드러지게 나이가 많지만, 아마 리세에서 알게 된 모양이다. 두 사람은 몇 해 동안 서로 보지 못하고 지내다가 아주 최근에, 평소 같지 않게 어쩌다가 뱅상이 동생 올리비에를 데리고 극장에 갔던 어느 날 밤, 다시 만났던 것이다. 막간에 파사방이 두 형제에게 아이스크림을 사 줬다. 그날 밤 파사방은 뱅상이 외부임상실습 과정을 마쳤다는 것과 인턴을 할지 어떨지 아직 확실히 결정하지 못했다는 것을 알았다. 사실 뱅상은 의학보다도 자연과학에 마음이 더 끌렸던 것이다. 그러나 생활비를 벌기 위해서는……. 요컨대 뱅상은 그로부터 조금 후, 로베르 드 파사방이 제안한 꽤 보수가 좋은 일자리를 쾌히 승낙한 것이다. 상당히 중한 병으로 수술을 받은 결과 몹시 쇠약해진 파사방의 늙은 아버지를 매일 밤 돌보는 일이었다. 치료란 붕대를 다시 감는것, 섬세한 내시경 검사, 주사 등, 좌우간 숙련된 손이 필요한 일이었다. 그러나 그 외에 파사방 백작에겐 뱅상과 가까이 해야 할 숨은 이유가 있었다. 한편 뱅상에게 또한 그 일을 받아들일 숨은 이유가 있었다. 파사방의 숨은 이유, 그것은 차차 알아보겠지만, 뱅상의 숨은 이유란 그에게 돈이 몹시 필요하다는 사실이다. 올바른 마음씨에, 어렸을 적부터 건전한 교육을 받아 책임 의식이 머리에 밴 사람일 경우, 여자에게 애를 배게 했으면 그 여자에 대해 어느 정도 책임을 져야 한다고 생각하는 것은 당연한 일이다. 하물며 그 여자가 남편을 버리고까지 자기를 따라왔음에야. 뱅상은 그때까지 꽤 품행이 반듯한 생활을 했다. 로라와의 연애 사건은 하루 중 그때 그때에 따라 흉악한 것으로 여겨지기도 했고 아무렇지도 않은 자연스러운 것으로도 여겨지기도 했다. 하나씩 따로 떼어 생각하면 매우 간단하고 매우 자연스러워 보이는 사소한 사실들이 한데 합하면 전체적으로 엄청난 것이 되어 버리는 수도 흔히 있는 것이다. 그는 걸으면서 그런 생각을 반복해 보지만, 그것으로 마음이 편해질 수는 없었다. 물론 그는 그 여자를 반드시 돌봐주겠다든가, 이혼당한 뒤에 그 여자와 결혼하겠다든가, 결혼은 안 해도 같이 살겠다든가 하는 생각은 해 본 적이 없었다. 사실 그 여자에게 그가 열렬한 사랑을 느끼는 것은 아니라는 사실을 자인하지 않을 수 없었다. 그러나 그녀가 아무 수입도 없이 파리에 와 있다는 것을 그는 안다. 그녀를 비참한 지경에 빠뜨린 것은 자기였다. 적어도 그녀에게 일시적인 도움만이라도 당장 보장해 주어야만 한다고 그는 퍽 근심을 하고 있었다. 그런데 그러한 도움을 보장해 주는 일은 어제에 비해 오늘, 시간이 갈수록 더 해 주기 어려워졌다. 왜냐하면 전 주에만 하더라도 그에게는 그가 사회에 나가 생애 첫걸음을 내디딜 때 도움이 되게끔 어머니가 끈기 있게 애써 저축해 두었던 5000프랑이 있었다. 그 5000프랑만 있으면 아마 여자의 출산, 입원비로 쓰고 당장 얼마 동안 어린애를 돌보아주기에 족했을 것이다. 그런데 무슨 악마의 속삭임에 귀를 기울였던 것일까? 마음속으로는 벌써 그녀에게 바친 것이

나 다름없이 생각했던 그 돈, 다른 데 쓴다면 큰 죄악이 될 것이라고 생각하던 그 돈, ─ 어느 날 밤 무슨 악마의 속삭임이었을까. ─ 그는 그 돈이 부족하지나 않을까 하는 생각을 품었던 것이다. 바로 그 악마가 로베르 드 파사방이었다는 것은 아니다. 로베르는 그러한 말을 결코 안 했다. 그러나 뱅상을 어느 도박장으로 안내해 주겠다고 그가 제의한 것이 바로 그날 밤 일이었다. 그리고 뱅상은 그것을 받아들인 것이다.

그 도박장은 사교계 인사들, 친구들끼리만 노름을 하는 위험한 곳이었다. 로베르는 뱅상을 이 사람 저 사람에게 모두 소개해 주었다. 뱅상은 뜻하지 않게 별안간 맞이한 일이라 그 첫날 밤에는 별로 크게 노름도 하지 못했다. 가진 돈도 거의 없었다. 파사방 백작이 빌려 주겠다는 것도 거절했다. 그러나 그는 돈을 따자, 좀 더 걸지 않은 것을 후회하고 이튿날 다시 오겠노라고 약속을 했다.

"이제 자네가 나와 함께 와야 할 필요는 없을 거야." 로베르가 말했다.

도박장은 피에르 드 브루빌, 사람들이 흔히들 페드로라고 부르는 사람의 집에서 벌어졌다. 그 첫날 밤 이후로 로베르 드 파사방은 자기 자동차를 뱅상이 자유롭게 쓰게 해 주었다. 뱅상은 11시쯤 와서는 담배를 피우며 한 십오 분 동안 로베르와 이야기를 하고는 2층으로 올라가서 늙은 백작의 기분, 참을성, 또는 병의 증상이 필요로 하는 것에 따라 얼마 동안 거기서 시간을 보냈다. 그리고 나서 자동차가 그를 생 플로랑탱 거리에 있는 페드로의 집으로 싣고 갔다가 한 시간 뒤에 다시 그를 태우고, 그의 집까지는 아니지만 그가 사람들 눈에 띌 것을 두려워했기 때문에, 집에서 가장 가까운 사거리까지 실어다 주곤 했던 것이다.

그저께 밤에 로라 두비에는 몰리니에네 집 안으로 통하는 충계 위에 앉아서 새벽 3시까지 뱅상을 기다렸다. 그제서야 뱅상은 돌아왔던 것이다. 그러나 그날 밤 뱅상이 페드로의 집에 갔던 것은 아니었다. 이제는 잃을 돈도 없었다. 이틀 전부터 그에게는 5000프랑에서 한 푼도 남지 않았다. 그는 그 일을 벌써 로라에게 알려 두었다. 이제는 그녀에게 아무것도 해 줄 수 없게 되었다는 것, 남편 곁으로든지 또는 부친 곁으로 돌아가서 모든 것을 고백하는 편이 좋으리라는 사연의 편지를 보냈다. 그러나 로라가 이제 와서 고백할 수도 없는 노릇이었다. 그런 일은 냉정하게 생각해 볼 수조차 없었다. 연인으로부터 책망을 들어도 그녀의 마음속에는 원통한 생각만 일어날 뿐이었고, 원통한 생각이 사라지자 그녀는 절망에 빠져 버리고 말았다. 뱅상이 그녀를 다시 만났을 때 그녀는 그러한 상태였던 것이다. 여자는 그를 붙들려고 했다. 그러나 뱅상은 그녀의 팔을 뿌리쳤다. 물론 인정 있는 그인지라, 애써 강경한 태도를 취했으리라. 그러나 사랑에 빠지기보다는 향락을 즐기는 편인 그는 그와 같은 냉정한 태도 자체도 자기 의무라고 쉽사리 생각할 수 있는 사람이었다. 그는 여자의 애걸과 호소에 아무런 대답도 하지 않았다. 그리하여 여자는, 그들의 대화를 엿들은 올리비에가 후에 베르나르에게 말한 것처럼, 뱅상이 방문을 쾅 닫아 버린 후에도 충계 위에 쓰러져 어둠 속에서 오랫동안 흐느껴 울었다.

그날 밤부터 벌써 사십 시간 이상이나 지났다. 파사방의 아버지도 좀 나은 것 같아서 뱅상은 어젯밤 로베르 드 파사방의 집에는 가지 않았다. 그러나 오늘 밤 전보가 그를 불렀다. 로베르가 만나고 싶다는 것이었다. 로베르가 서재 겸 흡연실로 사용하는 방, 로베르가 들어앉아 있기 일쑤고 그가 제 마음에 들도록 꾸미고 장식한 그 방으로 뱅상이 들어서자 로베르는 일어서지도 않고 되는 대로 어깨 위로 손을 들었다.

로베르는 무엇인가 글을 쓰고 있었다. 그는 책이 산더미처럼 쌓인 책상 앞에 앉아 있었다. 맞은편에는 정원으로 향한 유리문이 밝은 달빛 속에 활짝 열려 있었다. 그는 고개도 들지 않고 말했다.

"무엇을 쓰고 있는지 알아……? 하지만 이야기를 퍼뜨려선 안 돼…… 알겠나……! 약속하겠지…… 뒤르메르의 잡지 창간호 선언문을 쓰는 거야. 물론 내 이름은 밝히지 않지…… 더구나 내 칭찬까지 하고 있으니까 말이야…… 그리고 그 잡지에 내가 자금을 대고 있다는 사실은 어차피 알려지게 될 것이니까, 내가 거기에 글을 싣는 것을 남들이 너무 빨리 알아차리지 않는 게 좋거든. 그러니 쉿! 조용히 해야 해. 그런데 참, 생각이 나는군. 자네 동생이 글을 쓴다고 하지 않았던가? 이름이 뭐라고?"

"올리비에." 뱅상은 대답했다.

"올리비에, 그래, 잊어버렸어…… 그렇게 우두커니 서 있지 말게나그려. 그 안락의자에 앉지. 춥지 않은가? 문 닫을까……? 시를 쓴다지? 나한테 가져오는 게 좋겠는데, 물론 꼭 실린다곤 약속할 수 없지만…… 그러나 나쁠 리야 없을 테지. 퍽 영리해 보이는 동생이던데. 게다가 그 일에 정통한 모양이더군. 한번 이야기를 해 보고 싶어, 나에게 와 보라고 일러 주게.
되겠지? 그럼 자네만 믿겠어. 담배 어때?" 그러고는 그는 은제
담배 케이스를 내밀었다.

"고맙네."

"그리고 말일세, 뱅상, 진지하게 할 말이 있네. 요전날 밤 자
넨 어린애처럼 굴었어…… 나도 그랬지만 말이야. 자네를 페드
로네 집에 데리고 갔던 것이 잘못이라고 생각하진 않겠네만,
그래도 자네가 잃은 돈에 대해선 내게 약간의 책임이 있는 것
같아. 자네가 그 돈을 잃게 만든 것이 나라고 생각되네그려. 그
런 걸 후회라고 하는 건지 모르겠지만, 잠도 잘 수 없고 소화
도 안 돼. 참! 그리고 자네가 이야기한 그 가엾은 여자를 생각
하니 말일세…… 하긴 그건 다른 문제지. 그런 얘긴 그만두세.
신성불가침이니까. 내가 하고 싶은 말은 뭐고 하니 자네가 잃
은 액수의 돈을 자네 마음대로 써 줬으면 좋겠어. 5000프랑이
었지? 그걸로 다시 한 번 걸고 해 보게. 다시 말하지만 그 돈
은 나 때문에 자네가 잃은 것이고, 나는 그 돈을 자네에게 갚
아야 한다고 생각하니까 조금도 고맙게 여길 거 없네. 따면 돌
려주면 될 거고, 잃으면 그만이지 뭐! 우린 깨끗이 청산한 셈
이 될거야. 오늘 밤에 아무 일도 없는 체하고 페드로의 집으로
가 보게. 자동차로 데려다 주지. 내가 그리피스 부인 집에 가
야 하니까 자동차는 이리로 다시 올 거야. 자네도 뒤에 그리로
와 주면 좋겠어. 그럼 그렇게 믿겠어, 좋아? 자네를 데리러 페
드로네 집에 자동차를 보낼 테니까."

그는 서랍을 열고 지폐 다섯 장을 꺼내 뱅상에게 주었다.

"어서 가 보게……."

"그런데 자네 아버님은……."

"아, 이야기한다는 것을 잊어버렸군. 아버진 돌아가셨어. 얼마나 됐지……." 그는 시계를 꺼내 보더니 "빌어먹을, 늦었어! 곧 12시가 돼 가는군…… 어서 가 보게. 그래, 돌아가신 지 한 네 시간 됐어."라고 말했다.

조금도 다급한 기색이 없이 오히려 데면데면한 말투였다.

"그래, 자넨 집에서……."

"밤샘 말인가?" 로베르가 말끝을 가로챘다.

"괜찮아, 동생이 해 줄 테니까. 늙은 하녀하고 함께 위에 있어. 그 하녀는 나보다 돌아가신 아버지와 뜻이 더 잘 맞았어……."

그는 뱅상이 움직이지 않는 것을 보고 말을 이었다.

"여보게, 자네에게 냉소적인 사람으로 보이고 싶진 않네. 하지만 나는 틀에 박힌 감정은 질색이야. 나도 전에는 마음속에 아버지에 대한 자식의 효성이란 걸 형편에 맞춰 꾸며서 품어 보려고도 했어. 그렇지만 처음엔 좀 감도는 듯했으나 결국 그런 기분은 줄여 버리기로 했지. 내 생애에 있어서 그 노인은 권태나 불만, 부자유 같은 것 말고는 아무 값어치도 없었어. 노인 마음속에 약간 애정이 남아 있었는지도 모르지만, 하여튼 그걸 보여 주는 상대는 내가 아니었던 것만은 확실해. 내가 아직 자제력이라는 것을 몰랐을 적에, 어린 마음에 아버지에게 애정을 기울여도 매정하게 거절당하기만 했어. 그렇게 나는 교육을 받은 셈이지. 자네도 알 테지만 간호를 해 드려도…… 자네에게 한 번이나 고맙다고 하던가? 거들떠보기라도 하고 순식간에 사라지는 웃음이나마 지어 보이던가? 무슨 일이건 당신에게 그렇게 해 주는 게 당연하다고 생각했던 거야. 소위 기개가 있는 사람이라는 게 바로 그런 걸 테지. 어머니도 꽤 괴롭혔을 거라고 생각해. 그러면서도 아버지는 어머니를 사랑했어. 만약에 정말로 누굴 사랑했다면 말일세. 난 아버지가 주위 모두를, 가령 하인이거나 개거나 말이거나 정부(情婦) 등을 괴롭혔을 거라고 생각해. 그러나 친구는 예외였어. 친구는 하나도 없었으니 말이야. 아버지가 돌아가시자 제각기 모두 '야아!' 하는 안도의 숨을 쉬어. 소위 '자기 분야에 있어서는' 훌륭한 사람이었을 테지. 그러나 그 분야가 뭔지 나는 알 수가 없었어. 머리는 퍽 좋았지, 그건 확실해. 실상 나도 아버지에게 어떤 존경심을 품었고, 지금도 그래. 그렇지만 손수건을 끄집어 내 연극을 하고…… 눈물을 짜내고…… 그런 것은 못 하겠어. 그런 어린애 짓을 할 나이도 아니고. 자, 어서 가 보게. 그리고 한 시간 후에 릴리앙 집에서 만나자고. 뭐? 야회복을 입지 않아서 어색하다고? 바보같이! 어째서? 거기에 가는 건 우리 둘뿐일 텐데 뭘. 그러나 여보게, 나도 그냥 양복을 입고 갈 테야. 그렇게 하세. 나가기 전에 시가 한 대 피우게. 곧 자동차를 보내 줘. 다시 자넬 태우러 가게 할 테니까."

뱅상이 나가는 것을 보고 그는 어깨를 으쓱 추어올린 다음 옷을 갈아입으려고 제 방으로 들어갔다. 예복이 소파 위에 걸쳐져서 그를 기다리고 있었던 것이다.

2층에 있는 방 안 침대에 노백작의 시체가 눕혀 있다. 가슴 위에 십자가가 놓였으나 손은 합장되지 않았다. 며칠째 깎지 않은 수염이 강한 의지가 있어 보이는 뾰족한 턱을 부드럽게 해 주었다. 짧게 깎아 올린 희끗희끗한 머리털 아래 이마를 가로지른 주름살들도 훨씬 엷어지고 펴진 것같아 보인다. 눈은 눈 위 돌출부 밑으로 쑥 들어갔는데, 그 눈 위 돌출부에 눈썹이 무성하여 두드러졌다. 다시는 보지 못할 얼굴이니까 나는 그 얼굴을 오랫동안 들여다봐야 한다. 침대 머리에는 안락의자가 놓여 있고, 거기에 늙은 하녀 세라핀이 앉아 있다. 그런데 그녀는 지금 일어섰다. 그러고는 어렴풋이 방을 비추는 구식 석유 등잔이 놓인 탁자 곁으로 걸어간다. 심지를 돋우어야 하기 때문이다. 등피 덕분에 등불 빛은 젊은 공트랑이 읽는 책 위를 비춰 준다…….

"공트랑 도련님, 피곤하세요. 가서 주무셔야겠어요."

공트랑은 매우 부드러운 눈을 들어 세라핀을 바라본다. 이마에서 추켜올린 금발이 양쪽 관자놀이에 흐트러져 있다. 나이는 열다섯, 거의 여자 같은 그의 얼굴에는 아직도 남아 있는 상냥함과 애정 어린 표정밖에 보이지 않는다.

"그렇지만 아줌마는?" 그는 말한다.

"가서 자야 할 사람은 아줌마야. 어젯밤만 해도 내내 서서 새우다시피 하지 않았어."

"저는 밤을 새우기가 일쑤니까 괜찮아요. 그리고 낮에 저는 잤지만 도련님은…….."

"아니, 괜찮아. 피곤한 줄 모르겠어. 그리고 여기서 이렇게 생각도 하고 책도 읽고 하는 게 난 좋은걸. 난 아버지를 잘 모르고 지냈어. 지금 잘 봐 두지 않으면 아주 잊어버리고 말 것 같아. 날이 밝을 때까지 아버지 곁에 있을 테야. 한데 아줌마는 언제부터 우리집에 있었지?"

"도련님이 태어나기 바로 전해부텁니다. 도련님은 이제 곧 열여섯 살이 되죠."

"어머니를 잘 기억해?"

"기억하느냐고 물으시는 거죠? 당치도 않은 물음이에요! 내 이름이 뭔지 기억하느냐고 묻는 거나 같아요. 어머님 일이라면 죄다 기억하죠."

"나도 좀 기억이 있긴 하지만 잘 생각나진 않아…… 돌아가셨을 때 난 다섯 살이었지…… 한데 아버지가 엄마에게 말을 많이 했었나?"

"날에 따라서 달랐지요. 아버님은 그다지 말이 많은 분이 아니셨어요. 누구든지 먼저 말을 거는 걸 별로 좋아하지 않으셨죠. 그래도 돌아가시기 전보다는 좀 더 말을 하셨지만요…… 하지만 너무 지나간 얘기는 들추지 않는 게 좋을 거예요. 그리고 하느님이 모든 걸 심판하시도록 하세요."

"하느님이 그런 일까지 떠맡아 주시리라고 생각해?"

"하느님이 안 해 주시면 누가 해 줘요?"

공트랑은 세라핀의 붉은 손에 입술을 갖다 댄다.

"자, 이제는 뭘 해야 하는지 알아? 가서 자요. 밝으면 곧 깨워 줄 테니. 그담엔 내가 가서 자지. 어서."

그를 혼자 남겨 두고 세라핀이 나가 버리자 공트랑은 침대 아래에 무릎을 꿇었다. 이마를 시트 속에 파묻었지만, 눈물이 나오질 않는다. 아무런 감동도 마음속에서 일어나지 않는 것이다. 눈물이 나오리라는 가망이 전혀 없는 눈은 건조하기만 했다. 그러자 그는 일어섰다. 그는 아버지의 무표정한 얼굴을 들여다본다. 이처럼 엄숙한 순간을 맞아 무엇인가 장엄한 것, 희한한 것을 느끼고 싶었고, 저 세상으로부터 오는 교감에 귀를 기울이고 싶었고, 자기 생각을 초감각적인, 지극히 맑은 우주 속으로 던져 버리고 싶었건만 그의 생각은 지상에 얽매어 있을 뿐이다. 그는 핏기 빠진 아버지 손을 바라보면서 앞으로 얼마 동안 손톱이 자랄 것인가 하고 생각해 본다. 아버지가 합장을 하지 않은 것이 그는 언짢았다. 두 손을 가까이 가져다가 모으게 하고 십자가를 쥐어 주고 싶은 생각이 들었다. 참 좋은 생각이다. 시신이 합장한 것을 세라핀이 보면 깜짝 놀라려니 생각하며, 벌써 그는 세라핀이 어리둥절해하는 광경을 재미있게 상상해 본다. 그러다가 곧 뒤늦게 재미있어 하는 자기 자신을 한심하게 느낀다. 그러면서도 그는 침대 위로 몸을 수그린다. 그리고 그에게서 멀리 늘어져 있는 팔을 잡았다. 팔은 이미 굳어 마음대로 움직여 주지 않았다. 공트랑이 그 팔을 억지로 굽혀 보려고 하자 시신 전체가 움직인다. 그는 또 한 팔을 잡았다. 그 팔은 좀 느슨해 보였다. 공트랑은 알맞을 거라고 생각한 위치까지 손을 거의 옮겨갔다. 그는 십자가를 집어서 엄지손가락과 다른 손가락들 사이에 들이밀어 그것이 쥐여 있도록 해 보려고 했다. 그러나 그 차디찬 살의 촉감에 그만 맥이 빠져 버렸다. 기절할 것 같은 느낌이 들었다. 세라핀을 다시 부르고 싶었다. 그는 모든 것을 내동댕이쳤다. 십자가는 구겨진 침대 시트 위에 비스듬히 나둥그러지고 팔은 전에 있던 자리에 도로 떨어져 버리고 말았다. 그러자 그는 장례의 구슬픈 침묵 속에서 갑자기 거칠게 '빌어먹을!' 하는 소리를 듣고 겁에 질렸다. 어느 다른 사람의 목소리 같았다…… 뒤를 돌아보았으나 아무도 없었다. 저 혼자 있을 뿐이다. 커다랗게 울린 그 욕

설, 그것은 그의 입에서, 여태껏 한 번도 욕설이라곤 입 밖에
내 본 일이 없었던 그의 깊은 내면에서 튀어나온 것이다. 이윽
고 그는 의자로 돌아가서 다시 독서에 잠겨 버린다.

5

> 그것은 자극제의 유혹에 끌리지 않는 마음과 육
> 체였다.
>
> —생트뵈브

릴리앙은 몸을 반쯤 일으켜서 손가락 끝으로 로베르의 갈색
머리칼을 매만졌다.

"머리칼이 빠지기 시작했군요. 조심하세요. 겨우 서른밖에
안 된 이가 이게 뭐예요. 대머리는 당신에게 어울리지 않을 거
예요. 인생을 너무 심각하게 생각하시는 탓이에요."

로베르는 얼굴을 들어 웃음을 띠고 그녀를 바라본다.

"당신 곁에 있을 땐 그렇지도 않지."

"몰리니에 씨에게 이리로 오라고 했어요?"

"말했지, 당신 청이니까."

"그리고…… 돈도 빌려 줬나요?"

"말한 대로 5000프랑 빌려 줬지. 페트로네 집에 가서 잃을

걸."

"왜 잃을 것이라는 거죠?"

"뻔해, 첫날 밤에 내 눈으로 봤으니까. 그런 서툰 솜씨론 어림도 없을 거야."

"그동안 솜씨가 늘었을 수도 있지요……. 내기할래요? 오늘 밤 그이가 따는지?"

"소원이라면 하지."

"마지못해 하시는 거라면 그만둬요. 한다면 자진해서 하는 게 난 좋아요."

"화내지 마. 그렇게 하지. 그 친구가 따면 돈은 당신에게 주고, 만약에 그가 잃으면 당신이 내게 그 돈을 갚도록, 어때?"

그녀는 초인종을 눌렀다.

"토케*하고 잔을 셋 가져와요. ── 그리고 그이가 5000프랑만 가지고 돌아온다면 그 돈은 그대로 그이에게 주죠? 따지도 잃지도 않으면 말이에요."

"그런 일은 절대로 없을걸. 참 이상한 일이야. 당신이 그 친구에게 그렇게 관심을 가지다니 말이야."

"참 이상한 것은 당신이 그에게 관심을 안 갖는 거예요."

"당신이 관심을 가지는 건 그 친구에게 반했기 때문이겠지."

"그건 그래요! 당신에겐 그런 말을 할 수 있어요. 그렇지만 그 때문에 그이에게 관심을 갖는 건 아니에요. 차라리 반대예요. 전 어떤 사람에게 반하면 냉담해져요."

하인이 술과 잔을 쟁반에 받쳐 들고 들어왔다.

_____

* 헝가리산 포도주.

"먼저 내기를 위해서 축배를 듭시다. 그이가 따 가지고 오면 또 한잔 들기로 하고."

하인이 술을 따르자 그들은 잔을 부딪쳤다.

"난 당신의 뱅상을 피곤한 친구라 보는데." 로베르가 말했다.

"어머나, '나의' 뱅상이라고요…… 당신이 그이를 데려오셨다는 걸 잊어버리셨나 봐! 그리고 여기저기 사방에다 그이가 피곤한 사람이라고 말하지 않으시는 게 좋을 거예요. 왜 당신이 그이와 사귀는지 곧 눈치 챌 테니까 말이죠."

로베르는 약간 몸을 돌려 릴리앙의 맨발에 입술을 갖다 댔다. 그러자 릴리앙은 이내 그 발을 움츠리고 부채로 감추어 버렸다.

"낯을 붉혀야 할까?" 그는 말했다.

"제 앞에서는 그럴 필요가 없어요. 하려고 해 봐야 되지도 않을 거고요."

릴리앙은 잔을 비우고 나서 말했다.

"제 생각을 이야기해 드릴까요? 당신에겐 문인 기질이 전부 있어. 허영심 많고 위선적이고 야심가이고 변덕스럽고 이기적이고……"

"너무 친절하시군."

"참 그만하면 굉장하시지. 그렇지만 훌륭한 소설가는 되지 못할걸."

"그건 왜……?"

"남의 이야기를 들을 줄 모르니까."

"당신 이야기를 난 경청하고 있다고 생각하는데."

"설마! 그 사람은 문학자는 아니지만 당신보다 제 이야기를 훨씬 잘 들어줘요. 그렇지만 둘이 함께 있으면 제가 듣는 편이 죠."

"이야기를 거의 할 줄도 모르는 친군데?"

"그야 언제나 당신만 길게 이야기하니까 그렇죠. 당신이 어떠한가는 제가 아는걸요. 그이에겐 한마디도 이야기할 틈을 안 주는 거예요."

"그 친구가 무슨 이야기를 할지 미리 다 아니까."

"그렇게 생각하세요? 그래, 그이와 그 여자 이야기를 아세요?"

"하, 연애 사건이라. 세상에 그것처럼 지루한 건 없지."

"그리고 전 그이가 박물학 얘기를 할 때도 좋아요."

"박물학? 그건 연애 사건보다도 더 지루하지. 그래, 그 친구가 강의를 한바탕 늘어놓은 게로군."

"그이가 말한 걸 당신에게 이야기해 줄 수만 있다면…… 참 흥미진진해요. 바다에 사는 동물 이야기를 굉장히 많이 해 줬다고요. 바다에 사는 짐승들에게 언제나 흥미가 있어요. 미국에선 동체에 유리를 끼운 배를 만들어서 바다 밑 광경을 둘러보려고 한다는군요. 굉장한 모양이에요. 살아 있는 산호를 볼 수도 있고…… 그리고 뭐라더라……? 석산호라든가, 해면이라든가, 해초, 고기 떼, 그런 걸 볼 수 있대요. 뱅상 말에 의하면 물에 소금기가 많아지거나 덜해지면 죽어 버리는 고기들이 있다는군요. 그리고 반대로 아무리 소금기의 변화가 있어도 견뎌 내는 것들이 있어서, 물에 소금기가 적은 조류 기슭에 자리를 잡고, 기운이 빠져 가는 고기를 보기만 하면 잡아먹는대요. 이야기 좀 들려 달라고 그이에게 말해 보는 게 좋을 거예요…… 정말 신기하다니까요! 그런 이야기를 할 때 그는 멋있어요. 그이라고 생각하기 힘들 지경이에요……. 하지만 당신은 그이에게 이야기를 시킬 줄 모르니까 탈이지……. 로라 두비에와의 이야기를 할 때처럼 말이에요…… 참, 그게 그 여자 이름이래요……. 어떻게 그이가 그 여자와 연분을 맺었는지 아세요?"

"그런 이야기를 하던가?"

"제게는 누구나 뭐든지 이야기하거든요. 당신도 잘 알면서 뭘 그래요!" 접힌 부채에 달린 깃털로 그녀는 파사방의 얼굴을 쓰다듬었다.

"처음으로 당신이 그이를 데려오셨던 그날 밤부터 매일 그이가 저를 만나러 온다는 걸 아세요?"

"매일! 그건 정말 몰랐는데."

"나흘째 되던 날 그분은 참다 못해서 죄다 이야기했어요. 게다가 그 뒤로는 매일 조금씩 더 자세한 이야기를 덧붙여서 해 줬어요."

"그래, 싫증도 안 났다니! 어지간하신데."

"제가 그이를 좋아한다고 말하지 않았어요!"

그녀는 호들갑스레 파사방의 팔을 잡으면서 말했다.

"그래, 그 친구는…… 그 여자를 사랑하나?"

릴리앙은 웃음을 터뜨렸다.

"전에는 사랑했죠. — 그래요, 처음엔 제가 그 여자에게 끔찍이 관심을 가진 것처럼 보이느라고 퍽 애썼어요. 그이와 함께 눈물까지 흘려야 했던걸요. 그렇지만 제 마음은 질투심으로 타올랐어요. 지금은 그렇지도 않지만. 어떻게 일이 시작됐는지 좀 들어 보세요. 둘 다 폐결핵이라며 포의 어떤 요양원에가 있었다는 거예요. 사실은 둘 다 정말 그 병은 아니었는데, 본인들은 모두 그 병이 중한 줄로만 알았대요. 아직 서로 모르는 사이였죠. 그러다가 정원 테라스 긴 의자 위에 서로 나란히 눕게 되었을 때 처음 만났다나요. 요양하느라고 하루 종일 밖에 누워 있는 다른 병자들도 함께 있었대요. 둘 다 죽음을 면할 수 없는 줄로만 생각했던 만큼, 무슨 일을 하든지 아무 상관없으리라고 믿어 버렸던 거예요. 그이는 그 여자에게 자기들은 둘 다 한 달밖에 살 수 없다고 늘 이야기를 했대요. 게다가 봄이고. 그 여자는 거기 혼자 있었대요. 남편은 영국에서 교편을 잡는 평범한 프랑스어 선생이었답니다. 그녀는 남편을 떠나서 포에 와 있었던 거지요. 석 달 전에 결혼했는데, 남편은 아내를 그곳으로 보내기 위해 재정적으로 막대한 희생을 치렀음에 틀림없어요. 남편한테서 매일 편지가 왔대요. 퍽 점잖은 가정 출신으로 교육도 잘 받았고, 나대지 않는 매우 수줍은 여자래요. 그러나 그곳에서…… 뱅상이 무슨 말을 어떻게 했는지는 모르겠지만, 만나서 사흘째 되는 날, 남편과 잠을 자고 몸을 맡기기는 했지만 쾌감이라는 걸 아직 모른다고 그 여자가 고백했다는 거예요.”

“그래서 뱅상은 뭐라고 말했대?”

“긴 의자 곁으로 늘어뜨린 그 여자의 손을 잡고 자기 입술을 오랫동안 갖다 댔대요.”

“그래, 당신은? 그런 이야기를 듣고 뭐라고 했소?”

“저요! 끔찍했어요…… 그때 난 참을 수 없어 웃음을 터뜨렸단 말이에요. 아무리 해도 견딜 수가 없고 웃음이 그쳐 줘야 말이죠…… 그의 이야기가 우습다는 게 아니에요. 그이에게 더 이야기를 시키려고 흥미를 느끼는 것 같은, 놀란 것 같은 태도를 보이는 나 자신이 우스웠던 거예요. 너무 지나치게 재미있어 하는 느낌을 줄까 봐 걱정이 되었어요. 실제로 아주 슬프고 아름다운 이야기지요. 저에게 이야기를 하면서 그이는 매우 감격했어요! 지금까지 그런 이야기를 아무에게도 한 적이 없었다는군요. 물론 자기 부모님도 모르신다는 거예요."

"당신이야말로 소설을 써야겠군."

"아무렴, 그렇고말고요. 다만 어떤 언어로 써야 좋을지 알 수만 있다면……! 러시아어로 써야 할지 영어로 써야 할지 프랑스어로 써야 할지 갈피를 잡을 수 없네요. ── 하여간 그다음 날 밤에 그이는 새로 사귄 그 여자 방으로 가서, 그 여자가 남편에게서 배우지 못한 것을 죄다 가르쳐 줬대요. 썩 잘 가르쳐 준 모양이에요. 하지만 두 사람은 저마다 얼마 남지 않은 목숨이라고 생각했으니까 자연히 전혀 조심하지 않았던 거예요. 그리고 얼마 뒤 그들은 사랑이라는 것에 힘입어 둘 다 병세가 훨씬 나아졌지 뭐예요. 그런데 여자가 임신한 것을 알게 되자 그들은 깜짝 놀랐어요. 그것이 바로 지난달 이야기래요. 날씨도 더워지기 시작했는데, 포란 곳은 여름엔 견딜 수 없지요. 그래서 그들은 함께 파리로 왔다는군요. 남편 되는 사람은 뤽상부르 공원 근처에서 사립 기숙사를 운영하고 있는 친정에 아내가 가 있으리라고 생각했지만, 그녀는 차마 부모를 뵐 낯이 없었을 거예요. 부모는 아직도 딸이 포에 있다고 생각하는 거죠. 그렇지만 어차피 다 드러나고 말 판국이에요. 뱅상은 처음에 절대로 그녀를 버리지 않겠노라고 약속을 했대요. 어디든지, 아메리카로 가든지 오세아니아로 함께 떠나든지 하자고 했다는 거예요. 그렇지만 떠나도 돈이 있어야 떠나죠. 그런데 바로 그때 그이는 당신을 만나서 도박을 하기 시작했단 말이에요."

"내게 그런 이야긴 일언반구도 없었는데."

"제가 이야기하더라고 그이에게 말하지는 마세요⋯⋯!"

릴리앙은 하던 말을 멈추고 귀를 기울였다.

"그이가 오는가 했어요⋯⋯ 포에서 파리로 오는 동안에 그이는 여자가 미쳐 버리는 것은 아닌가 생각했대요. 임신한 것을 막 알고 난 직후였으니까요. 차 객실 안에서 그녀는 그의 마주편에 앉아 있었대요. 거기에는 그들 외엔 아무도 없었다는군요. 그녀는 아침부터 말 한마디 하지 않더래요. 떠날 때도 그이가 모든 일을 도맡아 할 수밖에 없었고, 그가 그렇게 하도록 놔두었다는군요. 그 여자는 정신이 나간 모양이었대요. 그이가 손을 잡아도 그녀는 그이가 눈에 보이지 않는 듯이 얼이 빠져 앞만 바라보고서, 입술만 떨더라는군요. 그이가 허리를 굽히고 듣자니까 '애인이라니! 애인이라니! 내게 애인이 생기다니.' 하고 여자는 말하더래요. 그 말을 같은 어조로 자꾸만 되풀이하더래요. 마치 다른 말을 잊어버린 듯이 그저 그 말만을⋯⋯ 그 이야기를 들었을 때 저는 웃고 싶은 생각도 없어지고 말았어요. 그렇게 비장한 이야기는 생전 처음이었으니까요. 그렇지만 이야기를 하는 동안에 그이 마음이 그 모든 것에서 떨어져 나간다는 것을 저는 알 수 있었어요. 말과 함께 감정도 날아가 버리는 것 같았죠. 마치 제 감동이 그이 자신의 감동을 좀 대신해 줘서 고맙게 여기는 것 같더군요."

"러시아어나 영어로는 어떻게 말할지 모르겠지만 프랑스어로는 표현이 아주 그럴 듯한데."

"고마워요. 저도 그런 줄 알고 있었어요. 박물학 이야기를 해 준 건 그다음이었죠. 그리고 사랑에 일생을 바치는 건 당치 않은 일이라고 제가 설득해 주었지요."

"다시 말하자면, 그 여자와의 사랑을 희생하라고 말했단 말씀이로군. 그리고 당신이 그 자리에 들어서겠다 그런 말이지."

릴리앙은 대답이 없었다.

"이번엔 정말 그 친구가 오나 보군……." 하고 로베르는 말을 이으면서 일어섰다. "들어오기 전에 해 둘 말이 있어. 아버지가 조금 전에 돌아가셨어."

"그래요?"

릴리앙은 간단하게 한마디했다.

"파사방 백작 부인이 될 생각은 없는지?"

그 말을 듣자 릴리앙은 몸을 뒤로 젖히며 큰 소리로 웃었다.

"그렇지만…… 남편이 영국에 있다는 사실을 잊고 있었다는 생각이 드네. 봐요, 당신에게 아직 이야기를 하지 않았던가요?"

"안 한 것 같은데."

"그리피스 경이라는 사람이 어딘가 있을 거예요." 그녀의 칭호를 여태껏 정말로 믿은 적이 없었던 파사방 백작은 빙그레 웃었다. 릴리앙은 이어서 말했다.

"당신이 하는 일을 숨기려고 그런 말을 하시는 거죠? 안 돼요. 지금처럼 지내는 게 좋잖아요, 친구로. 안 그래요?"

그렇게 말하면서 릴리앙이 손을 내밀자 파사방은 그 손에 입술을 갖다 댔다.

"아무렴, 내 그럴 줄 알았지." 뱅상은 들어서며 외쳤다. "남을 속여 놓고 예복을 입고 오셨군그래."

"그래, 저 사람 차림새에 창피를 주지 않으려고 나도 평복을 입고 온다고 약속했더랬지." 로베르가 말했다. "미안하네, 여보게, 그런데 난 상중이라는 것을 갑자기 깨달았단 말일세."

뱅상은 거리낌 없는 모습이었다. 그에게선 온통 승리와 기쁨이 넘쳐흘렀다. 그가 들어서자 릴리앙은 성큼 일어섰다. 잠시 뱅상을 훑어보더니 그녀는 좋아라 하며 로베르에게 달려들어 깡충깡충 뛰고 소리를 지르며 그의 등을 주먹으로 두드렸다.(그렇게 릴리앙이 어린애처럼 굴 때면 좀 짜증이 난다.)

"내가 내기에 이겼어요! 내가 내기에 이겼어요!"

"무슨 내기입니까?"

뱅상이 물었다.

"댁이 또 잃고 돌아올 것이라고 내기를 했어요. 어서 말씀해 주세요. 얼마 따셨어요?"

"엄청난 용기를 내고 미덕을 발휘하여 5만 프랑에서 멈춰 버렸죠. 그러고는 자리를 떴어요."

릴리앙은 떠나갈 듯한 환성을 질렀다.

"만세! 만세! 만세!" 그녀는 외쳤다.

그러고는 뱅상에게로 달려들어 그의 목을 껴안았다. 뱅상은 야릇한 백단향 냄새를 풍기는 불타는 듯한 여자 육체의 부드러움이 몸에 전달됨을 느꼈다. 릴리앙은 그의 이마와 뺨, 입술에다 마구 키스를 했다. 뱅상은 휘청거리며 벗어났다. 그러고는 주머니에서 지폐 다발을 꺼냈다.

"자, 자네가 대 줬던 밑천을 받게." 말하면서 그는 그중 다섯 장을 로베르에게 내밀었다.

"그건 릴리앙에게 줘야 돼."

로베르는 지폐를 릴리앙에게 줬다. 릴리앙은 그것을 받아 긴 의자 위에 던졌다. 그녀는 가빠진 숨을 돌리려고 테라스 가까이 다가섰다. 바야흐로 밤이 끝나 가는 괴이쩍은 시각, 악마가 돈을 셈한다는 바로 그런 시각이었다. 밖에서는 아무 소리도 들려오지 않았다. 뱅상은 긴 의자에 걸터앉았다. 릴리앙이 그에게로 돌아서더니 처음으로 격의 없이 말을 놓고 이야기했다.

"앞으로 '당신' 어떻게 할래요?"

뱅상은 두 손으로 머리를 움켜쥐면서 흐느낌 같은 소리로 대답했다.

"모르겠는데."

릴리앙은 가까이 가서 그의 이마 위에 손을 얹었다. 그가 머리를 들었을 때 눈은 물기 없이 불타고 있었다.

"하여간에 우선 셋이서 축배를 올려요." 그녀는 잔 세 개에 토케를 따랐다.

그것을 마시기가 바쁘게 릴리앙은 말했다.

"이제는 돌아들 가세요. 늦기도 했고 피곤해요." 두 사람을 대기실까지 배웅할 때 로베르가 앞선 틈을 타서 그녀는 뱅상의 손에다가 재빨리 조그만 쇠붙이를 쥐어 주며 속삭였다. "같이 나갔다가 십오 분 후에 다시 돌아와요."

대기실에서는 하인이 졸고 있었다. 그녀는 그의 팔을 흔들어 깨웠다.

"이분들이 내려가는 저 아래까지 불을 밝혀 드려요."

층계는 컴컴했다. 전깃불을 켜면 간단했을 것이지만, 릴리앙은 손님이 나가는 것을 언제나 하인이 지켜보기를 바랐다. 하인은 커다란 촛대에 불을 켜서 높이 들고 로베르와 뱅상 앞을 비추며 층계를 내려갔다. 로베르의 자동차가 문 앞에서 기다리고 있었다. 두 손님이 나간 뒤에 하인은 다시 문을 잠갔다.

로베르가 자동차 문을 열고 타라고 손짓을 했을 때 뱅상이 말했다.

"난 걸어서 갈까 하네. 좀 걸으면서 흥분을 가라앉혀야겠네."

"정말 바래다주지 않아도 좋아?" 하며 로베르는 갑자기 뱅상의 주먹 쥔 왼손을 잡았다.

"손을 펴! 쥐고 있는 걸 보세!"

고지식한 뱅상은 로베르가 질투를 하지 않을까 겁을 먹었다. 그는 손가락을 펼치면서 얼굴을 붉혔다. 조그만 열쇠가 길바닥 위에 떨어졌다. 로베르는 곧 그것을 주워서 들여다 보더니 웃으면서 뱅상에게 돌려주었다.

"그렇구먼!" 그러고는 어깨를 으쓱했다. 그는 이어 자동차에 오르자 얼빠진 듯 서 있는 뱅상에게 몸을 돌리면서 말했다.

"목요일이야, 알지. 저녁 4시부터 기다린다고 동생에게 말해 주게." 그러고는 뱅상에게 대답할 틈도 주지 않고, 곧 문을 닫아 버렸다.

자동차가 떠났다. 뱅상은 얼마 동안 둑길을 걷다가 센 강을 건너서 튈르리 공원 철책 밖 어귀에 이르러 작은 분수로 가까이 가자, 손수건을 물에 적셔 이마와 관자놀이에 갖다 댔다.

그러고는 천천히 릴리앙 집으로 향했다. 조그만 열쇠를 자물쇠에 살그머니 들이미는 그를 악마가 재미있게 바라보는 동안…… 그를 그냥 놔두기로 하자.

바로 그때, 어느 초라한 호텔 방에서 어제까지 그의 애인이 었던 로라는 오랫동안 울고 신음한 끝에 겨우 잠이 들어 가고 있었다. 한편 프랑스로 향하는 배의 갑판 위에서는 에두아르 가 어스름하게 밝기 시작한 여명 속에서 그녀로부터 받은 편 지를 읽고 있었다. 애절한 편지, 구원을 해 달라는 편지다. 벌 써 조국의 정든 바닷가가 드러나고 있다. 그러나 안개에 묻혀 익숙한 눈이 아니면 분명히 알아보기 어렵다. 신의 눈길이 이 제 미소를 보낼 하늘에는 구름 한 점 없다. 이미 붉게 물든 수 평선의 눈꺼풀이 번쩍 들린다. 파리는 얼마나 더울까! 이젠 베 르나르를 다시 찾아봐야 할 때가 되었다. 그는 지금 올리비에 의 침대 속에서 잠이 깨고 있다.

6

우리는 누구나 다 사생아다.
내가 아버지라고 부르던 아주 존경스러운 사람도
내가 주조될 때 어디 있었는지 나는 알지 못한다.
— 셰익스피어

베르나르는 터무니없는 꿈을 꿨다. 무슨 꿈이었는지는 확실
히 기억나지 않는다. 그는 그 꿈을 생각해 내려고는 하지 않고,
다만 그 꿈으로부터 빠져나오려고 했다. 현실 세계로 돌아오
자 그는 제 몸 위를 무겁게 내리누르는 올리비에의 육체를 느
꼈다. 그들이 잠든 동안, 어쨌든 베르나르가 잠든 동안 올리비
에는 그에게로 다가왔다. 하기는 침대가 좁아서 그다지 떨어져
잘 수도 없는 일이었다. 올리비에는 몸을 뒤척이며 돌아누웠
고, 지금은 모로 누워 자는 까닭에 베르나르는 그의 뜨거운 입
김을 목 언저리에서 간지럽게 느끼고 있었다. 베르나르는 짧은
셔츠만 하나 입고 있었을 뿐이다. 올리비에의 팔 하나가 그의

몸 위에 가로놓여 그의 살을 마구 눌렀다. 베르나르는 잠시 올리비에가 정말 자는 것인지 의심을 품었다. 그는 살그머니 몸을 빼냈다. 그는 올리비에를 깨우지 않고 일어서서 옷을 입고는 다시 침대로 돌아와서 누웠다. 밖으로 나가기에는 아직 이르다. 4시. 동이 겨우 트고 있다. 하루를 용감하게 시작하기 위해 한 시간쯤 더 휴식과 비약을 준비해야 한다. 그러나 이제 잠은 그만이었다. 베르나르는 훤해져 가는 유리창이며 자그마한 방의 회색 벽이며 조르주가 꿈을 꾸며 꿈틀거리는 쇠 침대를 바라보았다.

'조금 있으면 나는 나의 운명을 향해 나아갈 것이다.' 하고 그는 생각했다. '모험! 얼마나 흐뭇한 말이냐! 다가올 모든 일들. 나를 기다리는 모든 놀라움. 다른 사람들도 모두 나와 같은지 모르겠지만, 나는 눈을 뜨고 나면 자고 있는 녀석들을 멸시하고 싶어진단 말이야. 올리비에, 나의 벗이여, 난 너의 작별 인사를 받지 않고 나가련다. 자, 일어서자, 용감한 베르나르! 시간이 되었어.'

그는 물에 적신 손수건 끝으로 얼굴을 문지른 다음 모자를 쓰고 구두를 신었다. 그러고는 소리를 내지 않고 살그머니 문을 열었다. 밖이다!

아아! 아직 아무도 들이켜지 않은 공기, 그 얼마나 온몸에 시원하게 느껴지는 것이냐! 베르나르는 뤽상부르 공원 철책을 따라 걸어간다. 보나파르트 거리를 내려가서 둑길에 이르러 센 강을 건넜다. 그는 지금 새 생활 신조를 생각한다. 얼마 전에 그 표현 문구를 생각해 냈던 것이다. '만약에 네가 그것을 하지 않는다면 누가 한단 말인가? 만약에 네가 그것을 지금 당장 하지 않는다면 언제 한단 말인가?' 그는 생각했다. '해야 할 큰 일들', 그는 그것을 향해 걸어가는 것처럼 느꼈다. 걸으면서 그는 '큰 일들.' 하고 마음속으로 되풀이했다. 그것이 어떤 일들인지 알 수 있으면 얼마나 좋을까⋯⋯! 우선 당장은 배가 고프다는 사실을 알고 있을 뿐이다. 그는 바로 중앙 시장 근처에 있다. 호주머니에 든 것은 14수. 그 이상 한 푼도 없다. 그는 한 카페로 들어가 바에서 크루아상 한 개와 밀크 커피 한 잔을 마셨다. 가격은 10수. 이제 남은 것은 4수뿐이다. 그는 위세 좋게 카운터에 2수를 내던졌다. 그리고 나머지 2수는 쓰레기통을 뒤적거리는 거지에게 줘 버렸다. 자선심인가? 도전인가? 그런 건 아무래도 좋다. 이제 그는 왕자처럼 행복했다. 주머니엔 아무것도 없으나 모든 것이 그의 것이었다. '에라, 모든 것을 하느님께 맡겨 두기로 하자.' 하고 그는 생각했다. '만약에 정오가 되어서 내 앞에 먹음직한 레어 스테이크 하나쯤 제공해 준다면, 그 하느님과 손을 잡아도 괜찮지.' (어젯밤 그는 저녁을 먹지 않았기 때문이다.) 해는 떠오른 지 이미 오래였다. 베르나르는 다시 둑길로 나섰다. 가뜬한 기분이었다. 달려 보니 마치 나는 듯했다. 머릿속에서는 기분 좋게 생각이 뛰논다. 그는 생각했다.

인생에서 어려운 것은 같은 일을 오랫동안 계속해서 진실이라 믿는 것이다. 가령 내가 아버지라고 부르던 사나이에 대한 어머니의 사랑만 하더라도 그렇다. ── 나는 십오 년간 그 사랑을 믿어 왔고, 어제까지도 그 사랑을 믿었지만, 어머니마저도 물론! 자신의 사랑을 오랫동안 사실로 믿지 못했다. 내가 알고 싶은 것은 아들을 사생아로 만들어 버린 어머니, 나는 그 어머니를 멸시하는 걸까? 그렇지 않으면 더 존경하는 걸까……? 한데 사실 그다지 그런 것을 알고 싶지도 않다. 육친에 대한 감정은 너무 캐내려 하지 않는 편이 좋다. 한편 바람난 아내의 남편으로 말하면 아주 간단하다. 내가 기억하는 한 나는 늘 그 위인을 미워했다. 하지만 오늘날 내가 그 점에 관해선 자만할 정도로 떳떳하지 못했다는 것을 고백해야겠다. ― 뭐라 해도 그것만은 한스러운 일이다. 만약에 그 서랍을 열어 보지 않았다면 나는 일생 동안 자신을 아버지에게 비뚤어진 감정을 품은 자식이라고 생각했을 것이 아닌가! 사실을 알아서 얼마나 후련한지 모르겠다……! 그런데 사실 나는 서랍을 일부러 열려고 했던 것은 아니다. 열어 볼 생각조차도 안 했다…… 그럴 만한 사정이 있었지. 첫째로 그날 나는 몹시 지루했다. 게다가 그 호기심, 페늘롱* 말마따나 그 '숙명적 호기심'이 있었거든. 그것은 확실히 내 친아버지로부터 물려받은 것임에 틀림없다. 프로피탕디외 집안에 그런 징후는 조금도 없기 때문이다. 나는 어머니의 남편이란 사람처럼 호기심 없는 사람은 본 일이 없다. 어머니와 그 사람 사이에서 태어난 자식들은 다르지만. 그 애들 일은 점심을 먹고 다시 생각해 봐야겠다……. 원탁 대리석판을 쳐들자, 밑의 서랍이 드러난 것, 그건 자물쇠를 억지로 비틀어 낸 것과는 다르다. 나는 자물쇠를 곁쇠질하여 여는 도둑놈은 아니다. 원탁 대리석판을 쳐들어 보는 것쯤은 누구나 하는 일이다. 테세우스가 바위를 들어 올린 것도 아마

---

* 프랑스의 종교가이자 소설가(1651~1717). 루이 14세 손자의 스승이었으나 『텔레마크의 모험』이라는 작품을 통해 루이 14세의 정책을 풍자했다 하여 실각했다.

내 나이쯤 되던 때일 것이다. 원탁의 경우 보통 그런 생각이 들지 않는 것은 위에 탁상시계가 놓여 있기 때문이다. 탁상시계를 수선해 보려고 하지 않았던들 나도 대리석판을 들어 올릴 생각은 하지 않았을 것이다…… 아무에게나 일어나는 일은 아니지만, 그 밑에서 무기라든지 불륜 편지를 발견하게 되는 것이다! 아무튼 내게 중요한 것은 그 일을 통해 모든 걸 알게 됐다는 사실이다. 누구나 다, 햄릿처럼 망령이 나타나서 기가 막히게 비밀을 가르쳐 주기를 바랄 수는 없는 노릇이다. 햄릿! 죄악의 씨인가 또는 적출의 아들인가에 따라서 생각하는 관점이 그렇게도 달라진다는 것은 정말로 야릇한 일이군. 그 점은 점심을 먹고 다시 생각해 보자…… 그런데 그 편지들을 읽은 것이 내게 나쁜 일이었을까? 나쁜 일이었다면…… 아니야, 그럴 리 없지, 그렇다면 지금쯤 나는 후회할 것이 아닌가. 그리고 만약 그 편지들을 읽지 않았더라면 나는 무지와 허위와 복종 속에서 살아야만 했을 것이다. 바람을 쐬 보자. 넓은 바다로 나가자! 보쉬에*가 말했듯 "베르나르, 베르나르, 이 발랄한 젊음……."이거든. 그 청춘을 베르나르, 이 벤치 위에 앉히는 거야. 오늘 아침은 참 날씨도 좋군! 태양이 정말로 대지를 어루만지는 것 같은 날들도 있어. 나 자신에게서 좀 벗어날 수만 있다면, 확실히 시를 지을 수 있으련만.

벤치 위에 누워서 그는 자기 자신에게서 떠나 버렸다. 그래서 잠이 들어 버린 것이다.

---

* 프랑스 가톨릭 신학자이자 설교자(1627~1704). 프랑스 교회의 자유와 절대 왕제를 변호했다.

7

열어젖힌 창문으로 이미 높이 떠오른 햇빛이 스며들어 널따란 침대 위에 릴리앙과 함께 누워 있는 뱅상의 맨발을 어루만져 주듯 비춰 준다. 그가 깨어 있는 것을 몰랐던 릴리앙은 몸을 일으켜 그를 보다가 그의 얼굴에 수심이 깃든 것을 보고 놀란다.

그리피스 부인이 뱅상을 사랑한다는 것은 아마 틀림없으리라. 그러나 그녀가 진실로 사랑한 것은 그에게서 엿보이는 성공 바로 그것이었다. 뱅상은 키도 크고 말쑥하고 늘씬했지만, 서 있거나 앉거나 일어서거나 하는 몸가짐이 도무지 서툴렀다. 얼굴도 표정은 풍부하건만 머리 손질이 글러 먹었다. 무엇보다 사고방식이 대담하고 강건해 우러러볼 만하기도 하고, 물론 교육도 충분히 받은 사나이지만 어쩐지 교양이 없어 보였다. 릴리앙은 자기가 매만져 다듬어 보리라 마음먹은 그 커다란 아이 위로 애인이자 어머니 같은 본능을 지니고 몸을 구부렸다. 그녀는 그를 자기 작품처럼, 무슨 조각 작품이나 되는 것처럼 여겼다. 그녀는 그에게 손톱을 다듬도록, 또 처음에는 올백으로 쓸어 올렸던 머리에 가르마를 타 한쪽 옆으로 넘기도록 가르쳐 주었다. 그렇게 하면 이마가 머리로 한 절반 가려 한층 더 희고 높게 보였다. 끝으로 그가 맨 틀에 박힌 값싼 나비넥타이를 잘 어울리는 보기 좋은 넥타이로 바꾸게 했다. 그리피스 부인은 뱅상을 정말로 사랑했다. 그러나 그가 과묵한 것, 그녀 말을 빌린다면 '시무룩한' 낯을 하는 것을 그녀는 견딜 수 없었다.

그녀는 마치 한 줄 주름살을 지워 버리려는 듯 뱅상의 이마 위에서 살며시 손가락을 움직이고 있었다. 두 겹으로 우그러진 주름살은 눈썹 사이에서 시작해 세로 선을 두 개 파 놓아 보기에도 고통스러워 보였다.

"미련이라든지 걱정이라든지 후회라든지 그런 것을 가지고 올 바에는 차라리 오지 않는 편이 나을 거예요." 그녀는 사나이에게 몸을 기울이면서 속삭였다. 뱅상은 너무나 강렬한 빛에 노출된 듯 눈을 감는다. 릴리앙의 즐거움이 넘치는 눈길 때문에 눈이 부셨던 것이다.

"여기는 회교 사원이나 마찬가지예요. 바깥 진창이 묻어 들어오지 않도록 들어오기 전에 신발을 벗어야 해요. 당신이 누구 생각을 하는지 내가 모를 것 같나요!" 뱅상이 손을 내밀어 그녀의 입을 막으려고 하자 릴리앙은 뿌리치듯 몸을 비튼다.

"그러지 말고 진지하게 이야기를 할 테니 좀 들어 봐요. 요전 날 당신이 이야기한 걸 나도 곰곰이 생각해 봤어요. 세상 사람들은 여자란 깊이 생각할 줄 모른다고들 믿지만, 그야 여자 나름이지요. 이종교배(異種交配)에서 태어난 것에 관해서 당신이 한 이야기 말이에요……. 그리고 잡종으로부터는 훌륭한 것을 얻을 수 없고, 차라리 도태에 의해 얻게 된다던 말…… 어때요? 당신 강의를 잘 외워 뒀죠? 그런데 오늘 아침 당신은 괴상망측한 생각을 품은 것 같군요. 아주 어처구니없고 당신이 도저히 떼어 버릴 수없는 생각을 품고 있어요. 바쿠스를 섬기는 무녀와 성령의 잡종 같은 생각을 품고 있어요. 그렇죠……? 로라를 버린 것을 당신은 못 견뎌 해요. 이마 주름살을 보면 다 알아요. 그 여자에게 돌아가고 싶으면 당장 그렇다고 말해 줘요. 그리고 나에게서 떠나세요. 그렇다면 내가 당신을 잘못 생각했던 거죠, 뭐. 그러니 아무런 미련도 없이 보내 드리겠어요. 그렇지만 나와 함께 있고 싶거들랑 그 울상은 제발 걷어치우세요. 내가 아는 몇몇 영국 사람들이 생각나는군요. 그들은 자유롭게 해방되었다는 생각을 품을수록 도덕에 매달리거든요. 그러니 결국 그들 몇몇 자유사상가들보다 더 청교도다운 건 없는 셈이죠……. 당신은 나를 매정한 여자라고 생각해요? 잘못 생각하시는 거예요. 로라를 딱하게 여기는 당신 마음을 나도 잘 알아요. 그렇지만 당신은 그럼 여기서 뭘 하고 있죠?"

그러더니 뱅상이 얼굴을 돌리려 하자 다시 말했다. "이봐요, 욕실로 가서 후회 같은 건 샤워로 깨끗이 씻고 오세요. 차가 준비되면 부를 테니까요, 아시겠죠? 그리고 나오시면 당신이 잘 이해를 못 하는 것 같은 것을 설명해 드리겠어요."

뱅상은 일어섰다. 그녀도 뛰듯이 그의 뒤를 따라 일어났다.

"지금 옷을 입지 말아요. 욕실 오른쪽 옷장 서랍에 뷔르누*도 있고, 아이크**도 있고 파자마도 있으니…… 마음에 드는 걸 고르세요."

이십 분 뒤에 뱅상은 모로코 옷인 연초록색 비단 셀라바를 걸치고 나타났다.

"아아! 기다려요! 치장을 해 드릴 테니."

릴리앙은 기뻐하며 외쳤다. 그러고는 조그만 동양풍 상자에서 널찍한 보랏빛 스카프를 두 개 꺼내서 빛깔이 진한 것은 뱅상의 허리에 둘러 주고 또 하나는 터번처럼 머리에 둘러 주었다.

"내 생각은 언제나 내 옷 빛깔과 같아요.(그녀는 은실 줄무늬가 들어간 주홍빛 파자마를 입고 있었다.) 아직도 기억하는데, 어렸을 적 어느 날 샌프란시스코에 있을 때 엄마의 언니가 죽었다고 해서 내게 검은 옷을 입혔답니다. 한 번도 만나 본 일이 없었던 나이 많은 이모였지요. 하루 종일 나는 울었어요. 얼마나 슬펐는지 몰라요. 몹시 슬프고 죽은 이모가 무척 그리운 것 같은 생각이 들었어요……. 단지 검은 옷을 입었다는 것 때문에 말이에요. 오늘날 남자들이 여자들보다 진지해 보이는 것도 남자들의 옷 빛깔이 짙기 때문이지요. 당신도 벌써 아까와는 생각이 달라졌을 거예요. 거기 침대에 좀 앉으세요. 그리고 당신이 보드카 한 잔, 홍차 한 잔, 샌드위치를 두서너 개 든 다음에 이야기를 해 주지요. 내가 이야기를 시작해도 좋을 만한 때가 되면 말해요……."

---

* 아라비아 사람이 입는 두건 달린 외투.
** 아라비아 사람이 입는 겉옷의 일종.

그녀는 침대 아래 매트 위에 앉았는데, 마치 이집트 석비(石碑)처럼 뱅상의 두 다리 사이에 웅크린 채 뱅상 무릎 위에 턱을 괴었다. 자신도 다 마시고 먹은 다음 그녀는 이야기를 시작했다.

"부르고뉴 호가 파선됐을 때 나는 그 배에 타고 있었어요. 그때 나는 열일곱 살이었죠. 그러니까 지금 몇 살인지 알 수 있겠죠. 나는 수영을 아주 잘했어요. 내가 몰인정한 여자가 아니라는 증거가 될 수 있는 것이, 처음에는 내 목숨 구할 생각을 했지만, 그다음엔 누구든지 다른 사람을 구해야겠다고 생각했어요. 그것이 제일 먼저 든 생각이었는지도 몰라요. 아니, 더 정확히 말해서 아무 생각도 하지 않았던가 봐요. 하지만 그럴 때 자기 생각만 하는 사람들처럼 불쾌한 건 없어요. 정말이에요. 소리를 지르고 난리치는 여자들. 제일 처음 준비된 구조 보트에는 주로 여자들과 어린애들을 실었는데, 그중 어떤 여자들은 듣는 사람이 얼 빠질 지경으로 아우성을 치는 거예요. 그런데 그만 조작이 서툴러서 보트가 반듯하게 물 위에 내려앉지 못하고 곤두박질해서 물이 보트에 차기도 전에 사람들이 물에 빠져 버렸어요. 그 광경을 횃불이며 신호등이며 탐조등이 비추고 있었어요. 얼마나 처참했는지 상상하기 어려울 거예요. 물결은 꽤 높아서 불빛 속에 들어오지 않은 모든 것은 산더미 같은 파도 저편 어둠 속으로 사라져 버렸지요. 그때처럼 강렬한 삶을 여태껏 겪어 본 적이 없어요. 그렇지만 아마 물로 뛰어 들어가는 뉴펀들랜드 개처럼 나는 도무지 아무 생각도 할 수 없었던가 봐요. 어떻게 그런 일이 일어났는지 잘 알 수 없지만 한 가지 생각나는 일은, 그 보트에서 대여섯 살 된 아주 귀여운 여자애가 내 눈에 띄었다는 사실이에요. 그리고 보트가 전복되자 곧 나는 그 애를 구할 결심을 했어요. 처음에는 자기 어머니와 함께 있었지만 그 어머니는 헤엄을 칠 줄 몰랐지요. 그리고 그런 경우엔 언제나 그렇듯이 치마 때문에 몸을 자유롭게 움직일 수가 없어요. 나는 아마 기계적으로 옷을 벗었던 모양이에요. 다음 보트로 올라오라고 사람들이 나를 부르더군요. 그래서 오르기는 올랐던 모양인데 아마 그 보트에서 다시 바다로 뛰어 들어갔던가 봐요. 다만 기억에 남는 건, 꽤 오랫동안 그 애에게 목을 껴안긴 채 헤엄을 쳤다는 사실이에요. 그 애가 무서워서 벌벌 떨며 내 목을 어찌나 졸라 대던지 숨을 쉴 수 없을 지경이었어요. 다행히 보트에 있던 사람들이 우리를 보고, 기다려 주거나 우리 옆으로 배를 저어 왔거나 했을 테죠. 그렇지만 내가 이 이야기를 해 주는 건 그런 것 때문이 아니에요. 가장 생생하게 내 기억에 남는 한 가지 기억, 무슨 일이 있어도 내 머리에서나 마음에서 지워 버릴 수 없는 한 가지 기억 때문이에요. 그 보트에는 나처럼 필사적으로 헤엄치다가 구원받은 사람들이 약 마흔 명 있었는데, 물은 거의 뱃전 가득히 올라왔어요. 나는 뒤쪽에 자리 잡고 건져 낸 어린애를 꼭 껴안고 있었지요. 몸을 녹여 주려고 그러기도 했지만 또 내가 보지 않을 수 없었던 것을 그 애에게는 보여 주지 않기 위해서였어요. 선원 두 사람이 하나는 도끼, 하나는 식칼을 들고 무엇을 했는지 아세요……? 밧줄에 매달려서 우리 보트에 올라오려는 사람들의 손가락이며 손목을 마구 내리찍고 있었어요. 선원 중의 한 사람이 — 또 한 사람은 흑인이었어요. — 추위와 놀라움, 그리고 공포로 이를 딱딱 마주치던 나에게 고개를 돌리더니 '한 사람이라도 더 올라와 보슈, 우리는 모두 끝장이에요. 배는 꽉 찼으니까.' 하고 중얼거렸어요. 그리고 덧붙여서 하는 말이 파선을 당했을 땐 그렇게밖에 할 수 없는데, 물론 그런 이야기는 아무에게도 하지 않는 거라고요.

그러자 나는 기절을 했던가 봐요. 하여튼 그 뒤의 일은 아무것도 기억에 남아 있지 않아요. 너무 요란한 소리가 울리고 난 뒤에는 으레 얼마 동안 아무것도 들리지 않는 것처럼. 그리고 우리들을 거두어 받아 준 X호 갑판 위에서 다시 정신이 들었을 때 나는 이미 그전의 내가 아니라는 것, 그전과 같은 감상적인 소녀일 수는 없게 되었다는 것을 깨달았어요. 내 일부는 부르고뉴 호와 함께 물속에 침몰해 버렸고, 앞으로는 산더미 같은 세심한 감정 따위가 타고 올라와서 내 마음을 침몰하게 하지 못하도록 그 손가락이며 손목을 찍어 버릴 것이라는 것을 나는 알게 된 거예요."

그녀는 곁눈으로 뱅상을 살펴보았다. 그러더니 허리를 뒤로 젖히면서 "그런 습관을 가지도록 해야 할 거예요", 하고 말했다.

그리고 머리카락이 풀어 흩어지며 어깨 위로 늘어지자 그녀는 일어서서 거울 앞에 다가가서는 이야기를 계속하면서 머리를 매만지기 시작했다.

"얼마 뒤에 미국을 떠났을 때, 나는 나 자신이 황금 양털*이고, 나를 정복해 줄 사람을 찾으러 간다는 생각이 들었죠. 때로는 내가 실수를 했을 수도 있을 거예요. 내가 잘못을 저지를

---

* 그리스 신화에 나오는 이야기로서 테살리아의 왕자 이아손이 숙부로부터 아버지의 왕국을 되찾기 위해 뺏어 온 황금 양털을 말한다.

수도 있었고요……. 그리고 오늘 이렇게 당신에게 이야기를 하는 것도 잘못의 하나인지도 모르죠. 그렇지만 내가 몸을 허락했다고 해서 나를 당신이 정복했다고 생각하진 마세요. 똑똑히 알아 두셔야 해요. 난 평범한 남자는 질색이에요. 정복자가 아니면 난 좋아할 수가 없어요. 만약에 당신이 나를 원하신다면 당신의 정복에 내가 도움이 되기 때문에라야만 할 거예요. 만약에 내가 당신을 측은해하고, 위로나 하고, 애지중지해 주기나 하기를 바란다면…… 지금 당장 말해 두는 편이 낫겠는데, 뱅상, 그건 할 수 없어요. 그럴 때 당신에게 필요한 사람은 내가 아니에요. 그건 로라예요."

그녀는 그 모든 이야기를 뜻대로 되지 않는 머리카락을 매만지면서 뒤돌아보는 일도 없이 죽 늘어놓았다. 그러나 뱅상의 시선은 거울 속에서 그녀의 시선과 마주쳤다.

"오늘 밤에나 대답할 테니 기다려 줘요." 그는 일어서서 동양풍 옷을 자신의 외출복과 바꾸어 입으면서 말했다. "동생 올리비에가 외출하기 전에 빨리 좀 집에 가 봐야겠어. 그에게 해야 할 급한 이야기가 있어서."

변명이나 하듯, 그리고 떠나는 것을 좋게 얼버무리려는 듯 그는 그렇게 말했다. 그러나 릴리앙 곁으로 가자 그녀는 몸을 돌렸다. 그녀가 미소를 띠고 너무나 아름다운 모습을 보여 그는 멈칫거렸다.

"점심때 볼 수 있도록 편지를 써 놓기라도 해 봐야겠어." 그는 덧붙였다.

"서로 이야기할 것이 많나요?"

"거의 없지. 뭐 이야기랄 것도 없고. 오늘 저녁 그가 초대받았다는 걸 전해 주면 돼."

"로베르로부터지요……! Oh! I see……."

그녀는 야릇하게 웃음을 띠면서 말했다.

"그이에 관해서도 우린 이야기를 해야만 할 거예요……. 그 럼 어서 가 보세요. 하지만 6시엔 돌아오셔야 해요. 7시에 그 의 차로 '부아'에 저녁을 먹으러 가기로 했으니까요"

걸으면서 뱅상은 깊은 생각에 잠기는 것이다. 그는 충족된 정욕으로부터는 환락과 더불어 그리고 그 환락 뒤에 숨어서, 일종의 절망감이 생겨날 수 있다는 것을 느끼는 것이다.

8

여자에 관해선 사랑하든가 알든가, 그 둘 중 하나
를 선택하는 수밖에 없다. 그 중간은 있을 수 없다.

— 샹포르

파리로 가는 급행열차 안에서 에두아르는 파사방의 책을
읽고 있다. 『철봉』. 신간으로서 조금 전 디에프 정거장에서 산
것이다. 물론 파리에서 그 책이 자기를 기다리고 있을 것임에
틀림없지만 에두아르는 그 책을 한시바삐 알고 싶었다. 어디에
서나 그 책이 화젯거리였다. 자신의 책은 여태껏 하나도 역 서
점에 진열되는 영광을 누리지 못했다. 책을 갖다 놓게 하기 위
해서는 이러저러한 방법을 쓰면 된다는 이야기를 들은 적도
있었으나, 그리고 싶지도 않았다. 자기 책이 역 서점에 진열되
는 일 따위는 그리 대수로운 것이 아니라고 스스로에게 말하
던 터였다. 그러나 파사방의 책이 진열된 것을 보고 다시 한
번 그 말을 마음속으로 되뇌어야만 했다. 파사방의 일거일동,

그리고 파사방과 관련되는 모든 일에 그는 기분이 상했다. 가령 파사방의 책을 격찬하는 기사들 따위가 그런 것이다. 그렇다, 그것은 마치 일부러 꾸며 놓은 일 같았다. 배에서 내려 그가 산 신문 세 개에 모두 『철봉』을 찬양하는 기사가 실려 있었다. 네 번째 신문에는 파사방의 편지가 실려 있었다. 앞서 그 신문에 실린 어떤 기사가 다른 신문 기사들에 비해 찬사가 좀 부족해 그것을 반박하는 편지였다. 그 속에서 파사방은 자기 작품을 변호하고 설명했다. 다른 기사들보다도 그 편지에 더욱 에두아르의 비위가 상한다. 파사방은 여론을 일깨워 주는 것이라고 주장하지만, 사실인즉 교묘하게 여론이 기울게 하는 것이었다. 에두아르 자신의 책들은 하나도 그렇게 많은 기사로 논의를 일으켜 본 적이 없다. 그는 평론가들로부터 총애를 받기 위해 어떤 일도 하지 않았기 때문이다. 평론가들이 자신의 작품에 냉담하더라도 그는 아무렇지도 않았다. 그러나 적수의 책에 관한 기사들을 읽으면서 그는 다시 한 번 그런 것은 그에게는 아무렇지도 않다고 마음속으로 되풀이하지 않을 수 없었다.

그것은 그가 파사방을 싫어하기 때문이 아니었다. 이따금 그는 파사방을 만났고 호감을 가질 수 있는 사나이라고 생각했다. 파사방도 그를 매우 상냥하게 대했다. 그러나 파사방의 작품들은 마음에 들지 않았다. 그가 보기에 파사방은 예술가라기보다는 하찮은 작품을 쓰는 글쟁이였다. 그런 친구 생각은 그만두자…….

에두아르는 웃옷 호주머니에서 로라의 편지를 꺼냈다. 배 갑판 위에서 몇 번이나 되풀이해 읽던 편지였다. 그것을 또 읽는다.

당신께

마지막으로 당신을 뵈었을 때 — 기억하시는지요? 세인트 제임즈 공원, 4월 2일, 제가 남프랑스로 떠나기 바로 전날이었습니다. — 당신은 제게 여의치 못한 일이 있으면 편지를 쓰겠다고 약속하게 하셨습니다. 이제 그 약속을 지킵니다. 당신 외 어느 누구에게 제가 호소할 수 있겠습니까? 제가 의지하고 싶은 사람들, 그들에게는 특히 저의 슬픔을 감춰야 할 처지입니다. 보세요, 저는 지금 큰 슬픔에 빠졌습니다. 펠릭스와 헤어진 뒤 제 생활이 어떠했는지, 그것은 언제 한번 말씀드릴 기회가 있을 줄 압니다. 그이는 저를 포까지 데려다 주었습니다. 그러고는 강의 때문에 혼자서 케임브리지로 돌아갔습니다. 거기서 회복기와 봄을 맞이해 혼자 외롭게 버려진 제가 어떻게 되었는지⋯⋯ 펠릭스에게 이야기하지 못하는 것을 당신께 고백할까요? 제가 펠릭스에게로 돌아가야 할 때는 왔습니다. 그러나 저는 다시 그의 얼굴을 대할 자격이 없는 여자가 되고 말았습니다. 얼마 전부터 제가 그에게 쓰는 편지에는 거짓말뿐인데, 그이가 보내오는 편지에는 제 병이 나아서 기쁘다는 이야기뿐이랍니다. 왜 저는 그대로 병들어 있지 않았을까요! 왜 차라리 거기서 죽어 버리지 않았을까요⋯⋯! 보세요, 저는 사실을 밝힐 수밖에 없습니다. 저는 임신을 했어요. 그런데 태어나는 아기는 그의 자식이 아닙니다. 펠릭스에게서 떠난 것은 석 달도 더 됩니다. 어떻든 저는 그이만은 속일 수 없어요. 그이 곁으로 돌아가진 못하겠습니다. 도저히 그럴 수 없어요. 그러고 싶지는 않아요. 그이는 너무나 선량한 분이어서 아마 용서해 주실 거예요. 그런데 저는 용서받을 자격이 없는 여자입니다. 용서를 받고 싶지도 않아요. 그렇다고 해서 제가 아직도 포에 있는 줄로만 알고 계신 부모님에게로 돌아갈 수도 없는 노릇입니다. 아버지는 사실을 듣고 사연을 알면 저를 저주하실 거예요. 저를 내쫓을 거예요. 아버지의 도덕심, 악행을 혐호하고 거짓을 혐오하고 부정한 것은 무엇이건 혐오하시는 아버지의 성미를 알면서 제가 어떻게 아버지 앞에 감히 나설 수 있겠습니까? 그리고 또 어머니와 여동생이 슬퍼할까 겁이 나요. 그런데 그 사람으로 말하자면…… 그 사람을 비난할 생각은 없습니다. 그 사람이 저를 도와주겠다고 약속했을 때는, 그에게 그럴 만한 능력이 있었어요. 그렇지만 저를 더 잘 돌보아 주기 위해서 불행히도 도박을 했어요. 저의 생활비, 출산하는 데 쓰려던 돈을 그만 잃고 만 거랍니다. 온통 다 잃었지요. 처음에는 아무 데건, 그 사람과 함께 떠나서 같이 살 생각이었어요. 어쨌든 잠깐 동안만이라도 말입니다. 왜냐하면 그에게 폐를 끼치고 싶지 않았고, 그 사람의 짐이 될 생각이 없었으니까요. 제 생활비쯤은 어떻게든 벌 수 있을 거라 생각했습니다. 그렇지만 당장에는 그럴 수 없을 뿐이지요. 저를 버리는 것을 그 사람이 괴로워한다는 것, 그러면서도 그렇게 할 수밖에 별도리가 없다는 것, 그것을 저는 잘 압니다. 그러니까 저는 그를 비난하지 않아요. 그래도 그가 저를 버린 것은 사실입니다. 여기서 저는 돈이 한 푼도 없는 상태입니다. 조그만 호텔에 들어와 있는데 돈을 내지 못하고 있습니다. 그러나 언제까지나 이런 상태가 계속될 수는 없습니다. 앞으로 어떻게 될지 저 자신도 모르겠습니다. 아아, 그토록 즐겁던 길이 오직 심연에만 다다르다니! 제게 주셨던 런던 주소로 이 편지를 보냅니다. 그러나 이 편지가 언제 당신께 도달할지! 그처럼 어머니가 되고 싶어

한 저였는데! 하루 종일 울고만 있습니다. 조언을 해 주세요. 당신만 믿습니다. 당신께서 가능하시다면 도와주세요. 그렇지 않다면…… 아아! 다른 때라면 좀 더 용감할 수 있었을 것입니다만, 지금은 저 혼자만 죽는 것도 아니고 보니……. 만약 당신이 오시지 않고 '도울 수 없소.' 하고 편지를 보내셔도 당신을 원망하진 않겠어요. 당신에게 작별하면서 너무 인생에 미련을 두지 않겠어요. 그러나 어쩌면 선생님은 잘 모르시는 것 같아요. 제게 보여 주신 우정이 저에겐 이 세상에서 가장 귀중한 것이었다는 사실을 ── 그리고 당신에 대한 우정이라고 부르던 것이 제 마음속에서는 다른 이름으로 불렸다는 사실.

로라 펠릭스 두비에

추신. 이 편지를 우체통에 넣기 전에 마지막으로 한 번 더 그 사람을 만나 보렵니다. 오늘 저녁 그 사람 집에 가서 기다리렵니다. 그러니까 만약에 이 편지를 받으시면, 그때는 정말…… 안녕히 계세요. 안녕히 계세요. 무슨 소리를 쓰고 있는지 저도 모르겠습니다.

에두아르는 이 편지를 출발하는 바로 그날 받았다. 다시 말하면 편지를 받아 보자 곧 출발할 결심을 했던 것이다. 어떻든 간에 영국에 더 오래 머물 생각은 별로 없었다. 그렇다고 해서 로라를 도와줄 목적만으로 그가 파리로 돌아온 건 아니라는 말을 넌지시 하려는 것은 아니다. 다만 돌아오게 된 것을 그가 즐거워하는 것을 말하려 할 뿐이다. 최근 그는 영국에서 쾌락이라는 것과는 꽤 멀리 지냈다. 파리에 도착하면 우선 처음으로 그가 할 것은, 사창가에 가는 것이다. 그리고 그런 곳에 사사로운 서류 같은 것을 가지고 가고 싶지 않았기 때문에, 그는 찻간 그물 선반에서 가방을 내려 그것을 열고 로라의 편지를 넣으려 했다.

그 편지를 둘 곳은 웃옷과 내의들 사이는 아니었다. 옷가지 밑에서 그는 이미 한 절반 그의 글씨로 가득 찬, 마분지 겉장이 달린 노트 한 권을 끄집어냈다. 그러고는 작년에 쓴 첫머리 몇 페이지를 찾아서 다시 읽어 보기 시작했다. 로라의 편지는 그 페이지 사이에 들어가게 마련이었다.

에두아르의 일기

10월 18일

로라는 자기 힘을 알아차리지 못하는 모양이다. 내 마음의 비밀을 속속들이 들여다볼 수 있는 나는, 오늘날에 이르기까지 간접적으로나마 로라에게서 영감을 받지 않고 쓴 글이란 한 줄도 없다는 것을 잘 안다. 내 곁에 있을 때의 그녀는 아직 어린애라는 느낌이 들었다. 그래서 나의 능란한 말솜씨도 실상은 그녀를 교육하고 설득하고 유혹하고자 하는 끊임없는 나의 욕망 때문에 이뤄지는 것이다. '그녀는 뭐라고 할까?' 이런 생각을 즉각 하지 않고서는 나는 아무것도 볼 수 없고 들을 수도 없다. 나 자신의 감격은 잊어버리고 내가 느끼는 것은 다만 그녀의 감격뿐이다. 그녀가 곁에 있어서 나를 정확하게 밝혀 주지 않는다면, 나의 개성은 너무나 막연한 윤곽 속으로 사라져 버리고 말 것 같은 생각마저 든다. 나는 그녀를 중심으로 집합되고 결정되는 것이다. 무슨 착각으로 나는 오늘날까지 내가 그녀를 나와 닮게 만들어 낸다고 생각했던 것일까? 그와는 반대로 오히려 내가 그녀를 닮으려고 몸을 굽혔던 것이다. 그런데 그것을 나는 몰랐다! 그보다는 오히려 사랑하는 사람들 사이에 생기는 영향의 이상한 교착 때문에 우리 두 사람은 서로 변형되었던 것이다. 사랑하는 사람들은 제각기 본의 아니게 무의식적으로 상대편이 바라는 대로 자신의 모습을 바꿔, 상대편 마음속에서 엿보이는 우상을 닮으려고 노력하는 것이다…… 진정으로 사랑하는 사람은 누구나 스스로에 대한 진실성을 돌보지 않게 되는 것이다.

그처럼 그녀는 나를 속인 셈이다. 그녀의 생각은 어디까지나 나의 생각을 따랐다. 나는 그녀의 취미, 그녀의 호기심, 그녀의 교양을 찬양했지만, 내가 열중하는 모든 것에 그녀가 흥미를 보이는 것을 보고도, 그것이 나에 대한 사랑 때문이라는 것을 몰랐다. 왜냐하면 그녀는 아무것도 발견할 줄 모르는 여자기 때문이다. 그녀가 찬탄하던 것 하나하나는 — 이제 나는 그것을 알게 되었다. — 요컨대 그녀에게는 자신의 생각을 나의 생각에 기대어 펼 수 있는 안식처에 지나지 않았던 것이다. 거기에는 그녀 기질의 깊은 요구에 응하는 것이라곤 아무것도 없었다. '제가 하는 몸치장도 화장도 당신을 위한 것이었어요.' 하고 그녀는 말할 것임에 틀림없다. 분명히 말해서, 나는 그것이 그녀 자신을 위한 일이기를 바랐고, 그렇게 함으로써 그것이 그녀 자신의 내적 요구를 따른 것이 되기를 바랐다. 하지만 나를 위해서 그녀가 자신에게 덧붙였던 그 모든 것으로부터는 아무것도 남지 않으리라. 미련조차도, 뭔가 채워지지 못한 듯한 느낌조차도. 시간이 서서히 빌려 입은 모든 옷을 벗겨 버리고, 진정한 모습이 다시 나타나는 날이 오고야 마는 것이다. 그리고 만약에 상대방인 내가 그러한 꾸밈에 심취하고 있었다면. 이 가슴에 껴안은 것은 결국 주인 없는 하나의 장식, 하나의 추억…… 슬픔과 절망뿐일 것이다.

'아아! 얼마나 수많은 미덕, 얼마나 수많은 완벽함으로 나는 그녀를 치장했던 것인가!'

이 성실성 문제란 참 화나는 일이다! 성실성! 이 말을 입에 올리면, 나는 그녀의 성실성만을 생각하게 된다. 나 자신을 돌이켜 보면 나는 이 말이 무엇을 의미하는지 모르게 되고 만다. 나는 내가 이렇다 하고 믿는 것 외 아무것도 아니다. 그런데 그것은 끊임없이 변해서 만약에 내가 그것과 친하게 어울리지 않는다면, 아침의 나는 저녁의 나를 알아보지 못할 지경이 되리라. 어느 것도 나 자신보다 더 나와 다른 것은 없으리라. 다만 고독 속에서만 이따금 본질이 드러나고 나는 일종의 근본적 연속성에 도달하는 것이다. 그러나 그럴 때면 나의 생활이 완만해지고 정지하여 나는 존재하기를 바로 그만두고 말 것만 같다. 내 가슴은 타인과의 공감에 의해서만 뛴다. 나는 타인에 의해서만 살고 있는 것이다. 대리에 의해서랄까 연합에 의해서랄까, 어쨌든 나는 나 자신을 벗어나서 누구든 다른 사람이 되었을 때, 비로소 보다 더 강력하게 살아 있다는 것을 느끼는 것이다.

이러한 분산의 반개인주의적인 힘은 너무 강해서 나로부터 소유 관념 — 따라서 책임 관념을 사라지게 하는 것이다. 그러한 인간은 결혼 상대로는 적당하지 않다. 어떻게 그것을 로라에게 이해시킬 수 있을까?

10월 26일

시적(詩的)인 것 외에는 (나는 이 말을 가장 넓은 뜻으로 사용한다.) 아무것도 나에게 존재하지 않는다. ── 나 자신을 비롯해서 말이다. 나는 나 자신이 정말로 존재하는 것이 아니라, 다만 존재한다고 내가 상상할 따름이라고 종종 생각한다. 내가 믿기에 가장 힘든 것은 나 자신의 실재성이다. 나는 끊임없이 나 자신을 벗어나서, 나 자신이 행동하는 것을 바라볼 때엔, 내 눈에 보이는 행동하는 사람이, 바라보고 놀라고 있는 사람과 같은 사람이라는 것을 잘 이해할 수 없고 또한 그가 행동 당사자이며 동시에 주의깊은 관찰자일 수 있다는 것을 의아하게 생각한다.

사람이란 자기가 그렇게 느낀다고 상상하는 것만을 느끼는 법이라는 사실을 안 그날부터 나는 심리 분석에 흥미를 잃고 말았다. 그러므로 사람은 자신이 느끼는 바대로 느낀다고 상상하는 것이라고 할 수 있다…… 나의 사랑을 두고 보더라도 그렇다. 로라를 사랑하는 것과 그녀를 사랑한다고 상상하는 것과의 사이, 로라를 예전보다는 사랑하지 않는다고 상상하는 것과 정말로 그녀를 사랑하지 않는다는 것, 그 사이에 무슨 차이가 있을 것인가? 감정의 세계에 있어서는 현실과 상상은 구별되지 않는다. 그리하여 사랑하기 위해서는 사랑한다고 상상하기만 하면 되지만, 그와 마찬가지로 사랑을 할 때 이내 여태껏보다 사랑하지 않기 위해서는, 그리고 사랑하는 것으로부터 좀 떨어져 있기 위해서는, 혹은 사랑하는 것에서부터 결정(結晶)*을 좀 떼어 버리기 위해서는, 자기는 다만 사랑하는 것이라고 상상했던 것에 불과한 것이라고 생각하기만 하면 충분하다. 그렇지만 그런 생각을 한다는 것은 이미 전보다 사랑하지 않는 것이 아닐까?

그와 같은 추론 때문에 내 작품 속에서 X라는 남자는 Z라는 여자로부터 멀어지려고 애쓸 것이다. 그리고 특히 자신으로부터 그녀를 떼어 버리려고 고심할 것이다.

10월 28일

사람들은 끊임없이 연애의 급격한 크리스탈리자시옹(結晶作用)에 관해 이야기한다. 그러나 완만한 데크리스탈리자시옹(結晶解體)에 관해서 이야기한 것을 나는 아직 들어 보지 못했는데, 이것이야말로 나에게는 훨씬 더 흥미 있는 심리 현상이다. 그와 같은 현상은 내가 보기엔 모든 연애 결혼의 경우, 다소 긴 세월이 지나면 볼 수 있다고 생각한다. 로라가 이성(理性)에 따르고, 그리고 그녀의 가족들과 나 자신의 권고에 따라 펠릭스 두비에와 결혼한다면, 물론(다행이지만), 그런 일을 걱정할 필요는 없을 것이다. 두비에는 퍽 건실한 선생으로 재능도 많고 전문 분야에는 매우 유능한 인물이다.(학생들로부터 퍽 존경받는다는 이야기였다.) 로라는 미리 그에게 환상을 품지 않았던 만큼 함께

---

* 스탕달의 연애론으로서 사람이 사랑에 빠지면 그 대상의 모든 것을 완벽하고 아름답게 보려는 정신 작용을 가리키며, '결정 작용(結晶作用, cristalisation)' 이라고도 한다.

살면 그에게서 더 한층 미덕을 발견할 것임에 틀림없다. 로라가 그에 관해 이야기를 할 때 설령 그를 치하하고 있어도 나는 그 찬사가 부족한 듯 생각되기까지 한다. 두비에는 그녀가 생각하는 것보다 훨씬 더 훌륭한 인물인 것이다.

얼마나 훌륭한 소설 주제일까! 결혼 생활이 십오 년, 이십 년 지난 후 부부 사이에 단계적으로 일어나는 결정의 해체! 사랑하는 한, 자신 또한 사랑을 받고 싶은 한, 사랑하는 사람은 누구나 자기 자신의 진정한 모습을 보여 줄 수 없는 것이다. 게다가 상대편도 보지 못한다. 당연히 그가 있어야 할 자리에 다만 자기가 아름답게 꾸미고 신으로 받들어 모시고 만들어 내는 하나의 우상이 있을 따름이다.

그래서 나는 로라가 자기 자신에 대해 또 나에 대해 경계하도록 했다. 우리 사랑이 그녀에게나 나에게나 영속될 수 있는 행복을 보증하지는 못하리라는 것을 그녀에게 납득시키려 애썼다. 거의 그녀를 설득했다고 나는 생각한다.

에두아르는 어깨를 으쓱하고 나서 편지를 끼운 일기장을 접어서 가방 속에 넣었다. 또한 그는 100프랑짜리 지폐를 한 장 꺼낸 다음 지갑도 그 속에 넣었다. 가방을 도로 찾을 때까지 100프랑이면 넉넉할 것이다. 도착하는 대로 곧 가방은 수하물 보관소에 맡길 생각이다. 그런데 가방에 자물쇠가 채워지지 않아서 탈이다. 아니, 채울 열쇠가 없다. 그는 늘 가방 열쇠를 잃어버리는 것이다. 하지만 설마 무슨 일이 있을라고! 보관소 직원들은 낮에는 너무나 바쁘고 게다가 혼자 있는 일도 없을 테니까. 4시쯤 가방을 찾으러 가면 되겠지. 집에 갖다 두고 로라를 찾아가서 위로하고 도와주리라. 저녁을 함께 하도록 데리고 나가야지.

에두아르는 비몽사몽이다. 저도 모르게 그의 생각이 다른 곳으로 흘러간다. 로라의 편지를 읽는 것만으로도 그녀의 머리칼이 검다는 것을 가려 낼 수 있었을까? 하고 그는 생각해 본다. 소설가가 인물을 너무 정확하게 묘사하면 상상력을 돕기보다 차라리 방해하는 결과가 되고 만다. 그러니까 독자가 제 마음대로 인물을 상상할 수 있도록 놔둬야 할 것이라고 그는 생각한다. 그는 자신이 구상 중인 소설을 생각한다. 그 소설은 여태껏 그가 쓴 것과는 전혀 다르리라. '위폐범들', 이 제목이 좋을지 그는 확신이 서질 않는다. 예고를 한 것이 잘못이다. 독자들을 유혹하기 위해서 하는 '근간' 예고, 그것은 참말로 어리석은 관습이다. 그런 것에 끌리는 사람은 아무도 없고, 다만 작자만 그에 얽매이는 것이다…… 그리고 주제도 썩 좋은 것인지 어떤지, 그것도 그는 자신없다. 벌써 오래전부터 그는 그 주제를 줄곧 생각했다. 그러나 아직 한 줄도 쓰진 않았다. 그 대신 수첩에다 메모하거나 떠오르는 생각들을 적어 두는 것이다.

그는 가방에서 수첩을 꺼냈다. 주머니에서는 만년필을 꺼내 들었다. 그러고는 쓰기 시작한다.

소설로부터 특히 소설에 속하지 않는 모든 요소들을 제거해 버릴 것. 최근에 사진이, 어떤 정확성을 지키려 하는 배려에서 그림을 해방했듯이, 가까운 장래에 축음기는 오늘날 사실주의 작가가 흔히 자랑으로 여기는 실화 투 대화를 소설로부터 일소할 것이다.

외부 사건, 돌발 사건, 심한 충격 따위는 영화에 속한다. 소설은 마땅히 그런 것들을 영화에 맡겨야 옳은 것이다. 나는 인물 묘사마저도 본질적으로 소설 영역에 속하는 것이라고는 생각하지 않는다. 그렇다, '순수' 소설이 — 그리고 예술에 있어서 중요한 것은, 어느 경우에나 그렇듯이 다만 순수성뿐이다. — 그러한 것에 관심을 두고 걱정해야 할 것이라고는 생각하지 않는다. 드라마의 경우도 마찬가지다. 그러나 말해서는 안 될 것은, 극작가가 인물을 묘사하지 않는 이유가, 관객은 그런 인물들이 살아 있는 모습을 무대 위에서 보기 때문이라는 이야기다. 말하자면 극장에서 배우 때문에 얼마나 많은 방해를 받았던가, 배우가 없었더라면 아주 훌륭히 상상할 수도 있었을 인물인데. 조금도 닮지 않은 배우 때문에 괴로웠던 적이 너무 많기 때문이다. — 일반적으로 소설가는 독자들의 상상력에 충분한 신뢰를 주지 않는다.

바람같이 지나쳐 버린 것은 어느 역일까? 아니에르로군. 그는 수첩을 가방 속에 도로 넣었다. 그러나 확실히 파사방의 생각이 그의 머리를 괴롭혔던 모양이다. 그는 수첩을 꺼내서 또 쓰기 시작한다.

파사방에게는 예술 작품이 목적이라기보다 차라리 수단이다. 그가 내건 예술적 신념이라는 것이 그렇게 극성스럽게 단호한 것은 그 신념에 깊이가 없는 까닭이다. 성격에서 우러나는 은밀한 요구가 그 신념을 불러일으키지 않는다. 그의 신념은 다만 시대에 영합하는 것에 지나지 않는다. 그 신념의 표어는 기회주의다.

『철봉』, 처음에 가장 현대적으로 보이는 것이야말로 머지않아 가장 케케묵은 것으로 보일 것이다. 하나하나의 아첨과 가식은 후에는 모두 영락없는 주름살이 되는 것이다. 그러나 파사방은 그런 것으로 젊은이들의 인기를 끈다. 장래 같은 것은 그의 염두에 없다. 그는 다만 오늘의 세대만을 상대한다.(물론 어제의 세대를 상대로 하는 것보다 낫지만.) 하지만 오늘의 세대만을 상대하기 때문에 그의 작품은 현세대와 더불어 사라져 버릴 위험이 있는 것이다. 그 자신도 그것을 알며, 그에게는 후세까지 남으려는 생각은 없다. 그렇기 때문에 그는 공격을 받을 때뿐만 아니라 비평가들의 유보적 비판에도 매번 아주 악착스럽게 항변하는 것이다. 만약에 그의 작품에 영속성이 있다고 그가 느낀다면, 작품으로 하여금 스스로를 지키게 할 것이요, 줄곧 그것을 정당화하려고 애쓰지는 않을 것이다. 아니 그게 아니라 세상 사람들의 몰이해와 불공평을 차라리 기뻐할 것이다. 미래 비평가들에게 그만큼 애를 먹고 해결할 거리를 남겨 주는 셈이니까.

그는 시계를 들여다보았다. 11시 35분, 벌써 도착했을 시각이다. 만에 하나라도 올리비에가 기다리고 있지나 않을까? 전혀 기대하지 않고 있었다. 그애 부모에게 자신이 귀향한다는 엽서는 보내 두었지만, 그것을 올리비에가 알리라고 어떻게 상상할 수 있겠는가. 엽서에다 그는 덧붙이듯 아무렇게나 건성인 것처럼 도착 날짜와 시간을 알렸던 것이다. 마치 운을 낚아 보기나 하듯이, 그리고 슬그머니 시험 삼아서.

기차가 멈췄다. 자아, 짐꾼이다! 아니, 가방은 그다지 무겁지 않고 수하물 보관소도 별로 멀지 않으니까…… 설마 마중을 나왔다고 하더라도 사람들이 들끓는데 서로 알아볼 수나 있을까? 두 사람은 만나 본 일도 퍽 드물었던 것이다. 너무 변하지나 않았으면 좋으련만……! 아! 저기 올리비에 아닌가?

9

　만약에 에두아르와 올리비에가 서로 다시 만난 기쁨을 숨김없이 드러냈다면 그 뒤에 일어난 일에 관해서 조금도 한탄스럽게 여기지 않았을 것이다. 그러나 그들은 둘 다 남의 마음이나 생각 속에서의 자신의 신뢰를 평가하는 데에는 똑같이 이상할 만큼 무능력했고, 그 무능력은 두 사람을 마비시켜 놓았던 것이다. 그리하여 그들은 제각기 자기만 감동한 것이라 생각하고 스스로의 기쁨에 온통 몰두해 그 기쁨을 그렇게 강렬하게 느끼는 것이 당혹스러운 듯 다만 그 지나친 기쁨을 너무 밖으로 나타내지 않으려는 배려밖에 하지 못했다.

　마중 나오려고 얼마나 서둘렀는가를 이야기해서 에두아르의 기쁨을 돋우어 주기는커녕, 마중 나온 것을 변명이나 하듯이, 마침 그날 아침 그 근처에 볼일이 있었다고 올리비에가 말한 것도 사실은 그런 기분 때문이었던 것이다. 그는 극도로 세심하게 마음 쓰는 성미여서 자기가 있는 것을 아마 에두아르는 귀찮게 여길 것이라고 쉽게 믿었던 것이다. 그는 거짓말을 하자마자 낯을 붉혔다. 에두아르는 그의 낯이 붉어진 것을 얼른 보았다. 그가 먼저 올리비에의 팔을 열렬하게 붙잡았던 터라, 그 역시 세심한 생각에서 아마 그 때문에 올리비에가 낯을 붉혔을 것이라고 믿었다.

처음에 그는 말했다.

"오지 않을 것이라고 생각했지. 그렇지만 사실은 네가 오리라는 것을 굳게 믿었어."

올리비에가 그 말 속에서 자만심을 보았으리라고 그는 생각했다. 올리비에가 태연한 빛으로 "마침 이 근처에 볼일이 있어서요." 하고 대답하는 것을 듣자 그는 올리비에의 팔을 놓아 버렸고, 그의 흥분은 이내 사라지고 말았다. 그는 올리비에를 향해 올리비에 부모에게 보낸 엽서도 사실은 그를 위해 썼다는 사실을 그가 아는지 물어보고 싶었더랬다. 그러나 물어보려던 찰나에 그럴 기분이 사라지고 말았다. 올리비에는 자신에 관한 이야기를 해서 에두아르를 지루하게 하거나, 또는 그가 자기를 잘못 판단할까 봐 두려워서 아무 말도 하지 않았다. 그는 에두아르를 바라보다가 그의 입술이 약간 떨리는 것에 놀라 곧 눈을 아래로 떨궜다. 에두아르는 자신을 바라보는 올리비에의 눈길을 원하는 동시에 그가 자신을 너무 늙었다고 생각하지나 않을까 두려워했다. 그는 안절부절못하며 손가락 끝으로 종잇조각을 말았다. 방금 막 수하물 보관소에서 받은 짐 표였다. 그러나 그는 그것에 주의를 기울이지 않았다.

'만약에 저게 짐 보관증이라면.' 하고 올리비에는 에두아르가 구겨서 무심코 던져 버리는 종이를 보면서 생각했다. '저렇게 버리지야 않을 테지.' 그리고 그는 바람이 그 종잇조각을 그들 뒤편 인도로 몰아가는 것을 잠시 뒤돌아보았을 뿐이다. 좀 더 오래 보았더라면 어느 젊은이가 그것을 줍는 것을 보았을 것이다. 그는 다름 아닌 베르나르였다. 그는 두 사람이 역 밖으로 나섰을 때부터 그들의 뒤를 따랐던 것이다. 그동안 올리비에는 에두아르에게 할 말이 없어서 난처해하고 있었다. 두 사람 사이의 침묵을 그는 견딜 수 없었다.

'콩도르세 리세 앞에 이르면 '이젠 돌아가 봐야겠어요, 안녕히 가세요.' 하고 말해야지.' 올리비에는 마음속으로 그렇게 생각하고 있었다. 그런데 리세 앞에 이르자 다시 프로방스 길 모퉁이까지로 미뤘다. 그러나 마찬가지로 그 침묵이 거북했던 에두아르는 두 사람이 그렇게 그냥 헤어지는 것을 용납할 수 없었다. 그는 올리비에를 어느 카페로 끌고 들어갔다. 포르토나 한잔 들면 그들의 스스러움도 어쩌면 이겨 낼 수 있으리라.

그들은 잔을 맞댔다.

"성공을 위하여."

잔을 들면서 에두아르가 말했다.

"시험은 언제지?"

"열흘 후입니다."

"그래, 준비는 다 된 셈이지?"

올리비에는 어깨를 으쓱했다.

"글쎄, 알 수 있어요? 그날 일이 잘못 풀리면 그만이니까요."

올리비에는 '네.' 하고 대답할 용기가 없었다. 너무 자신 있게 보일 것이 두려웠기 때문이다. 그리고 또 그를 당황케 한 것은, 에두아르에게 친근한 말투를 쓰고 싶으면서도 동시에 그것을 꺼리는 감정이었다. 그는 다만 말 마디마다 우회적 어법, 적어도 vous*를 사용하지 않으려고 할 뿐이었다. 그렇게 함으로써 그는 바라는 대로 에두아르가 자신에게 tu**를 사용하라고 청할 기회를 뺏어 버리는 것이었다. 그러나 그는 에두아르가 출발하기 며칠 전에 자신이 tu로 말할 수 있게 됐던 것을 분명히 기억했다.

"공부 많이 했나?"

"꽤 했어요. 그렇지만 생각했던 것만큼은 못 했어요."

"공부 잘하는 사람은 언제나 좀 더 잘할 수 있었는데라고 생각하는 법이지." 에두아르는 무슨 격언이나 외듯 말했다.

그는 아무 생각 없이 그런 소리를 했는데, 곧 뒤늦게 그 말이 우스꽝스럽다는 것을 깨달았다.

"여전히 시를 쓰는가?"

"네, 이따금…… 조언을 들을 수 있으면 좋겠어요." 그렇게 말하면서 그는 에두아르에게 눈을 들었다. Vos conseils*** 보다 차라리 tes conseils****라고 그는 말하고 싶었다. 목소리는 없어도 그의 눈길은 명백히 그것을 말하고 있었다. 에두아르는 그가 겸손이나 친절한 마음으로 그런 말을 했으려니 생각했다. 그런데 어쩌자고 에두아르는 그다지도 퉁명하게 대답했을까?

"아! 조언 같은 건 자기가 스스로에게 할 줄 알아야 해. 그렇지 않으면 친구들에게 묻든지. 선배들의 조언이란 소용없는

---

* 친근한 맛이 없는 2인칭 단수 대명사.
** 친근한 맛을 풍기는 2인칭 단수 대명사.
*** '당신의 조언'이라는 뜻으로서 친밀감 없는 말이다.
**** 같은 뜻이지만 친밀감 있는 말.

거야."

올리비에는 생각했다. '자기에게 조언을 구한 것도 아닌데 왜 반대를 하지?'

그들은 제각기 자신에게서 메마름과 거북함밖에 끄집어 낼 수 없음을 원통해했다. 그리고 제각기 상대의 어색함과 역정을 눈치 채고 각기 자신이 그 대상이며 원인이라고 생각했다. 그러한 대화로부터는 무슨 구원이라도 와 주지 않는다면 아무런 좋은 결과도 바랄 수 없는 일이다. 그런데 아무런 구원도 와 주지 않았다.

올리비에는 아침에 일어나자 기분이 좋지 않았다. 눈을 떴을 때 곁에서 베르나르를 더 이상 보지 못한 서글픔, 작별 인사도 못 하고 내보내고 말았다는 그 서글픔을 에두아르를 만나리라는 즐거움으로 잠깐 눌러 버릴 수 있었지만, 지금 그것은 컴컴한 파도처럼 그의 마음속에 퍼져 올라 그의 모든 생각을 휩쓸어 버렸던 것이다. 그는 베르나르에 대한 이야기를 하고 싶었다. 에두아르에게 모조리 무엇이든 이야기를 해 자기 친구에게 흥미를 가지도록 만들고 싶었다.

그러나 에두아르가 조금만 미소 지어도 그는 마음에 상처를 받을 것이 틀림없고, 자신이 말을 하면 과장으로 보일 염려까지야 없다 하더라도 마음을 뒤흔드는 열렬하고 소란한 감정이 드러날 것임에 틀림없었다. 그리하여 그는 침묵만 지켰다. 얼굴 근육마저 굳는 것을 자신도 느낄 수 있었다. 그래서 그는 에두아르의 품으로 뛰어들어 울기라도 하고 싶을 지경이었다. 에두아르는 그 침묵, 그 찌푸린 얼굴을 오해하고 있었다. 에두아르는 올리비에를 너무나 사랑하는 나머지 침착함을 완전히 잃었다. 그는 올리비에를 보자마자 이내 그를 품에 껴안아 주고 어린애처럼 귀여워해 주려고 마음먹었던 것이다. 그리고 올리비에의 울적한 눈길을 보고는 '그래.' 하고 그는 생각하는 것이었다. '내가 귀찮은 거야. 나 때문에 피곤해서 못 견딜 지경일걸. 가엾은 것! 내게서 무슨 말을 한마디만 듣고서 떠날려고 준비하고 있는 거야.' 에두아르는 상대편을 측은히 여기는 마음에서 억제할 길 없이 이렇게 말해 버렸다.

"자, 이젠 돌아가야지. 부모님이 점심시간이라 기다리고 계실 테니까."

마찬가지로 생각에 잠겨 있던 올리비에는 그 또한 오해를 했다. 그는 서둘러 일어서서 에두아르에게 손을 내밀었다. 적어도 에두아르에게 그는 이런 말이라도 하고 싶었다. "언제 또 만날 수 있죠? 언제 또 뵐 수 있겠어요? 언제 만나게 될까요?" 에두아르는 그 말을 기다렸다. 그러나 올리비에의 입 밖으로 나온 것은 "안녕히 가세요."라는 한마디뿐이었다.

10

태양이 베르나르의 잠을 깨웠다. 그는 심한 두통을 느끼며 벤치에서 일어났다. 아침의 그 대단하던 용기는 이미 사라졌다. 처참할 만큼 고독한 기분이었다. 가슴속에는 무엇인가 씁쓸한 것이 배어 있었다. 그는 그것을 슬픔이라고 부르기는 싫었으나, 그것이 그의 눈에 눈물을 괴게 하는 것은 사실이었다. 어떻게 하면 좋을까? 어디로 가야 할까……? 올리비에가 생라자르 역에 갈 시간을 알고 그가 그곳으로 발길을 옮긴 것에는 무슨 명확한 의도가 있었던 것은 아니고 친구를 다시 한번 만나고 싶다는 욕망밖에 아무것도 없다. 그는 아침에 서둘러 나와 버린 것을 후회했다. 올리비에가 그 때문에 마음 아파했을 것임에 틀림없다. 올리비에야말로 베르나르가 세상에서 가장 좋아하는 사람이 아니었던가……? 에두아르의 팔을 잡는 올리비에를 보았을 때 일종의 야릇한 감정이 그로 하여금 두 사람 뒤를 따르게 하는 동시에 자신의 모습을 드러내지 않게 했다.

그는 자신이 불필요한 사람이라는 것을 느끼고 괴로웠다. 그러면서도 그들 사이에 슬그머니 끼어들고 싶었던 것이다. 에두아르는 상냥해 보였다. 올리비에보다 키가 약간 크고 나이를 좀 더 먹은 듯한 모습이었다. 베르나르는 그에게 다가가서 말을 걸 결심을 했다. 그러기 위해서 올리비에가 그와 헤어져서 가 버리기를 기다렸다. 그러나 무슨 핑계로 말을 걸 것인가?

바로 그 순간, 그는 에두아르의 방심한 손에서 꾸겨진 종잇 조각이 빠져나오는 것을 본 것이다. 그것을 주워서 수하물 보관증임을 보았을 때…… 그것은 정말 찾아 마지않던 딱 알맞은 핑계였다!

그는 두 사람이 카페로 들어가는 것을 보았다. 잠시 어찌할 것인가 망설이다가 그는 다시 혼잣말로 중얼거렸다.

"보통 미련한 놈 같으면 얼른 이 종이를 갖다 주려고 서두르겠지만."

How weary, stale, flat and unprofitable
Seem to me all the uses of this world!

이 세상 만사가 내게는 얼마나 지겹고,
맥빠지고, 단조롭고, 쓸데없어 보이는가!

햄릿도 이렇게 말했지. 베르나르, 베르나르, 무슨 생각을 하는 것이냐? 어제 이미 너는 서랍을 뒤졌어. 어떤 길로 너는 들어서려 하느냐? 조심해야 해, 이 친구야…… 조심해야지, 정오가 되면 에두아르의 짐을 맡은 직원은 점심 먹으러 갈 것이고,

다른 사람이 교대를 할 것이다. 그리고 너는 무슨 일이든지 맘먹고 하겠노라고 네 친구에게 약속하지 않았느냐?

그러나 그는 너무 서두르다가는 모든 일을 망쳐 버릴 위험이 있으리라고 생각했다. 교대하자마자 갑자기 뛰어든다면 직원도 그렇게 서두르는 꼴을 수상하게 여길지도 모를 일이었다. 직원은 위탁품 대장을 조사해 보고 정오가 되기 조금 전에 맡겼던 짐을 정오가 얼마 지나지 않아 도로 찾는 것을 이상히 여길지도 모른다. 게다가 만약에 지나가던 어떤 사람이, 누군가 훼방꾼이 그가 종잇조각을 줍는 것을 보았다면……. 베르나르는 콩코르드 광장까지 다시 한 번 서두르지 않고 내려갔다 오기로 했다. 즉 짐 임자가 점심을 먹자면 필요할 만한 시간이다. 점심 먹을 동안 여행용 가방을 맡겼다가 그 뒤에 도로 찾으러 간다는 것은 흔히들 하는 일이 아닌가? 지금 그는 두통도 느끼지 않았다. 어느 레스토랑 테라스 앞을 지나다가 그는 태연히 이쑤시개 한 개비를 집었다.(이쑤시개는 조그만 묶음으로 식탁들 위에 놓여 있었던 것이다.) 그것을 입에 물고 배불리 식사를 한 듯한 티를 보이며 수하물 보관소 앞에 나서려는 것이었다. 그의 좋은 안색, 멋진 옷차림, 기품 있는 자세, 명랑한 웃음과 눈길, 요컨대 무엇인가 편안한 생활을 누려 아무것도 부족한 것 없이 다 갖춘 사람이라고 느껴지는 몸가짐 속의 무엇인가가 그에게 있는 것은 다행이었다. 그러나 그 모든 것이 벤치 위에서 잠을 자노라면 너덜너덜 구겨지는 것이다.

직원이 보관료로 10상팀을 청구했을 때 그는 그만 아찔했다. 그에게는 동전 한 푼 남지 않았기 때문이다. 어떻게 하면 좋을까? 가방은 멈춰 있는 회전 선반 위에 놓여 있었다. 침착함을 조금이라도 잃으면 의심을 살 것이고, 또한 돈이 없다고 해도 마찬가지일 것이다. 그러나 악마는 그를 망가지게 내버려 두지 않았다. 이쪽 주머니 저쪽 주머니 속을 절망적으로 찾아 보는 체하던 베르나르의 불안한 손가락 사이에, 언제부터인지 몰라도 잊힌 채 조끼 주머니 속에 들어 있었던 10수짜리 한 푼을 악마는 끼워 주었던 것이다. 베르나르는 그것을 직원에게 내밀었다. 그는 조금도 당황한 빛을 보이지 않았다. 그러고는 가방을 받아 들고 내어 주는 거스름돈을 태연하고 담담한 몸짓으로 주머니에 집어넣었다. 야아! 그는 더웠다. 어디로 갈 것인가! 다리에 힘이 빠져 그는 휘청거렸다. 가방은 무척 무거워 보였다. 이것을 어떻게 할까……? 그는 문득 열쇠가 없다는 사실을 깨달았다. 안 돼, 안 되지, 자물쇠를 비틀어서 열다니. 도둑놈이 아닌 터에, 빌어먹을……! 그렇지만 속에 무엇이 들었는지 알 수만 있다면. 들고 가자니 무거워 팔에 짐스럽다. 마구 땀이 난다. 그는 잠시 발길을 멈추고 인도 위에 무거운 짐을 내려놓았다. 물론 그는 그 가방을 돌려줄 생각이다. 그러나 그러기 전에 무엇이 들었는지 알아보고 싶은 것이다. 시험 삼아 그는 자물쇠를 눌러 본다. 아! 이 무슨 기적일까! 조개껍데기 같은 자물쇠가 슬며시 열리더니 그곳에 나타나는 진주, 그것은 바로 지폐가 드러나 보이는 지갑이었다. 베르나르는 진주를 집어 낸 다음 조개껍데기를 얼른 닫아 버렸다.

필요한 것을 얻은 지금, 빨리 호텔로 가야 한다. 암스테르담 거리. 바로 근처에 호텔이 하나 있는 것을 그는 안다. 배가 고파 죽을 지경이다. 그러나 식탁에 자리 잡고 앉기 전에 우선 가방을 숨겨 두고 싶었다. 보이가 앞서서 가방을 가지고 계단을 올라간다. 4층. 복도가 있고…… 방문, 보물을 안에 넣고 나서 방문을 잠그고…… 그는 다시 아래층으로 내려왔다.

비프스테이크와 마주하여 식탁에 앉은 베르나르, 그에게 주머니에서 지갑을 꺼낼 만한 용기는 없었다. (누군가가 보고 있을지 모르지 않는가?) 그러나 그의 왼손은 속주머니 안에 들어 있는 것을 정답게 만져 보았다. '에두아르에게 내가 도둑놈이 아니라는 것을 알려야 할 텐데, 그게 어려운 점이군.' 하고 그는 생각했다. '에두아르는 대체 어떤 사람일까? 가방이 아마 알려 주겠지. 매력적인 사람인 것은 사실이다. 그렇지만 매력적이면서도 농담을 잘 이해하지 못하는 축들도 꽤 있거든. 도둑맞았다고 생각했던 가방을 다시 보면 기뻐할 것은 당연한 일이고, 그것을 갖다준 나에게 고맙게 생각할 테지. 그렇지 않다면 바보 녀석이다. 내게 흥미를 갖도록 할 수 있겠지. 빨리 후식을 먹고 방으로 올라가서 사태를 검토해 봐야겠다. 셈을 치르고 보이에게는 팁을 놀랄 만큼 주고 가자.'

잠시 후에 그는 다시금 방으로 돌아왔다.

'자, 이제는, 이 가방 녀석, 너하고 나 둘뿐이다……! 갈아입을 양복 한 벌. 내게는 좀 크겠군. 천도 잘 어울리고 취향도 괜찮아. 속옷가지에다가 화장 도구라. 이것들을 고스란히 다 돌려줄지 모르겠는걸. 그렇지만 내가 도둑놈이 아니라는 증거는, 이 서류가 더 내 흥미를 끈다는 거야. 이것을 우선 읽어 보자.'

그것은 에두아르가 가엾은 로라의 편지를 끼워 둔 바로 그 노트였다. 앞의 몇몇 쪽은 이미 우리들도 안다. 바로 그 뒤를 이어 이렇게 쓰여 있었다.

11

에두아르의 일기

11월 1일

　두 주 전 일이다…… 바로 적어 두지 않은 것이 잘못이었다.
시간이 없었던 것이 아니고, 로라가 아직도 나의 마음을 가득히
채우고 있었기 때문이다. ─ 좀 더 정확히 말하자면 나의 생각
을 로라에게만 집중하고 싶었기 때문이다. 그리고 나는 여기에
부수적인 이야기나 우연한 일은 아무것도 쓰고 싶지 않다. 지금
내가 이야기하려는 것이 앞으로도 계속될 일, 또는 소위 중요한
결과를 초래할 성격의 일로는 아직도 여기지 않고 있었던 것이
다. 적어도 그런 일이 있을 수 있을 것이라는 사실을 나는 받아
들이고 싶지 않았다. 그리고 그것을, 말하자면 나 자신에게 입증
하기 위해서 일부러 일기에는 쓰지 않으려 했다. 그러나 올리비
에의 모습이 오늘날 내 모든 생각에 자기(磁氣)를 띠게 하고 내

생각의 방향을 기울게 하여, 그를 염두에 두지 않고서는 나 자신을 완전히 설명할 수도 없고 나 자신을 완전히 이해할 수도 없다는 것, 그것을 확실히 나는 느끼며, 아무리 그렇지 않다고 생각하려고 해도 소용이 없었다.

나는 그날 아침 페랭 출판사로부터 돌아오는 길이었다. 예전 책 재판의 보도 관계 기증을 살피러 갔던 것이다. 날씨도 좋고 해서 점심시간까지 둑길을 따라 산책을 하며 거닐었다.

바니에 서점 조금 못 미쳐 나는 중고책을 늘어놓은 진열대 앞에서 발길을 멈추었다. 책보다도 나의 흥미를 끈 것은, 열서너 살 된 리세 학생 하나가 서점 입구에 놓인 짚 의자에 걸터앉은 점원의 온화한 눈길 아래 바람을 쐬면서 무엇인가 뒤적이는 모습이었다. 나는 진열대를 들여다보는 체했지만 사실은 곁눈으로 그 소년을 지켜보고 있었다. 소년은 닳아서 올이 드러난 외투를 입고 있었는데, 소매가 짧아서 안에 입은 윗도리 소매가 드러나 보였다. 옆구리의 커다란 주머니는 속에 아무것도 들어 있지 않은 것이 뻔하건만 크게 벌어져 있었다. 외투 끝자락 천은 얇아져 있었다. 나는 그 외투가 이미 여러 형제들이 입고 물려준 것이며, 그의 형들과 그에겐 주머니 속에 물건을 너무 많이 넣는 습관이 있으리라고 생각했다. 또한 그것을 수선하지도 않은 것을 보면 그의 어머니는 몹시 무심하거나 매우 바쁜 여인임에 틀림없다고 생각했다. 바로 그때 소년이 조금 몸을 돌렸기 때문에 다른 쪽 주머니는 튼튼한 검은 실로 투박하게 꿰매진 게 보였다. 그러자 곧 나의 귀에는 어머니의 꾸지람이 들리는 듯했다. '주머니에 한꺼번에 책을 두 권씩이나 넣지 마. 외투가 망가지잖아. 주머니가 또 찢어졌구나. 이담에도 다시 그러면 꿰매 주지 않을테다. 네 꼴 좀 봐라……!' 어머니가 나에게 마찬가지로 하던 여러 말들, 내가 또한 귀담아 듣지 않던 그러한 말들이었다. 벌어진 외투 앞자락 사이로 윗도리가 드러나 보여, 나의 눈은 그가 단 춧구멍에 달고 있던 일종의 조그만 훈장 같은 리본 토막, 그보다는 노란 약장(略章) 같은 것에 끌렸다. 나는 이러한 모든 것을 단련 삼아 쓰고 있는 것이다. 정확히 말하자면, 이에 대해 쓰는 것이 싫증 나고 지루하기 때문이다.

한동안 점원이 안으로 불려 들어갔다. 그러나 그것도 잠시였을 뿐, 그는 다시 의자로 돌아와서 앉았다. 그렇지만 그 짧은 순간에 소년은 손에 들고 있던 책을 재빨리 외투 주머니에 집어넣었다. 그러고는 아무 일도 없었던 듯이 다시 책꽂이를 뒤적이기 시작했다. 그러나 불안한 눈치였다. 그는 머리를 들어 나의 시선과 마주치자 내가 보았다는 것을 알아차렸다. 적어도 소년은 내가 보았을 수 있다고 생각했다. 물론 확실히 그랬으리라고는 생각지 않았을 테지만, 그는 의혹 속에서 침착함을 잃고 얼굴을 붉혔다. 그리고 잔꾀를 부려 태연한 빛을 내보이려고 했다. 그러나 몹시 거북한 모습을 드러낼 뿐이었다. 나는 그에게서 눈을 떼지 않았다. 그는 주머니에서 훔쳤던 책을 다시 꺼냈다. 그러더니 다시 그 책을 주머니에 집어넣고 몇 걸음 물러서서 윗도리 속에서 낡아 빠져 초라한 작은 지갑을 꺼내 돈을 찾는 체했다. 돈이 없다는 것은 그 자신도 잘 알고 있었다. 그러고는 물론 나에게 보이려는 것이었지만, 의미심장하게 얼굴을 찌푸리고 연극을 하듯 입을 삐죽거려 보였다. '제길! 돈이 없군.' 하는 뜻이었고, 게다가 '이상하다, 돈이 있는 줄 알았는데.'라는 뉘앙스까지 풍기는 것이었다. 그러한 모든 행동을 그는 마치 자신이 이해되지 못

할까 염려하는 배우처럼 좀 과장되게, 좀 거칠게 했던 것이다. 그러더니 그는 분명히 나의 시선에 압박당했다고 말해도 좋은 것이, 다시 진열대 앞으로 다가가 주머니에서 책을 꺼내 먼저 있던 자리에 불쑥 도로 놓았다. 하도 태연하게 해 넘긴 일이라 서점 점원은 조금도 눈치 채지 못했다. 그리하여 소년은 이제는 모든 것이 끝났으려니 생각하고 다시 머리를 들었다. 그러나 천만에. 나의 시선이 여전히 그곳에 있었던 것이다. 마치 카인의 눈처럼. 다만 나의 눈은 미소를 띠고 있었다. 나는 그에게 이야기를 하고 싶었다. 말을 걸기 위해 그 소년이 서점 진열대를 떠나기를 기다리고 있었다. 그러나 그는 움직이지 않고 책들 앞에 버티고 서 있었다. 내가 그렇게 그를 지켜본다면 언제까지나 그가 움직이지 않으리라는 것을 나는 알았다. 그래서 마치 구석차지하기 놀이에서 술래가 잡아먹으려는 아이로 하여금 구석 자리를 바꿀 생각을 하게 만드는 것처럼, 그만하면 실컷 봐서 더 볼 것이 없다는 듯이 나는 그곳에서 몇 걸음 벗어났다. 과연 소년도 자리를 떴다. 그러나 멀리 도망치기 전에 나는 그의 곁으로 갔다.

"그건 무슨 책이었지?" 나는 그에게 불쑥, 그러나 나의 목소리와 얼굴에 될 수 있는 대로 정다움을 띠고 물었다.

그는 나를 마주 쳐다보았다. 그의 경계심이 사라져 가는 것을 나는 느낄 수 있었다. 그다지 예쁜 편은 아니었지만, 그러나 얼마나 귀여운 눈길인가! 그 눈길 속에서 나는 여러 감정이 시냇물 속 풀들처럼 살랑거리는 것을 보았다.

"알제리 안내서였어요. 그런데 너무 비싸서 살 수가 있어야죠."

"얼만데?"

"2프랑 50상팀."

"그렇지만 내가 너를 보고 있다는 걸 몰랐다면 주머니에 집어넣고 도망쳤을 것 아냐?"

소년은 반항적인 몸짓을 했다. 그리고는 대들 듯 매우 거친 어조로 "어림도 없는 소리 마세요, 혹시…… 당신, 나를 도둑놈으로 여기는 거 아니에요?" 하고, 내가 본 것을 의심할 만큼 자신 있게 말했다. 만약에 그 이상 내가 고집스럽게 버티면 그를 놓쳐버리고 말 것 같았다. 나는 호주머니에서 은화 세 푼을 꺼냈다.

"자, 가서 사 가지고 와, 기다릴 테니."

이 분 후에 그는 가지고 싶어 하던 책을 뒤적이며 서점에서 나왔다. 나는 그의 손에서 그것을 받아 보았다. 오래된 1871년판 조안느 안내서였다.

"이걸로 뭘 하려는 거야?" 나는 책을 돌려주며 말했다. "너무 오래됐어. 아무 소용도 없는 책이야."

그는 그렇지 않다고 항의했다. 게다가 새로운 안내서들은 훨씬 더 비싸고, '자기 용도를 위해서는' 그 책의 지도만이라도 충분히 쓸모 있는 것이라고 말했다. 나는 여기에 그의 이야기를 그대로 옮겨 놓지 않으련다. 왜냐하면 그의 야릇한 변두리 사람 어투, 게다가 그 어투에는 멋진 데도 없지 않아, 그 어투가 내게는 퍽 재미있었던 만큼 그 어투를 옮기지 않고서는 그의 이야기가 그 독특한 성격을 잃고 말 것이기 때문이다.

이 에피소드는 훨씬 더 줄여야 한다. 정확성이라는 것은 이야기를 자세하게 해서 얻으려 해서는 안 되는 것이다. 차라리 독자들의 상상력 속에 적절하게 배치된 두서너 필치로 얻는 것이다. 게다가 그 모든 것을 소년 자신이 이야기하게 하는 것이 더 흥미 있을 것이라고 나는 생각한다. 그의 관점이 나의 관점보다 더 의미 깊은 것이다. 소년은 나의 주의를 받은 것을 거북하게 여기는 한편 으쓱해한다. 그러나 나의 시선에 담긴 무게가 다소 그의 방향을 그르치게 했다. 너무 점잖거나 또는 자각 없는 하나의 인격은 어떤 태도 뒤에서 자신을 지키며 몸을 숨겨 버리려 한다. 형성 중인 인간처럼 관찰하기 어려운 것은 없다. 비스듬히 옆모습만으로만 바라볼 수 있어야 하는 것이다.

소년은 갑자기 자기가 제일 좋아하는 것이 '지리'라고 말했다. 나는 그러한 기호 뒤에는 방랑 본능이 숨어 있으리라는 생각이 들었다.

"그곳에 가고 싶은가?" 하고 나는 그에게 물었다.

"그렇고 말고요!" 그는 약간 어깨를 으쓱해 보이며 말했다.

집에서 행복하지 못한 것이로구나 하는 생각이 나의 머리를 스쳤다. 나는 그가 부모와 함께 사는지 물어보았다. 그렇다는 것이다. 혹시 부모와 뜻이 맞지 않느냐고 묻자 그는 맥없이 어물어물 부정했다. 그는 방금 자기를 너무 드러내 보인 것을 꺼리는 눈치였다. 그는 덧붙여서 말했다.

"왜 그런 걸 물어요?"

"그저 물어 본 거지." 나는 곧 대답을 했다. 그러곤 손끝으로 단춧구멍의 노란 리본을 건드리며 물었다.

"이건 뭔가?"

"리본이지 뭐예요. 보시다시피."

분명히 나의 질문이 그는 귀찮은 모양이었다. 그는 갑자기

적의를 나타내듯 나에게로 돌아서며, 그가 하리라고는 도저히 생각할 수 없었던 빈정거리는 불손한 어조, 그래서 문자 그대로 내 얼굴을 일그러뜨리게 하고 만 어조로 이렇게 말했다.

"이보세요…… 당신 자주 리세 학생을 노리십니까?"

그러고는 내가 막연히 몇 마디 대답 비슷하게 중얼거리는 동안, 그는 팔에 끼고 있던 학생 가방을 열더니 좀 전에 산 책을 집어넣었다. 그 속에는 교과서들과 한결같이 푸른 종이를 씌운 노트들이 들어 있었다. 나는 그중 한 권을 꺼내 보았다. 역사 노트였는데, 소년은 그 겉장에 커다란 글씨로 자기 이름을 적어 놓았다. 거기에서 내 조카 이름을 보고 내 가슴은 두근두근 뛰었다.

조르주 몰리니에

(그것을 읽고 있던 베르나르의 가슴도 마찬가지로 뛰었다. 그리고 그 이야기는 놀랄 만큼 그의 흥미를 돋우기 시작했다.)

『위폐범들』에서 내 역할을 담당할 인물이 그 누나와 친하게 지내면서도 누나의 자식들을 모른다는 사실을 받아들이게 하기는 어려울 것이다. 나는 사실을 바꾸어 이야기를 꾸민다는 것이 늘 매우 힘들다고 생각했다. 머리칼 빛깔을 바꾸는 일일지라도 나에게는 그것이 사실을 사실답지 않게 만들어 버리는 속임수같아 보이는 것이다. 모든 것은 서로 의존해 관계를 맺는 것이다. 인생이 내게 보여 주는 모든 사실들 사이엔 그 의존 관계가 하도 미묘해서, 전체를 바꾸지 않고서는 그 어느 한 사실을 고칠 수 없다고 나는 늘 생각한다. 그렇다고 해서 그 소년의 어머니가 내 아버지의 첫 결혼에서 태어난 배다른 누나일 뿐이라는 것, 내 양친이 살아 계신 동안에는 그녀를 한 번도 만나 본 일이 없다는 것, 만났던 것도 상속 문제 때문에 어쩔 수 없었다는 것…… 그런 것들을 이야기할 수도 없는 노릇이다. 그러나 그러한 모든 사실은 없어서는 안 되는 일이요, 해서는 안 될 말이며, 그것을 피하기 위해 다른 이야기를 꾸며 낼 수 있다고 생각하지 않는다. 나의 배다른 누나에게 아들 셋이 있다는 것을 알고는 있었지만, 그중 내가 아는 것은 의학도인 장남뿐이었다. 그도 잠깐 만나 본 정도에 지나지 않았다. 왜냐하면 폐결핵에 걸린 그는 학업을 중단하지 않을 수 없었고, 남프랑스 어디에서 요양을 하는 터였기 때문이다. 다른 두 아이들은 내가 폴린 누님을 만나러 갔을 때 한 번도 집에 있는 일이 없었다. 좀 전에 내 눈앞에 서 있었던 소년은 막내일 것임에 틀림없다.

나는 내 놀라움을 조금도 드러내지 않았다. 그러나 조르주가 점심을 먹으러 집으로 돌아간다고 말하는 것을 듣고 곧 그와 헤어지자, 그보다 먼저 노트르담 데 샹 거리에 갈 생각으로 재빨리 택시에 올라탔다. 그 시각에 간다면 누님은 함께 점심을 먹자고 붙들어 줄 것이라고 생각했고, 실상 내 생각대로 그리 되었다. 페랭 서점에서 가지고 나온 나의 책이 있으니 그것을 누님에게 주면 때 아닌 방문의 구실도 될 수 있으리라.

누님 집에서 식사를 하기는 처음이었다. 매형을 경계했던 것은 나의 잘못이었다. 훌륭한 법률가인지 어떤지는 의심스러운 일이지만, 둘이 한 자리에 앉았을 때 내가 직업에 대한 이야기를 하지 않는 것처럼 그도 자기 직업에 대해 이야기하는 것을 삼갈 줄 알았다. 그러므로 우리는 뜻이 잘 맞는 셈이었다.

물론 그날 아침 누님 집에 도착했을 때 나는 조르주를 방금 만나고 오는 길이라는 이야기를 전혀 하지 않았다.

"그러면 참, 조카들을 만나 볼 수도 있겠군요." 누님이 점심을 같이 먹자고 했을 때 나는 이렇게 말했던 것이다. "아시다시피 아직 두 아이는 만난 적이 없으니까요."

"올리비에는 조금 늦게 돌아올 거야, 복습 때문에." 누님은 말했다. "그 애 없이 식사를 할 수밖에 없네. 그런데 조르주가 돌아온 모양인데, 불러와야지." 그러고는 옆방 문으로 달려갔다.

"조르주! 이리 와서 삼촌한테 인사드려라."

소년은 가까이 와서 손을 내밀었다. 나는 그 애를 포옹했다…… 어린애들이 시치미를 떼는 힘에는 놀라지 않을 수 없다. 그는 조금도 놀라는 빛을 보이지 않았다. 마치 나를 알아보지 못하는 것이라고 믿을 지경이었다. 다만 그는 얼굴을 몹시 붉혔을 따름이다. 그러나 그의 어머니는 그 애가 수줍어서 그런 것이려니 하고 생각했을 것이다. 나는 아까 본 경찰 정보원을 다시 만난 것이 거북하여 그러는 것이라고 생각했다. 왜냐하면 거의 즉시 그는 우리 곁을 떠나서 옆방으로 돌아가 버렸기 때문이다. 그 방은 식당이었는데, 알고 보니 식사 시간이 아닐 때는 아이들 공부방으로 사용되고 있었다. 그러나 소년은 아버지가 살롱으로 들어오자 다시 나타났다. 그러더니 모두 식당으로 가려던 틈을 타서 나에게로 다가와 부모 눈에 띄지 않게 나의 손을 잡았다. 처음엔 나에 대한 우정의 표시거니 생각하고 흥미있게 여겼다. 그러나 그런 게 아니었다. 그는 자기 손을 그러쥐려던 내 손을 벌리더니 확실히 금방 써 가지고 온 것이라 생각되는 쪽지 한 장을 쥐어 주고 나서, 그 위로 내 손가락을 접고 꽉 잡는 것이었다. 물론 나는 그가 하는 짓에 응해 주었다. 나는 쪽지를 내 주머니에 감추었다가 식사가 끝난 뒤에야 비로소 꺼내 볼 수 있었다. 거기에는 이렇게 적혀 있었다.

만약에 책 이야기를 부모에게 하신다면 ('나는 당신을 미워하겠습니다.'라고 썼다가 지워 버리고) 당신이 나에게 이상하게 치근거렸다고 말하겠어요.

그리고 그 밑에 이렇게 쓰여 있었다.

나는 매일 10시에 리세를 나옵니다.

어제는 X의 방문으로 쓰던 이야기가 중단되었다. 그와 이야기를 하고 나서 나는 불안한 심리 상태에 빠졌다.

X가 말한 것에 대해 나는 곰곰이 생각해 보았다. 그는 나의 삶에 관해서 아무것도 모르지만, 나는 그에게 『위폐범들』 구상을 퍽 길게 설명해 주었다. 그의 관점이 나와는 다르기 때문에 그의 충고는 나에게는 항상 유익하다. 그는 내가 부자연스러운 작위(作爲)에 빠지지 않을까, 내 머릿속에 그려진 주제의 환영 때문에 진실한 주제를 놓쳐 버리지 않을까 걱정한다. 내가 불안하게 여기는 것은 이런 경우에 생활이 (나의 생활이) 나의 작품과 분리되고, 내 작품이 내 생활과 동떨어지지 않을까 하는 점이다. 그러나 이것을 그에게 말하지 못했다. 지금까지는 당연한 것으로 여기며 나의 취미, 감정, 개인적 체험 등이

내 모든 작품을 풍부하게 해 주었다. 아무리 교묘하게 꾸민 문장에서라도 내 심장이 뛰는 것을 나는 느꼈던 것이다. 그런데 이제부터는 내가 생각하는 것과 내가 느끼는 것 사이의 끈이 끊어지고 만 것이다. 그리고 오늘날 내 마음이 자유로이 이야기하게 해서는 안 되겠다는 생각이 바로 나의 작품을 추상과 부자연스러움 속으로 몰아넣는 것이 아닌가 하는 의심이 든다. 그러한 문제를 생각하니 갑자기 아폴론과 다프네 신화의 의미가 밝혀졌다. 단 한 번의 포옹으로 월계관과 사랑의 대상을 껴안을 수 있는 사람은 행복하기도 하다는 생각을 했다.

조르주와 만난 이야기를 너무 길게 했다. 그러니 올리비에가 등장할 때 이야기를 멈추어야만 했다. 내가 이 이야기를 시작한 것은 올리비에에 관한 이야기를 하려던 때문인데, 그만 조르주 이야기밖에 하지 못했다. 그러나 막상 올리비에 이야기를 하려고 보니, 이 순간을 될 수 있는 대로 미루고 싶었기 때문에 내가 그처럼 굼떴던 것을 깨달았다. 그 첫날 내가 그를 보자마자, 그가 가족 식탁에 앉자마자, 나의 첫 눈길이 그와, 아니 차라리 '그의' 첫 눈길이 나와 마주치자마자, 그의 눈길이 나를 사로잡았고, 이젠 내 생활을 내 마음대로 할 수 없다는 것을 나는 느꼈던 것이다.

폴린은 좀 더 자주 보러 와 달라고 나에게 간청했다. 자기 아이들을 좀 돌보아 주기를 간곡하게 부탁했다. 그러면서 아이들 아버지는 그 애들을 잘 알지 못한다고 넌지시 암시해 주었다. 함께 이야기를 하면 할수록 폴린은 매력적으로 보였다. 나는 도대체 어떻게 그렇게 오랫동안 내가 누님 집에 오지 않고 지냈는지 알 수 없었다. 아이들은 가톨릭 교육을 받고 자랐다.

그러나 누님은 어렸을 적 받은 프로테스탄트 교육을 기억했다. 내 어머니가 집에 들어오시자 누님은 그 집에서 떠나 버렸지만, 누님과 나 사이에는 닮은 점이 많다는 것을 발견했다. 누님은 아이들을 로라의 양친이 경영하는 기숙사에 넣었다. 나도 오랜 세월을 거기서 보냈다. 그런데 아자이스 기숙사는 특별한 종교적 색채를 띠지 않았다는 것을 자랑으로 여겼다.(내가 그곳에 있던 무렵엔 터키 사람들까지 있었다.) 기숙사 설립자이며 아직도 그곳을 주관하는 아버지의 옛 친구인 아자이스 노인은 원래 목사였다.

폴린은 요양원에서 퍽 좋은 소식을 받았다. 그곳에서 뱅상이 거의 완쾌된 것이다. 편지에 내 이야기를 써 주었다고 그녀는 말했다. 그리고 내가 뱅상과 더 잘 알게 되었으면 좋겠다는 것이다. 내가 그를 잠깐만 만나 보았을 따름이기 때문이다. 그녀는 장남에게 큰 기대를 걸었다. 집안 살림에서 큰 출혈을 해서라도 장남이 곧 자리를 잡도록, 말하자면 환자를 받기 위한 독립된 집을 마련해 줄 생각이었다. 그러면서 당분간은 올리비에와 조르주를 그들의 거처 아래 비어 있던 외딴 방에 옮겨 그들이 사는 집 일부를 장남에게 떼어 준 것이다. 현재 큰 문제가 되는 것은, 건강 문제로 뱅상이 병원 내근을 포기해야 할 것인가 어떤가 하는 점이다.

사실인즉 나는 뱅상에게 별로 흥미가 없다. 그리고 그의 어머니와 그에 관한 이야기를 많이 하기는 하지만, 그것은 누님에 대한 배려 때문이고, 또 뒤이어 더 많이 올리비에에 관한 이야기를 하기 위해서다. 한편 조르주는 나에게 매우 냉담하여 이야기를 해도 대답을 하는 둥 마는 둥, 얼굴이 마주치면 뭐라 말할 수 없는 의심쩍은 눈초리를 나에게 던진다. 학교 문 앞에서 내가 기다려 주지 않는 것을 원망하는 모양이다. ── 그렇지 않으면 자기가 먼저 그런 제의를 한 것을 후회하는 것 같다.

올리비에도 그리 자주 만나지 않는다. 그의 어머니를 찾아갈 적에도 그가 제 방에서 공부하는 것을 알지만, 나는 맘먹고 그를 만나러 가질 못했다. 우연히 그를 만나면 나는 하도 어색하고 당황해 말문이 막혀 버리고 마는 것이다. 그러면 몹시 마음이 아픈 까닭에 아예 나는 그가 집에 없을 만한 시간에 그의 어머니를 만나러 간다.

12

에두아르의 일기(계속)

11월 2일

두비에와 오래 이야기했다. 그는 나와 함께 로라 부모네 집을 나와 뤽상부르 공원을 지나서 오데옹 극장까지 걸었다. 그는 지금 워즈워스에 관한 학위 논문을 준비한다. 그러나 그가 나에게 이야기한 몇 마디 말만 들어 봐도 워즈워스 시의 가장 두드러진 특색을 그가 파악하지 못했다는 것을 잘 느낄 수 있다. 차라리 테니슨을 택하는 편이 좋았을 것이다. 두비에에게는 무엇인가 부족한 점, 추상적인 점, 고지식한 점이 있어 보인다. 그는 모든 사물이며 사람들을 그저 있는 그대로 받아들인다. 아마도 그 자신이 언제나 현재 모습과 다른 자신을 보이는 일이 없기 때문이리라.

"나는 당신이 로라의 가장 좋은 친구란 것을 압니다." 그는 나에게 말했다. "아마 좀 당신께 질투심을 품어야 할 것 같은데, 그럴 수가 없어요. 그럴 뿐만 아니라 당신에 관해 로라가 내게 해 준 이야기를 듣고 나는 로라를 더 잘 이해하게 된 동시에 당신과 친구가 되고 싶어졌습니다. 지난번 로라에게 물어봤지요. 내가 그녀와 결혼해서 당신이 나를 원망하지나 않느냐고요. 그녀는 대답하기를, 그렇기는커녕 당신은 나와 결혼하라고 권하셨다더군요. (그는 그처럼 덤덤하게 이 말을 했던 것이다.) 정말 감사합니다. ── 그렇다고 어처구니없게 보지는 마세요. 나는 진심으로 하는 이야기니까요." 하고 그는 미소를 지으려 애쓰며, 그러나 떨리는 목소리로 눈에는 눈물마저 글썽이며 덧붙였다.

나는 뭐라고 대답해야 좋을지 몰랐다. 왜냐하면 당연히 그랬어야 할 만큼보다 훨씬 덜 감동했고, 함께 감격을 나눌 수가 전혀 없다고 느꼈기 때문이다. 아마 그에게는 내가 좀 냉정하게 보였을 것이다. 그러나 나는 그가 짜증스러웠다. 그래도 나는 그가 내민 손을 될 수 있는 대로 아주 뜨겁게 잡아 줬다. 어느 한 사람이 상대편이 바라는 것 이상으로 심정을 토로하는 정경이란 언제나 고통스러운 것이다. 그는 아마 억지로라도 내 동정을 얻으려는 생각이었을 것이다. 만약 그에게 좀 더 통찰력이 있었더라면 기대가 어그러졌다는 것을 알아차렸을 것이다. 그러나 그는 벌써 자신의 태도에 감사하는 기분이었고, 그 반영을 내 마음속에서 간파한다고 믿었다. 내가 아무런 말도 하지 않자 그 침묵이 어색했던지, 그는 말했다.

"그 사람이 케임브리지로 가서 낯선 생활을 하면, 비교를 하지 않게 되리라 기대를 합니다. 비교를 하면 내 쪽에 불리할 것이니까요."

무슨 뜻으로 그런 소리를 했던 것일까? 나는 무슨 말인지 모르는 체했다. 아마도 그는 나의 항의를 기대했는지 모른다. 그러나 그렇게 했다면, 우리 두 사람을 곤란한 상황에서 빠져 나올 수 없게 만들었을 뿐이리라. 수줍어서 침묵을 견디지 못해 당찮게 과장된 이야기를 꺼내고선 그 침묵을 채워야만 한다고 생각하는 사람들, 그러고는 후에 '나는 언제나 당신에게는 솔직했습니다.'라고 말하는 사람들이 있는데, 그도 그런 사람 중 하나다. 그런데! 뭣보다 중요한 일은, 자기가 솔직한 것보다도 상대편이 솔직할 수 있게끔 해 주는 것이다. 바로 그의 솔직함이 나를 솔직할 수 없게 만들었다는 사실을 그는 알아차렸어야만 했을 것이다.

그러나 설사 그가 내 친구가 될 수 없다 하더라도 적어도 로라에게는 훌륭한 남편이 될 수 있으리라고 생각한다. 왜냐하면 요컨대 내가 그에 대해 여기서 비난하는 점은 특히 그의 장점들이라고 할 수 있는 것이기 때문이다. 이어서 우리는 케임브리지에 관한 이야기를 했고, 나는 그리로 그들 부부를 만나러 가겠다고 약속했다.

도대체 어떤 맹랑한 이유로 로라는 내 이야기를 그에게 했을까?

여자에게는 헌신에 대한 참으로 놀랄 만한 성향이 깃들어 있다. 여자가 사랑하는 남자란 흔히 여자에게는 자기 사랑을 매달아 놓는 어떤 옷걸이에 불과하다. 참 아주 쉽게 로라는 사랑의 대체 작업을 해치운 것이다! 그녀가 두비에와 결혼하는 것을 나는 이해한다. 그러도록 처음 권한 사람 중 하나였다. 그렇지만 나는 그녀가 좀 서러워할 줄 알았던 것이다. 결혼식은 사흘 후에 있을 예정이다.

내 작품에 관한 몇몇 비평이 나왔다. 사람들이 즐겨 나의 장점으로 인정하려는 것들은 바로 내가 가장 싫어하는 것들이다…… 그런 묵은 원고를 재판하게 한 것은 과연 옳은 일이었을까? 그 작품은 지금 내가 좋아하는 것과는 이젠 조금도 어울리지 않는다. 하지만 이제야 비로소 나는 그것을 깨달은 것이다. 그렇다고 내가 명확히 변한 것으로 보이진 않는다. 비록 이제서야 비로소 나 자신을 의식하긴 했지만, 지금까지 나는 내가 누구인지 몰랐다. 늘 다른 사람이 나를 위한 계시자 역할을 해 주어야 한단 말인가! 이 책은 로라에 따라 결정(結晶)이 되었다. 그렇기 때문에 그 책 속에서 나 자신을 더 이상 인정하고 싶지 않은 것이다.

공감으로 이루어지는 통찰력, 여러 계절을 앞설 수 있는 그 통찰력이 우리에겐 금지된 것일까? 뒤에 오는 사람들을 미래에 괴롭힐 문제들은 과연 어떤 것들일까? 나는 그들을 위해 쓰고 싶은 것이다. 아직 어렴풋한 호기심에 양식을 제공하는 것, 아직도 분명히 나타나지 않은 요구를 만족시켜 주는 것, 그리하여 오늘날 아직도 어린이에 지나지 않는 사람이 장차 그의 길에 선 나를 만나 보고 놀라게 하는 것.

올리비에에게 그처럼 많은 호기심, 과거에 대한 아주 견디기 어려운 불만이 있다는 것을 느낀다는 것은 참으로 즐거운 일이다…….

나는 이따금 그의 흥미를 끄는 것은 오직 시뿐이라는 생각이 들었다. 그리고 그를 통해 시들을 다시 읽어 보면, 우리나라 시인들 중에는 마음이나 정신에 의해, 보다 예술적 감정에 의해 인도된 시인들은 극소수에 지나지 않는다는 것을 느낀다. 야릇한 일은 오스카르 몰리니에가 올리비에의 시를 보여 줬을 때, 내가 올리비에에게 언어를 복종시키려 하기보다 언어가 인도해 주는 대로 따라가야 한다고 충고해 준 사실이다. 그런데 지금은 그 결과로 내가 그로부터 그렇게 하는 법을 배우는 것 같다.

여태껏 내가 써 온 모든 것이 이제 와서 나에게 얼마나 서글프게, 지긋지긋하게, 그리고 우수꽝스럽게 이치를 따르는 것으로 보이는지!

                              11월 5일

식이 거행되었다. 오랫동안 다시 가 본 일이 없었던 마담 거리의 그 조그만 교회당에서. 브델아자이스 집안 사람들은 전원 참석했다. 로라 할아버지, 아버지, 그리고 로라 어머니, 두 자매와 남동생, 그 밖에 수많은 아저씨들, 아주머니들과 사촌 형제들. 두비에 집안은, 만일 그 집이 가톨릭이었더라면 수녀가 되었을 법한 상복을 입은 세 아주머니로 대표되고 있었다. 사람들 말에 따르면, 그녀들은 함께 살며 양친을 여읜 뒤에는 두비에도 그녀들과 함께 살았다는 것이다. 옆자리에는 기숙사 학생들이 앉아 있었다. 다른 친지들이 장내를 가득 채웠고 나도 그 속에 머물러 있었다. 나에게서 멀지 않은 곳에 올리비에와 함께 누님도 보였다. 조르주는 제 또래 친구들과 함께 옆자리에 있었을 것이다. 라 페루즈 영감이 오르간 앞에 앉아 있었다. 그의 늙은 얼굴은 한결 더 훌륭하고 의젓해 보였으나, 눈길에선 그가 피아노를 가르칠 때 나에게 열정을 불어넣어 주던 그 감탄스러운 불길을 이젠 볼 수 없었다. 우리들의 눈길이 마주치자 나에게 지어 보인 그의 미소에는 너무나 크나큰 슬픔이 어린 듯 보여 나는 나갈 때 그를 만나 보리라 마음먹었다. 사람들이 움직이자 풀린 곁에 자리가 하나 났다. 올리비에는 나에게 곧 손짓을 하고 그의 어머니를 좀 밀어서 나를 자기 옆에 앉게 해 주었다. 그러고는 나의 손을 잡고 오랫동안 제 손에 쥐고 있었다. 그가 그렇게 나에게 친근한 태도를 보이기는 처음이었다. 그는 목사의 그 끝 없는 담화가 계속되는 동안 거의 내내 눈을 감고 있었다. 그래서 나는 그의 모습을 한참 동안 관찰할 수 있었다. 그는 내 책상에 있는 사진 속의, 저 나폴리 박물관에 있는 저부조(底浮彫)로 만들어진 잠든 목동과 비슷했다. 만약에 그의 손가락이 떨리지 않았던들 그도 잠들어 있는 것으로밖에 믿기지 않았을 것이다. 그의 손은 나의 손안에서 새처럼 떨고 있었다.

늙은 목사는 할아버지 아자이스를 비롯해 온 가족의 내력을 이야기해야만 한다고 생각했다. 아자이스와 그는 전쟁 전에 스트라스부르에서 동급생이었고, 그 뒤 신학부에서는 동창이었다. 자신의 친구가 비록 기숙사를 맡고 어린이들의 교육에 헌신하기에 이르렀는데도, 말하자면 목사 직을 버리지 않았다는 것을 노목사가 설명하고자 했을 때, 그 복잡한 문장을 도저히 끝맺지 못할 것 같다는 생각이 들었다. 그러고는 그다음 세대 사람들을 이야기했다. 그는 또한 두비에네 가족에 관해서도 마찬가지로 해 주었다. 그러나 그 가정에 관해서는 대단한 것을 알지 못하는 듯했다. 감정의 탁월함이 변설의 결점을 얼버무려 주어, 참석한 사람들이 코를 훌쩍거리는 소리가 들려왔다. 나는 올리비에가 어떻게 생각하는지 알고 싶었다. 가톨릭교도로서 교육을 받은 그에게는 프로테스탄트 의식은 낯설 것이 틀림없고, 또한 이 예배당에 온 것도 아마 처음일 것이라고 생각했다. 남의 감동을 마치 내 감동처럼 느낄 수 있게 하는 비개성화의 이상한 능력은, 올리비에의 감동을, 분명 그가 느끼리라 내가 상상하는 그 감동을 받아들이도록 나에게 거의 강요하는 것이었다. 그리고 그가 눈을 감고 있었음에도, 혹은 차라리 그가 그렇게 하고 있었기 때문에, 나는 그의 입장에서, 그리고 처음으로, 그 벌거숭이 벽, 신자석을 비추는 추상적이며 창백한 빛, 안쪽 흰 벽 위에 불쑥 드러난 설교단, 바른 선들, 누대를 받든 꼿꼿한 기둥들, 모가 많고 색채 없는 그 건축 양식의 정신 자체를 보는 듯했다. 반감을 일으키는 그 같은 건축물의 추한 모습, 비타협적인 완강함, 그리고 인색하다 할 만한 극도의 검약함, 그러한 것들이 나에게 처음으로 나타났던 것이다. 그것을 좀 더 일찍 느끼지 못했던 것은 어렸을 적부터 내가 그런 것에 익숙했기 때문이다……. 나는 갑자기 내 종교적 각성과 초기의 열성, 로라, 그리고 그녀와 내가 서로 만나곤 하던 주일학교 등이 생각났다. 그곳에서 우리 두 사람은 주일학교 선생이었는데 꽤 열심이었고, 우리들은 우리 안의 모든 불순한 것을 태워 버리는 열의에 빠져서 상대방에 속하는 것과 하느님에게 돌려야 할 것을 잘 판별하지 못했다. 그러자 이내 나를 비탄에 잠기게 한 것은, 올리비에가 그와 같은 어린시절 최초의 관능의 빈곤을, 사람의 마음을 위험할 정도로 외관으로부터 멀리 떨어지게 하는 그와 같은 관능의 빈곤을 몰랐다는 것, 그가 나와 같은 추억을 지니지 않았다는 것이다. 그러나 그가 그러한 모든 것과 관계가 없다고 생각되자 나 자신까지도 그것으로부터 벗어날 수 있게 해 주는 것이었다. 나는 열정적으로 그의 손, 여전히 나의 손에 맡겨진 그의 손을 꽉 그러쥐었다. 그러자 그때 갑자기 그는 손을 뺐다. 그리고 눈을 뜨고 나를 쳐다보았다. 그러고는 놀랄 만큼 점잖은 이마 때문에 완화된 아주 어린애 같은 장난기 있는 미소를 지으며 — 바로 그때 목사는 신랑 신부에게 모든 기독교 신자들의 의무를 상기시키는 동시에 충고며 계명이며 경건한 훈계를 늘어놓고 있었는데 — 나에게 몸을 기울이며 이렇게 소곤거렸다.

"나완 상관없는 소리예요. 난 가톨릭이니까요." 그의 모든 것이 내 관심을 끈다. 그런데 나로선 알 수가 없는 일이다.

제의실 문 앞에서 페루즈 노인을 만났다. 그는 나에게 좀 서글프게, 그러나 조금도 나무라는 기색은 없는 어조로 말했다.
"나를 차차 잊어버리는 모양이시네."

나는 그렇게 오랫동안 그를 찾지 못한 것에 대해, 무엇인가 바빠서 그랬노라고 핑계를 주워 댔다. 그리고 모레 방문하겠다고 약속했다. 식 뒤에 있을 다과회에 초대받았기에 나는 노인을 아자이스네 집으로 데리고 가려고 했다. 그러나 이야기를 해야 할 텐데 너무 우울해서 이야기할 기분이 나지 않는 많은 사람들과 만나는 것이 그는 두렵다고 했다.

폴린 누님은 조르주를 데리고 가고 올리비에는 나와 함께 남았다.

"이 애를 좀 맡기겠어."

그녀는 웃으면서 말했다. 그 말은 올리비에의 신경을 좀 거스르는 것 같았다. 그는 얼굴을 돌렸다. 그는 나를 한길로 끌고 갔다.

"아자이스 집안 사람을 그렇게 잘 아시는 줄은 몰랐어요."

내가 이 년 동안이나 그들 집에서 기숙했다고 말했더니 그는 몹시 놀랐다.

"그보다는 어떻게라도 해서 독립하려고 하질 않았어요?"

"그렇게 하는 것이 편한 점이 좀 있어서." 나는 막연히 대답했다. 그 당시 로라가 내 마음속을 가득 채워서, 그녀 곁에서 그 생활을 견뎌 내는 즐거움을 생각하면 아무리 고약한 규칙이라도 달게 받아들였을 것이라는 사실을 그에게 말할 수는 없었기 때문이다.

"그래, 그 거지 같은 기숙사 공기에 숨이 막히지 않으셨어요?"

그러더니 내가 잠자코 있자 말을 이었다. "하긴 나도 어떻게 이 생활을 견디는지, 어떻게 내가 그런 데 들어가 있는지 잘 알 수 없어요……. 하지만 나는 학교가 끝나면 저녁때까지만 기숙사에서 지낼 뿐이죠. 그래도 지긋지긋한데."

나는 그에게 그의 할아버지와 그 '거지 같은 기숙사' 사감과의 우정을 설명해 줘야만 했다. 그 추억 때문에 그의 어머니가 그곳을 선택했던 것이다.

"하긴 나는." 하고 그는 말했다. "비교해 볼 것도 없어요. 아마 부랑자 보호시설 같은 기숙사라는 게 모두 비슷할 테죠. 사람들 말에 따르면 다른 데는 더 심한 것 같기도 해요. 그렇더라도 난 거기서 나오고 싶어요. 병으로 쉬었던 시간을 벌충해야 하지 않았다면 그런 덴 들어가지 않았을 거예요. 그리고 오래전에, 아르망에 대한 우정이 아니었다면 그곳에 가질 않았을 거예요."

그리하여 나는 로라 남동생이 그와 학우라는 것을 알았다. 나는 그 애를 거의 모른다고 올리비에에게 말했다.

"하지만 그 가족들 중 제일 영리하고 제일 재미있는 아이예요."

"다시 말하면 네가 가장 흥미를 느낀 애란 말이로구나."

"아닙니다. 정말 괴짜 녀석이에요. 한번 나하고 같이 그 애 방으로 가서 이야기해 보시지요. 아저씨 앞에서도 이야기를 맘먹고 할 거예요."

우리는 기숙사 앞에 다다랐다.

브델아자이스네는 전통적인 피로연을 비용이 덜 드는 다과회로 바꾸었다. 응접실과 브델 목사의 서재가 많은 초대객들에게 개방되었다. 몇몇 극진한 친구들만이 목사 부인의 작은 전용 객실에 들어갈 수 있었다. 그러나 일반 손님들이 밀려드는 것을 방지하기 위해 그 방과 응접실 사이 문은 닫혀 있었다. 그래서 아르망은 어머니를 만나려면 어디로 들어가야 하느냐고 묻는 사람들에게 대답하고 있었다.

"벽난로입니다."

많은 사람들이 모여 있었다. 더워서 죽을 지경이었다. 두비에의 동료인 '몇몇 교사진'을 제외하고는 거의 모두 프로테스탄트들이었다. 매우 독특한 청교도 풍 냄새, 그러한 냄새는 가톨릭 또는 유대인들의 모임에서도 그들이 서로 부담 없이 되는 대로 처신하면, 그와 마찬가지로 강력한, 아마 그보다 더 숨 막히는 냄새를 풍길 것이다. 그러나 많은 경우 가톨릭교도들에 게서는 스스로를 높게 평가하려는 경향이 보이지만, 유대인들에게선 스스로를 낮게 평가하려는 경향이 보인다. 그런데 그런 일은 프로테스탄트들에게서는 매우 드물게 밖에는 볼 수 없는 듯하다. 유대인들의 코가 너무 길다고 한다면 프로테스탄트들의 코는 막혀 버린 것이라고나 할까. 그것은 사실이다. 그러나 나조차도 그 속에 잠긴 동안에는 그러한 특이한 분위기를 알아차리지 못했다. 무엇인가 말로 표현할 수 없는 알프스 산맥 같고 천국 같은, 그러나 어리석기 짝이 없는 분위기.

방 안쪽에 음식을 차려 놓은 식탁이 있었다. 로라의 언니 라셸과 동생 사라가 시집갈 나이가 된 몇몇 친구들과 함께 차를 대접하고 있었다……

로라는 나를 보자 자기 아버지 서재로 끌고 갔다. 벌써 교회 회의가 열린 듯 거기에는 사람들이 온통 모여 있었다. 우리는 창 사이 우묵한 공간에 들어가서 남들에게 들리지 않도록 이야기할 수 있었다. 옛날 우리는 창문틀에 서로의 이름을 써 두었다.

"와 보세요. 아직도 있어요. 아무도 눈치 채지 못했나 봐요. 그때 몇 살이셨죠?"

이름 밑에는 날짜가 쓰여 있었다. 나는 셈을 해 보았다.

"스물여덟 살."

"저는 열여섯이었어요. 벌써 십 년 전 일이에요."

그러한 추억을 불러일으키기에는 아주 적절하지 못한 때였다. 나는 화제를 돌리려고 했지만 그녀는 불안하게도 끈질기게 그 이야기로 나를 끌어가는 것이었다. 그러더니 갑자기 감상적이 되는 것이 두려웠던지 아직도 스트루빌루가 생각나느냐고 물었다.

스트루빌루는 자유기숙 학생이었는데, 그 당시 로라 부모의 속을 몹시 썩였다. 그는 강의를 듣는 것으로 되어 있었지만, 무슨 강의를 듣느냐든지 무슨 시험을 준비하느냐고 물으면 "기분에 따라 다르지." 하고 아무렇게나 대답하는 것이었다.

처음에는 그의 오만한 언동의 날카로움을 무디게 하려는 듯 모두들 그것을 농담으로 여기는 체했고, 그 자신도 그런 말끝에는 소리 내 웃기까지 했다. 그러나 그의 웃음은 그의 무례한 말이 더 한층 도전적으로 되어 감에 따라 이윽고 빈정거리는 웃음으로 변했다. 그리고 어떻게 돼서, 그리고 왜 목사가 그런 학생을 너그럽게 받아 주는지 — 혹시나 경제적인 이유에서든가 스트루빌루에 대한 어떤 동정심 섞인 애정이나 아마도 그를 설득할 수 있으리라는, 말하자면 개종시킬 수 있으리라는 막연한 희망을 가진 까닭이 아니었다면, 나는 이해하기 어려웠다. 또한 스트루빌루가 다른 데로 얼마든지 갈 수 있는데, 왜 그곳에 눌러 있는지도 더 한층 난 알 수가 없었다. 왜냐하면 그는 나처럼 감상적인 이유로 그곳을 떠나지 못하는 것 같지도 않았기 때문이다. 아마도 그것은 자신의 방어를 잘하지 못하고 언제나 자기에게 이로운 역할을 주고 농락당하는 가엾은 목사와의 승부에서 분명히 맛볼 수 있는 즐거움 때문이었을 것이리라.

"그 사람이 어느 날 아버지에게, 설교하실 때 가운 속에 윗도리를 입었는지 물었던 일이 생각나세요?"

"생각나고말고. 묻는 말투가 아주 부드러워서 당신 아버님께선 악의라고는 생각하지 않으셨지. 식사 중 일이었어. 지금도 눈앞에 선한걸……."

"그러자 아버지는 고지식하게 가운은 두껍지 않으니까 윗도리를 안 입으면 감기 들까 걱정이라고 말씀하셨어요."

"그 말을 듣고 스트루빌루가 난처해하던 모습이라니! 그러자 왜 그러냐고 재촉해 그녀석에게 묻지 않을 수 없었지. '물론 별로 큰 문제일 것이 없지만' 당신 아버님께서 큰 몸짓을 할 때 윗도리 소매가 가운 밑으로 드러나 보여서, 그것이 어떤 신자들에게는 거북한 느낌을 준다는 이야기를 마침내 그 녀석이 하고 말았지."

"그 일이 있은 후에 불쌍한 아버지는 두 팔을 내내 몸에 꼭 붙이시고 설교를 해서 그만 그 웅변의 좋은 효과를 망가뜨리고 말았어요."

"그러고는 그다음 일요일에 윗도리를 벗으셨기 때문에 호된 감기에 걸려서 돌아오셨고. 그 녀석 참! 그리고 성서에 있는 열매 맺지 않는 무화과며 열매가 안 열리는 나무들에 관한 그 논쟁은 또 어떻고……. '저는 유실수가 아닙니다. 제가 지닌 것은 그늘입니다. 따라서 목사 선생님, 저는 그늘로 선생님을 덮어 드리고 있답니다.' 하는 소릴 했지."

"그것도 식사 중 일이었어요."

"물론. 그 녀석은 식사 때가 아니면 볼 수 없었으니까."

"게다가 아주 심술궂은 말투로 그랬지요. 할아버지가 그 사람을 내쫓은 게 바로 그때였어요. 기억나세요? 늘 접시에 코만 박고 계시던 할아버지가 갑자기 일어나셔서 팔을 내밀면서 '나가거라!' 하고 말씀하신 거."

"우람하기도 하고 무서워 보였어. 몹시 분개하셨거든. 스트루빌루도 정말 겁이 난 모양이었고."

"식탁 위에 냅킨을 던지고 나가 버렸지요. 돈도 치르지 않고 떠나 버렸어요. 그 뒤로는 통 볼 수가 없었어요."

"그 녀석이 어떻게 되었는지 궁금하군."

"제겐 할아버지가 그날 참 훌륭해 보였어요. 할아버지는 당신을 좋아하세요. 잠깐 서재로 가서 만나 보면 어때요? 몹시 기뻐하실 거예요." 하고 로라는 약간 침울한 어조로 말을 이었다.

나는 지금 당장 이 이야기를 적어 둔다. 뒤에 가서 대화의 정확한 어조를 다시 찾아내는 일이 얼마나 어려운지 경험했기 때문이다. 그런데 그 순간부터 나는 로라 이야기를 건성으로 듣기 시작했다. 로라에게 끌려 그녀 아버지의 서재로 들어온 뒤에는 눈에 띄지 않던 올리비에가 나에게서 꽤 멀리 떨어진 곳이기는 하지만 내 눈에 보였기 때문이다. 그의 눈은 빛났고 여간 생기를 띤 얼굴이 아니었다. 뒤에 안 일이지만, 사라가 장난삼아 샴페인을 연거푸 여섯 잔이나 그에게 마시게 했던 것이다. 아르망도 그와 함께 있었으며, 그들은 모인 사람들 틈을 헤치며 사라와 일 년 조금 전부터 아자이스 기숙사에 묵는 사라와 같은 또래 영국 처녀 뒤를 따르고 있었다. 이윽고 사라와 그 처녀는 밖으로 나갔다. 그러자 두 소년이 뒤를 따라 계단으로 뛰어나가는 것이 보였다. 나도 로라의 권유에 따라 방 밖으로 나가려던 참이었다. 그러나 로라는 한 걸음 나에게로 다가

서며 말했다.

"이봐요, 에두아르, 좀 더 말씀드리고 싶은 게 있어요……."
그러더니 그녀의 목소리는 갑자기 매우 엄숙해졌다. "앞으로
아마 오랫동안 뵙지 못할 거예요. 당신이 다시 말해 주셨으
면…… 제가 여전히 당신을 기대하고 믿어도 좋은지 알고 싶어
요…… 친구에게 그러듯이."

나는 그때처럼 그녀에게 키스해 주고 싶은 때가 없었다. 그
러나 나는 다정하고도 격렬하게 그녀 손에만 입을 맞추고 속
삭였다.

"무슨 일이 있더라도."

그리고 눈물이 북받쳐 오르는 것을 그녀에게 보이지 않으려
고 올리비에를 찾아 얼른 도망치듯 밖으로 나갔다.

올리비에는 아르망과 함께 층계 위에 앉아서 내가 나오는
것을 엿보고 있었다. 정말로 그는 좀 취해 있었다. 그는 일어서
서 내 팔을 끌었다.

"오세요." 하고 그는 말했다. "사라 방으로 담배를 한 대 피
우러 가시지요. 사라가 우릴 기다려요."

"조금 있다 가지. 나는 우선 아자이스 영감님을 만나러 가
야겠어. 그런데 어느 방인지 찾지 못할 것 같은데."

"무슨 말씀이세요, 잘 아시면서? 전에 로라가 있던 방인데."
하고 아르망이 외쳤다. "집에서 제일 좋은 방이어서 그 기숙생
처녀를 거기다 재우기로 했는데, 돈 내는 게 시원치 않아 지금
은 사라와 한방을 쓰게 하지요. 모양새로 침대를 둘 놓기는 했
지만 소용없는 일이었어요……."

"곧이 듣지 마세요." 올리비에가 아르망을 떠밀고 웃으면서

말했다. "취했어요."

"말 조심해!" 아르망이 대꾸했다.

"그럼 오시는 거지요? 기다리겠습니다."

나는 조금 있다 가겠노라고 약속했다.

아자이스 노인은 머리를 짧게 깎아서 이제는 조금도 휘트먼 같아 보이지 않게 되어 버렸다. 그는 사위네 가족들에게 건물의 2층과 3층을 내 주었다. 그리고 자기는 (마호가니, 렙스 천 그리고 인조 피혁 가구 등으로 꾸민) 서재의 창으로부터 마당을 내려다보며 학생들이 오는 것을 감시했다.

"모두들 얼마나 나에게 극진한가 보시오." 그는 책상 위 큼직한 국화 다발을 가리키며 말했다. 그 집안의 오랜 친구인 어느 학생의 어머니가 놓고 간 것이었다. 방 안 분위기가 하도 엄숙해서 당장에 꽃이 시들어 버릴 것 같았다. "잠시 사람들이 모인 자리를 놔 두고 이리로 왔소. 나도 이제는 늙어서 이야기들 하는 걸 듣고 있으면 피곤하거든. 그렇지만 이젠 꽃이 내 상대를 해 준단 말이오. 꽃은 자기 방식대로 말을 하고, 인간들보다도 훨씬 더 잘 주님의 영광을 이야기하는 거요." (적어도 그 비슷한 말이었다.)

이 존경할 만한 노인은 그런 이야기가 얼마나 학생들에게는 따분한지 생각하지 못한다. 그는 너무나 진심으로 하는 이야기라 아이러니가 힘쓸 여지가 없었다. 아자이스 노인같이 단순한 마음을 지닌 사람들이 나에게는 가장 이해하기 어려운 사람들이라는 것은 틀림없다. 좀 덜 단순한 사람이라면 그런 사람들 앞에서는 연극을 하는 수밖에 없다. 그리 정직한 일은 아니지만 어쩔 수 없는 노릇이다. 논쟁을 할 수도 없고, 정리해 해결할 수도 없는 것이다. 맞장구를 치는 수밖에 없다. 아자이스는 조금이라도 그와 신조가 다르면 주위 사람들에게 위선을 부리지 않을수 없게 되고 마는 것이다. 그의 집에 처음으로 드나들었을 무렵 나는 그의 손자들이 그에게 거짓말을 하는 것을 보고 분개했다. 그러나 차차 나도 보조를 맞추어 따르는 수밖에 없었다.

프로스페르 브델 목사는 너무 바쁘다. 브델 부인은 약간 세상 물정 모르는 편으로, 시적-종교적 몽상에 잠겨 현실에 대한 감각을 온통 잃었다. 결국 할아버지가 젊은이들의 지도와 교육을 맡은 것이다. 내가 그 집에 묵던 시절에는 한 달에 한 번씩 폭풍우같은 격렬한 설명을 듣곤 했는데, 그것은 매번 이런 비장한 심정 토로로 끝나는 것이었다.

"앞으로는 서로 흉금을 터놓고 모든 것을 이야기해야 할 것이다. 우리는 솔직함과 성실함의 새로운 시대로 들어가고 있는 것이다.(그는 같은 것을 이야기하기 위해서 여러 가지 다른 낱말을 즐겨 사용한다. 목사직에 있을 때의 습관이 남아 있는 것이다.) 속셈, 머리 뒤에 숨긴 저 비열한 생각 같은 것을 품어서는 안 된다. 서로 정면으로 눈과 눈을 마주 바라볼 수 있어야 할 것이다. 그렇지? 그럼 됐어."

그런 뒤에 그는 어리석은 짓 쪽으로, 아이들은 거짓말 속으로 좀 더 빠져들어 가는 것이었다. 그런 이야기는 특히 로라의 남동생을 향한 것이었다. 로라보다 한 살 아래인 그는 젊은 혈기에 뒤흔들려서 연애를 시도해 보고 있었다.(그는 식민지로 가서 장사를 했는데, 그 뒤로는 그를 볼 수 없었다.) 어느 날 저녁 노인이 같은 이야기를 되풀이한 날, 나는 그의 서재에 있었다. 나는 그에게 그가 손자에게 요구하는 성실성이라는 것이 그의 완강함 때문에 오히려 불가능한 것이 되고 있다는 것을 이해시키려고 했다. 그러자 아자이스는 거의 골을 내다시피 "고백하기 부끄러운 짓을 그 녀석이 삼가기만 하면 되는 거지." 하고 대꾸를 허락하지 않는 어조로 외쳤다.

요컨대 그는 훌륭한 분이다. 그보다 더한 것이, 말하자면 덕행의 귀감, 이른바 마음씨가 대단히 착한 사람이었으나, 다만 그의 판단이 어린애 같을 뿐이었다. 그가 나를 탐탁하게 여기는 것도 나에게 교제하는 애인이 없다는 이유에서였다. 그는 내가 로라와 결혼하고 싶어 했다는 것을 숨기려 하지 않았다. 그는 두비에가 로라에게 합당한 남편일까 의심을 품어 여러 번 나에게 "그 애의 선택은 아무래도 이상해." 하고 되풀이했다. 그러고는 덧붙여 "그가 선량한 사람이라고 나도 생각은 하지만…… 자네 생각은 어떤가?" 하고 말하는 것이었다.

"물론이지요." 하고 나는 대답했다.

사람은 신앙으로 빠져들어 감에 따라 현실에 대한 감각, 흥미, 필요, 애착을 잃어버린다. 이야기를 해 본 적은 아주 적지만, 브델에게서도 마찬가지로 그와 같은 사실을 관찰할 수 있었다. 그들 신앙의 찬란함은 그들로 하여금 그들을 둘러싼 세계와 그들 자신에 대해 눈이 멀게 하는 것이다. 사실을 명백히 보기만을 원하는 나는 신자가 그 속에 안주하고자 하는 허위의 깊이 앞에서 아연실색하지 않을 수 없다.

나는 아자이스 노인에게서 올리비에의 이야기를 들어 보고 싶었다. 그러나 그의 흥미는 주로 조르주에게 쏠렸다.

"내가 하는 이야기를 그 애에게는 아는 체하지 말도록." 하고 그는 이야기를 시작했다. "게다가 그 애에겐 명예에 관한 일이기 때문에……. 자네의 그 조카 녀석하고 그의 몇몇 친구들이 일종의 조그만 결사, 상호 격려 연맹 같은 것을 만들었단 말이야. 회원으로는 저희들 보기에 자격이 있다고 판단되는 아이들, 덕행의 증거를 보인 애들이 아니면 넣지 않아. 말하자면 일종의 어린이 '레지옹 도뇌르'*인 셈이지. 매력적인 일이 아니냐 말이야? 회원마다 단춧구멍에 조그만 리본을 달아서 — 눈에는 별로 띄지 않지만, 그래도 나는 알아보았지. 그래서 그 애를 서재로 불러다가 그 휘장이 뭐냐고 물었더니 처음에는 어쩔 줄 모르더군. 꾸지람을 들을까 봐 겁이 났던 모양이야. 그러고는 얼굴이 새빨개져서 당황한 눈치로 그 조그만 클럽이 생기게 된 이야기를 하더군. 그런 일은 비웃거나 해서는 안 될 성질의 것이지. 아주 민감한 부분을 상하게 할 염려가 있으니까…… 나는 왜 그 애와 그 친구들이 그것을 공공연하게 드러내 놓지 않느냐고 물어봤지. 그렇게 하면 얼마나 훌륭한 선전의 힘을 갖게 되고, 얼마나 훌륭한 개종 권유의 힘을 얻을 수 있을 것이며, 얼마나 훌륭한 일을 해낼 수 있을 것이냐고……. 그렇지만 그 나이에는 비밀을 좋아하는 법이거든…… 그 애를 안심시키려고 이번엔 내가 이런 이야기를 해 줬어. 나의 시대, 다시 말하면 내가 그만한 나이였을 때 나도 그런 결사에 가입한 일이 있었는데, 그 회원들은 '의무의 기사'라는 훌륭한 이름으로 불렸다고 말이야. 그리고 우리들은 각기 연맹 회장으로부

* Légion d'honneur, 1802년 나폴레옹 1세가 제정한 여러 등급의 국가 훈장.

터 수첩을 한 권씩 받았는데, 거기다가 과실이며 태만을 전적으로 성실하게 적어 놓았다는 이야기를 들려줬지. 그랬더니 그 애는 빙그레 웃더군. 그리고 그 수첩 이야기가 그에게 어떤 아이디어를 준 게 분명했어. 강조하진 않았지만, 아마 그 수첩 제도를 그 애가 동지들 사이에 도입했을 것이야. 아이들이란 잘 잡아 줄 줄 알아야 돼. 그러자면 먼저 그들을 이해한다는 것을 보여 줄 필요가 있거든. 나는 부모에게 아무 말도 하지 않겠노라고 그와 약속했지. 그러나 어머니에게는 그 애가 이야기를 하면 기뻐할 것이라고 말해 주면서 말이야. 그런데 동지들끼리 아무 말도 하지 않기로 명예를 걸고 약속한 모양이야. 그러니 더 우겨 대면 서투른 짓이 되었을 것이야. 다만 헤어지기 전에 우리는 함께 그들 연맹을 주님께서 축복해 주시도록 기도를 드렸지."

가엾은 아자이스 노인! 확신하건대 조르주가 그를 속여 넘긴 것이 뻔하다. 정말이라고 생각할 수 있는 것은 한마디도 없었다. 그렇지만 그런 경우 어떻게 조르주가 달리 대답할 수 있었을 것인가……? 좀 더 자세히 그 일을 밝혀 봐야지.

로라 방은 처음엔 알아볼 수 없을 지경이었다. 벽지를 새로 발라서 분위기가 전혀 달랐다. 사라까지도 나에게는 낯설어 보였다. 그러나 나는 그녀를 잘 안다고 자처했던 것이다. 그녀는 언제나 나를 신뢰하는 태도를 보여 주었다. 그녀는 언제나 나를 무슨 일이든지 이야기할 수 있는 사람으로 생각했다. 그러나 나는 여러 달 동안 아자이스네 집에 오지 않았던 것이다. 그녀 옷은 팔이며 목을 드러내고 있었다. 많이 자라기도 하고 대담해지기도 한 것 같았다. 그녀는 두 침대 중 한쪽에서 올리비에에게 몸을 기대고 앉아 있었는데, 올리비에는 제멋대로 누워서 자는 듯했다. 정말 그는 취해 있었다. 그러는 그를 보고 나는 마음이 정말 언짢았다. 그러나 그는 어느 때보다도 아름다워 보였다. 네 사람 모두 다소간 취해 있었다. 아르망의 우스꽝스러운 말을 듣고 그 영국 처녀가 귀 아플 정도로 날카로운 목청으로 깔깔 웃어 대고 있었다. 그 웃음소리에 흥분하고 우쭐해서, 어리석음과 야비함으로 그 웃음과 경쟁이라도 하듯 아르망은 아무 말이건 늘어놓고 있었다. 주홍빛으로 달아오른 누이동생의 뺨이며, 마찬가지로 불타는 듯한 올리비에의 뺨에 대고 담뱃불을 붙이는 시늉을 하기도 하고, 방약무인한 몸짓으로 그들의 이마를 가까이 하여 억지로 맞닿게 하고는 손가락을 데인 듯한 시늉을 하기도 했다. 올리비에와 사라가 그러한 장난에 동의하며 그를 놔두고 있는 것이 나는 몹시 괴로웠다. 하지만 이렇게 되면 이야기를 앞질러서 하는 것인데……

아르망이 두비에를 어떻게 생각하느냐고 나에게 갑자기 물었을 때, 올리비에는 아직도 자고 있는 체했다. 나는 낮은 안락의자에 걸터앉아, 그들의 취한 꼴과 거리낌 없는 모습에, 재미있다고 생각도 하고 자극을 받기도 하며 거북스러워하는 등 그 모든 것을 함께 느꼈다. 요컨대 나는 나 같은 사람이 한몫 낄 수 없는 자리에 그들의 초대를 받아 온 것을 마음속으로 우쭐해했던 것이다.

"여기 계신 아가씨들은……"

대답할 말이 없어 그저 그 자리에 어울리느라고 빙그레 웃고만 있자, 그는 계속 말했다. 그러자 영국 처녀는 이야기를 하지 못하게 하려고 그에게로 쫓아가서 손으로 그 입을 막았다. 그러자 그는 허우적거리며 외쳤다.

"이 아가씨들은 로라가 그 사람하고 잘 거라 생각하고 화를 내고 있답니다."

영국 처녀는 그를 놓아 주고 골이 난 듯한 표정을 지으면서 말했다.

"그런 이야기를 곧이 듣지 마세요, 거짓말쟁이니까요."

"저는 이 아가씨들에게 알려주려고 했어요." 아르망은 한결 침착하게 말했다. "지참금 2만 프랑으로는 그 이상의 사위를 바랄 수 없었을 거고, 또 진실한 기독교 신자로서 로라는 목사님인 우리 아버지 말씀처럼 무엇보다도 마음씨를 존귀하게 여겨야 할 것이라고요. 그렇지 뭐야, 그리고 아도니스 같은 사람이 아닌 자…… 요즘 시대 예를 들자면 올리비에 같은 사람이 아닌 자들은 모두 독신으로 지내야 한다면 인구 증가 문제는 어떻게 되겠느냐 말이야?"

"무슨 바보 같은 소리!" 사라가 중얼거렸다. "저런 사람 이야기는 듣지 마세요. 자신도 무슨 소리를 하는지 모르는 거예요."

"나는 엄연한 사실을 말할 뿐이야."

아르망이 그런 말투로 이야기하는 것을 나는 여태껏 들어 본 일이 없다. 나는 그를 세련되고 민감한 소년이라고 생각했고, 지금도 그렇게 생각한다. 그의 상스러움은 얼마만큼은 취한 탓이기도 하지만, 그보다는 영국 처녀를 재미있게 해 주려고 일부러 하는 짓 같았다. 영국 처녀는 확실히 예쁘기는 했지만, 그런 야비한 말을 재미있어 하는 것을 보면 꽤 어리석은 여자일 것임에 틀림없었다. 도대체 올리비에는 그런 일에 무슨 흥미를 느낄 수 있다는 말인가……? 나는 다시 그와 단 둘이 있게 되면 즉시 나의 불쾌감을 숨김없이 이야기해 주리라 마음먹었다.

"그런데." 하고 아르망은 갑자기 나에게 몸을 돌리며 이야기를 계속했다. "돈에 집착하지 않고, 고상한 감정을 지니기에 충분한 돈이 있는 댁에서 왜 로라와 결혼하지 않았는지 좀 말해 주실 수 없을까요? 댁 또한 로라를 사랑하는 모양이고, 로라도 댁을 사모하며 애를 태웠다는 것은 누구나 아는 사실인데 말입니다."

그때까지 자는 체하던 올리비에가 눈을 떴다. 우리 시선이 마주쳤다. 그때 내가 얼굴을 붉히지 않았던 것은, 다른 어느 누구도 나를 보지 않았기 때문이다.

"아르망, 귀찮게 굴기도 하네." 무어라고 대답해야 할지 모르는 나의 거북함을 덜어 주려는 듯이 사라가 말했다. 그러더니 이제껏 앉아 있던 침대 위에서 그대로 올리비에에게 기대 반듯이 누워 버렸다. 그리하여 그들의 머리가 마주 닿았다. 아르망은 그 즉시 껑충 뛰어올라 침대 발치 쪽 벽에 기대 접혀 있던 병풍을 잡아당겨 어릿광대처럼 두 사람이 가리도록 펼쳐 놓았다. 그러고는 여전히 익살을 떨며 나에게 몸을 기울이고 큰 목소리로 "우리 누나가 갈보라는 걸 아마 모르셨을 거예요." 하는 것이었다.

더 참을 수 없는 일이었다. 나는 일어서서 병풍을 젖혔다. 그러자 그 뒤에 있던 올리비에와 사라도 이내 몸을 일으켰다. 사라의 머리는 헝클어져 있었다. 올리비에는 일어서서 세면대로 가더니 얼굴에 물을 끼얹었다. "이리 오세요. 보여 드리고 싶은 것이 있으니까." 사라가 나의 팔을 잡으면서 말했다.

그녀는 방문을 열고 나를 층계참으로 끌어냈다.

"이거 소설가에게는 흥미 있을 거라고 생각했어요. 우연히 발견한 수첩인데 아버지의 내밀한 일기예요. 왜 마구 굴리는지 알 수 없어요. 아무나 읽을 수 있는 거예요. 아르망이 읽지 못하도록 제가 간직해 뒀어요. 아르망에겐 말씀 마세요. 그리 길지도 않아요. 십 분이면 보실 수 있을 거예요. 가시기 전에 돌려주세요."

"하지만 사라." 나는 뚫어지게 그녀를 바라보며 말했다. "말도 안 되게 실례되는 일이 아닌가?"

그녀는 어깨를 으쓱했다.

"그런 생각을 하신다면 실망하실걸요. 재미있는 데라곤 한 군데뿐이에요……. 글쎄 어떨지. 자 보여 드리죠."

그녀는 블라우스로부터 사 년이나 된 조그만 비망록 한 권을 꺼냈다. 그러고는 그것을 잠시 뒤적거리더니 펼쳐 든 채 한 대목을 가리키며 나에게 내밀었다.

"빨리 읽어 보세요."

우선 날짜가 보이고 그 밑에 인용 부호를 붙여서 적어 둔, 성서에서 뽑은 인용구 하나가 눈에 띄었다. "작은 일에 충실한 자는 큰 일에 있어서도 그러할지니라." 그리고 뒤이어서 "나는 담배를 끊으려는 결심을 왜 항상 내일로 미루는가? 멜라니(목사 부인을 말하는 것이다.)를 슬프게 하지 않기 위해서만이라도. 주여, 이 부끄러운 굴종의 멍에를 떨쳐 버릴 수 있는 힘을 주옵소서."(나는 이 인용이 틀림없다고 생각한다.) ── 그 뒤에는 투쟁, 탄원, 기도, 노력 등에 관한 기록이 계속됐는데, 그것들은 확실히 아무 보람도 없었던 모양이다. 왜냐하면 같은 이야기가 나날이 되풀이되었기 때문이다. 한 쪽을 더 들춰 보니, 갑자기 다른 이야기가 적혀 있었다.

"꽤 감동적이지요?" 내가 다 읽자마자 사라는 크게 눈에 띄지 않게 빈정거리듯 입술을 삐죽이며 말했다.

"사라가 생각하는 것보다 훨씬 더 호기심을 끄는군." 그런 말을 하는 것을 마음속으로 뉘우치면서도 나는 그 이야기를 하지 않곤 배기지 못했다. "사실은 열흘도 채 못 된 일이지만, 나는 당신 아버님께 일찌기 담배를 끊으시려고 해 본적이 있느냐고 물어보았지. 나 자신도 담배를 너무 많이 피워 대서 말이야. 그러자······ 하여튼 당신 아버님이 나에게 뭐라고 대답하셨는지 알아? 우선 담배의 해독을 사람들은 너무 과장한다고 생각하며, 당신은 여태껏 몸에 해롭다고 느낀 일이 없었다고 하시는 거야. 그래도 내가 더 캐 물으니까 '그렇지.' 하고 대답하시면서 '나도 두세 번 잠깐 끊으려고 결심한 적이 있었어.'라고 말씀하셨어. '그래, 성공하셨나요?' 하고 물으니 '물론이지.' 하고 아버님은 아주 당연한 일처럼 말씀하시더군. '그렇게 하기로 결심을 했으니까.' 얼마나 굉장한 일인가! 아마 어쩌면 잊어버리셨는지도 모르지." 하고 나는 거기에 내가 느낀 위선 같은 것을 사라 앞에서 드러내지 않으려고 덧붙여 말했다.

"어쩌면 아마." 하고 사라는 말했다. "'담배 피운다는 것'이 다른 일 대신으로 쓰였는지도 몰라요."

그런 말을 하는 사람이 과연 사라였을까? 나는 어리둥절했다. 도저히 그녀의 진의를 헤아려 볼 수 없어, 나는 그녀를 바라보고만 있었다······ 그때 올리비에가 방에서 나왔다. 머리도

빗고, 옷도 단정히 바로 잡은 모습이 한결 침착해 보였다.

"가 보실까요?" 그는 사라 앞에서 거리끼는 빛도 없이 말했다. "늦었어요."

우리는 계단을 내려갔다. 그리고 한길로 들어서자 "오해를 하시면 안 돼요." 하고 그가 말했다. "제가 사라를 사랑한다고 생각하실지도 모르지만, 그렇지 않아요…… 물론 싫은 것도 아니지요…… 그렇지만 사랑하는 건 아니에요."

나는 그의 팔을 잡고 아무 말 없이 그러쥐었다.

"그리고 아르망도, 오늘 그가 말한 것으로 그 애를 판단해서는 안 되지요." 하고 그는 말을 이었다. "일종의 역할을 맡아하는 거예요. 일부러 그런답니다. 사실은 아주 딴판이지요…… 뭐라 설명할 수 없지만. 그에겐 자기가 제일 좋아하는 것은 무엇이나 망가뜨려 버리려는 일종의 욕구가 있어요. 얼마 전까지만 해도 그렇지는 않았는데. 그 애는 몹시 불행해서 그것을 숨기려고 빈정거리는 것 같아요. 자존심이 강한 친구지요. 그 애부모님도 그 애를 전혀 알지 못하세요. 그 애를 목사로 만들려고 했답니다."

『위폐범들』의 한 장에 붙일 인용구 :

> "가정…… 이 사회적 세포."
> ― 폴 부르제(의 작품 속 여러 곳에서 인용.)

그 장의 제목 : 독방 감금법

그렇다, 정신이 씩씩한 사람이 벗어날 수 없는 (지적) 감옥이란 없다. 그리고 반항적 태도를 갖게 하는 것에는 결정적으로 위험하다 할 것이 아무것도 없다. ── 반항으로 성격이 비뚤어지는 일은 있을 수 있겠지만. (반항은 성격을 내성적으로 만들기도 하고 마음을 흔들어 놓기도 하며 혹은 대들게 하기도 하고 꾀바른 부도덕자가 되게도 하는 것이다.) 그리하여 가정적 영향에 굴복하고 따르지 않는 어린이는 그 영향에서 벗어나기 위해 그 신선한 초기 힘을 소모한다. 그렇더라도 어린이를 속박하는 교육은 어린이를 거북하게 함으로써 결국은 어린이를 억세게 단련하는 것이다. 가장 한심한 희생자들은 애지중지의 희생자들이다. 자기 비위를 맞추어 주는 것을 물리치기 위해서는 얼마나 굳센 성격이 필요할 것인가? 나는 이제까지 많은 부모들(특히 어머니들)이 자기 자식에게 있는 가장 어리석은 혐오감, 아주 옳지 못한 편견, 이해력 결함, 공포심 등을 인정하는 것을 즐기고 그 사실을 조장해 주는 것을 얼마나 많이 보았는지…… 식탁에서는 '그건 먹지 마라. 비계가 아니냐. 껍질을 벗겨라. 잘 익지 않았어…….' 저녁에 바깥에 나가서는 '저 박쥐 봐…… 어서 모자를 써라. 머리카락 속에 들어간다.' 등등……. 그러한 부모들의 생각에 따르면 풍뎅이들은 물고, 메뚜기들은 쏘고, 지렁이들은 부스럼의 원인이라는 것이다. 지적, 정신적, 기타 여러 부분에 있어서도 그와 같은 터무니없는 어리석은 짓을 볼 수 있다. 그저께 오퇴이유에서 돌아올 때 탄 순환선 기차에서 어떤 젊은 어머니가 귀여워 어쩔 줄 모르는 열 살쯤 된 딸 아이 귀에다 대고 이렇게 소곤거리는 것을 들었다.

"너하고 엄마, 엄마하고 너. 다른 사람들은 알 바 없어."

(아아! 물론 그들은 서민이라는 것을 잘 안다. 그러나 그런 사람들일지라도 마땅히 우리 분개의 대상이 될 수 있는 노릇이다. 그 남편은 찻간 구석에서 신문을 읽고 있었다. 조용하게, 단념한 듯. 그렇다고 해서 바람난 여자의 남편 같지도 않은 남자였다.)

그보다 더 해로운 독소를 생각할 수 있을까?

미래는 사생아들의 것이다. un enfant naturel.* 얼마나 의미심장한 말인가! 사생아에게만이 자연스럽다고(naturel) 불릴 수 있는 권리가 있는 것이다.

가정적인 이기주의는…… 개인적인 이기주의와 비교해서 그 추함이 아주 약간 덜할 따름이다.

11월 6일

나는 지금까지 아무것도 지어내지 못했다. 그러나 현실 앞에서 나는 마치 자기 모델에게 자신이 바라는 대로 이런 동작이며 저런 표정을 지으라고 명령하는 화가 같다. 사회가 나에게 제공해 주는 모델들, 만일 내가 그들 행위의 동기를 잘 안다면, 나는 그들을 내 마음대로 움직이게 할 수 있다. 적어도 나는 아직 결정을 내리지 못한 모델 앞에 어떤 문제를 제시해 그들이 자기 방식으로 해결토록 하고, 그렇게 함으로써 모델들 반응에 나도 무언가를 배우는 것이다. 내가 소설가 입장이기에 모델들 운명에 간섭하고 작용하고 싶은 욕구에 번민하는 것이다. 만약 내게 더 풍부한 상상력이 있다면 나는 여러 줄거

---

* 직역하면 자연의 아들로, 사생아를 뜻한다.

리들을 꾸며 낼 수 있으리라. 그리하여 그것들을 자극하고 그 줄거리의 배역들을 관찰하고, 이어서 그들의 구술에 따라 일을 해 가는 것이다.

11월 7일

어제 쓴 것은 모두 진실이 아니다. 남는 것은 다만 다음과 같은 것뿐이다. 즉 현실은 하나의 유연한 가소성 있는 재료로 나의 흥미를 끌 뿐이라는 것. 그래서 나는 여태껏 있었던 것보다도 앞으로 있을 것에 훨씬 더 무한한 관심을 갖는 것이다. 나는 사람마다 제각기 가진 가능성에 굉장히 이끌린다. 그래서 관습의 덮개에 위축되는 모든 것에 대해 슬프게 생각한다.

베르나르는 잠시 읽기를 멈출 수밖에 없었다. 눈에 안개가 어렸다. 읽고 있는 동안 줄곧 호흡하는 것을 잊어버리기라도 한듯 숨이 가빴다. 그토록 벅차게 집중했던 것이다. 다시 읽기에 잠기기 전 그는 창문을 열고 바람을 들이마셨다.

올리비에에 대한 그의 우정은 물론 지극히 깊었다. 그에게는 올리비에보다 더 좋은 친구가 없었고, 이 세상에서 그 친구만큼 사랑하는 사람이 없었다. 그는 부모도 사랑할 수 없었기 때문이다. 지금 그의 마음은 거의 과격하다 할 만큼 올리비에에게 일시적으로 매달려 있었다. 그러나 올리비에와 그는 우정이라는 것을 완전히 같은 뜻으로 이해하는 것이 아니었다. 베르나르는 일기를 읽어 감에 따라, 그다지도 잘 안다고 생각하던 올리비에가 그렇듯 여러 면을 보여 주고 있음에 갈수록 더 놀라고 갈수록 더 감탄을 금할 수 없었지만, 좀 고통스럽기도 했다. 올리비에는 그 일기에 적힌 사실에 관해서는 그에게 아무것도 이야기한 적이 없었다. 아르망이라든가 사라라는 사람이 있다는 것을 그는 거의 생각도 못 했다. 자기에게 보여 주는 태도에 비해 그들을 대하는 올리비에의 태도는 얼마나 다른가……! 사라 방, 그 침대 위에 자리 잡은 그를 베르나르는 자신이 알던 친구라고 알아볼 수 있었을까? 어서 읽어 보고 싶은 큰 호기심에는 혼란스러운 불쾌감이 섞여 있었다. 혐오감이랄까, 분함이랄까. 아까 에두아르의 팔에 매달린 올리비에를 보았을 때 느꼈던 것과 좀 비슷한 분한 마음, 말하자면 끼지 못하고 제외당한 것에 대한 분함이다. 그러한 분한 마음은 일을 크게 만들어 가지가지 어리석은 짓까지 저지르게 할 수도 있는 것이다. 더구나 분한 마음이란 모두 다 그러하긴 하지만.

그만해 두기로 하자. 위에 쓴 것은 이 '일기'들 사이에 바람을 좀 넣기 위해 한 일에 지나지 않는다. 이제는 베르나르도 숨을 돌릴 대로 돌렸으니 다시 '일기'로 돌아가자. 그는 다시 읽기에 몰두한다.

13

노인으로부터 얻는 것은 적다.
— 보브나르그

에두아르의 일기(계속)

11월 8일

라 페루즈 노부부는 또 이사를 했다. 내가 아직 모르던 그들의 새 거처는 포브르 생 토노레가 불바르 오스망과 교차하기 전 쑥 들어간 작은 구석에 자리 잡은 집의 중이층에 있었다. 초인종을 눌렀더니 라 페루즈 노인이 나와서 문을 열어 주었다. 셔츠 차림으로 머리에는 누르스름하게 빛 바랜 일종의 실내모 같은 것을 쓰고 있었는데, 그것이 낡은 양말(아마도 라 페루즈 부인 것이었을 것이다.)이라는 것을 나는 이내 알 수 있었다. 잡아맨 발목 부분이 마치 챙 없는 둥근 모자에 달린 술처럼 뺨에 부딪혀 흔들렸다. 손에는 끝이 구부러진 부지깽이가 들려 있었다. 틀림없이 난로를 손보고 있는 데 내가 뜻하지 않게 찾아간 것이다. 좀 난처해하는 눈치였기에 나는 말했다.

"좀 뒤에 올까요?"

"아니, 괜찮아…… 이리 들어오게."

그렇게 말하며 그는 나를 조그맣고 길쭉한 방으로 밀었다. 두 창문이 길가 가로등이 내다보이는 높이에서 길가로 향해 열려 있었다.

"바로 이 시간에(6시였다.) 학생이 한 명 올 것을 기다리고 있었네만, 오지 못한다는 기별이 왔어. 와 줘서 정말 기뻐."

그는 부지깽이를 둥근 탁자 위에 놓았다. 그러더니 몸차림에 대해 변명이나 하듯이 "집사람이 부리는 하녀가 난롯불을 꺼뜨려 놓았구먼. 아침에나 와서 일을 하니, 내가 재를 퍼낼 수밖에……."

"제가 불 피우는 것 좀 거들어 드릴까요?"

"아니야, 그만두게…… 손이 더러워져…… 잠깐 실례하고 윗도리를 입고 오겠네."

그는 종종걸음으로 나갔다가 이내 얇은 알파카 윗도리를 걸치고 돌아왔다. 단추는 떨어지고 소매는 해져 가난한 사람에게라도 차마 줄 수 없을 만큼 낡아 빠진 것이었다. 우리는 의자에 걸터앉았다.

"내가 변했다고 생각하지?"

그렇지 않다고 대답하고 싶었으나, 전에는 그렇게도 보기 좋던 얼굴이었건만 몹시 피로한 지금 그 표정에 가슴 아픈 나는 뭐라고 말을 해야 할지 몰랐다. 그는 계속해 말했다. "그래, 나도 요즈음 몹시 늙었어. 기억력도 차차 약해지네그려. 바흐의 푸가를 치려면 악보를 들여다봐야 해……."

"그래도 아직 선생님이 갖고 계시는 기억 정도만으로도, 얼마나 많은 젊은이들이 만족할지 모릅니다."

그는 머리를 저으면서 말을 이었다.

"쇠약해지는 건 기력뿐이 아니야. 가령 걸어갈 때만 하더라도 나는 아직 상당히 빨리 걷는다고 생각하는데, 실상은 길을 가다 보면 누구에게나 뒤떨어지고 만단 말이야."

"그야 요즘 사람들 걸음걸이가 빨라졌으니까 그렇죠." 하고 나는 말했다.

"하긴 그렇기도 한지……? 내 수업도 마찬가지야. 학생들은 나한테 배우면 뒤처진다는구먼. 여학생들은 나보다 더 빨리 나가고 싶어 하지 않겠나. 그래서들 내 곁을 떠나가는 거야……. 지금은 모두 서두르는 판이니."

그리고 거의 들리지 않을 만큼 낮은 목소리로 덧붙였다.

"이제는 오는 학생들도 거의 없어."

그의 마음속에 너무 큰 비참함이 깃든 것이 느껴져서 나는 차마 물어보지 못했다. 그는 다시 말을 이었다.

"그런데 우리 집사람은 그것을 이해하려고 하질 않아. 내 행동이 틀렸다는 거야. 학생들을 붙들어 둘 생각을 도무지 하지 않는 데다 새 학생을 모으려는 생각은 더더구나 하지 않는다고."

"아까 기다리고 계신다던 그 학생은요……." 하고 나는 서투르게 물었다.

"아아, 그 애는 국립 음악 학원 시험 준비를 하는 학생인데 매일 이곳에 공부를 하러 오지."

"그럼 수업료를 받지 않고 가르치는 학생이군요."

"집사람은 퍽이나 그걸 못마땅하게 여기고 있어. 나에게 흥미 있는 것은 그런 레슨뿐이라는 걸 그 사람은 모른단 말이야. 그래, 그런 레슨이야말로 정말…… 가르쳐 주는 게 즐겁다네. 얼마 전부터 여러 생각을 해 보는데…… 이봐, 자네에게 한 가지 물어보고 싶은 게 있어. 책에서는 어째서 노인들이 문제가 되는 일이 그다지도 드문가……? 내 생각으론 노인들에겐 책을 쓸 힘이 없고, 한편 젊으면 노인과 관계된 일에 관심 같은 것을 갖지 않기 때문인 것 같아. 노인이란 아무에게도 흥미가 없다는 것이겠지…… 하지만 이봐요, 노인들에 관해서도 퍽 재미있는 이야기가 있을 걸세. 가령 내가 과거에 한 어떤 일들 중에 요즘에야 비로소 그 까닭을 알게 된 것들이 있거든. 그렇고 말고, 내가 그 일을 하면서 그렇다고 믿었던 그런 뜻이 이제는 조금도 없다는 사실을 나는 깨닫기 시작했어……. 지금에야 비로소 나는 평생을 속기만 했다는 것을 알게 됐다니까. 집사람도 나를 속였고, 아들놈도 나를 속였고, 모든 사람이 나를 속였어. 하느님마저 나를 속이신 거야……."

어둠이 내리고 있었다. 늙은 스승의 얼굴을 이미 거의 알아볼 수 없었다. 그러나 갑자기 근처 가로등으로부터 불빛이 쏟아져 눈물에 번질거리는 그의 뺨이 보였다. 처음에 나는 그의 관자놀이에 있는 무언가 움푹 들어간 것 또는 구멍 같은 이상한 반점이 마음에 걸렸다. 그러나 그가 조금 몸을 움직이자 반점 위치가 바뀌어 나는 그것이 난간 꽃무늬 조각이 던진 그림자임을 알았다. 나는 그의 야윈 팔에 손을 올렸다. 그는 떨고 있었다.

"감기 드시겠어요." 나는 말했다.

"정말 난로에 불을 피우지 않아도 됩니까……? 불을 지피지요."

"아니, 익숙해져야 돼."

"네? 금욕주의라는 겁니까?"

"좀 그렇기도 하지. 나는 목이 약했기 때문에 언제나 목도리를 하지 않은 걸세. 나는 항상 나 자신과 싸웠어."

"이길 수 있을 때는 그것도 좋은 일이지만, 그래도 몸이 배겨 내지 못하면……."

노인은 내 손을 붙잡더니, 마치 무슨 비밀을 이야기하듯 매우 엄숙한 어조로 말했다.

"그럴 때에는 정말로 승리를 얻는 걸세."

그는 나의 손을 놓았다. 그리고 말을 이었다.

"나는 자네가 나를 만나러 오지 않고 떠나 버렸을까 걱정했지."

"떠나긴 어디로요?" 나는 물었다.

"그건 모르지만. 자네는 너무 자주 여행을 하니까 말이야. 자네에게 이야기해 두고 싶었던 것이 있는데…… 실상은 나도 머지않아 떠날 참일세."

"무슨 말씀이세요? 여행을 하실 생각이시라니?"

그의 목소리는 신비롭고 엄숙한 진중함을 띠었지만 나는 그 말의 본뜻을 알아차리지 못하는 체하며 서투르게 말했다. 노인은 머리를 저었다.

"내가 무슨 말을 하려는지 잘 알면서…… 아니, 아니, 알고 말고. 나는 얼마 안 가 그때가 오리라는 걸 잘 알아. 나는 지금 나 자신의 값어치만큼도 벌지 못하게 되어 버렸어. 그것을 나는 견딜 수 없단 말이야. 나에게는, 그 이상은 넘지 않으려고 결심하는 어느 단계가 있다네."

그가 꽤 흥분한 어조로 이야기를 해서 나는 걱정이 되었다.

"자네도 그것이 나쁜 일이라고 생각하나? 종교가 왜 그것을 금하는 것인지 아무래도 알 수가 없었어. 요즈음 나는 곰곰이 생각해 봤어. 젊었을 때 나는 아주 근엄한 생활을 했지. 유혹을 물리칠 때마다 내 굳센 성격을 흡족하게 여기곤 했어. 나 자신을 자유롭게 하는 것이라고 생각하면서, 점점 더 내 자만심의 노예가 되어 간다는 것을 몰랐단 말이야. 나 자신에 대한 승리 하나하나가 실은 내 감옥 문을 잠가 버리는 자물쇠를 돌리는 것이었지. 아까 내가 하느님도 나를 속이셨다고 말한 것은 바로 그런 뜻이었네. 하느님은 내게 내 자만심을 덕행이라고 생각하게 하셨어. 하느님은 나를 놀리신 거야. 희롱하신 셈이지. 고양이가 쥐를 조롱하듯 하느님은 우리를 조롱하셔. 하느님은 우리가 도저히 저항할 수 없으리라는 것을 잘 아시면서 여러 가지 유혹을 보내시는 거야. 그러나 우리가 그 유혹에 맞서 버틸 때에는 더 심하게 복수하시거든. 왜 하느님은 우리를 미워하시는지. 그리고 또 왜…… 하지만 이런 늙은이의 문제를 늘어놓아 봤자 자네에겐 지루한 일이지."

그는 토라진 어린애처럼 두 손으로 머리를 움켜쥐었다. 그러고선 하도 오랫동안 말이 없어, 혹시 내가 그 자리에 있다는 것을 그가 잊어버리지 않았나 의심스러울 지경이었다. 나는 가만히 그와 마주 앉은 채 그의 명상에 방해가 되지 않을까 걱정했다. 바로 곁 길거리에서 들려오는 소음에도 불구하고 조그만 방 안의 정적은 신비롭게 여겨졌고, 마치 극장 풋라이트처럼 가로등 불빛이 아래에서부터 환상적으로 우리들을 비추고 있었음에도 창문 양옆에 드리운 그림자는 점점 더 퍼져 가는 것 같았다. 그리고 우리를 둘러싼 암흑이, 혹심한 추위를 만난 잔잔한 물이 얼어붙는 것처럼 얼어붙는 것 같았는데 내 마음속까지 어는 것 같았다. 나는 마침내 나의 그러한 괴로움을 떨쳐 버리려고 커다랗게 한 번 숨을 내쉬고 나서 그 자리를 뜰 생각으로 작별 인사를 할 채비를 하고, 예의상 또 한편으로는 마법에 걸린 듯한 분위기를 깨뜨려 버리기 위해 이렇게 물었다.

"부인께서는 안녕하십니까?"

노인은 꿈에서 깨어나는 듯했다. 그는 우선 반문하듯 되풀이했다.

"부인께서는……." 그에게 그 말은 아무 의미도 없는 것 같았다. 그러더니 갑자기 나에게 몸을 기울이고 말했다.

"그 사람은 지금 지독한 발작을 일으킨다네……. 그래서 내게도 많은 고통을 주고 있어."

"무슨 발작입니까……?" 나는 물었다.

"아! 아무것도 아니야." 그는 말할 나위도 없다는 듯이 어깨를 으쓱했다.

"머리가 완전히 돌아 버렸어……. 생각을 해낼 수 없게 되고 말았어."

나는 오래전부터 이 늙은 부부 사이에서 깊은 틈을 느꼈더랬다. 그러나 그 이상 더 자세한 것은 몰랐다.

"그것 참 안됐군요." 나는 측은한 생각을 금치 못하며 말했다. "그래, 언제부터 그러신가요?"

그는 마치 나의 질문을 이해하지 못하는 듯 잠시 생각에 잠겨 있었다.

"퍽 오래전부터였지…… 내가 그 사람을 안 이후로 줄곧." 그러더니 곧 말을 돌려 "아니, 사실은 아들 녀석 교육 문제로 악화되기 시작했어."라고 말했다.

나는 놀란 것이다. 왜냐하면 라 페루즈 부부에게는 자식이 없다고 생각했던 까닭이다. 그는 두 손으로 받치고 있던 이마를 쳐들고 한결 침착한 어조로 말했다.

"아들 녀석에 관한 이야기를 자네에게 한 적이 없었던가……? 그럼 내 모두 이야기를 하겠네. 이제는 자네가 모든 것을 알아야만 해. 내가 지금 이야기하려는 것은 어느 누구에게도 말할 수 없는 것이네…… 그래, 아들 녀석 교육 문제로 시작되었지. 그러니 꽤 오래전 이야기거든. 우리 가정생활은 처음에는 퍽 매력적이었지. 그 사람과 결혼했을 때 나는 매우 순결했어. 나는 그 사람을 순진하게 사랑했다네…… 그래, 그 말이 가장 적합해. 그래서 나는 그 사람에게 무슨 결점이 있으리라곤 생각할 수 없었단 말이야. 그러나 자녀 교육 문제에 있어서 우리들 의견은 달랐어. 내가 아들 녀석을 꾸짖으려 할 때마다 그 사람은 아들 녀석 편을 들면서 나에게 반대를 했고, 그 사람 이야기대로 하자면 무엇이나 아들 녀석 마음대로 해 줘야만 했어. 그 사람과 아들 녀석은 한패가 되어서 내게 대항했지. 그 사람은 그 애에게 거짓말하는 것을 가르쳐 줬더란 말이야…… 스무 살이 되자 아들놈에게 여자가 생겼어. 내 학생 중

하나인 러시아 아가씨였는데, 음악에 재능이 뛰어나서 나도 퍽 귀엽게 생각하던 애였지. 내 아내는 다 알았지만 내게는 늘 그렇듯 전부 숨겼어. 그래서 물론 나는 그 처녀가 임신한 사실을 몰랐다네. 전혀 말일세, 나는 전혀 눈치 채지를 못했단 말이야. 그러던 어느 날 그 학생이 병이 나서 한동안 오지 못한다고 하더군. 내가 문병을 가겠다는 말을 했더니, 주소를 옮겼다느니 여행 중이라느니 하더란 말이야…… 그 애가 출산을 하기 위해 폴란드로 갔다는 사실을 안 것은 훨씬 뒤의 일이었어. 아들 녀석은 그 처녀를 만나러 갔고…… 둘은 몇 해 동안 같이 살았지. 하지만 그 처녀와 결혼하기 전에 그 녀석은 죽어 버렸네."

"그럼…… 그 아가씨는 다시 만나 보셨습니까?"

노인은 무슨 장애물에 이마라도 부딪친 것 같았다.

"나는 그 애가 나를 속인 것을 용서할 수 없었어. 내 아내와는 편지를 주고받고 있지. 그 애 처지가 매우 곤궁하다는 것을 알고 나는 돈을 보내 주었어……. 어린애를 생각해서 말이야. 그러나 아내는 그 일을 모르지. 그 애도 그 돈이 내게서 나온다는 걸 알지 못했어."

"그리고 선생님 손자는……?"

야릇한 미소가 그의 얼굴을 스쳤다. 그는 일어서며 말했다.

"잠깐 기다리게, 그 애 사진을 보여 주지." 그러더니 머리를 앞으로 내밀고 다시금 종종걸음으로 달음질치듯 방 밖으로 나갔다. 다시 돌아온 그는 떨리는 손가락으로 커다란 지갑 속에서 사진을 찾았다. 그러고는 나에게로 몸을 기울여 그 사진을 내밀어 주면서 나직이 말했다.

"내 아내가 눈치 채지 않게 훔쳐 놓은 거야. 그 사람은 잃어

버린 줄로만 알아."

"몇 살입니까?" 나는 물었다.

"열세 살, 좀 더 나이 들어 보이지? 몸이 몹시 약하다네."

노인 눈에 다시 눈물이 글썽글썽했다. 어서 다시 가지고 싶은 듯 그는 사진을 향해 손을 내밀고 있었다. 나는 희미한 가로등 불빛으로 몸을 기울였다. 어린이는 노인을 닮은 것같아 보였다. 라 페루즈 노인처럼 크게 튀어나온 이마, 꿈꾸는 듯한 눈이 그와 닮은 것을 알아볼 수 있었다. 그를 기쁘게 할 생각으로 그 말을 했더니 노인은 부정했다.

"아니, 내 형을 닮았어. 그 형은 죽어 버렸지만……."

어린이는 수놓아서 만든 러시아 풍 블라우스를 입은 야릇한 차림이었다.

"어디서 삽니까?"

"그걸 내가 어떻게 알 수 있겠나?"

노인은 절망이 느껴지는 어조로 외쳤다. "무엇이든 내게 숨긴다니까그래."

그는 사진을 도로 받아 들었다. 그러고는 또 한 번 잠시 들여다보고 나서, 지갑 속에 다시 챙기고 그 지갑을 주머니에 넣었다.

"그 애 어미가 파리로 올 때는 내 아내만 만나. 그래, 내가 알아보려고 하면 아내는 '직접 그 애에게 물어보시면 되잖아요.' 하고 대답하지. 말은 그렇게 하지만 실상은 내가 만나는 것을 난처하게 생각하거든. 그 사람은 언제나 샘이 많았어. 내게 관련된 것은 무엇이든 늘 뺏으려고 했지…… 보리스는 폴란드에서 교육을 받고 있어. 바르샤바의 중학교라 했지, 아마. 그렇지만 엄마와 자주 여행을 해." 그러더니 그는 몹시 흥분한 빛을 보이며 "그런데 여보게, 보지도 못한 손자를 사랑하다니, 그런 일이 가능하다고 생각하나……? 그렇지만 내게는 지금 그 애가 이 세상에서 가장 귀여워……. 그런데도 그 애는 아무 것도 모르지!"

북받치는 흐느낌이 노인의 말에 섞였다. 그는 의자에서 일어서 몸을 던져 거의 쓰러지듯 내 팔에 안겼다. 그의 슬픔을 덜어 주기 위해서라면 나는 무슨 일이든지 했으리라. 그러나 내가 무엇을 해 줄 수 있겠는가? 나는 일어섰다. 그의 여윈 몸이 나에게서 미끄러져 내리는 것을 느꼈으며, 그가 땅바닥에 무릎을 꿇고 주저앉으려는 것 같았기 때문이다. 나는 그를 부축하여 끌어안아 주고 어린애처럼 흔들어 주었다. 그는 다시 정신을 되찾았다. 라 페루즈 부인이 옆방에서 그를 부르고 있었던 것이다.

"이리로 올 거네…… 만나고 싶지 않을 테지……? 게다가 저 사람은 귀가 완전히 먹어 버렸다네. 어서 가게나." 그리고 나를 층계참까지 배웅하면서 "너무 오랫동안 얼굴을 못 봐선 안 되지.(그의 목소리에는 애원이 어려 있었다.) 그럼 안녕히 잘 가게." 하고 말했다.

11월 9일

지금까지 문학에서는 일종의 비극성 같은 것이 거의 벗어난 것처럼 여겨진다. 소설은 운명의 난관, 행운, 또는 불운, 사회 관계, 정욕의 갈등, 사람들의 성격 따위를 다루었지만 인간의 본질 자체에 대해선 전혀 생각하질 않았다.

그렇지만 드라마를 정신적인 관점으로 옮겨 놓은 것, 그것은 기독교의 노력 덕분이었다. 그러나 엄밀히 말해 기독교 소설이란 존재하지 않는다. 교화를 목적으로 하는 소설은 있지만, 그것은 내가 말하려는 것과는 아무 관계도 없다. 정신적 비극성, ─가령 저 성서의 "소금이 만일 그 맛을 잃는다면, 무엇으로 짠 맛을 내게 하리오?"라는 말을 그처럼 굉장한 것으로 만드는 것 ─ 나에게 중요한 것은 바로 그와 같은 비극성이다.

11월 10일

올리비에는 시험을 치를 참이다. 폴린은 그가 다음에는 고등 사범학교를 지망하기를 바랄 것이다. 그러면 그의 생애에서는 갈 길이 전부 결정된 셈이다……. 그에게 부모가 없고 의지할 데가 없더라면. 그렇다면 내 비서로 쓸 수 있었을 텐데. 그렇지만 그는 나에게 신경도 쓰지 않아 내가 그에게 기울이는 관심을 알아차리지도 못하는 것이다. 그리고 그것을 알려준다면 그는 거북해할 것이다. 그러기에 그를 거북하지 않게 하기 위해 나는 그 앞에서 일종의 태연함, 빈정대는 무관심을 가장하는 것이다. 그가 나를 보지 않을 때라야만 나는 그를 여유있게 바라볼 수 있다. 이따금 나는 길에서 그가 모르게 그 뒤를 따르는 일이 있다. 어제도 그의 뒤를 따라 걸었다. 그런데 갑자기 그가 발길을 돌렸기 때문에 나는 숨을 겨를이 없었다.

"그래, 그렇게 급히 어디를 가나?" 나는 그에게 물었다.

"아무 데도 안 갑니다. 제가 몹시 서두르는 것같이 보이는 건 아무것도 할 일이 없을 때랍니다."

우리는 몇 걸음 함께 걸었다. 그러나 서로 할 말이 아무것도 없었다. 확실히 그는 나를 만나서 귀찮아 하는 것 같았다.

11월 12일

그에게는 부모가 있고, 형이 있고, 친구들이 있다…… 나는 종일토록 그것을 나에게 되풀이해 말했다. 그리고 내가 여기에서 할 일은 아무것도 없다는 것을. 무엇이든 그에게 부족한 것이 있다면 내가 그것을 대신해 줄 수 있겠지만, 그에게는 부족한 것이 없다. 필요한 것이 그에게는 아무것도 없는 것이다. 그러니 그의 상냥함이 나를 무척 기쁘게 한다 해도 내가 오해해서는 안 되는 것이다…… 아! 이 무슨 맹랑한 소리인가. 나도 모르는 사이에 써 놓은 말이지만, 여기엔 나의 마음에 상반되는 이중성이 드러나 있지 않은가…… 내일 런던으로 가는 배를 타련다. 나는 갑자기 출발할 결심을 했다. 때가 온 것이다.

머물고 싶은 욕망이 너무나 크기 때문에 출발해야 하는 것이다……! 험난한 것에 대한 일종의 동경, (자기 자신과의) 영합에 대한 혐오감, 이것이야말로 유년 시절에 받은 나의 청교도적 교육에서 비롯된 것으로, 내가 가장 떨쳐 버리기 어려운 것이다.

어제 스미스 상회에서 노트 한 권을 샀다. 완전히 영국적인 것으로 이 노트 뒤에 이어서 쓸 것이다. 이 노트에는 이 이상 아무것도 쓰고 싶지 않다. 새로운 노트…….

아아, 이런 나를 뒤에 놔 두고 갈 수 있다면!

14

인생에는, 예사로움에서 좀 벗어나지 않고서는 잘
헤어날 수 없는 사건들이 종종 있는 것이다.
— 라 로슈푸코

에두아르의 일기 속에 끼여 있던 로라의 편지를 보는 것으
로 베르나르는 읽는 것을 마쳤다. 그는 현기증 같은 것을 느꼈
다. 그 편지에서 비참함을 호소하는 여인, 그것이 어젯밤 올리
비에가 이야기하던 눈물에 젖었던 여자, 뱅상 몰리니에로부터
버림받은 그 여자임을 그는 의심할 수 없었던 것이다. 그리하
여 올리비에와 이 에두아르의 일기 등 양쪽에서 알려 준 속내
이야기 덕분에, 자기야말로 사건의 양면을 아는 유일한 사람이
라는 사실이 단번에 명백해졌다. 그에겐 그러한 유리한 입장을
오래 유지할 생각은 없었다. 빨리 행동하고, 빈틈없이 해내야
만 한다. 그는 곧 결심했다. 그가 처음 읽은 것을 하나도 잊어
버리지는 않았지만, 베르나르의 관심은 이제 오직 로라에게만

쏠렸던 것이다.

'오늘 아침에는 내가 무엇을 해야 할 것인지 분명치 않았다. 그러나 이제는 조금도 의심할 여지가 없다.' 방에서 뛰어나오면서 그는 혼자 중얼거렸다. 명령은, 그 사람이 말했듯 단언적인 것이다.* 로라를 구해 줘야 한다. 내 의무는 아마도 여행 가방을 탈취하는 것이 아니었을 것이다. 가방을 갖다 놓고 보니 그 속에서 격렬한 의무감을 건져내 온 것만은 확실하다. 중요한 일은 에두아르와 만나기 전에 로라를 뜻하지 않게 방문하고, 나 자신을 소개하고, 깡패로 오해받지 않는 방법으로 그녀에게 도움이 되겠노라고 자청하는 것이다. 그 뒤의 일은 순조로울 것이다. 지금 내 지갑에는 가장 너그럽고 동정심 많은 에두아르 같은 사람들에게도 지지 않을 만큼 멋지게 불행한 사람을 구원해 줄 수 있을 만한 것이 들어 있다. 다만 한 가지 난처한 것은 그 방법이다. 왜냐하면 아무리 법에 위배된 임신을 했을망정 로라는 브델 가문 태생이라 꽤 까다로운 여자임에 틀림없을 테니까. 내 생각에 그녀는 대번에 반발하는 여자, 상대방 얼굴에 모욕을 뱉어 내며, 정중하게 자신에게 내민 것이지만, 아무렇게나 대충 만든 봉투에 넣어 주는 지폐 따위는 갈기갈기 찢어 버리고 마는 부류의 여자일 것이다. 어떻게 지폐를 내놓아야 할까? 그보다도 어떻게 나 자신을 소개해야 할까? 그것이 난점이다. 법과 예사로운 방법에서 벗어나고 보면 거대한 밀림 속을 헤매게 되는 것이리라! 그처럼 얄궂은 사건에 개입하기에는 확실히 나는 좀 어리다. 하지만 뭐 그러니까 오히려

---

* 칸트가 주장한 도덕적 덕목으로서 '그 사람'이란 바로 칸트를 가리킨다.

도움이 될 게 아닌가. 순박하게 고백할 거리를 하나 꾸며 내야지. 나를 아주 불쌍하다고 여기게 하고 나에게 흥미를 갖게 할 만한 이야깃거리를. 난처한 일은, 같은 이야기를 나중에 에두 아르에게도 마찬가지로 써먹어야 한다는 것이다. 같은 이야기를 해야 할 텐데, 말이 모순되어서는 안 된다. 설마, 무슨 수가 있을 테지. 순간적인 충동을 믿을 수밖에……

그는 로라의 편지에 적혀 있던 주소인 보오느 거리에 다다랐다. 더할 나위 없이 수수하나 깨끗하고 괜찮아 보이는 호텔이다. 수위가 이야기해 준 대로 그는 4층까지 올라갔다. 16호실 문 앞에 멈춰 서서 들어갈 준비를 하며 여러 가지 할 말을 궁리해 보았다. 그러나 아무런 말도 떠오르지 않았다. 그래서 그는 서둘러 용기를 내 문을 두드렸다. 마치 누나 같은 부드러운 목소리, 그리고 약간 겁먹은 듯한 목소리가 대답했다.

"들어오세요."

로라는 매우 간소한 차림이었다. 온통 검은 옷을 걸쳐 마치 상복을 입은 것 같았다. 파리로 와서 그녀는 며칠째 자기를 막다른 골목으로부터 끌어내 줄 그 무엇, 또는 그 누가 올 것을 막연히 기다렸다. 확실히 그녀는 길을 잘못 들어섰던 것이다. 그녀는 길 잃은 사람의 심정이었다. 그녀에겐 자신에게보다도 다른 데서 일어난 사건에 더 기대를 거는 나쁜 습관이 있었다. 정신력이 약하지도 않은 그녀였지만, 지금은 아무런 힘도 없는 것 같은 생각에, 버림을 받은 느낌이었다. 베르나르가 들어왔을 때, 그녀는 자기 얼굴 쪽으로 손을 쳐들었다. 마치 소리 지르는 것을 제지하려는 사람처럼, 또는 너무 강한 빛으로부터 눈을 가리려는 사람처럼 말이다. 일어섰던 그녀는 한 걸음 뒤로 물러서더니, 창문 바로 곁에 몸을 두고 다른 한 손으로 커튼을 붙잡았다.

베르나르는 그녀가 무슨 말인가 묻기를 기다렸다. 그러나 그녀는 그가 이야기하기를 기다리며 아무 말도 안 했다. 베르나르는 그녀를 보았다. 그는 가슴이 두근거려서 웃음을 지어 보이려고 했으나 그리 되질 않았다.

"이렇게 찾아와 혼란스럽게 해 드려 죄송합니다." 그는 마침내 입을 열었다. "부인께서 아시는 에두아르 X 씨가 바로 오늘 아침 파리에 도착했습니다. 시급히 그분에게 전해 드려야 할 것이 있어요. 부인께서 그분 주소를 가르쳐 주실 수 있으리라 생각을 해서……. 이렇게 무례하게 찾아 뵙고 청을 해서 죄송합니다."

만약에 베르나르가 좀 더 성숙한 젊은이었다면, 아마 로라는 몹시 겁을 먹었을 것이다. 그러나 아직도 어린애에 지나지 않는 그였다. 아주 솔직한 눈길, 아주 맑은 이마, 아주 조심스러운 몸짓, 몹시 우물쭈물하는 목소리였기에 그 앞에서 공포감은 벌써 호기심과 흥미로 변하고, 순진하고 더할 나위 없이 아름다운 사람에 대한 뿌리칠 수 없는 호감으로 변하고 있었다. 이야기를 하는 동안 베르나르의 목소리는 조금 침착함을 회복했다.

"그렇지만 전 그분 주소를 모르는데요. 파리에 계신다면 곧 찾아와 주실 거라고 생각하지만. 누구신지 말씀해 주세요. 그분에게 전해 드리죠."

'지금이야말로 모든 것을 거는 중요한 순간이다.' 하고 베르나르는 생각했다. 무엇인가 엉뚱한 것이 그의 눈앞을 지나갔다. 그는 로라를 마주 바라다보았다.

"제가 누구냐고요……? 올리비에 몰리니에의 친구입니다……."

그는 아직도 의아해 망설였다. 그러나 그 이름을 듣고 로라가 새파랗게 질리는 것을 보자 맘먹고 다시 이야기를 계속했다. "올리비에, 비겁하게도 당신을 버린, 당신 애인 뱅상의 동생인 올리비에의 친구입니다……."

그는 이야기를 멈추지 않을 수 없었다. 로라가 휘청거렸던 것이다. 뒤로 뻗은 두 손으로 그녀는 초조하게 기댈 데를 찾았다. 그러나 무엇보다도 더 베르나르의 마음을 뒤흔든 것은 그녀가 내지른 신음 소리였다. 사람 목소리라고 생각하기 어려운 일종의 비명, 차라리 상처 입은 짐승 소리 같은 비명,(그런 소리를 들을 때 사냥꾼은 갑자기 자신을 학살자라고 느끼며 부끄러움을 금치 못한다.) 너무 야릇하고 베르나르가 예상할 수 있던 것과는 전혀 다른 소리여서 그는 몸서리를 쳤다. 갑자기 그는 여기서 현실 생활, 진정한 고뇌가 문제되고 있다는 것을 깨달았다. 그리고 지금까지 그가 느꼈던 모든 것은 겉치레와 유희에 지나지 않았던 것으로 보였다. 그의 마음속에서 감동이 솟구쳤다. 완전히 새로운 감동이어서 그는 억제할 수 없었다. 그 감동은 목까지 치밀어 올랐다…… 뭐라고! 그가 흐느껴 우는 것이 아닌가? 그럴 수가 있을까? 그가, 베르나르가 말이다……! 그는 로라를 부축하려고 뛰어가서 그녀 앞에 무릎을 꿇고 흐느껴 울며 중얼거린다.

"아아! 용서하십시오…… 용서하세요. 마음을 상하게 해 드렸습니다…… 저는 당신이 곤경에 빠지신 것을 알았어요. 그래서…… 도와드리고 싶었던 거예요."

그러나 로라는 숨마저 가빠져 기절이라도 할 듯했다. 그녀는 눈으로 앉을 자리를 찾았다. 그녀에게 시선을 주던 베르나르는 그 눈길의 의미를 알아차렸다. 그는 침대 발치 옆에 놓인 조그마한 안락의자로 뛰어갔다. 그러곤 그 의자를 황급히 그녀 곁으로 가져왔다. 그녀는 거기에 털썩 주저앉았다.

이때 갑자기 야릇한 일이 일어났다. 그 일을 이야기하는 것이 나는 망설여지지만, 그 사건이야말로 느닷없이 두 사람을 궁지에서 벗어나게 하고 베르나르와 로라의 관계를 결정 지은 것이다. 그러므로 나는 그 장면을 부자연스럽게 고상한 것으로 만들지는 않으련다.

로라가 치르던 하숙비로는('여관 주인이 그녀에게 요구한 값으로는'이라는 뜻이다.) 방 가구들이 꽤 우아하기를 기대할 수는 없겠으나, 그래도 그것들이 견고하기를 바라는 것은 당연하다. 그런데 베르나르가 로라에게 밀어 놓은 안락의자는 약간 절름발이였다. 다시 말하면 그 의자는 마치 새가 한쪽 다리를 날개 밑에 접듯이, 한 다리가 굉장히 잘 구부러졌던 것이다. 새에게는 자연스러운 일이지만 안락의자에게는 별난 일이요, 유감스러운 일이라 할 수 있다. 그래서 그 의자는 두툼한 술 장식 속에서 그러한 결함을 최선을 다해 감추던 터였다. 로라는 그것을 잘 알기 때문에 그 의자를 다룰 때에는 지극히 조심하지 않으면 안 된다는 것도 알고 있었다. 그러나 놀란 마음을 걷잡지 못한 그녀는 그 사실을 잊어버렸다. 그리하여 의자가 자기 밑에서 기울어지는 것을 느끼고서야 비로소 그 생각을 하게 되었다. 갑자기 그녀는 조금 전의 기다란 비명과는 아주 달리 조그맣게 외치고 옆으로 미끄러졌다. 그리고 그 순간 뒤에 황급히 다가온 베르나르의 팔에 안긴 채 그녀는 양탄자 위에 주저앉은 것이다. 당혹스럽긴 해도 또한 흥미롭기도 한 그는 한쪽 무릎을 바닥에 구부릴 수밖에 없었다. 따라서 로라의 얼굴은 그의 얼굴 아주 가까이에 있었다. 그녀가 얼굴을 붉히는 것을 그는 보았다. 로라는 일어서려고 했다. 베르나르는 그녀를 거들어 주었다.

"어디 다치지나 않으셨어요?"

"아니, 괜찮아요, 고맙습니다. 의자가 참 우습기도 하죠. 한번 수리를 했는데…… 다리를 똑바로 잡아 놓으면 흔들리지 않을 거예요."

"제가 고쳐 보죠." 하고 베르나르가 말했다. "자……! 앉아 보세요." 그러더니 말을 바꾸었다. "아니, 그러기보다는…… 제가 먼저 앉아 보는 게 낫겠군요. 보세요, 이제는 잘 지탱하네요. 다리를 움직여도 괜찮아요." (그는 웃으며 그렇게 해 보였다.) 그리고 일어서며 "앉으세요. 제가 잠깐 더 있어도 괜찮으시다면 저도 의자를 하나 가져 오죠. 당신 곁에 앉아 있으면 넘어지지 않도록 해 드릴 수 있을 겁니다. 무서워하실 건 없습니다…… 당신을 위해선 다른 어떤 일도 해 드리고 싶습니다."

그의 말은 열성적이고, 거동은 신중하며, 몸짓은 너무 우아하여 로라는 미소짓지 않을 수 없었다.

"이름이 뭔지 아직 이야기를 안 하셨네요."

"베르나르입니다."

"그래요? 성은요?"

"제게는 집안이 없습니다."

"어떻든지 부모님 이름은 있을 것 아니에요?"

"제겐 부모가 없습니다. 말하자면 저는 당신이 기다리시는 어린애와 같은 신세입니다. 사생아랍니다."

로라의 얼굴에서 갑자기 미소가 걷혔다. 굳이 자기 사생활 속으로 들어와서 비밀을 침해하려는 것에 그만 그녀는 화가 났던 것이다.

"그런데 도대체 어떻게 그것을 아세요……? 그 이야기를 누구에게 들으셨어요……? 당신에겐 그런 일을 알 권리가 없어요……."

베르나르는 일단 말문이 열렸다. 그는 이젠 크고 대담한 목소리로 이야기를 했다.

"저는 제 친구 올리비에가 아는 것과 당신 친구 에두아르가 아는 것, 그걸 동시에 다 압니다. 그렇지만 그들은 아직 당신 비밀의 절반밖에는 알지 못합니다. 그 전부를 아는 사람은 아마 당신과 저뿐일 것입니다……. 그러니까 제가 당신 친구가 되어야만 한다는 것을 잘 이해하실 수 있겠지요." 그는 한결 더 부드럽게 덧붙였다.

"남자들이란 어쩌면 그렇게 입들이 가벼울까!"

로라는 서글프게 중얼거렸다. "하지만…… 에두아르 씨를 만나지 못했다면 그이한테서 들었을 리도 없을 텐데……. 그럼 그이가 편지로 써 보냈나요? 그이가 당신을 보낸 겁니까……?"

베르나르는 자신이 한 말의 모순을 느꼈다. 조금 허풍을 떠는 데 빠져서 너무 이야기가 빨리 나갔던 것이다. 그는 아니라는 시늉으로 머리를 저었다. 로라의 얼굴빛은 더욱더 어두워졌다. 바로 그때 문을 두드리는 소리가 들렸다.

　본인들이 원하든 원치 않든 간에 함께 느끼는 감동이란 두 인간 사이에 하나의 관계를 만들어 낸다. 베르나르는 함정에 빠진 듯한 느낌이 들었다. 로라는 둘이 함께 있는 것을 갑작스럽게 들키게 되어 화가 났다. 그들은 마치 공범자들이 서로 바라보듯 마주 보았다. 다시금 문을 두드리는 소리가 났다.

　두 사람은 동시에 "들어오세요." 하고 말했다.

　에두아르는 로라 방에서 사람 목소리가 들려와 놀라서, 조금 전부터 방문에 귀를 기울이고 있었다. 그는 베르나르의 마지막 말로 사태를 알아차렸다. 그 말의 뜻으로 봐 의심할 여지가 없었다. 그렇게 말하고 있는 사람은 그의 가방을 훔친 자임을 의심할 여지가 없었다. 그는 즉시 결심했다. 일상의 틀에 박힌, 변함없이 되풀이 되는 일에는 둔한 그가 뜻하지 않은 일에 부닥치면 펄쩍 뛰고, 이내 긴장하는 인간이었기 때문이다. 그리하여 그는 문을 열었다. 그러나 그는 문간에 멈춘 채 미소를 띠우며 베르나르와 로라를 번갈아 바라보았다. 그 두 사람은 서 있었다.

　"실례합니다." 반가운 감회는 뒤로 미루자는 듯한 몸짓을 보이면서 그는 로라에게 말했다. "우선 이 사람에게 몇 마디 할 말이 있어서. 잠깐 복도로 나와 주시지요."

　베르나르가 그를 뒤따라 나오자마자 그의 미소에는 비웃음이 감돌았다.

　"여기서 만날 줄 알았소."

　베르나르는 정체가 드러났다는 것을 깨달았다. 이렇게 된 바에는 대담하게 겨루어 보는 수밖에 없었다. 실제 그는 그렇게 했던 것이다. 그는 단판 승부를 하는 기분으로 이렇게 말했다.

"저도 여기서 만나 뵐 수 있기를 바랐습니다."

"우선, 아직도 그 돈을 치르지 않았다면(왜 그런고 하니 당신은 그 때문에 왔을 테니까.) 아래로 내려가서 당신이 내 가방에서 찾아냈을 돈, 그리고 아마 당신이 지금 가지고 있을 그 돈으로 두비에 부인 몫을 사무실에 치르시오. 그리고 한 십 분 있다가 다시 올라오시오."

그 모든 말의 어조는 적이 엄숙했지만 위협적인 빛은 조금도 없었다. 그러는 동안에 베르나르는 침착함을 회복했다.

"사실 저는 그 때문에 왔어요. 잘못 생각하시질 않았습니다. 제 생각도 역시 틀리지 않았다는 것을 알았습니다."

"그건 무슨 말이오?"

"선생님은 제가 바라던 것과 다름없는 분이란 말씀입니다."

에두아르는 아무리 엄한 태도를 보이려고 해도 소용이 없었다. 그는 몹시 재미있었던 것이다. 그는 일종의 조롱 섞인 가벼운 인사를 하며 말했다.

"고맙소, 그럼 나도 알아봐야지. 여기에 온 것을 보니 내 서류들을 읽은 것 같은데?"

베르나르는 눈썹도 까딱하지 않고 에두아르의 시선에 맞서서 쳐다보았다. 이번에는 그가 대담하게 재미있다는 듯, 건방지게 빙그레 웃더니 머리를 숙이면서 말했다.

"확실히 그렇습니다. 선생님을 도와드리려고 이곳에 온 것이랍니다." 그러고는 어린 요정처럼 계단으로 뛰어 내려갔다.

에두아르가 방으로 들어갔을 때 로라는 흐느껴 울고 있었다. 그는 그녀 곁으로 다가갔다. 로라는 이마를 그의 어깨 위에 갖다 댔다. 그는 그러한 감동의 표시가 거북하고, 거의 견딜 수 없었다. 그는 자기도 모르게, 마치 기침하는 어린애에게 하듯 로라 등을 부드럽게 두드려 주었다.

"로라! 자아, 자아…… 분별을 갖춰야지."

"아, 좀 울게 놔 두세요. 속이 시원해지는 것 같아요."

"그래도 앞으로 어떻게 할 작정인지 알아야 한단 말이오."

"하지만 무엇을 해야 좋을지 모르겠어요. 제가 어디로 가면 좋겠어요? 누구한테 이야기하면 좋겠어요?"

"부모님께 해야지……."

"당신도 아시잖아요…… 부모님은 이야기를 들으면 절망하실 거예요. 저를 행복하게 해 주려고 모든 걸 다 하신 분들이에요."

"그럼 두비에 씨는……?"

"저는 차마 그이를 다시 만나 뵐 수 없어요. 정말 좋은 사람이에요. 제가 그이를 싫어한다고 생각하진 마세요……. 당신이 아셨다면…… 당신이 아셨다면…… 아아! 저를 너무나 경멸하지 않으신다고 말씀해 주세요."

"그렇기는커녕, 로라, 그 반대요. 어떻게 그런 생각을 했소?" 그렇게 말하며 그는 다시 로라의 등을 두드려 주기 시작했다.

"정말 당신 곁에 있으면 부끄러움도 잊어 버려요."

"여기에 언제부터 와 있었소?"

"그것도 모르겠어요. 당신만 기다리면서 살아 온걸요. 때때로 더 견딜 수가 없었어요. 이제는 하루도 더 여기 있을 수 없을 것 같아요."

그 말을 끝마치자 그녀는 거의 울부짖듯, 그러나 목멘 소리로 더욱더 흐느껴 울기 시작했다.

"데려가 주세요. 저를 데려가 주세요."

에두아르는 더욱더 거북해졌다.

"이봐요, 로라…… 진정해요…… 그 애가…… 이름이 뭔지도 난 모르지만……."

"베르나르라고 해요." 로라는 속삭였다.

"베르나르가 곧 올라올 거요. 자, 일어서요. 이런 모습을 그 애에게 보여서는 안 돼. 용기를 내야지. 약속하는데, 무슨 방법을 생각해 봅시다. 자! 울지 마요. 울어 봤자 아무 소용도 없는걸. 거울을 들여다보시오. 얼굴이 상기되었어. 물로 얼굴을 좀 씻어요. 당신이 우는 걸 보면 난 아무 생각도 할 수가 없어……. 이봐요! 그 애가 오는군, 발소리가 들리네."

그는 문으로 가서 베르나르가 들어오도록 문을 열었다. 한편 로라가 등을 돌리고 화장대 앞에서 얼굴을 다듬는 동안 에두아르는 물었다.

"그러면 이제는 언제 내 짐을 돌려주실지, 그것을 묻고 싶소."

그는 베르나르를 정면으로 바라보면서 여전히 웃음을 띤 채 빈정거리며 말했다.

"바라시는 대로 곧 드리지요. 그러나 말씀드려 둬야 할 것은 없어진 소지품은 선생님께보다는 제게 더 필요한 것이라는 사실입니다. 제 사정을 들으시기만 한다면 틀림없이 이해하실 겁니다. 다만 이것만은 알아주십시오. 오늘 아침부터 제게는 숙소도 없고 가정도 가족도 없어서, 선생님을 만나지 않았다면 물속으로라도 뛰어들 판이었습니다. 오늘 아침 선생님께서 올리비에, 제 친구 올리비에와 이야기를 하시는 동안 저는 선생님 뒤를 따랐습니다. 그는 선생님 이야기를 저에게 무척 많이 했지요! 저는 선생님께 몹시 말을 걸고 싶었습니다. 그럴 핑계거리를, 한 방법을 찾고 있었는데…… 선생님께서 짐을 맡긴 영수증을 던졌을 때, 저는 하늘의 도움이라고 생각했습니다. 아아! 도둑놈이라고 생각하지 마십시오. 제가 선생님 가방을 가져온 것은 무엇보다도 선생님과 인연을 맺기 위해서였습니다."

베르나르는 거의 단숨에 이 모든 말을 했다. 비상한 격정이 그의 말과 얼굴에 활기를 줬다. 호의에서 오는 것이라 할 수 있었다. 에두아르의 미소로 미루어보아 그도 이 소년에게 호감이 가는 것 같았다.

"그래서……?"

베르나르는 입장이 유리해졌음을 느꼈다.

"그래, 선생님께서는 비서가 필요하지 않으신가요? 아주 기쁜 맘으로 한다면, 제가 맡은 일을 잘 못하리라고는 생각하지 않는데요."

이번엔 에두아르가 웃기 시작했다. 로라는 재미있다는 듯 두 사람을 바라보았다.

"그럴까……! 글쎄, 생각해 보기로 하지. 내일 이 시간에 이리로 다시 오게. 두비에 부인이 허락하신다면……. 왜냐하면 부인과도 여러 가지 결정해야 할 일이 있으니까. 어느 호텔에 숙박하고 있겠군그래. 일부러 알아 둬야 할 필요는 없어. 내겐 관계없는 일이니까, 그럼 내일."

그는 베르나르에게로 손을 내밀었다.

"선생님." 하고 베르나르가 말했다. "물러가기 전에 한 말씀 드리는 것을 아마 허락해 주시겠지요. 라 페루즈라는 나이 들고 가엾은 피아노 교사가 포브르 생토노레에 살고 계신데, 선생님께서 찾아가시면 퍽 기뻐하실 것입니다."

"참, 그렇군. 첫솜씨로는 그리 나쁘지 않은걸. 앞으로 해야 할 직무를 당신은 훌륭히 아는군."

"그럼…… 정말 승낙하시겠어요?"

"내일 다시 이야기하기로 하세. 잘 가시오."

에두아르는 잠시 로라 곁에 머물고 나서 몰리니에 집으로 갔다. 올리비에를 만날 셈이었다. 베르나르 이야기를 그에게 하고 싶었던 것이다. 그러나 온 힘을 다해 눌러앉아 기다렸지만 결국 폴린밖에 만나지 못했다.

올리비에는 그날 저녁, 그의 형이 전해 준 집요한 초대를 물리치지 못하고 『철봉』의 저자 파사방 백작 집으로 갔던 것이다.

15

"형님이 내 부탁을 전하지 않았나 걱정했어." 로베르 드 파사방은 올리비에가 들어서는 것을 보고 말했다.

"제가 늦었나요?"

올리비에는 조심조심 거의 발끝으로 다가서며 말했다. 손에 든 모자를 파사방이 받으며 말했다.

"이건 여기에다 놓고. 편히 앉아요. 자, 이 안락의자가 좋겠군. 과히 불편하진 않을 걸세. 시간으로 따진다면 조금도 늦진 않았거든. 그러나 자네를 보고 싶은 욕망은 시계보다 훨씬 앞서 있었지. 담배 피우나?"

"안 피웁니다." 올리비에는 파사방 백작이 내밀어 준 담배 케이스를 물리면서 말했다. 케이스 속에 가지런히 놓인 그 향기로운 고급 담배, 아마도 러시아제 같은 그 담배를 피우고 싶은 생각은 간절했지만, 수줍음 때문에 거절했던 것이다.

"그래, 자네가 올 수 있어서 정말 기뻐. 시험 준비에 얽매어 있지나 않은지 걱정했네. 시험은 언제지?"

"열흘 후에 필기시험이 있습니다. 그렇지만 이젠 공부를 많이 안 해요. 그만하면 준비는 된 것 같고, 무엇보다 그날 피로할까 봐 걱정입니다."

"그래도 당장에 무슨 다른 일을 떠맡는다면 거절하겠지?"

"아닙니다…… 너무 힘든 일이 아니라면."

"왜 자네에게 와 달라고 했는지 이야기하겠네. 우선 자네를 다시 만나 보고 싶었고. 우리 요전 저녁에 극장 휴게실에서 막간에 이야기를 잠깐 했지……. 그때 자네가 한 말이 퍽 재미있었어. 아마 자네는 잊어버렸을 지도 모르지만."

"아뇨, 아닙니다." 올리비에는 '그날 서투른 소리만 지껄였는데.'라고 생각하며 말했다.

"그런데 오늘은 자네에게 좀 구체적으로 이야기할 게 있어……. 아마 자네 뒤르메르라는 유대인을 알 테지? 자네 친구 중 한 사람 아니던가?"

"지금 막 만나고 오는 길입니다."

"아, 자주 만나는 사이군그래?"

"그 친구가 주필이 될 잡지 이야기로 루브르에서 만나기로 했었어요."

로베르는 짐짓 웃음을 터뜨렸다.

"하하하……! 주필이라…… 지나치군! 너무 서두르는데…… 정말 그런 소릴 하던가?"

"퍽 오래전부터 그런 이야기를 했어요."

"그럴 테지, 내가 그걸 생각한 것이 오래전이니까. 요전 날 우연히 그 친구에게 나와 함께 원고를 읽어 볼 수 있겠느냐고 물은 일이 있었는데. 그걸 곧바로 주필이 되는 거라고 말하더군. 제멋대로 이야기하도록 내버려두었더니 곧바로…… 바로 그 사람다운 일이지, 안 그래? 우스운 작자야! 호되게 혼을 좀 내 줘야겠어……. 자네 정말 담배 안 피우나?"

"어떻든 피우기로 하죠. 고맙습니다." 이번에는 담배를 받아들며 올리비에가 말했다.

"올리비에라고 불러야겠어…… 올리비에라고 불러도 괜찮겠지? 나는 자넬 '무슈'*라고 부를 수가 없네그려. 자넨 너무 젊은 데다가 자네 형 뱅상과 나는 막역한 터라 자넬 몰리니에 씨라고 부를 수도 없거든. 그런데 말이야, 올리비에, 말해 두겠는데 나는 시디 뒤르메르보다는 자네 취향에 더 신뢰가 가. 그 문예지 편집을 자네가 맡아 줄 수 없을까? 물론 조금은 나의 감독을 받을 테지. 적어도 처음에는 말이야. 그렇지만 내 이름을 표지에 밝히고 싶지 않아. 그 이유는 뒤에 설명하지…… 자네 포르토 한잔 들겠나? 꽤 좋은 게 있다네."

그는 그의 손이 미치는 곳에 있던 조그마한 바에서 술병과 잔 두 개를 꺼내 술을 따랐다.

"그래, 어떻게 생각해?"

"정말 꽤 좋군요."

"포르토 이야기가 아니야." 로베르는 웃으면서 항의하듯 말했다. "좀 전에 내가 자네에게 이야기한 일 말이네."

올리비에는 무슨 소린지 알아차리지 못한 체했다. 너무 빨리 승낙을 하면 기쁨이 지나치게 드러날까 봐 꺼렸던 것이다.

---

* 성인 남자를 부르는 말.

그는 조금 얼굴을 붉히면서 막연하게 중얼거렸다.

"그런데 시험이……."

"시험 공부는 별로 하지 않는다고 말하지 않았나." 하며 로베르가 가로막았다. "그리고 잡지가 곧 나오는 것도 아니야. 창간을 신학기로 미루는 게 좋지 않을까 하는 생각까지 있어. 그러나 어쨌든 자네 의향을 타진해 둘 필요가 있지. 10월 전에 여러 호를 준비해 둬야 하거든. 그러자면 잡지에 대해 논의를 해야 할 테니까 이번 여름에 자주 만나야만 할 거야. 이번 여름방학엔 자넨 무엇을 할 작정인가?"

"글쎄요, 아직 잘 모르지만, 부모님은 아마 매년 여름 그러듯 노르망디로 가실 거예요."

"그래, 자네도 함께 가야 하나……? 자네는 거기서 좀 벗어날 수 있겠어?"

"어머니가 승낙 안 하실 거예요."

"오늘 저녁에 자네 형님하고 같이 식사를 하기로 했는데, 내가 형님한테 그 이야기를 해도 괜찮을까?"

"아아, 형님은 우리들과 함께 안 갈 겁니다." 그러고는 그 말이 질문에는 걸맞지 않는 대답이라는 것을 알아차리고 그는 이렇게 덧붙였다. "그리고 그래 봐야 아무 소용도 없을 거예요."

"그래도 어머니를 설득할 만한 무슨 좋은 이유를 생각해 낼 수 있다면?"

올리비에는 대답하지 않았다. 그는 어머니를 극진히 사랑했다. 그런데 로베르가 어머니에 대해 이야기할 때 그 빈정거리는 어조가 귀에 거슬렸던 것이다. 로베르는 '너무 서둘렀구나.'라고 생각했다.

"그래, 내 포르토 맛이 괜찮은 모양이지?" 그는 분위기를 바꾸려는 듯 물었다. "한잔 더 할 텐가?"

"아니, 그만 하겠습니다…… 하지만 꽤 좋군요."

"정말 요전 날 밤에 자네 판단력이 성숙하고 정확해서 놀랐어. 비평을 해 볼 생각은 없나?"

"없습니다."

"시는 어때……? 자네가 시를 쓴다는 걸 알아." 올리비에는 또다시 얼굴을 붉혔다.

"자네 형님이 살짝 알려 준 거야. 그리고 물론 자넨 함께 일할 생각이 있는 젊은 사람들을 많이 알 테지……. 이 잡지는 젊은 사람들 집합의 토대가 되어야만 할 거야. 그게 이 잡지의 존재 이유란 말이야. 일종의 취지 안내 선언서 같은 것, 너무 지나치게 밝힐 필요는 없지만 잡지의 새로운 경향을 알려 주는 글을 작성하는 일을 자네가 좀 도와주었으면 싶어. 뒤에 다시 이야기하기로 하지. 두서너 부가형용사를 골라야 할 거야. 신조어는 안 되고. 아주 오래 사용된 묵은 말, 거기다가 새로운 의미를 넣어서 받아들이게 하도록 말이야. 플로베르 이후에는 '조화로운, 그리고 운율을 갖춘'이라는 말이 있었고, 르콩트 드 릴 다음에는 '엄숙한, 그리고 결정적'이라는 말이 있지 않았나……. 그럼 '사활이 걸린'이라는 말은 어때, 그걸 어떻게 생각하나? 어때……? '무의식적이고 사활이 걸린'…… 안 될까……? '기본적이고 강건하고 사활이 걸린'은 어떨까?"

"좀 더 좋은 것이 있으리라고 생각합니다."

올리비에는 그다지 찬성하지 않는 듯 웃음을 지으면서 대담하게 말했다.

"자, 포르토 한잔 더 하지……."

"가득 채우지 마세요."

"상징파의 큰 약점은 말이야, 하나의 미학만을 가져왔다는 데 있거든. 모든 새로운 유파는 새로운 스타일과 함께 새로운 윤리, 새로운 조건 명세서, 새로운 도표, 새롭게 보는 방법, 새로운 연애관, 새로운 처세술을 가져왔어. 그런데 상징주의자는 극히 간단하거든. 그들은 삶 속에서 행동하려고 들지 않았어. 상징주의자는 인생을 이해하려고 하질 않았어. 인생을 부정하고 인생에 등을 돌렸지. 맹랑한 일이었어, 그렇지 않아? 요컨대 식욕도 없고 식도락조차 없는 자들이었어, 우리들과는 달라…… 안 그래?"

올리비에는 두 잔째 포르토를 다 마시고 두 개비째 담배를 다 피웠다. 그는 눈을 반쯤 감고 편안한 안락의자에 몸을 한 절반쯤 뉘어서, 아무 말 없이 가볍게 머리를 끄덕여 찬의를 표하고 있었다. 바로 그때 초인종 울리는 소리가 들리더니, 거의 동시에 하인이 들어와 로베르에게 명함 한 장을 내밀었다. 로베르는 그 명함을 받아 흘끗 보고는 자기 옆 책상 위에 놓고선 말했다.

"응, 좋아, 잠깐 기다리라고 말씀드려." 하인은 물러갔다.

"이봐요, 올리비에 군, 난 자네가 퍽 마음에 들어. 그리고 뜻이 서로 잘 맞을 듯해. 그런데 지금 아무래도 만나 보지 않을 수 없는 손님이 왔네그려. 게다가 단독으로 나와 만나기를 바라는 손님이야."

올리비에는 일어섰다.

"미안하지만 정원 쪽으로 나가 주면 좋겠어……. 아참, 한데 말이야, 새로 나온 내 책 한 권을 줘도 좋을까? 마침 네덜란드 종이에 인쇄된 것이 한 부 있어⋯⋯."

"그 책을 읽으려고 선생님이 주실 때까지 기다리진 않았지요." 파사방의 작품을 그다지 좋아하지 않던 올리비에는 아첨을 하지 않고서도 예의를 지키면서 난관을 벗어나기 위해 그렇게 말했다. 그러한 말귀의 어조 속에서 가벼운 경멸의 뉘앙스를 알아차렸는지 파사방은 재빠르게 말을 이었다,

"오! 그 책에 관해 이야기를 하려고 하지 말게나. 자네가 좋다고 한다면 자네의 취미든지 진지함이든지 그 어느 하나를 의심하지 않을 수 없을 테니까 말일세. 아니야. 이 책의 결함을 나는 누구보다도 잘 알아. 나는 이 작품을 너무 빨리 썼어. 사실은 작품을 쓰면서 줄곧 다음에 쓸 책을 생각했지. 아! 그것 말이야, 그 책에 애착을 품고 있어. 많은 애착을 품고 있지. 알게 될 거야, 알게 될 거야⋯⋯ 유감이지만 이제는 그만 작별해야겠네⋯⋯ 적어도⋯⋯ 아니야, 아니야, 아직 우린 서로 잘 알지도 못하고, 게다가 부모님께서도 자네가 저녁 식사에 돌아오기를 기다리실 테니까. 그럼 잘 가게. 곧 또 만나세⋯⋯ 책에 자네 이름을 써야지. 잠깐 실례하네."

서 있던 그는 책상으로 가까이 갔다. 뭔가를 쓰기 위해 그가 허리를 굽히고 있는 동안에, 올리비에는 한 걸음 앞으로 다가서서 조금 전에 하인이 놓고 나간 명함을 곁눈으로 훔쳐보았다.

빅토르 스트루빌루

그에게는 아무 의미도 없는 이름이었다.

파사방은 『철봉』 증정본을 올리비에에게 건네주었다. 그리고 그 자리에서 올리비에가 헌사를 읽으려고 하자 "나중에 보게나그려." 하고 말하며 책을 올리비에 팔 밑으로 슬쩍 넣어 주었다. 올리비에는 거리에 나서서야 비로소 작가 친필 헌사를 읽을 수 있었다.

그 글귀가 적힌 작품에서 뽑은 구절로, 파사방 백작이 헌사처럼 써넣은 것이었다.

오를랑도여, 몇 걸음 앞으로 더 나와 줘. 내겐 아직 완전히 그대를 이해할 수 있다는 확신이 없다네.

그리고 그 밑에 이렇게 덧붙였다.

올리비에 몰리니에에게
자네 벗이 될 것으로 추정하는

백작 로베르 드 파사방

애매모호한 헌사여서 올리비에로 하여금 생각에 잠기게 했으나, 요컨대 자기 마음대로 해석해도 무방한 터였다.

올리비에가 집으로 돌아왔을 때는 에두아르가 그를 기다리다 못해 가 버린 바로 뒤였다.

16

뱅상의 실증적 교양은 그로 하여금 초자연적인 것을 믿을 수 없게 했다. 그것이 악마에게는 큰 이점을 부여했다. 악마는 뱅상을 정면으로 공격하지 않았다. 악마는 교활하게, 그리고 남몰래 그에게 달려들었던 것이다. 악마의 교묘한 솜씨 중 하나는 사람들이 패배를 승리라고 생각하게 하는 데 있다. 그리고 뱅상이 로라에 대한 자신의 태도를 감정의 본능에 대한 의지의 승리라고 생각한 것도, 본래 마음씨가 착한 그가 그녀에게 무정하게 굴기 위해 억지로 무리해서 자신을 완강하고 뻣뻣하게 해야만 했기 때문이었다.

이 연애 사건에서 뱅상의 성격이 진전하는 과정을 면밀히 살펴보면 거기에는 여러 단계가 있는 것을 발견할 수 있는데, 독자가 진상을 알도록 그것을 적어 보겠다.

첫째, 선량한 동기의 시기. 올바름. 저지른 과오를 배상하려는 양심적 욕구. 구체적 사실로는 그의 부모가 개업 비용에 보태려고 힘겹게 절약해 둔 돈을 로라에게 주려고 한 도의적 의무감. 그것은 자기 자신을 희생하는 것이 아니겠는가? 이 동기야말로 예의바르고 관대하고 인정 많은 것이 아니겠는가?

둘째, 불안의 시기. 망설임. 그녀를 위해서 쓰려는 금액이 충분할까 어떨까 하는 생각을 한다는 것, 그것이 악마가 뱅상의 눈앞에 금액을 불릴 수 있는 가능성을 넌지시 보여 주었을 때, 그 유혹에 빠져 버리도록 한 게 아니었을까?

셋째, 의연함과 정신력. 그 돈을 잃은 다음 '역경에 개의치 않고 그 위에 있다.'라고 느끼려는 욕구. 바로 그러한 '정신력'이야말로 그가 로라에게 도박의 실패를 고백할 수 있게 했고, 그 기회에 그녀와의 인연을 끊어 버릴 수 있게 한 것이다.

넷째, 선량한 동기의 포기. 뱅상이 자신의 행동을 정당화하기 위해 생각해 내지 않을 수 없었던 새로운 윤리에 비추어 볼 때, 선량한 동기는 이제 한낱 기만으로 생각되었다. 왜냐하면 그는 여전히 도덕적 인간이어서 악마가 그를 눌러 이기기 위해서는, 뱅상 자신이 옳다고 자화자찬할 만한 이유를 그에게 제공해야만 했던 것이다. 내재성의 이론, 순간 속의 전체성 이론, 무상(無償)의 직접적이며 동기 없는 환희의 이론.

다섯째, 승자의 도취. 겸허함에 대한 멸시. 최고의 우위.

거기서부터 악마는 드디어 승리한 것이다.

거기서부터 스스로 가장 자유롭다고 믿는 인간은 실상 악마의 도구에 지나지 않게 되는 것이다. 그러므로 악마는, 뱅상이 파사방이라는 가증스러운 앞잡이에게 그의 동생을 내맡기지 않고는 못 배기게 할 것이다.

그러나 뱅상은 악인이 아니다. 어떻든 그러한 모든 것이 그에게는 만족스럽지 않고, 거북했던 것이다. 몇 마디 더 덧붙여 두자.

소위 '에그조티슴'이란 고야의 작품, 「마야」의 알록달록한 주름 같은 것으로, 그 앞에선, 우리들 마음이 스스로를 낯설게 느끼고, 우리들 마음으로부터 받침점이 박탈되는 것이라고 생각한다. 때로는 이러저러한 덕을 지닌 사람이 저항하는 일이 있다 하더라도 악마는 공격하기에 앞서 우선 대상을 낯선 고장으로 데리고 가 환경을 바꿔 버리는 것이다. 아마도 로라와 뱅상의 경우만 하더라도, 만약 그들이 생소한 고장에서가 아니었다면, 또한 그들 부모나 과거 추억으로부터, 그들을 그들 자신의 중요성 속에 지탱해 주는 모든 것으로부터 멀리 떨어져 있지 않았다면 로라는 뱅상에게 몸을 맡기지 않았을 것이고, 뱅상도 그녀를 유혹하려고 하지 않았을 것이다. 아마도 그 먼 고장에 있던 그들에게는 그와 같은 연애 행동은 더 이상 계산에 들어가는 것이 아닌 것으로 보였던 모양이다…… 아마 이야기할 것은 많을 것이다. 그러나 위에 말한 것만으로도 뱅상이란 인물을 더 잘 이해하기에 충분할 것이리라.

릴리앙 곁에 있으면서도 마찬가지로 그는 낯선 고장에 있는 듯한 느낌이었다.

"릴리앙, 비웃지 마오." 하고 바로 그날 저녁 그는 말했다. "당신이 나를 이해하지 못하리라는 것을 잘 알아. 그렇지만 나는 당신이 틀림없이 나를 이해하는 것처럼 당신에게 이야기를 하고 싶단 말이야. 왜냐하면 나는 이미 내 생각 속에서 당신을 꺼내 버릴 수 없게 되었으니까."

나지막한 긴 의자에 드러누운 릴리앙의 발치에 한 절반쯤 몸을 뉘고서 그는 애인 무릎 위에 정답게 머리를 괴었다. 그리고 릴리앙도 그의 머리를 정답게 어루만지고 있었다.

"오늘 아침 무엇인가 내가 걱정했던 것은…… 그래, 그건 아마도 두려움이었어. 잠깐 진지해질 수 있겠어? 내 말을 이해하기 위해서 잠깐 동안 잊어 줄 수 있겠소? 당신이 믿는 것을 잊어 달라는 게 아니라, 당신은 아무것도 믿지 않으니까, 바로 당신이 아무것도 믿지 않는다는 것을 잊어 줄 수 있겠는가 말이야? 당신도 알다시피 나 역시 아무것도 믿지 않았지. 나는 더이상 아무것도 믿지 않는다고 믿었지. 우리들, 당신과 나, 당신과 더불어 내가 될 수 있는 것, 당신 덕분에 내가 앞으로 될것, 그것밖에는 아무것도 믿지 않았어……."

"로베르가 7시에 오기로 했어요." 하고 릴리앙이 말을 가로막았다. "당신이 서두르게 하려는 건 아니지만 이야기를 좀 더빨리 하지 않으면 당신 이야기가 재미있게 되어 가기 시작할때 그가 와서 중단되고 말 거예요. 그이 앞에서는 이야기를 계속하고 싶지 않을 테니까. 오늘은 굉장히 신중을 기하시니까어쩨 이상하네요. 발 디딜 곳을 우선 지팡이로 더듬어 찾는장님 같아요. 하지만 나는 이렇게 진지하게 듣고 있답니다. 왜당신은 믿지 않으세요?"

"당신을 안 이래 나는 엄청난 신뢰감을 지니고 있소." 하고뱅상은 대답했다. "나는 지금 많은 것을 할 수 있소. 나는 그걸 느껴. 그리고 당신도 알다시피 하는 일은 다 잘 되거든. 하지만 사실은 그것이 두렵소. 아니, 가만 있어…… 당신이 오늘아침에 한 그 부르고뉴 호 파선 이야기, 배에 오르려는 사람들손을 잘랐다던 이야기, 그걸 나는 하루 종일 생각했소. 나의 배 위로 무엇인가 올라오려는 것 같은 생각이 — 당신이 나를 이해하도록 하려고 당신 비유를 빌리고 있는데 — 오르지 못하게 하고 싶은 그 무엇이 올라오려고 하는 것 같은 생각이 들거든……."

"그래, 그 사람을 빠뜨리는 걸 나더러 좀 도와 달라 그 말이로군요. 비겁한 사람……!"

그는 릴리앙을 보지 않고 계속 말했다.

"내가 물리치는 그 무엇, 그러나 그 목소리가 들려와…… 당신은 결코 들어 본 일 없는 한 목소리, 내가 어렸을 때 들은 적 있는 그 목소리……."

"그래, 그 목소리가 뭐래요? 말 못 하시네. 놀라울 것도 없어요. 그 속에 교리문답이 들어 있을 게 틀림없어요. 그렇죠?"

"그렇지만 릴리앙, 나를 이해해 줘요. 그러한 생각으로부터 해방될 수 있는 유일한 방법은 그 생각을 당신에게 이야기하는 거야. 당신이 비웃는다면 나 혼자만 간직해 두겠어. 그러면 그 생각은 나를 지겹게 괴롭힐 거요."

"그럼 이야기하세요." 하고 그녀는 할 수 없다는 듯 말했다. 그리고 그가 입을 다물고는 어린애처럼 릴리앙의 치마에 이마를 묻어 버리는 것을 보자 말했다. "어서 해요. 뭘 기다리는 거예요?"

그녀는 그의 머리카락을 움켜잡아 억지로 머리를 들게 했다.

"아이 참, 그걸 정말로 심각하게 생각하시네! 얼굴이 새파랗게 됐어. 이봐요, 어린애처럼 응석을 부릴 생각이라면 내겐 맞지 않아요. 사람이란 하고 싶은 걸 해야지요. 그리고 나는 속임수를 쓰는 사람은 싫어요. 그 배에 올라탈 필요도 없는 것을 슬그머니 태우려는 건 속임수를 쓰는 거예요. 당신과 함께 한판 도박을 해 볼 생각은 있지만, 한다면 정정당당하게 하고 싶어요. 그리고 미리 말해 두지만, 그건 당신을 성공시키기 위해서예요. 나는 당신이 아주 중요하고 훌륭한 인물이 될 수 있으리라고 생각해요. 당신에게서 나는 뛰어난 지성과 커다란 힘을 느껴요. 나는 당신을 도와 드리고 싶어요. 세상에는 자기가 반한 남자의 일생을 망쳐 버리는 여자도 많지만, 나는 그 반대 일을 하고 싶은 거예요. 당신은 의학을 집어치우고 자연과학을 연구해 보고 싶다고 하셨지요. 그런데 그럴 만한 돈이 없는 것이 유감이었다고……. 우선 당신은 노름판에서 따지 않았어요. 5만 프랑은 아주 대단한 금액이에요. 그렇지만 앞으로는 노름을 하지 않는다고 약속해 주세요. 필요한 돈은 모두 대 드리겠어요. 하지만 한 가지 조건이 있어요. 여자에게 의지해 산다고 사람들이 말하더라도 대수롭지 않다는 듯 어깨를 으쓱 올릴 만한 용기가 있어야 해요."

뱅상은 일어섰다. 그는 창문으로 가까이 갔다. 릴리앙은 이야기를 계속했다.

"우선 로라와 깨끗이 마무리를 해야 할 테니까 약속했던 5000프랑을 보내 주는 게 좋을 거예요. 이제는 돈이 생겼는데 어째서 약속을 안 지키세요? 좀 더 그녀에 대해서 죄책감을 느끼고 싶어서인가요? 그런 거 나는 아주 싫어요. 도대체 무례한 짓을 하는 건 질색이에요. 당신은 깨끗이 손을 끊어 버릴 줄 몰라요. 그렇게 하고서 어딘가 당신이 일하는 데 도움이 될 만한 곳으로 피서나 가요. 당신은 로스코프 이야기를 하셨지만, 난 모나코가 좋아요. 그곳 왕과는 아는 사이니까 유람선도

태워 줄 거고, 연구소에 일자리도 마련해 줄 거예요."

뱅상은 입을 다물었다. 사실 그는 릴리앙을 만나러 오기 전에 로라가 아주 절망적인 심정으로 그를 기다리던 호텔에 들렀었다. 그러나 그는 그러한 사실을 지금 말하고 싶지 않았다. 얼마 후에나 그 이야기를 릴리앙에게 했던 것이다. 그는 마음의 짐을 마침내 벗어 버리고 싶은 심정에서 로라가 이제는 기대하지 않는 지폐를 몇 장 봉투에 넣어서, 그 봉투를 보이에게 맡기고, 보이가 확실히 본인에게 전달했다는 대답을 듣기 위해 현관에서 기다렸다. 그러나 잠시 후에 보이는 봉투를 도로 가지고 내려왔다. 봉투에는 로라의 필체가 비스듬히 적혀 있었다.

'너무 늦었습니다.'

릴리앙은 벨을 눌러 망토를 가져오라고 일렀다. 하녀가 나가자 그녀는 말했다.

"아이, 그이가 오기 전에 당신에게 하려던 말이 있어요. 만약에 파사방이 당신의 그 5만 프랑을 투자하라고 권하면 경계하세요. 그이는 돈이 꽤 많지만, 언제나 돈이 필요한 사람이에요. 저 봐요, 그이의 자동차 클랙슨 소리 같은데. 삼십 분 빨리 왔군요. 하지만 잘됐어요…… 이야기를 다 했으니……."

"좀 일찍 왔어." 방 안으로 들어서면서 로베르는 말했다. "사실은 베르사유로 저녁이나 먹으러 가면 재미있을 것 같아서. 괜찮겠어?"

"싫어요." 하고 그리피스 부인이 말했다. "난 저수지 같은 곳은 지겨워요. 그보다도 랑부이예로 갑시다. 음식 맛은 덜하겠지만, 이야기를 하기에는 거기가 좋을 거예요. 뱅상이 당신에게 물고기 이야기를 해 주면 좋겠어요. 놀라운 이야기를 많이 안답니다. 정말인지 어떤지 모르지만, 하여튼 아주 훌륭한 어느 소설보다도 재미있어요."

"소설가 의견은 아마 그렇지 않을지도 모르지." 하고 뱅상이 말했다.

로베르 드 파사방은 석간신문 한 장을 손에 들고 있었다.

"브뤼냐르가 사법부 국장이 되었다는 걸 아나? 이 기회에 자네 아버님께 훈장을 타 드리도록 해야지." 그는 뱅상 쪽으로 돌아서며 말했다. 뱅상은 관심 없다는 듯 어깨를 으쓱해 보였다.

"여보게, 뱅상." 하고 파사방이 말을 이었다. "내 생각에는 자네가 그런 청탁을 하지 않으면 그 작자는 퍽 감정이 상할걸. 그 작자로선 거절하는 쾌감이 여간 아닐 테니까 말이야."

"자네나 우선 자네를 위한 청을 하나 해 보지 그래." 하고 뱅상은 반격했다.

파사방은 짐짓 입을 삐죽거렸다.

"아니, 나는 내 멋을 지키고 싶어. 창피당하는 건 싫어. 아무리 단춧구멍*에 대한 것일지라도." 그러더니 릴리앙에게 돌아서며 말했다. "요즈음엔 사십 대가 되면 매독과 훈장을 안 가진 사람이 드물다는 사실을 아시오?" 릴리앙은 어깨를 으쓱해 보이며 웃었다.

"명언 이야기하려고 더 늙은 티를 내시는군…… 이봐요, 그건 다음에 내실 책에 들어 있는 구절인가요? 산뜻한 맛이 있겠네요…… 하여간 내려가세요. 망토를 입고 뒤쫓아갈 테니."

---

* 레지옹 도뇌르 훈장의 빨간 휘장을 다는 단춧구멍.

"자네가 그 녀석을 다시 만나 보기도 싫어할 거라고 생각했는데?"

뱅상은 층계에서 로베르에게 물었다.

"누구? 브뤼냐르?"

"아주 바보라고 말하지 않았나……."

"여보게." 하고 파사방은 여유롭게 대답하고 계단 위에 멈춰 서서, 내려가려던 뱅상을 갑자기 붙들고 말했다. 그리피스 부인이 따라오는 것을 보고 그녀 귀에도 들리게 하고 싶었던 것이다. "내 친구치고 말일세, 좀 오래 사귀는 동안에 바보티를 보여 주지 않은 친구는 하나도 없다는 걸 알아 두게. 브뤼냐르는 그래도 다른 친구들보다는 꽤 길게 버틴 편이었지."

"아마 나보다도 말이지?" 뱅상이 말을 이었다. "자네도 잘 알다시피, 어떻든 내가 자네의 제일 절친한 친구임엔 틀림없지."

"그래, 바로 그것이 파리에서 재치라고 부르는 건가요?" 뒤따라온 릴리앙이 말했다. "조심하세요, 로베르. 그것만큼 빨리 시드는 건 없는 법이니까!"

"염려 마. 시들기 쉬운 것은 인쇄된 말뿐이라오!"

그들이 자동차에 올라타자 차는 달리기 시작했다. 끝까지 그렇게 지극히 재치 있게 주고받은 그들의 대화를 여기에 옮겨 적을 필요는 없을 것이다. 그들은 찾아드는 밤이 그림자를 가득 채워 주는 정원에 면한 한 호텔 테라스에 있는 식탁에 자리 잡고 앉았다. 밤의 어둠 때문에 그들의 이야기는 점점 무거워져 갔다. 이제는 릴리앙과 파사방의 재촉을 받은 뱅상만이 이야기를 하고 있었다.

17

"내가 인간에게 흥미를 덜 지녔다면 동물이 더한층 흥미로울 텐데." 하고 로베르가 말했다. 그 말에 뱅상은 대답했다.

"아마 자네는 인간이 동물과 매우 다르다고 생각할 테지. 하지만 축산학의 큰 발견치고 인간에 관한 지식에 영향을 미치지 않은 것이 없어. 모든 것이 서로 닿고 상호 관계가 있는 거라네. 내 생각으로는 심리 분석가라 자처하는 소설가가 자연계로부터 눈을 돌리고, 그 법칙을 모른다는 것은 용서받을 수 없는 일이야. 자네가 빌려 준 공쿠르 형제*의 일기에서 나는 마침 그들이 식물원 박물학실에 갔던 때의 이야기를 읽었지. 그 책에서 그 훌륭한 작가들은 자연 또는 하느님의 상상력이 빈약함을 한탄했네. 그런 서투르고 모독적인 언사는 협소한 그들 정신의 어리석음과 몰이해를 드러내는 셈이지. 사실은 정반

---

* 에드몽 드 공쿠르, 쥘 드 공쿠르. 두 사람은 자연주의 소설을 함께 썼다.

대로 자연의 다양성이란 말할 수 없네! 자연은 살기 위해, 움직이기 위해 온갖 방법을 차례차례 실험하고, 물질과 그 법칙이 허용하는 온갖 일을 다 해 본 듯하거든. 불합리하고 멋없는 고대 생물학의 몇몇 시도들이 점차 포기되어 간 사실 속에서도 난 대단한 교훈을 봤어! 어떤 형태를 존속하게 한 그 대단한 조화! 그렇게 남은 형태를 관찰해 보면, 다른 형태들이 포기된 이유가 설명되거든. 식물학조차도 우리에게 가르쳐 주는 것이 있어. 가령 조그만 나뭇가지 하나를 보면, 잎사귀 하나하나의 잎 겨드랑에, 이듬해에 가서 차례가 바뀌어 싹틀 싹이 숨은 것을 나는 눈여겨볼 수 있어. 그처럼 많은 싹들 중에서 기껏해야 두서넛만이 눈뜨고, 그들의 발육 때문에 다른 모든 것이 위축되어 버리는 것을 볼 때, 나는 인간도 마찬가지라고 생각하지 않을 수 없네. 자연히 발육하는 싹들은 언제나 말단 싹들, 즉 큰 기둥 줄기에서 가장 멀리 떨어진 것이야. 다만 가지를 잘라 버린든지 휘어 주든지 함으로써만 수액을 역류시켜 기둥 줄기에서 가까운 싹, 내버려두면 잠들어 버리고 말 싹에 생명력을 줄 수 있는 걸세. 또 그렇게 함으로써 아무리 다루기 곤란한 고집 센 것이라도 열매를 맺게 할 수 있는 거라네. 만약에 제멋대로 줄기가 옆으로 뻗게 내버려둔다면 그건 잎사귀밖에 퍼뜨리지 못했을 거란 말이야. 과수원이라든가, 정원이라든가, 아아, 그 얼마나 훌륭한 학교인가! 원예가, 우리는 많은 경우에 그를 아주 훌륭한 교육자로 만들 수 있는 것이다! 조금만 관찰할 줄 안다면, 가금 사육장이든지 개집이든지 어항이든지 토끼 사육장이든지 혹은 외양간 같은 곳에서, 책이나, 사실 무엇이나 다소 궤변화된 인간 사회에서보다도 더 많은 것을 배울 수 있지."

이어서 뱅상은 도태에 관한 이야기를 했다. 그는 가장 좋은 묘목을 얻으려는 사람이 보통 사용하는 방법, 즉 가장 튼튼한 견본을 선택하는 것과 대담한 원예가가 옛 관습을 싫어한 나머지 거의 그것에 도전하듯이, 오히려 가장 나약한 것을 선정해 비길 데 없는 꽃을 피우게 한 기발한 실험에 관한 이야기를 했다.

처음에는 지루한 소리라 여기고 귀담아듣지 않던 로베르가 이제는 이야기를 중단하려 들지 않았다. 그토록 그가 주의를 기울이는 것이 자기 애인에 대한 찬양으로 여겨져서 릴리앙은 몹시 기뻤다.

"그 이야기도 좀 해 줘요. 요전에 내게 하셨던 물고기 이야기. 물고기가 바닷물 소금기에 따라 적응한다는 이야기 말이에요…… 그랬죠?"

"어떤 고장을 제외하고는." 하고 뱅상은 계속했다. "소금기는 거의 변함없이 일정해. 그래서 보통 바다 어류는 농도의 극히 미약한 변화만을 감당할 따름이야. 그렇지만 내가 이야기했던 고장에도 물고기가 없지는 않지. 그곳은 증발이 심해서 소금 양에 비해 해수량이 줄어드는 고장, 또는 그와 반대로 줄곧 담수가 흘러들어 소금기를 희박하게 하는, 말하자면 바닷물로부터 염분을 뽑아 버리는 고장, 큰 강 하구 근처나 멕시코 만류 같은 대해류(大海流) 부근이야. 그런 데서는 스테노할린이라는 어류는 몸이 쇠약해져서 결국은 죽어 버리고 말거든. 그리고 유리할린이라고 불리는 물고기에 대항해 몸을 보호할 수 없어 그 먹이가 돼 버리고 말지. 따라서 유리할린이라는 물고기들은 대해류의 경계, 즉 물 농도가 변해 스테노할린이 빈사 상태에 빠지는 곳에 와 살기를 특히 좋아한단 말이야. 이제 알았을 테지. 스테노할린이라는 놈은 언제나 같은 도수의 소금기밖에 견디지 못하는 놈이야. 그 반면에 유리할린이라는 놈은…….

'약삭빠른 자'*인데, 무슨 생각이든지 자기에게 유리하게 하고, 학설 중에서도 자기에게 쓸모 있는 것만 받아들이려는 놈이지." 하고 로베르가 말을 가로막았다.

"그 대부분은 무자비한 놈들이야."

뱅상은 엄숙한 어조로 덧붙였다.

"어떤 소설보다도 재미있다고 내가 말했지요?"

릴리앙이 열광하며 말했다.

뱅상은 얼굴빛이 바뀌어 자기 이야기가 거둔 성공에 무관심했다. 지극히 엄숙한 표정이던 그는 한결 낮은 목소리로 혼잣말하듯 이야기를 이었다.

"최근의 가장 놀라운 발견은, 적어도 내가 배운 것이 가장 많은 발견은 — 심해 동물에 대한 촬영 효과가 좋은 사진기의 발명이야."

"아아, 그 이야기를 해 줘요." 릴리앙은 말했다. 그녀는 담뱃불이 꺼지는 것도 놔두고, 방금 보이가 갖다 놓은 아이스크림이 녹는 것도 잊어버렸다.

"태양 광선은, 물론 알겠지만, 바닷속에 그리 깊이 들어가지는 못하거든. 바다 깊은 곳은 컴컴하지…… 광막한 심연, 오

---

* dessalése, '소금기를 뺀'이라는 뜻도 있고, '세상 물정 아는, 약삭빠른 사람'이라는 뜻도 있는데 여기선 후자에 속함.

랫동안 사람들은 거기엔 아무것도 살지 않으려니 하고 생각했지. 그런데 그 바닥을 파내 본 결과 그 지옥 같은 심연 속에서 수많은 이상한 동물들을 끌어낼 수 있었거든. 그 어류들은 장님일 것이라고 생각했지. 암흑 속에서 시력이 무슨 필요 있겠어? 물론 그들에겐 눈이 없었어. 눈을 가질 수도 없었겠고, 가질 필요도 없었을 거란 말이야. 그렇지만 검사를 해 본즉, 놀랍게도 어떤 것에는 눈이 있다는 사실을 알게 되었어. 거의 모두에게 예외 없이 눈이 있을 뿐만 아니라, 그 위에 놀랄 만큼 민감한 촉각도 있단 말이거든. 그러나 사람들은 아직 납득하지 못했지. 사람들은 경탄할 따름이었어. 볼 것이 아무것도 없는데 눈이 무슨 필요가 있을까? 민감한 눈, 그렇지만 무엇을 보기 위한 민감함이란 말인가……? 그런데 알고 보니, 처음엔 어둠의 동물이라고 생각했던 그 어류는 각기 제 앞에, 제 둘레에다 '자기' 빛을 내고 또한 비추더란 말이야. 그 어류들은 제각기 밝혀 주고, 비추고 빛이 퍼지게 했던 거야. 밤에 깊은 심연 속에서부터 그것들을 끌어올려 배 갑판 위에 쏟아 놓으면, 어둠이 눈부시게 밝아졌어. 움직이는, 떠는, 여러 가지 색깔의 불 같은 빛, 회전 등대 같은 불빛, 별 또는 보석이 반짝이는 것 같은 섬광, 그것을 본 사람들의 말에 따르면, 아무것도 그 으리으리한 광채에 비길 만한 게 없다는 거야."

뱅상은 입을 다물었다. 세 사람은 오랫동안 말없이 머물러 있었다.

"돌아갑시다. 춥군요." 갑자기 릴리앙이 말했다.

릴리앙 부인은 크리스털 바람막이로 얼마간 바람을 피하려고 운전사 옆에 자리 잡고 앉았다. 열어젖힌 오픈 카 뒤쪽에서는 두 사람이 이야기를 계속했다. 식사를 하는 동안 파사방은 줄곧 침묵을 지키고 뱅상 이야기를 듣고만 있었다. 이제는 그의 차례였다.

"여보게, 뱅상. 우리 같은 물고기는 말이야, 잔잔한 물속에선 살아 내진 못하는 축이지." 그는 친구 어깨를 주먹으로 치며 먼저 말했다. 그는 뱅상에게 얼마간의 친숙함을 스스럼없이 보였다. 그러나 자신이 상대방에게서 그러한 대접을 받는다면 견디지 못했을 것이다. 게다가 뱅상에겐 그러고 싶은 생각이 없었다. "자네 이야기엔 경탄했네! 강연을 시키면 굉장할 거야. 정말 의학 같은 건 그만두는 게 좋을 걸세. 설사약 처방전이나 쓰고 병자나 돌보는 자네를 정말 나는 상상할 수가 없어. 비교생물학이든지, 혹은 그런 쪽의 무슨 강의, 그런 것이 자네가 할 일이야……."

"그건 나도 벌써 생각했어."

"릴리앙이 한힘이 돼 줄 수 있을 걸세. 친구인 모나코 왕이 자네 연구에 관심을 갖게 하면 말일세. 그도 그 방면에 참여하고 있지…… 내가 이야기해야겠군."

"릴리앙이 벌써 그 이야기를 했어."

"그럼 정말 나는 자네에게 도움될 일을 할 수 없단 말이군?" 그는 짐짓 기분이 상했다는 듯한 시늉을 하며 말했다. "실은 나도 자네에게 도움을 청할 일이 하나 있었는데."

"이번엔 자네가 내 신세를 지도록 해. 나를 그렇게 기억력이 짧은 사람으로 생각하나?"

"뭐! 아직 5000프랑을 생각하는 거야! 하지만 그건 내게 돌려주지 않았나, 이 사람아! 내게 진 빚은 이제 아무것도 없어…… 있다면 아마도 약간의 우정뿐일 걸세." 그는 뱅상의 팔에 손을 올려놓고 거의 다정한 어조로 그렇게 말했다. "나는 바로 그 우정에 호소를 하자는 거야."

"이야기하게."

그러나 곧 파사방은 자신의 초조함을 뱅상에게 돌리며 이의를 제기했다.

"참, 자네 성미도 급하군! 파리에 도착하기까지 시간은 충분하다고 생각하는데."

파사방은 자기 기분이나 자신이 부인하고 싶은 모든 것을 남에게 떠맡기는 데 특히 능숙했다. 그러더니 마치 송어를 낚는 사람이 물고기가 놀라지 않게 하려고 미끼를 멀리 던졌다가 이어 슬며시 끌어당기는 것처럼, 그는 이야기를 딴 데로 돌리는 체했다.

"그런데 참, 아우를 보내 줘서 고맙네. 잊어버리지나 않았는지 걱정했는데."

뱅상이 몸짓으로 그에 답했다. 로베르는 다시 말을 이었다.

"그 뒤에 만났나……? 시간이 없었어……? 그래……? 그렇다면 나와 만난 이야기 전말을 자넨 묻지도 않다니, 이상하지 않나. 사실 자네에겐 흥미 없는 일이지. 자넨 자네 동생에게 전혀 관심이 없어. 올리비에가 생각하는 것, 그가 느끼는 것, 그가 지금 어떠한지, 어떻게 되고자 하는지, 그런 것에 자네는 전혀 신경을 쓰지 않아 ……."

"질책인가?"

"물론이지, 자네 무감각을 나는 이해할 수 없고, 받아들일 수도 없어. 병들어서 포에 가 있을 때는 그럴 수도 있었을 거야. 그땐 자네만을 생각했어야 옳으니까. 이기주의도 치료의 일부였지. 그렇지만 지금은…… 요컨대. 자네 곁에는 저 섬세한 소년이 있어. 막 눈을 뜬, 장래 희망으로 가득 찬 지성이 있어. 그는 충고와 뒷받침만을 기다린단 말일세……."

그는 그 순간 자신에게도 동생이 있다는 것을 잊어버렸다.

그러나 뱅상은 어리석지 않았다. 그 무례함의 과장된 말투로 보아 그는 그것이 마음속에서 우러나온 것이 아니라는 것, 그러한 분개는 다른 무엇을 이끌어 내기 위한 것이라는 사실을 알아차렸다. 그는 올 것을 기다리며 잠자코 있었다. 그러나 로베르는 갑자기 말을 끊었다. 뱅상이 피우던 담배 불빛으로 그의 입가에 어린 이상야릇한 주름을 언뜻 보고, 거기에서 조소 같은 것이 비치는 느낌을 받은 것이다. 그런데 로베르는 무엇보다도 남의 비웃음거리가 되는 것을 제일 두려워했다. 그러나 과연 그 때문에 그는 어조를 달리한 것일까? 오히려 그것은 뱅상과 그 사이에 일종의 공모 같은 갑작스러운 직감 때문인지 모르겠는데…… 어쨌든 그는 아주 자연스러운 체하며 '자네와 나 사이에 꾸밀 것이야 없지.' 하는 투로 다시 말했다.

"그런데 젊은 올리비에 군과의 이야기는 퍽 재미있었어. 아주 마음에 들어, 그 친구."

파사방은 뱅상의 눈치를 보려 했다.(밤은 그리 어둡지 않았다.) 그러나 뱅상은 말없이 물끄러미 앞만 바라보았다.

"그래서 몰리니에, 자네에게 하려던 청이란 다름 아니라……"

그러나 여기서 또 그는 뜸 들일 필요를 느꼈다. 말하자면 자기 역할에서 잠깐 벗어날 필요, 관중의 마음을 휘어잡고 있다고 자신하는 배우가 그런 사실을 자신에게 확인시키고 관중에게도 알리기 위해서 흔히 하는 짓이다.

그리하여 그는 릴리앙을 향해 몸을 숙여, 그가 지금까지 나눈 말과 앞으로 말하려는 것이 두 사람만의 내밀한 이야기라는 것을 드러내려는 듯 매우 높은 목소리로 말했다.

"어때, 감기 들지 않겠소? 여기 쓰지 않는 담요가 하나 있는데……."

그리고 대답을 기다리지도 않고 자동차 뒤쪽, 뱅상 곁으로 몸을 웅크리며 다시 목소리를 낮추어서 말했다.

"다름이 아니라, 이번 여름에 자네 동생을 데리고 가고 싶어. 그래서 단도직입적으로 하는 말이네. 우리 사이에 돌려 말할 필요가 뭐 있겠나……? 나는 아직 자네 부모님을 뵌 적이 없어. 그러니 자네가 적극적으로 나서서 이야기를 해 주지 않으면 올리비에 군이 나와 함께 떠나도록 허락하지 않으실 것은 당연해. 아마 자네라면 그분들이 내게 호의를 지니고 허락해 주시게 할 무슨 방법이 있을 게 아닌가? 자넨 부모님을 잘 알 테니까, 어떻게 말씀을 드리면 좋을지 알 거거든. 나를 위해 수고 좀 해 주겠어?"

그는 잠깐 기다렸으나 뱅상이 잠자코 있는 것을 보자 이야기를 이었다.

"이봐요, 뱅상…… 나는 곧 파리를 떠난다네…… 아직 어디로 갈지는 모르지만, 비서를 하나 꼭 데리고 가야겠어…… 자네도 알다시피 나는 잡지를 낼 준비를 하고 있거든. 그 이야기를 올리비에에게 했네. 내가 보기엔 자네 동생에겐 필요한 모든 소질이 있는 것 같아……. 그렇다고 해서 다만 내 이기적인 입장에서만 하는 말이 아닐세. 내 말은, 자네 동생의 재능이 이 일에서 모두 충분히 발휘될 수 있을 것같아 보인단 말이야. 주필 자리를 제의했어…… 그 나이에 주필이야……! 인정하게 나, 예사로운 일은 아니지."

"예사로운 일이 아닌 만큼 부모님은 좀 겁을 내실지 모르겠는걸."

뱅상은 마침내 그에게 눈을 돌려 그를 뚫어지게 쳐다보며 말했다.

"그렇군, 자네 이야기가 옳군. 아마 그건 말씀드리지 않는 것이 좋을 걸세. 그저 나와 함께 할 여행의 재미며 이득을 강조하면 어떨까? 부모님께서도 그 나이에는 견문을 넓힐 필요가 있다는 것을 이해하실 테니까. 하여튼 의논을 드려 봐 주게, 응?"

그는 숨을 돌리고 새 담배에 불을 붙이고 나서 어조를 달리하지 않고 계속 말했다.

"그리고 자네 친절에 대한 보답으로, 나도 자네에게 한 가지 도움이 될 만한 일을 할 생각이야. 아주 특수한 사업 한 건에서 내게 제공되는 이익을 자네에게 나눠 줄 수 있을 듯해……. 큰 은행에 있는 내 친구 하나가 몇몇 특별한 사람들을 위해 마련해 둔 일인데 말이야. 하지만 이건 우리들끼리만 알고 있어야 해. 릴리앙에게는 한마디도 하지 말게. 극히 제한된 몫밖에 없으니 말일세. 저 사람과 자네 둘 다 신청할 수는 없어……. 자네, 어젯밤에 딴 그 5만 프랑은 어떻게 했나?"

"벌써 딴 데에 다 썼는데."

뱅상은 좀 냉담하게 대답했다. 릴리앙이 일러 주던 말이 생각났던 것이다.

"잘했군, 잘했어……." 하고 로베르는 무엇에 찔린 듯 곧 이어서 말했다. "우겨 댈 생각은 없어." 그러고는 '내가 뭐 그런 걸 원망할 리야 있겠나.' 하는 모습으로 말했다. "그렇지만 생각이 달라지면 곧 한마디 적어 보내게……. 내일 5시가 지나면 늦을 테니까 말이야."

파사방 백작을 진심으로 대하지 않은 후부터 뱅상은 그에 대해 훨씬 더 감탄했다.

18

에두아르의 일기

2시

가방 분실. 잘된 셈이다. 그 속에 들어 있던 것 중에서 미련을 느끼는 것은 다만 일기뿐이다. 그러나 나는 일기에 너무 집착했다. 요컨대 사건은 퍽 재미있어졌다. 그래도 일기는 되찾을 수 있으면 좋겠다. 누가 읽을까……? 아마도 일기를 잃어버린 뒤로 나는 그 중요성을 과장하고 있는 모양이다. 그 일기는 내가 영국으로 출발하는 것에서 끝났다. 그곳에 가선 모든 것을 다른 수첩에 적어 두었다. 프랑스로 돌아온 지금은 그 수첩을 사용하지 않는다. 지금 내가 이것을 적는 새로운 수첩은 내 주머니에서 그렇게 쉬이 떠나지 않게 해야지. 이것은 말하자면 나와 함께 다니는 거울이다. 나에게 일어나는 일은 무엇이건, 그것이 그 속에 비치지 않는 한 나에게는 현실로 존재하지 않는다. 그러나 이곳에 돌아온 후 나는 꿈속에서 움직이는 것 같은 생각이 든다. 올리비에와의 대화는 얼마나 괴로운 것이었던가! 나는 큰 기쁨을 기대했는데…… 그 대화가 나에게 만족스럽지 못했듯 그에게도 만족스럽지 못한 것이었으면 한다. 나에 대한 불만과 마찬가지로 그 자신에 대해서도 불만스럽게 생각해 줬으면. 나 자신이 이야기를 하지도 못했던 것이나 마찬가지로, 아 슬프다! 그에게 이야기를 시키지도 못했다. 온몸을 바친 완전한 동감을 이끌어야 할 때, 아! 아주 짤막한 말 한마디라도 한다는게 그 얼마나 어려운 일인가! 일단 감정이 끼어들면 두뇌는 둔해지고 마비되어 버리고 말기 때문이다.

7시

가방을 찾았다. 어쨌든 그것을 가져갔던 녀석을 만난 것이다. 그가 올리비에와 아주 절친한 친구라는 사실, 그 사실은 우리 사이에 망을 쳐 놓은 셈인데, 그 망의 코를 좁히는 일은 다만 내게 달렸다. 내게 위험한 일은, 뜻하지 않은 사건에 부닥칠 때마다 그것에 너무 강렬한 흥미를 느껴 달성해야 할 본래 목적을 잊어버리는 것이다.

로라를 만났다. 남을 돌보아주고 싶은 나의 마음은, 어떤 장애에 부닥치자마자, 또한 인습, 범속한 것, 관례적인 것과 싸워야만 되자마자 곧 짜증을 내 버리고 마는 것이다.

라 페루즈 노인 방문. 문을 열어 준 것은 라 페루즈 부인이었다. 부인을 만나 보지 못한 지 이 년이 넘었지만, 곧 부인은 나를 알아보았다.(그들에겐 그리 많은 방문객도 있어 보이지 않았다.) 게다가 부인도 거의 변하지 않았다. 그러나 (내게 부인에 대한 선입관이 있었기 때문일까?) 부인 얼굴은 더욱 무뚝뚝해 보였고, 눈길은 더욱 날카로워 보였으며, 웃음은 더욱 부자연스럽게 보였다.

"라 페루즈 영감을 못 만나 뵐지도 모르겠구려." 하고 즉시 부인은 분명히 나를 독점하고 싶은 욕심을 보이며 말했다. 그러더니 귀가 먼 것을 핑계로 내가 묻지도 않은 말에 대답하는 것이다.

"아니요, 아니요. 성가시게 하긴, 조금도 그렇지 않아요. 들어오세요."

부인은 나를 라 페루즈 노인이 수업할 때 늘 사용하는, 안마당으로 향해 창문이 둘 열려 있는 방으로 안내했다. 그리고 내가 방 안에 들어서자마자,

"잠깐 당신과 단둘이서 얘기할 수 있어 무엇보다도 다행입니다. 당신이 예전부터 성실하게 아껴 주신 노인의 건강이 여간 걱정이 아니랍니다. 당신 말이라면 무엇이나 잘 듣는 분이니 몸을 좀 돌보도록 설득해 주실 수 없을까요? 내가 하는 말이라면 무엇이든지 말보루* 타령쯤으로밖에 생각하지 않는답니다."

그리고 부인은 멈출 줄 모르고 불평을 늘어놓기 시작했다. 영감은 그저 부인을 괴롭히고 싶어서 몸 돌보기를 거부한다고 했다. 해서는 안 될 일은 무엇이나 다 하고 해야 할 일은 하나

---

* 유명한 프랑스 민요.

도 하지 않는다는 것이다. 어떤 날씨에나 외출을 하는데 목도리를 두르라고 해도 듣지 않는다, 식사 때에는 먹으려 들지 않는다, '영감은 배가 고프지 않다.'라는 것이다, 영감의 식욕을 어떻게 하면 돋우어 줄 수 있을지 그녀는 알 수가 없다는 것이다. 그렇지만 밤이 되면 일어나서 부엌을 마구 뒤져 무엇인지 알 수 없는 것을 자기 손으로 요리해 먹는다는 것이다.

노부인이 분명히 지어낸 이야기를 하는 건 아니었다. 나는 부인 이야기를 통해, 대수롭지 않은 자질구레한 거동들에 대한 부인의 해석이 다만 그러한 거동들에다 모욕적인 의미를 부여한다는 것, 부인의 좁은 두뇌 벽면에 현실이 얼마나 무서운 그림자를 던지는가를 이해할 수 있었다. 그러나 한편 노인 쪽에선, 자신을 그 희생자라고 생각하는 그 노부인, 노인 눈에는 학대자로 비치는 그 노부인의 모든 돌봄과 염려를 노인 역시 오해하는 것이 아닐까? 나는 그들을 판단하는 것, 그리고 그들을 이해하는 것을 포기한다. 그보다는 차라리, 늘 그렇듯이, 그들을 깊이 이해하면 할수록 그들에 대한 나의 판단은 더 누그러지는 것이다. 아무튼, 뒤에 남는 것은 생활 때문에 서로 얽매였으나, 서로를 지긋지긋하게 괴롭히는 두 인간이 있다는 사실이다.

부부 중 한쪽 성격의 아주 조그마한 돌출이 상대편에게는 흔히 견딜 수 없이 심한 자극을 준다는 사실을 나는 자주 관찰했다. '동서 생활'은 그 돌출이 늘 같은 장소에서 마찰하는 결과가 되기 때문이다. 그리고 마찰을 서로 주고받을 때 부부 생활은 지옥 외에 아무것도 아니다.

창백한 얼굴선을 굳어 보이게 하는 좌우로 갈라진 검은 가

발, 목이 길쭉한 장갑*에서는 맹금류 발톱 같은 가느다란 손톱이 나와 있어, 라 페루즈 부인은 마치 하르피아이아** 같은 인상을 풍겼다.

"그이는 내가 자기를 정탐한다는 거예요." 하고 부인은 계속했다. "그이는 언제나 잠을 많이 자야 했어요. 그런데 밤이 되면 잠든 체하다가, 내가 깊이 잠든 것 같으면 다시 일어나서 낡은 서류를 뒤적거리고, 때로는 날이 새기까지 세상을 떠난 동생의 옛 편지를 되풀이해 읽으면서 운답니다. 그러면서 나더러는 그에 대해 아무 소리도 말고 견디라는구려!"

그러고 나서 부인은 노인이 그녀를 양로원에 보내려 한다고 개탄했다. 그렇게 되면 노인은 혼자서는 도저히 살 수 없고, 자기의 돌봄 없이 지낼 수 없는 만큼, 더욱더 고생스러울 것이라고 덧붙여 말했다. 동정 어린 어조였지만 거기에는 위선이 풍겼다.

부인이 하소연을 계속하는 동안에 부인 뒤에서 객실 문이 슬며시 열리더니, 부인 귀에는 들리지 않게 라 페루즈 노인이 안으로 들어섰다. 아내의 마지막 말에 그는 비웃음을 띠며 나를 바라보고, 그녀가 미쳤다는 표시로 한 손을 이마에 갖다 댔다. 그러고는 참을 수 없다는 듯이, 난폭하다고 할 만한 태도로 소리를 질렀다. 나는 그가 그러리라고 생각할 수 없었기에, 부인의 비난이 정당함을 보여 주는 것 같기도 했다.(그러나 한편 부인에게 들리도록 목소리를 높일 필요도 있었던 것이다.)

---

* 손가락 부분이 밖으로 나오는 여성용 장갑.
** 여자 얼굴에 독수리 몸, 날카로운 발톱을 지닌 그리스 로마 신화의 괴물.

"자아, 여보! 그런 이야기는 귀찮게 할 뿐이라는 것을 알아야 하오. 당신을 만나러 온 손님이 아니야. 저리 가요."

그러자 부인은 자기가 앉아 있는 안락의자는 자기 것이니까 움직이지 않겠노라고 항변했다.

라 페루즈 노인은 비웃으며 "그렇다면 미안하지만 우리가 나가지." 하고 말한 다음, 나를 향해 매우 부드러운 어조로 덧붙였다. "가세나! 저 사람은 내버려두세."

나는 어색하게 인사를 하고 노인 뒤를 따라 옆방으로 갔다. 지난번에 나를 맞아 줬던 바로 그 방이었다.

"자네가 저 사람 이야기를 들을 수 있어서 다행이네." 하고 노인은 말했다. "나 참! 하루 종일 저 모양이거든."

그는 창문을 닫았다.

"거리가 시끄러워서 이야기가 들려야지. 나는 이 창문을 닫느라 시간을 보내는데, 우리 집사람은 창문을 여느라 시간을 보내지. 숨이 막힌다는 거야. 언제나 과장이 심하거든. 집 안보다 밖이 더 덥다는 것을 알려 들지를 않는구면. 그렇지만 내겐 온도계가 있어. 그걸 보여 주면 숫자로는 증명되지 않는다는 거야. 자기 생각이 틀렸다는 걸 알면서도 자기가 옳다고 고집을 부리거든. 그 사람에게 제일 중요한 일은 나를 괴롭히는 것이지."

이야기를 하는 동안, 나는 그 역시 완전히 균형이 잡히지 못했다고 생각했다. 그는 더욱더 흥분하며 이야기를 계속했다.

"무엇인가 살면서 잘못된 일을 저질러 놓고는 그에 대해 나를 비난하는 거야. 그 사람 판단은 모두가 잘못된 것이야. 자, 이러하다네. 자네도 잘 알 수 있도록 이야기하겠네. 알다시피 바깥 이미지는 우리들 머릿속에 거꾸로 들어오는데, 그것을 그 속에서 신경 기관이 바로잡아 주거든. 그런데 집사람에겐 교정 기관이 없단 말이야. 그 사람에겐 모든 것이 거꾸로인 채야. 얼마나 괴롭겠는지 생각해 보게."

노인은 자기 생각을 털어놓아서 확실히 속이 시원한 모양이었다. 그래서 나는 이야기를 가로막지 않았다. 그는 계속했다.

"집사람은 언제나 많이 먹는 편이었어. 그런데 나더러 너무 많이 먹는다는구면. 가령 내가 초콜릿 한 조각을 가지고 있는 걸 보면 (그것이 나의 주식이라네.) 대번에 중얼거린단 말이야. '언제나 찔끔찔끔 먹어⋯⋯!' 나를 감시한다네. 내가 밤에 일어나서 몰래 먹는다고 하지만, 그건 내가 부엌에서 초콜릿 음료 한 잔을 준비하는 것을 한 번 보았기 때문이라네⋯⋯. 어떻게 하겠어? 식탁에 마주 앉아서 접시에 달려드는 그 사람을 보면 식욕이 단번에 없어지고 마는걸. 그런데 그 사람은 내가 자기를 괴롭히려고 까다롭게 군다네."

그는 잠시 이야기를 끊었다가 일종의 서정적인 충동에 잠기며 말했다.

"나에게 하는 그 사람 잔소리에는 경탄하지 않을 수 없어⋯⋯! 가령 그 사람이 좌골신경통으로 괴로워하는 걸 보고 내가 측은하게 여기면, 내 이야기를 막아 버리고 불만스러운 표시로 어깨를 으쓱하면서 '인정 있는 체하지 마세요.' 하고 말하거든. 그리고 내가 하는 일, 내가 하는 말은 모두가 자기를 괴롭히기 위해서라는 것일세."

우리는 의자에 앉아 있었다. 그러나 그는 무슨 병적 불안에 사로잡힌 듯이 일어났다가 곧 다시 앉았다.

"상상인들 할 수 있겠나, 방마다 그 사람 가구와 내 가구가 구분되어 있다는 것을? 아까 자네는 그 사람이 자기 안락의자에 앉아 있는 걸 보았지. 파출부가 와서 청소를 하면 '아니 그건 주인어른 거야. 건드리지 말아요.'라고 말하는 거야. 요전에 내가 그만 실수로 그 사람 탁자 위에다 제본한 악보를 놓아 두었더니 방바닥에 내던지지 않겠나. 모서리가 찌부러지고 말았어…… 아아! 이 이상 오래 견딜 수는 없어…… 그런데, 이보게나……."

그는 내 팔을 붙들었다. 그리고 목소리를 낮춰 말했다.

"나는 대책을 세웠어. 저 사람은 끊임없이 '내가 계속 이대로라면' 양로원으로 피신하겠노라고 위협한다네. 난 그 사람이 생트페린 양로원에 들어가서 지낼 수 있을 만한 돈을 따로 마련해 두었지. 제일 좋은 데가 거기라더군. 아직 레슨이 몇몇 있지만 수입은 거의 없어. 얼마 안 가서 내 재원은 동 날 거야. 그러면 그 돈을 건드리지 않을 수 없는데, 그러고 싶지 않아. 그래서 결심을 했지……. 그때까지, 삼 개월 하고 조금 지날 때까지 할 셈이야. 그래, 나는 날짜를 정해 놓았어. 앞으로 한 시각 한 시각 그때가 가까워지는 걸 생각하면 정말 안도하게 돼."

그는 나에게로 몸을 구부리고 있었다. 그는 더욱 몸을 구부렸다.

"나는 또 공채증서를 따로 떼어 뒀지. 뭐, 대수로운 건 아니지만 나로서는 그 이상은 할 수도 없었어. 집사람은 모르지. 자네 이름을 적은 봉투에다 필요한 사항을 기입한 것과 함께 넣어서, 내 책상 속에 간직해 뒀거든. 자네 도움을 기대해도 되겠지? 나는 그쪽 계통 사무적인 일은 통 모르지만, 의논해 본 공증인이 그러는데 성년이 될 때까지 연금이 직접 내 손자에 게 지불될 수 있고, 성년이 된 다음엔 증권이 손자 것이 될 수 있다는군. 그래서 그 일이 잘 이행되도록 돌봐주었으면 하고 자네 우정을 빌미로 부탁하는데, 너무 지나친 부탁은 아닐 거 라 생각하네. 공증인들은 어디 신용할 수 있어야지……. 그리 고 날 안심시켜 주려거든 지금 곧 그 봉투를 받아 줬으면 좋겠 어…… 그렇게 해 주겠나……? 내 가서 가져오려네."

그는 늘 하는 버릇대로 종종걸음으로 나갔다가 커다란 봉 투를 들고 돌아왔다.

"봉해서 미안하지만 형식상 그랬을 뿐이야. 자, 받아 주게."

나는 봉투를 들여다보았다. 그리고 내 이름 밑에 본인 사후 에 개봉할 것이라고 정성 들여 쓰인 문구를 읽었다.

"어서 주머니에 넣게나. 안심되게. 고맙네…… 아아, 자네를 얼마나 기다렸는지 모른다네……!"

나는 종종 그처럼 엄숙한 순간에는 자신 속에서 모든 인 간 감정이 거의 신비롭고 황홀한 상태, 일종의 감격으로 바뀌 는 것을 느꼈다. 그것으로 내 존재가 고양된 느낌, 더 정확히 말하자면 마치 자기를 잊고 자아를 상실당하고 비개성화된 듯 모든 이기적 집착으로부터 해방된 느낌이 들었다. 그러한 일 을 경험해 본 일이 없는 사람은 물론 내 심정을 이해하지 못하 리라. 그러나 나는 라 페루즈 노인이 그것을 이해한다는 것을 느낄 수 있었다. 내가 하는 어떠한 이의 제기도 모두 쓸데없 는 것, 나에게는 어울리지 않는 것으로 생각되었으리라. 그래 서 나도 나의 손에 잡힌 그의 손을 힘 있게 꽉 쥐는 것으로 만족했다. 그의 눈은 야릇한 빛으로 번뜩였다. 앞서 봉투를 들고 있던 손에는 또 다른 종이가 쥐어 있었다.

"여기 그 애 주소를 적어 두었네. 지금은 그 애가 어디 있는지 아니까. '사아스 페'라는 곳이야. 그 곳을 아는지? 스위스에 있는데. 지도를 들여다봤지만, 찾을 수 없었네."

"네, 압니다. 세르뱅 근처 조그만 마을입니다."

"매우 먼가?"

"제가 가지 못할 만큼 멀지야 않겠지요."

"뭐! 가 주겠다고……? 오오! 참 고맙기도 하지." 하고 그는 말했다. "나는 너무 늙었어. 그리고 그 애 엄마가 있으니까 나야 갈 수 없지…… 그렇지만 내 생각에 나는……." 하고 그는 말을 찾으며 머뭇거렸다. 그러더니 이어서 말했다. "그 애를 만나 볼 수 있다면, 좀 더 마음 편히 죽을 수 있을 것 같아."

"……손자를 데려오도록 사람의 힘으로 가능한 일은 다해 보겠습니다. 보리스 군을 만나시게 해 드리겠어요."

"고마워…… 고마워……."

그는 경련을 일으키듯 내 손을 그러쥐었다.

"그렇지만 약속해 주십시오…… 더 이상 그런 생각을……."

"오오! 그건 다른 이야기지." 그는 갑자기 내 말을 가로막았다. 그러고는 곧이어 그 문제에 대해 내가 고집을 부리지 못하게 하려는 듯 내 주의를 돌리면서 말했다.

"그런데 말이야, 지난번에 내가 가르쳤던 옛 여학생 어머니가 나를 극장에 데리고 가지 않았겠나! 약 한 달 전 일이지. 테아트르 프랑세의 낮 공연이었어. 이십 년 이상이나 나는 극장에 발을 들여 본 일이 없었지. 바로 빅토르 위고의 「에르나니」를 공연하고 있었네. 아마 알겠지? 매우 잘한 모양이어서 모두들 감탄해 넋을 잃더군. 그런데 나는 뭐라 말할 수 없는 괴로움을 겪었네. 예의상 자리를 뜰 수가 없었으니 말이지, 그것만 아니라면 나는 그대로 앉아 있을 수 없었을 거야…… 간막이 좌석에 자리를 잡았는데, 동행한 사람들은 나의 흥분을 가라앉히려고 애썼지. 나는 관객에게 정말 묻고 싶었네. 아아, 어떻게 그런 일이 있을 수 있나? 그런 일이 말이야……?"

나는 처음에는 그가 무엇에 화를 냈는지 알 수 없어서 이렇게 물었다.

"배우들이 형편없던가요……?"

"물론이지. 하지만 어떻게 그렇게 추잡한 것을 감히 공연한단 말인가……? 그런데 관객들은 박수갈채를 보내더란 말이네! 그리고 극장에는 어린 애들도 있었어. 극 내용을 알면서도 부모들이 애들을 데리고 왔거든……. 흉측한 일이지 뭔가. 하물며 국가 보조를 받는 극장에서!"

나는 이 선량한 노인의 분노가 재미있게 여겨졌다. 나는 거의 웃음까지 띠었다. 열정을 묘사하지 않고는 연극이 성립될 수 없다고 나는 반박했다. 그랬더니 그는 사랑의 열정 묘사는 필연적으로 나쁜 영향을 미치게 마련이라고 응수했다. 그렇게 얼마 동안 논쟁이 계속되었다. 그래서 나는 그러한 감동적인 요소를 관현악의 금관악기 휘몰아치기에 비교했다.

"가령 베토벤의 어떤 교향곡에서, 선생님이 감탄하시는 트롬본이 들어오는 대목이지요……." 하고 말했더니 "천만에, 나는 그 트롬본이 들어오는 대목은 조금도 찬양하지 않네." 하고 그는 놀랄 만큼 격렬한 어조로 외쳤다. "나의 마음을 어지럽게 하는 것을 어찌 내가 찬양할 수 있단 말인가?"

그는 온몸을 부들부들 떨었다. 그 목소리의 분격이라기보다도 거의 적의에 가까운 어조에 나는 놀랐다. 그리고 그 자신도 그것에 놀란 모양이었다. 그가 다시금 침착한 어조로 계속했기 때문이다.

"자네도 알아차렸겠지만, 현대 음악이 들이는 모든 노력은 우리가 예전에는 불협화음으로 여기던 얼마간의 화음을 들을 수 있을 만한 것, 한 걸음 더 나아가서는 들어서 유쾌하기까지 한 것으로 하려는 것이지?"

"바로 그 점입니다." 하고 나는 응수했다. "모든 것이 마침내 하모니로 돌아가고 거기에 환원되어야 할 것입니다."

"하모니!" 그는 어깨를 으쓱하면서 되풀이했다. "그것은 악에 익숙해지고 죄에 빠져 버리는 것이라고밖에 보이지 않아. 감정은 둔해지고, 순수성은 흐려지고, 반발력은 점점 약해질 뿐이야. 너그러이 봐주고, 받아들이게 되고……."

"선생님 말씀을 들으니, 어린애 젖떼기도 맘먹고 하지 못하겠네요."

그러나 그는 내 말엔 귀도 기울이지 않고 계속했다.

"만약에 젊은 시절의 단호함을 되찾을 수 있다면 무엇보다도 가장 분개해야 할 일은 자신이 이런 꼴이 되어 버렸다는 것이야."

이미 시간도 꽤 늦어서 그러한 목적론적인 논쟁을 시작할 수도 없는 일이었다. 나는 노인을 본래의 화제로 되돌아오게 하려고 해 보았다.

"그래도 음악을 다만 평온함의 표현에만 국한하실 생각은 아니겠지요? 그렇다면 또 하나의 화음만으로 충분할 것입니다. 즉 연속된 완전한 화음이지요."

그는 나의 두 손을 잡았다. 그리고 황홀한 듯, 눈길은 경배에 잠긴 채 여러 번 되풀이했다.

"연속된 완전한 화음. 그렇지, 그것이야. 연속된 완전한 화음…… 그러나 우리들의 세계 전체가 불협화음에 사로잡혔으니……" 하고 그는 서글프게 덧붙였다.

나는 작별 인사를 했다. 그는 나를 문까지 배웅하고 포옹하며 또다시 중얼거렸다.

"아아! 언제나 화음의 해결을 볼 수 있을까!"

2부
사아스 페

1

베르나르가 올리비에에게

월요일

친애하는 벗이여

나는 먼저 대학 입학 시험 준비를 그만뒀다는 것을 너에게 이야기해야겠어. 내가 출석하지 않은 것을 보고 아마 너도 알아차렸겠지. 10월에 응시하겠어. 여행을 떠날 유일한 기회가 닥쳤다. 나는 거기에 뛰어들었어. 결코 후회하지 않아. 즉시 결정해야만 했어. 생각할 겨를도 없었고 너에게 작별 인사를 할 시간마저 없었어. 그런데 나의 여행 동반자가 너를 다시 만나 보지 못하고 출발하는 것을 몹시 서운하게 여긴다고 너에게 전해 달라는 부탁이야. 왜냐하면 나와 동행하는 사람이 누구인지 알아? 벌써 짐작하겠지만…… 네 삼촌인 에두아르야. 자못 기이하고 비상한 상황에서, 그가 파리에 돌아온 바로 그날 밤, 나는 그를 만났어.

그 일에 대해서는 다음에 이야기하마. 아무튼 그 당시 일어난 사건은 모두 이상야릇해서 그 일을 다시 생각하면 머리가 빙빙 돈다. 오늘까지도 그것이 사실이라고 믿어지지 않을 지경이다. 너에게 이 글을 쓰는 사람이 바로 나인지, 에두아르와 스위스에 온 사람이 정말 나 자신인지 의아하다……. 이제 너에게 모조리 이야기해야겠다. 그러나 이 편지는 잊지 말고 찢어 다오. 이 모든 것을 혼자만 알아야 돼.

네 형님인 뱅상이 버린 그 가련한 여인, 어느 날 밤 네 방문 옆에서 흐느껴 울던 소리를 너도 들은 적 있는 그 여인,(솔직히 말하자면 방문을 열어 주지 않았던 너도 정말 바보였어.) 바로 그 여인은 에두아르와 각별한 사이인데, 브델의 친딸, 네 친구인 아르망의 누나란다. 이런 것은 너에게 모두 이야기해서는 안 될 일인지도 모른다. 한 여자의 명예에 관한 일이니까. 그러나 나는 누구에게든지 이 이야기를 하지 않으면 곧 죽을 것만 같아. 다시 한 번 부탁하지만 이것은 너 혼자만 알기를 바란다. 그녀가 최근에 결혼했다는 것을 너도 이미 알지. 그리고 결혼 후 얼마 안 돼서 병에 걸려 남프랑스에 가서 요양했다는 것도 너는 아마 알 것이다. 포에서 그녀는 뱅상과 알게 되었다. 아마 그것도 너는 알거야. 다만 네가 모르는 것은, 이 만남 때문에 여러 가지 일이 생겼다는 사실이다. 그래, 이 친구야! 고약하게 서투른 네 형님이여자가 임신하게 하고 말았어. 그녀는 임신하여 파리로 돌아왔어. 그러나 부모 앞에 이젠 감히 나타날 수가 없었지. 남편과 함께 사는 집을 찾아갈 용기란 더욱 없었다. 그런데 너의 형님은 그 여자를 너도 아는 그런 처지에 버리고 만 것이다. 이에 대한 언급은 하지 않으련다. 다만 이야기할 수 있는 것은, 로라 두비에는 너의 형님에게 대하여 한마디 비난도, 한마디 원망도 하지 않았다는 것이다. 그렇게 하기는커녕 반대로, 그 여자는 여러 가지 이유를 생각해 내서 네 형님의 소행을 용서하려고 해. 한마디로 말하자면 그녀는 아주 훌륭하고 그야말로 아름다운 인격을 지닌 여자다. 그리고 또 참말로 훌륭한 사람은 에두아르다. 그 여자가 무엇을 해야 할지, 어디로 가야 할지 몰라 하자, 에두아르는 그녀를 스위스로 데려다 주겠다고 제의했던 것이다. 동시에 나에게도 동행하기를 제안했다. 그 여자와는 단순한 친구 사이에 불과하기 때문에 두 사람 단 둘이서만 여행한다는 것이 그에겐 거북하다는 것이었다. 그래서 우리 세 사람이 여행을 떠나게 된 것이다. 이야기는 단번에 결정됐어. 그에겐 짐을 꾸리고 나에게 옷을 차려 입힐 시간밖에 없었다.(알다시피 나는 맨몸으로 집을 나왔으니까 말이야.) 그때 에두아르가 얼마나 친절하던지, 너는 상상도 못 할 것이다. 게다가 그는 오히려 그가 내 도움을 받는 것이라고 줄곧 되풀이 말했다. 정말 그래, 네가 한 말은 사실이야. 너의 삼촌은 참말로 멋진 분이야.

여행은 퍽 힘들었다. 로라는 무척 피로했고 또 충분한 주의가 필요한 몸 상태였거든. (임신 삼 개월째로 들어섰던 것이다.) 게다가 우리가 가려고 결정한 장소는 (이곳으로 오게 된 이유를 설명하자면 장황해지겠기에 생략하기로 한다.) 교통이 퍽 불편한 곳이었어. 그런데 또 로라는 몸조심하기를 거절해서 이따금 일을 복잡하게 만들었지. 우리는 억지로라도 몸조심을 시켜야만 했어. 로라는 차라리 무슨 사고라도 생기면 좋겠다고 줄곧 되풀이하니 말이야. 우리 두 사람은 그녀를 위해 얼마나 세심히 주의했는지 모르네. 아! 이 친구야, 정말 그녀는 훌륭한 여인이야! 나는 그녀를 알고 난 다음의 나 자신과 그녀를 알지 못했던 때의 나 자신이 아주 다르다는 것을 느껴. 그리고 나는 어떤 생각들은 다시는 더 이상 입 밖에 내지도 못하겠고, 또 마음의 어떤 충동들은 억제해야 한다고 생각했어. 왜냐하면 그녀에게 걸맞는 사람이 되지 않으면 부끄러울 것이기 때문이야. 정말 그래, 그녀 옆에 있으면 어쩔 수 없이 고상하게 생각하지 않을 수 없는 것처럼 돼. 그렇다고 해서 그것이 우리 세 사람의 대화가 자유롭게 흐르는 것을 방해하는 것은 아니다. 로라는 새침데기는 전혀 아니니까. 그래, 우리는 무엇이나 거리낌 없이 이야기해. 하지만 단언하건대, 그녀 앞에서는 더 이상 농담을 하고 싶은 생각이 안 드는 것들이 많아. 그리고 그런 것들이 지금 내게는 무척 심각하게 느껴진단 말이야.

너는 내가 로라에게 연정을 품고 있다고 생각하겠지? 그래! 이 친구야, 네 생각이 틀리지 않을 거야. 미친 짓이지, 안 그래? 임신한 여인, 물론 내가 존경하고 살짝이라도 감히 건드릴 생각도 못 하는 여인을 사랑하다니 말이야. 그러나 알다시피 내가 놀기 좋아하는 사람이 되어 가는 것은 아니란 말이야…….

여러 수많은 난관을 거쳐서 (로라를 위해서 가마를 하나 빌려야 했다. 여기까지는 차가 올 수 없기 때문이다.) 사아스 페에 도착해 보니 호텔에는 빈 방이 둘밖에 없었는데, 하나는 침대 두 개가 딸린 커다란 방이었고 다른 방은 조그마했어. 그 조그만 방을 내가 쓰기로 호텔 주인 앞에서 이야기했지. 그렇게 된 것은 로라 신분을 숨기기 위해서 그녀를 에두아르 아내인 것처럼 했기 때문이다. 그러나 매일 밤 로라는 조그만 방에서 자고 나는 에두아르의 방으로 가서 묵었어. 그래서 매일 아침 보이들 눈을 속이기 위해 돌아다니는 소동을 했다. 다행히 두 방이 연결돼 있어서 일은 간단했다.

여기에 온 지 엿새가 된다. 너에게 일찍 편질 쓰지 못한 것은 처음엔 상당히 얼떨떨했기 때문이지. 그리고 우선 나 자신을 납득시켜야만 했어. 이제야 겨우 정신이 들어 나는 분간을 하기 시작한 거야.

에두아르와 나는 벌써 몇 번 가벼운 등산을 했는데 꽤 재미있었다. 그러나 사실대로 말하면, 나는 이곳이 별로 마음에 들지 않는다. 에두아르 역시 마찬가지지. 그는 "과장된" 경치라고 생각해. 그 말이 꼭 들어맞아.

여기서 무엇보다도 좋은 것은 이곳에서 호흡하는 공기야. 순수해서 우리 폐를 깨끗하게 해 주는 공기지. 그런데 우리는 로라를 너무 오랫동안 혼자 내버려두고 싶지 않거든. 왜냐하면 그녀는 우리와 동행할 수 없기 때문이다. 이 호텔에 묵는 손님들은 퍽 재미있는 사람들이야. 별의별 나라 사람들이 다 있는데, 그중에서도 특히 우리가 자주 만나는 사람은 폴란드 여의사로, 그녀 딸과 그녀가 맡아 보살피는 소년 하나를 데리고 여기서 휴가를 보내고 있어. 우리가 여기에 온 것도 그 소년을 만나기 위해서였어. 그 소년은 일종의 신경 질환을 앓는데, 여의사가 최신식 치료법으로 그를 돌보는 중이야. 그러나 그 소년, 정말 호감이 가는 소년, 그에게 제일 좋은 일은 바로 그 여의사 딸을 그가 열렬히 사랑한다는 사실이지. 그 소녀는 몇 살 위인데 내가 난생 처음으로 보는 굉장한 미인이야. 아침부터 저녁까지 두 사람은 서로 떨어지지 않지. 둘 다 퍽 얌전하기 때문에 아무도 그들을 놀리려고 하지 않아.

나는 공부를 많이 하지 않았어. 출발한 이래 책 한 권 펼쳐 보지 않았지. 그러나 생각은 많이 했어. 에두아르의 이야기는 놀라울 정도로 흥미진진하지. 나를 비서로 대우하는 체하긴 하지만, 직접 나에게 이야기를 많이 하지는 않아. 다만 그가 다른 사람들과 이야기하는 것을, 특히 로라와 이야기하는 것을 들을 뿐이야. 그는 로라에게 자기 계획에 관해 이야기하기를 무척 좋아하지. 그런 대화에서 내가 얼마나 유익한 것을 얻는지 너는 알 수 없을 거야. 어떤 날에는 받아 적어 두었으면 하는 생각까지 들 지경이다. 그러나 모두 기억한다고 생각해. 미칠 듯이 네가 보고 싶은 날들이 있어. 여기 있어야 할 것은 너라는 생각이 들지. 그러나 나는 지금 나에게 일어나는 일을 후회하지 않고, 그것을 바꾸고 싶지도 않아. 어쨌든 내가 에두아르를 알게 된 것도 네 덕택이고, 나의 모든 행복도 네 덕분이란 걸 내가 잊지 않고 있다는 것을 알아 다오. 이다음 나를 보면 내가 변했다는 것을 알 거야. 그러나 나는 여태까지와 변함없이 또는 그 이상으로 절친한 너의 벗이다.

수요일

추신. 우리는 지금 막 대 원정 산책으로부터 돌아온 길이다. 알라랭 산에 올라갔더랬어. 우리와 함께 로프로 몸을 묶은 안내자들, 빙하, 절벽, 눈사태 등등…… 눈 속에서 다른 관광객들과 빽빽이 끼여 산장에서 하룻밤을 보냈다. 밤새도록 눈 한번 붙여 보지도 못했다는 것은 말할 나위도 없지. 다음 날 동이 트기 전에 출발…… 이 친구야, 나는 이제 더 이상 스위스에 대한 악평은 하지 않을 거야. 모든 문명도 보지 못하고 모든 식물도 보지 못하며 또한 인간의 인색함과 우매함을 상기시키는 모든 것을 보지 못하는 저 위 산꼭대기에 올라 서면, 노래 부르고 싶고, 웃고 싶고 울고 싶고, 날아가고 싶고, 하늘 한가운데로 곤두박질하고 싶고, 그렇지 않으면 무릎을 꿇고 싶은 충동에 사로잡히는 것이다. 그럼 안녕.

베르나르

　

베르나르는 너무나 천진하고 너무나 자연스럽고 너무나 순수했기 때문에, 자기 편지가 올리비에의 마음에 일으킬 추한 감정의 물결을 추측하기엔 올리비에를 잘 알지 못했다. 그것은 울분과 절망과 격노가 뒤얽힌 일종의 밀물 같은 것이었다. 그는 베르나르 마음속에서도 에두아르 마음속에서도 동시에 밀려난 것 같은 생각이 들었다. 이들 두 사람의 우정이 이제 그의 우정을 몰아내 버린 것이다. 베르나르의 편지 한 구절이 특히 그를 괴롭혔다. 올리비에가 그것을 어떻게 생각할 것인가 미리 알았다면 베르나르는 결코 그런 이야기는 쓰지 않았을 것이다. "같은 방에서." 하고 올리비에는 혼잣말로 되풀이했다. ─ 고약한 질투의 뱀이 몸을 풀었다 비틀어 꼬았다 하며 그의 마음속에서 꿈틀거렸다. (그들은 한방에서 자고 있어!) …… 그는 곧 무엇인들 상상치 않았으랴! 그의 머리는 더러운 광경으로 가득 찼으나, 그것을 떨쳐 버리려 하지도 않았다. 에두아르와 베르나르 중 특별히 그 어느 한 사람만을 질투하는 것은 아니었다. 두 사람을 다 질투했다. 그는 그들 둘을 차례차례로 번갈아, 혹은 동시에 상상해 보았다. 그리고 그들 둘

을 한꺼번에 시샘했다. 그는 정오에 편지를 받았다.(아! 그렇구
나…….) 그는 그 이후 종일 그와 같이 혼자 되풀이해 중얼거렸
다. 그날 밤 지옥의 악마들이 그의 마음속에서 떠나지 않았다.
이튿날 아침 그는 로베르의 집으로 달려갔다. 파사방 백작이
그를 기다렸던 것이다

2

에두아르의 일기

어렵지 않게 보리스 소년을 찾을 수 있었다. 우리들이 도착한 다음 날, 그는 호텔 테라스에 나타나서 관광객들을 위한 회전대에 달린 망원경으로 산들을 보기 시작했다. 나는 곧 그를 알아볼 수 있었다. 보리스보다 약간 커 보이는 한 소녀가 나와서 곧 그와 함께했다. 나는 바로 곁의 포르트 프네트르*가 열린 응접실에 자리를 잡고 있었다. 따라서 그들 대화를 한 마디도 놓치지 않고 들을 수 있었다. 나는 굉장히 이야기를 걸고 싶었으나 우선 소녀 어머니와 알고 지내는 것이 더 한층 사려 깊은 일이라고 생각했다. 소녀의 어머니는 폴란드 여의사로 보리스를 맡아 돌봐줬으며, 아주 가까이서 그를 살피고 보살폈

---

* 유리창을 겸한 문.

다. 브로냐는 정말 우아하고 아름다운 소녀였다. 나이는 아마 열다섯쯤 된 듯했다. 땋아 내린 숱 많은 금발은 허리까지 늘어져 있었다. 눈길이며 목소리의 음색이며, 사람이라기보다 천사의 것 같았다. 두 사람 대화를 여기에 적어 두기로 한다.

"보리스, 어머니가 망원경에 손을 대지 않는 게 좋다고 그러셨어. 산책하지 않겠어?"

"응, 그러지. 아니, 가기 싫어."

이 상반되는 두 마디 말이 단숨에 그의 입 밖으로 튀어나왔다. 브로냐는 뒤의 말만 귀담아듣고 되물었다.

"왜?"

"너무 더워서, 너무 추워서."(소년은 망원경에서 물러나 있었다.)

"이봐, 보리스, 얌전하게 굴어야지. 어머닌 우리 둘이서 함께 나가는 걸 기뻐하셔. 모자는 어디 있어?"

"비브로스코메노파토프, 불라프 불라프."

"그게 무슨 소리야?"

"아무것도 아니야."

"그러면 왜 그런 소릴 하니?"

"네가 알아듣지 못하게 하느라고."

"아무 뜻 없는 말이라면 알아듣지 못해도 아쉬울 게 없지."

"뭔가 뜻이 있다 하더라도 넌 알아듣지 못할 거야."

"이야기를 하는 건, 알아듣게 하기 위해서 아냐?"

"우리 둘만이 알아들을 수 있는 말 만들기 해 볼까?"

"그보다도 우선 프랑스어를 잘할 수 있도록 해야지."

"우리 어머닌 프랑스어, 영어, 루마니아어, 러시아어, 터키어,

폴란드어, 이탈로스코프어, 스페인어, 페류쿠와어, 크식시투, 모
두 다 할 줄 알아."

그 모든 말은 일종의 서정적인 열광 속에서 지극히 빠르게
입 밖으로 나왔다.

브로냐는 웃기 시작했다.

"보리스, 왜 언제나 넌 진실이 아닌 말을 하니?"

"넌 왜 언제나 내 말을 믿지 않는 거야?"

"진실일 땐 믿지."

"어떻게 진실이라는 걸 알 수 있니? 요전에 네가 천사 이야
길 했을 때, 나는 그 말을 믿었어. 그런데 브로냐, 만약 나도
열심히 기도한다면 천사를 볼 수 있을까?"

"글쎄, 만약 네가 거짓말을 하지 않고, 하느님이 천사를 네
게 보여 주려고 생각하신다면 보겠지. 하지만 천사를 보기 위
해서만 기도를 드린다면 하느님은 보여 주지 않으실걸. 우리가
나쁜 아이가 되지 않으면 않을수록 아주 아름다운 것들을 많
이 볼 수 있어."

"브로냐, 넌 나쁜 애가 아니야. 그러니까 넌 천사를 볼 수
있어. 그렇지만 난 언제나 나쁜 아이인걸, 뭐."

"왜 너는 더 이상 나쁜 아이가 되지 않으려고 하지 않니?
우리 둘이 함께 (여기서 내가 알지 못하는 지명을 말했다.) 까지
갈까? 거기서 하느님과 성모 마리아에게 네가 앞으로는 나쁜
사람이 되지 않도록 도와 달라고 기도드리자."

"그래, 아니, 작대기를 하나 가져오자. 네가 한쪽 끝을 잡고
나는 다른 끝을 잡는단 말이야. 그리고 난 눈을 감고 갈 테야.
거기 도착하기 전에는 절대로 눈을 뜨지 않을 것을 약속할게."

그들은 조금 멀어져 갔다. 그들이 테라스 계단을 내려갈 때 보리스의 말이 다시 들려왔다.

　　"그래, 아니야, 그쪽 끝이 아니야. 닦아 줄 테니 잠깐 기다려……."

　　"왜?"

　　"내가 만졌으니까."

　　내가 혼자 아침 식사를 마치고, 어떻게 이야기를 건넬 방법을 찾을 무렵, 때마침 소프로니스카 부인이 다가왔다. 내가 놀란 것은 그녀가 내 신작을 손에 들고 있었던 것이다. 그녀는 지극히 상냥하게 미소를 띠며 내가 바로 그 책의 작가냐고 물었다. 그러고는 곧 뒤이어 내 책에 대한 감상을 길게 이야기했다. 찬사와 비평을 섞은 그녀의 판단은 비록 그 관점이 전혀 문학적이진 않았지만, 내가 늘 들어왔던 것들에 비해 훨씬 총명해 보였다. 그녀는 심리학적 문제와 인간 정신을 새로운 햇빛으로 비춰 줄 수 있는 것에만 오로지 흥미를 느낄 뿐이라고 말했다. 하지만 틀에 박힌 기성(旣成) 심리학(나는 독자에게 만족을 주는 것은 그것밖에 없다고 부인에게 말했다.)에 결코 순응하지 않을 줄 아는 시인, 극작가, 소설가 들이 정말 아주 드물다고 부인은 덧붙였다.

　　보리스의 어머니가 방학 동안 소프로니스카 부인에게 보리스를 맡겼다. 나는 내가 이 소년에게 흥미를 느끼는 이유를 부인이 눈치 채지 않도록 했다. "그 앤 아주 민감한 아이입니다."라고 소프로니스카 부인은 말했다. "그 애 어머니가 함께 있는 것은 그 애에게 유익할 게 없어요. 그 애 어머니도 우리와 함

께 사아스 페로 오겠다고 했지만, 저는 만약 그 애를 돌봐주
도록 전적으로 나에게 맡기지 않는다면 보아주지 않겠다고 말
했지요. 그렇지 않다면 그 애 치료에 대해서 보증할 수 없으니
까요. 생각해 보세요.”하고 그녀는 계속했다. “그 애 어머니는
끊임없이 그 애를 흥분 상태에 놓아두기 때문에 신경병은 점
점 더 악화될 뿐이에요. 남편이 죽은 뒤로 그 애 어머니는 생
활비를 벌어야만 했어요. 피아니스트에 불과했답니다. 말씀드
려 둬야겠는데, 아주 훌륭한 연주가였지만, 연주 기량이 너무
나 미묘해서 일반 청중의 마음에 들지 못했어요. 그래서 음악
회나 카지노 같은 데에서 노래를 부르기도 하고 무대에 나서
기도 하려고 결심했지요. 그러고는 보리스를 의상실로 데리고
다녔어요. 극장의 부자유스러운 분위기가 그 애 정신을 뒤흔
들어 놓은 큰 원인이 된 것 같아요. 어머닌 그 애를 여간 사랑
하지 않습니다. 하지만 솔직히 말해서 그 앤 어머니와 함께 살
지 않는 게 좋을 거라 생각해요.”

“정확히 말해서 그 애 어디가 어떻게 됐다는 말씀입니까?”
하고 나는 물었다.

부인은 웃기 시작했다.

“그 애 병명을 알고 싶으세요? 훌륭한 학문적 병명을 알려
드린댔자 소용없을 것입니다.”

“그 애가 무엇 때문에 고생하는 것인지, 그것만 말씀해 주
십시오.”

“여러 가지 자질구레한 탈들, 경련이라든가, 편집증이라든
가, 즉 신경질적인 아이라고 할 수 있어요. 보통 공기 좋은 곳
에서 쉬는 것과 섭생법으로 치료하지요. 튼튼한 체질이라면 결

코 그런 병은 생기지 않습니다. 그러나 비록 허약한 체질이 그 병을 조장하기는 하지만, 반드시 그 때문에 발병하는 것도 아닙니다. 원인은 늘 무슨 사건 때문에 생긴 어렸을 때의 첫 충격인데, 그 사건을 알아내는 것이 중요합니다. 그 원인을 환자가 깨닫게 되면 벌써 반쯤 나은 것이나 마찬가지입니다. 그런데 대부분의 경우 그 원인은 기억되지 않습니다. 말하자면 병의 그늘 속에 숨어 있다는 것이지요. 전 그 원인을 숨은 곳에서부터 찾아내 환한 데로 가져와, 말하자면 눈으로 똑똑히 볼 수 있는 곳으로 끌어낸단 말이에요. 마치 광선이 더러운 물을 정화하듯 밝은 눈길이 의식을 깨끗이 할 수 있다고 저는 믿습니다."

나는 소프로니스카 부인에게 내가 전날 엿들은 그들 대화를 들려 주었다. 그 대화로 미루어 보면, 보리스는 아직 병이 낫기엔 먼 것 같다는 생각이었다.

"제가 보리스의 과거에 관해 알아야 할 것을 아직 충분히 알지 못하기 때문입니다. 제가 치료하기 시작한 지는 별로 오래되지 않았어요."

"어떤 치료인가요?"

"그저 그 애에게 이야기를 하게 놔둘 뿐이에요. 매일 저는 한두 시간 그 애와 함께 지냅니다. 그 아이한테 질문을 하지만 아주 적게 합니다. 중요한 건 그 애의 신뢰를 얻는 거예요. 벌써 저는 많은 것을 압니다. 그 외 여러 가지 다른 일들을 예측하고 있어요. 그렇지만 아직 그 애는 마음을 터놓지 않고 부끄러워 합니다. 그렇다고 너무 성급하게, 너무 강하게 강요한다거나, 너무 서둘러 그 애 속내 이야기를 얻고자 한다면, 제가 바라는 것과는 반대되는 일이 벌어질 거예요. 즉 그 애는 자포자기로 떨어질 겁니다. 그러면 반항하게 됩니다. 그 애의 조심성과 수줍음을 극복하기 전에는……."

부인의 그 취조 투 태도는 상대방 소년의 인권을 침해하는 것 같아 나는 부인에게 반박하고 싶은 생각을 억제하기가 여간 힘들지 않았다. 그러나 내 호기심이 더 우세했다.

"그러면 부인께선 그 소년이 어떤 외설스러운 자백이라도 하기를 기다리신다는 말씀입니까?"

그러자 이번엔 부인이 반박했다.

"외설스럽다니요? 의사 진찰을 받는 것과 마찬가지입니다. 외설스러운 게 뭐 있겠어요. 전 모든 것을 알 필요가 있어요. 특히 사람들이 제일 숨기고자 하는 것을 알아야 합니다. 저는 보리스가 모든 것을 솔직하게 고백하도록 해야 합니다. 그렇지 않고서는 그 애 병을 고칠 수 없어요."

"그럼 그 애에게 고백할 것이 있다고 생각하십니까? 실례지만 부인께선 그 애가 고백했으면 하는 것을 그 애에게 암시하지 않을 만한 자신이 있습니까?"

"바로 그게 제가 늘 염두에 둬야 할 걱정입니다. 바로 그 걱정 때문에 일부러 천천히 일을 하고 있어요. 의도적인 것은 아니지만 아동에게 여러 가지 온통 꾸며 낸 증언을 암시해 주는 서투른 예심판사를 저는 여러 사람 봐 왔어요. 신문의 압력에 눌려 진심으로 거짓말을 하고, 하지도 않은 나쁜 짓을 사실처럼 믿게 하는 거예요. 그러나 제 역할은 그 애가 스스로 이야기하도록 만드는 것, 특히 아무런 암시도 주지 않는 것입니다. 그러자면 대단한 참을성이 필요하답니다."

"그렇다면 그 방법의 효력은 실행하는 실험자의 능력에 달린 셈이군요."

"저 자신이 그렇다고 감히 말할 수는 없습니다. 그렇지만 얼마 동안 실제로 해 보면 아주 능란해집니다. 일종의 예견이랄까, 직감이랄까 그런 것을 얻게 돼요. 이따금 길을 잘못 들 수도 있지요. 중요한 건 그런 때 고집을 부리지 않는 일입니다. 가령 우리 둘이 어떻게 이야기를 시작하는지 아세요? 보리스가 간밤의 꿈 이야기를 들려주는 것으로부터 시작한답니다."

"그게 꾸민 이야기가 아니라고 어떻게 보장할 수 있어요?"

"꾸민 이야기일거라고요……? 병적인 상상력이 꾸며 대는 이야기는 언제나 무엇인가를 나타내지요."

부인은 잠시 침묵을 지키더니 이어 말했다.

"꾸며낸 이야기, 병적인 상상력…… 아니! 그런 게 아니에요. 말로는 정확하게 나타내지 못하겠군요. 보리스는 제 앞에서 큰 목소리로 꿈을 꾸는 것입니다. 매일 아침 한 시간씩 그 애는 그러한 가수면 상태에 잠긴답니다. 그런 상태에서 우리에게 나타나는 환상들은 우리 이성의 지배를 벗어난답니다. 환상들은 보통 논리에 따르지 않고 뜻하지 않는 친화력에 따라 모이기도 하고 결합하기도 해요. 더구나 그것은 신비로운 내면의 요구에 호응해서, 그러한 요구를 발견하는 것이 제게는 중요답니다. 그리고 그러한 어린이의 헛소리들은 의식이 지극히 분명한 사람에 대한 가장 총명한 분석보다도 제게는 더 많은 가르침을 줍니다. 이성의 힘으로는 미치지 못하는 것이 많이 있어요. 이성만으로 적용해서 인생을 이해하려는 사람은 마치 부젓가락으로 불꽃을 잡으려는 사람이나 마찬가지입니다. 잡았다고 생각하면 곧 불은 꺼지고 숯으로 검어진 나무토막만이 눈앞에 놓여 있을 뿐이지요.”

부인은 다시 이야기를 끊고, 내 책 책장을 넘기기 시작했다.

“당신네들은 인간 마음속 깊이에 아주 조금만 들어설 따름입니다!” 하고 부인은 외쳤다. 그러더니 갑자기 웃으면서 이렇게 덧붙였다. “특별히 선생님을 가리키는 건 아니에요. 제가 당신들이라고 하는 것은 소설가들이란 뜻입니다. 당신들네 작품에 나오는 인물들은 기초 말뚝* 위에 세워 놓은 것 같아요. 토대도 없고 하층토도 없어요. 차라리 시인들에게서 더 많은 진실을 발견할 수 있을 듯해요. 지성에 의해서만 만들어진 것은 모두 가짜입니다. 이것 참, 저와는 관계없는 이야기를 했군요……. 그런데 보리스가 저를 당황스럽게 하는 것이 무엇인지 아세요? 그 애가 너무나 순진하다는 것이랍니다.”

“그렇다고 왜 당황스러워 하십니까?”

“병의 원인을 어디에서 찾아야 좋을지 알 수 없으니까요. 십중팔구, 그러한 정신착란의 원인에는 부끄러운 큰 비밀이 있는 거예요.”

“그런 것이야 아마 우리들 누구에게나 다 있을 것입니다.” 하고 나는 말했다. “그렇지만 다행히도 그 때문에 모두 병에 걸리진 않는군요.”

그때 소프로니스카 부인이 일어섰다. 브로냐가 지나가는 것이 창으로 보였기 때문이다.

“저것 보세요.” 하고 부인은 딸을 가리키면서 말했다.

---

* 물 위나 약한 지반에서 건축물을 받쳐 주는 말뚝.

"저 애가 보리스의 진짜 의사예요. 저를 찾고 있습니다. 실례해야겠어요. 그렇지만 또 다시 뵙겠지요?"

소설에서는 아무것도 얻을 만한 것이 없다는 소프로니스카 부인의 비난을 나는 충분히 이해할 수 있다. 그러나 훌륭한 자연과학자라고 해서 반드시 훌륭한 소설가가 될 수 있는 것은 아니라고 생각하게 하는 어떤 예술적 논거, 어떤 고급스러운 논거를 그녀는 모르는 것이다.

나는 로라를 소프로니스카 부인에게 소개했다. 그들은 뜻이 맞는 모양이어서 나도 기쁘다. 그들이 함께 이야기하고 있다는 것을 알 때면 나는 걱정 없이 한결 가벼운 마음으로 혼자 있을 수 있다. 베르나르가 이곳에서 또래 친구를 사귈 수 없는 것이 유감이다. 그러나 적어도 하루에 몇 시간씩은 그도 시험 준비를 하기에 바쁘다. 나는 다시 소설을 쓸 수 있게 되었다.

3

최초의 모양새에도 불구하고, 그리고 둘이 다 이른바 '성의를 다했지만', 에두아르 삼촌과 베르나르는 반쯤밖에 융합되지 않았다. 로라 역시 만족하지 못했다. 어떻게 그녀가 만족할 수 있겠는가? 그녀는 상황에 몰려 자신에게 선천적으로 어울리지 않는 역할을 해야만 했던 것이다. 그런데 그녀의 정직한 마음은 그런 역할을 하는 것을 거북하게 느꼈던 것이다. 극히 성실한 아내가 될 수 있는 상냥하고 순종적인 여인들이 그렇듯 로라에게는 의지할 만한 예절 관례가 필요했다. 그런데 그녀를 감싸 주던 틀이 벗겨지자 그만 맥이 풀리는 것 같았다. 에두아르에 대한 그녀 입장은 그녀에게 나날이 더 부자연스러워 보였다. 특히 그녀 마음을 괴롭히는 것, 조금이라도 그것에 대해 생각하게 되면 참을 수 없는 것, 그것은 자신을 보호해 주는 사람의 신세를 지며 살아간다는 사실, 다시 말하자면 그 대가로 상대방에게 아무것도 주지 못한다는 사실, 더 정확히 말하자면 자기 자신 쪽에선 모든 것을 주려고 마음먹었는데 에두아르는 아무것도 요구하지 않는다는 사실이었다. 몽테뉴의 입을 빌려 타키투스*는 이렇게 말했다. "은혜란 그것을 갚을 수 있을 경우에만 기분 좋은 것이다." 이것은 물론 정신이 고귀한 사람에게만 들어맞는 이야기다. 그렇지만 로라도 분명히 그런 사람들 중 하나였다. 주고자 생각하는 그녀가 오히려 끊임없이 받고 있다. 그 때문에 그녀는 바로 에두아르에게 화가 나는 것이다. 게다가 과거를 돌이켜보면, 에두아르야말로 그녀 가슴속에 지금도 생생하게 느껴지는 연정을 깨우쳐 주고서는 슬그머니 물러나 결국 그것을 소용없게 만들어 버림으로써 그녀를 속인 사내인 것 같기도 했다. 그녀가 저지른 실수, 체념한 나머지 에두아르가 권하는 대로 두비에와 결혼하고 곧 뒤이어 봄의 유혹에 몸을 내맡기기에 다다른 것, 그 숨은 동기는 바로 거기에 있던 것이 아닌가? 왜냐하면 로라는 뱅상의 팔에 안겨서도 자신이 찾는 사람은 에두아르라는 것을 인정하지 않을 수 없었던 까닭이다. 그래서 자기가 연모하는 사람의 냉정함을 이해할 수 없었던 그녀는 모든 것을 자기 책임으로만 돌리며 자신이 만약 좀 더 어여쁘고 대담했더라면 에두아르를 정복할 수 있었을 것이라고 생각했다. 그리고 아무리 해도 그를 증오할 수는 없자, 자신을 책망하고 경멸하며 자신의 모든 가치를 부정하고 또한 스스로 존재 이유를 말살하기도 하고 자기는 이젠 정절도 없는 여자라고 생각하는 것이었다.

---

* 고대 로마의 사학가이자 정치가. 뛰어난 변론술로 공화정을 찬미하고, 간결한 문체로 로마 제국 초기 역사를 서술했다.(?56~?120)

거기다 한 가지 더 덧붙이자면, 이 같은 호텔에서의 임시 생활, 비록 방 사정 때문에 불가피했지만, 그리고 다른 두 남자에겐 퍽 재미있는지 몰라도, 그것은 그녀 수치심에 크나큰 상처를 주었다. 그리고 오래 계속되기는 힘들지만 그런 상태에서 헤어날 수 있는 어떤 구원의 길도 없다고 그녀는 생각했다.

이제 로라는 베르나르에 대해 대모로, 또는 누님으로 새로운 의무를 만들어 냄으로써 약간의 위안과 즐거움을 얻을 수 있을 뿐이었다. 그녀는 우아함이 듬뿍 풍기는 이 소년이 바치는 존경을 고맙게 여겼다. 자신이 경애의 대상이라는 생각이야말로 지극히 우유부단한 인간도 극단적 결심을 하게 만들 수 있는 자기 모멸, 자기 혐오의 비탈길 위에서 그녀를 잡아 주었다. 매일 아침, 베르나르는 날이 새기 전(그는 일찍 일어나기를 좋아했다.) 등산에 이끌리지 않을 적에는, 두 시간 동안이나 로라 곁에서 영어 책을 읽으면서 지냈다. 10월 달에 시험을 보아야 한다는 것이 무엇보다도 편리한 구실이었다.

비서로서 그의 직무는 오랜 시간이 필요하지 않았다. 일이라고 해도 뚜렷하게 정해진 것이 없었다. 처음 일을 맡았을 때 베르나르는 책상 앞에 앉아서 에두아르가 구술하는 것을 필기하고 그의 원고를 정서하는 자기 모습을 상상했다. 그런데 에두아르는 구술 필기를 시키지 않았다. 원고도 비록 그것이 있다 하더라도 여행용 가방에 처박힌 채로였다. 하루 종일 어느 때곤 베르나르는 한가한 시간을 누릴 수 있었다. 그러나 쓰이기만 바라는 그의 열의를 이용하느냐 안 하느냐 하는 것은 에두아르에게 달린 문제이므로 베르나르는 자신이 한가하다는 것에 너무 마음을 쓰지 않았고, 에두아르가 관대한 덕분에 누릴 수 있는 지극히 안락한 생활을 자기 노고로 힘들여 획득하지 않는 것에 대해 별로 거북하게 여기지도 않았다. 그는 결코 세심한 일에는 구애되지 않으리라 단단히 결심한 터였다. 감히 하느님의 섭리라고까지는 말할 수 없으나 적어도 자기 별 운세를 그는 믿었다. 그리고 호흡하는 폐에 공기가 필요하듯, 자기에게도 어떤 행복은 당연하다고 믿었다. 그것을 에두아르가 자기에게 준다는 것은 마치 보쉬에*의 말을 빌자면, 설교자가 하느님의 지혜를 주는 것과 마찬가지인 것이다. 게다가 베르나르는 현재 사정을 일시적이라 여기고, 그가 풍요하게 가슴속에서 헤아리는 재물을 화폐로 만들 수 있게 되면 어느 날이건 곧 그 부채를 갚아 주리라고 생각했다. 차라리 그가 분하게 생각하는 것은, 그가 자신 속에 느끼나 에두아르에게는 없는 그의 천부적 재능에다 에두아르가 도움을 청하지 않는다는 것이다. '그는 나를 이용할 줄 모른다.' 하고 베르나르는 생각하며 자존심을 꾹 눌러 버리고, 곧 뒤이어서 슬기롭게 덧붙이는 것이었다. '할 수 없는 노릇이지!'라고.

그러나 에두아르와 베르나르 사이의 어색함은 도대체 어디에서 온 것일까? 베르나르는 대립 속에서 자신감을 얻는 부류인 듯하다. 에두아르에게 지배를 받는다는 것이 그에겐 견딜 수 없는 일이었다. 그래서 그 지배력에 굴복하기 전에 그는 반항하는 것이었다.

한편 에두아르는 베르나르를 굴복시키려는 생각을 조금도

---

* 17세기 프랑스 사제이자 신학자, 작가. 프랑스 교회의 자유와 절대 왕제를 변호했다.(1627~1704)

하지 않았기 때문에 언제나 방어 태세를 갖추었으며 어쨌든 자기를 지키려고 하는 베르나르를 다루기 힘든 완고한 소년이라 느끼고, 때로는 노여워하기도 하고 때로는 애석해하기도 했다. 그리하여 에두아르는 그 두 사람을 데리고 온 것이 실수가 아니었던가 하는 의아심까지 품기에 이르렀다. 그는 결국 그들을 모아 놓은 것이 둘이서 마음을 합하여 자기에게 반항하도록 만든 것밖에 되지 않는다고 여겼던 것이다. 로라의 숨겨진 감정을 속속들이 알아 낼 수 없었던 그는 그녀의 물러남과 침묵을 냉정으로 오해했다. 하긴 그가 사실을 똑똑히 알았더라면 적잖게 난처했을 것이다. 로라는 그것을 알았다. 그렇기 때문에 상대방이 거들떠보지 않는 그녀의 사랑은 자신을 숨기고 침묵을 지키는 데만 그 힘을 썼을 뿐이다.

차 마시는 시간에 세 사람은 보통, 커다란 방으로 모였다. 소프로니스카 부인도 초대를 받아 그들과 함께 어울리는 일이 흔했다. 특히 보리스와 브로냐가 산책을 나갔을 때 그러했다. 나이 어린 아이들이었음에도 부인은 그들을 자유롭게 해 주었다. 부인은 브로냐를 전적으로 신임하여, 그녀가 꽤 사려 깊을 뿐만 아니라, 자신을 유순히 따르는 보리스에 대해서 특히 조심스럽게 대한다는 것을 알았다. 그리고 그 고장 지형도 안심할 수 있었다. 두 아이가 등산을 한다거나 호텔 근처 바위에 기어오른다거나 할 걱정은 전혀 없었다. 어느 날 소년 소녀가 한길에서 멀리 벗어나지 않는 조건으로 빙하 기슭까지 가도 좋다는 허락을 받았을 때, 마침 차를 같이 마시자고 초대를 받은 소프로니스카 부인은 베르나르와 로라 말에 용기를 얻어, 불쾌하지 않다면 다음 소설에 관한 이야기를 해 줄 수 없겠느냐고 에두아르에게 맘먹고 청했다.

"불쾌한 건 조금도 없습니다만, 이야기해 드릴 수가 없군요."

그러나 로라가 그에게 (분명히 서툰 질문이었지만) "그것이 어떤 작품과 비슷한 걸까요?" 하고 묻자 에두아르는 자못 화가 난 듯했다.

"아무것과도 비슷하지 않을 거요." 하고 그는 외쳤다. 그리고 곧이어 마치 그런 도전적인 말을 기다렸거나 하다는 듯 말했다. "뭣 때문에 나 아닌 다른 사람들이 한 것, 또는 이미 나 자신이 한 것, 혹은 또 나 말고도 다른 사람이 할 수 있는 것을 다시 할 필요가 있겠소?"

에두아르는 입밖에 내자마자 그 말이 얼마나 무례하고 극단적이고 사리에 어긋나는 소리였는지 이내 느꼈다. 적어도 그는 그 말이 무례하고 사리에 어긋나다 생각했다. 어쨌든 그는 베르나르 눈에 그렇게 보이지 않을까 두려웠다.

에두아르는 매우 예민한 사람이었다. 다른 사람들이 자기 작품에 대해 이야기를 한다든가 더구나 자기에게 그 작품 이야기를 시키려 들면, 곧 그는 정신을 잃을 지경일 정도였다.

그는 일반 작가들의 상습적인 자만심을 완전히 경멸했다. 그리고 온 힘을 다해 자신의 자만심을 잘라 버리고 있었다. 그러나 그는 기꺼이 자기에 대한 다른 사람의 존경에서 자신의 겸손함을 도울 원군을 구하려 했다. 그러한 존경이 없으면 겸손함은 곧 파탄나 버리고 마는 것이다. 베르나르로부터 존경받는 것이 그에게는 지극히 중요했다. 베르나르와 마주하기만 하면, 에두아르가 그 페가소스*로 하여금 껑충 일어서게 한 것은 베르나르의 존경을 얻기 위해서였을까? 그것이 오히려 베르나르의 존경심을 상실케 하는 가장 좋은 방법이라는 것을 에두아르는 잘 알았다. 그는 그런 생각을 했고 그것을 혼잣말로 되풀이했다. 그러나 아무리 굳게 결심해도 베르나르 앞에 나서기만 하면 그는 자기가 하려고 생각했던 것과는 전혀 반대의 행동을 하고, 곧 뒤이어 엉뚱하다고 생각되는 (사실 엉뚱했다.) 말투로 이야기하는 것이었다. 그런 것을 보면 그가 베르나르를 사랑한다고 생각할 수 있지 않을까……? 천만에, 나는 그렇게 생각하지 않는다. 우리가 얼굴을 찌푸리게 하거나 두터운 애정이 생기게 하는 데는 실로 약간의 허영심으로도 충분하다.

"모든 문학 양식 중에서." 하고 에두아르는 이야기를 늘어놓기 시작했다. "소설이 가장 자유스럽고 가장 lawless(무법, 무규칙)하기 때문에…… 아마도 바로 그런 이유로 해서, 말하자면 자유 그 자체가 두려워서 (왜냐하면 자유를 가장 열망하는 예술가가 일단 그것을 얻자마자 어찌할 줄 모르고 질겁하는 일이 흔히 있었으니까요.) 소설은 언제나 그토록 전전긍긍하며 현실에 매달리는 것일까요? 단지 프랑스 소설에 대해서만 하는 이야기가 아닙니다. 영국 소설도 마찬가지고, 러시아 소설도 비록 속박을 벗어났다고는 하지만, 닮는다는 것에 굴복해요. 소설에서 가능할 것으로 예상되는 유일한 진보란 더욱더 자연에 가까워지는 것이지요. 소설은 여태까지 니체가 말한 "어마어마한 윤곽의 부식"도 알지 못했고, 이를테면 그리스 극작가 작품, 또는 17세기 프랑스 비극 등에 형식을 부여해 준 현실로부터의 의식적인 이탈 같은 것도 알지 못했어요. 그런 작품들보

---

* 그리스 신화에 나오는 날개 달린 천마(天馬), 시적 감흥의 상징.

다 더 완전하고 더 심오하게 인간적인 것을 아십니까? 바로 그런 작품들이 심오하게 인간적일 뿐입니다. 그것들은 그렇게 보이는 것을 뽐내지 않으며 적어도 진실답게 보이려고 뽐내지도 않습니다. 바로 그런 것들이 예술 작품으로 남은 것이랍니다."

에두아르는 일어섰다. 그리고 강의를 하는 것 같아 보일까봐 크게 걱정되어서 이야기를 하면서 차를 따르고 왔다갔다 하기도 하고, 찻잔 속에 레몬을 짜 넣기도 했는데, 어쨌든 이야기는 계속했다.

"발자크가 천재였고, 천재란 모두 자기 예술에 결정적이며 절대적인 해법을 아는 듯 보이기 때문에, 사람들은 소설 본질은 '호적등본과 경쟁하는' 것에 있다고 선언했던 것입니다. 발자크는 그의 작품을 구축했습니다. 그러나 그는 소설을 법전화(法典化)하려고 한 적은 결코 없습니다. 그의 스탕달론을 보면 분명히 알 수 있습니다. 호적등본과 경쟁한다! 그렇지 않아도 이 세상에는 이미 추한 놈들, 보잘것없는 놈들이 가득하지 않기라도 하듯! 호적등본(état civil) 같은 게 나와 무슨 상관 있어요! 국가(état)는 나, 예술가입니다!* 시민이건 아니건 나의 작품은 아무와도 경쟁하지 않습니다."

아마 좀 일부러 그랬을 터이지만, 흥분한 기색을 보이던 에두아르는 다시 자리에 앉았다. 그는 짐짓 베르나르를 보지 않는 체했지만, 사실은 베르나르에게 이야기했던 것이다. 베르나르와 단둘이었다면 그는 아무 말도 못 했을 것이다. 그로 하여

---

* état civil은 호적 또는 호적등본이라는 말이지만, état의 첫 글자를 대문자로 써서 Etat라고 하면 국가라는 뜻이 된다. 여기서는 루이 14세의 말, "짐이 곧 국가다."를 흉내 낸 것.

금 이야기하게 한 두 여인을 그는 고맙게 여겼다.

"이따금 내 생각에는, 가령 예를 들어 라신 작품에서 미트리다트와 그 아들이 논쟁하는 것만큼 문학에서 감탄스러운 장면은 없을 것 같아요. 그것을 읽어 보면, 아버지와 아들이 그처럼 이야기할 수는 없다는 것을 아주 잘 알지만, 그럼에도 (오히려 그렇기 때문에 더욱 더라고 해야 옳을 것입니다만) 모든 아버지와 아들 들은 거기에서 자기 자신들의 모습을 볼 수 있는 것입니다. 한정하거나 명시하면 결국 제한하게 됩니다. 사실 심리학적 진리란 모두 특수하다 할 수 있습니다. 하지만 예술에는 일반적인 것밖에 없습니다. 모든 문제가 바로 거기에 있어요. 특수한 것으로 일반적인 것을 표현하는 것, 특수한 것으로 하여금 일반적인 것을 표현하게 하는 것. 담배 좀 피워도 괜찮을까요?"

"어서 피우세요." 하고 소프로니스카 부인이 말했다.

"그래서 나는 「아탈리」,* 「타르튀프」,** 또는 「시나」***처럼 진실하면서 동시에 현실에서 멀고, 특이하면서 동시에 일반적이고, 인간적이면서 동시에 가공적인 소설을 써 보고 싶답니다."

"그래…… 그 소설의 주제는요?"

"없습니다." 하고 에두아르는 불쑥 대꾸했다. "그리고 아마 바로 그것이 가장 놀라운 점일 것입니다. 제 소설에는 주제가 없습니다. 물론 나도 잘 알지만, 내가 하는 말은 어리석은 말 같기도 합니다. 그럼 하나의 주제만을 갖지 않은 소설이라 해

---

* 라신의 희극.

** 몰리에르의 희극.

*** 코르네유의 비극.

둘까요······. 자연주의파는 '인생의 한 단면'이라는 말을 했습니다. 그 파의 큰 결점은 그 단면을 언제나 같은 방향, 즉 시간의 방향에서 길이로 자른다는 점입니다. 그걸 넓이로나 혹은 깊이로 잘라서 안 될 이유가 어디에 있습니까? 그런데 나는 조금도 자르고 싶지 않은 겁니다. 내 말을 이해해 주세요. 나는 그 소설 속에 모든 것을 넣고 싶은 것입니다. 그 소설의 내용을 그게 아니라 이것이라 제한하려는 가위질은 하지 않습니다. 벌써 일 년 전부터 써 오고 있습니다만, 나에게 일어나는 모든 일은 모두 거기 넣습니다. 그리고 무엇이나 다 넣고 싶습니다. 내 눈에 보이는 것, 내가 아는 것, 다른 사람들의 생활, 또는 나 자신의 생활에서 배우는 모든 것들을 말입니다······."

"그러면 그 모든 것이 문체로 양식화되었단 말씀이죠?" 하고 소프로니스카 부인이 말했다. 짐짓 열심히 주의를 기울이는 듯한 태도였지만, 그 말에는 약간의 빈정거림이 섞여 있었다. 로라는 빙그레 웃지 않을 수 없었다. 에두아르는 가볍게 어깨를 으쓱하면서 이야기를 계속했다.

"내가 하고 싶은 것은 그것도 아닙니다. 내가 원하는 것은 한편으로는 현실을 보여 주는 동시에 또 한편으로는 방금 말씀드린 것처럼 현실을 양식화하려는 노력을 보여 주는 겁니다."

"이보세요, 독자들은 지루해 못 견딜 거예요." 로라가 말했다. 이젠 미소를 숨기지 못하자 그녀는 정말 드러내놓고 웃었던 것이다.

"천만에, 그렇지 않아요. 내 이야기를 들어 보세요. 그런 효과를 얻기 위해 소설가인 한 인물을 만들어서, 그를 중심인물로 설정합니다. 그러니까 작품 주제는 말하자면 현실이 그 주인공에게 제공하는 것과, 그가 그 현실을 갖고 만들어 내려고 하는 것 사이의 투쟁인 셈이지요."

"네, 네, 알겠어요." 소프로니스카는 로라의 웃음에 휩쓸릴 것 같으면서도 공손하게 말했다.

"퍽 신기하겠군요. 하지만 소설 속에 지식인을 등장시킨다는 것은 언제나 위험한 일이란 걸 아시지요. 일반 독자들이 싫증을 느끼니까요. 결국 그런 인물들에겐 바보 같은 소리밖에 시킬 수 없고, 그런 인물들은 자신들과 관계되는 모든 일엔 추상적인 태도를 보이고 말거든요."

"그리고 전 그 소설이 어떻게 될 것인지 잘 알아요." 하고 로라가 외쳤다. "결국 그 소설가란 인물에 당신 자신을 그릴 수밖에 없을 거예요."

얼마 전부터 로라는 에두아르와 이야기할 때면 어조에 조소의 빛을 띠었다. 그녀 자신도 그에 스스로 놀라는 터였지만, 에두아르도 그러한 조소의 반영을 베르나르의 짓궂은 시선 속에서 간파하고, 더 한층 당황했던 것이다. 에두아르는 반박했다.

"그럴 리야 없지. 나는 그를 아주 불쾌한 인물로 그릴 작정이니까 말이오."

로라는 내친 걸음에 말을 이었다.

"그래요, 그러면 그가 당신이라는 걸 누구나 다 알 거예요." 그녀는 조금도 꾸밈없는 웃음을 터뜨리며 말했다. 그 바람에 다른 세 사람도 덩달아 웃고 말았다.

"그 소설의 구상은 세워졌습니까?"

소프로니스카는 다시 진지해지려고 애쓰면서 물었다.

"물론, 아니지요."

"뭐라고요? 물론 아니라고요?"

"이런 형식의 작품은 본질적으로 구상을 잘 허용하지 않는 다는 걸 아셔야 합니다. 미리 무엇을 결정해 둔다면 모든 것이 거짓이 되고 말 것입니다. 현실이 시키는 대로 써 갈 작정으로 나는 기다립니다."

"그렇지만 현실에서 멀어지기를 원하시는 것같이 말씀하신 듯한데."

"내 소설 주인공인 소설가는 현실을 멀리하려고 하겠지만 나는 끊임없이 그를 현실로 끌어들이려고 합니다. 사실은 그 것이 바로 주제가 될 거예요. 즉 현실에 의하여 제시된 사실과 이상적 현실 사이의 투쟁."

그의 말이 지닌 비논리성은 명백했다. 그 비논리성은 듣는 사람이 괴로울 지경으로 일목요연했다. 에두아르가 머릿속에 화해시킬 수 없는 요구를 두 개 품고 있고, 그것을 일치시키려 고 녹초가 된 것이 분명해 보였다.

"그래 많이 진척되었어요?" 소프로니스카 부인이 정중하게 물었다.

"묻는 말씀의 의미에 따라 대답이 달라질 겁니다. 사실, 작 품 자체는 아직 한 줄도 쓰지 않았습니다. 그렇지만 그것을 위 해 일은 벌써 많이 했어요. 매일, 그리고 끊임없이 그 작품을 생각합니다. 꽤나 기묘하게 일을 한답니다. 지금부터 그걸 이야 기해 드리지요. 나는 노트 한 권에다가 내 마음속에 있는 그 소설의 상태를 그날그날 기록해 둡니다. 그렇습니다, 마치 육아 일기를 적듯 일종의 일기를 적는 것입니다……. 다시 말하면 어려움이 하나하나 나타나는 대로 그것들을 해결하는 데 만족하는 대신 (모든 예술 작품은 결국 잇달아 발생하는 많은 자질구레한 어려움에 대한 해결의 총계 내지 소산에 불과한 것입니다.) 그 어려움 하나하나를 그 일기에 제시하고 그것을 연구하는 것입니다. 말하자면 이 노트에는 내 소설에 대한 연속적인 비평, 더 정확히 말해서 소설 일반에 대한 비평이 쓰인 셈입니다. 만약 그러한 노트를 디킨스나 발자크가 기록했다면, 얼마나 흥미 있을까 생각해 보십시오. 『감정 교육』*이나 『카라마조프 가의 형제들』**의 일기, 작품의 역사, 그 창작 과정의 역사를 우리가 갖고 있다면! 아주 감격적일 거예요…… 작품 자체보다도 더욱 흥미 있을 겁니다…….”

에두아르는 그의 노트를 읽어 달라는 요청이 있기를 막연히 바랐다. 그러나 세 사람 중 아무도 전혀 그런 호기심을 보이지 않았다. 그러기는커녕 “이보세요.” 하고 로라가 슬픈 듯한 어조로 말했다.

“당신은 결코 그 소설을 쓰지 못하실 거예요.”

“그래요, 그럼 내가 한마디 하죠.” 하고 에두아르는 격렬한 흥분에 휩싸여 외쳤다. “그래도 상관없다오, 그렇고말고, 만약 내가 그 작품을 쓰지 못한다면 그건 그 작품의 역사가 작품 자체보다도 더 내 흥미를 끌었기 때문일 것이오. 그것이 작품의 자리를 차지했기 때문일 것이란 말이오. 그러면 차라리 잘된 거지.”

“현실에서 이탈하신다면 극도로 추상적인 영역에 빠지셔서,

---

* 플로베르의 소설.
** 도스토옙스키의 소설.

살아 있는 사람들의 소설이 아니라 관념적인 소설을 쓰실 위험이 있지 않을까요?" 소프로니스카가 조심스럽게 물었다.

"그렇게 된다 해도 상관없지요!" 하고 에두아르는 보다 더 힘차게 소리 질렀다. "몇몇 서투른 사람들이 실패했다고 해서, 관념 소설 그 자체를 비난할 필요가 있을까요? 관념 소설이랍시고 오늘날까지 우리들에게 읽게 해 준 것들은 고약한 경향 소설뿐이었어요. 그렇지만 그런 것이 관념 소설이 아니란 것은 잘 아시겠지요. 관념…… 고백하지만 나는 인간보다도 관념에 더욱 흥미를 느낍니다. 그 무엇보다도 흥미로워요. 관념은 인간과 마찬가지로 살아가고 싸우고 죽어 가기도 합니다. 물론 관념은 인간을 통해서만 알 수 있는 것이라고 말할 수 있겠지요. 그것은 바람을, 그 바람에 흔들리고 기울어지는 갈대 때문에 알 수 있는 것이나 마찬가지랍니다. 그렇지만 바람이 갈대보다 더 중요합니다."

"바람은 갈대와 아무 관계없이 존재하지요." 베르나르가 용기를 내 끼어들어 한마디 던졌다.

그의 말에 에두아르는 펄쩍 뛰었다. 에두아르는 오래전부터 그 순간을 기다렸던 것이다.

"음, 그건 나도 알아. 관념은 인간에 의해서만 존재하지. 그런데 그게 바로 비통한 점이거든. 관념은 인간을 희생해서 살아가니까."

베르나르는 끊임없이 주의를 기울여 그의 말을 듣고 있었다. 심각한 회의를 느끼던 그는 자칫 에두아르가 몽상가가 아닐까 하는 생각이 들 지경이었다. 그러나 마지막에 가서 에두아르의 웅변에 그는 감동했다. 그는 그 웅변의 숨결 아래 자기 생각이 머리를 숙이는 것을 느꼈던 것이다. 그러나 하고 베르나르는 생각했다. 바람이 지나간 다음의 갈대처럼 자기 생각도 다시 일어설 것이라고. 그는 학교에서 배운 것을 회상했다. 인간을 움직이는 것은 정열이지, 관념이 아니라는 것을. 하지만 에두아르는 이야기를 계속하고 있었다.

"내가 쓰고자 하는 것은 음악의 '푸가(遁走曲) 기법'과 같은 것입니다. 그리고 나는 음악에 가능했던 것이 어째서 문학에서는 불가능한 것인지 이해할 수 없습니다……."

소프로니스카는 반박했다. 음악은 하나의 수학적 기술이며 더구나 바흐는 특히 기호만을 고려하고 감동적 표현이나 인간성을 몰아냄으로써 비로소 권태의 추상적 걸작, 일종의 천문학적 신전을 창조하는 데 성공했다는 것이다. 그리고 그 심오한 교리를 전수받은 소수의 사람들 외에는 거기에 들어갈 수 없다는 것이다. 에두아르는 곧 그에 반대하여, 자기는 그 신전을 참으로 훌륭하다고 생각하며 바흐 전 생애의 귀결과 절정을 거기에서 볼 수 있다고 말했다.

"하지만 그 뒤에 사람들은 푸가로부터 완쾌되어 벗어났어요. 인간의 감동은 더 이상 그런 곳에서는 살 수 없어서 다른 처소를 찾은 거예요." 로라가 덧붙여 말했다.

토론은 궤변으로 빠져 들어갔다. 여태까지 침묵을 지키던 베르나르는 의자에 앉은 채 안절부절못하기 시작했다. 마침내 그는 더 견딜 수 없게 되었다.

그는 에두아르에게 이야기를 건넬 때는 언제나 그렇듯 지극히 겸손하게, 과장된 빛까지 보일 만큼 겸손하게, 그러나 또 한편 그 겸손을 희롱하는 듯한 명랑한 어조로 말했다.

"용서하십시오. 전 선생님 작품 제목을 압니다. 실례를 저질러 안 것이지만, 그것을 너그러이 용서해 주셨습니다. 그런데 그 제목은 무슨 이야기를 예고하는 듯했는데요……?"

"아아, 그래요! 그 제목을 가르쳐 주세요." 로라가 말했다.

"원한다면 가르쳐 드리지…… 그러나 미리 알려 두지만, 제목을 바꿀지도 모른다오. 좀 사람을 속이기 쉬운 제목으로 생각되지 않을까 염려가 돼서…… 자, 그럼 베르나르, 말해 줘요."

"괜찮습니까……? '위폐범들.'" 베르나르는 말했다. "그런데 그 위폐범들이 누군지, 그걸 이제는 선생님께서 말씀해 주십시오."

"아, 그건 나도 모른다네." 에두아르는 대답했다.

베르나르와 로라는 서로 마주 보았다. 그리고 그들은 소프로니스카를 바라보았다. 긴 한숨 소리가 들렸다. 로라에게서 새어나온 것이라 생각한다.

사실인즉 에두아르가 처음 위폐범들이란 생각을 했을 때, 그는 자기 동료 소설가 중 어떤 사람들, 특히 파사방 백작을 생각했던 것이다. 그러나 이윽고 그 말의 귀속 범위가 상당히 확대되었다. 마음의 바람이 로마에서 불어오느냐 또는 다른 곳에서 불어오느냐에 따라서 그의 주인공들은 차례로 때로는 승려가 되기도 하고, 때로는 프리메이슨 단원이 되기도 했다. 그의 두뇌는, 그가 그 성향대로 그냥 내버려두면, 금세 추상적인 세계로 빠져 들어가서 그 속에서 제멋대로 뒹구는 것이다. 환시세, 평가절하, 통화팽창 따위의 문제가 마치 칼라일의 『의상 철학』에서의 의상론처럼 차츰차츰 그의 작품에 침입하여 작중인물들의 자리를 빼앗아 버리는 것이었다. 에두아르는 그런 이야기를 할 수 없어 어색하기 짝이 없는 낯으로 덤덤히 있을 뿐이었다. 그러한 침묵이 사상의 빈곤을 고백하는 것 같아 세 사람은 퍽 거북해지기 시작했다.

"위폐를 손에 넣어 본 적들 있는지요?" 그는 마침내 물었다.

"네." 하고 베르나르가 대답했으나, "아니오."라는 두 여인의 말에 그의 목소리는 덮여 버리고 말았다.

"그러세요? 여기에 10프랑짜리 가짜 금화가 하나 있다고 상상해 보십시오. 실제로는 2수의 값어치밖에 없습니다. 그렇지만 그것이 위폐라는 것을 알아내기 전까지는 10프랑의 가치가 있는 것입니다. 그러니까 만약에 이런 관념으로부터 출발한다면……"

"그러나 왜 하나의 관념에서 출발해야 합니까?" 하고 베르나르가 참지 못하고 그의 말을 가로막았다. "하나의 잘 드러난 사실로부터 출발하신다면 관념은 스스로 그 사실 속으로 찾아들 것입니다. 제가 만약에 '위폐범들'을 쓴다면 저는 우선 위폐, 방금 말씀하신 그 조그만 위폐를 제시하는 것으로부터 시작하겠어요…… 이게 그 위폐입니다."

그렇게 말하면서 그는 조끼 호주머니에서 조그만 10프랑짜리 위폐를 한 닢 꺼내 테이블 위에 던졌다.

"소리가 얼마나 좋은가 들어 보세요. 다른 것들과 소리가 거의 다르지 않습니다. 누구나 금화가 틀림없다고 말할 것입니다. 오늘 아침 잡화상에서 깜박 속았는데, 저한테 이걸 준 잡화상 주인 자신도 깜박 속아 받은 것이라고 말하더군요……. 무게는 딱 맞는 것 같지 않지만 빛깔이나 소리는 진짜와 거의 같습니다. 겉에는 금을 입혔으니까 값이 2수보다는 조금 더 나갈 겁니다. 속은 크리스털이에요. 쓰이는 동안에 투명해지기 마련이지요. 아니, 비비지 마세요. 그럼 망가집니다. 아니, 벌써 거의 투명해 보이는걸요."

에두아르는 그것을 손에 들고 신기한 듯이 주의 깊게 바라보았다.

"그런데 그 잡화상 주인은 누구한테 이걸 받았다는 것이지?"

"모른답니다. 며칠 전부터 서랍 속에 있었던 모양이라고 하더군요. 제가 속아서 그 돈을 받을지 한번 장난삼아 건네 본 거예요. 사실 전 그 돈을 받으려고 했어요. 그런데 그 잡화상이 정직해서 사실을 말해 주었지요. 그리고 그것을 5프랑에 양도해 주었답니다. 소위 '수집가'들에게 보여 줄 생각으로 그는 그것을 간직해 두려고 했어요. 그렇지만 '수집가'로는 '위폐범들'의 작가이신 분이 어느 누구보다도 적임자일 것이라고 생각했기에 선생님께 보여 드리려고 사 가지고 온 겁니다. 자, 이제 다 보셨으니 돌려주십시오! 유감스럽게도! 현실엔 흥미를 갖지 못하시는 모양이니까."

"흥미 있지. 그렇지만 현실은 거북해." 에두아르가 대답했다.

"유감입니다."

에두아르의 일기

같은 날 저녁

같은 날 밤 소프로니스카, 베르나르, 그리고 로라가 내 소설에 관해 질문했다. 왜 내가 엉겁결에 이야기를 하고 말았을까? 나는 바보 같은 소리만 했다. 때마침 두 아이들이 돌아와서 이야기는 다행히 중단되었다. 많이 달려온 듯 그들은 얼굴이 빨개져서 숨을 헐떡였다. 방에 들어서자 브로냐는 어머니에게 달려들었다. 소녀는 금방이라도 흐느껴 울 것만 같았다.

"엄마, 보리스 좀 꾸짖어 줘." 하고 소녀는 소리 질렀다. "글쎄, 발가벗고 눈 속에 눕고 싶대요."

소프로니스카는 문턱에 서 있는 보리스를 바라보았다. 얼굴을 숙인 채 눈에는 거의 증오에 가까운 빛을 띠고 어딘가를 응시하고 있었다. 부인은 소년의 야릇한 표정을 알아차리지 못하는 것 같았다. 그러나 놀라울 만큼 침착한 목소리로 말했다. "이봐, 보리스, 그런 일은 저녁때 해서는 안 돼. 하고 싶다면 내일 아침에 가자. 그리고 우선 맨발로 가 보도록 하려무나……."

그녀는 살며시 딸의 이마를 어루만졌다. 그러나 소녀는 갑자기 마룻바닥에 쓰러져 경련을 일으키며 뒹굴었다. 우리들은 몹시 불안했다. 소프로니스카는 딸을 안아다 소파 위에 눕혔다. 보리스는 움직이지 않고 얼빠진 듯한 큰 눈을 뜨고 그 광경을 바라보았다.

소프로니스카의 교육 방법은 이론적으로는 확실히 우수하다고 나는 생각한다. 그렇지만 부인은 어린이들의 저항이라는 것에 대해선 아마도 잘못 생각하는 것 같다.

"부인은 마치 선은 언제나 악을 이기게 마련인 것처럼 처신하시는군요." 얼마 후 그녀와 단둘이 만났을 때 나는 그렇게 말했다.(식사 후 나는 저녁 식탁에 나오지 못한 브로냐의 소식을 알아보러 그리로 갔던 것이다.)

"사실 그래요." 하고 그녀는 말했다. "선은 반드시 이길 것이라고 저는 굳게 믿어요."

"하지만 너무 지나치게 믿으시면 잘못될 수도 있을 듯한데요……."

"잘못되었을 땐 언제나 믿음이 모자랐던 탓이었어요. 오늘도 그 애들을 밖으로 내보내면서 제가 저도 모르게 좀 불안한 눈치를 그 애들에게 보였습니다. 그 애들도 그걸 느꼈던 거예요. 뒤에 일어난 일은 모두 거기에서 왔어요."

그녀는 내 손을 잡았다.

"선생님께선 확신의 힘…… 말하자면 확신의 활동적인 힘을 믿지 않으시는 것 같군요."

"사실 그렇습니다, 나는 신비론자는 아니니까요." 나는 웃으면서 말했다.

"그렇지만 저는 신비 사상이 없다면 이 세상에서 아무런 위대한 일도, 아무런 아름다운 것도 이루어질 수 없다고 온 마음을 다하여 믿습니다." 그녀는 놀라울 만큼 열의를 보이면서 말했다.

숙박계에서 빅토르 스트루빌루라는 이름을 발견했다. 호텔 주인 이야기에 따르면 그는 이곳에 거의 한 달이나 유숙하다가 우리가 도착하기 전전날 사아스 페를 떠난 모양이다. 만나 봤으면 좋았을걸. 소프로니스카는 아마 그와 알고 지냈을 것이다. 물어봐야겠다.

4

"로라, 좀 여쭈어보고 싶었는데." 베르나르가 말했다. "이 세상에 의심받지 않을 만한 것이 있으리라고 생각하십니까……? 저는 의심 자체를 출발점으로 삼을 수 있지 않은가 하는 생각까지 들 지경입니다. 왜냐하면 적어도 의심만은 우리에게서 없어지지 않는다고 생각하니까요. 저는 모든 것의 현실성을 의심할 수 있습니다. 그러나 제 의심의 현실성만은 의심할 수 없어요. 저는…… 제 말투가 학식을 뽐내는 것 같다면 용서해 주십시오. 저는 원래 현학적인 사람이 아니지만, 철학반*을 막 끝마쳤으니까요. 자주 논술을 되풀이한다는 것이 사고방식에 어떤 버릇을 심어 주는지 상상하기 어려우실 겁니다. 그런 버릇을 고쳐야겠어요, 정말."

"왜 그런 여담이 필요해요? 그래서요……?"

---

* 고등학교에서 철학 바칼로레아를 준비하는 최종 학년 학급.

"저는 이런 사람의 이야기를 써 보고 싶습니다. 처음에는 하나하나 각 사람들의 의견을 듣고, 무엇이든지 그것을 결정하기 전에 마치 파뉘르주*처럼 이 사람 저 사람 의견을 묻고 다닙니다. 하지만 여러 사람들 의견을 듣는 중, 여러 점에서 그 의견들이 서로 모순된다는 사실을 깨달은 뒤에는 자기 자신의 의견만 듣기로 결심하고, 그 바람에 매우 강해진다는 이야깁니다."

"노인 같은 계획이로군요." 로라가 말했다.

"전 당신이 생각하시는 것보다 훨씬 성숙하답니다. 저도 며칠 전부터 에두아르 선생처럼 노트에 글을 쓰고 있습니다! 저는 왼쪽 면에 반대 의견을 쓰고, 곧 맞은편 오른쪽 면에, 한 의견을 적어 놓습니다. 가령 요전 날 저녁 소프로니스카 부인은 창문을 활짝 열어젖히고 보리스와 브로냐를 재운다고 했지요. 그러한 치료법을 뒷받침하려는 부인의 모든 말은 옳고 매우 합리적이고 설득력 있는 것으로 보였지요. 그런데 바로 어제 호텔 흡연실에서, 새로 온 독일인 교수가 반대 의견을 주장하는 것을 들었는데, 사실 그 교수 의견이 더 합리적이고 근거 있어 보였어요. 그의 말에 따르면, 잠자는 동안에는 모든 소비, 삶 자체인 신진대사를 — 그는 탄화작용이라고 하더군요. — 가능한 한 제한하는 게 제일 중요하며, 그렇게 함으로써 비로소 수면이 정말로 회복력을 가질 수 있다는 것입니다. 그 예로 그는 잠잘 때 숨을 겨우 쉴 수 있을 정도로 머리를 날갯죽지에 쑤셔 넣는 새들이며 몸뚱이를 웅크리는 동물들 이야기를 했어

---

* 프랑스 작가 라블레의 작품에 나오는 인물.

요. 그래서 자연에 가장 가까운 종족들, 가장 문화에 뒤처진 농부들은 협소한 침실에 칩거하며, 아라비아 사람들은 야외에서 자지 않을 수 없을 때 외투 두건으로 얼굴을 덮는다는 말도 했습니다. 그렇지만 소프로니스카와 그녀가 가르치는 두 어린이의 경우를 다시 생각해 보면 그녀 생각도 전혀 틀렸다고는 할 수 없을 것 같아요. 다른 사람에게는 좋은 일이라도 그 애들에게는 해가 될 수도 있을 거예요. 제가 보는 게 틀림없다면, 그 애들에게는 결핵 조짐이 있으니까요. 요컨대 제 생각에는…… 그렇지만 이야기가 지루하지요."

"그런 건 걱정하지 말아요…… 그래, 어떻게 생각한다고요……?"

"더 이상 모르겠습니다."

"어머나, 토라졌나 봐. 자기 생각을 부끄럽게 여기지 말아요."

"제 생각은 이렇습니다. 어떠한 일도 누구에게나 다 좋을 수는 없고 다만 어떤 사람들에게만 좋은 것이다. 어떠한 일도 누구에게나 다 참되다고 할 수 없고 다만 그렇게 믿는 사람들에게만 참된 것이다. 모든 사람들에게 한결같이 알맞은 방법이나 이론이란 있을 수 없다. 행동하기 위해서 선택해야 한다면 우리들에게는 적어도 선택의 자유가 있다. 선택의 자유가 없다면 더욱 간단할 테지요. 하여간 저에게는 저의 힘을 가장 훌륭하게 쓸 수 있게 해 주는 것, 저의 덕성을 이행할 수 있게 해 주는 것, 그것이 (물론 절대적으로 그런 건 아니지만, 요컨대 저에겐) 참된 것입니다. 왜냐하면 저는 자신에 대한 회의를 억제할 수 없는 동시에 우유부단이란 것도 질색이기 때문입니다. 몽테뉴가 말한 '연하고 부드러운 베개'는 제 머리를 위해 만들어진 것이 아닙니다. 아직 저는 졸음도 오지 않고 쉬고 싶지도 않으니까요. 전에 제가 그러려니 하고 믿었던 저 자신에서 아마도 현재 그러하다고 여기는 저 자신까지의 길, 그것은 긴 길입니다. 저는 가끔 아침에 너무 일찍 눈을 뜬 게 아닌가 두려울 때가 있습니다."

"두려워요?"

"아닙니다. 두려운 건 아무것도 없습니다. 하지만 당신은 제가 벌써 많이 변했다는 것을 아시는지요. 적어도 제 마음속 풍경은 제가 집을 떠나던 때와는 이젠 조금도 같지가 않답니다. 그 뒤에 저는 당신을 만났습니다. 그때부터 곧 저는 무엇보다도 먼저 저 자신의 자유를 찾는 버릇을 그쳤습니다. 아마 모르시겠지만, 저는 당신을 위해서 무엇이든 하겠습니다."

"그게 무슨 말인가요?"

"아, 잘 아시면서. 왜 저에게 그것을 이야기시키려 하십니까? 저더러 고백하라는 것인가요……? 그러지 마십시오. 제발 부탁입니다. 그 미소를 감추지 마십시오. 그렇지 않으면 저는 감기에 걸릴 지경입니다."

"그렇지만 베르나르, 설마 나를 사랑하기 시작했다는 말을 하려는 것은 아니겠지요?"

"아, 시작한 게 아닙니다." 베르나르는 말했다. "그 사실을 느끼기 시작한 것은 아마도 바로 당신입니다. 그렇지만 당신은 제가 사랑을 못 하게 할 수는 없습니다."

"당신만은 경계하지 않아도 좋아서 나는 정말 기뻤어요. 그런데 이제부터는 마치 불붙기 쉬운 것을 대하듯 조심하면서 당신을 가까이 할 수밖에 없다면…… 하지만 생각해 봐요. 난

머지않아 보기 흉하게 배가 부풀어오른 여자가 될 거예요. 그걸 한번 보기만 해도 당신 병은 나을 거예요."

"그렇겠지요, 만약 제가 사랑하는 것이 당신 외양만이라면 말입니다. 그리고 우선 저는 병에 걸린 것이 아닙니다. 하지만 만약 당신을 사랑하는 것이 병이라면 전 낫고 싶지 않습니다."

그는 그 모든 것을 심각하게, 거의 서글픈 어조로 이야기했다. 그는 일찍이 에두아르나 두비에보다도 더 다정하게 그녀를 바라보았다. 그러나 거기에는 깊은 존경의 빛이 깃들어 있었으므로 로라는 불안감을 느끼지는 않았다. 그녀는 둘이서 읽다가 중단한 영어 책을 무릎 위에 놓고 건성으로 책장을 넘기고 있었다. 마치 그녀는 아무 이야기도 듣지 않는 것 같았다. 그래서 베르나르는 그다지 거북함을 느끼지 않고 이야기를 계속할 수 있었다.

"저는 연애를, 적어도 제가 겪도록 타고난 연애는 무엇인가 화산과 같은 것이라고 생각했어요. 그래요. 정말 저는 난폭하고, 거칠게, 바이런 식으로밖에 사랑할 수 없는 사람이라고 생각했던 거예요. 그렇지만 그 얼마나 저 자신을 모르는 일이었을까요! 그러려니 하고 생각했던 제 모습과는 아주 다른 자신을 알게 해 준 사람은 로라, 당신입니다! 저는 여태껏 지긋지긋한 인물의 흉내를 냈어요. 그리고 그와 닮으려고 갖은 애를 썼지요. 집을 나올 때 가짜 아버지에게 쓴 편지를 생각하면 정말 부끄러워 못 견디겠어요. 저는 저 자신을 제 욕망을 가로막는 모든 것을 짓밟아 버리는 반항아, 무뢰한이라고 생각했습니다. 그런데 당신 곁에 있으면 이젠 욕망마저 없어지고 맙니다. 자유를 가장 최고의 선으로 갈망해 오던 저였습니다. 그런데 자유롭게 되자마자 저는 굴복하여 당신의…… 아아, 대작가들의 미사여구들이 머릿속에 무더기로 들어차 있다는 것은 참으로 화나는 일입니다! 진지한 감정을 표현하려 할 때 어쩔 수 없이 그것들이 입술에 떠오르니 말입니다. 이 감정은 제게는 아주 새로워서 표현할 말을 아직 만들어 내지 못했어요. 사랑은 아니라고 해 둡시다. 그 말이 당신에겐 거슬리는 모양이니까 숭배라고 해 두지요. 여태까지 무한하게 느껴지던 그 자유에는 당신 율법으로 한계가 그어졌습니다. 지금까지 제 마음속에서 꿈틀거리던 소란하고 보기 흉한 것들이 이제 당신을 에워싸고 조화로운 원무를 추는 것 같습니다. 만약 제 생각 가운데서 어느 한 생각이 당신으로부터 멀리 떨어지는 것이 있다면, 저는 그것을 버리겠습니다……. 로라, 사랑해 달라고는 말하지 않겠습니다. 저는 아직 고등학생에 불과하니까요. 저에게는 당신 주의를 끌 만한 가치가 없습니다. 지금 제가 바라는 것은 다만 조금이라도 당신의…… (아! 끔찍하게 싫은 말입니다만) ……좋은 평가를 얻었으면 하는 겁니다."

그는 로라 앞에 무릎을 꿇었다. 그리고 로라가 약간 의자를 뒤로 물렸음에도, 베르나르는 존경의 뜻을 표한다는 듯 두 팔을 뒤로 하고 그녀 옷에 이마를 갖다 대었다. 그러나 자기 이마 위에 로라의 손이 얹히는 것을 느끼자 그는 손을 잡고 거기에 입술을 지그시 눌렀다.

"베르나르, 참 어린애 같군요! 나 또한 자유로운 몸이 아니에요." 그녀는 손을 빼면서 말했다. "자, 이걸 봐요."

로라는 블라우스에서 꾸겨진 종이를 꺼내 베르나르에게 내밀었다.

베르나르는 우선 서명을 보았다. 염려했던 대로 펠릭스 두비에의 이름이었다. 잠시 동안 그는 편지를 읽지 않고 손에 들고 있었다. 그러고는 로라를 향해 눈을 들었다. 그녀는 울고 있었다. 그때 베르나르는 가슴속에서 또 하나의 끈이 끊어져 버리는 것을 느꼈다. 그 끈이야말로 우리들 각자를 자신에게 연결하고, 자신의 이기적인 과거에 연결하는, 눈에 보이지 않는 끈의 하나인 것이다. 이어 그는 편지를 읽었다.

사랑하는 나의 로라

세상에 태어나려고 하는 아이의 이름을 걸고, 그리고 내가 친아버지나 다름없이 사랑하기로 맹세하는 그 아이의 이름을 걸고 간청하니 돌아와 주오. 어떤 비난이 이곳에서 당신이 돌아오는 것을 기다린다고 생각하지 마오. 너무 자신을 책하지 말도록. 그것이 내게는 무엇보다도 괴롭소. 지체하지 말도록. 나는 온 마음을 다해 당신을 사랑하고, 당신 앞에 무릎 꿇으며, 당신이 돌아오기를 기다리오.

베르나르는 로라 앞 바닥에 주저앉았다. 그러나 그는 로라의 얼굴을 바라보지 않고 물었다.

"언제 이 편지를 받으셨어요?"

"오늘 아침."

"전 그분이 아무것도 모르시는 줄 알았는데, 편지를 보내셨던가요?"

"네, 모든 것을 고백했어요."

"에두아르도 아나요?"

"전혀 몰라요."

베르나르는 잠시 동안 묵묵히 고개를 숙이고 있었다. 그러나 다시 로라에게 고개를 들며

"그런데…… 이제, 어떻게 하실 작정입니까?"

"정말 그걸 물으시는 거예요……? 그이한테 돌아가겠어요. 내가 있을 곳은 그이 곁이에요. 난 그이와 함께 살아야 해요. 아시겠지요."

"네." 베르나르는 대답했다. 긴 침묵이 흘렀다. 베르나르가 다시 말했다.

"다른 사람의 아이를 자기 친자식처럼 사랑할 수 있다고 믿습니까, 정말?"

"그렇게 믿는지 어떤지 모르겠어요. 하지만 그렇게 되기를 바라요."

"전 그렇다고 믿습니다. 그리고 저는 반대로 '혈육의 정'이라고 어리석게 이르는 말을 믿지 않습니다. 그렇습니다, 그 혈육의 정이란 한낱 신화에 불과하다고 생각합니다. 어느 책에서 읽었는데, 오세아니아 군도의 어떤 종족에서는 다른 사람의 아이를 양자로 삼는 습관이 있는데, 양자를 친자식들보다 더 좋아하는 일이 흔히 있답니다. 그 책에는, 지금도 똑똑히 기억합니다만, '더 귀염을 받는다.'라고 씌어 있었어요. 지금 제 생각이 어떤지 아세요……? 제 아버지 노릇을 해 준 사람은 제가 친자식이 아니란 짐작이 들게 할 만한 말은 아무것도 하지 않았고, 또 그런 행동도 하지 않았다고 생각합니다. 전 그에게 보낸 편지를 쓰면서 항상 차별 대우를 느꼈다고 했지만, 사실 그건 거짓말입니다. 그와는 반대로 저를 유달리 사랑해 주는 걸

느꼈어요. 그러니 그 사람을 향한 저의 배은망덕은 그에 대한 저의 행동이 나빴기 때문에 더욱더 가증스러운 것입니다. 로라, 당신에게 묻고 싶어요…… 제가 그 사람에게 용서를 빌어야만 하고, 그 사람 곁으로 돌아가야만 한다고 생각하시는지요?"

"아니요." 하고 로라가 말했다.

"왜요? 당신은, 그렇게 말하는 당신 자신은 두비에에게 돌아가려고 하시는 터에……."

"당신은 아까 나한테 이런 말을 했어요. 어떤 사람에게 옳은 일이라고 해서 반드시 다른 사람에게도 옳은 일은 아니라고 말입니다. 나는 나 자신이 약한 사람이라고 느끼지만, 당신은 강한 사람이에요. 프로피탕디외 씨는 당신을 사랑할 수도 있어요. 그렇지만 그이에 관한 당신 이야기로 미루어보면 당신네는 서로가 이해할 수 있는 사람들 같지 않네요……. 어쨌든 좀 기다려 보도록 하세요. 패해서 그에게 돌아가지는 마세요. 내 생각을 모두 이야기할까요? 당신이 그런 말을 꺼내는 것은 그 사람을 위해서가 아니라 나를 위해서예요. 당신이 말한 대로 소위 '나의 좋은 평가'를 얻고 싶어서 그렇죠. 그렇지만 베르나르, 당신이 그걸 얻고 싶어 한다는 걸 내가 느끼지 않을 때에야 당신은 그걸 받을 수 있을 거예요. 자연스러운 당신이 아니면 나는 당신을 사랑할 수 없어요. 후회는 나 같은 사람에게나 맡겨 두세요. 당신에게 어울리지 않아요, 베르나르."

"당신 입을 통해 불리는 걸 들으면 제 이름이 거의 좋아질 지경입니다. 제가 그 집에서 제일 싫어하던 것이 무엇인지 아세요? 사치였어요. 너무 많은 안락함과 너무 많은 편안함……

저는 무정부주의자가 되는 느낌이었어요. 그런데 지금은 반대로 보수주의자로 변해 가는 것 같습니다. 요전 날 어떤 관광객이 국경에서 세관을 속여 밀수하는 쾌감을 이야기하는 것을 듣고 분격했을 때, 갑자기 저는 그것을 깨달았어요. '국가 재산을 훔치는 것은 어느 누구의 재산도 훔치는 것이 아닙니다.' 하고 그 사람은 말하더군요. 저는 반항심 때문에 문득 국가가 무엇인가를 이해하게 되었어요. 그리고 단지 사람들에게서 국가가 피해를 입고 있다는 이유만으로 국가를 사랑하게 되었답니다. 그때까지 저는 그런 것을 한 번도 생각해 본 적이 없었어요. '국가란 하나의 약속에 지나지 않는다.'라고 그 사람은 또 말하더군요. 그것이 각 개인의 성실성을 토대로 한 약속이라면 얼마나 훌륭하겠어요……. 그러나 그것은 정직한 사람들밖에 없을 경우의 말입니다. 이보세요, 지금 누가 저한테 가장 아름다운 덕성이 뭐냐고 묻는다면 저는 서슴지 않고 대답하겠어요, 그것은 정직이라고. 아아! 로라! 저는 한평생 잠깐 뭣인가에 부딪쳐도 맑고 정직하고 진실한 소리를 내고 싶어요. 제가 아는 거의 모든 사람들에게선 거짓 소리밖에 나지 않았습니다. 외양과 조금도 어긋남 없는 가치를 지닐 것, 자기 가치 이상을 남에게 보이려고 하지 말 것…… 그러나 사람들은 저마다 속마음을 감추고 속이려고 합니다. 그리고 자신을 좋게 보이려고 하는 나머지 마침내는 자기 자신이 누구인지조차 모르게 됩니다…… 이런 말을 하는 저를 용서하세요. 간밤에 생각한 것을 알려 드리려는 것이었어요."

"어제 우리에게 보여 준 그 돈을 생각했군요. 그런데 내가 떠나면……."

그녀는 말을 끝맺지 못했다. 두 눈에 눈물이 글썽거렸다. 눈물을 참으려고 애를 써 그녀의 입술이 떨리는 것을 베르나르는 볼 수 있었다.

"그렇다면, 떠나신단 말이군요, 로라⋯⋯." 베르나르는 슬픈 듯 말했다. "당신이 제 옆에 계시지 않은 것을 느끼면, 저는 아무런 가치도 없는 인간이 될 것 같고, 그렇지 않다 하더라도 아주 하찮은 가치밖에 없는 인간이 될 것 같아 두려워요⋯⋯ 하지만 한 가지 여쭤어보고 싶은 것이 있습니다⋯⋯ 당신은 그래도 떠날 생각을 하셨을 겁니까, 그 고백의 편지를 쓸 생각이 드셨을 겁니까, 만약에 에두아르⋯⋯ 뭐라고 말해야 좋을지 모르겠군요⋯⋯. (로라는 얼굴을 붉혔다.) 만약 에두아르가 더 가치 있는 사람이었다면? 아아! 항의하지 마세요. 당신이 그분을 어떻게 생각하는지 잘 아니까요."

"어제 내가 그분 이야기를 들으면서 웃는 것을 보고 그렇게 말하는군요. 그래서 곧 그분에 대한 우리들 판단이 같다고 생각한 거죠. 천만에, 당신 생각은 틀렸어요. 사실대로 말하면 나 자신도 내가 그분을 어떻게 생각하는지 모르겠어요. 그분은 결코 오랫동안 한결같지 않았어요. 어느 무엇에도 집착하는 사람이 아니에요. 그렇지만 그분의 도피처럼 마음을 끄는 건 없어요. 당신은 그분을 안 지 얼마 되지 않으니까 그분을 판단할 수 없을 거예요. 그이는 끊임없이 무너지고는 다시 만들어져요. 잡았다고 생각하면⋯⋯ 마치 프로테우스*와 같아요. 그이는 자기가 좋아하는 것의 형태를 자신의 형태로 만들

---

* 예언과 변신을 곧잘 하는 그리스 신화 속 바다의 신.

어 버려요. 그래서 그이 자체를 이해하려면 그이를 사랑해야만 한답니다."

"당신은 그를 사랑합니다. 오! 로라, 제가 질투하는 건 두비에도 뱅상도 아닙니다. 그건 에두아르입니다."

"왜 질투를 해요? 난 두비에를 사랑해요. 에두아르도 사랑해요. 그렇지만 서로 다르게 사랑해요. 그리고 당신을 사랑한다면 그것은 또 다른 사랑이겠지요."

"로라, 로라, 당신은 두비에를 사랑하지 않습니다. 그에게 다만 정과 연민과 존경을 품고 있을 뿐이지요. 그건 사랑이 아닙니다. 당신 슬픔의 비밀은 (로라, 당신이 슬퍼하니까요.) 당신 생활이 나뉜 데 있습니다. 사랑은 당신을 불완전하게밖에 잡지 않았습니다. 한 사람에게 주고 싶었던 것을 여러 사람에게 나누어 주고 있답니다. 그렇지만 저는 자신을 나눌 수는 없다고 생각해요. 준다면 자신을 송두리째 줄 수밖에 없어요."

"아직 너무 젊은데 그런 말을 해선 안 돼요. 당신이 말하는 것처럼 '나누'지 않을 거라는 것을 당신은 미리 알 수 없답니다. 나는 당신이 주는 그…… 헌신적인 마음밖에 받을 수 없어요……. 그밖의 것에는 나름대로의 여러 가지 요구가 있을 테니, 그건 다른 데서 만족시켜야만 할 거예요."

"정말 그럴까요? 당신은 저에게 저 자신과 인생에 대해 미리부터 질리게 할 참이군요."

"당신은 인생에 대해 아무것도 몰라요. 인생으로부터 당신은 모든 것을 기대할 수 있어요. 내 잘못이 무엇이었는지 아세요? 인생으로부터 더 이상 아무것도 기대하지 않은 거예요. 아무것도 기대할 수 없다고 생각했을 때, 자포자기하고 말았어요. 지난 봄 포에서 마치 두 번 다시 봄을 맞이할 수 없을 것 같은 심정으로, 마치 이젠 중요한 것이 아무것도 없다는 심정으로 살았어요. 베르나르, 그 벌을 받는 지금, 나는 당신에게 말할 수 있답니다. 절대로 인생에 절망해서는 안 된다고요."

정열에 활활 불타는 젊은 남자에게 그런 말을 한들 무슨 소용이 있겠는가? 로라의 말은 베르나르에게 하는 이야기가 아니었다. 그녀는 베르나르의 호의에 이끌려 그 앞에서 저도 모르게 큰 소리로 제 생각을 토로했던 것이다. 그녀는 꾸며내는 데 서툴렀고, 자제하는 것도 서툴렀다. 처음 에두아르를 생각하자마자 그녀를 열광케 한 충동, 그에 대한 자신의 연정을 드러내고 만 그 충동에 맡겼듯이, 그녀는 아버지에게서 이어받은, 무엇인가 설교를 늘어놓고 싶은 욕망에 몸을 맡겨 버렸던 것이다. 그러나 베르나르는 비록 그것이 로라에게서 오는 것일지라도 충고나 조언 따위는 질색이었다. 그가 웃는 것을 보고 로라도 그 사실을 알아차릴 수 있었다. 그러자 그녀는 한결 침착한 목소리로 다시 이야기를 계속했다.

"파리로 돌아가서도 에두아르의 비서를 하겠어요?"

"네, 만약 저를 써 준다면. 그렇지만 무슨 일거리를 줘야 말이지요. 무엇을 하면 제가 재미있어 하리라는 것을 아세요? 그와 함께 그 책을 쓰는 일입니다. 그분은 혼자서는 결코 쓰지 못할 겁니다. 어제 당신도 그것을 분명히 잘 말했습니다. 제가 보기엔 그가 말한 집필 방법은 터무니없다고 생각해요. 훌륭한 소설은 그보다 훨씬 순박하게 쓰이는 겁니다. 그리고 우선, 이야기하는 것을 믿어야만 하지요. 그렇지 않습니까? 그리고 아주 단순하게 이야기해야 할 겁니다. 처음에 저는 그를 도울 수 있으려니 생각했어요. 만약 그에게 탐정이 필요했다면 아마 저는 그 역할을 해냈을 겁니다. 그는 내 탐정 노릇으로 발견된 사실에 관해 썼을 거예요…… 그렇지만 관념론자와는 무슨 일을 해도 소용없습니다. 그 곁에 있으면 저는 제게 현지 취재 기자적 근성이 있다는 걸 느껴요. 그가 틀린 생각을 완강하게 고집한다면, 저는 저대로 일을 할 것입니다. 생활비를 벌어야만 하니까요. 어느 신문사에 일거리를 찾아보겠어요. 그동안 시나 쓰지요."

"현지 취재 기자들 곁에 있으면 자신에게 시인적인 감수성이 있다는 것을 느끼겠군요."

"놀리지 마세요. 제가 우스꽝스럽다는 걸 저도 잘 압니다. 제가 너무 지나치게 그걸 느끼게 하지 마세요."

"에두아르와 함께 있도록 하세요. 당신은 그분을 도와 드릴 겁니다. 그리고 당신도 그의 도움을 받으세요. 그분은 좋은 사람이에요."

점심시간을 알리는 종소리가 들려왔다. 베르나르는 일어섰다. 로라는 그의 손을 잡았다.

"저, 어제 보여 준 조그만 동전 말이에요…… 내가 여기를 떠날 때 당신 기념으로 — 그녀는 단단하게 힘을 모아 이번에는 끝까지 말을 맺을 수 있었다. — 내게 줄 수 없겠어요?"

"자, 여기 있습니다. 가지세요." 하고 베르나르는 말했다.

5

그것은 사람들이 치유됐다고 자부하는 거의 모든
인간 정신 질병에서 볼 수 있는 현상이다. 그 질병들
은 의학에서 말하듯 단지 퍼져서 전염되었을 뿐, 그
뒤에 다른 병으로 남는 것이다.

— 생트뵈브
(『월요한담』, 1권 19쪽)

에두아르의 일기

나는 내 작품의 '깊은 주제'라고 일컬을 만한 것을 엿볼 수
있게 되었다. 그것은 아마도 현실 세계와 우리들이 그 현실로
만들어 낸 표현 사이의 겨루기다. 외양의 세계가 우리에게 강
렬한 인상을 주는 방식, 그리고 우리들이 외부 세계에 대해 우
리의 특수한 해석을 강요하려는 방식, 그것이야말로 우리들 인
생의 드라마인 것이다. 현실의 사실이 보이는 저항은 몽상, 희

망, 내세 생활 속에 우리들의 이상적인 구성을 옮기는 것이다. 그리고 우리 내세에 대한 우리의 믿음은 이 현세 생활의 모든 환멸로 배양되는 것이다. 현실주의자들은 사실로부터 출발해 자기 관념을 사실에 적응시킨다. 베르나르는 현실주의자다. 그와 뜻이 맞지 않을 것 같아 걱정이다.

소프로니스카가 내겐 신비주의자다운 점이 조금도 없다고 말했을 때, 나는 왜 그 말을 받아들였던가? 신비 사상이 없이 사는 사람이란 어떤 위대한 일도 성취할 수 없다는 것을 나도 그녀와 더불어 인정한다. 내 작품 이야기를 듣고 로라가 비난하는 것은 바로 나의 신비주의가 아닌가……? 이런 토론은 그네들에게 맡겨 두자.

소프로니스카가 내게 다시 보리스에 관한 이야기를 해 주었다. 그녀는 소년으로부터 고백을 전부 들을 수 있게 되었다고 믿었다. 그 가엾은 소년에겐 이제 여의사의 눈길을 피해 몸을 숨길 수 있을 아주 조그마한 은신처나 아주 작은 덤불 하나도 남지 못하게 되었다. 그는 숲에서 완전히 몰려나고 만 것이다. 소프로니스카는 마치 시계 수리공이 내부 수리를 하기 위해 시계 부품을 분해하듯, 소년의 심적 구조의 가장 내밀한 톱니바퀴까지도 분해하여 밝은 빛에 드러냈다. 그렇게까지 한 뒤에도 만약 소년이 제 시간에 종을 울리지 않는다면 헛수고를 하고 만 것이다. 소프로니스카는 내게 이런 이야기를 했다.

보리스는 아홉 살 때 바르샤바에 있는 학교에 입학했다. 그는 자기보다 나이가 한두 살 위인 바티스탱 크라프트라는 동급생과 친해져서, 어린이들이 아무것도 모르고 순진하게 경탄하여 '마법'이라고 믿었던 비밀스러운 나쁜 짓을 그 소년으로부터 배웠다. 어린이들은 자기들의 악습에 그런 이름을 붙이곤 했는데, 그것은 그들이 바라는 것을 마법이 신비로운 방법으로 손에 넣을 수 있게 해 주며, 힘을 무한하게 키워 준다는 것 등등을…… 듣거나 읽거나 했기 때문이다. 그들은 현실의 공허를 허망한 존재를 통해 메울 수 있는 비밀을 발견했다고 진심으로 믿었다. 그리하여 그들은 즐거이 환각에 도취했고, 극도로 혹사당한 그들 상상력이 쾌락의 자극에 힘입어, 신기한 것이 가득히 채워져 있다고 상상하는 공허 속에서 황홀경에 빠졌던 것이다. 물론 소프로니스카는 그런 말을 하지 않았다. 나는 보리스가 사용한 말을 그대로 그녀가 옮겨 주었으면 싶었다. 그러나 그녀는 소년의 거짓 조작, 일부러 말 안 하기, 애매모호함 등이 뒤엉킨 태도에서 겨우 그런 사실을 알아냈을 뿐이라고 말하는 것이다. 그렇지만 그녀는 그것이 정확하다는 것만은 나에게 보증했다.

"저는 이제 보리스가 가지고 있던 양피지 조각에서 오랫동안 찾아 오던 해석을 발견했어요." 그녀는 덧붙였다. "보리스는 언제나 그 종잇조각을, 그 애 어머니가 억지로 달고 있게 하던 여러 성패(聖牌)들 옆에, 그 가슴에 매단 조그만 주머니에 넣어 가지고 있었어요. 그런데 그 양피지에는 어린애 솜씨로 정성들여 쓴 낱말 다섯 개가 대문자로 적혀 있었는데, 그 뜻을 아무리 물어봐도 가르쳐 주지 않았어요.

GAZ. TELEPHONE. CENT MILLE ROUBLES.*

---

* 가스. 전화. 100만 루블.

'아무 뜻도 없어요. 그저 마법이에요.' 추궁하면 보리스는 언제나 그렇게 대답했어요. 그 애에게서 들을 수 있는 것은 그뿐이었습니다. 이제야 안 일이지만 그 수수께끼 같은 문자는 마법의 대가요 선생인 바티스탱이 쓴 것으로, 다섯 낱말은 소년들에게는 하나의 주문(呪文), 쾌락이 그들을 거기에 빠뜨리게 했던 그 부끄러운 낙원에 들어가기 위한, 말하자면 '열려라, 참깨.' 같은 주문이었어요. 보리스는 그 양피지를 자기 '부적'이라고 불렀어요. 그 양피지를 제게 보여 줄 결심을 시키는 것만도 매우 어려웠지만, 더구나 그것을 버리게 하기는 여간 어려운 일이 아니었어요.(바로 이곳에서 지내기 시작한 때였습니다.) 그 애가 오래전부터 그 나쁜 습관을 버렸다는 걸 알기 때문에 그 '부적'도 저는 버리게 하고 싶었어요. 저는 그 '부적'만 버린다면 고통 받는 그 애의 안면 경련이며 편집 증세도 사라질 것이라고 생각했어요. 그런데 그 애는 그것에 매달려 떨어지려고 하질 않더군요. 그리고 그 애의 병도 그것이 최후의 피난처라는 듯이, 그것에 눌어붙었더랬지요."

"그렇지만 그 애는 그런 습관을 버렸다고 말씀하셨는데……."

"신경병은 그 뒤에 생겼거든요. 물론 보리스가 나쁜 습관에서 벗어나려고 자신을 억제한 데서 그 병이 생겼을 거예요. 보리스에게서 들은 말인데, 어느 날 그 애가 이른바 '마술을 부리'는 것을 어머니에게 들켰다더군요. 왜 그런 이야기를 그 애 어머니는 제게 하지 않았을까요……? 수치심 때문이었을까요……?"

"아마 그 애를 벌줘서 그 버릇을 고쳐 주었다고 생각했기 때문일 테지요."

"사리에 맞지 않는 일이에요…… 그 때문에 저는 그렇게 오랫동안 어둠 속을 더듬었어요. 말씀드린 것처럼 전 보리스를 매우 순진한 소년이라고 믿고 있었어요."

"그래서 그것이 바로 당신을 거북하게 한다고까지 말씀하셨지요."

"그러니 제 말이 옳지 않나요…… 그 애 어머니는 제게 알려 줬어야 해요. 제가 곧 알 수 있었더라면, 보리스는 지금쯤 나았을 거예요."

"병은 그 뒤에 시작되었다는 말씀이셨는데……."

"반동으로 발생했다는 말입니다. 그 애 어머니는 보리스를 꾸짖기도 하고 부탁도 하고 설교도 했을 거예요. 그런데 그때 갑자기 그 애 아버지가 세상을 떠났거든요. 보리스는 어머니가 죄악이라고 말하던 그의 비밀스러운 짓거리 때문에 벌을 받는 것이라고 믿어 버렸지요. 그 아이는 자신에게 아버지의 죽음에 책임이 있다고 생각했어요. 자기는 죄인이며 저주받을 인간이라고 믿은 것입니다. 그 애는 겁이 났어요. 그러자 그 애의 나약한 신체가, 마치 사냥꾼에게 몰린 짐승처럼, 거기에서 마음의 고통을 제거하려고 여러 자질구레한 핑계를 생각해 냈던 것이 바로 그때입니다. 그리고 그것이야말로 그만큼의 자백을 하고 있는 것이라 생각합니다."

"제가 잘못 알아들은 것이 아니라면 부인께선 보리스가 '마술'을 조용하게 그대로 계속 했더라면, 오히려 나았을 거라고 생각하시는 겁니까?"

"병을 고치는 데 그 애를 겁나게 할 필요는 없었다고 생각해요. 그 애 아버지의 죽음으로 일어난 생활 변화는 그 애 마음을 돌리기에 충분했을 거예요. 그리고 바르샤바를 떠나게 된 것도 그 애 친구의 영향에서 벗어날 수 있게 해 줬을 것입니다. 공포로는 아무런 좋은 결과를 얻을 수 없습니다. 그래서 내막을 안 저는 그 모든 것을 다시 이야기해 주고 과거를 돌이켜보게 하면서, 진정한 행복의 소유보다도 공상적인 행복을 소유하기로 택한 것은 부끄러운 일이라고 말해 줬어요. 그 진정한 행복이란 노력의 보수라는 것을 말해 줬답니다. 저는 그 애 허물을 나쁘다고 말하기보다는 그것을 그저 단순히 게으름의 한 형태로 보게 해 줬지요. 사실 또 저는 그런 형태라고 믿습니다. 게으름의 가장 교묘하고 가장 배신적인 형태라고요⋯⋯."

이 말을 듣자 나는 라 로슈푸코의 한 구절이 생각났다. 그리고 그 구절들을 그녀에게 보여 주고 싶었다. 나는 그것들을 기억만으로 인용할 수 있었지만, 여행할 때 언제나 가지고 다니는 조그마한 '잠언집'을 가져왔다. 그리고 그녀에게 읽어 줬다.

"모든 정념 중에서 우리들에게 가장 알려지지 않은 것, 그것은 게으름이다. 비록 그 격심한 성격은 드러나지 않고 그것으로 말미암아 일어나는 해독은 눈에 띄지 않지만, 그것은 모든 정념 중에서 가장 치열하고 사악한 것이다⋯⋯. 게으름에 의한 안식은 지극히 열렬한 탐구와 완강한 결심까지도 별안간 중단시켜 버리는 마음속의 가장 은밀한 매혹이다. 결국 이 정념의 진정한 개념을 밝히자면, 게으름은 마음의 지극한 행복과 같은 것으로, 마음의 모든 상실을 위로해 주고 마음에다 모든 재물 역할을 대신해 주는 것이라고 말해야 할 것이다."

"그래, 선생님께선." 하고 소프로니스카가 말했다. "라 로슈푸코가 이 글을 쓰면서 우리가 이야기하던 것과 같은 것을 넌

지시 말하고자 했다고 하시는 겁니까?"

"그럴지도 모르지요. 하지만 전 그렇게 생각하지 않습니다. 우리나라 고전 작가들에겐 다양한 해석을 가능하게 해 주는 풍부한 의미가 있으니까요. 더구나 그 정확성은 배타적이지 않은 만큼 더욱 감탄할 만하지요."

나는 그녀에게 보리스의 그 부적이라는 걸 보여 달라고 청했다. 그녀는 이젠 그것을 가지고 있지 않다고 말했다. 보리스에게 흥미를 느껴서 그 부적을 기념으로 가지고 싶다는 어떤 사람에게 줬다는 것이다. "스트루빌루라는 사람인데, 선생님께서 이곳에 오시기 며칠 전에 만났어요."

나는 소프로니스카에게 호텔 숙박계에서 그 이름을 보았다는 것과, 나도 옛날 스트루빌루라는 어떤 사람을 만난 일이 있는데, 과연 같은 인물인가 알고 싶다는 말을 했다. 그녀가 묘사해서 이야기해 준 모습으로 미루어 추호도 의심할 여지가 없었다. 그러나 그 인물에 관해 나의 호기심을 만족시켜 줄 만한 이야기는 한마디도 그녀에게서 들을 수 없었다. 나는 다만 그가 매우 상냥하고 퍽 열의가 있으며 아주 총명해 보이더라는 것, 그러나 "또 한 번 그 말을 사용해도 괜찮다면." 하고 웃으면서 덧붙여 설명하는 그녀의 말을 듣건대, 그 남자 또한 좀 게으른 사람처럼 보였다는 것을 알 수 있을 뿐이었다. 나도 스트루빌루에 관해 아는 것을 이야기해 주었다. 그리하여 화제는 자연 우리가 서로 만나게 됐던 기숙사, 로라의 부모(로라도 그녀에게 이미 여러 가지 자신의 속내 이야기를 한 터였다.)와 라 페루즈 노인, 그 노인과 어린 보리스의 혈연 관계, 그리고 내가 노인과 헤어질 때 그 소년을 데려다 주겠다고 약속한 일 등으로까지 이어졌다. 보리스가 어머니와 함께 사는 것은 좋지 않을 것이라고 소프로니스카가 앞서 나에게 말했던 것이 생각나서 나는 "왜 그 애를 아자이스네 기숙사에 넣지 않으십니까?" 하고 그녀에게 물었다. 그러한 생각을 그녀에게 암시해 주면서 나는 보리스가 아주 가까운 곳에 있는 친지 집에 와서 마음대로 가 볼 수 있으리라는 것을 알면 노인이 무한히 기뻐할 것이라고 특히 생각했다. 그리고 보리스에게도 거기 있는 게 나쁘리라고는 생각하지 않는다. 소프로니스카는 생각해 보겠노라고 말했다. 어쨌든 그녀는 내가 알려 준 모든 일에 무척 흥미를 느꼈다.

소프로니스카는 보리스의 병이 나았다고 되풀이했다. 이 치료는 자신의 방법이 확고하다는 것을 뒷받침하는 것임에 틀림없다는 것이다. 그러나 나는 그녀가 좀 서두르는 것이 아닌가 염려스럽다. 물론 나는 그녀에게 반대하려는 것은 아니다. 그리고 나는 그 애에게서 안면경련이며 강박 동작이며 언어장애가 거의 없어졌다는 것도 인정한다. 그러나 내가 보기엔 병이 마치 의사가 살피는 눈길을 피하려는 듯이, 다만 몸의 가장 깊은 곳으로 숨어든 것 같다. 그리고 이제는 바로 마음 자체가 침범당한 것 같다. 수음 행위 뒤에 이어서 신경 동요가 일어났듯이, 이제는 그 신경 동요의 뒤를 이어 무어라고 말할 수 없는, 눈에 보이지 않는 공포 상태가 일어나고 있는 것이다. 소프로니스카는 보리스가 브로냐의 뒤를 따라 어떤 어린애다운 신비주의에 빠져 들어가는 것을 보고 불안감을 느끼고 있는 것이 사실이다. 총명한 그녀인지라 보리스가 지금 찾는 그 새로운 '마음의 무한한 행복'은 결국 그가 처음 인위적으로 만들어

냈던 것과 크게 차이가 없다는 것, 그것이 비록 신체 조직에 희생이 덜 따르게 하고 해를 끼치는 일은 적다 하더라도 소년을 노력이나 실행으로부터 멀어지게 하는 점에 있어서는 아주 똑같다는 것을 모를 리 없다. 그러나 내가 그런 말을 하자, 그녀는 보리스나 브로냐 같은 아이들의 마음에는 공상적 양식이 필요해서 만약 그들로부터 그것을 빼앗는다면 브로냐는 절망 속으로, 보리스는 저속한 유물주의 속으로 떨어져 버리고 말 것이라고 대답하는 것이었다. 그뿐만 아니라, 자기에게도 그 아이들의 신뢰를 유린할 권리는 없으며 설사 그들의 신앙이 허위라 할지라도 거기에서 야비한 본능의 정화, 고상한 염원, 격려, 보호, 기타 등등을 보고 싶다는 것이다…… 교회 교리를 믿지 않는 그녀이건만 신앙의 효능은 믿는 것이다. 둘이서 묵시록을 읽고 흥분하며, 천사들과 이야기를 나누고, 자기들의 마음을 하얀 옷으로 감싸는 이들 두 어린이의 신앙심에 대해 그녀는 감격한 어조로 말하는 것이었다. 다른 모든 여자들과 마찬가지로 그녀도 모순 덩어리다. 그러나 그녀 말은 옳았다. 나는 신비주의자가 정말 아니다…… 또한 게으른 자도 아니다. 보리스를 부지런한 학생으로 만들기 위해, 그의 '가공 행복'을 추구하는 버릇을 고쳐 주기 위해 나는 아자이스 기숙사와 파리 분위기에 많은 기대를 건다. 바로 거기에 그의 구원이 있다. 소프로니스카도 보리스를 내게 맡길 생각에 꽤 기운 모양이다. 그러나 아마 그녀는 파리까지 그를 동반할 것이다. 소년이 아자이스 기숙사에 자리 잡는 것을 돕고 그렇게 함으로써 그의 어머니를 안심시키려는 것인데, 그녀는 소년의 어머니도 찬성하리라고 자신했다.

6

> 결점 중에도, 이용만 잘되면 덕보다 더욱 빛나는 것
> 들이 있다.
>
> — 라 로슈푸코

올리비에가 베르나르에게

친애하는 벗이여

내가 바칼로레아 시험에 합격했다는 것을 우선 알려야겠다. 그러나 이건 별로 중요한 일이 아니다. 내게도 여행을 떠날 수 있는 멋들어진 기회가 생겼다. 그래도 주저했지만 네 편지를 읽고 결심을 한 것이다. 처음엔 어머니가 약간 반대했다. 그렇지만 예상 외로 뱅상이 친절을 보여 주어 반대를 물리칠 수 있었다. 너의 편지에 암시된 상황에서 그가 야비한 자처럼 행동했으리라고

는 믿어지지 않는다. 우리 나이 또래에게는 남을 너무 엄격하게 비판하고 돌이킬 수 없는 선고를 내리는 유감스러운 경향이 있다. 여러 가지 행동들이, 다만 우리가 그 동기를 충분히 알지 못하는 까닭에 우리들에게는 비난할 만한 것으로, 증오할 만한 것으로까지 보이는 것이다. 뱅상은…… 그러나 그 이야기를 쓰자면 편지가 너무 길어지겠다. 한데 나는 너에게 이야기할 것이 너무 많다.

지금 너에게 편지를 쓰고 있는 내가 바로, 창간 잡지 《전위(前衛)》의 주필이란 것을 알아 다오. 이리저리 숙고한 끝에, 로베르드 파사방 백작이 나를 적임자로 인정한 이 직책을 맡기로 했다. 그가 잡지에 돈을 대긴 하지만, 그는 그런 사실이 알려지는 것을 그리 달갑게 여기지 않기 때문에 표지엔 내 이름만 실릴 것이다. 창간은 10월에 하려고 한다. 창간호에 싣도록 뭐 하나 보내 줘. 내 이름과 함께 네 이름이 창간호 목차에서 빛나지 않는다면 서글플 테니까. 파사방은 창간호에 뭔가 자유롭고 외설스러운 것이 실렸으면 한다. 왜냐하면 그는 신간 잡지에 대한 가장 치명적인 비난이란 너무 수줍어한다는 것에 있다고 생각하기 때문이다. 나도 그 의견에는 대체로 찬성이다. 그 점에 관해서 우리는 많이 이야기한다. 그는 나더러 그러한 것을 쓰라고 한다. 그리고 짤막한 단편 자료로 꽤 노골적인 주제를 하나 제공해 줬다. 어머니가 괴로워하실까 봐 걱정이지만 할 수 없지. 파사방 말처럼 젊으면 젊을수록 남의 빈축을 사는 짓을 해도 그다지 큰 흠이 될 것도 없으니까.

나는 이 편지를 비자본에서 쓰고 있다. 비자본은 코르시카에서 가장 높은 축에 드는 한 산봉우리 중턱에 자리 잡은 조그만 마을인데 울창한 숲 속에 묻혀 있다. 우리들이 묵는 호텔은 마을에서 퍽 떨어져서 유람객들에게는 피크닉의 출발점이다. 우리가 이곳으로 온 것은 불과 며칠 전 일이다. 처음에는 아름다운 포르토 만 근처에, 투숙객이 거의 없어 한적한 어느 한 여인숙에 머물렀다. 아침마다 우리는 해안으로 내려가서 해수욕을 했다. 거기서는 하루 종일 발가벗고 살 수 있다. 정말 놀라운 일이었다. 그러나 날씨가 너무 더워서 산으로 오지 않을 수 없었던 것이다.

파사방은 유쾌한 동반자다. 그는 자기 작위에 전혀 무관심하다. 나보고도 로베르라고 불러 달라는 것이다. 그리고 자기 생각대로 나를 올리브라고 불러 버렸어. 어때? 매력적이지 않으냐 말이다. 나에게 자기 나이를 잊어버리게 하려고 그는 갖은 애를 다 써. 그리하여 확실히 그렇게 하는 데 성공했지. 어머니는 내가 그와 함께 떠나는 것에 좀 겁을 내셨다. 파사방을 잘 모르셨으니까. 나도 처음엔 어머니를 슬프게 할까 봐 좀 주저했어. 너의 편지를 읽기 전에는 거의 단념할 지경이었지. 그런데 뱅상이 어머니를 설득해 주었다. 그리고 너의 편지가 돌연 내게 용기를 주었던 것이다. 출발하기 전 며칠 동안 우리는 여러 상점을 쏘다녔어. 파사방은 아주 너그러워 줄곧 무엇이든지 사 주겠다고 했다. 나는 끊임없이 말리기에 바빴어. 그렇지만 그의 눈에는 나의 초라한 옷차림이 끔찍했던 거야. 셔츠, 넥타이, 양말 등 내가 걸친 건 어느 하나도 그의 마음에 드는 것이 없었다. 그는 되풀이해서 내가 그와 함께 지낼 때 올바른 복장 — 다시 말하면 그의 마음에 드는 복장 — 을 하지 않으면 자기는 너무 괴로워서 견딜 수 없으리라고 말했다. 물론 산 물건들은 어머니가 걱정하실까 봐 모두 파사방 집으로 보내게 했지. 그 사람은 세련된 멋쟁이다. 특히 그의 취미란 말할 수 없이 좋았다. 그래서 나도 전에는 견딜 만하다고 생각했던 모든 것들을 이제는 지긋지긋한 것으로 여겼다. 상점에 들를 때마다 그가 얼마나 재미있게 구는지 넌 상상할 수 없을 것이다. 여간 재치 있는 사람이 아니야! 짐작할 수 있게 이야기해 주겠어. 브렌타노 상점에서였다. 그는 그 상점에 만년필 수리를 부탁해 두었던 것이다. 그의 뒤에서 몸집 큰 영국 사람 하나가 차례를 기다리지 않고 앞지르려다가 로베르가 불쑥 밀쳐 버리자, 그 남자는 그에게 무슨 소린지 알아들을 수 없는 말을 하기 시작했다. 로베르는 돌아서서 지극히 침착한 어조로 이렇게 말했다.

"소용없습니다. 나는 영어를 모릅니다."

영국 사람은 화가 나서 유창한 프랑스어로 대꾸했다.

"아셨으면 좋았을 겁니다."

그러자 로베르는 빙그레 웃으면서 정중하게 "아무 소용이 없다는 것을 잘 아시겠죠."라고 말했다.

영국인은 노기가 등등했지만 그 이상 아무 말도 할 수 없었지. 몹시 우스운 이야기야. 또 어느 날 우리는 올랭피아 극장에 갔다. 막간에 홀에서 서성거리는데 거기에는 꽤 많은 창녀들이 돌아다니고 있었다. 그중 두 여인, 매우 초라해 보이는 두 여인이 다가와서 그에게 말을 건넸다.

"이봐요, 맥주 한잔 사 주시겠어요?"

우리는 그 여인들과 함께 탁자에 앉았다.

"보이! 이분들께 맥주를 드려요."

"선생님들에게는 뭘 드릴까요?"

"우리요……? 그래, 샴페인이나 마실까." 하고 그는 대단치 않은 듯 말해 버렸다. 그러고는 모에트를 한 병 주문하여 우리 둘이서 마셨던 것이다. 그때 그 불쌍한 여자들의 얼굴이란……! 그는 창녀들이 싫은 모양이다. 그는 여태껏 한 번도 매음굴에 가 본 일이 없다고 말했다. 그리고 만약 내가 그런 곳에 출입한다면 화를 내겠다는 뜻을 넌지시 비쳤다. 곧잘 추잡스러운 말을 하고 그런 티를 내보이기도 하지만, 가령 여행 중 점심 전(before lunch)에 이 정도면 같이 자도 괜찮다고 생각될 만한 여자 다섯을 만나지 못한 날을 '우울한 날'이라고 부른다든가 하는 이야기를 들려줄 때처럼 — 그러나 보다시피 그는 매우 결백한 사람이다. 여기서 이야기해 두지만, 그 뒤 나는 그런 일을 다시는 하지 않았다…… 알겠지?

그에게는 아주 재미있고도 독특한 훈계 방법이 있다. 요전 날그는 내게 이런 말을 했어.

"알겠어, 이 사람아. 인생에서 중요한 것, 그건 끌려가지 않는 거야. 하나의 일에는 다른 하나의 일이 뒤따르고, 그렇게 해서 어디까지 갈지 모르게 돼. 가령 나는 우리 집 요리사의 딸과 결혼하기로 한 아주 건실한 청년을 하나 아는데, 어느 날 밤 그는 우연히 어느 보석상에 들어갔어. 그리고 그 상점 주인을 죽였지. 그러고는 훔쳤어. 그러고는 감췄어. 그래, 어떻게 되었겠어? 지난번 만났을 땐 거짓말쟁이가 되었더군. 조심해야 돼."

파사방은 늘 그런 식이다. 그러니까 심심하지 않다. 여행을 떠날 때에는 일을 많이 할 계획이었지만 지금까지 우리는 해수욕을 하고, 햇볕에 몸을 말리고, 수다를 떠는 것 외엔 별로 한 것이 없다. 그는 모든 일에 관해서 매우 독창적인 의견과 생각을 품고있다. 그가 전에 내게 설명해 준 일이 있는 깊은 바다 물고기들과 그가 "자가 발광"이라고 부르는 것에 관한 극히 새로운 학술을 저술하도록 나는 가능한 한 그에게 권한다. 자가 발광이란 고기들이 태양 광선 없이도 지낼 수 있는 그들 자신의 빛을 말하는 것인데, 파사방은 그것을 은총의 빛에, 그리고 "계시"와 동일시하고 있다. 이렇게 간단히 말해서는 뭐가 뭔지 모르겠지만, 그의 이야기를 들어 보면 정말 소설처럼 흥미진진해. 일반적으로 그가 박물학에 상당히 조예가 깊다는 것을 모르고들 있다. 그는 일종의 멋으로 자기 지식을 숨기는 것이다. 바로 그것은 그가 비장의 보석이라고 부르는 것이다. 그의 말에 따르면 자기 장신구를, 더구나 그것이 위조품일 경우에 남들 앞에 내보인다는 것은 사치스러운 생활을 하는 수상쩍은 외국인들이나 할 짓이라는 것이다.

그에겐 관념이며, 이미지며, 인간이며, 사물들을 교묘하게 사용하는 능력이 있다. 다시 말하면 그는 모든 것을 이용할 줄 안다. 그의 말에 따르면 인생 최대 비결은 향락에 있지 않고 이용하는 것을 배우는 데에 있다는 것이다.

시를 몇 편 쓰기는 했지만 너에게 보낼 만큼 만족스럽지 않다. 그럼 잘 있거라, 친구여. 10월에 다시 만나자. 나 역시 변한 것을 볼 것이다. 매일 나에게는 조금씩 자신이 생긴다. 네가 스위스에 있다는 걸 매우 기쁘게 생각한다. 그렇지만 보다시피 너를 부러워할 까닭이 내게는 조금도 없는 것이다.

올리비에

베르나르는 그 편지를 에두아르에게 내밀었다. 에두아르는 그 편지 때문에 가슴속에 일어나는 감정을 조금도 나타내지 않고 그것을 읽었다. 하지만 올리비에가 아주 신나게 로베르에 관해 이야기하는 모든 말에 그는 분개했고, 마침내 그를 미워하기에 이르렀다. 더구나 그 편지에 자기 이름이 거론조차 되지 않은 것, 올리비에가 그를 잊어버린 듯한 것을 그는 슬퍼하지 않을 수 없었다. 굵직하게 선을 그어 지워 버린 추신 석 줄을 읽어 보려 했으나 헛일이었다. 거기에는 다음과 같이 씌어 있었던 것이다.

아저씨에게 전해 다오. 나는 끊임없이 아저씨를 생각하며, 아저씨가 나를 버리고 간 것이 원망스럽고 그로 말미암아 나는 마음에 치명적인 상처를 입었다고.

홧김에 쓴 그 허세 편지에서 그 몇 줄만이 그래도 솔직했다. 그러나 올리비에는 그것을 지워 버렸다.

에두아르는 아무 말도 하지 않고 그 불쾌한 편지를 베르나르에게 돌려주었다. 베르나르도 아무 말없이 그것을 받았다. 앞서 말했지만 그들은 서로 이야기하는 일이 많지 않았다. 단둘이만 있으면 이내 일종의 야릇한, 뭐라고 설명할 수 없는 거북함이 그들을 짓누르는 것이었다.(나는 이 '설명할 수 없는'이라는 말을 좋아하지 않지만, 적당한 말이 생각나지 않아서 아쉬운 대로 잠깐 사용한다.) 그리고 그날 밤 그들이 방으로 돌아와 잘 준비를 할 때, 베르나르는 크게 용기를 내 목이 죄인 듯한 목소리로 물었다.

"두비에로부터 받은 편지를 로라가 보여 드리던가요?"

"두비에가 그렇게 하리라는 것을 나는 의심하지 않았어." 에두아르는 침대에 누우면서 말했다. "그는 아주 훌륭한 사람이지. 아마 좀 약할지 몰라도, 어떻든 좋은 사람이야. 아이를 귀여워하리라는 건 틀림없어. 그리고 아이도 그 사람 자신의 소생인 경우보다 확실히 더 건강할 거야. 그는 그리 튼튼해 보이지도 않으니까."

로라를 지극히 사랑하는 베르나르는 에두아르의 그러한 거침없는 냉담한 태도에 불쾌감을 느끼지 않을 수 없었다. 그러나 그는 조금도 그런 기색을 나타내지 않았다.

"하여간!" 하고 에두아르가 촛불을 끄면서 말했다. "난 절망 그 이외에는 해결책이 없어 보이던 이 일이 원만히 끝나서 참 기쁘네. 출발을 잘못한다는 건 누구에게나 있을 수 있는 일이야. 중요한 건 고집을 부리지 않는 거지……."

"물론이지요." 토론을 피하기 위해 베르나르는 말했다.

"베르나르, 솔직히 이야기할 수밖에 없네만 나도 자네와 잘못 출발하지나 않았나 염려스러워……."

"잘못 출발이라뇨?"

"그래, 나는 자네를 매우 사랑해. 그런데도 며칠 전부터 우리들은 서로 이해할 수 있는 사이가 아니라고…… (그는 잠시 동안 주저하며 표현을 찾았다.) 이 이상 더 나와 함께 지낸다는 건 자네 길을 그르치는 것밖엔 되지 않으리라 생각된단 말이야."

에두아르가 그런 말을 하기 전까지 사실 베르나르도 같은 생각을 하고 있었다. 그러나 에두아르가 베르나르의 마음을 다시 사로잡기에 그보다 더 적절한 표현은 없었다. 반박하지 않고는 견디지 못하는 본능이 머리를 들어 베르나르는 이렇게 항변했다.

"선생님은 저를 잘 모르십니다. 저도 저 자신을 잘 알 수 없어요. 선생님께선 여태까지 저를 시험해 보신 적이 없어요. 제게 별다른 불만이 없으시다면 좀 더 기다려 주실 수 없을까요? 우리들에게 별로 닮은 데가 없다는 건 저도 인정합니다. 그렇지만 사실은 그다지 심하게 닮지 않았다는 게 오히려 다행이라고 저는 생각했어요. 제가 선생님을 도와 드릴 수 있다면 그건 무엇보다도 제가 지닌 선생님과 다른 점, 제가 선생님에게 드릴 수 있는 뭔가 새로운 것이라고 생각해요. 제 생각이 틀렸다면 언제든지 말씀해 주세요. 저는 불평한다거나 결코 항변할 인간은 아닙니다. 그런데 전 이런 생각을 했습니다. 어쩌면 가당치도 않은 일일지도 모르겠습니다만…… 제가 잘못 듣지 않았다면, 보리스는 브델아자이스 기숙사에 들어가겠지요. 보리스가 그곳에서 외로워하지 않을까 걱정이라고 소프로니스카가 말하지 않던가요? 만약 제가 로라의 추천을 받아서 지망을 한다면, 거기서 학생감이든지 자습 감독이든지 하는, 무슨 일거리를 하나 얻을 수 있을지도 모르지 않습니까? 저는 밥벌이를 해야 합니다. 하는 일의 보수는 별로 바라지 않겠어요. 먹고 잘 수만 있으면 충분합니다…… 소프로니스카도 저를 신임하고, 보리스와도 저는 사이가 좋습니다. 그 애를 돌봐주고 그 애의 교사도 되고 친구도 되겠어요. 그러면서 선생님의 지시대로 하겠습니다. 그 사이에 선생님을 위해서 일도 하겠고 간단히 신호만 해 주시면 달려가겠습니다. 선생님은 이것을 어떻게 생각하세요?"

그리고 '이것을'이라는 말에 더욱 무게를 주려는 듯 그는 덧붙였다.

"이것을 저는 이틀 전부터 생각했습니다."

그것은 사실이 아니었다. 그 그럴듯한 계획을 그가 그 순간에 생각해 낸 것이 아니라면, 그는 벌써 로라에게 이야기를 했을 것이다. 그러나 틀림없는 일은, 이야기하지는 않았지만 분별없게도 에두아르의 일기를 읽은 뒤부터, 그리고 로라를 만난 이후로 그가 자주 브델 학원을 생각한다는 사실이었다. 그는 올리비에의 친구, 그러나 올리비에가 한 번도 얘기해 준 일이 없는 아르망과 사귀고 싶었던 것이다. 더욱 사귀고 싶었던 것은 그의 누이 동생 사라였다. 그러나 그는 그런 호기심을 드러내지 않았다. 로라에 대한 존경심 때문에 그는 그걸 그 자신도 인정하지 않았던 것이다.

에두아르는 아무 말도 하지 않았다. 그러나 베르나르에게 거처를 마련해 줄 수 있다면 괜찮은 계획이라고 생각했다. 그는 베르나르를 유숙시켜야 할 것에 대해 별로 생각한 적 없었다. 베르나르는 입김을 불어 촛불을 껐다. 그러고는 다시 이야기를 계속했다.

"아까 선생님 작품에 관해서 이야기하시던 것을 제가 도무지 이해하지 못했다고는 생각하지 마세요. 그리고 선생님께서 거기에 투쟁이 있다고 상상하시는 있는 그대로의 현실과……."

"상상하는 게 아니지." 하고 에두아르가 가로막았다. "그것은 실재하네."

"그러게 말이에요. 제가 여러 가지 사실을 선생님에게로 끌어내려서 선생님께서 그것들과 대결하실 수 있게 해 드리면 좋지 않겠어요? 선생님 대신 제가 관찰하죠."

에두아르는 베르나르가 자기를 좀 놀리는 것이 아닌가 하는 의아심이 들었다. 사실 그는 베르나르에게 창피당한 듯한 느낌이었다. 베르나르의 표현이 너무 정확했기 때문이다……. 에두아르는 말했다.

"그건 두고 생각해 보지."

긴 시간이 흘렀다. 베르나르는 아무리 잠을 청해도 소용이 없었다. 올리비에의 편지가 그를 괴롭혔던 것이다. 마침내 그는 견디다 못 해, 에두아르가 자리에서 몸을 뒤척이는 소리를 듣고 이렇게 중얼거렸다.

"아직 주무시지 않으면 한 가지 더 여쭈어볼 게 있어요……. 파사방 백작을 어떻게 생각하십니까?"

"그야 자네도 알 것이 아닌가." 에두아르는 말했다. 그리고 잠시 사이를 두었다가 "그래, 자네 생각은 어떤가?" 하고 덧붙였다.

"저 말씀입니까?" 하고 베르나르는 거칠게 대답했다……. "죽여 버리고 싶은 자입니다."

7

언덕 꼭대기에 다다르면 길손은 이제 다시 내리막길을 가기 전에 앉아 사방을 둘러본다. 그는 자기가 걸어 온 꾸불꾸불한 길이 마침내 어디로 자기를 이끌어 갈 것인가를 알아 보려고 한다. 길은 그늘로, 그리고 지금 막 밤이 내리고 있기 때문에 어둠 속으로 자취를 감추는 듯하다. 그와 마찬가지로 앞일을 생각해 놓지 못한 작가는 잠시 걸음을 멈추어 숨을 돌리고 이야기가 자기를 어디로 이끌어갈 것인가를 불안하게 자문하는 것이다.

에두아르가 어린 보리스를 아자이스 기숙사에 맡긴다는 것은 어쩌면 경솔한 짓을 저지르는 일이 아닐까 걱정스럽다. 그러나 그것을 어떻게 막을 수 있으랴? 누구나 제각기 자기 자신의 법칙에 따라 행동하는 법인데, 에두아르의 법칙은 그에게 끊임없는 경험을 쌓게 하는 것이다. 물론 그는 선량한 사람이다. 그러나 나는 다른 사람이 평안하도록 그가 차라리 자기 이익에 따라 행동해 줬으면 하고 자주 생각한다. 왜냐하면 그를 이끄는 관용이란, 잔인해질 수도 있는 호기심의 부수적 산물에 불과한 경우가 잦기 때문이다. 그는 아자이스 기숙사를 안다. 도덕과 종교라는 숨막히는 덮개 아래에서 호흡되는 썩은 공기를 그가 모르는 바 아니다. 그는 또한 보리스를, 그 아이의 다정한 마음씨와 허약한 성격을 안다. 에두아르는 보리스가 감정을 상하게 하는 어떠한 알력에 시달릴 것인가를 예견했어야 했다. 그러나 그는 이 소년의 불안전한 순수함이 준엄한 아자이스 노인에게서 얻을 수 있을지도 모르는 보호와 구원과 지지밖에는 아무것도 생각하려 들지 않는다. 그 무슨 궤변에 그는 귀를 기울이는 것인가? 분명히 악마가 그의 귓전에 그러한 궤변을 불어넣는 것이리라. 만일 다른 사람이 말했다면 그는 귀담아듣지 않았을 테니까.

에두아르에 대하여 나는 여러 번 화가 났다. (가령 그가 두비에 이야기를 했을 때.) 그리고 분개하기까지도 했다. 이제까지 나는 이런 감정을 지나치게 겉으로 드러내지 않기를 바랐다. 그러나 이제 이야기할 수 있다. 로라에 대한 그의 태도는 이따금 제법 관대해 보이기도 했지만, 때로는 불쾌하기 짝이 없는 것으로 생각되었다.

에두아르가 내 비위에 거슬리는 것은 그가 자신이 하는 일에 언제나 여러 이유를 꾸며 댄다는 사실이다. 그는 무엇 때문에 지금 자신이 보리스의 행복을 위해 일을 도모하는 것이라고 스스로 믿으려고 애쓰는 것일까? 다른 사람들을 기만하는 것, 그것은 허용될 수도 있다. 그러나 자기 자신을 기만한다는 것은! 어린애를 물에 빠뜨려 죽이는 격류를 보고, 그것이 어린

애에게 물을 먹여 주는 것이라고 주장할 수 있겠는가……? 나는 이 세상에 고상하고 관대하고 사리사욕을 초월한 행동이 있다는 것을 부정하려는 것은 아니다. 다만 내가 말하고자 하는 것은 가장 아름다운 동기 이면에도 흔히 교묘한 악마가 숨어 있고, 그 악마는 우리가 그의 손에서 뺏어 온다고 여기는 것으로부터 실은 자신의 이익을 끌어낸다는 사실이다.

때마침 여름이 되어 우리 주인공들이 흩어져 있는 틈을 타 한가로이 그들을 관찰해 보기로 하자. 요컨대 지금 우리는 이야기 중반에 다다랐다. 이야기는 여기서 걸음을 늦췄다가 다시 새롭게 비약하고 이어서 흐름을 재촉하려는 듯하다. 베르나르는 무슨 일을 꾸며 나가기에는 확실히 너무 젊다. 그는 보리스를 보호해 줄 수 있다고 자부한다. 그러나 관찰이나 하는 것이 고작일 것이다. 우리는 벌써 베르나르가 변하는 것을 보았다. 열정은 더욱 그를 변하게 할 수 있을 것이다. 전에 그에 대해 내가 어떻게 생각했는지를 적어 두었던 몇 구절을 노트에서 찾았다.

나는 그에 대한 이야기 첫 대목에서 베르나르의 과격한 행동을 경계했어야 좋았으리라고 생각한다. 그 뒤의 그 마음가짐으로 판단하건대, 그 바람에 그는 자신의 무정부주의적 자질을 고스란히 탕진해 버린 것 같다. 만약 그가 적당하게 가정의 압박 속에서 계속 성장했더라면 물론 그런 기질은 그대로 유지되었을 것이다. 그런데 그 이후로 그는 그러한 행동에 대한 반동 내지 항의 같은 태도를 보이며 살았다. 반항하고 반대하는 그의 습관은 이제 그로 하여금 자신의 반항 자체에 반항하게끔 하는 것이다. 아마도 내가 다룬 주인공들 중에서 그보다도 더 나를 실망시킨 주인공은 없을 것이다. 왜 그러냐 하면, 그보다 더 나에게 큰 희망을 품게 했던 인물이 어쩌면 없었기 때문이리라. 어쩌면 그는 너무 일찍이 자기 성향에 자신을 맡겨 버린 것인지도 모른다.

그러나 이런 말은 지금 나에게 그다지 옳은 것 같아 보이지 않는다. 아직도 그를 신뢰해야만 한다고 생각한다. 매우 너그러운 기상이 그에게 생명을 준다. 그에게는 남자다운 씩씩함과 힘이 있음을 나는 느낀다. 그는 분격할 줄 아는 사람이다. 그는 자신이 하는 이야기에 좀 너무 귀를 기울인다. 그러나 그것은 그의 말솜씨가 능란한 탓이기도 하다. 나는 너무 재빠르게 표현되는 감정을 신용하지 않는다. 그는 뛰어난 학생이긴 하지만 새로운 감정이란 배워서 얻은 형식 속에는 쉽사리 들어가지 않는 법이다. 뭣인가 좀 지어내면 그는 어쩔 수 없이 더듬거리며 말을 할 것이다. 그는 벌써 독서를 너무 많이 해서 기억하는 것이 넘치고, 인생보다도 서적을 통해서 배운 것이 훨씬 더 많다.

에두아르 곁의 올리비에 자리를 베르나르가 차지하게 한 것에 대해 내 마음을 달랠 길이 없다. 일이 잘못 처리가 된 것이다. 에두아르가 사랑한 사람은 올리비에다. 그는 얼마나 정성을 기울여 올리비에를 성숙하게 했을 것인가? 얼마나 애정을 담은 존경심을 품은 채 올리비에를 이끌고 힘을 돋워 주며, 자기 높이까지 올려 주었을 것인가? 파사방은 틀림없이 그를 망가뜨릴 것이다. 올리비에에겐 그와 같은 조심성 없는 상태에 둘러싸인 것보다 더 위험한 일은 없다. 나는 올리비에가 그런 것에서 자신을 좀 더 잘 지켜 주기를 바랐다. 그러나 그는 마음씨가 여려 아첨에 이끌리기 쉽다. 무슨 일에나 머리가 달아오르고 마는 것이다. 게다가 베르나르에게 보낸 편지의 어떤 말투를 보면 그에게는 좀 허영심이 있어 보인다. 관능의 쾌락, 원한, 허영, 그러한 것이 그의 얼마나 큰 약점을 보이게 할 것인가! 에두아르가 그를 다시 만날 때는 이미 늦을지도 모른다. 나는 그것이 겁난다. 그렇지만 그는 아직 젊다. 그러니 희망을 가져야 한다.

파사방…… 그에 대하여 이야기하지 않는 편이 낫지 않을까? 그런 사람들처럼 흉악하면서도 동시에 사람들로부터 갈채를 받는 이도 없다. 단지 그리피스 부인 같은 여자는 제외하고 말이다. 솔직히 고백하지만, 처음에 나는 그녀가 몹시 훌륭하다 여겼다. 그러나 이내 나는 잘못을 깨달았다. 그런 여자들은 말하자면 얇은 헝겊을 오려 만든 인간들이다. 미국이 그런 인간들을 많이 수출한다. 그러나 미국만이 그 특산지는 아니다. 재산, 지식, 미모, 그 인간들은 그 모든 것을 다 가진 듯하다. 단 하나, 영혼은 빼놓고 말이다. 뱅상도 그것을 머지않아 알 것임에 틀림없다. 그 인간들은 어떤 과거라던가 속박이라고 하는 중압감을 느끼지 않는다. 그들에게는 율법도 없고 주인도 없고 거리낌도 없다. 자유롭고 충동적이어서 작가를 실망시키는 위인들이다. 그러한 인물들에게서는 아무 가치도 없는 반응밖에 찾아볼 수 없다. 그리피스 부인을 지금부터 앞으로 오랫동안 만나지 않았으면 한다. 그녀가 우리에게서 뱅상을 뺏어 간 것을 나는 유감스럽게 생각한다. 뱅상에게 나는 더 흥미를 느꼈는데, 그는 그런 여자와 교제함으로써 평범한 사람이 되어 가고 있다. 그녀에게 속아서 그는 까다로운 개성을 잃고 있다. 아까운 일이다. 훌륭한 '까다로운 개성'을 지닌 사람이었는데.

언젠가 또다시 이야기를 지어낼 기회가 있다면 성격이 강인한 사람들, 인생에 부딪쳐 무뎌지지 않고 오히려 날카로워지는 인물들만을 등장시키리라…… 로라, 두비에, 라 페루즈, 아자이스…… 이런 사람들과 무슨 일을 하겠는가? 나는 그들을 찾은 것이 아니다. 베르나르와 올리비에 뒤를 쫓다가 우연히 길 위에서 발견했을 뿐이다. 그러나 할 수 없지, 내 운이 나쁜 거다. 앞으로 나는 그들에 대해서도 책임이 있으니까.

3부
파리

우리들이 또 몇몇 새롭고 우수한 지역권의 전문적 저술을
가지게 될 때 ─ 그때야말로 비로소 오직 우리는 그 자료들을 모아
비교하고 면밀하게 대조함으로써 전체적인 문제를 다시 다루고,
그것이 새롭고 결정적인 일 보를 내딛게 할 수 있는 것이다.
그 외의 방법을 따른다는 것은 간단하며 조잡한 두서너 관념을 품고
일종의 성급한 유람을 떠나는 것이나 같을 것이다.
그것은 대부분 특수한 것, 불규칙한 것, 요컨대 가장 흥미 있는 것의
곁을 그냥 지나쳐 버리고 마는 일이 될 것이다.
─ 뤼시앵 페브르, 「지구와 인류의 진화」

1

파리에 돌아와도 그는 전혀 즐거운 마음이 생기
지 않았다.
　　　　　　　　　　　　── 플로베르, 『감정 교육』

에두아르의 일기

9월 22일

무더위, 권태. 일주일 전에 파리로 돌아왔다. 나는 성미가 급
한지라 언제나 불리기 전에 앞서 해 버린다. 열의라기보다 차
라리 호기심, 앞지르려는 욕망이다. 오늘날까지 나는 갈망과
타협할 수 있었던 적이 한 번도 없다.

보리스를 그의 할아버지에게 데려다 주었다. 어제 그 일을
노인에게 미리 알려 주러 갔던 소프로니스카가 전하기를 라
페루즈 부인은 양로원에 들어갔다는 것이다. 휴우!

나는 벨을 누르고 보리스를 층계참에 남겨 두고 왔다. 처음으로 만나는 데 내가 끼지 않는 것이 분별 있는 짓이라고 생각했기 때문이다. 나는 또 노인으로부터 감사 인사를 받는 것을 꺼렸다. 나중에 보리스에게 물어보았지만 그에게서는 아무런 이야기도 들을 수 없었다. 소프로니스카를 다시 만났으나 그녀에게도 소년은 나에게 한 것 이상으로는 말을 하지 않더라는 것이다. 약속했던 대로 그녀가 한 시간 후에 그를 만나러 갔을 때, 하녀가 그녀에게 문을 열어 주었다. 노인은 장기판 앞에 앉아 있었고, 한쪽 구석에 있던 소년은 시무룩한 낯이었다.

"참, 별일이지." 당황한 빛을 보이면서 라 페루즈 노인은 말했다. "재미있어 하는 모양이더니 갑자기 싫증을 내더군. 좀 참을성이 없는 것 같아 걱정이 돼……."

노인과 손자를 너무 오랫동안 단둘이 있게 한 것이 잘못이었다.

9월 27일

오늘 아침 오데옹 극장이 있는 데서 몰리니에를 만났다.

폴린과 조르주는 모레에나 돌아온다고 한다. 어제부터 외롭게 파리에서 지내던 몰리니에가 나와 마찬가지로 지루했다면, 그가 나를 만나자 기뻐하는 것처럼 보였던 것은 조금도 놀랄 일이 아니다. 함께하기로 한 점심시간을 기다리면서 우리는 뤽상부르 공원으로 가서 앉았다.

나와 이야기할 때면 몰리니에는 농담하는 듯한, 때로는 외설스럽기까지 한 말투를 쓴다. 그런 말투가 예술가의 환심을 사는 것이라고 생각하는 모양이다. 또한 아직도 자기는 젊다는 것을 보이려는 상당한 마음 씀.

"이래 봬도 나는 정열가라네." 하고 그는 말했다. 호색가라는 뜻으로 말하려는 것으로 나는 이해했다. 마치 여자가 제 다리가 퍽 예쁘다고 말하는 것을 들었을 때처럼 나는 빙그레 미소를 지었다. '물론 나도 그런 줄 알고 있었어요.'라는 뜻의 미소. 오늘날까지 나는 그에게서 사법관 모습밖에 볼 수 없었다. 마침내 그는 법관 옷을 벗어 버렸던 것이다.

우리들이 프와이요 식당에 자리 잡고 앉을 때까지 기다렸다가 나는 올리비에 이야기를 꺼냈다. 최근 올리비에의 한 친구로부터 그의 소식을 들었는데, 파사방 백작과 함께 코르시카 여행 중이라는 걸 알았다고 나는 그에게 말했다.

"그래. 뱅상의 한 친구가 그 애를 데려가겠다고 제안한 거라네. 올리비에가 퍽 좋은 성적으로 바칼로레아 시험에 합격했으니까 그 애 어머니도 그 애 즐거움을 뺏을 수는 없다고 생각했다지…… 파사방 백작이란 사람은 문학가라 하더군. 자네도 그 사람을 알겠지, 아마."

나는 파사방의 작품도, 성품도 그리 좋아하지 않는다는 것을 숨김없이 그에게 말했다.

"동료들은 때론 서로 상대방을 좀 심하게 비판하지." 하고 그는 반박했다. "나는 비평가들이 크게 문제 삼는 그의 최근 작품을 노력해 읽어 봤지. 뭐 대단한 것도 아니더군. 하기야 난 그 방면의 전문가가 아니지만……." 그리고 내가 올리비에에게 미칠 파사방의 영향에 대한 근심을 표명하자 "사실은." 하고 그는 모호하게 덧붙였다. "나는 그 여행에 찬성하지 않았어. 그렇지만 어느 정도 나이가 차면 자식들이란 부모 품에서 벗어난다는 걸 인정할 수밖에 없어. 그건 통칙이야. 별 도리가 없어. 그런데 폴린은 언제까지나 애들을 보살피려고 하거든. 어머니란 누구나 다 그렇듯 말이야. 그래서 나는 가끔 이런 말을 한다네. '애들을 귀찮게 굴고 있어요. 가만 내버려둬요. 그 애들에게 별의별 것을 다 물으니까 애들 상상을 자극해 엉뚱한 생각을 하는 거란 말이에요.' 나는 너무 오래도록 자식들을 감독하는 건 아무 효과도 없다고 생각해. 중요한 일은 어렸을 적 교육으로 몇몇 좋은 원칙을 마음속에 주입해 주는 거야. 더욱 중요한 일은 훌륭한 집안에서 태어나는 것이지. 유전이란 모든 것을 이겨 내니까 말이야. 아무리 해도 고칠 수 없는 나쁜 애들이 있거든. 말하자면 숙명적이라고 해야 할 아이들, 그런 애들은 단단히 잡아 쥐어야 하지. 하지만 천성이 착한 애들이라면 고삐를 좀 늦춰도 괜찮아."

"그렇지만." 하고 나는 말을 이었다. "올리비에를 파사방이 데려가는 것에 동의를 안 하셨다면서요."

"아아! 나의 동의…… 나의 동의라." 그는 접시에 코를 바싹 갖다 대고 말했다. "나의 동의는 가끔 무시당한다네. 가정에서는, 아주 화합이 잘된 가정에서도 말일세, 반드시 남편이 결정권을 가진 건 아니거든. 자네는 결혼하지 않았으니까 흥미 없는 이야기겠지만……."

"그렇지만." 하고 나는 웃으면서 말했다. "나는 소설가입니다."

"그러니 자네도 알겠지만, 남자가 공처가로 사는 건 반드시 성격이 약하기 때문이 아니야."

"사실 그래요." 하고 나는 그의 비위를 맞추려는 생각에서 맞장구를 쳤다. "성격이 꿋꿋할 뿐만 아니라 독선적인 남자들이라도 가정에서는 양처럼 유순한 일이 있지요."

"그 이유가 어디 있는지 아는지?" 하고 그는 말을 이었다…… "남편이 아내에게 굽힐 때는 십중팔구 용서를 받아야 될 그 무엇이 남편에게 있는 까닭이라네. 여보게, 정숙한 여자란 무슨 일에나 자기에게 유리한 입장을 내세우는 덴 빈틈이 없어요. 남자가 잠시 등을 구부리기만 하면 대뜸 어깨를 타고 누르거든. 아아, 불쌍한 남편들을 동정해야 하는 경우가 많다네. 젊었을 때는 정절이란 게 얼마나 무거운 짐이 될지도 모르고 순결한 여자와 결혼하기를 바라지만 말이야."

식탁 위에 팔꿈치를 대고 두 손으로 턱을 괸 채 나는 물끄러미 몰리니에를 보았다. 그는 자신이 한탄하던 그 등 구부린 자세가 얼마나 그의 등뼈에 걸맞는가를 알아차리지 못하는 듯했다. 그는 연거푸 이마의 땀을 훔치며 미식가라기보다는 차라리 걸신들린 식충이처럼 먹고 있었다. 그리고 우리들이 주문했던 묵은 부르고뉴 포도주가 특히 마음에 드는 모양이었다. 그는 내가 그의 이야기를 들어 주고 이해해 줘서 아마도 찬성하는 것이려니 하는 기쁨에 도취되어 수다스럽게 자기 속내를 토로하는 것이었다.

"나는 사법관으로서." 하고 그는 이야기를 계속했다. "단지 마지못해 그리고 마음에 없이 남편에게 몸을 맡겼던 여자들을 아는데…… 그런 여자들도 가엾게 퇴짜 맞은 불쌍한 남편이 다른 데로 먹이를 찾으러 가려고 하면 분개하고 야단이거든."

사법관으로서 그는 처음엔 과거 시제로 말하기 시작했다. 그러나 남편으로서 그는 의심할 여지없이 자신의 경우를 밝히는 이야기에 이르자 현재 시제로 말을 끝맺었다. 연방 음식을 집어 먹어 가며 그는 무슨 격언이나 외는 듯한 어조로 덧붙였다.

"식욕이 없는 사람에겐 남의 식욕이 지나쳐 보이기 쉽지." 그리고 포도주를 꿀꺽 한 모금 마시고 나서 말했다. "남편이 가정의 지도권을 상실하게 되는 이치도 거기에 있는 걸세."

나는, 자기 실패의 책임을 아내의 정절 탓으로 돌리려는 속셈을 지리멸렬한 그의 말 속에서 충분히 두드러지게 들을 수 있었고 볼 수 있었다. 이 꼭두각시처럼 산산조각 난 인간들은 그 이기주의가 철저하지들 못해, 자기네 모습의 흩어진 요소들을 연결해 맞춰 줄 수가 없는 것이라고 나는 생각했다. 조금이라도 자신을 잊어버리면 이런 자들은 산산이 부서지고 말 것이다. 몰리니에는 입을 다물었다. 한 단계 돌고 멎은 기계에 기름을 치듯 나는 몇 마디 의견을 주입할 필요를 느꼈다. 그래서 그에게 다시 이야기를 시키려고 이렇게 말했다.

"다행히 누님은 영리하지 않습니까."

"그래⋯⋯." 하고 그는 대답했으나 말꼬리가 긴 것으로 보아 의심하는 빛을 엿볼 수 있었다.

"그렇지만 그 사람도 이해 못 하는 일이 있어. 여자란 아무리 영리하다 하더라도 어쩔 수 없으니까⋯⋯ 게다가 그 경우에 내가 한 일도 그리 능란치 못했단 말이야. 내가 먼저 어떤 여자와의 사소한 관계를 이야기했지. 그 당시 나는 그것이 중대한 사건이 되진 않으리라고 생각했고 꼭 그렇게 믿었거든. 그런데 일이 심각하게 됐네그려⋯⋯ 그리고 폴린의 의심도 마찬가지로 말일세. 흔히 말하듯이 의심을 품게 해 놓은 것이 잘못이었어. 나는 숨겨야만 했고, 거짓말을 해야만 했어…… 처음에 너무 입이 헤퍼서 이야기를 했더니 그렇게 되고 말았구면. 하지만 어떻게 하겠나? 나는 본시 남을 쉽게 믿는 성미거든…… 그런데 참 폴린은 질투가 지독하단 말이야. 그러니 내가 얼마나 술책을 부려야 했는지 자네는 상상도 못 할 걸세."

"오래전에 있었던 일인가요?"

"거의 다섯 해 전 일일세. 그래서 나는 폴린의 마음을 완전히 안정시켰다고 믿었지. 그런데 일이 다시 벌어지려는 판이네. 글쎄, 좀 생각해 보게, 그저께 집으로 돌아와 보니…… 참, 포마르 한 병 더 주문할까, 음?"

"나는 충분합니다."

"아마 반 병짜리가 있겠지. 그걸 마시고 집에 돌아가서 한숨 자야겠어. 도무지 더워서 견딜 수가 있나…… 그래, 방금 하던 이야기네만, 그저께 집에 돌아와서 서류를 정리하려고 사무실 책상 뚜껑을 열었어. 그리고 편지를…… 지금 이야기하는 여자의 편지를 숨겨 둔 서랍을 당겼더란 말일세. 내가 얼마나 놀랐겠나. 서랍이 텅텅 비어 있었거든. 아, 그렇군! 무슨 일이 있었는지 너무나 잘 알겠더군. 두 주 전에 폴린은 내 어느 동료의 딸 결혼식에 참석하려고 조르주를 데리고 파리로 돌아왔더랬어. 나는 그 결혼식에 참석할 수가 없었거든. 자네도 알다시피 그때 나는 네덜란드에 있었으니까…… 그리고 그런 식에 참석하는 건 오히려 여자들 일이고. 텅텅 빈 집에서 심심한 판이라 폴린은 정리를 한다는 구실로, 이를 테면 늘 호기심에 끌리는 여자들이 어떻다는 것을 자네도 알겠지만…… 이리저리 샅샅이 뒤져 보기 시작했단 말이지…… 물론 악의로 한 일은 아니지만. 그러니까 나무랄 순 없어. 그런데 폴린에겐 언제나 정리하는 버릇이 있어서 탈이야…… 이제 증거가 잡혔으니 뭐라고 할 말이 있겠어? 그 여자가 편지에 내 이름이나 적지 않았더라면 그래도 좀 좋았을 텐데! 사이가 꽤 좋은 우리 부부 아니었나! 앞으로 어떻게 해야 할지……."

가엾게도 그는 속내 이야기를 하면서 갈피를 못 잡았다. 그는 이마를 두드리고 부채질을 했다. 나는 그보다 훨씬 술을 덜 마셨다. 동정심을 가져 보려고 해도 마음속에서 우러나질 않았다. 나에겐 그에 대한 혐오감만이 느껴질 뿐이었다. 나는 한 가정의 아버지로서(올리비에의 아버지라고 생각하면 고통스럽긴 했지만.) 견실하고 정직하며, 은퇴 생활을 하는 중산층의 한 사람으로 그를 받아들였다. 그러나 그가 연애를 하다니, 그야말로 우스꽝스럽게밖에 생각할 수 없었다. 특히 그의 말투와 몸짓 및 손짓의 서투름, 그리고 저속함 같은 것이 나는 거북했다. 그의 얼굴도 목소리도 그가 표현하는 감정들을 나타내기에는 어울리지 않아 보였다. 마치 알토 효과를 내려는 콘트라베이스 같았다. 그의 악기에서는 음조가 맞지 않는 소리밖에는 들리지 않았던 것이다.

"조르주가 함께 있었다고 하셨지요……."

"그래, 폴린은 그 애를 혼자 남겨 두고 싶지 않다는 거였어. 그렇지만 물론 파리에서 그 애가 감시를 늘 받진 않았지…… 그런데 여보게, 가정을 꾸린 이후 이십육 년 동안, 단 한 번도 우리 두 사람은 다툰 일이 없었고, 사소한 싸움을 한 일도 없었어…… 한데 마음의 준비를 하고 있는 그녀를 생각하면…… 이틀 후에는 폴린이 돌아올 테니까 말이야…… 아아! 이봐요,

다른 이야기나 하세. 자네는 뱅상을 어떻게 생각하나? 모나코 왕자 일이라든가, 조사 항해 일이라든가……. 저런……! 뭐! 모른다고……? 그 애는 아조레스 군도 근방에서 해저 측량과 어로 작업을 감시하러 간다고 떠났단 말이야. 그 애에 관해서는 조금도 걱정할 필요가 없어. 혼자서 넉넉히 제 길을 개척할 테니까."

"건강은 어떤가요?"

"완전히 회복됐지. 영리한 아이니까 출세는 틀림없을 걸세. 파사방 백작도 여태껏 만나 본 이들 중에서 가장 뛰어난 사람 중 하나라는 것을 숨기지 않고 말하더군. 가장 뛰어난 사람이란 말까지 했어…… 물론 과장도 있다는 것을 참작해야겠지만……."

식사는 끝나 갔다. 그는 시가에 불을 붙였다.

"한 가지 물어보고 싶은 일이 있는데." 하고 그는 다시 말을 계속했다. "자네에게 올리비에 소식을 전해 준 친구란 애가 누군가? 나는 자식들 교우 관계를 매우 중대하게 생각해. 아무리 주의해도 안심할 수 없거든. 다행히 내 자식들은 저 스스로 좋은 친구들과 사귀긴 하네. 자, 보게, 뱅상은 왕자와 사귀지, 올리비에는 파사방 백작과 사귀고…… 조르주, 그 애는 올가트에서 같은 학급의 좋은 친구 하나를 만났어. 아다망티의 아들인데 조르주와 함께 브렐아자이스 기숙사로 돌아올 걸세. 아주 믿을 만한 애야. 그 애 아버지는 코르시카 출신 상원 의원이지. 그렇지만 마음을 놓을 수 없는 게, 내 말 좀 들어 보게. 올리비에에게 베르나르 프로피탕디외라는 친구가 있는데 퍽 좋은 집 자식인 것 같았어. 사실 그 애 아버지 프로피탕디외

와 나는 동료야. 아주 훌륭한 사람이어서 나는 그를 각별히 존경하지. 그런데…… (이건 우리끼리 이야기지만) …… 그가, 자신의 성을 가진 그 애의 친아버지가 아니라는 이야기를 들었어! 그런 일을 자넨 어떻게 생각하나?"

"바로 그 베르나르 프로피탕디외란 애가 올리비에 이야기를 해 줬어요."

몰리니에는 시가를 여러 모금 커다랗게 뿜어 댔다. 그가 눈썹을 위로 추어올리는 바람에 이마에 주름살이 잔뜩 잡혔다.

"나는 올리비에가 그 애와 어울리지 않기를 바라네. 내가 들은 바로는 평판이 아주 나쁘단 말이야. 별로 놀랄 것도 없지만. 그렇게 불우한 환경에서 태어난 애한테서는 절대 좋은 것을 기대할 수 없는 법이거든. 사생아라고 해서 훌륭한 자질이나 덕성까지도 있을 수 없다는 건 물론 아닐세. 하지만 무질서와 반란의 결실엔 필연적으로 허무주의의 싹이 있게 마련이란 말이야…… 그래, 이 사람아, 일어나야 될 일이 일어났어. 베르나르라는 애는 자기가 들어가지 말았어야 했던 집에서 갑자기 뛰쳐나갔어. 에밀 오지에* 말처럼 '생각대로 자유롭게 살아가려고' 나선 거지. 어떤 생활을 하는지, 어디에 사는지 알 수 없지. 가엾은 프로피탕디외 씨는 아들의 그런 철없는 짓에 관한 이야기를 스스로 나에게 들려주었는데, 처음엔 무척 슬퍼 보였어. 그렇게 심각하게 걱정할 건 없다고 나는 말해 줬지만, 요컨대 그 애가 집을 나감으로 해서 모든 일이 제대로 바로 잡힐 테니까."

----

* 19세기 프랑스의 극작가. 사회극을 써서 근대극 개척에 크게 이바지했다.

그러나 나는 베르나르를 잘 알아서, 그가 얌전하고 정직한 소년이란 점에 대해서는 (물론 여행 가방에 관한 이야기는 하지 않고) 보증할 수 있다고 그에게 말했다. 그러자 몰리니에는 펄쩍 뛰었다.

"그렇다면 자네에게 이야기를 좀 더 해 줘야겠군."라고 말하더니, 몸을 앞으로 기울이고 목소리를 낮췄다.

"내 동료인 프로피탕디외 씨는 사건 그 자체로 보아서도, 그리고 그것이 야기할 반향과 결과를 보아서도 몹시 추잡하고 골치 아픈 사건 심리를 맡았다네. 거짓말 같은 이야기, 도무지 믿고 싶지 않은 이야기야…… 그야말로 매음굴 경영이랄까…… 아니, 더러운 말은 쓰고 싶지 않네. 그저 어떤 다방이라고 해 두지. 그런데 특히 분노할 일은 그곳에 출입하는 패들이란 게 거의 대개가 아직 아주 어린 중학생들이란 말일세. 정말 믿을 수 없는 일이지. 물론 어린아이들은 자기들 행동이 얼마나 엄청난 짓인지 몰라. 그놈들은 숨기려 드는 기색도 별로 없거든. 학교가 파하는 길로 그 짓을 하는 거야. 거기서 여자들과 간식을 먹고 잡담을 하고 논단 말이야. 그러고는 살롱에 붙은 옆방으로 가서 또 계속 놀거든. 물론 아무나 다 들어가는 것은 아니지. 소개를 받아야 되고 입회를 해야만 되는 거야. 그런데 도대체 이런 대향연의 비용을 누가 대는 거냔 말이야? 방세를 누가 치르느냐 말이야? 그걸 밝혀 내는 것은 어려운 일이 아닐 것 같았어. 그렇지만 극히 신중히 조사하지 않을 수 없었어. 왜냐하면 사건을 너무 지나치게 들추려 들면 부득이 기소를 안 할 수 없게 되고, 그러다가 사건의 중심인 녀석들이 명문 집안 자녀들이 아닐까 하는 혐의가 드러나는 날엔 명예를 더럽힐 수 있기 때문이었지. 그래서 나는 될 수 있는 대로 프로피탕디외 씨의 열성을 말렸지. 그 친구는 투우처럼 그 사건에 뛰어들려고 했거든. 자기 뿔로 제일 먼저 들이받게 될 건 생각 않고…… 아뿔싸, 용서하게, 일부러 한 말은 아니야. 허! 허! 허! 그참, 얼결에 나온 소릴세.* ……제 아들을 받아서 찌를 위험이 있었단 말이야. 그런데 때마침 여름방학이 되어서 다들 헤어졌거든. 중학생들도 이리저리 흩어졌으니, 그 사건 처리도 수포로 돌아가 버리고, 약간의 경고와 소동을 일으키지 않을 가벼운 처벌 정도로 끝나 주면 좋겠네만."

"베르나르 프로피탕디외가 그 일에 관련된 것이 확실합니까?"

"절대 확실하다고 할 수는 없지만……."

"어째서 그렇다고 생각하십니까?"

"우선 그 애가 사생아라는 점이야. 고민할 나이에 나쁜 짓을 저지르지 않고서야 집에서 뛰쳐나가진 않을 거란 말일세…… 그리고 프로피탕디외 씨도 아마 좀 눈치를 챈 모양이야. 그 열성이 갑자기 식어 버렸어. 그뿐만 아니라 뒷걸음질 치는 듯하거든. 지난번 만났을 때 사건이 어떻게 됐느냐고 물었더니 난처한 기색을 보이며 '결국 대수롭지 않을 것 같습니다.' 하면서 재빨리 화제를 돌리더군. 프로피탕디외 씨도 참 가엾어! 그런 욕을 봐야 할 사람이 아니거든. 정직한 사람이고, 거기다 아주 드물게 보이는 선량한 사람이지. 하지만 딸은 좋은 데로 시집을 갔지. 나는 네덜란드에 있었기 때문에 결혼식에

---

* 정숙치 못한 아내와 사는 사내를 프랑스에서는 '뿔을 가진 남자'라고 말한다.

참석할 수 없었지만, 폴린과 조르주는 그 때문에 돌아왔던 걸세. 아까 이야기했던가? 이젠 돌아가서 자야겠네…… 뭐라고? 정말? 계산을 자네가 하겠다고? 그러지 말게나. 남자끼리, 친구끼리는 분담을 하는 법일세…… 그것도 안 돼? 그럼 잘 가게, 폴린이 이틀 후엔 돌아오리라는 걸 잊지 말게. 놀러 오게나. 그리고 이제부터 몰리니에라고 그러지 말고 오스카르라고만 불러 주게……! 오래전부터 하려던 부탁일세."

그날 저녁 로라의 언니 라셀의 편지를 받았다.

중대한 말씀을 드리고자 합니다. 지장이 없으시다면 내일 오후 기숙사로 와 주실 수 있으세요? 그렇게 해 주시면 매우 기쁘겠습니다.

로라에 관한 이야기를 나에게 하려는 것이라면 여태까지 그녀가 안 하고 기다렸을 리가 없을 것이다. 라셀에게서 편지를 받기는 이번이 처음이다.

2

에두아르의 일기(계속)

9월 28일

라셀은 기숙사 아래층의 커다란 자습실 문턱에 서 있었다. 두 사람이 마루를 닦고 있었다. 라셀도 하녀용 앞치마를 두르고 손에는 걸레를 들고 있었다.

"꼭 와 주시리라 믿었어요." 그녀는 손을 내밀며 말했다. 그 표정은 온화하고 체념한 듯한 슬픔을 보였지만, 어떻든 입가에는 미소를 띠고 있어 아름답다기보다는 차라리 애처로운 모습이었다.

"바쁘지 않으시면 우선 할아버지를 만나 보시고 그다음 어머니도 만나 봐 주셨으면 좋겠어요. 모처럼 오셨다가 만나 보지도 않으셨다는 걸 알면 서운하게들 여기실 거예요. 그렇지만 시간은 좀 남겨 두세요. 제가 긴히 말씀드릴 것이 있어요. 여기서 기다리겠어요. 이렇게 일을 감독하고 있으니까요."

일종의 수줍어하는 마음에서 그녀는 '나는 일하고 있다.'라는 말을 결코 하지 않았다. 라셸은 일생 동안 자신의 생활을 지우고 살아 왔다. 그리고 그녀의 정숙함은 비길 데 없이 은근하고 겸손했다. 그녀의 자기희생은 지극히 자연스럽게 이루어져 가족 중 어느 누구도 그녀의 영원한 희생을 고맙게 여기는 일이 없을 정도였다. 그녀야말로 내가 아는 여자 중 가장 마음씨가 아름다운 사람이다.

3층으로 아자이스 노인을 찾아 올라갔다. 이젠 노인은 안락의자를 떠나지를 못했다. 그는 나를 자기 곁에 앉히고 거의 즉시 라 페루즈에 관한 이야기를 꺼냈다.

"그 사람이 홀로 되어 걱정이구려. 이 기숙사에 와서 살도록 설득했으면 좋겠는데. 알다시피 우리는 오랜 친구니까 말이야. 얼마 전에 가서 만나 보았네만, 자기 아내가 생트페린으로 떠나서 충격을 받지 않았나 걱정되더군. 하녀 말에 의하면 거의 아무것도 먹지를 않는다는구려. 평소 우리들은 너무 많이 먹는다고 나도 생각하지만, 무슨 일에나 절도를 지켜야지. 어느 편으로나 도가 지나치는 일이 있는 법이니까. 그 사람 말은 자신만을 위해서 음식을 만들 필요가 없다는 거야. 그렇지만 우리들과 함께 식사를 한다면 다른 사람들이 먹는 것을 보고 끌려서 자기도 먹고 싶어지겠지. 또 여기 오면 귀여운 손자 곁에 있을 수도 있고. 그렇지 않고서야 만나 볼 기회가 별로 없을 걸세. 바뱅에서 포브르 생 토노레까지는 여행길같이 머니까 말이야. 더군다나 애들을 혼자서 파리 시내로 나다니게 하고 싶진 않으니까. 아나톨 드 라 페루즈와 안 지도 퍽 오래지만, 그 사람은 언제나 괴짜였어. 비난하려는 것은 아닐세. 그렇지만 자존심이 좀 강한 사람이라, 내가 오라고 한대도 자기 몫 일을 맡지 않고선 아마 응하지 않을 걸세. 그래서 자습실 감독을 부탁하면 되지 않을까 하는 생각을 했지. 그런 일엔 그 사람도 과히 지치지 않을뿐더러 오히려 기분 전환도 될 테고, 자기 시름을 잊어버리기도 할 테니 좋을 거란 말이야. 그 사람은 훌륭한 수학자라네. 필요한 경우에는 기하나 대수 복습도 시켜 줄 수 있을 걸세. 이제 그 사람에겐 제자도 없으니까 가구나 피아노가 무슨 소용 있겠나. 빨리 팔아 버리는 게 좋지. 그리고 여기 오면 방세도 절약될 테고. 내 생각에 그 사람 마음이 편하도록, 자기가 너무 신세를 진다는 생각이 들지 않도록 약간의 하숙비도 내도록 정할 수 있지 않을까 생각하네. 한번 설득해 주는 게 어떨까? 너무 늦으면 안 되네. 왜냐하면 그렇게 형편없는 생활을 하고 있으니 이내 쇠약해질까 봐 염려스럽거든. 게다가 이틀 후면 새학기가 시작되니까 어떻게 해야 할 것인지 알아 두는 게 좋겠어. 그 사람이 우리를 믿고 뭔가 기대할 수 있듯이 우리도 그에게 기대를 할 수 있을지 어떨지를…… 말이야."

나는 다음 날 바로 라 페루즈에게 가 이야기를 하겠노라고 약속했다. 그러자 노인은 안심이 된 듯이 "그런데 당신이 돌봐주는 그 베르나르 군은 꽤 좋은 애더군. 친절하게도 여기에 와서 일을 보아주겠다면서 하급반 자습을 감독했으면 하던데, 너무 나이가 어려서 학생들의 존경을 받지 못할 것 같아 걱정이야. 오랫동안 함께 이야기를 해 보았는데 퍽 대견했어. 그러한 성질을 단련해야 훌륭한 크리스천이 될 수 있는데, 어릴 때

교육으로 사고방식이 그릇된 건 정말 유감스러운 일이야. 신앙은 없노라고 그 애는 말하더군. 그렇지만 그런 말을 하는 어조로 봐 희망을 가질 수 있었어. 나는 그 애 내부에서 예수님의 용감한 작은 군인이 되기에 필요한 모든 자질을 보기를 바란다고 대답하고, 그러니까 그 애도 하느님에게서 받은 재능을 발휘할 생각을 해야 할 것이라고 말해 주었지. 우리는 함께 성서의 잠언을 읽었는데, 좋은 씨가 나쁜 땅에 뿌려지지는 않았다고 나는 생각하네. 그 애도 내 말에 감동한 모양이어서 잘 생각해 보겠노라고 약속했다네." 하고 말했다.

베르나르는 이 노인과의 대화를 벌써 내게 들려줬다. 그 일에 관해서 베르나르가 어떻게 생각하는지 나는 안다. 그러므로 노인과의 대화가 나는 아주 지루해지기 시작했다. 그래서 이내 자리를 뜨려고 몸을 일으키자 노인은 내가 내미는 손을 양손으로 움켜잡았다.

"아 참! 로라를 만나 보았지! 그 애가 당신과 함께 한 달 동안 아름다운 산속에서 보냈다는 것을 안다네. 그것이 그 애에게 퍽 좋았던 것 같아. 그 애가 다시 남편 곁으로 돌아갔다는 걸 알고 나도 매우 흡족하네. 오랫동안 아내가 집을 비웠기 때문에 남편도 고통을 느끼기 시작했을 것이거든. 그 사람이 일 때문에 거기 함께 갈 수 없었던 것이 유감이었지."

로라가 노인에게 무슨 이야기를 했는지 몰라서 나는 점점 더 어색하여 그냥 돌아가려고 손을 빼려 했다. 그러나 노인은 거칠고 강압적인 몸짓으로 나를 앞으로 끌어당겼다. 그러고는 내 귀쪽으로 몸을 기울이며 말했다.

"로라는 곧 엄마가 된다고 내게 털어놓았다네. 그렇지만 이

건 비밀일세…… 로라는 아직 아무에게도 그걸 알리고 싶어
하지 않아. 당신에게 내가 이야기하는 것은 당신도 그걸 알기
때문이야. 그리고 우리는 피차 입이 무거운 사람이고. 그 애는
내게 이야기를 하면서 아주 부끄러워 얼굴을 빨갛게 붉혔다네.
여간 수줍어하는 애가 아니니까. 마침 내 앞에 무릎을 꿇고
있었기에 우리는 함께 그들 부부를 축복해 주신 하느님께 감
사 기도를 드렸지."

나는 부득이 그렇게 하지 않을 수 없는 몸 상태도 아니었으
니, 로라가 그런 고백을 좀 더 연기하는 편이 좋았으리라고 생
각한다. 그녀가 내 의견을 물었더라면, 두비에를 만나보기 전
에는 아무 말도 하지 말라고 타일렀을 것이다. 아자이스 노인
은 뭐가 뭔지 모르지만, 집안 사람들이 모두 그렇게 고지식하
지는 않을 것이다.

노인은 또 계속하여 목사다운 여러 주제에 관해 몇 가지 변
주를 늘어놓았다. 그러고는 그의 딸도 나를 만나면 기뻐할 것
이라고 말했다. 나는 브델 씨 가족들이 사는 충계로 다시 내려
갔다.

위에 쓴 것을 다시 읽어 보았다. 아자이스 노인에 관해 그
런 식으로 이야기한 나는 나 자신을 불유쾌한 인간으로 만들
고 있다. 나는 확실히 그렇게 이해한다. 그리고 베르나르를 위
해, 그의 대책 없는 무분별함이 이 노트를 다시 펼쳐 볼 경우
를 생각하여, 여기에 몇 줄 더 적어 놓는다. 그도 좀 더 노인과
자주 만나 보면 내 말 뜻을 이해할 것이다. 나는 노인을 좋아
한다. 그리고 그가 말하듯 "그 위에 또" 그를 존경하기까지 한

다. 그러나 일단 그의 옆에 있으면 나는 견딜 수 없게 되고 만다! 나는 그와 자리를 같이하여 어울리는 것이 지극히 괴롭다.

나는 그의 딸인 목사 부인을 좋아한다. 브델 부인은 라마르틴의 엘비르*와 흡사하다. 말하자면 나이 먹은 엘비르다. 말솜씨도 상당히 매력적이다. 이야기를 끝맺지 않는 일이 흔하지만, 그것은 오히려 그녀 생각에 일종의 시적 막연함을 준다. 그녀는 부정확함과 미완성으로 무한을 만들어 낸다. 이 세상에서 자신에게 결핍된 모든 것을 내세에서 얻을 수 있다고 믿는다. 그것이 그녀의 희망을 무한히 넓혀 주는 것이다. 발을 붙인 비좁은 땅에서 그녀는 비약의 터를 잡은 셈이다. 남편인 브델과는 매우 드물게밖에 만나지 않는 것도, 그녀는 자기가 남편을 사랑하기 때문이라고 믿는다. 훌륭한 사람인 목사는 수많은 돌봄, 수많은 걱정, 설교며 회의라던가 가난한 사람들과 병자들의 방문 등으로 끊임없이 집을 비우는 것이다. 사람들과의 악수도 지나치는 길에 하는 것이 고작이지만, 그런 만큼 더욱 친밀감이 담긴 것이다.

"오늘은 너무 바빠서 이야기할 틈이 없군요."

"뭘요. 천국에 가서 만나 뵐 텐데요." 나는 대꾸한다. 그러나 그에게는 내 말을 들을 틈마저 없다.

"그이에게 자기 시간이라고는 조금도 없어요." 하고 말하며 브델 부인은 한숨을 짓는다. "떠맡은 모든 일이 얼마나 대단하다는 것을 아신다면, 그건…… 그이는 결코 거절하는 법이 없다는 걸 알고들 있죠. 모든 사람이 그이에게…… 저녁에 돌아

---

* 19세기 낭만파 시인 라마르틴이 사랑한 여인.

오셨을 때 때로는 너무 피곤한 기색이어서 겁이 나 차마 말을 건네지도 못할 정도지요⋯⋯. 지나치게 다른 사람에게 몸을 바치니까 집안 사람에게는 아무것도 줄 것이 남지 않은 셈이지요."

부인이 이야기하는 동안 나는 내가 기숙사에 있을 무렵 브델이 집으로 돌아오던 때를 떠올렸다. 그가 양손으로 머리를 감싸고 좀 쉬었으면 좋겠다고 애타게 중얼거리는 것을 나는 보곤 했다. 그러나 그때 이미 그는 휴식을 원하기보다는 오히려 두려워하는 것이라고 나는 생각했다. 그리고 그에게는 무슨 생각을 하기 위한 짧은 시간이 주어지는 것보다 더 괴로운 일은 없으리라고도 생각했다.

"차 한 잔 드시겠어요?"

때마침 어린 하녀가 차 한 잔이 담긴 쟁반을 들고 오는 것을 보고 브델 부인이 물었다.

"마님, 설탕이 모자랍니다."

"그런 건 라셀 아가씨한테 청구해야 한다고 말하지 않았어? 빨리 가 봐⋯⋯ 그리고 남자 아이들에게 기별을 했니?"

"베르나르 선생님은 보리스와 함께 외출하셨어요."

"그래! 그럼 아르망은⋯⋯? 빨리 가서 이야기해요."

그리고 하녀가 미처 밖에 나가기도 전에 브델 부인은 말했다. "저 불쌍한 계집애는 스트라스부르에서 왔어요. 저 애는 아무것도⋯⋯ 모든 일을 죄다 일러 줘야 한답니다⋯⋯ 그래, 거기서 뭘 기다리는 거지?"

하녀는 마치 꼬리를 밟힌 뱀처럼 돌아섰다.

"밑에 복습 선생님이 오셨는데, 좀 올라와 뵙고 싶답니다.

돈을 받기 전에는 돌아가지 않겠다는 거예요."

브델 부인의 얼굴이 비통한 당혹감을 보여 주었다.

"회계는 내가 담당하는 것이 아니라고 몇 번이나 되풀이를 해야 안단 말이냐. 아가씨에게 이야기하라고 말을 해. 빨리……! 잠시도 조용하게 있을 수가 없으니! 도대체 라셀은 무슨 생각을 하는지 정말 모르겠어."

"그녀가 차를 마시러 오는 것을 기다리는 게 아닌가요?"

"그 애는 차를 절대로 안 마신답니다…… 아! 정말 신학기가 돼서 여간 걱정이 아니에요. 지원하는 복습 선생들은 엄청난 월급을 요구하고, 달라는 월급이 적당할 때는 인물이 마땅치 않고. 그 두 번째 부류의 사람에게 아버님은 욕을 보셨어요. 너무 순하게 대했기 때문에 이제 와서는 그 사람이 아버님을 협박하려 드는 거예요. 하녀 이야기를 들으셨죠? 그런 사람들은 모두 돈밖에 몰라요…… 마치 이 세상에 그보다 더 중요한 건 아무것도 없다는 듯이 말입니다…… 그런데 당장 그 사람을 대신할 사람을 어떻게 구해야 할지 알 수 없군요. 남편 프로스페르는 하느님에게 기도만 드리면 만사가 다 잘 해결될 줄로 믿지만……."

하녀가 설탕을 가지고 돌아왔다.

"아르망에게 기별했어?"

"네, 말씀드렸어요. 곧 오실 거예요."

"그리고 사라는요?" 내가 물었다.

"그 애는 이틀 후에야 돌아올 겁니다. 영국에 있는 친구 집에 가 있어요. 언젠가 여기서 만나 보신 그 여학생 부모 집이랍니다. 참 친절하신 분들이에요. 퍽 다행한 일이라고 저도 생각해요. 사라도 좀…… 로라 같아요. 로라는 아주 안색이 좋아졌더군요. 남프랑스에 있다가 다시 스위스로 가서 지낸 것이 참 좋은 일이었어요. 그렇게 결심하도록 도와 주셔서 대단히 감사합니다. 방학 동안 파리를 떠나지 않은 애는 가엾은 아르망뿐입니다."

"그럼, 라셸은?"

"네, 참 그렇군요. 그 애도 마찬가지예요. 여러 곳에서 초청을 받았지만, 파리에 남겠다는 거예요. 그리고 할아버지에게도 그 애가 필요하니까요. 하긴 이 세상 어느 누구도 늘 바라는 대로 되진 않지요. 어린애들에게 그런 말을 이따금 해 줘야만 한답니다. 다른 사람들도 생각해야죠. 뭐, 나라고 사이스 페에 가서 놀고 지내면 재미있지 않으리라고 생각하세요? 그리고 남편 프로스페르도 여행하는 게 재미로 하는 건 줄 아세요? 얘, 아르망, 칼라를 안 달고 여기 들어와서는 안 된다고 하지 않았어."

부인은 아들이 들어오는 것을 보고 덧붙였다.

"그렇지만 어머니, 종교적인 입장에서 의복을 너무 중요시하면 안 된다고 말씀하셨잖아요?" 그는 나에게 손을 내밀면서 말했다. "게다가 마침 세탁소 아주머니가 화요일이 돼야 올 거고, 남은 건 찢어진 것뿐이랍니다."

나는 자기 친구인 아르망에 관한 올리비에 이야기를 회상했다. 사실 짓궂은 그의 농담 뒤에는 깊은 불안의 표정이 숨어 있는 것처럼 보였다. 아르망의 얼굴은 다듬어져 있었다. 코는 뾰족했으며, 얄팍하고 빛을 잃은 입술 위로 구부러져 있었다. 그는 이야기를 계속했다.

"그런데 고귀한 손님께 새소식을 알려 드렸습니까? 저희들은 겨울 학기를 맞이하면서 이제까지의 일상적인 집단 외에 이목을 끄는 저명인사를 추가하기로 했답니다. 훌륭하신 상원의원 아드님, 고명한 작가의 동생인 파사방 자작, 그 밖에 선생님도 벌써 아실 테지만, 그런 만큼 더욱 명예로운 두 신참, 즉 보리스 공작과 프로피탕디외 후작, 그 외 또 몇몇 사람들. 그러나 그들 직함이며 덕성은 앞으로 알아내야 할 일입니다."

"저 애는 저렇게 변함이 없답니다."

아들의 농담을 들으며 웃던 그의 모친은 말했다. 나는 그가 로라 이야기를 끄집어내지나 않을까 무척이나 겁이 났다. 그래서 방문을 짧게 끝내고 라셸을 만나기 위해 급히 아래층으로 내려갔다.

라셸은 블라우스 소매를 걷어 올리고 자습실을 정돈하는 일을 거들고 있었다. 그러나 내가 가까이 다가가는 것을 보자 걷어 올렸던 소매를 급히 내렸다.

"선생님께 부탁 말씀을 드린다는 건 여간 힘든 일이 아니에요." 그녀는 개인 교수실로 사용하는 조그만 옆방으로 나를 안내해 가면서 말했다. "두비에 씨에게 부탁드려 볼까 생각했어요. 필요하면 그렇게 해 달라고 그가 말한 적 있거든요. 그런데 로라를 만나 보고 나서는 그런 일을 할 수 없다는 걸 알았어요……."

라셸의 얼굴은 매우 창백했다. 그리고 그녀가 지금 한 이야기 마지막 부분을 말할 때, 그녀의 턱과 입술이 경련적으로 흔들려 그녀는 한동안 말하는 것을 멈추어야 했다. 나는 그녀를 거북하게 하지 않으려고 그녀에게서 시선을 돌렸다. 그녀는 자신이

다시 닫은 문에 몸을 기댔다. 나는 그녀의 손을 잡으려고 했다. 그러나 그녀는 내 두 손에서 자신의 손을 떨쳐냈다. 마침내 그녀는 굉장한 노력 끝에 얻은 조이는 듯한 목소리로 말했다.

"제게 1만 프랑만 빌려 주실 수 있겠어요? 새학기에는 전망이 좋아 보이니까 쉬이 갚아 드릴 수 있을 것 같아요."

"언제 필요합니까?"

라셀은 대답하지 않았다.

"지금 내가 가진 건 1000프랑 남짓인데⋯⋯." 하고 나는 말했다. "내일 아침 전부 마련해 드리지요⋯⋯ 필요하다면 오늘 밤에라도."

"아니에요. 내일이면 충분해요⋯⋯ 그런데 그 1000프랑을 지금 곧 빌려 주셔도 괜찮으시다면⋯⋯."

나는 지갑에서 돈을 꺼내 그녀 앞으로 내밀었다.

"1400프랑이면 될까요?"

그녀는 고개를 숙이고 거의 들리지 않을 만큼 작은 목소리로 "네." 하고 대답했다. 그러더니 몸을 비틀거리면서 학생용 의자로 가서 털썩 주저앉아 앞에 놓인 책상에 팔꿈치를 대고 잠시 동안 두 손에 얼굴을 묻었다. 나는 그녀가 운다고 생각했다. 그러나 내가 어깨에 손을 올려놓자, 그녀는 머리를 치켜들었다. 그녀의 눈에 눈물은 괴어 있지 않았다.

"라셀." 하고 나는 말했다. "내게 그런 일을 부탁하는 걸 창피하게 생각할 건 없어요. 도와드릴 수 있어서 기쁩니다."

그녀는 엄숙한 눈초리로 나를 바라보았다.

"마음이 괴로운 것은, 이러한 사실을 할아버님께도 어머님께도 아무 말씀 말아 달라고 부탁드려야만 된다는 일이에요.

기숙사 회계를 맡은 다음부터 저는 할아버님과 어머님께 어떻게 하든…… 하여튼 그분들은 아무것도 모르세요. 제발 아무 말씀도 하지 마세요. 할아버지는 연세가 많으시고, 어머닌 무척 고생을 하시니까요."

"라셸, 고생하는 건 어머니가 아니에요…… 당신이지."

"어머님은 고생을 많이 하셨어요. 지금은 아주 지쳐 버리셨어요. 이젠 제 차례예요. 달리 할 일도 없는걸요."

그녀는 아주 간단하게 그 말을 해 버렸다. 그녀의 체념에서는 비통한 빛은 조금도 보이지 않았고 오히려 일종의 청명함이 느껴졌다.

"그렇지만 일이 아주 잘못되어 간다고는 생각하지 마세요." 하고 그녀는 이야기를 계속했다. "다만 어려운 시기에 부딪쳤을 뿐이에요. 몇몇 채권자들이 성급하게 굴기 때문이지요."

"아까 하녀가 월급 지급을 요구하는 복습 선생 이야기를 하는 것을 들었습니다."

"네, 그 사람이 할아버지한테 와서 몹시 고약하게 한바탕해 댔는데, 말릴 수가 없어서 딱했어요. 난폭하고 속된 사람이에요. 지금 곧 가서 돈을 치러 줘야겠어요."

"내가 대신 갈까요?"

그녀는 잠시 주저하더니 억지로 웃음을 지어 보이려 했으나 허사였다.

"감사하지만 아니에요. 제가 하는 편이 낫겠어요…… 그렇지만 함께 와 주세요. 그 사람이 좀 무서우니까요. 선생님이 계신 걸 보면 아무 말도 못 할 거예요."

기숙사 교정은 거기에 잇달린 정원보다 몇 계단 높았고, 그 사이에 달린 난간이 양쪽을 갈라놓고 있었다. 복습 선생이라는 사람은 그 난간에 몸을 기대고 양쪽 팔꿈치를 뒤로 빼고 있었다. 머리에는 커다란 펠트 모자를 쓰고 파이프를 피우고 있었다. 라셀이 그 사나이와 담판을 하는 동안 아르망이 내 옆으로 다가왔다.

"라셀이 선생에게서 돈을 꾸었군요." 그는 비꼬듯이 말했다.

"걱정이 이만저만이 아니었는데, 선생님이 때마침 나타나셨으니 말입니다. 고약한 우리 형 알렉상드르가 식민지에 가더니 또 빚을 졌답니다. 라셀은 그걸 아버지와 어머니에게는 숨기려는 거예요. 누님은 전에 로라의 지참금을 좀 더 보태 주기 위해서 자기 몫 절반을 포기했죠. 그런데 이번엔 나머지가 몽땅 들어가 버렸거든요. 선생님껜 틀림없이 아무 말도 안 했을 겁니다. 제 누님의 겸손함에 화가 치밀어요. 겸손이란 건 이 세상에서 가장 끔찍한 농담 중 하나니까요. 남을 위해서 희생할 적엔 자기가 남보다 낫다는 확신을 하게 된다는 거지요…… 저 누님은 로라에게는 여간 극진하지 않았어요! 그런데 거기에 대한 보답이 저 모양이거든요, 몹쓸 여자!"

"아르망." 하고 나는 분개하여 외쳤다. "자네에겐 누님을 비판할 권리가 없어."

그러나 그는 발작적이며 날카로운 목소리로 말을 이었다.

"그 반대입니다. 내가 그녀를 비판하는 건 내가 그녀보다 나은 인간이 되지 못하기 때문입니다. 나도 잘 알아요. 라셀은 우리를 비판하지 않아요. 그녀는 아무도 비판하는 일이 없습니다…… 고약한 여자고말고요…… 그녀에 관한 내 의견을 나는 본인에게 대놓고 분명히 이야기했어요, 단언합니다…… 그런데 선생님은 모든 걸 은폐하고 두둔해 줬지요! 모든 일을 아는 선생님이…… 할아버지는 뭐가 뭔지 모르십니다. 어머니는 되도록 알지 않으려고 합니다. 아버지로 말하자면 무엇이나 하느님에게 맡겨요. 결국 그게 편하니까요. 어려운 일이 생길 때마다 아버지는 기도만 드리고 일 처리는 라셸에게 맡기지요. 분명한 것을 보려고 하질 않아요. 그리고 동분서주 뛰어다니며 거의 집에 있질 않아요. 아버지가 집을 숨 막혀 하는 건 나도 이해할 수 있어요. 나도 막 죽을 것 같으니까요. 아버지는 마음을 딴 데로 돌리려 하는 겁니다. 어머니는 그동안 시를 쓰고. 오! 그걸 조롱하지는 않습니다. 나도 시를 지으니까요. 그렇지만 나는 적어도 내가 보잘것없는 놈이란 걸 알아요. 그리고 나를 그렇지 않은 사람으로 보이게 하려고 한 일은 결코 없습니다. 그런데 구역질 나는 일이 아닌지요. 즉 할아버지는 복습 선생이 한 사람 필요한 터에, 라 페루즈 노인에게 '선심을 쓰는 체' 하고 있어요……." 그러더니 갑자기 "저놈 자식, 저기서 누님에게 무슨 소릴 하는 거야? 갈 때 라셸에게 인사를 하지 않는다면 상판대기에 주먹을 한 대 먹여 줘야지 ……." 하고 말했다.

그는 보헤미안 풍 사나이에게로 달려갔다. 나는 그가 한 대 때릴 것이라고 생각했다. 그러나 상대방은 그가 가까이 다가오는 것을 보자 모자를 성큼 벗어 들고, 과장되고도 비꼬는 듯한 인사를 선선히 한 뒤 둥근 천장 밑으로 걸어갔다. 때마침 문이 열리더니 목사가 들어왔다. 프록코트에 실크해트, 그리고 검은 장갑을 끼고 있어 마치 세례나 장례식에서 돌아오는 사람 같았다. 전 복습 선생과 그는 형식적인 인사를 했다. 라셸과 아르망이 내게 다가왔다. 그리고 내 근처에서 브델이 그들과

합류하자, 라셸이 아버지에게 말했다.

"이젠 다 됐어요."

아버지는 딸 이마에 입을 맞추었다.

"내가 한 말이 옳지, 애야. 하느님은 당신에게 믿음을 가진 사람을 결코 버리시지 않는단다."

그러고는 내게 손을 내밀며 말했다. "벌써 가시나요……? 그럼 조만간 다시 만납시다."

3

에두아르의 일기(계속)

9월 29일

라 페루즈 방문. 하녀가 나를 들여보내기를 주저했다. "주인 어른께서는 아무도 만나고 싶어 하시지 않습니다." 내가 하도 우겨 대서 하녀는 나를 객실로 안내해 주었다. 덧문들은 닫혀 있었다. 어두운 방 안에 우뚝 놓인 커다란 안락의자 속에 깊숙이 파묻힌 노스승을 나는 겨우 알아볼 수 있었다. 그는 일 어서지도 않았다. 나를 쳐다보지도 않고 힘없는 손을 옆으로 내밀었으나, 내가 잡았다 놓자 그 손은 다시 늘어지고 말았다. 나는 그의 옆에 앉았다. 그래서 내게는 그의 옆모습밖에 보이지 않았다. 얼굴 표정은 무뚝뚝했고 굳어 있었다. 이따금 입술이 움직였지만, 아무 말도 흘러나오지 않았다. 나를 알아 보는 것인지 어떤지 의심스러울 지경이었다. 시계가 4시를 쳤다. 그러자 그는 무슨 시계 장치에 따라 움직이는 듯이 천천히 내게로 고개를 돌려, 엄숙하고 굵직하긴 하지만 맥없는, 마치 무덤 저편에서 들려오는 것 같은 목소리로 말했다. "왜 자네를 들어오게 했을까? 나를 만나려는 사람이 오거든 라 페루즈 씨는 돌아가셨다고 말하라고 하녀에게 일러두었는데."

나는 그러한 상식 밖의 말보다도 그 어조에 가슴이 아프도록 뭉클했다. 무어라 말할 수 없이 짐짓 꾸민 듯한 과장된 어조, 언제나 나에게는 자연스러웠고 신뢰를 주던 노스승에게서는 들어 본 적이 없는 것이었다.

"하녀는 거짓말을 하고 싶지 않았던 겁니다." 하고 나는 말했다. "저를 들어오게 한 걸 꾸중하지 마세요. 뵙게 돼서 여간 기쁘지 않습니다."

노인은 바보처럼 되풀이했다. "라 페루즈 씨는 돌아가셨습니다." 그러고는 다시 침묵 속으로 잠겨 버렸다. 나는 좀 불쾌한 생각이 들어 노인이 왜 그러한 서글픈 연극을 하는지 이유를 찾아 보는 일은 후일로 미루기로 하면서, 자리를 뜨고자 몸을 일으켰다. 그러나 바로 그때 하녀가 들어왔다. 손에는 김이 올라오는 초콜릿 찻잔을 들고 있었다.

"좀 기운을 내세요. 아무것도 잡수시질 않으셨어요."

라 페루즈 노인은 성가시다는 듯이 몸을 꿈틀거렸다. 마치 서투른 단역배우 때문에 극적 효과를 망가트리고 만 배우처럼 말이다.

"좀 있다가 먹을게. 이 손님이 돌아가신 뒤에."

그러나 하녀가 문밖으로 나가 문을 닫아 버리자마자 노인은 말했다.

"여보게, 미안하지만 물 한 잔 갖다 주게. 그저 물이면 돼. 목이 말라 죽겠군."

나는 식당으로 가서 물병과 컵을 찾아왔다. 노인은 컵에 물을 가득 부어 단번에 마신 다음 낡은 알파카 양복 소매로 입술을 닦았다.

"열이 있으십니까?" 나는 물었다.

내 말을 듣자 그는 곧 연기하던 역할의 인물로 돌아갔다.

"라 페루즈 씨에게 무슨 열이 있겠소? 아무것도 없소. 수요일 밤 이후로 라 페루즈 씨는 죽었소."

나는 이 노인의 연극에 보조를 맞추는 것이 가장 좋은 일인가 아닌가 망설였다.

"보리스 군이 뵈러 왔던 것이 바로 수요일 저녁이지요?"

그는 내게로 고개를 돌렸다. 보리스 이름을 듣자 옛날 그림자 같은 미소가 노인의 얼굴을 밝혔다. 그러더니 마침내 연극하는 것을 멈추고 말했다.

"자네에게만 이야기하는 것인데 그 수요일이 나의 마지막 날이었어." 그러고는 더욱 목소리를 낮추어서 말했다. "모든 일에 끝장을 내기…… 전 내게 남은 마지막 날이었다네."

라 페루즈가 다시 그처럼 불길한 이야기로 돌아가는 것을 보고 나는 몹시 마음이 괴로웠다. 전에 노인이 한 이야기를 내가 사실로 받아들이지 않았던 것을 깨달았다. 왜냐하면 그 이야기가 내 기억에서 사라져 버리도록 놔두었기 때문이다. 그리고 이제 와서 나는 자책하는 것이다. 이제는 모든 일이 머리에 떠올랐다. 그런데 나는 놀랐다. 왜 그러느냐 하면 노인은 처음엔 그것을 훨씬 더 먼 훗날처럼 이야기했기 때문이다. 그리하여 그 말을 노인에게 했더니 노인은 다시 자연스러워진 어조로 유머까지 약간 섞어서 하는 말이, 날짜에 관해서는 나를 속였다고 고백했다. 내가 말리지나 않을까 혹은 그 때문에 내가 빨리 돌아오지나 않을까 두려웠던 까닭에 좀 먼 훗날로 말했다는 것이다. 그러나 며칠 밤씩 계속해서 무릎을 꿇고 죽기 전에 보리스를 볼 수 있게 해 달라고 하느님께 애원했다고 한다.

"그럴 뿐만 아니라 필요한 경우엔 이 세상을 하직하는 날을 며칠 연기하기로 나는 하느님과 약속해 놓았다네……. 자네가 틀림없이 보리스를 데려다 주겠다고 내게 약속했으니까 말일세. 생각나시겠지?"

나는 노인 손을 잡았다. 얼음처럼 싸늘했다. 나는 그 손을 내 두 손으로 감싸서 따뜻이 해 주었다. 노인은 단조로운 목소리로 다시 말을 이었다.

"그런데 자네가 여름 휴가가 끝나기를 기다리지 않고 와서, 내가 이 세상을 떠날 날짜를 연기하지 않고서도 보리스를 만나 볼 수 있으리라는 것을 알았을 때 나는…… 나는 하느님이 내 소원을 들어 주신 거라고 믿었지. 하느님이 내 뜻에 동의해 주신 거라고 생각했어. 정말 그렇게 믿었던 걸세. 하느님이 여전히 나를 농락한다는 것을 그때는 미처 깨닫지 못했거든."

그는 내 손에서 자기 손을 빼 버리고 한결 기운 난 목소리로 말했다. "그래서 수요일 밤에 나는 끝장을 내 버리려고 마음먹었지. 그리고 자네가 보리스를 데려다 준 것이 그 수요일 낮이었어. 보리스를 만나도, 사실을 말하자면, 마음속으로 생각했던 것만큼 기쁘지는 않더군. 그 뒤에 나는 그것에 대해 곰곰이 생각해 보았어. 물론 그 애가 나를 만나서 기뻐하기를 바

랄 수는 없는 노릇이었지. 그 애 어미는 그 애에게 내 이야기
를 한 일이 전혀 없었으니까."

노인은 말을 끊었다. 입술이 떨렸다. 나는 그가 울려는 것이
라고 생각했다.

"보리스는 선생님을 좋아하고 싶어할 따름입니다. 그렇지만
그 애가 선생님을 알 시간적 여유를 줘야 할 겁니다." 하고 나
는 용기를 내 한마디 했다.

"그 애가 돌아가고 난 뒤에." 내 말을 귀담아듣지 않고 라
페루즈는 계속했다. "저녁때 나 혼자 남았을 때 (집사람은 이
젠 집에 없으니까 말일세.) 나는 '드디어 때가 왔구나!' 하고 생
각했어. 그런데 죽은 내 아우가 권총 두 자루를 유품으로 내게
남겨 둔 게 있어서, 나는 그걸 언제나 내 침대 머리맡에 있는
상자 속에 보관하고 있었다네. 그래, 나는 그 상자를 찾으러 갔
지. 그리고 나는 안락의자에 앉았지. 지금 이처럼 말일세. 그리
고 권총 하나에 탄환을 쟀지⋯⋯."

그는 내게로 몸을 돌렸다. 그리고 마치 내가 그의 말을 의심
이나 한다는 듯이 거칠고 사나운 목소리로 되풀이했다.

"그래, 탄환을 쟀어. 볼 수 있어. 아직도 그대로 탄환이 있으
니까. 그런데 무슨 일이었는지? 나는 이해할 수가 없었어. 나
는 권총을 이마에 댔어. 그걸 관자놀이에 오랫동안 대고 있었
지. 그렇지만 쏘질 않았거든. 나는 그럴 수가 없었어⋯⋯ 막판
에 이르러서, 이야기하기도 부끄러운 일이지만⋯⋯ 내게는 쏠
만한 용기가 없었어."

노인은 이야기를 하면서 흥분했다. 눈은 한결 생기를 띠고
핏기가 가냘프게 뺨을 물들였다. 그는 고개를 끄덕이며 나를

바라보았다.

"자네는 이걸 어떻게 설명하겠어? 결심을 했던 일이요, 몇 달 전부터 줄곧 생각해 오던 일이었는데…… 어쩌면 그 때문이었는지도 모르지. 아마도 생각을 하느라고 미리 용기를 고갈시켜 버렸던 것인지도 몰라……."

"말하자면 보리스가 돌아오기 전에, 그 애를 만나 본다는 기쁨을 고갈시켜 버린 것과 마찬가지 아니겠습니까!" 하고 나는 말했다. 그러나 노인은 다시 이야기를 계속하는 것이었다.

"나는 오랫동안 권총을 관자놀이에 대고 있었지. 손가락을 방아쇠에 걸고 말이야. 조금 당겨 보긴 했지만, 아주 힘껏 잡아당기질 못했어. 나는 생각했지. '이제 곧 힘을 줘 방아쇠를 잡아당길 텐데, 그러면 탄환이 튀어나올 것이다.' 금속의 싸늘한 감촉이 느껴지더군. 그래서 또 이렇게 생각했지. '이제 곧 나는 아무것도 느낄 수 없을 것이다. 하지만 그 전에 무서운 폭음이 들릴 테지…….' 생각 좀 해 봐! 바로 귓전에 터질 그 소리를……! 무엇보다도 바로 그것이 나로 하여금 결단을 내리지 못하게 했어. 그 권총 소리가 겁이 나서…… 터무니없는 이야기지. 죽어 가는 터에 말이야…… 그렇긴 하지만! 그러나 나는 죽음이란 잠과 같은 것이기를 바라거든…… 그런데 그런 소리를 듣는다면 어떻게 잠이 들겠는가, 잠이 깰 노릇이지……. 그래 내가 겁이 난 건 확실히 그것이었어. 잠들지 못하고 갑자기 눈 뜨게 될 것이 겁이 나더란 말일세."

그는 다시 침착해지려는 것 같았다. 아니 정신을 가라앉히려는 것 같았다. 잠시 동안 그는 다시 입술을 헛되이 움직였다.

"그런데 그 모든 것은." 하고 그는 다시 말을 이었다. "그 뒤

에 가서나 생각한 것이야. 사실 내가 자살하지 않은 것은 내가
자유롭지 못했기 때문이지. 겁이 나서 그랬다고 지금 말했지
만, 그런 게 아니었어. 내 의지와는 완전히 다른 그 무엇이, 내
의지보다 더 강한 그 무엇이 나를 저지했던 것이야…… 마치
내가 떠나는 걸 하느님이 원치 않는 것처럼 말일세. 연극이 끝
나기 전에 무대에서 나가려는 꼭두각시를 상상해 보라고……
못 나가! 마지막 장면에 또 네가 필요하니까. 원하면 제 멋대
로 나갈 수 있다고 생각하고 있어……! 우리들이 의지라고 부
르는 것이 무언인가를 알게 됐어. 그것은 말하자면 꼭두각시
를 움직이는 끈이란 말일세. 그리고 그 끈을 잡아당기는 건 하
느님이지. 내 말을 알아듣지 못하겠나? 그렇다면 설명하겠네.
들어 보게, 나는 '오른팔을 쳐들겠다.'라고 생각하며 팔을 쳐드
네.(노인은 실제로 팔을 쳐들었다.) 그러나 그것은 내게 '오른팔
을 쳐들고 싶다.'라고 생각하게 하고, 말하게 하기 위해서 벌써
끈이 잡아당겨졌기 때문이야……. 내가 자유롭지 못하다는 증
거는, 만약 내가 다른 팔을 쳐들어야 한다면 '왼팔을 쳐들겠
다.'라고 나는 말했어야 했을 걸세…… 아냐 자넨 알아듣질 못
하는군. 아무래도 자네에겐 내 말을 알아들을 수 있는 자유가
없어……. 오오, 하느님이 즐긴다는 걸 나는 이제 알아. 하느님
이 우리에게 시키는 일을 우리 뜻대로 하고 싶어서 한 것처럼
믿게 하고 하느님은 재미있어 한단 말이야. 하느님의 고약한 장
난이지…… 자네는 내가 미쳤다고 생각하는가? 그런데 참 라
페루즈 부인…… 그 사람이 양로원에 들어간 걸 아시지…….
글쎄 우리 집사람은 그걸 정신병원이라고 생각한단 말일세. 내
가 그 사람을 내쫓고 미치광이로 몰아 버릴 작정으로 그곳에

집어넣었다고 생각하거든……. 이상한 일 아닌가. 거리에서 마주치는 어느 누구인가가 자기 일생을 바쳐 온 여자보다 오히려 더 자기를 알아준다니…… 처음엔 매일 만나러 갔지. 그러나 나를 보자마자 집사람은 말하거든. '아! 오셨군요. 또 내 동정을 염탐하러 온 거지요.' 결국 그 사람을 화나게 할 뿐인 것 같기에 방문도 그만두기로 했지. 그러니 아무에게도 좋은 일을 할 수 없게 돼 버린 터에 어떻게 삶에 애착을 품을 수 있겠나?"

흐느낌에 그의 목소리는 메어 버렸다. 그는 머리를 숙였다. 또다시 의기소침한 상태로 돌아가려는가 싶었다. 그러나 노인은 갑자기 기운을 돋우어서 말했다.

"그 사람이 집을 나가기 전에 무슨 짓을 했는지 아는가? 내서랍을 마구 억지로 열고 세상을 떠난 내 아우에게서 받은 편지를 죄다 불살라 버렸다네. 집사람은 내 아우를 언제나 질투했지. 그가 세상을 떠난 뒤에는 더욱 그랬어. 밤에 내가 편지 읽는 것을 잡아 내서 나에게 싸움을 걸곤 했다네. '내가 자리에 눕기를 기다렸군요. 나 몰래 보려는 거죠.' 하고 소리 지르면서 말일세. 또 이런 소리도 했지. '이젠 주무시는 게 좋을 거예요. 눈이 피곤해져요.' 무척 상냥한 것처럼 보이지. 그러나 그 사람 마음은 내가 잘 알아. 그건 질투였다네. 나하고 아우를 단둘이 있게 놔두기를 싫어했거든."

"선생님을 사랑했던 탓입니다. 사랑이 없는 곳에 질투란 있을 수 없으니까요."

"좋아! 그렇지만 사랑이 삶의 축복이 되지 못하고 인생의 재앙이 될 때는 그야말로 슬픈 일이 아니겠는가 말이야…….

하느님이 우리를 사랑하시는 것도 아마 그런 것이겠지."

그는 이야기를 하면서 매우 흥분했다. 그러더니 갑자기 "배가 고프군." 하고 말했다. "뭘 좀 먹고 싶을 때 저 하녀는 언제나 늘 초콜릿만 갖다 주거든. 아마 라 페루즈 부인이 다른 것은 먹지 않는다고 이야기한 모양이지. 미안하지만 자네가 부엌에 가서…… 복도에서 오른쪽으로 두 번째 문이야…… 계란이 없는지 봐 주게. 하녀가 있다고 한 것 같았어."

"그럼 하녀에게 말해서 계란프라이를 만들어 오라고 할까요?"

"두 개는 먹을 것 같아. 부탁할 수 있을까? 저 애에겐 내 말을 알아듣게 할 수가 없어."

"계란프라이는 곧 될 겁니다." 하고 나는 방으로 돌아오면서 말했다. "괜찮으시다면 잡수시는 걸 보고 가겠습니다. 그래요, 그것을 보는 것이 즐겁답니다. 방금 선생님은 누구에게도 좋은 일을 할 수 없다고 말씀하셨는데, 그 말씀을 듣고 저는 매우 가슴이 아팠습니다. 선생님께선 손자님을 잊어버리신 모양입니다. 선생님 친구인 아자이스 씨가 기숙사로 오셔서 손자님 곁에 기숙하시면 어떻겠느냐고 하시던데요. 그런 말씀을 드리도록 제가 부탁을 받았습니다. 이젠 부인도 안 계시니까 아무 지장이 없지 않습니까."

나는 얼마간의 반발을 예상했다. 그러나 노인은 그에게 제공된 새로운 생활 조건에 관해서 거의 아무것도 묻지 않았다.

"자살은 하지 않았지만, 난 죽은 거나 다름없어. 여기든 거기든, 아무 상관없어." 그는 말했다. "데려다 주게."

나는 그 다음다음 날, 노인을 데리러 오겠다고 약속했다. 그리고 그날까지 여행용 가방을 두 개 마련해 줄 테니 필요한 의복이며 갖고 가고 싶은 물건을 챙기라고 말했다.

"그리고 계약 기한이 끝날 때까지는 이 집도 선생님이 그대로 쓰시는 셈이니까 모자라는 것이 있으면 언제든지 가지러 오실 수 있을 겁니다." 나는 덧붙였다.

하녀가 계란을 가져오자, 그는 그것을 게걸스럽게 먹어 치웠다. 나는 그 본래의 자연스러움을 되찾은 것에 마음이 놓여, 노인의 저녁을 준비하라고 하녀에게 일러두었다.

"여러 가지로 수고를 끼치는군. 참 고마워." 하고 그는 되풀이했다. 나는 노인이 나에게 권총을 맡겨 주었으면 싶어서 이제는 소용이 없지 않느냐고 말해 보았다. 그러나 노인은 그것들을 나에게 건네려 하지 않았다.

"더 걱정할 것 없네. 그날 하지 못한 것을 앞으로도 결코 할 수 없으리라는 걸 내가 잘 아니까. 게다가 이제 내 아우가 남긴 단 하나의 기념품일세. 그리고 또 내가 하느님 손아귀에서 노는 장난감에 지나지 않는다는 사실을 그것이 나에게 상기시켜 줄 필요가 있거든."

4

 그날은 몹시 더웠다. 브델 기숙사의 열어젖힌 창문으로 정원 나무 꼭대기가 보였다. 그 위에서는 아직도 끝없이 풍성하게 남은 여름의 마지막 기운이 떠돌고 있었다. 이 신학기 첫날은 아자이스 노인에게 연설할 기회가 있는 날이다. 그는 적절하게 학생들을 향해 교단 아래에 서 있었다. 교단 위쪽엔 라 페루즈 노인이 자리를 잡았다. 그는 학생들이 들어오자 일어섰으나 아자이스 노인의 상냥한 손짓에 다시 자리에 앉았다. 그의 불안한 시선은 먼저 보리스에게로 쏠렸다. 그리고 보리스는 아자이스가 연설을 하는 동안 새로 부임한 교사를 학생들에게 소개하면서 그 교사가 학생 중 한 사람과 혈연 관계에 있음을 암시했던 까닭에, 그 시선이 한결 거북했다. 그러나 한편 라 페루즈 노인은 보리스와 시선이 마주치지 않는 것을 슬퍼했다. 무심한 것, 냉정하구나 하고 그는 생각하는 것이었다.

 '제발, 좀 조용히 놔뒀으면!' 하고 보리스는 생각했다. '다른 아이들이 눈치 채지 않게 해 줬으면!' 그는 학우들이 두려웠다. 학교 문을 나설 때 그는 학우들과 섞여야만 했다. 그리고 리세에서 '재미 없는 기숙사 방'까지 오는 동안 그들의 이야기를 들었던 것이다. 그는 그들과 친밀해지고 싶은 마음이 간절해 그들과 보조를 맞추고 싶었다. 그러나 섬세한 성격 때문에 그럴 수 없었다. 그는 무슨 이야기를 하려고 해도 말이 입술에서 멈추고 말았다. 그는 자신의 거북함을 스스로 탓했다. 그리고 그것을 나타내지 않으려고 애쓰며 남의 비웃음을 사지 않으려고 웃어 보이기까지 하는 것이다. 그러나 아무리 해도 소용이 없었다. 남들과 함께 섞이면 자신은 계집애 같은 꼴이 되었고, 그것을 스스로도 느껴 서글퍼지는 것이었다.

거의 즉석에서 몇몇 그룹이 이루어졌다. 중심 인물은 레옹 게리다니졸이라는 소년으로 벌써 위세를 부리고 있었다. 다른 소년들보다 나이가 좀 많고, 게다가 학급도 위였는데, 갈색 피부, 검은 머리털, 까만 눈의 그는 그다지 키가 큰 것도 아니고 유별나게 힘이 센 편도 아니었지만, 소위 '배짱'이라는 게 있었다. 그야말로 이만저만한 배짱이 아니었다. 조르주 몰리니에도 게리다니졸에게는 '어리벙벙하게 한풀 꺾이고 말았다는 것'을 인정했다. "나를 어리벙벙하게 만들 지경이니 굉장한 친구가 아닌가 말이야!" 그는 오늘 아침 게리다니졸이 어떤 젊은 여자에게 가까이 다가가는 것을 제 눈으로 똑똑히 보았다. 여인은 어린애를 품에 안고 있었다.

"아주머니, 그 앤 당신 아깁니까?(그는 정중하게 인사하며 이렇게 말했다.) 참 보잘것없이 생겼군요. 그렇지만 안심하십시오. 살지 못할 테니까요."

조르주는 지금도 그 생각을 하면 웃음을 참을 수 없었다.

"아니, 그게 정말이야?"

조르주의 얘기를 듣던 그의 친구 필립 아다망티가 말했다.

그런 대담무쌍한 이야기를 그들은 재미있어 했다. 그보다 더 재치 있는 것을 그들은 생각할 수 없었다. 이미 낡아 빠진 진부한 재담, 레옹은 그것을 그의 사촌 형 스트루빌루에게서 배웠지만 조르주가 그런 사실을 모르는 것은 당연했다.

기숙사에서 몰리니에와 아다망티는 게리다니졸과 함께 감독 선생 눈에 띄지 않기 위해서 다섯 번째 줄 같은 걸상에 앉을 수 있도록 허락받았다. 몰리니에 왼편에는 아다망티, 오른편에는 게리라고 불리는 게리다니졸이 앉았다. 맨끝에는 보리스가 앉았고, 그 보리스 뒤가 파사방 자리였다.

공트랑 드 파사방은 아버지가 사망한 뒤 쓸쓸한 생활을 했다. 그리고 그전 생활도 즐겁진 않았다. 오래전부터 그는 형한테서 아무런 동정도 원조도 바랄 수 없다는 것을 알았다. 그는 늙은 하녀인 충실한 세라핀을 따라 브르타뉴에 있는 그녀 집에 가서 여름방학을 보냈다. 그의 모든 좋은 자질은 안으로 웅크러들어 이제 그는 공부에만 열중했다. 자기가 형보다 낫다는 걸 형에게 증명해 주고 싶은 숨은 욕망에 그는 끌렸다. 기숙사에 들어온 것도 그가 스스로 선택한 것이었다. 그것은 또 형 집, 그에게는 슬픈 추억밖에 일으켜 주지 않는 바빌론 거리 저택에서 살고 싶지 않기 때문이기도 했다. 그의 곁을 떠나지 않으려던 세라핀은 파리로 돌아오자 거처할 곳을 얻었다. 그녀에겐 유언장에 명시된 조목에 의해 죽은 백작의 두 아들이 보내 주는 적은 연금으로 그만한 일을 할 수 있는 여유가 있었다. 그녀 집엔 공트랑의 방이 있어서 그는 외출하는 날이면 거기에서 지내는 것이었다. 그 방을 그는 자기 취향에 맞게 꾸몄다. 그리고 일주일에 두 번씩 세라핀과 함께 식사했다. 그녀는 그에게 정성을 기울여 부족한 것이 없도록 보살펴 줬다. 심각하게 마음에 걸리는 일에 관해서는 거의 아무 이야기도 할 수 없었지만, 그래도 그녀 곁에서라면 공트랑은 곧잘 지껄이는 것이었다. 기숙사에서는 다른 친구들의 영향을 받아 흔들리지도 않았다. 친구들의 농담을 한쪽 귀로 흘려 버리고 함께 섞여 놀기를 거절하기 일쑤였다. 그는 야외 놀이가 아니면 차라리 독서를 좋아했다. 모든 운동을, 그러나 특히 혼자서 하는 운동을 그는 좋아했다. 그가 자존심이 강했고 모든 사람과 사귀는 것을 싫어하기 때문이기도 했다. 일요일이면 철 따라 스케이트나 수영, 노 젓기를 하거나 시골로 긴 산책을 하러 떠났다. 그에겐 유난히 싫어하는 것이 많았다. 그리고 그런 생각을 억제하려고 하지도 않았다. 또 그는 자기 정신을 넓히기보다는 그것을 굳건히 하기에 힘썼다. 어쩌면 그는 스스로가 그러려니 하고 생각하는 것처럼, 또 그렇게 되려고 애쓰는 것처럼 그리 단순하지는 않은 소년인 듯하다. 이미 우리는 임종 자리에 누운 아버지 머리맡에 있던 그를 본 적이 있다. 그러나 그는 신비라는 것을 좋아하지 않는다. 그리하여 그가 더이상 자기 자신답지 않게 되면 곧 자신이 싫어지는 것이다. 그가 반에서 수석을 차지하는 것을 유지한다면, 쉽게 이룬 것이 아니라 꾸준한 노력의 결과다. 만약 보리스가 그에게 보호를 요청한다면 그것을 얻을 수 있을 것이다. 그러나 보리스의 관심은 주로 옆에 앉은 조르주에게 쏠렸다. 그런데 조르주의 관심은 아무도 안중에 두지 않는 게리에게 끌렸다.

조르주에겐 필립 아다망티에게 알려야 할 중요한 소식이 있었다. 그는 그 소식을 편지로 써 보내지 않는 것이 더 안전하리라고 생각했다.

개학 날이던 그날 아침, 그는 수업 시작 십오 분 전에 리세 문 앞에 이르러서 헛되이 필립을 기다렸다. 문 앞을 왔다 갔다 서성거리다가 레옹 게리다니졸이 한 젊은 여인에게 아주 재치 있게 불쑥 말을 거는 것을 들었던 것이다. 그러고 나서 그 두 개구쟁이들은 이야기를 주고받았는데, 자기네들이 같은 기숙사 친구가 되리라는 것을 알게 되자 조르주는 여간 기뻐하지 않았다.

리세 하교 시간이 되어서 조르주와 피피(필립의 애칭)는 마침내 서로 만날 수 있었다. 그들은 다른 기숙생들과 함께 아자이스 기숙사를 향해 걸으면서, 자유로이 이야기할 수 있도록 다른 학생들로부터 좀 떨어져 있었다.

"이건 감추는 게 좋을걸." 조르주는 피피가 단춧구멍에 여전히 달고 있던 노란 약장(略章)을 손가락으로 가리키며 말했다.

"왜?" 조르주가 자기 약장을 달지 않은 것을 보고 필립이 말했다.

"그러다간 붙잡힐 염려가 있으니까. 수업 시간 전에 알려 주고 싶었어. 좀 일찍 오기만 했으면 됐지. 알려 주려고 교문 앞에서 기다렸단 말이야."

"난 몰랐으니까." 피피가 말했다.

"난 몰랐으니까. 난 몰랐으니까."

조르주가 그의 흉내를 냈다.

"그만한 것쯤은 생각하면 알 수 있을 게 아니야? 내가 울가트에서 너를 만날 수 없었으니까 네게 할 이야기가 있을 것이라고."

이 두 소년의 머리를 떠나지 않는 생각은 서로 자신이 상대방을 능가한다는 것이었다. 피피는 아버지 지위와 재산 덕분에 어느 정도 유리한 입장이었다. 그러나 조르주는 대담성과 냉소로 피피를 훨씬 능가했다. 피피는 뒤떨어지지 않기 위해 좀 무리하지 않으면 안 되었다. 그는 나쁜 소년은 아니었다. 그저 우유부단한 아이였다.

"그럼 무슨 이야기인지 말해 봐."

마침 그들에게로 가까이 왔던 게리다니졸이 두 사람 이야기를 듣고 있었다. 주르주는 그가 이야기를 엿듣고 있다는 것이 기분 나쁘지 않았다. 먼저는 저편에서 사람을 놀라게 해 줬다. 이번엔 이편이 놀래 줄 만한 것을 가지고 있는 것이다. 그래서 조르주는 지극히 태연하게 피피에게 말했다.

"프랄린이 잡혀갔어."

"프랄린이!"

조르주의 침착한 태도에 어리둥절하여 피피가 소리쳤다. 레옹이 흥미 있게 듣는 눈치였으므로 피피는 조르주에게 물었다.

"이야기해도 괜찮겠지?"

"아무렴!"

어깨를 으쓱하면서 조르주가 말했다. 그러자 피피는 조르주를 가리키며 게리에게 말했다.

"이 친구 애인이야."

그리고 조르주에게 물었다.

"그걸 어떻게 알았어?"

"제르멘을 만났더니 그런 이야기를 하더군."

그러고 나서 그는 피피에게 십이 일 전에 파리로 돌아와서, 전에 몰리니에 검사가 '방탕의 장소'라고 말했던 그 집에 가 보았더니 문이 닫혀 있었다는 것과, 그리고 조금 후에 그 거리를 서성거리다가 피피 애인인 제르멘을 만나서 그런 정보를 들었다는 이야기를 했다. 방학이 시작되자 경찰이 수색했다는 것이다. 그러나 여자들과 소년들은, 그 작전을 시작하기 전에 프로피탕디외가 미성년 범죄자들이 흩어지는 시기를 기다려 그들이 법망에 걸려들지 않고, 그러한 추문이 그들 부모에게 누를 끼치지 않도록 세심한 주의를 기울였다는 사실을 몰랐다.

"아, 그래……!" 피피는 딴 설명 없이 되풀이했다. "아, 그래……!" 그러면서 그는 조르주와 자기가 아슬아슬하게 벗어날 수 있었다고 생각했다.

"등이 오싹하지, 응?" 조르주가 빈정거리며 말했다. 자신이 질겁했었다는 것, 그것을 특히 게리다니졸 앞에서는 고백할 필요가 없다고 그는 생각했다.

이러한 대화를 들으면 그들을 실제보다도 더 타락한 소년으로 생각하게 될지도 모른다. 그러나 그들이 그런 이야기를 하는 것은 분명히 무엇보다도 잘난 체해 보이고 싶은 심정에서였다. 그들의 경우에는 허풍이다. 어쨌든 게리다니졸은 그들 이야기를 듣고 있었다. 그들 이야기에 귀를 기울이고 그들에게 이야기를 시키는 것이었다. 그런 이야기를 오늘 저녁 그가 사촌형 스트루빌루에게 보고할 것이고, 그러면 스트루빌루는 무척 재미있어 할 것이다.

그날 저녁 베르나르는 에두아르와 만났다.

"개학은 잘됐나?"

"괜찮았어요." 하고는 베르나르가 아무 말없이 침묵을 지키자 에두아르는 말했다. "베르나르, 자네가 이야기하고 싶지 않다면 억지로 자네에게 이야기를 시키지는 않겠네. 심문 같은 건 질색이니까. 그렇지만 생각해 보게, 자네는 나를 위해서 일을 하겠노라고 자청하지 않았나? 그러니 난 자네가 무슨 이야기를 해 줄 거라고 기대해도 되지 않겠어……."

"무엇을 알고 싶으세요?" 베르나르는 마지못해 대꾸했다.

"아자이스 노인이 한바탕 엄숙한 연설을 했는데, 아이들에게 '다같이 도약으로 전진하는 데, 청춘의 열기를 갖고 해야 한다……'라는 말을 했다는 것 말입니까? 그 말이 기억에 남아요. 세 번이나 말했으니까요. 아르망에 의하면 그 영감은 연설할 때면 언제나 그 말을 한다는군요. 아르망과 나는 교실 뒤 맨 마지막 걸상에 앉아서, 마치 노아가 배 안으로 들어오는 동물들을 바라보듯 아이들이 들어오는 것을 봤어요. 별의별 녀석들이 다 있더군요. 되새김하는 동물, 가죽이 두꺼운 동물, 뼈 없는 동물, 척추 없는 동물…… 연설이 끝난 다음 아이들은 저희들끼리 이야기를 하게 되자, 아르망과 나는 그들 이야기가 열 번에 네 번은 '단언컨대, 너는 도저히……'라는 말로 시작되는 것을 알았답니다."

"그러면 그렇지 않은 여섯은?"

"'나는 말이야.' 하고 시작하더군요."

"제법 잘 관찰했는데, 두려울 지경이군. 그밖에 또 다른 건?"

"어떤 녀석들은 개성을 꾸며낸 것 같았어요."

"그건 무슨 뜻인가?"

"특히 파사방 동생 곁에 앉아 있던 아이 생각이 납니다. 파사방은 그저 얌전한 소년 같더군요. 그런데 그 옆 녀석, 나는 그를 오랫동안 관찰했는데, 그 녀석은 옛날 사람들의 이른바 '지나침은 모자람과 같다.'란 말을 생활신조로 삼는 모양이었어요. 그 나이에는 맹랑한 신조라고 생각하지 않으십니까? 옷차림도 너무 꼭 들어맞아서 옹색해 보였고, 넥타이도 단정하고, 구두끈까지도 매고 나면 딱 끝나도록 되어 있는 길이입니다. 잠깐 이야기했을 뿐이지만, 그동안에도 한다는 소리가 도처에서 힘을 낭비하는 것이 눈에 띈다는 거예요. 그리고 노래 후렴이나 외듯 '쓸데없는 노력은 그만둬야지.' 하고 되풀이하는 것입니다."

"빌어먹을 놈의 절약가들이지. 그런 것을 예술로 옮기면 장황한 작가들이 되는 법이야."

"어째서요?"

"무엇이든 상실하는 것을 싫어하니까. 그리고 다른 일은? 아르망에 관한 이야기는 없었는데."

"괴상한 친구예요. 솔직히 말씀드리면 그 애는 별로 제 마음엔 들지 않습니다. 기형적인 아이는 좋아하지 않으니까요. 물론 바보는 아니지요. 그렇지만 그 애는 파괴하는 것에만 늘 머리를 써요. 게다가 그 녀석이 가장 극성을 부리고 달려드는 것은 자기 자신에 대해서거든요. 자기가 지닌 선량함, 너그러움, 고상함, 다정함, 그것을 그는 부끄럽게 여긴단 말입니다. 그애는 좀 운동을 해야 할 겁니다. 바깥바람을 쐴 필요가 있을 거예요. 온종일 방에만 처박혀 있으니까 까다로와져 버리는 겁니다. 나와 가까이하고 싶은 눈친데, 피하려고 하진 않습니다만, 그래도 그 녀석 기질에 응할 수는 없어요."

"그의 독설과 비꿈 뒤에는 지나치게 예민한 감수성이, 어쩌면 큰 고민이 숨어 있다고 생각하지 않나? 올리비에는 그렇게 생각하던데."

"아마 그럴지도 모르지요. 저도 그렇지 않은가 생각했어요. 그런데 아직도 그가 어떤 인물인지 잘 모르겠고, 그 밖의 생각은 더 깊이 해 보지도 못했습니다. 좀 생각을 해 봐야 할 필요가 있습니다. 결과는 알려 드리겠습니다만 좀 뒤에 해 드리겠어요. 오늘 밤은 이만 물러가겠습니다. 이틀 후엔 시험이니까요. 그리고 솔직하게 말씀드리지만…… 뭔가 서글픕니다."

5

내 생각이 틀리지 않다면, 개개의 사물에선 오직
그 꽃만을 따야 할 것이다.

— 페늘롱

그 전날 파리로 돌아온 올리비에는 푹 쉬고 자리에서 일어
났다. 바람은 훈훈하고 하늘은 맑았다. 수염을 깎고 샤워를 하
고 산뜻한 옷차림으로 자기 힘과 젊음과 미모를 의식하며 밖
으로 나갈 무렵 파사방은 아직 자고 있었다.

올리비에는 소르본 대학 쪽으로 발걸음을 재촉했다. 오늘
아침 베르나르는 필기 시험을 치를 것이다. 어떻게 올리비에는
그것을 알까? 아마 모를지도 모른다. 알아 보려고 가는 것이리
라. 그는 발길을 서두른다. 베르나르가 자기 방에 와서 묵고 간
그날 밤 이후로, 그는 아직 그 친구를 만나 보지 못했다. 그 뒤
로 얼마나 많이 변했는가! 베르나르를 보고 싶다기보다 자기
자신을 그에게 보여 주고 싶은 것이 아닐까? 베르나르가 옷맵

시에 그렇게도 무관심하다는 건 유감이다! 그러나 그러한 취미는 생활이 유복해지면 생기는 수가 가끔 있다. 파사방 백작 덕분에 올리비에는 그런 사실을 체험한 것이다.

오늘 아침 베르나르가 치르는 것은 필기 시험이다. 정오에나 그는 나올 것이다. 올리비에는 교정에서 그를 기다리는 것이다. 몇몇 친구들이 눈에 띄어 악수를 하고 그는 다시 그들 곁을 떠난다. 그는 자기 옷차림이 좀 거북하다. 마침내 해방된 베르나르가 교정에 나타나 그에게 손을 내밀면서 "참 말쑥하군!" 하고 외쳤을 때, 그는 더 한층 거북했다.

다시는 얼굴을 붉히지 않으려니 생각하던 올리비에였건만 그는 얼굴이 붉어졌다. 그런 말, 어조가 아무리 싹싹했을지라도, 그 속에 조롱이 깃들었음을 어찌 알아차리지 못하겠는가? 베르나르는 집을 뛰쳐나오던 날 밤에 입었던 옷을 아직 그대로 입고 있었다. 그는 설마 올리비에가 왔으리라고는 생각하지 않았다. 이것저것 물어보면서 그는 올리비에를 끌고 갔다. 그가 올리비에와 다시 만나는 즐거움을 얻는 것은 정말 급작스러운 뜻밖의 일이었다. 친구의 세련된 옷차림을 보자 그는 빙그레 웃었지만, 거기엔 아무런 악의도 없었다. 선량한 그였기에, 악의 같은 것은 없었다.

"함께 점심 먹자꾸나. 1시 30분에는 또 라틴어 시험이 있어. 아침엔 프랑스어 시험을 쳤지."

"잘 치렀어?"

"아무렴. 그렇지만 내 답안이 시험관 마음에 들지 그건 모르지. 라 퐁텐의 시를 네 줄 내놓고 의견을 말하라는 거였어."

파르나스의 나비로서, 저 플라톤이

세상의 신기한 경이로움을 그에 비유한 꿀벌처럼,

몸 가벼이 온갖 것 위를 날며,

이 꽃에서 저 꽃으로, 이 사물에서 저 사물로 나는 간다.

"어때? 너 같으면 어떻게 썼겠어?"

올리비에는 뛰어난 점을 내보이려는 욕망을 억제하지 못했다.

"나 같으면 이렇게 말하겠어. 라 퐁텐은 자신을 묘사하면서 예술가 모습, 즉 이 세상의 외형에만, 표면에만, 꽃에만 만족하는 자의 모습을 그린 것이라고 말이야. 그리고 나는 그와 대조해 학자나 연구자, 즉 탐색만 하는 사람의 모습을 그려 놓지. 학자가 탐색하는 동안 예술가는 발견을 한다는 것, 탐색하는 사람은 몰두하게 되고 몰두하는 사람은 눈이 멀고 만다는 것. 진리는 겉보기고 신비는 형태며 인간에게 있어 가장 깊은 것은 바로 피부라고 말이야."

이 마지막 문구는 올리비에가 파사방에게서 들은 말이었다. 그리고 파사방 자신도 어느 날 폴 앙브루아즈가 어딘가의 살롱에서 이야기한 말을 그대로 따온 것이었다. 인쇄되지 않은 것이라면 무엇이나 파사방에게는 정당한 취득물이었다. 그는 그러한 것을 가리켜 "떠도는 사상"이라고 불렀지만, 다시 말하자면 그것은 남의 사상이었다.

올리비에의 어조에 드러나는 무언지 모를 그 무엇인가가 베르나르로 하여금 그 문구가 올리비에 자신의 것이 아니라는 것을 알아채게 했다. 그것을 말하는 올리비에 목소리가 어색했다. 베르나르는 '그거 누구 말이냐?' 하고 묻고 싶었으나, 친구의 기분을 불쾌하게 하고 싶지 않았을 뿐만 아니라, 여태껏 상대방이 말하지 않으려고 하던 파사방의 이름을 들어야만 하지 않을까 그는 두려웠다. 베르나르는 야릇한 집요함으로 지그시 친구 얼굴을 쳐다보기만 했다. 그러자 올리비에는 또 한 번 얼굴을 붉혔다.

감상적인 올리비에에게서 여태껏 자신이 알던 것과는 판이한 사상이 표명되는 것을 듣고 베르나르는 놀랐지만, 그 놀라움은 이내 격심한 분개로 바뀌고 말았다. 그것은 태풍과도 같이 돌발적이요, 의외요, 불가항력적인 것이었다. 올리비에의 생각이 맹랑한 것으로 여겨지긴 했어도, 그가 화를 낸 것은 그 생각 자체에 대해서는 아니었다. 요컨대 올리비에의 생각은 어쩌면 그렇게 맹랑한 것도 아니었다. 그것은 상반되는 의견을 적어 두는 그 노트에다가 자기 의견과 대조해 적어넣을 만한 것이었다. 만약에 그것이 진정 올리비에 자신의 생각이었더라면, 그는 올리비에에 대해서도, 그의 생각에 대해서도 분개하지 않았을 것이다. 그러나 뒤에 누군가 숨어 있음을 그는 느꼈다. 그가 분개한 것은 바로 파사방에 대해서였다.

"그러한 사상이 프랑스를 해치는 거야." 베르나르는 나지막하지만 격한 목소리로 외쳤다. 그는 파사방을 뛰어넘으려는 욕망으로 초연한 입장에서 말했다. 그리고 이러한 말은 자기 생각보다 앞서 튀어나오기나 한 듯, 그 자신을 놀라게 했다. 그러나 그날 아침, 그가 답안에 논술한 것도 바로 그러한 생각이었다. 그렇지만 일종의 결벽성 때문에 제 말 속에, 특히 올리비에와 말할 때는 자기가 '위대한 감정'이라고 부르는 것을 말로 내보이고 싶지 않았다. 그러한 것은 입 밖에 내자마자 진지하지 못해진다고 생각했던 것이다. 그러므로 올리비에는 아직까지 자기 친구가 '프랑스'의 이익에 대해 이야기하는 것을 들어 본 적이 없었다. 이번에는 올리비에가 놀랐다. 그는 눈을 커다랗게 뜨고선, 미소를 지을 생각조차 하지 못했다. 예전의 베르나르를 이젠 찾아볼 수 없었다. 그리하여 얼빠진 듯이 되풀이할 뿐이었다.

"프랑스……?" 그리고 베르나르가 진정으로 그런 말을 한다는 것을 알아차리고, 그는 발뺌을 하며 "그렇지만 내가 그렇게 생각한다는 게 아니야. 라 퐁텐이 그렇게 생각한다는 거지." 하고 말했다.

베르나르는 거의 싸울 듯한 기세였다.

"그럼!" 하고 그는 외쳤다. "네가 그렇게 생각하지 않는다는 건 나도 알아. 그렇지만 그건 라 퐁텐의 생각도 아니야. 게다가 라 퐁텐 자신도 말년에는 후회하고 사과했지만, 만약에 그에게 그런 경박함밖에 없었더라면, 그는 오늘날 우리에게 존경받는 예술가는 되지 못했을 거야. 내가 오늘 아침 논술에서 말한 것도 바로 그런 점이었어. 그리고 많은 인용문을 들어서 그걸 설파했지. 너도 알겠지만 난 기억력이 꽤 좋거든. 그렇지만 나는 곧 라 퐁텐에서 벗어나서, 경박한 자들이 그의 시구 속에서 찾아낸다고 착각하는 제멋대로인 사고방식을 배척하고, 무책임이라든가 허풍이라든가 야유를 즐기는 정신에 대해서 일대 긴 공박을 했어. 그게 소위 '프랑스 정신'이라는 거지만, 그 때문에 우리는 종종 외국인들에게서 아주 한탄스러운 비판을 받는단 말이야. 프랑스의 미소보다는 프랑스의 찌푸린 얼굴을 봐야 할 것이라고 나는 썼어. 진정한 프랑스 정신은 검토의 정신, 논리의 정신, 사랑의 정신, 끈기 있는 통찰의 정신이라는 것, 만약에 라 퐁텐에게 그러한 정신이 없었더라면 콩트 같은 것은 쓸 수 있었겠지만, 그의 우화, 또는 그중 몇 줄을 주석하라고 시험 문제에 나온 그 훌륭한 편지 (내가 그것을 안다는 것을 보여 주었지.) 같은 것은 도저히 쓸 수 없었을 것이라고 나는 말했어. 그래, 철저한 공격이었지. 그 덕분에 떨어질지도 모르지만 설령 그렇다고 한들 어때. 그렇게 쓰지 않고는 배길 수 없었는걸."

올리비에는 자기가 한 말에 별로 집착하지는 않았다. 그저 뛰어난 점을 내세워 뽐내 보고 싶은 욕망에 끌리고, 또 상대방이 깜짝 놀라게 할 만한 말을 슬쩍 한마디 인용해 보고 싶은 욕망에 끌렸을 뿐이었다. 그런데 지금 상대방이 이런 어조로 달려드니 그로서는 꽁무니를 뺄 수밖에 없었다. 그의 큰 약점은 그의 우정이 베르나르에게 필요한 것보다는 훨씬 더, 베르나르의 우정이 그에게 필요하다는 점이었다. 지금 그는 베르나르의 선언에 풀이 꺾이고 마음이 상했다. 자기가 너무 빨리 이야기한 것을 후회했다. 이제 와서는 먼저 한 말을 번복하기에도 상대방을 뒤따라 모방하기에도 시간이 너무 늦었다. 베르나르에게 먼저 이야기를 시켰더라면 틀림없이 그랬을 것처럼 말이다. 그렇지만 전에는 그렇게도 반항적이던 베르나르가, 그따위는 비웃음으로 대하지 않으면 안 된다고 파사방으로부터 가르침을 받은 사상과 감정을 변호하고 나서리라고 어찌 그가 예측할 수 있었겠는가? 비웃다니, 지금 올리비에는 비웃을 처지가 정말 아니었다. 그는 부끄러웠다. 베르나르의 진정한 감격에 억눌려 자기가 한 말을 취소하지도 못하고, 베르나르에게 반대하지도 못하며, 그는 다만 자신을 지키기 위해 벗어나 버릴 생각만 할 뿐이었다.

"어쨌든 그런 말을 논술 답안에 썼다면, 내 의견에 반하는 건 아니야…… 마음이 놓이는군."

그는 기분이 상한 사람처럼 마음먹었던 것과는 전혀 다른 어조로 말했다.

"그렇지만 지금 난 너한테 이야기를 하는 거야." 하고 베르나르가 말했다.

이 말은 올리비에의 가슴에다 일침을 가했다. 베르나르는 물론 적의를 품고 그런 말을 한 것은 아니었다. 그러나 달리 어떻게 해석할 수가 있단 말인가? 올리비에는 말이 없었다. 깊은 심연이 베르나르와 그 사이에 생겼다. 그는 그 심연 이쪽 기슭에서 저쪽 기슭으로 다시 우정을 연결할 수 있을 만한 어떤 질문을 찾았다. 기대는 없었다.(이 친구는 곤경에 빠진 나의 괴로운 처지를 모른단 말인가?) 그는 생각했다. 그러자 점차 더 마음이 괴로워졌다. 눈물을 억제해야 할 지경은 아니었지만, 울기라도 해야 할 듯한 심정이었다. 그것 또한 그의 잘못이었다. 만약 이 재회에 그렇게 큰 기쁨을 기대하지 않았던들 이렇게 슬프지는 않았을 것이다. 두 달 전에 급하게 서둘러서 에두아르를 만나러 갔을 때도 이와 마찬가지였다. 언제나 이 모양일 것이라고 그는 생각했다. 베르나르를 내동댕이치고 어디든지 훌쩍 가 버리고 싶었다. 파사방도 에두아르도 다 잊어버리고……. 그러나 갑자기 뜻하지 않은 만남으로 그가 빠진 슬픈 생각의 흐름은 중단되었다.

그들이 거슬러 오르던 생 미셸 거리에서 몇 발짝 앞서 걷는 동생 조르주를 올리비에는 막 보았던 것이다. 그는 베르나르의 팔목을 붙들고 곧 발꿈치를 돌려 재빨리 그를 끌고 갔다.

"우릴 보았을까……? 집에선 내가 돌아온 것을 몰라."

조르주는 혼자가 아니었다. 레옹 게리다니졸과 필립 아다망티가 그와 함께 있었다. 이들 세 소년은 한창 이야기를 하고 있었다. 그러나 이야기에 흥미를 느끼면서도 조르주는 그의 이른바 "모든 것에 경계하기를" 게을리하지 않았다. 그들 이야기를 들어 보기 위해 잠시 올리비에와 베르나르 곁을 떠나기로 하자. 게다가 두 친구는 한 식당으로 들어가서 이야기하기보다도 먹기에 바빴다. 덕분에 올리비에의 마음도 한결 가벼워졌다.

"그럼 네가 한번 해 보렴." 하고 피피가 조르주에게 말했다.

"아! 이 친구 겁 먹었어, 겁 먹었어!" 하고 조르주는 대꾸했다. 그 목소리에는 필립을 자극하기에 알맞은 비웃음 섞인 모멸이 어려 있었다. 그러자 게리다니졸이 오만하게 말했다.

"이 양 새끼 같은 친구들아, 싫으면 어서 그렇다고 말해. 너희들보다 용기 있는 녀석은 얼마든지 있으니까. 자, 이리 돌려 줘."

그는 손에 조그만 동전 한 닢을 쥔 조르주에게 돌아섰다.

"좋다, 내가 가지!" 조르주는 펄쩍 뛰면서 외쳤다. "함께 가자."(그들은 담배 가게 앞에 있었다.)

"아니." 하고 레옹이 말했다. "우린 길모퉁이에서 기다릴게. 피피, 이리 와." 조르주는 잠시 후 가게에서 나왔다. 손에는 소위 '고급' 담배를 한 갑 들고 있었다. 그리고 그것을 그들에게 내밀었다.

"그래, 어때?"

피피가 근심스럽게 물었다.

"어떻기는 뭘?"

조르주는 방금 자기가 하고 온 일이 갑자기 아주 당연한 일이 되어 버려서 이야기할 만한 것이 되지 못한다는 듯 짐짓 태연히 대꾸했다. 그러자 피피는 끈덕지게도 물었다.

"그걸 줬니?"

"아무렴!"

"아무 말도 하지 않았어?"

조르주는 어깨를 으쓱하며 말했다.

"무슨 말을 한단 말이야?"

"그래, 거스름돈을 주더란 말이야?"

조르주는 이젠 대답도 하려 하지 않았다. 그러나 상대방이 아직도 좀 미심쩍고 두려움이 가시지 않은 빛으로 우겨 대면서 "어디 봐." 하고 말하자 조르주는 호주머니에서 돈을 꺼냈다. 필립이 계산해 보았다. 틀림없이 7프랑이었다. "이건 가짜 아니겠지?" 하고 그는 묻고 싶었지만, 그 말은 입 밖에 내지 않았다.

조르주는 위폐로 계산했던 것이다. 거스름돈은 나누어 가지기로 그들은 약속했다. 그는 게리다니졸에게 3프랑을 내줬다. 피피에게는 한 푼도 주지 않았다. 담배 한 개비면 그만이었다. 앞으로의 교훈으로 삼으라는 뜻이었다.

그런 첫 성공을 보자 용기가 생겨 이번엔 피피가 해 보고 싶었다. 그는 레옹에게 두 번째 위폐는 자기에게 달라고 했다. 그러나 레옹은 피피를 우유부단한 친구라고 생각했다. 그래서 배짱을 크게 북돋아 주려고 처음 겁을 집어먹었던 것에 대해 짐짓 일종의 경멸감을 보이고, 그를 무시하고 불신하는 체했다.(좀 더 빨리 그런 생각을 했더라면 좋았을 것이 아닌가. 이제부터는 피피를 제쳐 놓고 할 수밖에.) 게다가 레옹은 첫 번째 가게 바로 근처에서 두 번째 실험을 한다는 것은 위험하리라고 생각했다. 그리고 이젠 시간도 너무 늦었다. 사촌 형인 스트루빌루가 함께 점심을 먹기 위해서 그를 기다리는 것이다.

게리다니졸의 솜씨는 그 자신이 위폐를 써먹을 수 없을 정도로 재빠르지 못한 것은 아니다. 그러나 사촌 형 지시에 따라 공범자들과 패를 짜기로 한 것이다. 자기 사명을 훌륭히 완수한 것을 그는 보고하리라.

"귀한 집 아이들, 우리에게 필요한 것은 그런 아이들이야. 왜냐하면 일이 탄로나더라도 부모들이 적당히 수습해 주거든.(둘이 식사를 하는 동안 그에게 이런 이야기를 하는 사람은 그의 보증인 대리 격인 사촌 형 스트루빌루였다.) 다만 그렇게 한 푼씩 쓰는 방식으로는 유통 시간이 너무 오래 걸려. 지금 내게는 스무 개들이 상자가 쉰둘 있어. 그걸 한 상자에 20프랑으로 팔아야 돼. 그렇지만 아무에게나 팔아서는 안 되지. 가장 좋은 것은 클럽 같은 것을 만들어서, 그 회원이 되기 위해서는 무슨 담보를 넣지 않으면 안 되게 하는 거야. 아이들을 위험한 일에 말려들게 해야만 하고 그 애들이 부모들을 잡아 둘 무엇인가를 내놓게 해야만 한다. 위폐들을 전달하기 전에 그 애들이 그런 것을 알아듣도록 해야 할 거야. 물론 공포심을 일으키게 해선 안 돼. 어린애들을 겁 먹게 해서는 안 되는 법이니까. 몰리니에 아버지는 사법관이라고 했지? 좋아, 그리고 아다망티 아버지는?"

"상원의원."

"더 좋군. 너도 이만큼 성숙했으니까 알겠지만, 어느 가정에나 비밀은 다 있는 거야. 그 비밀에 관련된 사람들은 그것이 세상에 알려질까 봐 두려워하지. 아이들이 비밀을 알아내도록 해야 돼. 재미날 거다. 아이들이란 집 안에선 대개 심심한 법이니까! 게다가 관찰하고 탐색하는 것을 가르쳐 주기도 하고. 요컨대 문제는 아주 간단해. 비밀을 가져오지 않는 아이에겐 아무것도 주지 말란 말이야. 발목을 붙잡혔다는 것을 알면 개중에는 입을 틀어막기 위해서 비싼 값을 치를 부모들도 있을 거거든. 뭐 협박을 하려는 건 아니야. 우린 정직한 사람이니까. 그자들을 그저 잡아 두자는 것뿐이야. 그자들이 침묵을 지키면 우리도 침묵을 지킨다는 거지. 저희들이 말을 내지 않고 말하지 않게만 해 주면, 그렇다면 우리도 아무 말 않겠단 말이야. 그들의 건강을 위해 한잔 들자."

스트루빌루는 두 술잔에 술을 가득 채웠다. 그들은 술잔을 마주치며 축배를 들었다.

"시민들 사이에 상호 관계를 만들어 놓는다는 것은 좋은 일이고 필요한 일이기도 해. 그렇게 해서 튼튼한 사회가 형성되거든. 서로 얽히는 셈이지 뭐. 우리는 아이들을 잡고, 아이들은 부모를 잡고, 부모들은 우리를 잡게 된단 말이야. 그만하면 완벽해, 알겠지?"

레옹은 너무나 잘 알고 있었다. 그는 히죽히죽 웃었다.

"그런데 작은 조르주가……." 하고 그는 입을 열었다.

"그래, 뭐냐? 작은 조르주가 어쨌단 말이냐······."

"몰리니에 말입니다. 그 녀석 아주 제법이에요. 올림피아 극장 여직원이 자기 아버지에게 보낸 편지들을 훔쳤어요."

"그걸 봤어?"

"보여 주더군요. 아다망티하고 이야기하는 것을 들었지요. 내가 듣는 것이 좋았던가 봐요. 어쨌든 내게 숨기려고 하지 않았어요. 그건 미리 다 조처를 취해 둔 덕분이지요. 나를 신용하게끔 만들기 위해 형님의 수단을 써 그들의 의표를 찔러 놓았던 거예요. 조르주는 피피에게 (그 애를 깜짝 놀라게 해 주려고) 말했어요. '우리 아버지에겐 말이야, 정부가 있어.' 하고 말입니다. 그러니까 피피도 지지 않으려고 '우리 아버지에겐 둘이나 있어.' 하고 대꾸를 하더란 말이에요. 얼빠진 수작들인 데다 치고 박고 할 거리도 못 되지만, 나는 조르주에게 가까이 가서 이렇게 말했지요. '그걸 네가 어떻게 알았어?' '편지를 봤거든.' 하고 그 애는 대답하더군요. 나는 믿어지지 않는다는 시늉을 하고 나서 '설마······.' 하고 말했어요. 결국 그 애를 나는 끝까지 몰아 댔지요. 그랬더니 그 편지들을 가지고 있노라고 실토하지 않겠어요. 그러고는 그걸 커다란 지갑에서 꺼내더니 내게 보여 주었어요."

"그래, 읽어 봤어?"

"읽을 시간이 있어야죠. 모두 같은 필적인 것만 볼 수 있었어요. 그중 하나는 '나의 사랑하는 큰 아기에게.'라고 씌어 있더군요."

"서명은?"

"'당신의 흰 생쥐로부터.' 그래, 조르주에게 물어봤지요. '이

걸 어떻게 얻었어?' 그랬더니 그 애는 웃으면서 바지 호주머니에서 커다란 열쇠 꾸러미를 꺼내 보였어요. '어느 서랍 것이든지 다 있다.'라는 거예요."

"피피 군은 뭐라고 하더냐?"

"아무 말도 없었어요. 그 녀석은 시기를 했어요."

"조르주가 네게 그 편지들을 줄 것 같으냐?"

"필요하다면 그렇게 만들 수 있을 거예요. 그 애한테서 뺏을 생각은 없어요. 피피가 주면 그 애도 줄 거예요. 그 애들은 서로 밀고 밀리니까요."

"그게 경쟁이라는 거지. 그런데 기숙사에 다른 애들은 없을까?"

"찾아 보지요."

"아, 참…… 기숙생 가운데 보리스란 아이가 있을 거야. 그 애는 가만두도록 해." 그는 잠시 말을 끊었다가 목소리를 낮추어서 덧붙였다. "당분간."

올리비에와 베르나르는 지금 큰 거리에 있는 한 식당 안 식탁에 자리를 잡고 있다. 올리비에의 서글픔은 친구의 따뜻한 미소 앞에서 햇볕 아래 서리처럼 녹아 간다. 베르나르는 파사방의 이름을 입 밖에 내기를 피한다. 올리비에는 그것을 느낀다. 숨은 본능이 그것을 알려 주는 것이다. 그러나 그는 그 이름이 입술에 떠오른다. 무슨 일이 생기더라도 이야기를 할 수밖에 없다.

"그래, 우리는 내가 집에다 이야기한 것보다 더 빨리 돌아왔어. 오늘 저녁 《아르고노트》 주최 만찬회가 있는데, 파사방도 참석하고 싶다는 거야. 우리들 새 잡지가 먼저 생긴 잡지와 사이좋게 지내야 할 테니까. 경쟁을 피했으면 싶다는 거지…… 너도 왔으면 좋겠어. 그리고 말이야…… 에두아르도 데리고 와…… 아마 만찬회엔 안 되겠지. 초대를 받은 사람들뿐일 테니까. 그러나 바로 그 뒤에 오면 될 거야. 타베른 뒤 팡테옹 카페 2층에 모이기로 했어. 《아르고노트》 편집 간부들이 올 거고, 《전위》에 글을 쓸 사람도 몇몇 올 거야. 우리들의 창간호도 거의 다 준비됐어. 그런데…… 왜 내게 아무것도 보내 주지 않았어?"

"아무것도 된 게 없었으니까."

베르나르는 좀 퉁명스럽게 대답했다. 올리비에의 목소리는 거의 애원에 가까웠다.

"목차에다 내 이름과 네 이름을 나란히 적어 넣었어…… 필요하다면 좀 더 기다려도 좋아…… 아무거나 괜찮으니까, 뭐 하나 쓰도록 해…… 네가 거의 약속까지 했던 일인데……."

베르나르는 올리비에를 아프게 하는 것이 괴로웠다. 그러나 그는 마음을 굳게 먹었다.

"이봐, 지금 곧 이야기해 두는 것이 좋을 듯해서 하는 말인데, 난 아무래도 파사방과는 마음이 맞지 않을 것 같아."

"그렇지만 편집하는 건 난데 뭘 그래! 자유로이 일하도록 내게 맡기고 있어."

"그리고 실은 아무것이나 보내라는 말이 싫단 말이야. 난 '아무것이나' 쓰긴 싫어."

"내가 '아무것이나'라고 한 건, 네 것이라면 뭣이든지 틀림없이 좋을 거라고 생각했기 때문에 한 말이야…… 정확히 말하자면 '아무것이' 아니란 걸 알기 때문이야."

그는 뭐라고 말해야 좋을지 몰랐다. 횡설수설 더듬거릴 뿐이었다. 만일 이 친구와 함께가 아니라면 잡지에도 흥미가 사라지고 만다. 함께 데뷔를 한다는 것, 참으로 아름다운 꿈이었건만.

"그리고 요즈음 나는 내가 하기 싫은 일이 무엇인지 알기 시작했지만, 무엇을 하게 될지 그건 아직 모르겠어. 글을 쓰게 될지 어떨지 그것조차 알 수 없어."

그러한 선언에 올리비에는 어리둥절했다.

그러나 베르나르는 다시 말을 계속했다.

"손쉽게 쓸 수 있는 것이라면 도무지 흥미가 없어. 내가 문장을 곧잘 꾸밀 수 있기 때문에 잘 꾸민 문장이라는 게 나는 질색이야. 그렇다고 해서 난해성 그 자체를 내가 좋아한다는 건 아니야. 그렇지만 정말 오늘날 문학자들은 도무지 고심하지 않는 것 같아. 소설을 쓰기에 아직도 나는 다른 사람의 생활을 충분히 알지 못해. 그리고 나 자신도 아직 살아 보지 못했어. 시는 따분해. 알렉상드랭*은 하도 쓰여서 낡아 빠졌어. 자유시는 조잡하고. 지금 나에게 만족을 주는 유일한 시인은 랭보뿐이야."

"나도 바로 그런 말을 선언문에다 썼지."

"그럼 내가 되풀이할 필요는 없겠군, 아니야, 난 글을 쓰게 될지 어떨지 모르겠어. 어떤 때는 글을 쓴다는 것이 생활을 방해한다고 생각하기도 해. 언어보다 행동으로 더 훌륭히 제 생각을 표현할 수 있다고 생각한단 말이야."

---

* 12음절 시행으로 쓰인 프랑스 시.

"예술 작품은, 말하자면 오래 계속되는 행동이지." 올리비에는 조심스럽게 용기를 내어 말해 보았다. 그러나 베르나르는 듣지 않았다.

"내가 랭보에게서 가장 감탄하는 것이 그것이야. 그는 생활을 사랑했거든."

"그렇지만 그는 제 생활을 망쳤지."

"어떻게 그걸 알아?"

"아! 그건……."

"외면만을 보고 다른 사람의 생활을 판단할 수는 없어. 그런데 설사 그가 실패했다고 쳐 두자. 그는 불운했고 빈곤했고 병마에 시달렸어…… 그랬다 할지라도 나는 그의 생활이 부러워. 그래, 난 부러워. 말년엔 그렇게 비참했지만, 나에게는 그의 생활이 훨씬, 저……."

베르나르는 말끝을 맺지 않았다. 유명한 어느 현대 작가 이름을 인용하려 했으나 그 수가 너무 많아서 망설였던 것이다. 그는 어깨를 으쓱하고 다시 말했다.

"나는 내 내부에 어렴풋이 이상한 동경, 넘실거리는 큰 파도 같은 것, 어떤 움직임, 무엇인지 이해할 수 없는 동요를 느껴. 나는 그것이 생겨나는 것을 방해하지 않기 위해서, 그것을 이해하려고도 하지 않고 관찰하려고도 하지 않아. 얼마 전까지도 나는 끊임없이 나 자신을 분석했지. 늘 나 자신과 이야기하는 버릇이 있었어. 그런데 지금은 그렇게 하려고 해도 할 수 없어. 그러한 습성이 나도 모르는 사이에 갑자기 사라져 버렸거든. 그러한 독백, 우리 학교 선생님이 말한 그 '내면적 대화'에는 둘로 나뉘는 일종의 분열이 따랐다고 생각하는데, 나 자신 아닌 다른 사람을 사랑하게 되자, 나보다도 더 사랑하게 되자 나는 그럴 수 없게 된 것 같아."

"로라 이야긴가?" 하고 올리비에가 물었다. "그래, 여전히 사랑해?"

"아니." 하고 베르나르는 대답했다. "점점 더 사랑해. 언제나 같을 수 없다는 것, 그렇지 않으면 줄어 버리고 말고, 꼭 늘어나지 않으면 안 되는 것, 그것이 사랑의 특성이요, 바로 거기에 우정과 구별되는 점이 있다고 나는 생각해."

"하지만 우정도 약해질 수 있지."

올리비에가 서글프게 말했다.

"우정의 폭은 그렇게 넓지 못하다고 나는 생각해."

"이봐…… 한 가지 물어볼 테니, 화내지 마?"

"말해 봐!"

"너를 화나게 하고 싶지는 않은데."

"하려던 말을 하지 않는다면 화가 더 날걸."

"네가 로라에게…… 정욕을 느끼는지 알고 싶어."

베르나르는 갑자기 엄숙한 표정을 지었다.

"너니까 이야기하지만……." 하고 그는 말하기 시작했다.

"사실은 이상한 일이 내 마음속에 일어났어. 그녀와 알게 된 다음부터 정욕이란 게 도무지 없어졌어. 너도 알겠지만 전엔 길가에서 만나는 다수의 여자들한테 한꺼번에 열중하곤 했는데 (그래서 그중 어느 하나를 가려 낼 생각도 없었지만.) 지금은 그녀와 다른 형태의 아름다움에는 완전히 무감각하게 된 것 같아. 그녀 이마, 그녀 입술, 그녀 눈길이 아니고서는 결코 사랑할 수 없을 것 같아. 내가 그녀에게 품은 것은 존경심이야.

그녀 곁에서는 육체적인 생각은 모두 부정하다고 생각되거든. 나 자신에 대해 잘못 알고 있었고, 내 본성은 지극히 순결한 것 같아. 로라 덕분에 나의 본능은 정화되었어. 아직까지 사용되지 않은 큰 힘이 내 마음속에 느껴져. 그걸 쓰고 싶어. 자존심을 규칙 아래 굽히고, 모든 사람으로부터 '기대하고 믿습니다.'라는 말을 듣는 샤르트르 대성당의 수도사가 나는 부러워. 나는 병사가 부러워…… 아니, 차라리 아무도 부럽지 않아. 가슴속 소용돌이에 숨이 막혀. 그걸 통제하고 싶어. 마치 내 마음속에서 증기가 끓어오르는 것 같아. 그 증기는 휘파람을 불면서 밖으로 빠져나갈 수 있어.(그래, 그것이 시야.) 피스톤을 움직이고, 바퀴를 돌게 하고, 또는 기계를 파열시킬 수도 있지. 내가 이따금 그것으로 가장 나 자신을 잘 표현할 수 있는 행동이라고 생각하는 게 뭔지 알아? 그건…… 아! 물론 나는 자살은 안 할 거란 걸 잘 알아. 하지만 드미트리 카라마조프가 자기 동생에게, 사람이라면 감격 때문에, 단순히 삶의 과잉 때문에…… 폭발 때문에 자살할 수도 있다는 것을 아느냐고 물을 때의 심정을 나는 잘 알겠어."

비상한 반짝임이 그의 온몸에서 퍼져 나왔다. 얼마나 훌륭하게 제 생각을 말하고 있는가! 올리비에는 일종의 황홀감에 잠겨 그를 바라보았다.

"나도 역시." 하고 그는 조심스럽게 중얼거렸다. "나도 사람이 자살한다는 걸 이해할 수 있어. 그렇지만 그건 그 뒤에 계속될 생활이 빛을 잃을 만큼 강렬한 즐거움을 맛본 다음에라야 그럴 수 있을 테지. 말하자면 이렇게 생각할 만큼의 즐거움, 즉 이만하면 충분해, 나는 만족해, 앞으로는 아무것도……"

그러나 베르나르는 그의 이야기를 귀담아 듣지 않았다. 올리비에는 입을 다물었다. 허공을 향해 이야기해 본들 무슨 소용이랴? 그의 마음의 하늘은 다시 어두워졌다. 베르나르는 시계를 꺼냈다.

"이제 가 볼 시간이 됐군. 그래, 오늘 저녁…… 몇 시라고 했지?"

"10시라 생각하는데, 꽤 이르지, 올 테야?"

"응, 에두아르를 끌고 가 보지. 그런데 에두아르는 파사방을 그리 좋아하지 않아. 그리고 또 문학자들의 모임을 그는 질색해. 간다면 그저 널 만나러 가는 거지. 그런데 라틴어 시험이 끝난 뒤에 다시 만날 수 없을까?"

올리비에는 바로 대답하지 않았다. 그는 앞으로 《전위》 인쇄를 맡기로 한 인쇄소에서 4시에 파사방과 만나기로 한 약속을 울적한 마음으로 떠올렸다. 아아, 얽매인 몸이 아니라면 얼마나 좋을까!

"만나고 싶지만 선약이 있어."

그는 서글픈 기색은 조금도 밖으로 나타내지 않았다. 그러자 베르나르는 대답했다.

"그럼, 할 수 없지."

그러고 나서 두 사람은 헤어졌다.

올리비에는 베르나르에게 이야기하려고 마음먹었던 것을 아무것도 말하지 않았다. 베르나르가 그를 불쾌하게 생각하지나 않았을까 그는 걱정스러웠다. 그는 자기 자신이 싫어졌다. 아침에는 그렇게도 활발했던 그가 지금은 고개를 푹 숙이고 걷는다. 처음에는 퍽 자랑스러웠던 파사방의 우정이 이젠 거추장스러웠다. 그 우정을 베르나르의 비난이 내리누르는 것을 느꼈기 때문이다. 오늘 밤, 그 만찬회에서 베르나르를 만난다 하더라도 여러 사람들의 눈앞에서 그에게 이야기할 수 없을 것 같았다. 그 전에 미리 두 사람이 서로의 기분을 돌이켜 놓지 않고서는 만찬회도 재미있을 수 없을 것이다. 그런데 어쩌자고 허영심에 끌려 에두아르 아저씨까지 데리고 오라는 바보 같은 말을 했단 말인가! 파사방 곁에서, 선배들, 동업자들, 그리고《전위》에서 앞으로 일을 같이 할 사람들에게 둘러싸여서 그는 으스대고 뽐내야만 할 판이다. 그러면 에두아르는 점점 더 오해할 테지, 아마도 자기를 영원히 오해할 것이다⋯⋯. 어쨌든 만찬회 전에 에두아르를 만날 수라도 있다면! 지금 곧 만날 수 있다면! 그는 에두아르의 목에 달려 들어 아마 울기라도 하리라, 그리고 자기 심정을 그에게 이야기하리라⋯⋯ 지금부터 네 시간, 시간은 있다. 빨리 자동차로 가자.

그는 운전사에게 주소를 말했다. 그는 두근거리는 가슴으로 문 앞에 도착했다. 벨을 눌렀다⋯⋯. 에두아르는 외출하고 없었다.

불쌍한 올리비에! 부모 눈을 피하지 않고, 왜 집으로 돌아가지 않았던가? 어머니 곁에 있는 에두아르 아저씨를 볼 수 있었을 텐데.

6

에두아르의 일기

작가들이 환경의 압박이라는 것을 생각하지 않고 개인만을 상세하게 말한다면, 그들은 우리를 기만하는 것이다. 숲은 나무를 만들어 낸다. 나무에는 각각 지극히 좁은 공간밖에 주어지지 않는다! 위축되어 버리고 마는 싹이 얼마나 많은가! 나무들은 제각기 미칠 수 있는 대로 가지를 뻗는다. 혼자 위로 뻗은 신비로운 가지는 대부분 그러한 질식 상태에서 생겨난다. 위쪽으로밖엔 빠져나갈 길이 없는 것이다. 나는 왜 폴린이 신비로운 가지를 뻗치지 않는 것인지, 그리고 그 위에 더 무슨 압박을 기다리는 것인지 알 수 없다. 그녀는 과거 어느 때보다도 친밀하게 이야기해 주었다. 솔직히 말해서 나는, 누님이 겉으로는 행복한 듯하면서 그 이면에 많은 환멸과 체념을 숨기고 있다는 것을 추측하지 못했다. 하지만 몰리니에 같은 사나이에게 실망을 느끼지 않을 정도라면 그녀는 꽤 저속한 사람이라 말하지 않을 수 없다. 그저께 몰리니에와 함께 이야기했을 때, 나는 그 인품의 한계를 헤아려 볼 수 있었다. 폴린이 그런 사나이와 어떻게 결혼할 수 있었단 말인가……? 슬픈 노릇이지만 가장 비통한 빈곤, 즉 성격의 빈곤은 언제나 깊이 감추어져서 시간이 지나야만 비로소 드러나는 것이다.

폴린은 남편 오스카르의 결점과 과실을 감싸고 얼버무리기 위해 모든 사람들의 눈, 특히 자식들의 눈에 띄지 않기 위해 온갖 주의를 기울였다. 누님은 자식들이 아버지를 존경할 수 있도록 애쓴다. 그리고 그건 참으로 어려운 일이다. 그러나 누님은 그런 일을 아주 잘 해내서 나도 속았다. 남편 이야기를 할 때는 경멸하는 말투를 쓰지 않고 일종의 너그러움을 보인다. 그것이 도리어 의미심장한 것이다. 그녀는 자식들 앞에서 아버지의 위신이 서지 않는 것을 한탄했다. 그리고 내가 올리비에와 파사방의 교제를 유감으로 생각한다고 말했을 때, 만약 그것이 그녀만이 결정할 수 있는 문제였다면 코르시카 여행은 실현되지 않았으리라는 것을 나는 알 수 있었다.

"난 그 여행에 찬성하지 않았어. 그리고 사실, 파사방이란 사람이 별로 마음에 들지 않아. 그렇지만 어떻게 해? 내가 말릴 수 없을 바에야 차라리 달갑게 허락해 주는 편이 낫지. 오스카르는 무슨 말이든지 늘 들어줘. 내 말도 들어주지. 그렇지만 아이들 계획에 반대해야 한다고 생각될 때, 어떻게 해서든지 아이들에게 맞서고 겨뤄야 한다고 생각될 때, 그이는 아무런 도움도 되어 주지 않아. 이번엔 뱅상까지 끼어들었어. 그러니 내가 올리비에에게 무슨 반대를 할 수 있겠어? 까닥 잘못하다가는 그 애 신뢰만 잃을걸. 내가 제일 소중히 여기는 것이 신뢰거든."

그녀는 헌 양말을 깁고 있었다. 아마도 올리비에는 탐탁스럽게 여기지 않을 양말들이었다. 바늘구멍에 실을 꿰려고 그녀는 말을 끊었다. 그러더니 한결 목소리를 낮추어 더욱 친밀하고 더욱 서글픈 어조로 말을 이었다.

"그 애의 신뢰…… 그것만이라도 확실히 내가 가졌다면! 하지만 웬걸, 그것도 잃고 말았지……."

별로 확신도 없이 내가 그 말에 반대하자, 그녀는 미소를 지었다. 그러더니 일손을 멈추고 이어서 말했다.

"이봐요, 난 그 애가 지금 파리에 돌아온 걸 알아.(조르주가 오늘 아침 그 애를 만났다는 걸 생각없이 말했어. 난 못 들은 체했지. 형제지간에 고자질을 시키고 싶진 않으니까. 그러나 어쨌든 나는 알아. 올리비에는 나를 속이고 숨어 있지. 다시 만나면 하는 수 없이 나에게 거짓말을 해야 할 테지. 그리고 나도 그 애를 믿는 체할 거고. 그 애 아버지가 무슨 일을 나 몰래 할 때마다 내가 그이를 믿는 체하듯이."

"어머니를 걱정시키지 않으려고 그러는 거죠."

"그게 더 걱정되는걸. 나는 속 좁은 여잔 아니라고. 사소한 잘못이라면 얼마든지 용서도 하고 눈을 감기도 하지."

"그건 누구 이야깁니까?"

"아버지도 그렇고 자식들도 그렇다고."

"보고도 못 본 체하는 것은 거짓말하는 것과 마찬가집니다."

"그럼 달리 어떻게 할 도리가 있겠어? 불평하지 않고 가만히 있는 것만 해도 어려운 일이라고. 그렇다고 동조할 순 없지!

그러니까 별수 없어. 조만간에 놓쳐 버리는 수밖에 없고, 아무리 깊은 애정도 어쩔 수 없다고 생각해. 그럴 뿐만 아니라 애정이 도리어 귀찮고 거추장스럽게 될 수도 있어. 나는 그런 애정까지도 숨기기에 이르고 말았어."

"아들들 이야기로군요."

"왜 그런 말을 하지? 내가 오스카르를 사랑할 수 없게 되었단 말이지? 그렇게 생각할 때도 있어. 그렇지만 내가 그이를 더 이상 사랑하지 않는 것은 나 자신이 너무 괴로울까 봐 겁나기 때문이라고도 생각해. 그리고…… 하긴 자네가 그렇게 말하는 게 옳지. 올리비에 경우라면 난 고통이라도 달게 받을 테니까."

"그럼 뱅상은요?"

"몇 년 전이라면 올리비에에 대해서 하는 것과 같은 모든 말을 뱅상에 대해서도 했을 거야."

"이보세요…… 얼마 있으면 조르주에 관해서도 같은 말을 하시겠군요."

"하지만 천천히 체념하게 돼. 그렇지만 전에도 인생에 그리 많은 것을 요구하진 않았지. 그런데 점점 갈수록 요구를 줄이는 걸 터득하지…… 늘 줄이는걸."

그리고 그녀는 조용하게 덧붙였다. "그리고 자기 자신에 대해서는 점점 요구가 많아지거든."

"그런 생각을 하신다면 벌써 거의 크리스천이 된 셈인데요." 이번엔 내가 웃으면서 대꾸했다.

"가끔 나도 그렇게 생각하지. 하지만 그런 생각을 품는 것만으로 크리스천이 되는 것은 아닐 거야."

"크리스천이라고 해서 반드시 그런 생각을 품는 것도 아니지요."

"가끔 생각해 본 일을 이야기하겠는데, 아버지를 대신해서 아이들에게 이야기를 좀 해 주면 어떨까 싶어."

"뱅상은 어쩔 수 없을걸요."

"그 애는 너무 늦었어. 올리비에를 생각해서 하는 말인데. 나는 그 애가 자네와 함께 가게 하고 싶었어."

이 말을 듣고, 만약 내가 그런 일을 무분별하지 않게 맞아들였더라면 어떤 일이 일어났을까를 갑작스럽게 상상한 나는, 격렬한 감동으로 가슴이 죄는 듯했다. 그리하여 처음에는 무슨 말을 해야 좋을지 몰랐다. 그리고 눈물이 솟아오름을 느끼면서 나의 혼란스러운 동요에 무엇인가 표면적인 이유를 붙이려고 말했다.

"그 애에게도 역시 너무 늦지 않았을까 걱정스럽군요." 나는 한숨을 쉬었다.

그러자 폴린은 내 손을 잡고 큰 소리로 말했다. "정말, 고마워."

그녀의 착각에 당황한 나는, 그렇다고 해서 사실대로 이야기할 수도 없는 노릇이어서, 너무나 나에게 거북한 그런 이야기로부터 화제를 돌리려고 했다.

"그래, 조르주는 어떻습니까?"

나는 이렇게 물었다.

"그 애는 다른 두 애들보다 훨씬 더 걱정거리야. 그 애는 내 손에서 빠져나갔다고 할 수도 없지. 애당초 나를 신뢰하거나 내 말을 듣는 애가 아니었으니까."

그녀는 잠시 망설였다. 다음에 할 이야기가 분명히 괴로운 모양이었다.

"이번 여름에 중대한 일이 일어났어." 하고 그녀는 마침내 입을 열었다. "이야기해 주기도 가슴 아픈 일이지. 한데 그 사건에는 좀 미심쩍은 점도 있긴 해…… 늘 돈을 넣어 두는 옷장에서 100프랑짜리 지폐가 한 장 없어졌어. 사람을 잘못 의심해서는 안 되리라고 생각해서 아무도 문책하지 않았지. 집에서 시중을 들던 하녀는 아주 젊은 애였는데 정직해 보였어. 나는 조르주 앞에서 돈이 없어졌다는 이야길 했지. 솔직히 말하자면 그 애한테 의심이 갔던 거야. 그런데 그 앤 당황하지도 않고 얼굴을 붉히지도 않았어…… 내가 의심을 했다는 게 부끄러워졌지…… 잘못 생각했던 거라고 믿고 싶었어. 그래, 다시 돈을 계산해 보았지. 그래도 틀림없이 100프랑이 모자랐어. 물어볼까 했지만 결국 그만두고 말았어. 그 애가 돈을 훔친 데다가 거짓말까지 하지 않을까 하는 생각 때문에 그러질 못했어. 내가 잘못했는지도 모르지……? 지금 생각해 보면, 그때 좀 더 몰아 대지 않은 것이 후회돼. 아마 너무 엄하게 굴지 않을 수 없을 게 두려웠던가, 그렇지 않으면 엄한 태도를 충분히 취할 수 없을 것 같아서 그랬던가 봐. 그래서 또 한 번 모르는 체했어. 하지만 마음은 정말 괴로웠어. 그리고 시간이 흘러가 버리게 내버려두고 나자 이제는 늦었다고, 벌을 주기에는 그 잘못에서 시일이 너무 지나 버렸다고 생각했어. 그런데 벌을 준다면 무슨 벌을 주겠어? 난 그저 가만히 있었어. 그것이 잘못이었다고 생각해…… 하지만 무엇을 어떻게 할 수 있었을까?

그 애를 영국으로 보낼까 하는 생각을 해 보았지. 그래, 네 의견을 듣고 싶었어. 하지만 네가 어디에 있는지 알 수가 있어야지…… 어쨌든 그 애에게 나는 고민과 불안을 숨기지 않았어. 그 애도 그걸 느꼈으리라고 생각해. 그래도 마음은 착한 애니까. 만약 그 애가 정말 돈을 훔쳤다면 내가 꾸짖기보다 그 애 스스로 자책하도록 하는 편이 더 효과적일 거라고 생각하지. 다시는 그 애가 그런 짓을 하지 않을 거라 믿어. 거기 학교에서 같이 지내던 돈 많은 집 친구 때문에 유혹을 받아서 돈을 낭비했던가 보지. 어쩌면 내가 옷장을 열어 놓았던 것 같기도 하고…… 그리고 한 번 더 이야기하지만, 정말 그 애가 가졌는지 그것도 확실치는 않고. 이 집엔 사람들 출입이 잦으니까……."

누님이 아주 교묘하게 아들을 변명하는 것에 나는 감탄하지 않을 수 없었다.

"조르주가 돈을 제자리에 도로 갖다 두었으면 좋았을 텐데요." 나는 말했다.

"나도 그런 생각을 했지. 그런데 그 애가 도로 갖다 두지 않기에 그건 그 애에게 죄가 없는 증거라고 생각하려고 했어. 그럴 만한 용기가 그 애에겐 없는 것이라고도 생각했지."

"그런 이야길 애 아버지에게 했습니까?"

그녀는 잠시 망설였다.

"아니." 하고 마침내 그녀는 말했다. "그이에겐 알리고 싶지 않아."

옆방에서 무슨 소리가 들리는 것 같았는지 그녀는 그리로 가서 아무도 없는 것을 확인한 다음, 다시 내 곁으로 와서 앉았다.

"요전 날 오스카르와 함께 점심을 했다지. 그이가 자네를 몹시 칭찬하더군. 아마 그이 이야기를 귀담아 들어 준 모양이지.(그녀는 이 말을 하면서 서글프게 웃어 보였다.) 그가 속내 이야기를 자네에게 해 줬다 해도 알려고 하진 않겠어……. 난 그이가 생각하는 이상으로 그이 사생활을 알거든. 한데 이번에 내가 돌아온 이후 그이 태도가 이상하거든. 아주 친절해. 비굴하다고 할 만큼…… 내가 오히려 거북할 지경이야. 나에게 겁을 먹은 것 같아. 그이는 잘못 생각하고 있어. 오래전부터 나는 그이 비밀을 알았는걸…… 상대방이 누구인지도 알고. 그런데 그이는 내가 그걸 잘 모르는 줄 알고 나에게 숨기려고 무척 조심하거든. 하지만 그런 조심은 너무 눈에 띄어서 숨기려고 하면 할수록 더욱 드러나기만 하지. 집을 나가려고 하면서 무슨 일이나 생긴 듯한, 난처한 듯한, 근심스러운 듯한 표정을 짓곤할 적마다, 옳아, 재미를 보러 가는구나 하고 알게 되지. 이렇게 말해 주고 싶은 생각이 든다고. '이보세요, 난 당신을 붙들어 둘 생각은 없어요. 내가 질투할까 봐 겁이 나세요?' 내가 그럴 수 있다면 웃어 보이기까지 하겠어. 단 한 가지 걱정은 아이들이 뭔가 눈치를 채지 않을까 하는 거라고. 그이는 정말 얼뜨고 서투르거든. 때로는 내가 그이와 한패나 되는 듯이, 그이도 모르게 어쩔 수 없이 도와줘야 하는 일도 있어. 그러다 보니 우스꽝스러울 지경이지. 그이에게 여러 변명을 꾸며 주기도 하고. 떨어뜨린 편지를 외투 호주머니에 넣어 주기도 하지."

"바로 그겁니다." 나는 말했다. "그는 누님에게 편지를 들키지나 않았나 걱정해요."

"그런 이야기를 해?"

"그래서 그렇게 겁을 내는 겁니다."

"내가 그런 것들을 읽으려 한다고 생각해?"

그녀는 자존심이 꺾였다는 듯 몸을 일으켰다. 나는 이렇게 덧붙여 말할 수밖에 없었다.

"부주의로 잃어버린 편지 이야기가 아닙니다. 서랍 속에 넣어 두었던 편지가 보이지 않는다는 거예요. 그걸 누님이 가졌다고 생각해요."

이 이야기를 듣자 폴린은 창백해졌다. 그녀를 스친 무서운 의혹이 불현듯 내 마음을 사로잡았다. 나는 이야기한 것을 후회했다. 그러나 이미 늦었다. 그녀는 내게서 시선을 돌리고 중얼거렸다.

"차라리 내가 가진 것이라면 얼마나 좋을까!"

낙담한 모습이었다.

"어떻게 하면 좋지?" 그녀는 되풀이했다. "어떻게 하면 좋지?" 그러더니 다시금 내게 눈을 치켜뜨며 "자네가 이야기를 좀 해 줄 수 없을까?" 하고 물었다.

나와 마찬가지로 누님은 조르주의 이름을 입 밖에 내기를 피했지만, 그 애를 생각하는 것이 분명했다.

"해 보지요. 생각해 보겠습니다." 나는 일어서면서 말했다. 그리고 그녀는 나를 현관까지 배웅하면서 말했다.

"오스카르에겐 아무 말도 하지 마. 그대로 나에게 의심을 품게 해야 해. 그이 생각대로 믿게 해야 돼…… 그러는 게 좋을 테니까. 그럼 또 와."

7

에두아르 아저씨를 만나지 못해서 서글퍼진 올리비에는 고독을 참지 못해 우정에 굶주린 그의 마음을 아르망에게 돌리려고 생각했다. 그는 브넬 기숙사를 향해 발길을 옮겼다.

아르망은 그를 자기 방 안으로 맞아들였다. 일하는 사람이 쓰는 뒷계단으로 올라가야 하는 곳이었다. 그곳은 조그맣고 비좁은 방으로, 창문이 안뜰로 향해 있었는데, 옆집 화장실과 부엌 창문 또한 그 안뜰로 향해 있었다. 뒤틀어진 아연판 반사 장치가 위에서 일광을 받아서 희끄무레한 빛을 내리쏟고 있었다. 방 안에는 바람이 잘 들어오지 않았다. 야릇한 냄새가 풍겼다.

"익숙해지면 괜찮아." 아르망이 말했다. "우리 부모는 돈을 치르는 기숙생에게 좋은 방을 주거든. 당연하지. 내가 작년에 쓰던 방은 자작 나리에게 양보했어. 너의 고명한 친구 파사방의 동생이야. 호화로운 방이지. 하지만 라셸 방에서 감시를 받는 방이지. 우리 집엔 방이 많지만, 모두 다 독립된 게 아니거든. 그래서 가령 오늘 아침 영국에서 돌아온 사라는 이번에 새로 배당된 방으로 가려면 우리 부모 방을 지나든가 (사라에겐 달갑지 않은 일이지.) 아니면 내 방을 지나야 하게 마련이야. 사실 내 방은 처음엔 화장실이나 잡동사니를 두는 헛간이었던 걸 개조한 거야. 하지만 여기서는 어쨌든 누구에게도 감시를 받지 않고 내 마음대로 출입할 수 있으니까 좋아. 하인들이 거처하는 지붕 아래 방보다 이 방이 낫다고 생각했지. 그리고 사실 나는 불편한 방에 자리 잡는 것이 좋아. 우리 아버지 말을 빌리자면 고행(苦行) 취미라는 거지. 육체의 괴로움은 영혼의 구원을 준비한다고 우리 아버지는 설명할 거야. 게다가 아버지는 한 번도 여기 들어와 본 적이 없어. 아들 방 걱정 아니고도 걱정거리가 많거든. 우리 아버진 굉장하지. 인생의 중요한 사건들에 대해서 위로가 되는 말들을 수두룩하게 외고 있어. 들어 보면 참 재미있지. 그렇지만 우리 아버지에겐 이야기를 할 시간이 없는 게 유감이야…… 너 내 그림들을 보고 있군그래. 아침이면 더 보기 좋지. 이건 파울로 우첼로*의 어느 제자가 그린 채색 판화, 수의사용이지. 이 화가는 놀랄 만한 종합적인 노력으로, 단 한 마리 말에다가, 주님이 말의 영혼을 정화하기 위해 주신 모든 병을 집중시켰거든. 저 눈초리의 영성(靈性)을 좀 봐…… 이건 인간 일생, 출생에서 사망에 이르는 나이를 상징적으로 나타낸 그림이야. 그림으로는 대수롭지 않지만, 주로 그 의도에 가치가 있어. 그리고 저쪽에 있는 건 티치아노**

---

* 15세기 피렌체의 화가.
** 16세기 말 이탈리아의 유명 화가.

가 묘사한 고급창녀 사진인데 네가 보면 감탄할 거다. 음탕한 생각이 일어나도록 침대 위에 걸어 놓았지. 이게 사라 방으로 통하는 문이야."

거의 불결해 보이기까지 하는 그 방 안 꼴에 올리비에는 괴로웠다. 침대는 정돈되지 않았고, 세면대 물도 버리지 않은 채 그대로였다.

"그래, 방 청소는 내 손으로 해." 불안한 올리비에 시선에 답하듯 아르망이 말했다. "이것이 내 공부 책상이야. 이 방 분위기가 내 가슴속에 무엇을 불러일으키는지 넌 알기 어려울걸."

정다운 은신처의 분위기는…….

"내 최근 시 「밤의 항아리」 착상도 이 방에서 얻었어."

올리비에는 아르망에게 자기 잡지에 관한 이야기를 하고 거기에 기고해 주기를 부탁하려고 온 것이었다. 그러나 지금 그에게는 그러한 이야기를 꺼낼 용기가 없었다. 그런데 아르망 자신이 화제를 그런 문제로 옮겼다.

"'밤의 항아리', 어때 근사한 제목이지…… 게다가 보들레르의 인용구를 붙이거든."

그대는 몇 줄기 눈물을 기다리는 구슬픈 항아리인가?

"나는 무엇인가를 담게 되어 있는 항아리처럼 하나하나 인간들을 만들어 내는 창조자인 옹기장이의 비유, 옛날 것이기는 하지만 (언제나 새로운) 그 비유를 다시 들었어. 그리고 서정적 감격 속에서 이 폭발과 동시에 나 자신을 지금 말한 항아리에 비유하는 거야. 그런 착상은 아까 이야기한 대로 물론 이 방 냄새를 호흡해서 얻은 거지. 특히 첫 대목이 퍽 마음에 들어."

누구건 나이 마흔에 치질을 앓지 않은 자는…….

"나는 처음에 독자를 안심시키기 위해서 '누구건 나이 오십에……'라고 했어. 하지만 그렇게 하면 두운법이 틀어지거든…… '치질'이라는 말은 프랑스어 중에서 확실히 가장 아름다운 단어야…… 말의 의미에서 벗어나서라도……." 그는 빈정거리며 말했다.

올리비에는 가슴이 찢어질 것 같아 아무 말도 하지 않았다. 아르망이 다시 말을 이었다.

"말할 것도 없지만 '밤의 항아리'는 너처럼 향료로 가득 찬 단지의 방문을 받을 때는 지극히 영광스러워하지."

"그것 말고 다른 건 쓴 게 없어?"

올리비에는 실망하여 마침내 그렇게 물었다.

「밤의 항아리」를 나는 너의 그 영예로운 잡지에 제공하려고 했지만, 지금 네가 '그것'이라고 말한 어조로 미루어 보건대 별로 네 마음에 들지 않는 모양이로군. 이러한 경우 시인에겐 언제나 '나는 사람들의 호감을 사기 위해서 쓰는 게 아니야.'라고 내세우며 자기는 걸작을 낳은 것이라고 생각할 수 있는 방법이 늘 있어. 하지만 내가 내 시를 몹시 졸렬하게 생각한다는 걸 너에게 숨길 필요는 없을 거야. 게다가 첫 줄밖에 쓰지 않았어. 그리고 '썼다.'라고 하지만, 그것도 그저 그렇게 말해 봤을 뿐이야. 너에게 경의를 표하기 위해서 지금 막 꾸며 낸 것에 불과하니까…… 그래, 정말 내가 쓴 것을 잡지에 내려고 했어? 내 협력을 바라? 그러면 나도 그럴 듯한 것을 쓰지 못하리란 법은 없으리라고 너는 생각했단 말이로군? 나의 창백한 이마 위에서 천재성을 나타내는 무슨 흔적이라도 발견했단 말이야? 거울로 내 얼굴을 들여다보려고 해도 이 방에서는 잘 보이지 않지만, 마치 나르키소스처럼 거울 속에 내 모습을 비춰 볼라치면 낙오자의 얼굴밖엔 보이는 게 없어. 아마 똑바로 비추지 않는 광선 탓인지도 모르지…… 아니야, 올리비에, 나는 이번 여름에 아무것도 쓰지 않았어. 네 잡지를 위해 나에게 기대를 품었다면 네가 바라던 것을 얻지 못해. 그건 그렇고 나에 대한 이야기는 이제 충분해…… 그래 코르시카에서는 잘 지냈어? 여행도 재미있었고? 유익했어? 일에 시달렸던 피로도 충분히 풀었겠지. 그리고…….”

올리비에는 더 참을 수 없었다.

“그런 소리 마. 농담은 그만둬. 그런 걸 내가 재미있게 여긴다고 생각한다면…….”

“그래, 내가 어떻다고!” 아르망이 외쳤다. “천만에, 그렇기야 하겠어? 나는 그렇게까지 바보는 아니야. 내가 말하는 게 얼빠진 이야기라는 것쯤은 나도 알아.”

“하지만 진지하게 얘기할 수 없어?”

“진지하게 이야기하지. 진지한 것이 마음에 든다면. 내 누님 라셸이 장님이 되어 가. 요즈음 시력이 무척 약해졌어. 이 년 전부터 안경을 쓰지 않고는 읽지를 못해. 처음엔 안경 알만 바꾸면 되려니 하고 난 생각했지. 그런데 그래 봐도 소용이 없더란 말이야. 내 간청에 못 이겨 전문가 진찰을 받았는데, 망막 감도(感度)가 약해진 모양이야. 그것에는 전혀 다른 두 가지 종류가 있다더군. 하나는 수정체 조절이 틀어진 것인데, 그건 안경으로 고칠 수 있어. 그렇지만 안경으로 시각 영상을 멀게, 또는 가깝게 해 보아도 시각 영상이 망막에 충분히 비치지 않기 때문에 그저 흐리멍덩하게밖에 머리에 전달되지 않는 경우가 있단 말이야. 내 이야길 알아들을 수 있겠어? 넌 라셸을 거의 모르지. 그러니 그녀 처지에 너의 동정을 끌려는 거라고 생각하진 말게. 그럼 이런 이야기를 하는 까닭은 무엇인가……? 라셸 일을 생각하다가, 나는 그 시각 영상과 마찬가지로 사상이란 것도 머리에 비칠 때 그 명료성에 다소간의 차이가 있다는 걸 생각했기 때문이야. 정신이 우둔한 사람에겐 몽롱한 지각밖에 없어. 그렇지만 그렇기 때문에 자기가 우둔하다는 것을 분명히 모르거든. 그런 사람은 자기 멍청함을 깨닫고서야 자신의 멍청함을 괴로워하게 될 거란 말이지. 그리고 그걸 의식하자면 총명해져야 할 거야. 그런데 이런 괴물을 상상해 봐. 자기 멍청함을 분명히 알 수 있을 만큼 총명한 바보."

"무슨 소리야! 그렇다면 그건 바보가 아닐 테지."

"그렇지도 않아. 그런 자를 내가 잘 알아. 그런 바보는 바로 나니까."

올리비에는 어깨를 으쓱했다. 아르망은 이야기를 계속했다.

"정말 바보는 자기 생각 저편의 생각을 의식하지 못하지. 그런데 나는 그런 '저편'을 의식하거든. 그렇지만 나는 그래도 바보야. 왜냐하면 그 '저편'이란 것에 결코 도달할 수 없으리라는 것을 아니까……."

"하지만." 올리비에는 동정을 금치 못하며 말했다. "우리 인간이란 모두 보다 나아질 수 있게 태어났어. 그리고 지능이 가장 뛰어난 자야말로 바로 자기 한계를 가장 괴로워하는 경우가 많다고 나는 생각해."

아르망은 자기 팔 위에 정답게 올려놓은 올리비에의 손을 떠다밀었다.

"다른 사람들은 그들이 가진 것에 대해 자각해. 그런데 내게는 부족한 것에 대한 자각밖에 없어. 돈도 없고, 힘도 없고, 재치도 없고, 사랑도 없고. 언제나 결핍뿐이야. 나는 언제나 이편에 머물러 있을 거야."

그는 세면대로 가까이 가서 세면기에 담긴 더러운 물에 머리빗을 적셨다가 머리칼을 이마 위로 보기 싫게 빗어 넘겼다.

"나는 아무것도 쓰지 않았다고 말했지만 최근 논문 한 편을, 「부족론」이라고 제목을 붙여 보고 싶은 논문을 생각했어. 그렇지만 물론 나는 그걸 쓰기에 부족하지. 나는 그 논문에서 그런 것을 쓰고 싶었어…… 하지만 이런 이야긴 너에겐 따분하지."

"해 봐. 농담은 질색이지만 지금 이야긴 퍽 재미있는데."

"나는 자연 전체를 통해서, 그 저편에는 아무것도 존재하지 않는 극한점을 하나 찾아 봤으면 했어. 예를 들어서 설명하면 알 수 있을 거야. 언젠가 신문에 감전으로 죽은 직공 이야기가 보도됐지. 그 직공은 무심히 전선을 손으로 만졌는데 전력이 그다지 강한 편도 아니었어. 그렇지만 몸에 땀이 축축하게 배어 있었던 모양이거든. 그래, 그는 그 축축한 습의 막 때문에 전류에 몸이 감싸여 죽은 것이라고 단정되었지. 그의 몸이 그렇게 젖지 않았던들 사고는 일어나지 않았을 거야. 그렇지만 땀을 한 방울, 한 방울 더해 본다면 어떻게 되겠나…… 또 한 방울 더, 됐어."

"잘 모르겠는데."

올리비에가 말했다.

"예를 잘못 든 탓이야. 나는 늘 예를 잘못 들어. 또 하나 다른 예를 들자. 파선당한 여섯 사람이 배 한 척에 수용됐어. 열흘이나 전부터 폭풍에 휩쓸려 허덕인 판이야. 세 사람은 죽고 두 사람만 구조되었지만, 여섯째 사람은 기진맥진했어. 그의 생명은 아직도 구할 수 있을 듯했는데, 그의 육체 조직은 그만 한계점에 달했더란 말이야."

"아, 알겠어. 한 시간만 더 빨랐더라면 구할 수 있었을 테지." 올리비에가 말했다.

"한 시간이라니, 너무 성급하군! 나는 궁극의 순간을 계산해 따지고 있는데, 즉 아직 괜찮다…… 아직 괜찮다, 이젠 안 되겠군! 좁다란 산마루 같은 것인데, 내 정신은 그 위를 거니는 거야. 존재와 비존재 사이의 그러한 경계선, 나는 그것을 어디에나 그어 보고 싶어. 저항의 한계…… 이봐, 가령 우리 아버지가 말했을 유혹 같은 것 말이야. 아직 괜찮지만 끈은 끊어질 지경으로 팽팽한데, 그걸 악마가 잡아당겨…… 그러다가 조금만 더하면 끈은 끊어지지. 그러면 지옥으로 떨어지고 말거든. 어때, 이제 알겠어? 조금만 덜 잡아당긴다면 아무 일도 없는 무(無)일 테고. 하느님도 이 세상을 창조하지 않으셨을는지 모르지. 그러면 아무것도 존재하지 않았을 것이고…… '세계의 모습은 달라졌을 것이다.' 하고 파스칼은 말하지만, 나는 '만약

클레오파트라의 코가 좀 더 낮았더라면.' 하고 생각하는 것만
으론 부족해. 나는 더 강조를 하지. 더 낮아…… '얼마나 더 낮
았더라면 말인가?' 하고 묻고 싶어. 왜냐하면 아주 조금 더 낮
았을 수도 있을 거니까 말이야. 안 그래……? 조금씩 조금씩
그러다가 냉큼 뛰어오르거든…… Natura non fecit saltus.* 농
담이겠지! 나는 사막 한가운데서 목이 말라 죽어 가는 아라비
아 사람과 흡사해. 나는 지금 바로 그러한 지점에 이르렀어, 알
겠어? 물 한 방울이 아직도 생명을 구할 수 있는 그러한 지점
에 말이야…… 혹은 눈물 한 방울이……."

　그의 목소리는 목메인 듯했고, 그 비장한 어조에 놀란 올리
비에는 가슴이 뒤흔들렸다. 그는 다시 아까보다 한결 부드럽고
거의 다정스럽기까지 한 어조로 말을 이었다.

　"너, 기억해? '그대를 위하여 그토록 눈물을 흘렸거늘…….'"

　올리비에는 파스칼의 그 구절을 물론 기억했다. 그럴 뿐만
아니라 친구가 그 인용을 정확하게 하지 않은 것이 그에게는
꺼림칙했다. 그는 그걸 바로잡아 주지 않고는 배기지 못했다.
'그토록 많은 핏방울을 흘렸거늘……'

　아르망의 흥분은 곧 가라앉았다. 그는 어깨를 으쓱했다.

　"그렇지만 어찌할 수 있겠어? 세상에는 쉽사리 그것을 해
내는 사람들도 있지…… 언제나 '한계 위'에 있다는 걸 느끼는
게 어떤지 이제 알겠어? 내게는 언제나 한 점이 모자라는 거
야."

---

* 라이프니츠의 말을 인용하려 했으나 facit를 fecit로 잘못 말했다. 원래 뜻은
'자연은 비약하지 않는다.'이다.

그는 다시 웃기 시작했다. 울지 않으려 하기 때문이라고 올리비에는 생각했다. 올리비에는 이번엔 자기도 이야기를 하고 싶었다. 아르망에게 그의 이야기에 얼마나 자신이 감동했는지, 그리고 그 격렬한 빈정거림 뒤에 어떤 고민이 느껴지는가를 이야기해 주고 싶었다. 그러나 파사방과의 약속 시간에 그는 서둘러야 했다. 그는 시계를 꺼내 보았다.

"이제 가 봐야겠어." 그는 말했다. "너, 오늘 밤 시간 있어?"

"왜?"

"타베른 뒤 팡테옹에서 만났으면 해서.《아르고노트》가 연회를 열어. 끝날 무렵쯤 오지그래. 제법 유명한 패들이 많이 올 거야. 얼근히 취해서…… 베르나르 프로피탕디외도 오겠다고 약속했어. 재미있을 텐데."

"난 면도도 하지 않았어." 아르망은 침울하게 말했다.

"그리고 그렇게 유명한 사람들 속에 가서 나더러 어떡하라는 거야? 내가 무얼 해? 그러니 오늘 아침 영국에서 돌아온 사라에게나 부탁해 보지. 틀림없이 썩 재미있어 할 거야. 네 부탁이라고 내가 대신 초대할까? 베르나르도 데리고 가 줄 테니까."

"그래도 좋지." 올리비에는 말했다.

8

그리하여 베르나르와 에두아르는 함께 저녁 식사를 한 후 10시 조금 전에 사라를 데리러 가기로 약속했다. 아르망 이야기를 들은 사라는 그 제안을 기쁘게 받아들였다. 9시 30분쯤 그녀는 어머니와 함께 자기 방으로 돌아갔다. 그 방으로 가려면 부모 방을 지나야만 했지만, 보기에는 막힌 듯한 또 다른 문 하나가 사라 방으로부터 아르망 방으로 통했다. 그리고 아르망의 방 문은 앞서 이야기한 것처럼 뒷계단을 향해 열려 있었다.

사라는 어머니 앞에서 자리에 눕겠다는 시늉을 하고 잠자도록 혼자 있게 해 달라고 말했다. 그러나 혼자 남자 그녀는 재빨리 화장대로 가서 입술과 빰 빛깔을 돋우었다. 화장대는 사용해선 안되는 문을 가리고 놓여 있었다. 그다지 무겁지 않아서 사라는 소리를 내지 않고 화장대를 옮겨 놓을 수 있었다. 그녀는 그 은밀한 문을 열었다.

사라는 오빠와 마주칠 것이 두려웠다. 오빠의 조롱이 겁났던 것이다. 아르망이 그녀의 대담한 행동을 두둔해 주는 것은 사실이었다. 마치 재미있게 여기는 것 같았다. 그러나 그것은 다만 일시적인 관용일 뿐으로 그 뒤에 그만큼 더 그녀의 행동을 엄격하게 비판하기 위해서였다. 그래서 사라에게는 오빠의 친절 자체가 결국 감독자 놀이를 하는 것이 아닌가 하는 생각이 들었다.

아르망 방은 비어 있었다. 사라는 나지막한 작은 의자에 앉아 기다리는 동안 생각에 잠겼다. 그녀는 일종의 예방적 항변 같은 것으로서 모든 가정적 미덕을 거침없이 모멸해 버리는 버릇을 기르고 있었다. 가정적 속박은 그녀의 활력을 긴장시키고 그녀의 반항적 본능을 격화했다. 영국에 체류하는 동안 그녀는 용기를 많이 단련했다. 영국 태생인 젊은 기숙생 미스 아버딘과 마찬가지로 그녀도 자기 자유를 획득하고, 제멋대로 행동하고, 무슨 일이든지 감행하려는 결심을 했다. 그녀는 이제 모든 경멸, 모든 비난에 대항하고 어떤 도전에도 응할 수 있는 자신감을 갖추었다. 올리비에에게 접근하여 수를 썼을 때도 이미 그녀는 본래의 겸손과 타고난 수줍음을 극복했던 것이다. 그녀는 두 언니가 보여 준 본보기로 배운 바가 있다. 그녀는 라셸의 경건한 체념을 기만으로 여겼다. 그리고 로라의 결혼은 노예 신분으로 귀착되는 일종의 비참한 상거래로밖에 보려 들지 않았다. 그녀가 받은 교육, 그녀가 자신에게 주고, 그녀가 취한 교육은, 그녀가 이르는 소위 부부적 신앙에게로 자기를 향하게 하기에는 매우 부적절하다고 그녀는 생각했다. 자기가 결혼할지도 모르는 상대방 남자가 어찌하여 자기보다 우월해야 하는 것인가, 그녀에게는 알 수 없는 일이었다. 그녀도 남자들처럼 여러 시험에 합격하지 않았는가? 어떠한 문제에 관해서든지 그녀도 자기 의견, 자기 생각이 있지 않은가? 특히 남녀 평등에 관해서는 더 그랬다. 뿐만 아니라 인생사를 이끌어가는 데 있어 여러 일들, 필요한 경우엔 정치 문제에 있어서도 흔히 여성은 수많은 남성보다도 더 많은 양식(良識)을 보여 준다고 그녀는 생각했다…….

층계에서 발소리가 들렸다. 그녀는 귀를 기울이고 나서 살며시 문을 열었다.

베르나르와 사라는 아직 서로 알지 못했다. 복도에는 불이 켜져 있지 않았다. 어둠 속에서 그들은 서로 거의 알아볼 수 없을 지경이었다.

"사라 브델 양입니까?" 베르나르가 소곤거렸다.

그녀는 베르나르 팔을 허물 없이 잡았다.

"에두아르 선생이 길모퉁이에 차를 세우고 기다립니다. 당신 부모님을 만날까 봐 차에서 내리지 않기로 하셨습니다. 나는 괜찮습니다. 이 집에 사니까요."

베르나르는 문지기의 주의를 끌지 않도록 하기 위해서 대문을 반쯤 열어 놓았다. 잠시 후 자동차는 그들 세 사람을 타베른 뒤 팡테옹 앞까지 실어다 주었다. 에두아르가 운전기사에게 돈을 치를 때 10시를 알리는 종소리가 들렸다.

연회는 끝나 있었다. 요리는 치운 뒤였지만, 식탁 위에는 커피 잔이며 술병이며 컵들이 너저분하게 남아 있었다. 사람들은 제각기 담배를 피우고 있었다. 방 안 공기가 답답해졌다.《아르고노트》의 주필 데 브루스 씨의 부인은 환기를 해 달라고 말을 했다. 부인의 날카로운 목소리가 제각기 이야기를 주고받는 사람들 사이를 가로지르고 들려왔다. 창문이 열렸다. 그러나 한마디 연설을 할 작정이던 쥐스티니앵이 '음향 효과'를 생각하여 거의 즉시 다시 창문을 닫게 했다. 그는 일어서서 숟가락으로 자기 찻잔을 두드렸다. 그러나 사람들의 주의를 끌기란 어려운 일이었다. 데 브루스 총재라고 불리는 《아르고노트》의 주필이 나서자 마침내 조금 조용해졌다. 그러자 쥐스티니앵의 목소리가 한없이 지루한 흐름을 이어갔다. 수많은 비유 뒤에 사고의 졸렬함이 숨어 있었다. 재치의 결핍을 과장으로 대신하며, 누구에게나 애매모호한 찬사를 베풀려 드는 것이었다. 처음으로 잠시 이야기가 그친 대목에서 에두아르와 베르나르, 그리고 사라가 함께 들어섰다. 그때 의례적인 박수가 터졌다. 몇몇 사람은 계속해서 박수를 쳤다. 아마도 그것은 좀 비꼬는 듯한 박수로, 연설이 어서 끝나게 하기 위한 것인 듯했다. 그래도 소용이 없었다. 쥐스티니앵은 다시 이야기를 계속했다. 아무것도 그의 연설을 중단할 수 없었다. 이제 그는 미사여구의 꽃으로 파사방 백작을 장식해 주는 판이었다. 그리하여 『철봉』을 마치 새로운 『일리아스』나 되는 것처럼 찬양했다. 모두 파사방의 건강을 위해 술잔을 들었다. 에두아르에게는 술잔이 없었다. 베르나르와 사라에게도 또한 술잔이 없었다. 그 덕분에 그들은 건배를 하지 않을 수 있었다.

쥐스티니앵의 연설은 새 잡지에 대한 기대와 그 잡지의 주필이 될 '뮤즈'의 총아, 젊고 재능이 풍부한 몰리니에, 그 고귀한 이마에 머지않아 월계관이 씰 것임에 틀림없는 사람에 대한 찬사로 끝을 맺었다.

올리비에는 친구들이 오면 곧 맞이할 수 있도록 문 가까이에 서 있었다. 쥐스티니앵의 지나친 찬사에 그는 정녕 거북한 모양이었다. 그러나 그 뒤를 따르는 짤막한 갈채로부터 그는 벗어날 수가 없었다.

그 자리에 새로 들어온 세 사람은 너무 간단하게 식사를 하고 왔던 탓으로 그곳 분위기에 장단을 맞춰 어울릴 수 없었다. 그러한 회합에서는 늦게 도착한 사람은 다른 사람들의 흥분을 잘 이해하지 못하거나 또는 너무 잘 납득하게 되던가 어느 하나인 것이다. 그들은 비판 같은 걸 하지 말아야 할 터에 비판을 하고 무의식적이나마 가혹한 비평을 하는 것이다. 적어도 에두아르와 베르나르의 경우가 그랬다. 사라로 말하자면, 그러한 곳에서는 모든 것이 그녀에게는 새로웠으므로, 그녀는 배워 두는 것만을 생각하고, 그곳 장단에 맞출 것밖에는 생각하지 않았다.

베르나르에게는 아는 사람이 아무도 없었다. 그의 팔을 잡은 올리비에는 그를 파사방과 데 브루스에게 소개하려 했지만 그는 거절했다. 그러나 파사방이 억지를 부려서라도 기회를 만들어 냈다. 그래서 자기 쪽에서 앞으로 나서며 손을 내밀었다. 그러니 예의상 물리칠 수도 없는 노릇이었다.

"하도 오래전부터 이야기를 들어서 벌써 구면 같은데요."

"저도 그렇습니다." 베르나르는 말했다.

파사방의 상냥함마저 그만 얼어붙고 말 정도의 말투였다. 그는 곧 에두아르에게로 가까이 갔다.

빈번히 여행을 하는 편이고 파리에서도 떨어져 사는 에두아르였지만, 손님들 중에는 몇몇 아는 사람도 있고 해서 그에게는 조금도 거북한 느낌이 없었다. 같은 일을 하는 사람들로부터 크게 사랑을 받지는 못했지만, 그래도 존경을 받는 에두아르는 좀 무뚝뚝할 뿐인데 오만하다는 평판을 감수했다. 그는 이야기를 하기보다는 오히려 남의 말을 듣는 것을 좋아하는 편이었다.

"조카님 말을 듣고 오시리라고 기대했습니다." 파사방은 부드럽고 거의 나지막한 목소리로 말했다. "여간 기쁘지 않았어요. 왜냐하면 마침……."

그러나 에두아르의 비웃는 듯한 시선과 마주치자 그는 말문이 막혀 버리고 말았다. 남의 마음을 곧잘 끌고, 남의 호감을 사는 데 익숙한 파사방이 능란한 솜씨를 발휘하기 위해서는 자기 눈앞에 상냥한 거울을 느낄 필요가 있었던 것이다. 그러나 그는 다시 침착해졌다. 그는 오랫동안 자신을 잃어버리고 당황해 버리는 사람이 아니었다. 그는 다시 얼굴을 바로 하고 눈에는 오만한 빛을 띠었다. 만약 에두아르가 고분고분하게 그의 이야기를 받아 주지 않는다면 상대방을 꼼짝 못 하게 눌러 버릴 방법이 그에게는 없지도 않았다.

"실은 한 가지 여쭈어 보고 싶은 일이 있었는데……." 그는 생각을 계속하듯이 말했다. "또 하나 다른 조카님인 제 친구 뱅상 소식을 아십니까? 전 특히 그와 친하게 지냈지요."

"모릅니다."

에두아르는 퉁명스럽게 말했다.

'모릅니다.'라는 말에 파사방은 또다시 어리벙벙했다. 그는 이 말을 도전적인 부정으로 생각해야 좋을지 또는 자기 질문에 대한 단순한 답변이라고 생각해야 좋을지 알 수 없었다. 그러나 그러한 불안감도 한 순간에 지나지 않았다. 에두아르는 고지식하게 곧 다음과 같은 말을 해서 파사방을 다시 거들어 줘 그가 마음을 되잡게 해 주었던 것이다.

"난 그 사람 부친으로부터 그가 모나코 왕자와 여행하고 있다는 이야기를 들었을 뿐입니다."

"사실은 바로 제가 그를 왕자에게 소개해 주도록 제 여자 친구들 중 한 사람에게 부탁했죠. 그 두비에 부인…… 올리비에 말에 의하면 선생께서도 아시는 분이라더군요. 그 부인과의 불행한 관계로부터 좀 마음을 돌리게 해 볼까 하고 그런 기분전환을 생각해 냈던 겁니다. 자칫하다간 일생을 망칠 뻔했지요."

파사방에게는 멸시, 모멸, 관용을 교묘하게 다루는 기술이 있었다. 그러나 그는 게임에서 선수를 치고 에두아르를 위압하는 것만으로 충분했다. 에두아르는 신랄한 그 무슨 말을 찾았다. 그러나 이상하게도 그에게는 재치가 솟아나지 않았다. 그가 그렇게 사교를 싫어하는 것도 아마 그 때문이었는지 모른다. 사교계에서 눈에 띄는 데 필요한 것이라곤 그에게는 아무것도 없었다. 그러는 동안 그의 눈살이 찌푸려졌다. 파사방은 몹시 눈치가 빨랐다. 상대방이 무슨 불쾌한 이야기를 할 기색을 보이면 그것이 발언되려는 것을 느끼고 그는 재빨리, 이야기 방향을 돌려 버리는 것이었다. 숨 돌릴 사이도 없이 그는 갑자기 어조를 바꿔서 "그런데 선생님을 따라온 저 아름다운 아가씨는 누구인가요?" 하고 웃으면서 물었다.

"사라 브델 양입니다. 제 친구인 바로 그 두비에 부인의 동생이지요."

부득이 그는 이 '제 친구'라는 말을 화살처럼 날카롭게 했다. 그러나 그 화살은 과녁에 들어맞지 않았다. 그리하여 파사방은 그 화살이 떨어지도록 놔 두며 "소개해 주셨으면 좋겠군요." 하고 말했다.

그는 그 말과 앞에 한 말이 사라에게 들리도록 목소리를 높였다. 그리고 때마침 사라가 그들에게로 몸을 돌렸기 때문에 에두아르는 피할 도리가 없었다.

"사라, 파사방 백작이 소개를 청하신다." 그는 억지로 웃음을 지으면서 말했다.

파사방은 새로 술잔을 세 개 가져오게 하여 퀴멜 주를 가득 부었다. 네 사람은 올리비에의 건강을 위해 축배를 들었다. 술병은 거의 비었다. 바닥에 결정체가 남아 있는 것을 보고 사라가 놀라자, 파사방은 빨대로 그것을 떼어 내리려고 했다. 그러자 얼굴에 분칠을 한 데다가 눈이 까맣고, 둥근 모조피혁 모자처럼 머리를 납작하게 빗어 넘긴, 괴상야릇한 얼간이 같은 사나이가 다가왔다. 그러더니 그는 눈에 띠게 애를 써서 한 마디 한 마디 씹듯이 말했다.

"안 될 겁니다. 그 병을 이리 주세요. 내가 부술 테니."

그는 병을 잡아 쥐더니 창가에다 두들겨 부쉈다. 그러고는 사라에게 병 밑바닥을 보이면서 말했다.

"이 날카로운 조그만 다면체만 가지면 예쁜 아가씨는 위장에 수월하게 구멍을 뚫을 수 있을 겁니다."

"저 피에로는 누구예요?" 사라는 파사방에게 물었다. 파사방은 그녀를 의자에 앉히고 자기도 그 옆에 앉았다.

"알프레드 자리,* 「위비 왕」 작가랍니다. 《아르고노트》 패들은 그의 희곡이 관중들로부터 휘파람 야유를 받았기 때문에 그를 천재로 떠받들었죠. 어쨌든 오래전부터 무대에 상연된 것 중에서는 가장 색다른 작품이었지요."

"전 「위비 왕」을 퍽 좋아해요." 하고 사라는 말했다. "그리고 자리 씨를 만나 뵈어서 기뻐요. 늘 술에 취해 계신다더군요."

"오늘 밤에도 취했을 겁니다. 식사 때 독한 압생트를 큰 잔으로 가득 두 번이나 마셨어요. 그러고도 태연자약합니다. 담배 드릴까요? 다른 사람들 담배 연기에 숨이 막히지 않으려면 자신도 담배를 피워야 합니다."

그는 사라에게 몸을 굽혀 불을 붙여 주었다. 그녀는 결정 덩어리를 몇 개 깨물었다.

"아니, 이건 그저 얼음 사탕이군요." 그녀는 약간 실망한 듯이 말했다. "무척 독하리라고 생각했는데." 파사방과 이야기를 하면서 그녀는 자기 옆에 있는 베르나르에게 웃음을 지어 보였다. 재미있다는 듯한 그녀 시선은 야릇한 빛을 띠며 반짝였다. 앞서 어둠 속에서 그녀를 똑똑히 볼 수 없었던 베르나르는 그녀가 로라와 닮은 것에 놀랐다. 같은 이마, 같은 입술이었다…… 그녀의 얼굴에서 천사 같은 우아함이 생생하게 나타나는 점에 있어선 로라에게는 못 미쳤다. 그러나 그녀 눈은 그의 가슴속에 무엇인가 알 수 없는 혼란을 일으켜 주었다. 약간 거북해져서 그는 올리비에에게로 몸을 돌렸다.

"베르카유에게 소개해 줘."

---

* 다다이즘 운동에 중요한 역할을 한 프랑스의 극작가이자 시인(1873~1907).

그는 전에 뤽상부르 공원에서 베르카유를 만난 적이 있었다. 그러나 그와 이야기를 해 본 일은 없었다. 베르카유는 올리비에를 따라 그런 장소에 오기는 했지만 좀 낯선 느낌이 들어 어찌할 줄 몰랐고, 천성이 수줍은 탓으로 마음이 편하지 못했다. 그래서 《전위》 편집 간부 중 한 사람이라고 올리비에가 자기를 소개할 때마다 얼굴을 붉혔다. 실상 이 이야기 첫머리에서 그가 올리비에에게 이야기하던 그 우화시가 새 잡지 권두에, 창간 선언문 바로 뒤에 실리게 되었다.

"너를 위해서 마련했던 지면이지." 올리비에는 베르나르에게 말했다. "틀림없이 네 마음에도 들 거야! 창간호 작품들 중에서도 가장 좋으니까, 퍽 독창적이거든!"

올리비에는 자기가 칭찬받는 것을 듣기보다도 친구들을 칭찬하기를 더 좋아했다.

베르나르가 다가오자 뤼시앵 베르카유는 자리에서 일어섰다. 손에다 커피 잔을 하도 서투르게 든 데다가 가슴이 설레는 바람에 커피를 반이나 조끼에 쏟고 말았다. 바로 그때 그의 귓전에 자리의 기계 장치 같은 목소리가 들려왔다.

"베르카유란 친구가 이제부터 음독하려는 장면이다. 저 친구 잔에 내가 독약을 넣었으니까."

자리는 베르카유의 수줍음을 재미있게 여겨 그를 당황스럽게 하는 것을 즐겼다. 그러나 베르카유는 자리를 겁내지 않았다. 그는 어깨를 으쓱해 보이고 태연하게 커피 잔을 비웠다.

"저 사람 도대체 누구야?" 베르나르가 물었다.

"아니, 「위비 왕」 작가를 몰라?"

"정말이냐? 저 사람이 자리냐? 난 하인인가 했지."

"아무려면 그렇게 보일라고." 올리비에는 좀 기분이 상한 듯 말했다. 그는 유명 인사들을 아는 것을 자랑스럽게 여기던 터였기 때문이다.

"잘 봐! 비상한 데가 있지 않아?"

"그렇게 보이려고 갖은 애를 쓰는군." 자연스러운 것이 아니면 평가를 하지 않는 베르나르가 말했다. 그러나 「위비 왕」에 대해서는 큰 경의를 품었다.

경마장의 전통적인 어릿광대 옷차림을 한 자리에게서는 모든 것이 꾸며 낸 듯한 냄새를 풍겼다. 특히 그의 말투가 그랬다. 몇몇 《아르고노트》 패들이 서로 다투어서 그의 흉내를 내 음절마다 또박또박 끊어서 발음하기도 하고, 야릇한 말들을 만들어 내고는 다른 말들을 괴상하게, 이해할 수 없게 망가뜨려 버리는 것이었다. 그러나 울림도 없고, 열기도 없고, 억양도 없고, 강약도 없는 그 목소리를 낼 수 있는 사람은 정말로 오직 자리 자신뿐이었다.

"알고 보면 썩 좋은 사람이야." 올리비에가 다시 말했다.

"난 모르고 지내는 편이 낫겠는걸. 무자비해 보여."

"일부러 그런 체하는 거야. 파사방도 그가 실상은 몹시 순한 사람이라고 생각해. 하지만 오늘 밤엔 술을 엄청나게 마셨거든. 게다가 물은 정말 한 방울도 안 마셨어. 포도주까지도 안 마셨어. 압생트와 독한 리쾨르뿐이었지. 무슨 엉뚱한 짓이나 하지 않을까 파사방도 걱정하는 판이야."

저도 모르게, 그리고 피하려고 하면 할수록 더욱 집요하게 파사방 이름이 입 밖으로 튀어나왔다.

그렇듯 자제할 수 없는 자신에 화가 나서 마치 스스로에게

쫓기듯 그는 화제를 돌렸다.

"뒤르메르한테 가서 좀 이야기를 해 줬으면 좋겠어. 내가 《전위》 편집을 가로채기나 한 것처럼 나를 죽도록 원망하지 않는지 모르겠어. 하지만 내 잘못이 아니야. 내가 맡을 수밖엔 별도리가 없었으니까 말이야. 그걸 저 친구에게 이해시켜서 진정하도록 해 줬으면 좋겠어. 파사…… 누구 말에 의하면 내게 몹시 화를 내고 있다는 거야."

그는 또 비틀거렸지만 이번엔 넘어지진 않았다.

"난 저 친구가 원고를 철회해 주었으면 좋겠다고 생각해. 저 친구 글은 마음에 들질 않아." 베르카유는 이렇게 말한 다음, 프로피탕디외에게로 몸을 돌렸다.

"그런데 무슈, 당신은 분명히……."

"무슈란 말은 그만두시오…… 난 거추장스럽고 우스꽝스러운 이름을 가진 사람이니까요…… 글을 쓴다면 필명을 사용할 작정입니다."

"왜 아무것도 주시지 않았습니까?"

"준비된 것이 없어서요."

올리비에는 두 사람이 이야기하도록 남겨 놓고 에두아르에게로 다가갔다.

"와 주셔서 감사합니다! 퍽 만나 뵙고 싶었어요, 가능했다면 여기 아닌 다른 곳에서 만나 뵙고 싶었어요…… 오늘 오후에 댁에 들렀지요. 이야기 들으셨습니까? 뵙지 못해서 정말 안타까웠어요. 어디 계신지 알았더라면……."

그전에는 에두아르를 만난 자리에서 마음이 설레어 도무지 이야기를 할 수 없었던 것을 생각하고 그는 지금 이렇게 쉽사리 이야기할 수 있는 것을 매우 기쁘게 여겼다. 그러나 그런 마음의 여유는 가엾게도 이야기 내용이 평범한 때문이었고, 게다가 술을 많이 마신 탓이었다. 에두아르는 서글프게도 그러한 사실을 알아차리고 있었다.

"당신 어머니한테 가 있었는걸."

"집으로 돌아오면서 알았습니다." 올리비에가 말했다. 그는 에두아르의 '당신'이라는 말에 어리벙벙했다. 그래서 그 점을 이야기할까 말까 망설였다.

"그래 앞으로 당신은 이런 환경에서 살아갈 텐가?" 에두아르는 뚫어지게 그를 바라보며 물었다.

"그렇지만 저는 영향받진 않을 테니까요."

"그럴 자신이 있는지?"

그 말의 어조는 지극히 엄숙하고, 지극히 다정스럽고, 지극히 친근했다……. 올리비에는 자신의 확신이 흔들리는 것을 느꼈다.

"제가 이런 사람들과 사귀는 것이 잘못이라고 생각하세요?"

"전부가 그렇지는 않겠지만, 이 중 몇몇 사람들은 분명히 그러하네."

올리비에는 복수로 이야기된 그 말을 단수의 뜻으로 해석했다. 에두아르가 특히 파사방을 지적하고 있는 것이라고 그는 생각했다. 마치 오늘 아침부터 그의 마음속 하늘에 무서우리만큼 끔찍하게 쌓였던 구름 속을 갑자기 눈부시고 아픈 번개가 뚫고 지나가는 듯했다. 그는 베르나르를 좋아했다. 그리고 그는 에두아르를 너무나 좋아했다. 그래서 그들로부터 멸시받는 것은 견딜 수 없는 일이었다. 에두아르 곁에서는 그의 가장 좋은 소질이 고양되었다. 그런데 파사방 곁에서는 그의 가장 나쁜 점이 강화되는 것이었다. 이제 그는 그것을 시인했다. 언제나 그는 그것을 인정해 온 것이 아니었던가? 파사방 곁에 있을 때 그의 맹목적인 태도, 그것은 고의가 아니었던가? 백작이 그에게 해 준 모든 일에 대한 감사의 마음, 그것은 이제 원한으로 바뀌어 갔다. 그는 필사적으로 백작을 부정했다. 게다가 지금 그의 눈에 비친 사실은 그가 마침내 백작을 미워하지 않을 수 없게 만들었다.

파사방은 사라에게 몸을 기울여 그녀의 허리에 팔을 두르고 점점 더 집요한 태도를 보였다. 올리비에와의 관계에 대해서 퍼진 불쾌한 소문을 알던 터라 파사방은 사람들의 눈을 속이려는 심산이었다. 그리고 그가 하는 짓이 더욱 드러나 보이게 하기 위해서 사라를 자기 무릎 위에 앉히기로 작정했다. 사라는 그때까지 별로 거역하는 기색을 보이지 않았다. 그러나 눈으로는 베르나르의 시선을 찾았고, 그와 눈길이 마주치면 그녀는 마치 "보세요, 나에게 이런 일까지도 하네요." 하고 말하기나 하려는 듯 웃어 보였다.

그러나 파사방은 너무 빠르지나 않을까 하고 두려웠다. 그런 일에는 실행 경험이 없었던 것이다.

(좀 더 술을 먹일 수 있게 되면 감히 해 볼거야.) 비어 있는 한쪽 손을 퀴라소 병 쪽으로 내밀며 그는 마음속으로 그런 생각을 했다.

그를 지켜보던 올리비에가 선수를 쳤다. 그는 다만 파사방에게서 빼앗기 위해 술병을 잡았다. 그러나 다음 순간 술을 마시면 좀 용기가 생길 것 같은 생각이 들었다. 지금 그의 마음속

에서 꺼질 듯한 용기, 입술로 떠오르는 하소연을 에두아르에게
터뜨려 '아저씨에게 그럴 생각만 있었더라면……' 하고 말할
수 있는 데 필요한 용기를.

올리비에는 잔에 술을 가득히 채워 단숨에 마셨다. 그때 이
그룹에서 저 그룹으로 사람들 사이를 돌아다니던 자리가 베르
카유의 뒤를 지나며 나지막한 목소리로 "이제는 베르카유를
죽여 버립시다." 하고 말하는 소리가 들렸다.

베르카유는 불쑥 뒤로 돌아섰다.

"큰 목소리로 말해 보십시오."

그러나 자리는 벌써 멀리 가 버렸다. 그는 식탁을 끼고 돌더
니 지어낸 목소리로 다시 말했다.

"이제부터 베르카유를 죽여 버립시다."

그러더니 호주머니에서 커다란 권총을 꺼냈다. 《아르고노
트》 사람들은 그가 전에도 권총을 가지고 장난하는 것을 여러
번 본 적이 있었다. 그는 총을 겨눴다.

자리는 사격의 명수라는 평판이었다. 여기저기서 그만두라
는 소리가 울렸다. 그처럼 술이 취했으니 시늉만으로 그칠지
어떨지 잘 알 수 없는 일이었다. 그러나 베르카유는 무서워하
지 않는다는 것을 보이고자 의자 위에 올라서서 두 팔을 등
뒤로 돌려 잡고 나폴레옹 같은 포즈를 취했다. 좀 우스꽝스러
운 꼴이어서 몇몇 사람의 웃음소리가 들려왔으나 뒤이어 박수
소리가 그것을 뒤덮어 버렸다.

파사방이 사라에게 빠른 어조로 말했다.

"이러다가 큰일 나겠는걸. 여간 취하지 않았으니까. 식탁 밑
에 숨으시오."

데 브루스가 자리를 말리려고 했다. 그러나 자리는 그를 뿌리치고 이번엔 자기도 의자 위에 올라섰다.(베르나르는 그가 작은 무도용 신발을 신은 것을 눈여겨보았다.) 베르카유를 마주보며 그는 권총을 겨누려고 팔을 뻗쳤다.

"불을 꺼요! 불을 꺼!" 데 브루스가 소리쳤다.

문 옆에 서 있던 에두아르가 스위치를 돌렸다.

사라는 파사방의 재촉 대로 자리에서 일어섰다. 그리고 방 안이 컴컴해지자마자 베르나르에게 바싹 달라붙어 식탁 밑으로 그를 끌고 들어갔다.

총소리가 터졌다. 권총에는 공포탄이 재어 있을 뿐이었다. 그러나 아픔을 호소하는 비명이 들려왔다. 쥐스티니앵의 눈에 솜뭉치 총구 마개가 날아든 것이다.

다시 불이 켜졌을 때, 사람들은 베르카유가 여전히 의자 위에 선 채 약간 얼굴빛이 좀 더 창백해졌을 뿐 움직이지 않고 그대로 포즈를 취하고 있는 것을 보고 경탄해 마지않았다.

하지만 총재 부인은 신경 발작을 일으켰다. 모두들 황급히 모여들었다.

"이렇게 가슴을 서늘하게 하다니, 무슨 짓이람!"

식탁 위에 물이 없었기 때문에 자리는 발판에서 내려와 손수건을 알코올에 적셔서 사과의 뜻으로 부인의 관자놀이를 마시지하기 시작했다.

베르나르는 잠시 식탁 밑에 있었을 뿐이다. 그러나 바로 그 잠시 동안에 그는 사라의 타는 듯한 입술이 제 입술을 육감적으로 짓누르는 걸 느꼈다. 올리비에도 그들의 뒤를 따라 기어들었다. 우정으로, 질투심으로…… 술이 취한 그의 마음속에서는 스스로가 잘 아는 감정, 즉 자기는 소외되었다는 불쾌한 감정이 격화되었다. 식탁 아래에서 나왔을 때 그는 머리가 핑 도는 듯 약한 현기증을 느꼈다. 그때 뒤르메르가 외치는 소리가 들렸다.

"몰리니에를 좀 봐! 계집애처럼 겁쟁이야."

그건 너무했다. 올리비에는 자기가 무엇을 하는지 저도 모르게 주먹을 치켜들고 뒤르메르에게 덤벼들었다. 마치 꿈속에서 움직이는 듯한 느낌이었다. 뒤르메르는 몸을 피했다. 올리비에의 손은 꿈속에서처럼 허공을 쳤을 뿐이다.

방 안은 벌컥 뒤집혔다. 날카로운 소리로 울부짖으며 여전히 쉴 새 없이 손짓을 계속하는 총재 부인 곁에서 분주히 서두르는 사람들이 있는가 하면, 어떤 사람들은 '맞히지 못했어! 맞히지 못했어……' 하고 외치는 뒤르메르를 둘러쌌고, 또 어떤 사람들은 얼굴에 빨갛게 핏대를 세워서는 금세라도 다시 덤벼들 기세를 보이는 올리비에를 둘러싸고 가까스로 진정시키는 판이었다.

` 맞았든 안 맞았든지 간에 뒤르메르는 뺨을 맞은 것이나 다름없다고 생각해야 할 터였다. 쥐스티니앵은 눈을 눌러 대며 그것을 뒤르메르에게 납득시키려고 애썼다. 체면에 관한 문제라는 것이었다. 그러나 뒤르메르는 쥐스티니앵의 체면에 관한 교훈에는 별로 아랑곳하지 않았다. 그는 고집스럽게 되풀이했다.

"맞히지 못했어…… 맞히지 못했어……."

"가만 내버려둬요." 데 브루스가 말했다. "본인들이 싫다는데 억지로 싸움을 시킬 수야 없지 않은지요."

그러나 올리비에는 만약에 뒤르메르가 부족하다고 생각한

다면, 다시 뺨을 갈겨 주겠노라고 고래고래 고함을 질렀다. 그리고 결투하고야 말겠다는 결심을 하고 베르나르와 베르카유에게 입회인이 되어 달라고 부탁했다. 이들 두 사람은 이른바 '결투'에 관한 일에 대해서는 아무 지식도 없었다. 그러나 올리비에는 그것을 에두아르에게 부탁할 용기가 없었다. 그의 넥타이는 풀어지고, 머리카락은 땀에 젖은 이마 위로 늘어지고, 손은 부들부들 떨렸다.

에두아르가 그의 팔을 잡았다.

"자, 얼굴에 물 좀 축이고 오지. 자넨 꼭 미친 사람 같아."

그는 올리비에를 세면실로 끌고 갔다.

방문을 나서자마자 올리비에는 자기가 얼마나 취했는가를 깨달았다. 에두아르의 손이 그의 팔에 얹히는 것을 느꼈을 때 그는 기절이라도 할 것 같았다. 그리하여 끌려가는 대로 저항 없이 몸을 맡겼다. 에두아르가 한 이야기 중에서 '자네'라는 한 마디 말밖에 그는 아무것도 듣지 못했다. 커다란 소나기 구름이 별안간 비가 되어 쏟아지듯 그의 가슴에서 갑자기 눈물이 되어 녹아내리는 것 같았다. 에두아르가 물에 적신 수건으로 이마를 닦아 주니 술이 말끔히 깼다. 도대체 무슨 일이 일어났던가? 자기가 어린애 같은, 부랑배 같은 짓을 했다는 막연한 의식이 그에게 있을 뿐이었다……. 쑥스러웠고, 스스로가 비열하게 여겨졌다……. 그러자 그는 서글픔과 애정으로 온몸을 떨며 에두아르에게 몸을 던지고 그에게 바짝 붙어 흐느꼈다.

"데려다 줘요."

에두아르도 몹시 흥분했다.

"집으로?" 그는 물었다.

"집에선 제가 돌아온 걸 몰라요."

밖으로 나오려고 카페 안을 지나다가 올리비에는 편지를 한 장 써야겠다고 에두아르에게 말했다.

"오늘 밤에 부치면 내일 아침에 배달될 겁니다."

카페 탁자 앞에 앉아 그는 편지를 썼다.

　조르주

　그렇다, 내가 쓰는 편지다. 작은 부탁을 하나 네게 하련다. 내가 파리에 돌아왔고 말하지 않더라도 넌 벌써 알 것이다. 오늘 아침 소르본 근처에서 너는 나를 보았을 줄 안다. 나는 파사방 백작 집에서 묵었다. (그는 주소를 적었다.) 내 소지품은 아직 그의 집에 있다. 설명하자면 얘기가 길어질 테고 네겐 별로 흥미도 없겠기에 이유를 밝힐 필요는 없겠지만, 나는 그의 집으로 다시 돌아가고 싶지 않다. 내가 말한 짐을 가져오도록 부탁할 사람이 너밖에 없구나. 너는 이 심부름을 맡아 주겠지. 답례는 하마. 자물쇠로 잠근 여행용 가방이 하나 있다. 방 안에 있는 것들은 네가 내 가방에 넣어서 모두 에두아르 아저씨 댁으로 갖다 다오. 자동차 값은 내가 내마. 다행히 내일은 일요일이다. 이 편지를 받는 즉시 해 줄 수 있겠지? 그럼 부탁한다.

형 올리비에로부터

　추신. 넌 능수능란하니까 실수 없이 잘하리라 믿는다. 만약에 직접 파사방과 만나거든 아주 쌀쌀하게 대하도록 주의해라. 그럼 내일 아침에 보자.

뒤르메르의 욕설을 듣지 못한 사람들은 올리비에가 어째서 갑자기 달려들었는지 이해할 수 없었다. 마치 실성한 사람 같았다. 올리비에가 냉정함을 잃지만 않았더라면 베르나르는 그가 한 일에 동의했을 것이다. 베르나르도 뒤르메르를 좋아하지 않았다. 그러나 그는 올리비에가 미친놈처럼 굴었다는 것, 모든 잘못을 뒤집어쓴 꼴이 되고 말았다는 것을 인정하지 않을 수 없었다. 그렇지만 올리비에가 심한 비난을 받는 것을 들으니 마음이 괴로웠다. 그는 베르카유에게로 가서 다시 만날 약속을 했다. 터무니없는 사건이긴 했지만, 그들이 할 일은 어김없이 해야 마땅할 것으로 생각했다. 그들은 이튿날 아침 9시에 의뢰인에게 가기로 약속했다.

두 친구가 가 버렸으니 베르나르에겐 더 남아 있을 아무런 이유도 없었고, 또 남고 싶지도 않았다. 그는 눈으로 사라를 찾다가 그녀가 파사방 무릎 위에 앉아 있는 것을 보고 가슴속에서 일종의 분노가 치밀어 오름을 느꼈다. 두 사람은 술에 취한 모양이었다. 그러나 사라는 베르나르가 다가오는 것을 보자 일어났다.

"갑시다." 그녀는 베르나르의 팔을 잡으면서 말했다.

그녀는 걸어서 돌아가기를 원했다. 거리는 멀지 않았다. 그들은 말없이 걸었다. 기숙사에 도착해 보니 등불은 모두 꺼져 있었다. 주의를 끌지 않으려고 그들은 어둠 속을 더듬어 뒷계단에 이르러서 성냥불을 켰다. 아르망은 자지 않고 있었다. 층계를 올라오는 그들의 발소리를 듣자 그는 손에 램프를 들고 층계참에 나왔다.

"램프를 들지." 아르망은 베르나르에게 말했다.(그들은 전날부터 서로를 친근하게 tu라고 불렀다.) "사라에게 불 좀 밝혀 줘. 사라 방엔 초가 없어…… 그리고 네 성냥 좀 줘. 내 램프에 불을 켜야겠어."

베르나르는 사라와 함께 두 번째 방으로 들어갔다. 그들이 방 안에 들어서자 아르망이 뒤에서 허리를 굽히고 훅 램프를 불어 껐다. 그러더니 놀리듯 말했다.

"잘들 자, 하지만 법석 떨지 마. 옆방에 아버지 어머니가 주무시니까."

그러고는 갑자기 뒤로 물러서서 그들 뒤로 문을 닫아 버리고 빗장을 질렀다.

9

아르망은 옷을 입은 채 누워 있다. 잠들 수 없으리라는 것을 그는 안다. 밤이 끝나기를 기다리는 것이다. 그는 깊은 생각에 잠긴다. 귀를 기울인다. 집도, 시내도, 자연 전체가 잠들어 쉬고 있다. 아무 소리도 들리지 않는다.

반사기 같은 철판에 의하여 좁은 하늘로부터 방 안으로 내려 들어오는 희미한 빛으로 다시 자기 방의 누추함을 볼 수있게 되자, 그는 자리에서 일어났다. 그리고 간밤에 빗장을 질러 놓았던 문으로 가서 살그머니 열었다…….

사라 방 커튼은 닫혀 있지 않았다. 동틀 무렵 여명이 창문을 하얗게 해 줬다. 아르망은 누이와 베르나르가 잠든 침대로 다가갔다. 서로 껴안은 그들의 팔다리가 홑이불로 한 절반 덮여 있었다. 얼마나 아름다운가! 아르망은 오랫동안 그들을 바라보았다. 그는 자신이 그들의 잠, 그들의 입맞춤이었으면 싶었다. 처음에는 미소를 띠더니 갑자기 그는 침대 밑에 내던져진

이불에 무릎을 꿇었다. 그처럼 합장까지 하고 그는 어떤 신에게 기도를 드리는 것일까? 말할 수 없는 감동에 그는 가슴이 죄어들었다. 입술이 떨렸다…… 베개 아래에서 피 묻은 손수건을 발견한 것이다. 그는 일어나 손수건을 움켜잡더니 가져가서, 조그만 호박 빛 탁자 위에 놓고 흐느끼며 입술을 갖다 댔다.

그는 문지방에서 다시 한 번 돌아보았다. 그는 베르나르를 깨워 주고 싶었다. 베르나르는 기숙사의 다른 사람이 일어나기 전에 자기 방으로 돌아가야 한다. 아르망이 바스락 소리를 내는 바람에 베르나르는 눈을 떴다. 아르망은 문을 열어놓은 채 달아나 버렸다. 그는 방 밖으로 나가 층계를 내려갔다. 그는 아무 데나 몸을 감출 생각이었다. 자기가 있으면 베르나르가 거북해할 것임에 틀림없다. 그는 베르나르를 만나고 싶지 않았다.

잠시 후 그는 자습실 창밖으로 베르나르가 마치 도둑처럼 벽에 몸이 닿을락 말락 지나가는 것을 볼 것이다…….

베르나르는 별로 잠을 자지 못했다. 그러나 그는 그날 밤 잠보다 더욱 깊은 휴식을 주는 망각을 맛보았다. 자기 존재의 찬양인 동시에 소멸이었다. 그는 스스로 낯선 듯, 어수선하고 가볍고 새롭고 가라앉고 무슨 신이기나 한 것처럼 전율하는 마음으로 새로운 하루 속에 미끄러져 들어가는 것이다. 그는 아직 잠든 사라를 남겨 두고 그녀 팔에서 살그머니 빠져나왔다. 뭐라고? 다시 한 번 입을 맞추지도 않고, 이별의 눈길을 보려 하지도 않고, 사랑의 마지막 포옹도 하지 않고? 그처럼 그녀에게서 떠나가다니, 그것은 그가 무감각하기 때문일까? 나는 알 수 없는 일이다. 그 자신도 모르는 일이다. 전례 없는 그날 밤을 지난날의 자기 역사 속에 간직해야 할 것에 당황하여 그는 그 일을 생각하지 않으려고 한다. 아니다, 그것은 한낱 부속이고, 부록일 따름, 책 자체 ── 거기에서는 그의 생활 이야기가 마치 아무 일도 없었던 듯 계속될 것이고, 다시 이어질 것이다.── 그 책 자체에서는 자리를 차지할 수 없는 것이다.

그는 보리스와 함께 쓰는 자기 방으로 올라갔다. 보리스는 깊이 잠들어 있었다. 정말로 놀라운 아이다! 베르나르는 남의 눈을 속일 작정으로 침대를 어지럽게 하고 이불을 구겨 놓았다. 그는 물 소리를 요란하게 내며 씻었다. 그러나 보리스를 보자 그의 마음은 사아스 페로 되돌아갔다. 그는 당시 로라가 하던 말을 다시 생각했다. '저는 당신이 주시는 헌신적 애정밖에 받을 수 없어요. 그 밖의 것에는 각기 욕구가 있겠지만, 그 욕구는 다른 데서 만족시키도록 하셔야 할 거예요.' 그는 그 말을 들었을 때 화가 치밀어 올랐던 것이다. 아직도 그 말이 귓전에 들리는 것 같았다. 여태까지 그는 그것을 생각한 일이 없었건만, 오늘 아침 그의 기억은 이상하리만큼 또렷하고 생생하다. 그의 두뇌는 웬일인지 저도 모르게 놀랄 만큼 쾌활하게 움직였다. 베르나르는 로라 모습을 떨쳐 버리고 그러한 추억을 억눌러 버리고 싶다. 그리하여 더 생각하지 않으려고 교과서를 한 권 집어 들고 시험 준비를 하려고 애를 쓴다. 그러나 방 안에서는 숨이 막힐 지경이다. 그는 공부하려고 정원으로 내려간다. 그러나 자꾸 거리로 나가 걷고 뛰고 넓은 곳으로 가서 마음껏 바람을 쐬고 싶은 것이다. 그는 출입문을 지켜봤다. 이윽고 문지기가 문을 열자 그는 밖으로 빠져나갔다.

그는 책을 들고 뤽상부르 공원으로 달려가서 벤치에 걸터앉는다. 그러자 그의 생각은 부드럽게 풀려 나간다. 그러나 너무나 가냘파서 조금만 잡아당겨도 끊어져 버린다. 공부를 하려고 들면 여러 고약한 추억들이 자기 자신과 책 사이를 거닐곤 하는 것이다. 짜릿한 희열의 순간에 대한 추억들이 아니라, 망측하고 초라하며 자질구레한 부분적 사실들이어서 그의 자존심은 그것들에 걸리고 긁히어 모욕을 당하는 것이다. 앞으로는 그러한 풋내기 짓은 하지 않으리라.

9시쯤 그는 일어서서 뤼시앵 베르카유를 만나러 갔다. 두 사람은 함께 에두아르에게 갔다.

에두아르는 파시 거리 한 집 맨 윗층에 살았다. 그의 방은 커다란 아틀리에를 향해 열려 있었다. 이른 새벽 올리비에가 자리에서 일어났을 때 에두아르는 처음에는 아무런 불안감도 느끼지 않았다.

"전 긴 의자에 가서 좀 쉬겠어요." 올리비에가 말했다. 그래서 에두아르는 감기에 걸릴까 싶어 올리비에에게 담요를 가지고 가라고 말했다. 조금 뒤에 에두아르도 일어났다. 분명히 자기도 모르게 한숨 잠들었던 모양이다. 왜냐하면 그는 이미 날이 환하게 밝은 것에 놀랐기 때문이다. 그는 올리비에가 어떻게 하고 있는가 봐야겠다는 생각이 들었다. 올리비에를 보고 싶었다. 어쩌면 그는 어렴풋한 예감에 이끌렸던 것인지도 모른다…….

아틀리에는 비어 있었다. 담요는 접힌 채 긴 의자 밑에 놓여 있었다. 역한 가스 냄새가 그의 코를 찔렀다. 아틀리에 쪽으로 향한 조그만 방은 목욕실로 사용하고 있었다. 냄새는 거기서 나는 것임에 틀림없었다. 그는 그리로 달려갔다. 그러나 처음에는 문을 열 수가 없었다. 무엇인가에 걸렸던 것이다. 그것은 옷을 벗은 채 차갑고 창백해진, 토해서 끔찍하게 더러워진 채 목욕통에 기대 쓰러진 올리비에의 몸뚱이였다.

에두아르는 곧 가스가 새어나오는 보일러 장치 꼭지를 돌렸다. 무슨 일이 있었을까? 사고인가? 충혈(充血)인가……? 믿을 수 없는 일이었다. 목욕통은 비어 있었다. 그는 빈사 상태인 올리비에를 끌어안고 아틀리에로 나가 활짝 연 창문 앞 양탄자 위에 눕혔다. 그러고는 무릎을 꿇고 다정스럽게 몸을 굽혀 올리비에를 살폈다. 올리비에는 아직 숨을 쉬었으나 숨결이 약했다. 에두아르는 꺼져 가는 그 미약한 생명을 되살리려고 미친 듯이 갖은 애를 썼다. 그는 리듬에 맞추어서 축 늘어진 팔을 올렸다 내렸다 하고, 양 옆구리를 누르고 가슴을 비비고 하며 질식했을 경우에 하지 않으면 안 되는 모든 것을 생각나는 대로 모두 해 보았다. 그는 그것들을 한꺼번에 할 수 없는 것이 안타까웠다. 올리비에는 여전히 눈을 감은 채였다. 에두아르는 손가락으로 눈꺼풀을 올려 보았다. 그러나 눈꺼풀은 생기 없는 눈 위를 다시 덮고 말았다. 그러나 심장만은 뛰었다. 그는 코냑과 각성제를 찾아 보았으나 허사였다. 그는 물을 끓여서 올리비에의 상반신과 얼굴을 씻어 주었다. 그러고는 축 늘어진 그 몸뚱이를 긴 의자에 뉘고 담요를 덮어 주었다. 의사를 부르고 싶었으나 올리비에 곁을 떠날 수가 없었다. 하녀는 매일 아침 집안일을 하러 왔다. 그런데 그녀는 9시가 되어야 오곤 했다. 하녀가 오자 그는 곧 근처 돌팔이 의사를 부르러 그녀를 보냈다. 그러나 조사를 받을 것을 꺼려 이내 하녀를 도로 불러들였다.

그러는 동안 올리비에는 서서히 되살아났다. 에두아르는 긴 의자 곁을 떠나지 않고 그의 머리맡에 앉아 있었다. 그는 닫혀 있는 얼굴을 들여다보며 그 속에 숨은 수수께끼에 부닥쳤다. 왜 그랬을까? 왜? 밤이라면 술에 취해 무분별한 행동도 할 수 있지만, 새벽녘 결의에는 충분한 힘이 담겨 있다. 올리비에 자신이 이야기를 할 수 있게 되기까지는 알아보려고 하지 않으리라 그는 각오했다. 그때까지 올리비에 곁을 떠나지 않으리라. 그는 올리비에의 한쪽 손을 잡고 그 접촉 속에 자기 의문, 자기 생각, 자기 온 생활을 집중했다. 마침내 그는 자기가 그러쥔 올리비에의 손이 힘없이 무슨 대답을 하는 것 같은 느낌이 들었다……. 그는 몸을 굽혀 무한하고 신비로운 고통으로 주름 잡힌 올리비에 이마 위에 입술을 눌렀다.

초인종이 울렸다. 에두아르는 일어서서 문을 열러 갔다. 베르나르와 뤼시앵 베르카유가 온 것이다. 에두아르는 그들을 현관에서 붙들고 사태를 알렸다. 그러고는 베르나르를 따로 불러서 올리비에가 종종 졸도나 발작을 일으키는 것을 아는가 어떤가를 물어보았다. 베르나르는 갑자기 어제 둘이서 주고받은 이야기, 그중에서도 특히 올리비에가 한 몇몇 말들이 생각났다. 그는 그 말들을 별로 귀담아듣지 않았지만, 지금 그의 귀에는 그것이 또렷하게 다시 들리는 것이었다.

"그에게 자살 이야기를 한 것은 저였어요." 그는 에두아르에게 말했다. "저는 그에게 인간이 그저 생명력 과잉 때문에, 드미트리 카라마조프가 말했듯 '감격 때문에' 자살할 수 있다는 사실을 이해할 수 있느냐고 물었지요. 저는 그때 제 생각에만 열중해서 저 자신의 이야기에만 주의를 했어요. 하지만 지금 그때 올리비에가 했던 대답이 기억나는군요."

"뭐라고 대답하던가?" 에두아르가 다그쳐 물었다. 베르나르가 말을 끊고 그 이상 더 이야기를 하지 않으려는 것 같았기 때문이다.

"자기도 자살하려는 심정을 이해할 수 있지만, 그것은 환희의 절정, 그 후에는 아래로 떨어질 수밖에 없는 그러한 환희의 절정에 도달한 다음에라야 할 수 있는 일이라고 말했어요."

두 사람은 그 이상 아무 말도 하지 않고 서로 얼굴을 마주 보았다. 그들 마음속에서 수수께끼의 실마리가 풀어졌다. 마침내 에두아르는 눈길을 돌렸다. 베르나르는 그런 이야기를 한 것을 뉘우쳤다. 그들은 베르카유 곁으로 갔다.

"난처한 일은." 하고 베르카유가 말했다. "결투하기가 싫어서 자살하려 한 것이라고 남들은 생각할 수도 있을 거란 점이에요."

에두아르는 이미 결투 같은 것은 생각도 않고 있었다.

"아무 일도 없었던 것처럼 해야 돼." 그는 말했다. "뒤르메르를 찾아가서 그의 입회 증인들과 만나게 해 달라고 말하게나. 만약에 이 어리석은 사건이 합의로 타결되지 않는다면 그 사람들에게 해명해야 할 거야. 뒤르메르도 별로 그렇게 할 생각은 없는 눈치였으니까."

"그 애에겐 아무것도 말하지 않겠어요." 뤼시앵이 말했다. "그래서 그 애에게 꽁무니를 뺐다는 누명을 씌워야죠. 그 애는 틀림없이 내뺄 테니까요."

베르나르는 올리비에를 만나 볼 수 없겠느냐고 물었다. 그러나 에두아르는 조용히 쉬게 해 주는 게 좋을 것이라고 말했다.

베르나르와 뤼시앵이 막 떠나려던 참에 조르주가 왔다. 파사방 집으로 갔지만 형 짐을 찾을 수 없었다는 것이다.

"백작님은 외출하셨습니다. 아무 분부도 없었어요."라는 대답을 그에게 했다는 것이다.

그러더니 하인은 그의 면전에서 문을 닫아 버렸다는 것이다.

에두아르의 어조며 다른 두 사람 태도에서 엿보이는 침통한 빛을 본 조르주는 마음이 불안했다. 그는 무엇인가 심상치 않은 일이 있다는 것을 눈치 채고 캐 물었다. 에두아르는 마침내 모든 일을 이야기해 줄 수밖에 없었다.

"그렇지만 부모님께 이야기해선 안 돼."

조르주는 비밀에 한몫 낀 것이 무척 기뻤다.

"비밀은 지킬 줄 알아요."

그는 말했다. 그리고 오전 중엔 아무것도 할 일이 없으니 베르나르와 뤼시앵을 따라 뒤르메르 집까지 가겠다고 자청했다.

세 사람이 떠나자 에두아르는 하녀를 불렀다. 그의 방 옆에는 손님 방이 하나 있었다. 그는 거기에 올리비에를 있게 하려고 그 방을 정돈하도록 하녀에게 일렀다. 그리고 나서 그는 발소리를 죽여 가며 아틀리에로 돌아왔다. 올리비에는 여전히 잠들어 있었다. 에두아르는 그의 곁에 앉았다. 그는 책을 한 권 손에 들었으나 이윽고 펼쳐 볼 생각도 하지 않고 던져 버렸다. 그러고는 올리비에의 잠든 모습을 들여다보았다.

10

영혼 앞에 나타나는 것 중 어느 하나도 단순한 것
은 없다. 영혼은 또 어느 것에도 결코 단순한 모습으
로 나타나지 않는다.

— 파스칼

"자네를 만나면 퍽 기뻐할 걸세." 이튿날 에두아르는 베르나
르에게 말했다. "어제 자네가 오지 않았느냐고 오늘 아침 내게
묻던걸. 의식이 없는 줄 알았는데, 자네 목소리를 들었던 모양
이야…… 눈은 감고 있지만 자지는 않아. 말은 한마디도 안 하
고, 이따금 괴로운 듯 손을 이마 위에 올려놓는다네. 내가 이
야기를 건네면 이내 이마에 주름이 잡혀. 그렇지만 내가 곁을
떠나면 나를 불러 자기 옆에 앉게 하는 거야…… 아니, 지금은
아틀리에에 없어. 내 옆방에 옮겨 뉘었어. 그래야 손님이 오더
라도 그를 성가시게 하지 않을 테니까."

두 사람은 안으로 들어갔다.

"네 소식이 궁금해서 왔어." 베르나르는 부드럽게 말했다.

친구 목소리를 듣자 올리비에 얼굴에는 활기가 돌았다. 거의 미소라 해도 좋았다.

"기다렸어."

"내가 있어서 피곤하다면 돌아가겠어."

"있어 줘."

그러나 이 말을 하면서 올리비에는 입술 위에 손가락 하나를 갖다 댔다. 아무런 말도 하지 말아 달라는 시늉이었다. 사흘 후에 구두시험을 치러야 하는 베르나르는 어디를 가나 시험 과목의 온갖 어려운 문제의 정수를 모아 놓은 참고서 한 권을 가지고 다녔다. 그는 올리비에 머리맡에 자리 잡고 앉아서 열심히 그것을 읽기 시작했다. 올리비에는 벽을 향해 머리를 돌린 채 잠자는 것 같았다. 에두아르는 자기 방으로 돌아갔다. 그러고는 열어 놓은 사잇문 근처에 이따금 나타나곤 했다. 두 시간마다 그는 올리비에에게 우유를 한 잔씩 마시게 했다. 그러나 그것도 오늘 아침부터 겨우 시작한 것이다. 어제는 하루 종일 환자의 위가 아무것도 감당하지 못했던 것이다.

오랜 시간이 흘렀다. 베르나르는 돌아가려고 자리에서 일어났다. 올리비에는 몸을 돌려 누워 그에게 손을 내밀었다. 그러고는 웃음을 지어 보이려고 애쓰며 말했다.

"내일 또 올 거지?"

베르나르가 막 가려는 찰나에 올리비에가 다시 불러, 제 목소리가 들리지 않을 것을 염려하는 듯 허리를 굽히라는 시늉을 하고 목소리를 나지막히 떨구어 말했다.

"참, 내가 아주 어리석었지!"

그러고는 베르나르의 반대를 막으려는 듯 다시 입술에 손가락을 갖다 댔다.

"아니야, 아니야…… 다음에 이야기하지."

다음 날 에두아르는 로라의 편지를 받았다. 베르나르가 왔을 때 에두아르는 그에게 로라의 편지를 주고 읽도록 했다.

친애하는 당신

터무니없는 불행을 막아 보고자 황급히 펜을 들었습니다. 이 편지가 늦지 않게 도착한다면 틀림없이 저를 도와 주시리라고 믿습니다.

펠릭스는 당신을 만나려고 파리로 떠났습니다. 그이는 제가 밝히지 않으려는 것을 당신을 만나서 알아내겠다는 것입니다. 결투를 하겠으니 상대방 이름을 알아야겠다는 것이에요. 제 힘 닿는 대로 말려 보았습니다만, 그이 결심은 움직이지 않고, 제가 무슨 이야기를 해도 제 이야기는 결국 그이 생각을 더욱 굳게 할 뿐이었어요. 당신을 신뢰하는 그이니까 당신 말씀이라면 들을 것이라고 생각합니다. 글쎄 생각 좀 해 보세요. 그이는 권총이나 검을 한 번도 손에 쥐어 본 일이 없습니다. 그이가 저를 위해서 생명을 내건다는 것을 저는 견딜 수 없습니다. 게다가 무엇보다도, 이런 이야기를 가까스로 맘먹고 드립니다만, 그이 하는 짓이 웃음거리가 되지 않을까 걱정스러워요.

제가 돌아온 후로 펠릭스는 여간 친절하고 다정하고 상냥하지 않습니다. 그렇지만 저는 실제로 품고 있는 애정 이상을 꾸며서 그에게 보일수는 없어요. 그것을 그는 괴로워해요. 그래서 그이는 저의 존경과 찬탄을 기어코 받아 내려는 욕심에서 그런 일을 하려는 것이라고 생각합니다. 무분별한 거동이라고 생각하시겠지만, 그이는 매일 그 일만 생각해서 제가 돌아온 후로는 그것이 고정관념이 되어 버렸어요. 물론 그이는 저를 용서해 주었습니다. 그렇지만 상대방 남자를 죽이고 싶도록 미워한답니다.

저나 다름없이 그이에게도 다정하게 대해 주시기 바랍니다. 그것이 저에게는 무엇보다도 고마운 우정의 증거가 될 것입니다. 스위스에 머무는 동안 극진히 베풀어 주신 친절과 온정에 대한 감사 말씀을 일찍 드리지 못한 것을 다시 한 번 더 용서해 주세요. 그때의 추억은 제 마음을 따뜻이 해 줍니다. 그리고 삶을 지탱하도록 저를 도와줍니다.

언제나 불안하고, 그리고 언제나 당신을 믿는 당신의 친구.

로라

"어떻게 하시렵니까?"

편지를 돌려주면서 베르나르가 물었다.

"내가 뭘 어떻게 해야겠어?" 에두아르는 좀 짜증난 듯 대답했다. 베르나르의 질문 때문이었다기보다 자기 자신도 이미 그러한 질문을 했기 때문이다.

"온다면 성심껏 맞이해 주지. 내게 의논을 한다면 최선을 다해서 충고를 할 걸세. 그리고 제일 좋은 일은 가만히 있는 편이라는 것을 납득시켜 보도록 할 거야. 두비에 같은 사람들은 언제나 주제넘게 나서려는 게 탈이거든. 그 사람을 만나면 자네도 틀림없이 나처럼 생각할 걸세. 로라는 주역으로 태어난 여자야. 우리들은 제각기 자신에게 걸맞는 하나의 드라마를 맡고 그 비극에서 자기 몫 배역을 받는 거지. 그걸 우리가 어쩔 수 있겠어? 그런데 로라의 비극은 단역과 결혼했다는 데 있어. 별도리 없는 일이야."

"그리고 두비에의 비극은 그가 무슨 일을 하든 결국 자기보다 훌륭한 여자와 결혼했다는 데 있단 말씀이죠?" 베르나르가 말했다.

"그가 무슨 일을 하든……." 메아리치듯 에두아르가 말했다.

"그리고 로라가 무슨 일을 하든 그렇다는 거야. 감탄할 만한 일은, 로라가 자기 잘못을 뉘우치고 후회하여 그 사람 앞에 자기를 굽히고자 했다는 거야. 그런데 그가 그 여자보다도 더 낮게 꿇어 엎드렸거든. 결국 그 두 사람이 한 일은 모두 두비에를 더 작게 만들고 로라를 더 크게 만들었을 뿐이야."

"그 사람 참 안됐네요." 베르나르는 말했다. "그렇지만 그도 그렇게 꿇어 엎드림으로써 커지는 것이라고 어째서 인정을 안 하십니까?"

"그에겐 서정적인 정신이 없으니까." 에두아르는 반박할 수 없을 정도로 단호히 말했다

"그건 무슨 뜻입니까?"

"그는 자기가 느끼는 것 속에서 자신을 잊어버리는 일이 없어. 따라서 그는 위대한 건 아무것도 느끼지 못하지. 이 점에 관해선 너무 추궁하지 말게. 나대로 생각이 있지만, 그건 척도로 헤아릴 수 없고, 나는 그것을 헤아려 보려고 하지도 않아. 폴 앙브루아즈는 숫자로 나타낼 수 있는 것이 아니라면 무엇이건 셈에 넣지 않는다고 늘 말해. 그렇게 말할 때 그는 '셈에 넣지 않는다.'라는 재치있는 말장난을 한다고 나는 생각해. 왜냐하면 소위 '그렇게 헤아려 계산한다면' 하느님을 부득이 제외

할 수밖에 없을 테니까 말이야. 결국 그는 그것을 노렸고, 그가 바랐던 것이 그것이거든……. 그래, 나는 스스로 하느님에게 귀의하는 사람의 상태를 서정적 정신이라는 이름으로 부르는 거야."

"감격이라는 말의 뜻도 바로 거기에 있는 것 아니겠습니까?"

"그리고 아마 영감이라는 말도 그럴 테지. 그래, 나는 그런 의미로 이야기한 거야. 두비에는 영감을 가질 수 없는 인간이란 말이야. 영감이란 예술에 가장 해로운 것이라고 한 폴 앙브루아즈의 말은 옳았어. 그리고 서정적 상태를 극복할 수 있을 때 비로소 예술가가 될 수 있다고 나는 기꺼이 생각해. 그렇지만 그것을 극복하자면 우선 그것을 느껴 봐야 하거든."

"하느님 내방을 받는 그러한 상태를 생리학적으로 설명할 수 있다고 생각하지 않으십니까? 그것을……."

"그게 무슨 소용인가!" 에두아르는 이야기를 가로막았다. "그런 생각은 아무리 정확하다 하더라도 어리석은 자들의 머리를 어지럽게 하기에나 알맞은 거지. 물론 모든 신비한 활동에는 물질적 보증이 있어. 그렇다면? 정신이란, 그것이 표명되자면 물질이 필요하거든. 거기에서 그리스도가 강생하는 신비가 생기는 거지."

"그와 반대로 물질은 정신 없이라도 훌륭히 해 나갈 수 있지요."

"그건 모르지."

에두아르는 웃으면서 말했다.

베르나르는 그가 그렇게 이야기하는 것을 매우 재미있게 여겼다. 평소에는 별로 자기 본심을 털어놓지 않는 에두아르였다.

오늘 그가 그토록 흥분한 것은 올리비에가 곁에 있기 때문이었다. 베르나르도 그것을 알아차렸다.

'이 사람은 올리비에에게 이야기하고 싶어 내게 이야기하는구나.' 하고 그는 생각했다. '이 사람이 비서로 삼아야 할 사람은 올리비에야. 올리비에 몸이 회복되면 나는 곧 물러나야지. 내 일자리는 다른 데 있어.'

그는 그런 생각을 했지만 조금도 원망스럽지 않았다. 그의 마음은 어젯밤 다시 만난 사라, 오늘 밤에도 또 만나려는 사라에게로 송두리째 쏠려 있었다.

"두비에로부터 화제가 퍽 멀어졌군요." 이번에는 그가 웃으면서 말했다. "그에게 뱅상 이야기를 하시겠어요?"

"천만에! 그런 소리를 해서 무슨 소용이 있겠어?"

"하지만 두비에가 누구를 의심해야 할지 모른다면 고약하기 짝이 없는 일 아니겠습니까?"

"그야 그럴지도 모르지. 그렇지만 그건 로라가 해야 할 말이야. 내가 이야기를 한다면 로라를 배반하는 게 되지 않겠나…… 게다가 나는 그가 어디에 있는지도 모르는걸."

"뱅상 말씀입니까……? 파사방은 잘 알 겁니다."

초인종이 울려서 그들의 대화는 중단되었다. 몰리니에 부인이 아들 소식을 알아보러 온 것이다. 에두아르는 아틀리에로 가서 그녀와 만났다.

에두아르의 일기

폴린의 방문. 어떻게 이야기해야 할 것인지 나는 당황했다. 그렇다고 아들이 병에 걸렸다는 것을 알리지 않을 수도 없는 일이었다. 영문 모를 자살 미수에 관해서는 이야기해 봤자 소용없다고 생각했다. 다만 간장이 심한 발작을 일으켰다는 것만 이야기했다. 사실상 그것이 이 사건의 가장 분명한 결과였다.

"올리비에가 자네한테 있다는 걸 알고 아주 마음이 놓였어." 폴린은 말했다.

"나는 그 애를 자네보다 더 잘 보살펴 줄 수는 없을 거니까. 나 못지않게 그 애를 사랑해 준다는 걸 안다네."

이 마지막 말을 하면서 그녀는 야릇한 집요함으로 나를 바라보았다. 그런 눈길에 담겼다고 여겨졌던 그녀의 의도는 내가 상상한 것이었을까? 나는 폴린 앞에서 흔히 말들 하는 '양심의 거리낌'이라고 불리는 것을 느꼈다. 그리하여 뭔지 분명치 못한 말을 중얼거렸을 뿐이다. 하기는 이틀 전부터 사뭇 흥분하고 소스라쳐 놀랐기 때문에 나 자신을 통제할 힘이 도무지 없었던 것도 사실이다. 내 마음속 동요는 눈에 띌 만큼 명백했던 모양이다. 왜냐하면 누님이 이렇게 덧붙였으니까. "얼굴을 붉히는 게 그 증거지…… 내가 못마땅하게 여긴다고 생각하지 말아요. 그 애를 사랑해 주지 않는다면 못마땅해하겠지…… 그 애를 만나 볼 수 있을까?"

나는 그녀를 올리비에 곁으로 데려갔다. 우리들이 오는 기척을 듣고 베르나르는 방에서 나가 버리고 없었다.

"참 예쁘기도 해라!" 그녀는 침대 위로 몸을 숙이면서 소곤거렸다. 그러고는 내게로 몸을 돌리며 말했다. "나 대신 나중에 껴안아 줘요. 깨우고 싶지 않으니까."

폴린은 확실히 비상한 여자다. 오늘 비로소 그렇게 생각하게 됐다는 건 아니다. 그러나 그녀가 그렇게까지 깊이 이해하리라고는 기대하지 못했다. 하지만 나는 그녀 말씨의 상냥함과 어조에 담긴 일종의 쾌활함 너머로 얼마간 억지로 꾸민 것이 조금은 스며 있는 것을 엿볼 수 있었다. (아마 그것은 내가 어색함을 감추려고 애쓴 까닭이었으리라.) 그리고 지난번 그녀와 이야기했을 적에 들었던 말 한 구절이 내 머리에 다시 떠올랐다. 그때 그렇게 생각할 만한 이해관계가 조금도 없는데도 지극히 현명하다고 생각했던 그 말. "막을 수 없는 일이란 걸 안다면 차라리 기꺼이 허락해 주는 편이 낫다고 생각해." 분명히 폴린은 마음 편하게 해 주려고 애쓰는 것이었다. 그리고 나의 내밀한 생각에 답변이라도 하듯 둘이 아틀리에로 다시 돌아왔을 때 그녀는 이렇게 말했다.

"아까 내가 화를 내지 않아서 오히려 자네를 화나게 했는지도 모르겠군. 세상에는 남자들만 독점하고 싶어 하는 자유로운 생각이라는 것이 있어. 하지만 나는 내가 실제로 느끼는 질책 이상을 자네에게 보일 수는 없어. 인생살이에서 배운 거지. 어린애들의 순결이란 아무리 잘 지켜진 듯이 보일 때조차도 얼마나 덧없는 것인가를 나는 깨달았어. 게다가 가장 순결한 청년이 뒤에 가서 가장 훌륭한 남편이 된다고는 생각할 수 없고, 그럴 뿐만 아니라 가장 충실한 남편이 된다고도 생각하지 않는다네.(그렇게 말하면서 누님은 슬프게 웃어 보였다.) 어쨌든 아이들의 아버지를 본보기로 본 나는 자식들에겐 다른 미덕을 갖게 하고 싶었어. 하지만 방탕이라든가 품위를 떨어뜨리는 관계는 염려스러워. 올리비에는 쉽사리 유혹당하는 애지. 그 애를 꼭 잡아 줘요. 자네라면 그 애에게 좋은 영향을 줄 수 있으리라 생각해. 자네만이……."

그런 말에 나는 몹시 당황했다.

"저를 과대평가하시는군요."

아주 평범하고 아주 어색하게 나는 그 말 한 마디를 하는 것이 전부였다. 그녀는 지극히 완곡하게 이어서 말했다.

"올리비에가 자네를 더 훌륭하게 해 줄 거야. 애정을 품고 해서 안 되는 일이 있겠어?"

"올리비에가 제 집에 있다는 걸 오스카르도 아십니까?"

우리 둘 사이에 숨이 좀 트이게 하기 위해서 나는 그렇게 말했다.

"파리에 있다는 것조차 몰라. 전에도 이야기한 것처럼 그이는 자식들 일에 별로 관심이 없어. 그래서 조르주에게도 자네가 이야기를 좀 해 달라고 부탁한 거지. 이야기했겠지?"

"아직 못 했습니다."

폴린의 이마가 갑자기 어두워졌다. "점점 더 걱정이 돼네. 그애는 자신 있는 체해. 하지만 나는 그것을 무관심, 냉소적인 태도, 자만심으로밖에 보지 않아. 공부는 잘하고. 선생님들도 만족스럽게 여기지. 내 걱정은 그 애가 무엇에 매달려야 할 줄 모른다는 데 있다네……."

그러자 돌연 그녀는 침착성을 잃고, 그녀가 그러리라곤 거의 믿을 수 없을 만큼 흥분해서 말했다.

"내 생활이 어떻게 되었는지 알아? 나는 내 행복의 범위를 줄여 왔어. 해마다 낮추었지. 하나씩 하나씩 희망을 축소했다네. 나는 양보를 했고 너그러이 봐줬어. 그저 모르는 체하고,

아무것도 보지 못하는 체했다네……. 그래도 마지막으로 무엇인가에 매달려 있는데, 그 작은 것조차 나에게서 빠져나간다니……. 저녁에 그 애는 내 곁 램프 밑에 와서 공부를 하지. 이따금 그 애가 책에서 머리를 들 때 그 애 눈길에서 내가 느끼는 건 애정이 아니라 반항이야. 난 그렇게 당할 만한 일은 조금도 안 했는데…… 때때로 나는 그 애에 대한 애정이 갑자기 증오로 변하는 것 같아. 차라리 아이들이 없었으면 하는 생각까지 들어."

그녀의 목소리는 떨렸다. 나는 그녀 손을 잡았다.

"올리비에가 보답해 드릴 겁니다. 제가 보증하겠어요."

그녀는 마음을 가다듬으려고 애썼다.

"그래, 내가 이런 소리를 하다니 참말 어리석어. 마치 아들 셋이 없기나 한 듯, 난 한 아이를 생각할 땐 그 애밖에 생각지 않아…… 이성이 없는 여자라고 생각하겠지…… 하지만 때때로, 정말로, 이성만으로는 어쩔 수 없는 경우가 있다네."

"그렇지만 바로 그 이성이 누님에게서 가장 감탄할 만한 것인데요."

그녀를 진정시키려고 나는 그저 평범하게 그런 말을 했다.

"요전 날 오스카르 이야기를 하실 때는 매우 슬기로우셨어요……."

폴린은 갑자기 몸을 일으키고 나를 쳐다보고선 어깨를 으쓱했다.

"여자는 가장 체념한 것을 드러내 보일 때 가장 이성적으로 보이는 거지." 그녀는 퉁명스럽게 외쳤다.

그러한 생각이 적절해 보였기 때문에 나는 약이 올랐다. 그러한 기분을 드러내지 않으려고 나는 곧 말을 이었다.

"편지에 관해서는 새로운 일이 없었습니까?"

"새로운 일이라니? 새로운 일이라니…… 오스카르와 나 사이에 무슨 새로운 일이 있을 수 있겠어?"

"해명을 기다리던 눈치던데요."

"나 역시 해명을 기다리지. 일생 동안 누구나 해명을 기다리는 거라고."

"어쨌든." 나는 좀 짜증이 나서 다시 말했다.

"오스카르는 자기 처지가 애매하다는 걸 느끼던데요."

"그렇지만, 이봐요. 애매한 처지만큼 오래오래 계속되는 것도 없잖아. 그것을 해결하려고 하는 것이 당신네 소설가들 일이지. 인생에선 아무것도 해결되는 것이 없어. 모든 것이 계속될 뿐이야. 불안정한 상태에 머무르지. 그런데 최후가 될 때까지 어떻게 해야 좋을지 모르는 거라네. 그러는 동안에도 인생은 여전히 계속되거든. 아무 일도 없는 듯 계속된다고. 그래서 그것을 역시 피할 수 없는 것으로 받아들이지. 다른 모든 일과 마찬가지로…… 모든 일에 대해 그러듯이 말이지. 그럼 잘 있어요."

나는 누님 목소리에서 느껴지는 어떤 새로운 음향의 울림을 듣고, 고통스럽게 가슴이 아파 옴을 느꼈다. 마치 대들기나 하는 듯한 그 어조는 나로 하여금 (아마도 그 당장은 아니고 뒤에 우리가 나눈 이야기를 되새기면서였지만.) 올리비에와 내 관계에 대해선 자신이 말하는 것과는 달리, 그리고 다른 모든 일과는 달리, 누님이 체념하고 받아들이는 것이 꽤 쉽지 않았을 것이라고 생각하지 않을 수 없게 했다. 나는 누님이 그러한 관계를 비난하지는 않는다고 믿고 싶다. 어떤 의미에서는 누님 자신이 나에게 들려주었듯 기쁘게까지 여긴다고 믿고 싶다. 그러나 아마 자신은 그렇다고 인정하지 않겠지만, 누님은 질투를 느끼지 않고는 못 견뎠을 것이다.

누님이 바로 그 뒤에 보인 그 돌발적인 반항의 폭발, 더구나 누님에게 요컨대 그리 대단치 않은 문제에 관해서 보인 그 폭발에서는 아무리 해도 그것밖에는 다른 설명을 찾을 수 없다. 처음에 그녀로선 정말로 괴로운 일을 내게 허락하기 위해 저장해 두었던 너그러움을 모두 써 버리자, 갑자기 그것을 잃어버린 느낌이었다고 말할 수 있으리라. 과격하고, 거의 정상을 벗어났다고 할 만한 그 언사는 바로 거기에서 비롯된 것이다. 누님 자신도 다시 돌이켜 생각하고 놀랐을 것임에 틀림없고, 바로 거기에 누님이 질투를 한다는 사실이 드러난 것이다.

결국 체념한 일이 없는 여자의 상태란 도대체 어떤 것일까 하고 나는 생각해 본다. 말하자면 '정숙한 여자'란 말인데······. 마치 여자에게 있어서 소위 '정숙'이라는 것에는 체념이라는 것이 반드시 내포된 게 아닌 듯이!

저녁 무렵 올리비에의 몸은 눈에 띄게 회복되기 시작했다. 그러나 생명이 되돌아오자 그와 함께 불안도 되살아났다. 나는 그를 안심시키려고 갖은 애를 썼다.

결투는? 뒤르메르는 시골로 도망쳤어. 그 애를 쫓아갈 수도 없는 노릇이지.

잡지는? 베르카유가 맡아 보지.

파사방 집에 남겨 둔 짐은? 제일 난처한 일이야. 나는 조르주가 짐을 찾아오지 못한 것을 실토하지 않을 수 없었다. 그렇지만 내일 아침 직접 가서 찾아오겠노라고 약속했다. 올리비에는 파사방이 짐을 볼모로 자신을 잡아 두지나 않을까 걱정스러운 모양이었다. 나는 그런 일은 한순간도 받아들일 수 없다.

어제 여기까지 쓰고 늦도록 아틀리에에 있으려니까 나를 부르는 올리비에 목소리가 들렸다. 나는 바로 달려갔다.

"몸만 아프지 않다면 제가 갈 텐데." 그는 말했다. "일어나 보려고 했지만 일어섰더니 머리가 어지러워서 쓰러질 것 같아요. 아니에요. 이젠 아프지 않아요. 오히려…… 그런데 이야기하고 싶은 게 있어요. 한 가지 약속을 해 줘야겠어요……. 제가 왜 그저께 자살하려고 했는지, 그 이유를 묻지 말아 주세요. 저 자신도 이젠 모르는 것 같아요…… 전 정말 이야기하고 싶어요! 그런데 그렇게 할 수가 없을 거예요……. 그렇지만 제 생활의 무슨 비밀스러운 일 때문에, 아저씨가 알지 못하는 그 무엇 때문에 그랬을 거라고 생각하진 마세요." 그러더니 한결 소리를 낮춰서 "부끄러워서 그랬다고도 생각하지 마세요……."라고 말했다.

어둠 속이었음에도 그는 이마를 내 어깨에 묻었다.

"부끄러운 것이 있다면 그날 밤 연회에서의 일이에요. 저의 취기에 대한 것이고, 저의 흥분에 대한 것이며, 저의 눈물에 대한 것이랍니다. 그리고 이번 여름의 제 생활에 대한 것이지요……. 그리고 아저씨를 아주 서투르게 기다렸다는 게 부끄러워요."

그는 이젠 그 모든 일 중 어느 것도 자신이 한 일이라고는 느껴지지 않으며, 그 모든 일은 그가 말살하고 싶었던 것이고, 사실 말살해 버린 것이며, 그의 생활에서 지워 버린 것이라고 주장했다.

나는 그의 동요에서 그의 나약함을 느꼈다. 그래서 아무 말 없이 어린애처럼 그를 품에 안고 흔들어 주었다. 틀림없이 그는 휴식이 필요했을 것이다. 아무 말이 없기에 나는 그가 잠든 것이려니 생각했다. 그러나 이윽고 그가 속삭이는 말소리가 들렸다.

"아저씨 곁에선 너무 행복해서 잘 수가 없어요."

그는 아침이 될 때까지 나를 떠나지 못하게 했다.

11

베르나르는 그날 아침 일찍 왔다. 올리비에는 아직도 자고 있었다. 베르나르는 앞서 며칠 동안도 매일 그랬듯 올리비에 머리맡에 책을 들고 앉았다. 그래서 에두아르는 잠시 병자 간호를 중단하고 약속한 대로 파사방 백작 집으로 갈 수 있었다. 그처럼 이른 아침이라면 틀림없이 만날 수 있을 것이다.

태양이 빛났다. 센 바람이 나뭇가지에 붙어 있던 마지막 잎사귀들을 쓸어 내고 있었다. 모든 것이 맑아 보이고 쪽빛을 띠고 있었다. 에두아르는 사흘 동안이나 외출을 하지 않았다. 크나큰 기쁨에 그의 가슴이 부풀었다. 속이 빈 채 열린 껍데기 같은 자신의 온 존재가 끝없는 바다 위에, 어진 마음이라는 성스러운 대양 위에 떠 있는 것 같은 느낌이었다. 사랑과 맑은 날씨는 그렇듯 우리들의 외형을 무한히 넓혀 주는 것이다.

올리비에 짐을 가져오려면 차가 필요하리란 것을 에두아르는 알고 있었다. 그러나 그는 서둘러 차를 탈 생각이 없었다.

걷는 것이 즐거웠다. 자연 전체에서 느껴지는 호감은 파사방과 맞설 맘이 생기게 하질 않았다. 그는 파사방을 증오해야만 한 다고 생각했다. 그는 마음속으로 여러 가지 불평의 씨를 회상 해 보았다. 그러나 이젠 그런 것이 주는 상처 같은 걸 느낄 수 없었다. 어제까지도 미워하던 그 적수를 몰아내고 그 자리에 자신이 대신 들어선 것이다. 그는 이젠 상대방을 미워할 수 없 을 정도로 너무 완전히 그의 자리를 뺏었다. 적어도 오늘 아침 에는 그럴 수 없었다. 그리고 또 한편 자기에게 일어난 그러한 돌변, 그의 행복감을 보일 위험이 있는 돌변에서 아무것도 드 러내선 안 되리라고 생각하여, 그처럼 무장해제한 자신을 보이 기보다는 차라리 오늘 만나는 것을 피하고 싶기까지 했다. 그 런데 자기가, 다름 아닌 에두아르 자신이 어째자고 거기에 간 단 말인가? 바빌론 거리에 가서 올리비에 짐을 내놓으라고 요 구하겠다는 것이지만, 무슨 명목으로 그런단 말인가? 그런 일 을 맡은 것은 정말 분별없는 짓이었다고 그는 걸으면서 생각했 다. 그리고 올리비에가 자기 집에 와 있기로 했다는 것을 파사 방이 눈치 채게 할 것이 아닌가. 그것이야말로 바로 숨기고 싶 은 일이었는데……. 그러나 이제 와서 물러서기엔 너무 늦은 노릇이었다. 올리비에에게 약속했으니 말이다. 적어도 파사방 에게 냉정하고 단호한 태도를 보여 줘야 할 것이다. 택시가 지 나갔다. 그는 차를 불렀다.

에두아르는 파사방을 잘 알지 못했다. 그는 파사방 성격의 한 특징을 알지 못했다. 결코 뜻하지 않게 불시에 일을 당하는 법이 없는 파사방은 남에게 속는 것을 참지 못했다. 자기 패배 를 인정하지 않기 위해서 그는 언제나 스스로가 그렇게 되기를 바란 체하는 것이다. 그리하여 무슨 일이 있어도 자기가 바라던 바였다고 우겨 대는 것이다. 올리비에가 자기에게서 도망간 것을 알아차리자, 그는 자기 분노를 숨길 생각밖에 하지 않았다. 올리비에의 뒤를 쫓아 웃음거리가 되느니보다 태도를 꿋꿋이 하고 억지로라도 어깨를 으쓱해 보이는 것이었다. 그는 스스로 억제하지 못할 만큼 감동하는 법이 없었다. 그런 일을 다행으로 여기는 사람들도 있지만, 그들은 그러한 극기가 그들 성격의 강인함에서 나왔다기보다 어떤 기질의 결핍에서 온다는 것을 인정하지 않는다. 문제를 일반화할 필요는 없으리라. 위에서 말한 것은 다만 파사방의 경우에만 국한하기로 하자. 그리하여 파사방은 과히 힘들지 않게 올리비에가 싫증나기 시작했다고 생각할 수 있었다. 이번 여름 두 달 동안 자기 생활을 거북하게 할 위험이 있는 모험의 모든 단맛을 다 본 것이다. 요컨대 자기는 그 소년의 미모, 우아함, 그리고 그 사상의 풍요로움을 과대평가했던 것이다. 그뿐만 아니라 그렇게 어리고 경험도 없는 풋내기에게 잡지 편집을 맡긴다는 불리한 점에 때맞게 눈을 떴다고 생각한 것이다. 이모저모 따져 보니 결국 스트루빌루가 더 일을 잘할 것 같았다. 물론 단지 잡지 주필로서만 그렇다는 말이다. 그래서 그는 스트루빌루에게 편지를 보내 오늘 아침 오도록 일러두었다.

한 가지 덧붙여 말해 둘 것은, 파사방은 올리비에가 자기를 떠나간 이유를 오해했다는 사실이다. 자기가 사라에게 너무 친절한 태도를 보였기 때문에 올리비에의 질투심을 자극한 것이라고 그는 생각했다. 그는 그의 타고난 자만심을 만족시켜 주는 그러한 생각에 스스로 흡족하여 분한 생각이 가라앉은 것이다.

그래서 그는 스트루빌루를 기다리고 있었다. 사람이 오는 대로 곧 들어오게 하라고 일러두어서 에두아르는 그 명령 덕분에 방문을 알리지 않고 파사방과 마주 대할 수 있었다.

파사방은 놀란 기색을 보이지 않았다. 다행히 그가 맡은 배역은 그의 성격에 들어맞아서 그의 생각이 갈피를 못 잡지 않았다. 에두아르가 찾아온 이유를 설명하자마자 그는 이렇게 말했다.

"말씀을 들으니 참 다행한 일입니다. 그럼, 정말로? 그 애를 돌봐주시겠단 말입니까? 너무 성가신 일이 되지나 않으실지……? 올리비에는 참 귀여운 소년이지요. 그렇지만 내 집에 있는 게 그만 몹시 귀찮아지기 시작했어요. 물론 그에게 그런 티를 보일 순 없었죠…… 여간 착한 애가 아니니까요…… 그리고 제 집에 돌아가기를 싫어하는 것도 알고 해서…… 부모란건 일단 떠나고 보면…… 그런데 참, 그 애 어머니는 선생님 이복 누님이시라죠……? 아니면 그 비슷한 사이라던가? 예전에 올리비에가 그런 이야기를 한 것 같아요. 그렇다면 그 애가 댁에 가 있는 건 지극히 당연한 일일 테죠. 아무도 웃거나 할 수는 없을 겁니다.(그러나 그는 그런 말을 하면서 거리낌 없이 웃어 보였다.) 그 애가 내 집에 있어 더 난처했어요. 그런 이유도 있고 해서 그 애가 나가 줬으면 했던 겁니다…… 뭐 세상 사람들 이야기 같은 것에 그리 신경 쓰진 않지만. 아니, 오히려 그 애를 생각해서 그런 거죠……."

이야기 첫머리는 제법이었다. 그러나 파사방은 에두아르의 행복 위에 해로운 독소를 몇 방울 뿌려 넣지 않고는 견디지 못했다. 그는 언제나 그런 독소를 간직하고 있었다. 무슨 일이 생길지 알 수 없는 노릇이니까…….

에두아르는 더 참을 수 없었다. 그런데 갑자기 뱅상 생각이 떠올랐다. 파사방은 그의 소식을 알 것임에 틀림없었다. 물론 그는 두비에가 묻는다 하더라도 그에게 뱅상 이야기를 하지 않을 작정이었다. 그러나 두비에의 캐물음에서 벗어나기 위해서라도 자기 자신은 알 필요가 있을 것 같았다. 그러면 더욱 완강하게 저항할 수 있으리라 생각했다. 그는 그걸 구실 삼아 화제를 돌렸다.

"뱅상한테선 편지가 없습니다." 파사방이 말했다. "그렇지만 그리피스 부인의 — 아시지요. 그의 새로운 애인 말입니다. — 편지를 받았는데 그의 이야기를 길게 썼더군요. 자 이게 그 편집니다…… 요컨대 댁에서 모를 이유가 없다고 봐요."

그는 편지를 내밀었다. 에두아르는 읽었다.

8월 25일

My dear

왕자의 요트는 우리들을 남겨 두고 다카르를 출범할 것입니다. 그 배를 통해 부친 이 편지가 당신에게 다다를 무렵이면 우리들은 어디 있을지 알 수 없습니다. 어쩌면 카자망스 강변쯤 될지도 모르겠어요. 뱅상은 거기서 식물 채집을 하고 싶어 하고 저는 사냥을 하고 싶습니다. 이제는 그가 저를 끌고 가는 건지, 제가 그를 끌고 가는 건지 알 수 없습니다. 안 그러면 모험의 악마가 이처럼 우리 두 사람을 들볶는 것인지도 모르지요. 우리들은 배에서 알게 된 권태의 악마 소개로 모험의 악마를 만났답니다……. 참말로 권태가 어떤 것인가 알고자 한다면 요트 생활을 해 보는 게 제일이에요. 돌풍이 불어올 땐 그래도 견딜 수 있었습니다. 배와 함께 몸이 흔들리니까요. 그러나 테네리프를 떠난 뒤론 바람 한 점 없답니다. 바다 위엔 주름살 하나 볼 수 없는

……내 절망의
커다란 거울.*

그 후론 제가 무슨 일을 하는지 아세요? 뱅상을 미워하기 시작했어요. 그래요, 연애라는 게 너무 멋없어 보여서 우리들은 서로 미워하기로 결심한 거예요. 사실을 말씀드리자면 벌써 오래전부터였어요. 그래요, 배를 탄 다음부터니까요. 처음엔 그저 어떤 신경질, 어렴풋한 증오에 지나지 않았지만, 그래도 곧잘 충돌했지요. 날씨가 좋아지자 아주 맹렬해졌답니다. 저는 이젠 어느 누구에게 열정을 느낀다는 게 어떤 것인지 알아요…….

편지는 계속되었다.

"더 읽어 볼 필요도 없습니다." 에두아르는 파사방에게 편지를 돌려주면서 말했다. "언제 돌아온답니까?"

"그리피스 부인은 돌아온다는 것에 대해선 쓰지 않았습니다."

파사방은 에두아르가 그 편지에 대해 더 이상 흥미를 보이지 않자 모욕감을 느꼈다. 편지를 읽게 해 준 이상 그렇게 무

---

* 보들레르 『악의 꽃』에 나오는 시의 한 구절.

관심한 태도는 일종의 모욕이라고 생각할 수밖에 없었다. 그 자신은 남의 호의를 쉽사리 물리치기 일쑤면서도 자기 호의가 무시당하는 건 참지 못했다. 이 편지를 받고 그는 매우 기분 좋았다. 그는 릴리앙과 뱅상에 대해 일종의 애정을 품고 있었다. 그리고 그들에게 친절을 베풀고 도움을 아끼지 않을 수 있다는 걸 스스로에게 확인까지 할 수 있었다. 그러나 그의 도움 없이 그들끼리도 일을 꾸며 나갈 수 있게 되자, 그의 애정은 식어 갔다. 그들이 자기로부터 떠남으로써 행복에서 멀어져 간다고 여겨지자, 자업자득이라고 생각하지 않을 수 없었다.

한편 에두아르는 그날 아침의 행복함이 너무나 진지했기 때문에 그 편지 속에 그려진 광란의 감정 앞에서 적이 거북한 느낌을 받지 않을 수 없었다. 그가 편지를 돌려준 것도 절대 겉치레가 아니었다.

파사방은 다시 선수를 칠 필요를 느꼈다.

"아참, 말씀드려야 할 게 또 하나 있습니다. 제가 올리비에에게 잡지 편집을 맡기려고 했다는 걸 아시죠? 두말할 것 없이 이젠 그럴 수 없게 되었습니다."

"물론 그럴 테지요."

에두아르는 얼른 대꾸했다. 그의 큰 시름을 파사방이 저도 모르게 덜어 준 셈이었다. 에두아르의 어조에서 파사방은 자신이 수에 걸려들고 말았다는 것을 깨달았다. 그래서 후회할 겨를도 없이 "올리비에 짐은 그가 거처하던 방에 있습니다. 물론 택시를 세워 두셨겠지요? 거기까지 가져가게 하지요. 그런데 올리비에는 어떻습니까?" 하고 말했다.

"잘 있습니다."

파사방은 일어섰다. 에두아르도 따라 일어섰다. 두 사람은 지극히 쌀쌀한 인사를 나누고 헤어졌다.

에두아르의 방문이 파사방 백작은 몹시 지겨웠다.

"아아!" 그는 스트루빌루가 들어오는 것을 보며 안도의 숨을 내쉬었다.

비록 스트루빌루는 자기에게 정면으로 대항했지만, 파사방은 그를 마주 대하면 마음이 편했다. 더 정확히 말하면 편안한 마음으로 돌아갈 수 있었다. 과연 그는 강적을 만났고 그도 그것을 모르지 않았지만, 그는 자기에겐 힘이 있다고 믿었으며, 그것을 실증할 수 있다고 자부했다.

"스트루빌루, 자, 앉지." 그는 안락의자를 밀어 주며 말했다.

"다시 만나 참 반갑네."

"백작님이 부르셨으니까 무슨 일이든지 분부대로 해 드리죠."

스트루빌루는 짐짓 파사방에게 불손한 하인 같은 태도를 쉽게 보여 주었다. 그러나 파사방도 이미 그의 태도에 익숙했다.

"단도직입적으로 이야기하세. 어떤 사람이 말한 것처럼 이제 자네도 장롱 밑에서 나와야 할 때가 됐어. 자넨 여태까지 여러 일을 해 왔지만…… 오늘은 자네에게 진정한 독재자 지위를 주고 싶은 걸세. 다만 문학에 관한 일이란 걸 서둘러 말해 둬야겠지만."

스트루빌루는 "낭패로군!" 하고 말했다. 그러고는 파사방이 담배 상자를 내밀자 "허락해 주신다면 난 차라리 이것을……." 하고 말했다.

"절대로 안 되지. 그 고약한 밀수품 시가를 피운다면 방 안 냄새가 흉악해질 테니까. 난 무슨 재미로 그런 걸 피우는지 알 수가 없어."

"그 맛이 썩 좋아서라기보다도 옆 사람이 질색하니까."

"여전히 불평꾼인가?"

"그렇다고 나를 얼간이 취급해선 안 되지요."

스트루빌루는 파사방 제안에는 직접 대답하지 않으며 먼저 제 생각을 피력하고 제 입장을 밝혀 두는 게 현명하리라고 생각했다. 그다음엔 두고 봐야 할 일이었다. 그는 말을 계속했다.

"자선 행위는 내가 별로 좋아하는 게 아닌데요."

"알아, 알아." 하고 파사방이 말했다.

"이기주의도 마찬가지예요. 당신도 잘 모르지…… 인간이 이기주의로부터 벗어날 수 있는 길은, 그보다도 더 흉측한 애타주의밖에 없다고 흔히 사람들은 믿게 하려고 하지만! 나는 만약에 이 세상에 인간보다 더 경멸할 만하고 또한 더 천한 것이 있다면 그건 다수의 인간들이라고 생각해요. 무슨 이유를 붙인다 해도 비루한 개인들을 아무리 많이 모아 봤자 훌륭한 총체가 된다고는 생각되지 않아요. 전차나 기차를 탈 때면, 나는 언제나 무슨 굉장한 참사가 일어나서 살아 있는 그 쓰레기 같은 인간들을 모조리 갈기갈기 찢어 놓았으면 하는 생각을 하지요. 아, 물론 나도 그 속에 끼워서 말이죠. 극장 안에 들어가면 샹들리에라도 떨어져 주었으면, 폭탄이라도 터져 주었으면 해요. 나도 함께 휩쓸려 날아가 버리게 하는 것이라면, 그놈을 한 개 윗도리 속에다 숨겨 가지고 기꺼이 갈 터인데. 다만 그보다 더 나은 일이 없다면 말이지요. 뭐라고요……?"

"아니, 아무 말도 안 했어. 어서 계속하게, 듣고 있으니까. 자넨 반대 의견의 채찍을 맞아야 말문을 여는 연설가는 아니니까."

"당신의 그 기막힌 포르토를 한잔 주겠다는 말인가 했지요."

파사방은 빙그레 웃었다.

"병을 옆에 놔두게." 그는 술병을 내밀며 말했다. "다 비워 버리게. 그리고 이야기를 계속해요."

스트루빌루는 잔에 술을 가득히 따르고는 깊숙한 안락의자에 몸을 파묻고 다시 이야기를 시작했다.

"난 내가 소위 인정머리 없는 메마른 사람인지 어쩐지 모르겠어. 그렇다고 믿기엔 나는 너무도 많이 분노하고 너무도 많이 증오해요. 하지만 그런 건 아무래도 좋아요. 오래전부터 나는 내 마음 속에서 나를 감동시킬 위험이 있는 것은 모두 억제해 온 게 사실이지. 그렇지만 감탄이라든지 터무니없는 헌신 같은 걸 할 수 없는 것도 아니야. 왜냐하면 나는 인간으로서 다른 사람을 경멸하는 것과 같은 정도로 나 자신을 경멸하고 나 자신을 증오하니까 말이오. 언제나 어디에서나 문학, 예술, 과학은 필경 인류 복지에 이바지한다는 말을 되풀이하는 것을 들어요. 그러면 그것들에 대해 구역질이 나기에 충분할 지경이지요. 그렇지만 그 주장을 얼마든지 뒤집어 놓을 수도 있거든요. 그러면 숨이 좀 트여. 그래 내가 상상하고 싶은 것은, 그와는 반대로 무슨 잔혹한 기념물을 이룩하려고 힘을 기울이는 천박한 인간의 모습이죠. 이를테면 베르나르 팔리시* 같은 사

---

* 프랑스의 유명한 도예가며 작가. 유약 도기의 새 기법을 완성했다.(1510~1590)

나이,(참 진저리가 나게 많이 인용되는 친구지!) 그는 아름다운 접시 하나를 구울 유약을 얻기 위해서 아내와 자식, 그리고 자기 자신을 태워 죽였다오. 난 문제를 뒤집어 보는 게 재미있어요. 별도리가 없어요. 내 정신은 그렇게 되어 있기 때문에. 문제는 머리를 거꾸로 해야만 균형이 훌륭히 바로잡힌단 말이야. 그래서 가령 나는 나와 팔꿈치를 맞대고 자주 만나는 그 모든 넌덜머리나는 배은망덕한 녀석들을 헛되게 구원하려고 제 몸을 희생한 그리스도 같은 사람을 생각하는 건 질색이지만, 그 천민 떼들이 그리스도 같은 사람을 만들어 내느라고 썩어 간다고 생각하면, 적이 흡족하기도 하고 일종의 차분한 심정마저 느껴요……. 차라리 그보다는 다른 것을 만들어 냈으면 좋았을 거라고 생각하긴 하지만. 왜냐하면 그리스도 같은 사람의 모든 가르침은 인류를 더한층 깊숙이 진창 구렁 속으로 밀어넣는 결과밖에는 빚어 내지 못했으니까 말이오. 불행은 광폭한 자들의 이기주의에서 오는 것이지. 위대한 것은 몸을 바친 광폭함에서 생기는 거라오. 불행한 사람, 약한 사람, 곱사등이, 상처 입은 사람, 그런 사람들을 보호함으로써 우리는 길을 잘못 들어서는 거요. 그래서 나는 그런 걸 가르치는 종교를 증오하오. 박애주의자 자신들이 자연계, 즉 동식물을 바라보면서 거기에서 크나큰 평화를 얻어 낸다고 주장하는데, 그와 같은 평화라는 것도 야생 상태에서는 강한 자만이 번영한다는 사실에서 온다오. 나머지는 쓰레기여서 비료로 쓰일 뿐이지. 그렇지만 사람들은 그 사실을 볼 줄 모른다오. 그것을 인정하려고 들지 않는단 말이지."

"그렇지, 그렇지. 나는 기꺼이 인정하네. 계속하게."

"그런데 부끄러운 일, 한심한 일이 아닌가 말이오……. 인간은 말, 가축, 가금, 곡식, 꽃 따위 우량종을 얻으려고 무진 애를 쓰는 터에, 자기 자신을 위해서는 아직도 고통을 당할 때 의학 같은 것에서 도움받으려고 진통제를 구하고, 자선 같은 것에서 완화제를 구하고, 종교 같은 것에서 위안을 구하고, 취기 같은 것에서 망각을 구하니 말이오. 우리들이 해야 할 일은 인종 개량이오. 그렇지만 모든 도태에는 무자격자의 제거가 따르거든. 우리 기독교 사회는 그걸 결심하지 못해요. 사회 자신이 책임지고 변질된 자를 없애는 것조차 하지 못하는 형편이지. 그런데 그런 축들이 번식력은 가장 왕성해요. 필요한 것은 자선 병원이 아니라 좋은 종마를 길러 내는 사육장이오."

"그렇고말고, 마음에 드네, 스트루빌루."

"난 여태껏 백작님이 날 오해하는 게 아닌가 했는데. 당신은 나를 회의주의자라고 생각했어요. 그렇지만 나는 이상주의자, 신비주의자랍니다. 회의주의는 결단코 좋은 것을 낳지 못했어요. 그것이 어디로 인도하는지를 너무나 잘 알지요…… 관용이라는 것에 도달할 뿐이지! 나는 회의주의자들을 이상도 없고 상상력도 없는 자들, 즉 바보들이라고 생각해요……. 그리고 아까 말한 것 같은 강한 인류가 생김으로 해서 감정의 우아함과 섬세함에 있어서 잃는 것이 얼마나 많을지를 모르는 바도 아니지요. 그렇지만 그런 우아함이 없어진 걸 아까워할 사람은 아무도 없을 거요. 그 우아함과 동시에 우아함을 지닌 자들도 없어질 테니까 말이오. 오해하진 마시도록. 내게도 소위 교양이란 것은 있어요. 내가 이상으로 삼는 것을 이미 옛날에 몇몇 그리스 사람들이 엿보았다는 걸 알아요. 적어도 나는 그러한 이상을 즐겁게 상상하고 싶어요. 그리고 세레스의 딸 코레가 망령들을 측은히 여겨 지옥으로 내려갔다는 것을 즐겁게 회상하고 싶어요. 플루톤*에게 시집가 왕비가 된 이후, 코레는 호메로스에 의해 언제나 '냉혹한 프로제르핀'이라고만 불려. 『오디세이아』 6장을 보면 알 수 있어요. '냉혹함', 그것이야말로 고결하다고 자부하는 사람이라면 누구나 가져야 할 마음씨지요."

"이야기가 문학으로 돌아와서 다행이로군. 만약 우리가 문학 얘기에서 떠난 적이 결코 없다면 말일세. 그러니 고결한 스트루빌루, 잡지의 냉혹한 주필이 되어 줄 생각이 없나?"

"솔직히 말해서, 백작님, 내가 말해 둬야겠는데, 인간들의 구역질 나는 모든 발산물 중에서 문학이라는 게 내게는 가장 혐오스러운 것 중 하나랍니다. 거기엔 자기만족과 아첨 외에 아무것도 없어요. 그리고 과거를 쓸어 버리지 않는 한, 문학이 달라지기란 어려울 것이라 생각해요. 우리는 기성 감정 위에 살고 있고 독자도 그것을 체험한다고 상상하지요. 왜냐하면 독자란 활자화된 것이면 무엇이나 믿어 버리니까. 작가는 자기 예술의 기초를 이룬다고 믿는 약속이나 되는 듯 그것에 편승하지. 그런 감정들은 토큰처럼 진짜 같은 엉큼한 소리를 내지. 그래도 그것은 통용되요. 그리고 '악화가 양화를 구축한다.'라는 말을 모두들 아니까, 진짜 화폐를 세상에 내놓는 사람이 오히려 속이는 것처럼 보인단 말이지. 저마다 속임수를 쓰는 세상에서는 참된 사람이 오히려 협잡꾼이 되고 말지요. 미리 이

---

* 로마 신화에 등장하는 지옥을 다스리는 신으로, 그리스 신화의 하데스에 해당한다.

야기해 두지만 내가 잡지를 편집한다면, 낡은 가죽 부대를 터뜨려 버리고 모든 아름다운 감정, 말이라는 그 약속 어음의 통화로서의 유통을 폐지할 셈이오."

"좋지, 그런데 그 방법을 듣고 싶군."

"시켜 보시지, 그러면 아시게 될 테니까. 그런 생각을 난 여러 번 했어요."

"아무도 이해할 사람이 없을 테고 따라오는 사람이 하나도 없을걸."

"무슨 말씀! 오늘날 영리한 젊은 패들은 시적(詩的) 통화팽창에 진저리가 난 걸. 복잡한 운율이며 틀에 박힌 우렁찬 서정적 글귀들 뒤에 숨은 헛수작을 그들은 알아요. 쳐부수자고 하면 나설 사람은 얼마든지 있지요. 모조리 파괴해 버리는 것을 유일한 목적으로 삼는 유파를 하나 만들어 볼까요……? 좀 겁이 나시지?"

"아니…… 내 화단만 짓밟히지 않는다면."

"그보다는 다른 할 일이 있지요…… 지금은 시기가 좋아. 신호만 하면 집결할 친구들을 난 알아요. 아주 젊은 축들이지…… 그래, 당신 마음에 들 친구들이에요. 그렇지만 미리 이야기하지만 쉽게 속아 넘어가진 않는 친구들이지요…… 가끔 생각해 보는데, 도대체 무슨 기적으로 미술이 그렇게 앞섰으며, 어째서 문학은 그토록 뒤떨어졌지? 일찍이 미술에서 '모티브'라고 불리던 것이 오늘날 얼마나 인기가 떨어졌지! 훌륭한 주제, 그런 건 이제 웃음거리밖에 안 돼요. 화가들은 닮지 않게 그린다는 조건이 아니고서는 초상화 한 장도 손댈 생각을 못 해요. 만약에 우리 일이 잘되기만 한다면, 잘되는 건 문제

없어요, 나만 믿으면 돼요. 이 년 내에 시인은 자신이 하려는 말을 독자가 이해한다는 것을 수치스럽게 생각할 때가 올 걸요. 그렇고말고. 백작님, 내기할까요? 모든 뜻, 모든 의미 작용은 시에 어긋나는 것으로 생각할 겁니다. 비논리를 위해 일하는 걸 제안합니다. '청소부', 얼마나 좋아요, 잡지 이름으로 말이오."

파사방은 꿈쩍도 않고 들었다.

"패거리들 중엔." 잠시 묵묵히 있다가 그는 말했다. "자네 조카도 한몫 끼나?"

"레옹 말이오? 아주 순수한 놈이지. 게다가 잡지 일이라면 모르는 게 없고. 그 애를 교육하는 일은 아주 즐거워요. 여름 방학 전엔 같은 반 작문 선수들을 물리치고 상을 모조리 독차지하면 재미있을 거라고 하더군요. 그러더니 신학기가 되니까 빈들빈들 놀기만 하네요. 무슨 일을 꾸미는지 알 수가 없어요. 하지만 난 그 녀석을 믿어요. 무엇보다도 귀찮게 간섭은 하지 않을 생각입니다."

"내게 좀 데려와 보면 어때?"

"백작님, 농담을 하시는 거겠지…… 그런데 잡지 이야긴?"

"다시 이야기하지. 자네 계획을 좀 곰곰이 생각해 봐야겠어. 우선 비서를 하나 구해 줬으면 좋겠는데. 전에 있던 친구는 이젠 맘에 안 들어."

"그럼, 내일 당장 코브 라 플뢰르란 애를 보내 드리지. 조금 있다 만나기로 했으니까. 아마 마음에 들 거요."

"'청소부' 유형인가?"

"좀 그렇기도 해요……."

"Ex uno……."*

"아니, 한 사람으로 모든 사람을 판단해선 안 돼요. 그 친구는 얌전한 축이지요. 당신에겐 안성맞춤이랍니다."

스트루빌루는 일어섰다.

"그런데……." 하고 파사방이 말했다. "아마 자네에게 아직 내 책을 주지 못한 것 같군. 초판은 이젠 다 없어져서 유감이지만……."

"팔아 먹을 생각은 없으니까 아무래도 좋아요."

"다만, 인쇄가 더 잘됐어."

"이러나저러나 읽어 볼 생각도 없으니까…… 그럼 또 뵙지요. 마음이 내킨다면 언제든지 도와 드리지. 안녕히 계십쇼."

---

* '한 사람으로부터'라는 로마 시인 베르길리우스의 시구로서 '한 사람으로 만인을 알아볼 수 있다.'라는 뜻이다.

12

에두아르의 일기

올리비에에게 짐을 가져다 줬다. 파사방 집에서 돌아오자
곧 일을 했다. 침착하고 명쾌한 흥분. 지금까지 모르던 즐거움.
거침없이 한 줄도 지우지 않고 『위폐범들』 삼십 매를 썼다. 갑
자기 번갯불에 비치는 밤 경치처럼 작품 전체의 드라마가 여태
껏 꾸며 내려고 부질없이 애쓰던 것과는 매우 다른 모습으로
홀연 어둠 속에서 떠올랐다. 오늘날까지 내가 쓴 작품들은 이
를테면 공원의 분수 못과도 같은 것으로 보인다. 윤곽이 뚜렷
하고 완성미가 있는지는 몰라도 그 속에 고인 물에는 생기가
없다. 이제 나는 제 성향에 따라 때로는 급히, 때로는 서서히,
나 자신이 미리 예견하려고 하지 않는 그물 같은 얽힘 속으로
흐르도록 맡겨 둔다.

X는, 우수한 소설가는 작품에 착수하기 전에 작품이 어떻

게 끝날 것인지 미리 알아야 한다고 주장한다. 그러나 작품이 제멋대로 구성되어 가도록 놔두는 나는, 인생에 있어서 모든 것엔 하나의 결말로 여겨지는 동시에 하나의 새로운 출발로 생각되지 않는 것은 아무것도 없다는 사실을 우리에게 제시하는 무엇인가가 있다고 생각한다. 그래서 '더 계속되어 써지리라……' 나는 이런 말로 나의 『위폐범들』을 끝맺고 싶다.

두비에의 방문. 확실히 선량한 사나이다. 동정을 좀 지나치게 했더니, 과한 감격을 쏟아내 퍽 거북스러움을 견뎌 내야 했다. 그와 함께 이야기를 하면서 나는 마음속으로 라 로슈푸코의 말을 회상했다. "나는 동정심이라는 걸 별로 느끼지 않는다. 그리고 될 수 있으면 그것을 절대 품지 않았으면 한다……. 동정심이란 다만 그것을 표시함에 그치고, 갖지는 않도록 조심해야 한다고 생각한다." 그러나 나의 동정심은 진실한 것, 부정할 수 없는 것이었고, 나는 눈물이 나도록 마음이 움직였다. 사실인즉 내 말보다도 내 눈물에 그는 더 위로받은 모양이었다. 내가 눈물을 흘리는 것을 보자, 그는 자기 슬픔을 잊어버린 것처럼 보이기까지 했다.

나는 그의 아내의 유혹자 이름을 밝히지 않으리라고 굳게 결심했다. 그러나 놀랍게도 그는 이름을 묻지 않았다. 로라가 자기를 보지 않는다는 것을 느끼자, 그의 질투심은 곧 가라앉은 것이라고 생각한다. 아무튼 나와 만나 질투심의 기세도 좀 지친 듯했다.

그의 경우에는 좀 비논리적인 점이 있다. 그는 상대방이 로라를 버린 것에 분개했다. 나는 만약 그 사나이가 로라를 버리지 않았더라면 로라는 그에게 돌아올 수 없었을 것이 아니냐고 말해 주었다. 그는 어린애를 자기 자식처럼 사랑하겠노라고 말했다. 아버지가 되는 기쁨, 만약 그 유혹자가 없었다면 그런 기쁨을 얻었을 것인지? 그런 말은 그에게 하지 않았다. 왜냐하면 자기 부족한 점을 생각하면 그의 질투심이 다시 격화될 것이기 때문이다. 그렇게 되면 자존심의 영역에 들어가게 되고, 나는 흥미가 없어져 버리고 만다.

오셀로 같은 사나이가 질투를 한다는 건 이해할 수 있다. 자기 아내가 다른 남자와 쾌락에 도취된 모습이 끊임없이 그를 괴롭히는 것이다. 그러나 두비에 같은 사나이가 질투를 하자면 우선 자기가 질투를 해야 한다고 생각하지 않으면 안 된다.

아마도 그는 좀 연약한 자신의 인품을 억세고 용기 있어 보이게 하려는 내밀한 욕망에서 그러한 감정을 품는 것이리라. 행복해 보이는 것이 그 같은 남자에게는 자연스러울 것이다. 그러나 그는 자기 자신에게 감탄하고 싶어 했다. 그리하여 자연스러운 것보다는 노력으로 얻는 것을 존중했다. 그래서 나는 고민보다 더 존경스러운, 그러나 지극히 도달하기 어려운 단순한 행복에 대해서 힘을 들여 그에게 설명해 줬다. 마침내 그의 마음이 가라앉는 것을 보고서야 그를 돌아가게 했다.

성격의 일관성 없음. 소설이나 희곡에서 처음부터 끝까지 예상할 수 있었던 대로 정확히 행동하는 인물들……. 사람들은 그러한 일관성을 보여 주고 그것을 찬탄하라고 우리에게 권한다. 그러나 나는 반대로 그런 인물은 인공적이요 만들어 놓은 것이라고 생각한다.

그렇다고 해서 일관성이 없는 것이 자연스러움의 틀림없는 증거라고는 주장하지 않는다. 왜냐하면 특히 여자들의 경우 엔 고의로 일관성 없이 구는 경우가 수없이 많기 때문이다. 한 편 나는 극히 소수의 사람들 속에 있는 소위 '수미일관 정신' 이란 것에 탄복하는 일도 있다. 그러나 대부분의 경우, 인간 존 재에서 그 같은 일관성은 허영에 의한 집착과 자연스러움을 희생해서 성취되는 것이다. 인간은 바탕이 너그럽고 능력이 풍 요할수록 변하기 쉽고, 과거로 하여금 미래를 결정 짓게 하려 고 하지 않는 법이다. 우리들에게 모범으로 제시되는 justum et tenacem propositi virum*이라는 것은 대체로 돌투성이요 경작 하기 힘든 땅을 주는 것에 불과하다.

나는 또한 그와 다른 종류의 사람들을 안다. 그들은 어떤 자각적인 독자성을 꾸준히 마음속에 품고, 일단 이러저러한 습관을 선택한 다음에는 결단코 그것으로부터 떠나려 하지 않 는 것이 주된 관심사다. 언제나 경계심을 버리지 않고, 자기를 내던지는 것을 허락하지 않는 사람들이다.(나는 X를 생각한다. 그는 내가 권하는 1904년 산 포도주 몽라세를 거절하며 말했다. "난 보르도가 아니면 싫어." 그러나 그게 보르도라고 하자마자, 그는 그 몽라세 맛이 썩 좋다고 했다.)

젊었을 때 나는 곧잘 무슨 결심을 하고는 그것을 미덕이라 고 생각했다. 나는 당시의 나 자신보다도 앞으로 그렇게 되고 자 하는 나 자신에 더 신경을 썼다. 지금 와서는 결정을 짓지 않는 것에 늙지 않는 비결이 있는 것이 아닐까 싶을 지경이다.

---

* 로마의 서정 시인 호라티우스의 송가 중 한 구절로, '의지가 올바르고 확고한 사람'이라는 뜻이다.

올리비에가 요즘 무슨 일을 하느냐고 물었다. 물음에 이끌려 내 작품에 관한 이야기를 해 주었다. 그리고 그가 매우 흥미 있어 하는 것 같아서 새로 쓴 몇몇 페이지를 읽어 주기까지 했다. 젊은이들의 비타협성, 그리고 그들이 자기들과 다른 관점을 잘 인정하지 않는다는 것을 아는 터여서 나는 그가 어떤 판단을 내릴지 두려웠다. 그러나 그가 조심스럽게 이야기한 몇몇 감상은 지극히 정확한 것 같아서 나는 곧 그것을 이용했다.

나는 그에 의해, 그리고 그를 통해서 느끼고 호흡하는 것이다.

그에게는 자기가 편집하기로 했던 잡지 일, 특히 그 단편소설이 걱정거리다. 파사방의 요구로 쓴 글로, 그 자신은 못마땅히 여기는 것이다. 파사방의 새로운 조치에 따라 목차가 변경될 것이고, 그의 원고를 찾아올 수 있을 것이라고 그에게 말해 주었다.

생각하지도 않았던 예심 판사 프로피탕디외 씨의 방문을 받았다. 그는 이마의 땀을 닦으며 헐떡거렸다. 7층까지 올라오느라고 숨이 차서 그렇다기보다도 어색하기 때문인 듯했다. 내가 앉기를 권하자 그제서야 모자를 손에 든 채 의자에 앉았다. 얼굴도 잘생기고 날씬하며 풍채도 당당한 사나이였다.

"몰리니에 판사님 처남 되시지요? 실은 그분 아드님 조르주 군 때문에 뵈러 왔습니다. 무례하게 보일 이런 행동에 용서를 구해야겠습니다만, 제 동료에 대한 저의 애정과 존경심을 감안하신다면 양해해 주시리라 생각합니다."

그는 잠깐 시간을 뒀다. 나는 일어나서 칸막이 커튼을 내렸다. 옆방에 있는 입이 가벼운 가정부가 이야기를 듣지나 않을까 싶었기 때문이다. 프로피탕디외 씨는 미소를 띠며 찬의를 표했다.

"실은 예심판사로서." 하고 그는 이야기를 계속했다. "매우 난처한 사건을 담당하게 되었습니다. 댁 조카님이 전에도 이미 어떤 사건에 관련되어서, — 우리끼리 이야기지만 — 매우 파렴치한 사건이었는데, 아마 생각건대 나이가 몹시 어리기 때문에 선의와 순진한 마음으로 뜻하지 않게 저질렀던 것 같습니다. 그런데 사실은 사법 권위를 해치는 일 없이…… 그 사건을 확대하지 않고 마무리하느라고 좀 꾀를 부려야만 했어요. 그런데 재범에 이른다면 문제가…… 먼젓번과는 다른 사건이라는 걸 서둘러 말씀드려 둬야겠습니다만…… 전과 마찬가지로 조르주 군이 무사할 수 있을지 모르겠습니다. 그리고 정을 생각해서라도 선생님 매형께 추문이 들어가지 않도록 해 드리고 싶은 생각은 간절하지만, 조르주 군을 봐주는 게 과연 아이 본인을 위해서 좋은 일일지는 의심스럽습니다. 그래도 저는 노력하겠습니다. 하지만 제 휘하 경찰관들이 있고, 그들이 여간 열성적이지 않은 까닭에 언제나 마음대로 그들을 제지할 수 있는 것도 아닙니다. 바로 말씀드리자면 아직은 그럴 수도 있습니다. 그러나 뒤에 가면 어찌할 도리가 없을 것입니다. 그래서 저는 선생님께서 조카님에게 말을 하셔서 그가 어떠한 처지에 직면했는지 알려 주셔야 하리라고 생각했습니다……."

솔직히 고백하자면 프로피탕디외 씨의 방문에 처음 나는 몹시 불안했다. 그러나 그가 온 것이 적으로서나 판사로서가 아니라는 걸 알자 내 마음은 즐거워졌다. 그가 다시 이야기를 계속했을 때 내 즐거움은 더욱 커졌다.

"얼마 전부터 위폐가 나돕니다. 저에게 그런 보고가 들어왔습니다. 어디서 나온 것인지 아직 밝혀 내진 못했습니다만 조르주 군이 — 물론 나쁜 생각으로 그런 건 아니리라고 믿고 싶습니다만 — 그걸 사용하고 유통하는 패들에 한몫 끼였다는 것을 압니다. 조카님과 비슷한 또래 몇몇 소년들이 한패인데, 그 소년들이 그런 수치스러운 짓을 해요. 그들의 순진함을 악용하는 자가 있을 것이고, 그 철없는 소년들은 나이가 위인 악당들 손에 속아 넘어가서 허수아비 노릇을 하는 것이 분명합니다. 미성년자인 범인들을 체포해 그 위폐 출처를 쉽게 자백시키고자 맘을 먹었으면 벌써 할 수 있었을 겁니다. 그렇지만 어떤 선을 넘으면 사건이, 말하자면 저희들 손에서 빠져나가 버린다는 것입니다……. 다시 말하면 예심이란 건 뒤로 돌릴 수 없는 것이어서, 우리들은 때론 차라리 몰랐으면 하는 것도 별수 없이 알지 않으면 안 되는 겁니다. 이 사건에 관해서는 미성년자들의 자백 없이도 진범들을 찾아낼 수 있다고 생각합니다. 그래서 미성년자들을 건드리지 말라는 명령을 내렸습니다. 그러나 이 명령은 일시적인 것에 불과합니다. 조카님이 그 명령을 해제하지 않을 수 없게 만들지 말아 주었으면 합니다. 당국의 눈이 감시한다는 걸 알려주는 게 좋을 겁니다. 좀 겁나게 해 주셔도 괜찮겠지요. 위험한 내리막길 위에 있는 것이니까……."

나는 내 힘 닿는 데까지 주의를 시키겠노라고 확실히 말했다. 그러나 프로피탕디외 씨는 내 말을 귀담아듣는 것 같지 않았다. 그의 눈은 얼빠진 듯했다. 그리고 두 번이나 되풀이해 "이른바 위험한 내리막길에 있는 겁니다." 하고 말한 다음 입을 다물어 버렸다.

이 침묵이 얼마나 계속되었는지 모르겠다. 비록 그가 자기 생각을 입 밖에 내어 말하지는 않았지만, 그의 생각이 마음속에서 전개되는 것을 나는 알 수 있을 듯했다. 그리하여 그가 말하기도 전에 이미 나는 그의 이런 말을 듣는 것 같았다.

"나도 자식을 가진 사람으로서……."

그러자 그가 처음 말한 모든 것은 사라져 버리고 말았다. 이제 우리 두 사람 사이에는 베르나르밖에 없었다. 다른 모든 것은 구실에 지나지 않았다. 그가 온 것은 나에게 베르나르 이야기를 하고 싶었기 때문이다.

감격의 토로는 나에게는 거북하기 짝이 없고, 감정의 과장은 귀찮아 견딜 수 없지만, 반대로 그 억제된 감정만큼 나의 마음을 감동시키기에 더 적절한 것은 아무것도 없다. 그는 최선을 다해 자기 감정을 억눌렀다. 그러나 몹시 애쓰는 탓에 그의 입술과 손이 부들부들 떨렸다. 그는 이야기를 더 계속할 수 없었다. 갑자기 그는 얼굴을 두 손에 파묻었다. 그의 상반신이 흐느낌으로 몹시 흔들렸다.

"보시다시피." 하고 그는 중얼거렸다. "보시다시피 자식이라는 것이 우리를 참으로 비참하게 만든답니다."

이제 둘러 말할 필요가 어디에 있겠는가? 나 자신도 극도로 감동해 외쳤다. "베르나르를 만나 본다면 그의 마음도 풀릴 것입니다. 제가 보증합니다."

그러나 이런 말을 하면서도 나는 퍽 당황했다. 베르나르는 내게 자기 아버지 이야기를 거의 안 했다. 그러한 탈출을 이내 당연한 일로 생각하고 그 탈출이 아이에게 가장 큰 이익이라고 보고 싶은 나는 베르나르의 가출을 인정하고 받아들였던 것이다. 베르나르의 경우에는 사생아라는 사실도 곁들어 있었다……. 그러나 지금 의붓아버지에게서는 의무에서 나온 것이 아닌 만큼 더욱 강하고, 강요된 것이 아닌 만큼 더욱 진실한 감정이 드러났다. 그런 애정, 그런 슬픔을 보자 베르나르가 집을 나온 것이 과연 옳은 일이었을까 하고 나는 생각하지 않을 수 없었다. 나는 이제 가출을 인정하고 싶은 생각이 없어졌다.

"제가 무슨 도움이 될 수 있다고 생각하신다면, 베르나르에게 제가 이야기하는 것이 좋으리라고 생각하신다면, 저를 이용해 주십시오. 착한 아이니까요."

"압니다. 알아요…… 네, 선생님께선 많이 도와 주실 수 있을 것입니다. 이번 여름 그 애가 선생님과 함께 지냈다는 것도 압니다. 경찰은 매우 잘 조직되어 있거든요…… 그 애가 오늘 구두 시험을 치른다는 것도 압니다. 그 애가 소르본에 가 있는 시간을 택해서 선생님을 뵈러 온 것입니다. 그 애를 만날까 걱정이 돼서요."

조금 전부터 나의 감동은 스러져 갔다. 그가 말끝마다 거의 언제나 '안다.'라는 동사를 쓴다는 것을 알아차렸기 때문이다. 나는 이내 그가 내게 이야기하기 위해라기보다도 필시 직업적인 것이라고 생각되는 그의 습관을 관찰하는 데에 더 마음을 썼다.

그는 베르나르가 매우 우수한 성적으로 필기 시험에 합격했다는 것도 '안다.'라고 말했다. 우연히도 그의 친구인 시험관의 호의로 아들의 프랑스어 작문 내용을 알 수 있었다는 것이다. 썩 잘 썼던 모양이다. 그는 감탄을 지그시 억누르는 빛을 보이며 베르나르 이야기를 했다. 그래서 아마 자기가 베르나르의 친 아버지라고 믿는 것이 아닌가 하고 나는 의심이 들 지경이었다.

"아아!" 그는 덧붙여 말했다. "그 이야기는 제발 그 애에겐 하지 말아 주십시오. 본래 무척 자부심이 강하고 까다로운 아이니까요……! 만약 그 애가 집을 나간 후로 제가 늘 그 애 생각을 하고, 그 애 뒤를 밟았다는 것을 눈치 챘다면…… 그렇지만 저를 만나 보셨다는 것은 말씀해도 괜찮을 겁니다. (그는 말을 끊을 적마다 괴로운 듯이 숨을 내쉬었다.) 그리고 선생님만이 말씀해 주실 수 있는 것은 제가 결코 그 애를 원망하지 않는다는 것,(그러더니 그의 목소리가 약해졌다.) 제가 그 애를…… 자식처럼 언제나 사랑한다는 겁니다. 물론 선생님께서 알고 계신다는 것을 잘 알아요……. 그리고 또 말씀해 주실 수 있는 것은…… (그리고 나를 쳐다보지 않고, 말하는 게 어려운 듯 지극히 난처한 빛을 보이며) 그 애 어머니가 제 곁을 떠나 버렸다는 겁니다……. 그렇습니다. 이번 여름에 아주 헤어져 버렸어요. 그리고 그 애가 다시 돌아오기를 원한다면 저는……."

그는 말끝을 맺지 못했다.

큼직하고, 건장하고, 실리적이며, 생활이 안정되고 자기 직업에 튼튼하게 자리 잡은 사나이가 갑자기 모든 예의범절을 버리고 한 낯선 사람 앞에서 가슴속 심정을 열어 보이며 거침없이 발산하는 모습, 그것은 낯선 사람으로 그를 마주 대하던 나에겐 이상야릇한 광경이었다. 나는 그것을 기회로 다시 한 번 내가 친숙한 사람보다 차라리 낯선 사람의 심정 토로에 얼마나 더 감동하기 쉬운 인간인가를 알 수 있었다. 그것에 관해서 뒷날 생각을 밝혀 보도록 하리라.

프로피탕디외 씨는 베르나르가 나에게 오기 위해 집을 떠난 것을 납득할 수 없었고, 아직까지 납득할 수 없는 까닭에 처음엔 내게 편견을 품었노라고 감추지 않고 솔직하게 말했다. 처음엔 그래서 나를 만나 보려고 하지 않았다는 것이다. 트렁크 이야기를 할 수도 없는 노릇이어서 나는 다만 그의 아들과 올리비에의 우정에 대해 이야기하는 것으로 그치고, 그래서 그 우정 덕분에 그와 내가 쉽게 사귈 수 있었다고 설명해 주었다.

"젊은이들이란." 하고 프로피탕디외 씨는 이야기를 계속했다. "어떠한 위험에 자신을 내맡기는 것인지 알지 못하고 인생으로 뛰어나갑니다. 물론 위험을 모른다는 것은 그들에게 힘을 줄 수 있겠지요. 그렇지만 모든 일을 아는 우리들 아버지 입장에서는 그들을 생각하면 안절부절못합니다. 걱정하는 빛을 보이면 그들은 화를 냅니다. 그러한 마음 씀을 너무 나타내지 않는 게 제일 좋습니다. 저는 그러한 마음 씀이 때로는 귀찮고 서투른 것으로 나타날 수 있다는 걸 압니다. 불장난을 하다간 데는 법이라고 입이 아프게 되풀이하기보다는 차라리 불에 데도록 내버려두는 편이 낫지요. 경험은 충고보다 더 확실하게 가르쳐 주니까요. 저는 언제나 베르나르에게 될 수 있는 대로 자유를 줘 왔습니다. 너무 지나쳤는지, 딱하게도 그 애는 내가 자기를 별로 생각해 주지 않는다고 믿어 버렸어요. 그런 오해로 집을 나간 것이 아닌가 합니다. 그렇더라도 저는 그대로 내버려두는 것이 좋으리라고 생각했습니다. 멀리서 그 애가 눈치채지 않도록 그 애 동정을 살피기만 했어요. 다행히 저에게는 그렇게 할 수 있는 방법이 있었습니다. (분명히 프로피탕디외 씨는 그것이 자랑스러운 모양이었다. 특히 그는 경찰 조직을 자랑스

럽게 여기는 눈치였다. 그 이야기는 벌써 세 번째였다.) 그 애가
하려는 일의 위험성이 그 애 눈에 작게 비치도록 해서는 안 된
다고 생각했어요. 바른 대로 말씀드릴까요? 그 애가 보여 준
반항적 태도는 제 마음을 아프겐 했을망정 결국 그 애에 대한
제 애정을 더욱 크게 했을 뿐이에요. 저는 거기에서 용기와 능
력의 증거를 볼 수 있었던 겁니다……."

　이제 그는 신뢰감에 잠겨 이야기를 그칠 줄 몰랐다. 나는 화
제를 좀 더 내 흥미를 끄는 쪽으로 돌리려고 했다. 그리하여
그의 말을 가로막으며 처음에 말한 그 위폐를 보았느냐고 물었
다. 나는 그것이 베르나르가 내게 보여 주었던 크리스털 위폐
와 흡사한지 어떤지 알고 싶었던 것이다. 내가 그 말을 꺼내자
마자 프로피탕디외 씨의 표정이 변했다. 그의 눈꺼풀은 한 절
반 내리감기고 눈길 속에 야릇한 빛이 번뜩였다. 관자놀이엔
잔주름이 잡히고, 입술은 오므라졌고, 주의를 집중해서인지
얼굴 윤곽이 모두 위로 당겨진 것처럼 보였다. 앞에서 이야기
했던 것은 이제 문제가 되지 않았다. 사법관인 그가 아버지인
그를 사로잡았고, 이제 그에게는 오직 직업만이 존재할 뿐이었
다. 그는 내게 여러 질문을 서둘러 하더니 수첩에 무엇인가 적
어 넣으며 사아스 페로 경찰을 보내 호텔 장부에 적힌 손님들
이름을 조사하도록 하겠노라고 말했다.

　"필경 어느 떠돌이 협잡꾼 녀석이 그곳을 지나던 길에 그
잡화상에게 건네준 사건이라고 하더라도 말입니다."라고 그는
덧붙였다.

　나는 그 말에 대해 사아스 페는 막다른 고장 한 끝 벽지여
서 당일로는 쉽사리 갔다 오지 못할 것이라고 말했다. 그는 그

러한 마지막 정보에 특히 만족한 눈치였다. 그러고는 나에게
극진하게 감사를 표시한 다음, 열중해서 넋을 빼앗긴 듯 조르
주나 베르나르에 관해서는 더 이상 아무 말도 하지 않고서 가
버렸다.

13

그날 아침, 베르나르는 자기처럼 너그러운 자에게는 다른 사람을 기쁘게 해 주는 것보다 더 큰 즐거움은 없다고 느끼지 않을 수 없었다. 그러나 그에게는 그러한 즐거움을 얻을 길이 없었다. 그는 우등이라는 평가를 받고 시험에 합격했다. 그렇건만 그에게는 그러한 희소식을 알려 줄 만한 사람이 아무도 없어 그 희소식으로 마음이 무거워지는 듯했다. 그 소식을 듣고 가장 기뻐할 사람은 그의 아버지라는 것을 베르나르는 잘 알았다. 곧 아버지에게로 달려가서 알려 주면 어떨까 하는 생각까지 들었다. 그러나 자존심이 허락하지 않았다. 에두아르는? 올리비에는? 그런 행동은 정말로 증서 하나쯤을 너무 중요시하는 게 될 것이다. 그는 이제 대입에 합격한 자였다. 그렇지만 그런 것이 무슨 소용이란 말인가! 난관은 이제부터 시작되는 것이다.

소르본 교정에서 그는 학우 하나를 보았다. 그와 함께 시험에 합격한 소년이었지만 다른 사람과는 따로 떨어져 울고 있었다. 그는 상복을 입고 있었다. 베르나르는 그가 최근에 어머니를 잃었다는 것을 알았다. 솟구쳐 오르는 동정심에 끌려 베르나르는 그 고아에게로 발길을 옮겼다. 그의 곁으로 다가갔다. 그러나 터무니없는 수줍음 때문에 그대로 지나쳐 버리고 말았다. 그 소년은 베르나르가 가까이 오더니 그냥 지나가 버리는 것을 보고 눈물을 흘리던 자신을 부끄러워했다. 그는 베르나르를 존경했다. 그래서 베르나르에게 멸시당한 것이려니 생각하고 괴로워했다.

베르나르는 뤽상부르 공원으로 들어갔다. 그는 벤치에 앉았다. 그곳은 저녁 하룻밤 묵을 곳을 찾아 올리비에를 만나러 왔던 바로 그 장소였다. 공기는 거의 포근하다 할 정도였고, 이미 잎사귀가 떨어진 커다란 나뭇가지 사이로 푸른 하늘이 웃음을 짓고 있었다. 이러고도 과연 겨울로 접어들어 가려는 것인가 의심스러울 지경이었다. 지저귀는 새들도 속는 판이었다. 그러나 베르나르는 정원을 보지 않았다. 그는 눈앞에 인생의 바다가 펼쳐지는 것을 바라보았다. 바다 위에는 몇 갈래 길이 있다고 한다. 그러나 그 길들은 드러나 있는 것도 아니어서 베르나르는 그 어느 것이 자기 길인지 알 수 없었다.

그는 조금 전부터 생각에 잠겨 있었는데, 그때 미끄러지듯, 그리고 물 위를 밟기라도 하듯, 가벼운 발길로 한 천사가 자기에게 다가오는 것을 보았다. 베르나르는 여태껏 천사를 본 일이 없었다. 그러나 그는 한순간도 망설이지 않았다. 그리고 천사가 "오너라." 하고 말했을 때 그는 순순히 일어서서 그 뒤를 따랐다. 그는 꿈속에서나 다름없이 별로 놀라지도 않았다. 그 뒤에 그는 그때 천사가 자기 손을 잡았던가 어떤가 회상해 보려고 했다. 그러나 사실인즉 그들은 손끝 한번 서로 맞대지 않았고, 그들 사이에는 좀 간격이 벌어져 있기까지 했다. 그들은 함께 조금 전에 베르나르가 고아를 놔두고 온 교정으로 되돌아갔다. 이번엔 꼭 이야기하리라고 베르나르는 마음먹었다. 그러나 교정엔 이미 아무도 없었다.

베르나르는 천사와 함께 소르본 성당으로 걸음을 옮겼다. 천사가 먼저 성당으로 들어갔다. 베르나르는 여태껏 한 번도 거기에 들어가 본 적이 없었다. 성당 안에서는 다른 천사들이 서성거리고 있었다. 그러나 베르나르에겐 그들을 보는 데 필요한 눈이 없었다. 일찍이 알지 못했던 평화가 그를 둘러쌌다. 천사는 제단 저쪽으로 다가갔다. 베르나르는 천사가 무릎을 꿇는 것을 보고 자기도 그 곁에 무릎을 꿇었다. 그는 어떠한 신도 믿지 않았다. 그러니 기도를 할 수가 없었다. 그러나 그의 가슴은 헌신과 희생의 즐거운 욕망에 사로잡혀 있었다. 그는 자신의 몸을 바쳤다. 그의 감동은 너무 어렴풋해서 무어라 말로 표현할 수도 없었다. 그런데 갑자기 풍금 소리가 울렸다.

"너는 로라에게도 마찬가지로 그렇게 너 자신을 바쳤지." 천사가 말했다. 베르나르는 뺨 위로 눈물이 흘러내림을 느꼈다. "나를 따라오라."

천사에게 이끌려 가면서 베르나르는 같이 구두 시험에 합격한 옛 학우 하나와 하마터면 부딪칠 뻔했다. 그 소년을 열등생으로 여겼던 베르나르는 그가 합격한 것이 놀라웠다. 그 소년은 베르나르를 보지 못했다. 그러나 베르나르는 그가 초 값을 치르려고 성당지기 손에 돈을 쥐어 주는 것을 보았다. 베르나르는 어깨를 으쓱하고 밖으로 나왔다.

다시 길가로 나왔을 때 그는 천사가 자기 곁을 떠났음을 깨달았다. 그는 한 담배 가게로 들어갔다. 일주일 전에 조르주가 위폐 사용을 감행했던 그 가게였다. 그 후에도 조르주는 여러 번 많은 위폐를 써먹었다. 베르나르는 담배 한 갑을 사서 피웠다. 왜 천사는 가 버렸을까? 베르나르와 천사 사이에는 아무것도 이야기할 것이 없단 말인가……? 12시를 알리는 종이 울렸다. 베르나르는 배가 고팠다. 기숙사로 돌아갈까. 올리비에에게 가서 그와 에두아르와 함께 점심을 먹을까……? 그는 호주머니에 있는 돈이 넉넉하다는 것을 확인하고 한 레스토랑으로 들어갔다. 식사를 끝내려니까 부드러운 목소리가 소곤거렸다.

"모든 것을 결산할 때가 왔다."

베르나르는 고개를 돌렸다. 천사가 다시 그 곁에 와 있었다.

"결심을 해야만 할 것이다." 천사가 말했다. "너는 지금까지 아무렇게나 무턱대고 살아왔다. 그렇지만 앞으로도 우연에 네 몸을 맡길 작정이냐? 너는 그 무엇엔가 봉사를 하고자 한다. 그러나 우선 그 무엇에 봉사를 할 것인가를 알아야 한다."

"가르쳐 주세요. 인도해 주세요." 베르나르는 말했다.

천사는 베르나르를 사람들로 가득 찬 한 방으로 데리고 갔다. 그 방 안쪽에는 연단이 있었고 연단 위에는 석류 빛 책상보를 덮은 테이블이 놓여 있었다. 그 테이블 뒤에 아직 젊은 청년 하나가 앉아서 이야기를 하고 있었다.

"무엇인가를 발견할 수 있다고 주장하는 것은 그야말로 어리석기 짝이 없는 일입니다." 그는 말했다. "우리는 받은 것밖에는 아무것도 갖지 못합니다. 우리들은 모두 아직 젊지만, 우리가 과거에 속했으며, 그 과거 덕분에 우리가 살고 있다는 것을 이해해야만 합니다. 우리들의 모든 미래는 그러한 과거에 의해 결정된 것입니다."

그가 그러한 주장을 끝마치자 다른 연사가 나서서 자리 잡고 앉더니, 우선 먼저 이야기한 연사의 의견에 찬의를 표하고 나서, 아무 이념도 없이 살아간다거나, 또는 자신의 빛으로 자기를 인도하련다고 주장하는 불손한 인간에 대해 공박했다.

"우리에게는 하나의 주의(主義)가 전달되어 있습니다." 그는 말했다. "벌써 여러 세기를 지나온 것입니다. 그야말로 의심할 바 없이 최선의 주의이고 유일한 것이어서, 우리들은 모두 그것을 입증할 것을 의무로 삼아야 합니다. 우리 스승들이 우리들에게 전해 준 것이 바로 그것입니다. 우리나라의 주의가 바로 그것이며, 우리나라가 그것을 부정할 때마다 우리나라는 그 과오의 대가를 비싸게 치러야 합니다. 누구든 그것을 모르고는 훌륭한 프랑스인이 될 수 없으며, 그것을 따르지 않고는 어떠한 보람 있는 일도 이룩할 수 없습니다."

이 두 번째 연사의 뒤를 이어 세 번째 연사가 나타났다. 그는 먼저 이야기한 두 연사가 소위 그들의 강령이라는 것의 이론을 참으로 훌륭하게 설명해 준 것에 감사한 다음, 그 강령이란 다름 아닌 바로 프랑스를 쇄신하자는 것으로 그것은 자기네 당 당원들 각자의 노력으로 이루어진다고 설명했다. 그는 행동하는 사람으로 자처했다. 그리고 모든 이론의 목적과 증명 방법은 실천에 있으며 모든 훌륭한 프랑스인에겐 투사가 될 의무가 있다고 단언했다.

"그러나 유감스럽게도!" 그는 덧붙였다 "얼마나 많은 힘이

고립되고 상실되는 것입니까! 그러한 힘이 정돈되고, 모든 사업이 규율을 따르고, 개인이 조직으로 단합한다면, 우리나라는 얼마나 위대하게 될 것이며, 그 사업은 얼마나 빛날 것이며, 각 개인의 가치는 얼마나 높아질 것입니까!"

그가 이야기를 계속하는 동안 몇몇 젊은이들이 청중석을 돌아다니며 가맹 신청서를 배부했다. 신청서는 서명만 하면 되도록 준비된 것이었다.

"너는 자신의 몸을 바치고 싶다고 했지?" 천사가 말했다. "기다릴 게 뭐 있느냐?"

베르나르는 내밀어 주는 종이 한 장을 받아들었다. "본인은 엄숙하게 가맹을 서약한다……." 이런 문구로 시작되는 글이 적혀 있었다. 그는 그것을 읽고 천사를 쳐다보았다. 천사는 빙긋이 웃고 있었다. 뒤이어 그는 청중들을 둘러보았다. 젊은이들 사이에 새로 대학 입학 자격자가 된 아까 그 소년, 소르본 성당에서 합격한 것을 감사하여 촛불을 올리던 그 소년이 눈에 띄었다. 그러고 느닷없이 좀 더 먼 곳에서, 그가 집을 나온 뒤로 한 번도 만나 본 일이 없는 형 얼굴이 눈에 띄었다. 베르나르는 형을 좋아하지 않았다. 그리고 아버지가 형을 좋게 평가해 주는 듯해 좀 질투를 하고 있었다. 그는 짜증스럽게 신청서를 꾸겨 버렸다.

"서명을 해야만 한다고 생각합니까?"

"해야지, 네가 너 자신을 의심한다면." 천사가 말했다.

"저는 이제 의심하지 않습니다."

베르나르는 그렇게 말하고 종이를 멀찍이 던져 버렸다.

그러는 동안에도 연사는 이야기를 계속했다. 베르나르가 다시 귀를 기울였을 때, 연사는 과실을 범하지 않을 수 있는 확실한 방법을 가르쳐 주고 있었다. 그것은 결코 자기 자신의 생각으로 사물을 판단하지 말 것이며, 항상 윗사람들 판단에 맡겨야 한다는 것이다.

"윗사람들이라니, 누굽니까?" 베르나르는 물었다. 그러자 갑자기 커다란 분노가 그를 사로잡았다.

"만약 당신이 연단에 올라가서……." 하고 그는 천사에게 말했다. "저 사나이와 격투를 한다면, 틀림없이 저 친구를 때려눕힐 거요……."

그러나 천사는 미소를 띠면서 말했다.

"나는 그대와 겨루고 싶은걸…… 오늘 밤 어떤가?"

"좋습니다." 베르나르가 대답했다.

그들은 밖으로 나왔다. 큰 거리에 이르렀다. 거기서 북적거리는 군중은 모두 부자들인 것 같았다. 누구나 자신 있어 보이고 다른 사람들에게는 무관심한 모습을 보였으나, 그들에겐 근심스러운 빛이 어려 있었다.

"이것이 행복의 모습일까요?"

베르나르는 가슴속에 눈물이 고이는 것을 느끼며 그렇게 물었다.

그다음 천사는 베르나르를 빈민굴로 데려갔다. 여태까지 베르나르는 그곳이 그토록 비참한 줄은 짐작하지도 못했다. 해가 저물어 갔다. 그들은 질병, 매음, 치욕, 범죄, 기아가 깃든 높고 더러운 집 사이를 오랫동안 방황했다. 그제야 처음으로 베르나르는 천사 손을 잡았다. 천사는 그에게서 얼굴을 돌리고 눈물을 흘리고 있었다.

그날 밤 베르나르는 저녁을 먹지 않았다. 그리고 기숙사로 돌아가자 매일 밤 그랬듯 사라를 만나러 가지 않고, 곧장 보리스와 함께 쓰는 자기 방으로 올라갔다.

보리스는 이미 자리에 누워 있었다. 그러나 잠든 것은 아니었다. 촛불 빛 아래에서, 그날 아침 브로냐에게서 온 편지를 다시 읽고 있었다.

"너를 다시는 만날 수 없을 것 같다." 그렇게 브로냐는 썼다. "폴란드에서 돌아오자 감기에 걸려 자꾸 기침이 나서 못 견디겠어. 의사는 숨기려 들지만 앞으로 얼마 살지 못할 것 같아."

베르나르가 돌아오는 발소리가 들리자 보리스는 편지를 베개 밑에 감추고 황급히 촛불을 껐다.

베르나르는 어두운 방 안으로 들어섰다. 천사도 그와 함께 들어왔다. 그러나 그리 캄캄하게 어두운 밤도 아니었는데, 보리스는 베르나르밖에 보지 못했다.

"잠들었니?" 낮은 소리로 베르나르는 물었다. 보리스가 아무 대답을 하지 않자 베르나르는 보리스가 잠들어 버린 것이라고 생각했다.

"자, 그러면 둘만이군요." 베르나르가 천사에게 말했다.

그리하여 밤새도록, 새벽녘까지 그들은 격투를 했다.

보리스는 어렴풋이 베르나르가 몸을 심하게 움직이는 것을 보았다. 그는 그것이 아마 베르나르가 기도하는 방법이려니 생각하고 방해가 되지 않도록 했다. 그러나 베르나르와 이야기하고 싶었다. 한없이 서글펐기 때문이다. 그는 일어나서 침대 발치에 무릎을 꿇었다. 기도하고 싶었으나 다만 흐느껴 울 따름이었다.

"아아, 브로냐, 천사를 볼 수 있는 너. 나의 눈을 뜨게 해 줄 너, 네가 나에게서 떠나간단 말인가! 네가 없다면 나는 어떻게 되겠어? 어떻게 될 것이란 말이냐?"

베르나르와 천사는 자신들의 일에 너무 열중했기 때문에 그의 이야기를 듣지 못했다. 그들은 새벽까지 싸웠다. 그러나 둘 중 누가 이겼다고 하는 일 없이 천사는 물러갔다.

그 뒤 베르나르가 방에서 나왔을 때 그는 복도에서 라셸과 마주쳤다.

"말해 주고 싶은 게 있어요." 그녀가 말했다. 여간 슬픈 목소리가 아니어서 베르나르는 곧 그녀가 무슨 이야기를 하려는지 알아챌 수 있었다. 그는 아무 대답도 않고 고개를 숙였다. 그리고 라셸에 대한 깊은 동정심으로 갑자기 사라가 미워졌다. 또한 사라와 함께 맛보았던 쾌락이 몹시 싫어졌다.

14

10시쯤, 베르나르는 얼마 되지 않는 자기 옷, 내의, 책 등을 넣는 데 족한 손가방을 들고 에두아르에게로 갔다. 그는 아자이스와 브델 부인에게 작별 인사를 했으나, 사라를 만나 보려고 하지는 않았다.

베르나르의 표정은 엄숙했다. 천사와의 격투가 그를 성숙케 했던 것이다. 이 세상에서는 무엇이든 맘먹고 하기만 하면 된다고 여기며 아랑곳하지 않고 가방을 도둑질하는 날치기 모습을 이제 그에게서는 볼 수 없었다. 대담한 짓은 흔히 다른 사람의 행복에 누를 끼친다는 것을 그는 깨닫기 시작했다.

"선생님 댁에 좀 있게 해 주십시오." 그는 에두아르에게 말했다. "또 숙소가 없어졌습니다."

"왜 브델 댁에서 나왔는가?"

"내밀한 이유가 있어서요⋯⋯ 말씀 못 드려 죄송합니다."

만찬회가 있던 날 밤, 에두아르는 베르나르와 사라를 유심히 관찰했기 때문에 그 침묵이 무엇을 의미하는지 대체로 이해할 수 있었다.

"알겠어." 그는 웃으면서 말했다. "밤에는 아틀리에에 있는 긴 의자를 사용하게. 그렇지만 자네에게 우선 말해 두지 않으면 안 될 것은 어제 자네 아버님께서 나와 이야기를 하러 오셨다는 것이네." 그리고 그는 베르나르를 감동시키는 데 적절하다고 생각하는 대화의 부분을 이야기해 주었다. "오늘 밤 자넨 내 집에서 잘 것이 아니라 아버님이 계신 집으로 가서 자야만 할 걸세. 아버님이 기다리셔."

그러나 베르나르는 잠자코 있었다.

"생각해 보겠습니다." 이윽고 그는 말했다. "그렇지만 당장은 제 짐을 여기 좀 두게 해 주십시오. 올리비에를 만날 수 있을까요?"

"날씨가 너무 좋아서 바람 좀 쐬도록 했어. 아직도 몸이 퍽 쇠약해서 함께 가려고 했더니 굳이 혼자가 좋다는 거야. 그렇지만 나간 지 한 시간이나 되니까 곧 돌아올 걸세. 기다리게…… 그런데 참, 생각나는군…… 자네 시험은?"

"합격했어요. 그런 건 중요하지 않습니다. 중요한 건 이제부터 할 일입니다. 제가 아버지에게 돌아가지 않으려는 이유가 무엇인지 아시겠어요? 아버지한테서 돈을 받기가 싫기 때문이에요. 그런 기회를 경멸하다니 어리석은 일이라고 생각하시겠지요. 그렇지만 저는 그런 도움을 받지 않기로 저 자신에게 약속했어요. 제가 약속을 지킬 수 있는 사람, 충분히 신뢰를 해도 되는 사람이라는 걸 이제 저 자신에게 증명하는 것이 저에겐 중요합니다."

"거기에서는 무엇보다도 교만함이 보이는군."

"맘에 드시는 명칭을 붙이셔도 좋습니다. 교만함, 자만, 자기 도취……. 그렇지만 제 마음속에서 불타는 이 감정을 값어치 없는 것이라 생각케 할 수는 없습니다. 제가 지금 알고 싶은 것은 이런 겁니다. 즉 살아가며 처신하는 데 있어 하나의 목적에 눈길을 집중하는 것이 필요한가?"

"그건 무슨 말인가?"

"저도 그것을 밤새도록 따져 봤어요. '제가 마음으로 느끼는 이 힘, 이것을 무엇에다 써야 할 것인가? 어떻게 하면 나 자신을 가장 보람 있게 활용할 수 있을까? 하나의 목적을 향해 가면서 그렇게 하는 것일까? 그 목적을 어떻게 고를 수 있는가? 그것에 도달하기 전에 어떻게 그 목적을 알 수 있을 것인가?' 라고 말입니다."

"목적 없이 산다는 것, 그것은 자기 자신을 기분에 맡기는 거지."

"제 말을 잘 이해 못 하시는 것 같습니다. 콜럼버스가 아메리카를 발견했을 때 무엇을 향해 가는지 그 자신이 알았을까요? 그의 목적은 그저 앞으로 앞으로 곧장 전진하는 것이었어요. 그의 목적은 자기 자신이었고, 그는 그 목적을 자기 앞으로 휘몰아 간 것이지요……."

"흔히 생각해 본 일이지만." 에두아르가 가로막았다. "예술에 있어서, 특히 문학에 있어서 중요시되는 건 언제나 미지의 세계로 뛰어드는 사람들뿐이지. 우선, 그리고 오랫동안 아무런 해안도 만나지 않고 지내리라는 결심을 하지 않고서는, 결코 새로운 땅을 발견할 수 없어. 그런데 우리나라 작가들은 먼 바다를 두려워해. 말하자면 바닷가만 따라다니는 자들이지."

"어제 시험장에서 나와서." 베르나르는 상대방의 말을 귀담아듣지 않고 제 말을 계속했다. "저는 무슨 악마에 이끌렸던지, 어떤 강연회가 열리는 강당엘 들어갔지요. 국가의 명예니, 조국을 위한 충성이니, 그 밖에 여러 가지 제 가슴을 두근거리게 하는 숱한 문제가 논의되고 있었습니다. 자칫하면 서류에 서명까지 할 뻔했습니다. 그것은 명예를 걸고, 내 눈에도 정말 고귀하고 숭고해 보이는 한 대의명분에 내 행동을 바칠 것을 엄숙히 서약하는 가맹 신청서였지요."

"서명하지 않아서 다행이로군. 그런데 무엇이 그걸 막았지?"

"틀림없이 그 어떤 숨은 본능 같은 것이지요……" 베르나르는 잠시 무슨 생각을 하는 듯하더니 웃으면서 덧붙였다. "아마 특히 가맹자들의 머리 때문이었나 봐요. 청중 속에 한몫 낀 것이 보였던 제 형의 머리를 비롯해서 말입니다. 그 모든 청년들의 모습을 보니 이런 생각이 들었어요. 제법 훌륭한 감정에 불타는데, 그들이 그들의 앞장서는 행동성을 버리는 것도 좋다, 왜냐하면 그걸 가져 봤자 실패하고 말 것이니까. 또한 그들의 분별력도 버리는 것이 좋다, 왜냐하면 충분하지 않으니까. 그들 사상의 자율성을 버리는 것도 좋다, 왜냐하면 오래지 않아 곧 궁지에 몰릴 것이니까. 그리고 또 국민들 가운데 그런 하녀 같은 선의를 품은 사람이 많다는 것도 국가를 위해서 좋은 일이다, 그러나 나의 의지는 결코 그러한 선의를 지닐 수는 없다, 그런 생각도 동시에 들었어요. 그래서 저는 자문했지요. 규칙 없이 사는 것을 받아들이지 않으면서 남이 주는 규칙도 원치 않는다면 대체 어떻게 규칙을 세워야 할 것인가라고 말입니다."

"그 대답은 극히 간단한 것 같군. 그 규칙을 자기 자신 속에서 발견해야지. 자기 자신의 발전을 목적으로 삼는 거야."

"그렇습니다…… 저도 그렇게 생각했어요. 하지만 그렇게 생각해 보아도 진전이 없었습니다. 저 자신 속에서 가장 좋은 것을 가려 낼 수 있는 확신이라도 있다면 저는 다른 무엇보다도 그것을 앞으로 내세우겠어요. 그렇지만 저는 제 안의 가장 좋은 것이 무엇인지 알 수조차 없습니다…… 밤새도록 따져 보았다니까요. 새벽녘에는 너무 피곤해서 징집연도를 앞질러 입대해 버릴까 하고 생각하기도 했어요."

"문제를 회피하는 것은 해결하는 길이 아니지."

"저도 그렇게 생각했습니다. 그리고 이 문제는, 그대로 뒤로 미루어 놓은 다음 군대 복무를 끝낸 뒤에는 한층 더 중대하게 나타날 수밖에 없으리라고 생각했어요. 그래서 선생님 충고를 들으려고 온 것입니다."

"나로서는 충고해 줄 게 없는걸. 그 충고는 자네 자신 속에서 찾을 수밖에 없지. 어떻게 살아갈까 하는 것도 살아가면서 배울 수밖에 없고."

"어떻게 살아야겠다는 결정이 서기까지 만일 제가 잘못 살아간다면 어떡하죠?"

"그 자체가 가르침이 될 테지. 위를 향하기만 한다면 자기 마음이 기우는 쪽을 따르는 게 좋아."

"농담이십니까……? 아니, 선생님을 이해합니다. 지금 말씀하신 격언 같은 표현을 받아들이겠습니다. 그렇지만 말씀하신 것처럼 자신을 발전시켜 가면서 저는 앞으로 생활비를 벌어야

만 합니다. 신문에 번쩍하게 광고를 내면 어떨까요? '지극히 전
도 유망한 청년, 무슨 일이든 할 수 있음.'"

에두아르는 웃음을 터뜨렸다.

"'무슨 일이든'이라는 게 제일 손에 넣기 어려운 거야. 더 자
세히 써야 할걸."

"큰 신문사를 조직하고 있는 수많은 작은 톱니바퀴 하나를
생각해 봤지요. 아무리 낮은 직무라도 괜찮아요. 교정원이든지
인쇄소 감독이든지 뭐든지⋯⋯. 조금만 돈벌이가 되면 그만이
니까요!"

그는 망설이며 이야기했다. 사실인즉 그가 원하는 것은 비
서 자리였다. 그러나 서로 실패한 사실을 생각할 때 에두아르
에게 그런 이야기를 하기가 두려웠던 것이다. 어떻든 비서 역
할의 시도가 그렇게도 가련하게 실패한 것은 베르나르 탓은 아
니었다.

"어쩌면 자네를 《그랑 쥐르날》에 넣어 줄 수 있을지도 모르
겠군." 에두아르가 말했다. "그 주필을 내가 아니까⋯⋯."

베르나르와 에두아르가 이런 이야기를 할 무렵, 사라는 라
셸과 고약하기 짝이 없는 말다툼을 하고 있었다. 사라는 라셸
의 충고 때문에 베르나르가 갑자기 떠났다는 사실을 곧 알게
되었다. 그래서 그녀 말을 따르자면, '자기 즐거움을 모조리 방
해하는' 언니에게 분노했다. 언니가 보여 주는 본보기만으로도
지긋지긋해지는 그 덕행이라는 걸 남에게까지 강요할 권리가
어디 있느냐는 것이었다.

그러한 비난에 가슴이 무너질 듯한 라셸, 언제나 자신을 희

생해 온 그녀였으니까, 그녀는 파랗게 질려 입술을 떨며 항의했다.

"난 네가 타락하는 것을 그대로 내버려둘 수는 없어."

그러나 사라는 흐느끼며 외쳤다.

"난 언니의 천국이란 걸 믿을 수 없어. 난 구원받기 싫어."

그녀는 곧 친구가 맞이해 줄 영국으로 다시 떠나리라 결심했다. 왜냐하면 '어쨌든 그녀는 자유로웠고 자기 좋은 대로 살아갈 생각이었기' 때문이다. 이 서글픈 말다툼으로 라셸은 그만 기력이 꺾이고 말았다.

15

에두아르는 학생들이 돌아오기 전에 기숙사에 도착하도록
했다. 그는 신학기가 되어서는 라 페루즈 노인을 만나 보지 못
했다. 그래서 먼저 노인과 이야기를 하고 싶었다. 이 늙은 피아
노 교사는 자습 감독이라는 새로운 직무를 그가 할 수 있는
만큼, 다시 말하면 아주 서투르게 수행했다. 처음엔 학생들 호
감을 사려고 애써 보았다. 그러나 그에게는 위엄이 없었다. 그
래서 학생들은 그를 얕잡아 보았다. 그들은 그의 너그러움을
약점으로 여기곤 유달리 제멋대로들 행동했다. 그러자 라 페루
즈 노인은 엄격하게 다스려 보려고 했다. 그러나 이미 때는 늦
었다. 훈계도 위협도 질책도, 그것들은 끝내는 학생들이 그에
게 악감정을 품게 만들 뿐이었다. 목소리를 크게 하여 외치면
학생들은 비웃었다. 주먹으로 힘차게, 잘 울리는 책상을 두드
리면 짐짓 무서워하는 듯 소리를 질렀다. 모두들 그의 흉내를
내고 그를 '르 페르 라 페르'*라고 불렀다. 이 걸상에서 저 걸상

으로 그를 그린 풍자만화가 돌았다. 그렇게도 양순한 그가 험상궂게 그려져, 크나큰 권총으로 무장하고 (게리다니졸과 조르주와 필립이 대담하게도 그의 방을 뒤져서 찾아낸 것이다.) 무참하게 학생들을 살육하는 장면을 보여 주고, 또는 그가 처음 와서 "제발 좀 조용히 해 줘." 하고 말하던 때처럼 애원하면서 학생들 앞에 무릎을 꿇고 합장한 모습이 그려져 있기도 했다. 그는 마치 사나운 사냥개 떼에 둘러싸여 궁지에 몰린 가련한 늙은 사슴 같았다. 에두아르는 그런 모든 것을 몰랐던 것이다.

에두아르의 일기

라 페루즈 노인은 아래층 조그만 방으로 나를 맞아들였다. 기숙사에서 가장 불편한 방이라는 걸 나는 안다. 가구라고는 흑판 앞에 책상이 달린 걸상 네 개와 밀짚 깔판 의자 하나뿐이었다. 노인은 나를 굳이 그 의자에 앉게 했다. 그리고 자기는 걸상 하나에 자리를 잡으며 책상 밑으로 긴 다리를 넣으려고 애를 쓰다 말고 비스듬히 몸을 굽히고 앉았다.

"아니, 난 편해, 정말."

그러나 그의 어조와 얼굴은 이렇게 말하고 있었다.

'나는 매우 괴로워. 그리고 그 사실이 분명히 눈에 띄길 바라네. 그렇지만 이렇게 하는 게 내겐 좋아. 괴로우면 괴로울수록 나는 불평을 하지 않으려네.'

---

* 라 페르 영감이라는 뜻.

나는 일부러 농담을 해 보려고 했다. 그러나 아무리 해도 노인을 웃음으로 이끌 수는 없었다. 그는 우리 사이에 좀 간격을 두어 '내가 여기 있는 것은 자네 덕분이야.' 하는 뜻을 풍기려는 듯이, 정중하고 점잔 빼는 듯한 태도를 보였다.

그러나 모든 것이 아주 흡족하다고 그는 말했다. 게다가 나의 질문을 피하고, 캐물으면 성가신 듯한 표정을 짓는 것이다. 그렇지만 그의 방이 어디냐고 묻자 "부엌에서 좀 너무 먼 데 있어." 하고 그는 불쑥 말했다. 그래서 내가 어리둥절해하니까 말했다.

"이따금 밤에 뭘 좀 먹고 싶은 생각이 들거든…… 잠이 안 올 때면 말일세."

나는 노인 곁에 앉아 있었다. 나는 더욱 그에게 몸을 가까이 하고 그의 팔 위에 슬며시 손을 얹었다. 그는 한결 자연스러워진 목소리로 말을 이었다.

"사실은 아주 잠을 잘 못 자. 잠이 들었을 때도 내가 잠자는구나 하는 느낌이 없어지질 않아. 그러니 정말 자는 게 아니지 뭔가. 정말로 자는 사람은 자기가 잠잔다는 걸 느끼지 못하는 거야. 그저 잠이 깼을 때 비로소 잠잤다는 것을 깨달을 뿐이지."

그러더니 나에게로 몸을 기울이고는 자상한 집요함으로 말했다.

"어떤 땐 이건 내 환상일 따름이고, 또한 잠자고 있지 않다고 생각하지만, 실상은 잠자는 것이라고 생각하려고 해 보기도 해. 그렇지만 내가 정말로 잠자는 것이 아니라는 증거로, 눈을 뜨려고 하기만 하면 언제든지 떠진단 말이야. 보통은 그런 짓을 하려고 하진 않아. 그렇게 해 봤자 내게 이로울 것이 조금도 없으니까. 내가 잠자고 있지 않다는 걸 나 자신에게 증명한들 무슨 소용이 있겠나? 그래서 늘 나는 이미 잠들었다고 믿으며, 잠들기를 바라지……."

그는 더욱 몸을 기울이고 더욱 목소리를 낮춰서 말했다. "그리고 잠을 방해하는 것이 있어. 누구에게도 이야기하지 말게…… 불평하는 게 아냐. 별도리 없는 일이니까. 그리고 바꿀 수 없는 일을 불평해 봐야 아무 소용도 없고……. 실은 말이야, 내 침대와 맞닿은 담벼락 속에, 바로 내 머리만큼 높은 데에, 무슨 소리를 내는 것이 있단 말이야."

그렇게 말하면서 노인은 흥분했다. 나는 그 방에 함께 가 보자고 노인에게 말했다.

"그러세! 그러지! 그래." 노인은 돌연 자리에서 일어서며 말했다. "자네는 아마 그게 뭔지 알아내고 말할 수 있을 거야…… 나는 아무리 해도 알 수가 없어. 그럼 가세."

우리들은 3층으로 올라갔다. 그리고 꽤 긴 복도로 들어갔다. 나는 여태껏 그곳까지 와 본 일이 없었다.

라 페루즈 노인 방은 한길에 면했다. 자그마하지만 단정한 방이었다. 나이트 테이블 위 기도서 옆에서, 그가 기어코 가지고 가야겠다고 고집을 부리던 권총 케이스가 눈에 띄었다.

그는 나의 팔을 잡고 침대를 조금 떠다밀면서 말했다.

"바로 여기야…… 담벼락에 다가서서 기대 보게. 들리는가?"

나는 귀를 기울이고 오랫동안 주의해 보았다. 그러나 아무리 최선을 다해 귀를 기울여 보아도 아무 소리도 들리지 않았다. 라 페루즈는 짜증이 나는 모양이었다. 마침 화물 자동차

한 대가 집을 뒤흔들고 유리창들을 덜컹거리며 지나갔다.

"이맘때 낮 시간엔." 나는 노인을 진정시키려고 말했다. "선생님 신경을 건드리는 그런 조그만 소리는 한길 소음에 뒤덮여 버리고 마니까……."

"다른 소리와 구별하지 못하니까 자네에겐 뒤덮인 것 같지." 노인은 열띤 어조로 말했다. "그래도 내게는 들려. 어떻든 내게는 늘 들려와. 어떤 때는 너무 견딜 수 없어서 아자이스든지 집주인에게 이야기를 해야겠다고 생각하는 일도 있어…… 그렇다고 뭐 그치게 할 수 있으리라는 게 아냐…… 다만 그게 무슨 소린지 알기라도 하고 싶어."

그는 잠시 생각에 잠긴 듯하더니 이윽고 다시 말을 이었다.

"뭔지 갉아 먹는 듯한 소리야. 그걸 듣지 않으려고 별짓을 다해 보았지. 담벼락에서 침대를 떼 놔 보기도 하고, 귀에다 솜을 틀어막아 보기도 했어. 그리고 바로 무슨 관이 지나는 것 같은 곳(저기 보이지, 거기에 내가 조그만 못을 박았어.)에 시계를 걸어 보기도 했어. 똑딱거리는 시계 소리에 그 소리가 휩쓸려 버리지 않을까 싶어서 말이야…… 아, 그랬더니 더 피로해. 그 소리를 분간해 내려고 애를 쓰지 않을 수 없었으니까. 어리석은 짓이라고 생각하겠지? 결국 그 소리가 똑똑히 들리는 편이 차라리 나아. 그게 거기 있다는 건 어떻든 내가 아니까…… 이런 이야기는 자네에게 할 게 아닌데…… 보다시피 난 이젠 늙은이에 불과해."

그는 침대가에 앉더니 얼빠진 듯이 우두커니 있었다. 처참한 노쇠함은 라 페루즈 노인에게는 단순히 지능의 파괴라고 하기보다 성격의 밑바닥까지 망가트리는 것이었다. 전에는 그렇게도 꿋꿋하고 의젓하던 그가 이젠 어린애 같은 절망에 빠진 것을 보면서 나는 벌레가 과일 속까지 파고들어 자릴 잡고 있구나 하는 생각이 들었다. 나는 보리스의 이야기를 해서 그를 그런 상태에서 끌어내리려고 했다.

"그래, 그 애 방은 내 방 바로 곁에 있어." 그는 머리를 들며 말했다. "보여 드리지. 따라 오게."

그는 앞장서서 복도로 나가 옆방 문을 열었다.

"저기 있는 저 침대는 베르나르 프로피탕디의 것이야. (나는 베르나르가 바로 오늘부터 거기서 자지 않으리라는 것을 이야기할 필요는 없으리라고 생각했다. 노인은 다시 말을 이었다.) 보리스는 그와 함께 있는 걸 퍽 좋아해. 그하고는 뜻이 잘 맞는 모양이야. 그런데 내게는 그 애가, 별로 이야기를 안 해. 여간 내성적인 애가 아니거든…… 좀 인정머리 없는 애가 아닌가 싶어."

하도 서글프게 그런 말을 하기에 나는 그럴 리가 있겠느냐고 말하고 그 손자의 심정을 보증해 줘야겠다고 생각했다.

"그렇다면 좀 더 친근함을 보여 줄 수도 있을 게 아닌가?" 노인은 말했다. "가령 아침에 다른 애들과 함께 리세로 갈 때, 나는 그 애가 지나가는 것을 보려고 창밖으로 얼굴을 내밀지. 그 애도 그걸 알아…… 그런데! 그 앤 고개를 돌리지 않거든!"

나는 노인에게 그것은 아마 보리스로서는 친구들의 구경거리가 되지 않을까 두렵고, 그들이 놀려 댈까 봐 겁나서 그럴 것이라고 납득시켜 주려고 했다. 그런데 바로 그때, 교정에서 시끄럽게 떠드는 소리가 들려왔다.

라 페루즈 노인은 내 팔을 잡았다. 그리고 갑자기 변한 목소리로 "소리가 들리지! 들어 봐! 애들이 돌아오고 있어." 하고 말했다.

나는 노인을 쳐다보았다. 그는 온몸을 부들부들 떨기 시작했다.

"저 개구쟁이들이 무서우십니까?" 하고 나는 물었다.

"아니, 천만에." 그는 어수선하게 말했다. "그럴 리가 있나……." 그러더니 황급히 "난 내려가야겠어. 휴식 시간은 짧거든. 나는 자습 감독을 해야 하네. 그럼 잘 가게, 잘 가게." 하고 말했다.

그는 나와 악수도 하지 않고 복도로 뛰어나갔다. 잠시 후 층계에서 그가 비틀거리는 소리가 들려왔다. 나는 학생들 앞을 지나지 않으려고 잠시 귀를 기울였다. 학생들의 고함 소리, 웃음소리, 노랫소리가 들려왔다. 그러더니 종이 울리자 조용해졌다.

나는 아자이스 노인을 찾아가서 조르주가 자습을 쉬고 나를 만나러 오도록 허가를 얻었다. 이윽고 조르주는 먼저 라 페루즈 노인이 나를 맞아 주었던 방으로 와서 나와 만났다.

내 앞에 나타나자 조르주는 빈정거리는 태도를 취해야만 한다고 생각하는 듯했다. 거북함을 숨기려는 그의 수법이었다. 그러나 그가 나보다 더 거북했을 것이라고는 말할 수 없으리라. 그는 방어 태세를 갖추고 있었다. 아마 꾸지람을 듣지 않을까 예상했기 때문일 것이다. 그는 재빨리 나에게 대항할 수 있는 여러 무기를 모으려는 것 같았다. 왜냐하면 그는 내가 입을 열기도 전에 올리비에 소식을 물었는데, 하도 비웃는 듯한 말투였기 때문에 나는 그의 뺨을 갈겨 주고 싶을 지경이었다. 그는 우세한 위치에서 나를 좌지우지했다. 조소의 빛을 띤 그의 눈초리며, 야유하는 듯 비죽거리는 입술이며, 그 어조는 '당신쯤 무서울 게 조금도 없어요.' 하고 말하는 듯했다. 나는 곧 자신을 잃어버리고, 그것을 겉으로 내보이지 않으려는 생각밖에 하지 못했다. 준비해 왔던 말도 갑자기 부적당하다고 느껴졌다. 나에게는 감독자 구실을 하기에 필요한 위엄이 없었다. 사실 조르주는 너무나 지나칠 정도로 내 관심을 사로잡았던 것이다.

"꾸지람을 하러 온 것이 아니야." 나는 마침내 그렇게 말했다. "네게 알려 주고 싶은 일이 있었을 뿐이야."(그러면서 나는 본의 아니게 얼굴 가득히 미소를 띠었다.)

"어머니 부탁을 받고 오셨는가요? 그걸 먼저 말씀해 주세요."

"그렇기도 하고 그렇지 않기도 하지. 하긴 어머님과 네 이야기를 한 일도 있었지. 그렇지만 그건 며칠 전 일이야. 그런데 어제 나는 네가 알지 못하는 어떤 중요한 사람과 너에 관해서 중요한 이야기를 했어. 그 사람은 네 일로 나를 찾아왔어. 예심판사야. 나는 그 사람 이야기를 전하려고 온 거야. 예심판사가 뭔지 너 아니?"

조르주의 얼굴이 갑자기 파랗게 질렸다. 아마 그의 심장이 잠시 고동을 멈췄던 탓이리라. 그가 대단치 않은 듯 어깨를 으쓱한 것은 사실이다. 그러나 그의 목소리는 좀 떨렸다.

"그래, 프로피탕디외 영감 이야기가 뭔지 말씀해 보세요."

소년의 대담한 배짱에 나는 어쩔 줄 몰랐다. 물론 단도직입적으로 이야기하자면 아주 간단한 일이었을 것이다. 그러나 나는 간단한 것을 싫어하는 성미여서 억제할 수 없이 완곡한 방법을 따른 것이다. 나중엔 터무니없다고 생각했지만, 그 당장에는 자연스러운 일로 여겼던 나의 행동, 그 행동을 변명하기 위해서는 폴린과의 저번 대화가 나에게 크게 작용했던 것이라고 말할 수 있으리라. 그 대화 결과 얻게 되었던 생각, 그것을 나는 곧 내 소설 속 어떤 인물들에게 꼭 들어맞는 대화 형식으로 그대로 끼워 넣었던 것이다. 내가 인생 자체에서 얻은 것을 그대로 이용하는 일은 드물었다. 그러나 이번만은 조르주 사건이 내게 도움이 되었다. 마치 나의 작품이 그것을 기다렸다고 할 수 있을 만큼 아주 안성맞춤이었다. 어떤 부분을 아주 약간 고치기만 하면 되었던 것이다. 그러나 나는 그 사건(그 도둑질)을 직접적으로 다루지는 않았다. 대화를 통해서 그 사건과 그 결과를 엿볼 수 있게 할 따름이었다. 나는 그때의 대화를 때마침 주머니 속에 가지고 있던 수첩에 적어 두고 있었다. 한편 프로피탕디외 씨가 들려 준 위폐 사건 이야기는 별로 이용할 만한 것이 못 될 성싶었다. 그렇기 때문에 아마 나는 그 명확한 점, 내 방문의 주요 목적이었던 그 사건을 곧장 말하지 않고 돌려서 말한 것이리라.

"우선 네가 이걸 좀 읽어 보았으면 좋겠어." 나는 말했다. "왜 그런지 뒤에 알 거야." 그리고 나는 그의 관심거리가 될 만한 페이지를 펼쳐서 수첩을 내밀었다.

다시 말하거니와 이러한 내 행동은 지금 생각해 보면 터무니없어 보인다. 그러나 나는 내 소설 속에서 바로 그런 읽기를 하게 함으로써 주인공 중 한 사람인 가장 어린 젊은이에게 사태를 알려 주어야 할 것이라고 생각했다. 조르주의 반응을 아는 것이 내게는 중요했다. 나는 그것으로부터 그가 무슨 가르침을 받을 수 있으리라고 기대했다…… 그리고 내가 쓴 것의 효과에 관해서도.

문제의 글을 여기에 베껴 놓는다.

그 소년에게는 이해하기 어려운 부분이 많아. 오디베르는 애정 어린 호기심으로 거기에 관심을 쏟았다. 소년 외돌프가 도둑질을 했다는 것, 그것을 아는 것만으로 그는 만족할 수 없었다. 그는 외돌프로부터 어찌하여 그런 일을 하기에 이르렀는지, 그리고 처음으로 훔쳤을 때 어떠한 느낌이었는지, 그 이야기를 들어 보고 싶었다. 그러나 소년은 비록 신뢰를 품고 있다 하더라도 그것을 이야기할 수는 없었을 것이다. 그리고 오디베르도 거짓말투성이 항변을 유발하지나 않을까 싶어 맘먹고 물어 보지 못했다.

어느 날 저녁, 오디베르가 일드브랑과 같이 식사를 할 때, 그는 외돌프의 일을 이야기했다. 그러나 이름을 밝히지 않고 누구 이야기인지 상대방은 알아차리지 못하도록 사실을 꾸몄다.

"우리들 생애 가장 결정적인 행동, 다시 말하면 우리들 장래를 그 무엇보다도 결정 지을지도 모를 가능성이 있는 행동이 대부분의 경우 무분별한 행동이라는 사실에 유의해 본 일 있으십니까?" 일드브랑이 말했다.

"나도 그렇다고 생각합니다." 하고 오디베르는 대답했다. "말하자면 별생각 없이, 어디로 가는지 헤아려 보지도 않고 올라탄 기차 같은 거죠. 게다가 대부분의 경우, 내리려고 해도 이미 때가 늦어 내릴 수 없게 되었을 때 비로소 기차를 타고 있다는 걸 알아차리지요."

"그렇지만 문제의 그 소년은 조금도 내리려는 생각을 안 했는지도 모르지요?"

"아직 내리고 싶은 생각이 없습니다. 지금은 그저 실려 가는 대로 몸을 맡기는 거예요. 풍경도 재미있고 하니 어디로 가는지 그런 건 문제가 아닙니다."

"그래, 훈계를 하실 생각이십니까?"

"천만에! 그래 봐야 아무 소용도 없을 겁니다. 그렇지 않아도 훈계를 싫도록 들어 와서, 그런 것엔 구역질이 나게 된 애인 걸요."

"도둑질은 왜 했을까요?"

"글쎄, 정확하게 알 수는 없습니다. 물론 정말로 필요해서 그러지는 않았을 겁니다. 그런 게 아니고 뭔가 자신이 좀 유리해지려고, 자기보다 더 행복한 친구들보다 뒤처지지 않으려고 한 일인지도 모르겠고…… 어떻게 알겠어요? 타고난 버릇으로 그랬는지, 훔친다는 게 그저 재미있어서 그랬는지……."

"그것이 제일 나쁘지요."

"물론이죠! 그렇다면 또 할 테니까요."

"영리한 아인가요?"

"자기 형제들보다 영리하지 못하다고 나는 오랫동안 생각했어요. 그렇지만 지금은 내 생각이 틀렸던 것이 아닌가, 그 아이에 대해 내가 거북한 인상을 품었던 것은 그 아이가 아직도 자기 자신에게서 무엇을 끌어내야 할지를 모르기 때문이 아니었을까 하는 의심이 생겨요. 지금까지 그 아이의 호기심은 올바른 길을 벗어났습니다. 아니, 차라리 배아 상태, 무분별한 상태라고 할 수 있을 겁니다."

"그 아이에게 이야기하시겠습니까?"

"훔쳐서 얻을 수 있는 적은 이익에 비해 부정직함 때문에 잃는 것이 얼마나 큰가를 저울질해서 보여 줄 작정입니다. 말하자면 가까운 친척들의 신뢰며 존경, 특히 나의…… 그 밖에 수로 헤아릴 수도 없는 모든 것, 그 가치, 훗날 그것을 회복하려면 치러야 할 막대한 노력에 의해서나 감지할 수 있는 모든 것들 말입니다. 어떤 사람들은 그 때문에 일생을 다 써 버렸습니다. 나는 그 아이에게 어리기 때문에 아직 알지 못하는 것을 이야기해 주려고 합니다. 나중에 그 아이 주변에서 무엇이든 미심한 일, 수상한 일이 생기면 언제나 그 혐의가 그 아이에게로 쏠리리라는 것을 말입니다. 어쩌면 그 아이가 부당하게 중대한 사건의 혐의를 뒤집어쓸 것입니다. 그런데 그는 자신을 변호할 수 없을지도 모릅니다. 이미 저지른 일 때문에 지목받을 테니까. 이른바 '신용 불량자'가 되어 버리는 것입니다. 요컨대 그에게 말해 주고 싶은 것은…… 그런데 아무래도 그 아이가 항의할 것 같아요."

"해 주고 싶다는 말씀은……?"

"즉 그가 한 일이 하나의 선례가 되어 버린다는 겁니다. 그래서 처음 도둑질할 때는 어떤 결심이 필요하지만, 그다음부터는 유혹에 따르게 마련입니다. 그 뒤의 모든 일은 그저 되는 대로 하는 것에 불과하지요…… 내가 이야기해 주고 싶은 것은, 거의 아무 생각도 없이 저지른 우리들의 첫 행동이 고칠 수 없는 우리들의 모습을 만들어 내서, 그 뒤에는 아무리 노력해도 결코 지워 버릴 수 없는 모습을 그리기 시작한다는 겁니다. 즉 내가 말해 주고 싶은 것은…… 그렇지만 아무래도 이야기할 수가 없을 것 같아요."

"오늘 저녁 우리들이 한 이야기를 왜 안 쓰세요? 그걸 그에게 줘서 읽어 보도록 하는 게 좋을 텐데요."

"참 좋은 생각입니다." 하고 오디베르는 말했다. "해 보죠."

조르주가 그것을 읽는 동안 나는 줄곧 그에게서 눈을 떼지 않았다. 그러나 그의 얼굴 표정에는 그가 지금 무슨 생각을 하는지가 조금도 드러나지 않았다.

"더 읽을까요?" 그는 페이지를 넘기려고 하면서 물었다.

"그럴 필요는 없어. 대화는 그것으로 끝이야."

"유감인데요."

그는 수첩을 내게 돌려주었다. 그러고는 거의 쾌활한 어조로 말했다.

"외돌프가 그 수첩을 읽고 뭐라고 대답할지 알고 싶군요."

"나도 그걸 알고 싶어."

"외돌프라니, 우스꽝스러운 이름이군요. 다른 이름을 붙여 줄 수 없었나요?"

"그런 건 중요하지 않아."

"그가 하는 대답도 마찬가지겠네요. 그래, 그 뒤에 그 소년은 어떻게 되었습니까?"

"아직 알 수 없어. 그건 너 하기에 달렸어. 두고 보면 알겠지."

"그럼 만약 제 생각이 틀리지 않는다면, 아저씨가 작품을 써 나가는 걸 제가 도와 드려야 하는 거군요. 아니, 그렇다면……."

그는 자기 생각을 어떻게 표현해야 할지 망설이는 듯 주춤했다.

"그렇다면 뭐가 어떻단 말인가?" 나는 그가 말을 하도록 용기를 줬다.

"그렇다면 아저씨는 실망할 거예요." 그는 말을 이었다. "만약에 그 외돌프가……."

그는 다시 이야기를 멈췄다. 나는 그가 무슨 말을 하려는지 알 수 있을 것 같아 그를 대신해서 말을 맺었다.

"만약에 그 소년이 정직한 소년이 된다면……? 아니야, 실망하다니, 그럴 리가 있나?"

그러자 불현듯 내 눈에는 눈물이 고였다. 나는 그의 어깨 위에 손을 얹었다. 그러나 그는 내 손을 뿌리치며 말했다.

"하지만 결국 그 애가 훔치지 않았더라면 아저씨는 그런 것을 쓸 수 없었을 것 아니에요?"

그제서야 나는 내 생각이 틀렸다는 것을 깨달았다. 사실인 즉 조르주는 내 마음을 그토록 오래 차지했다는 것을 자랑스럽게 여겼다. 그는 자기가 흥미의 대상이 되었다는 것을 느끼고 있었다. 나는 프로피탕디외의 일은 잊어버리고 있었다. 그런데 조르주가 그것을 상기시켜 주었다.

"그래, 그 예심판사가 뭐라고 하던가요?"

"네가 위폐를 사용한다는 것을 아니 그걸 네게 전해 달라는 부탁이야……."

조르주의 안색이 다시 변했다. 그는 부인해 봐야 아무 소용도 없으리라는 것을 깨달은 것이다. 그러나 모호하게 항의했다.

"저 혼자만이 아니에요."

"…… 그리고 만약 너와 너희 패들이 그 짓을 즉시 그치지 않는다면." 하고 나는 계속했다. "어쩔 수 없이 잡아넣을 수밖에 없을 거라고."

조르주는 처음에는 얼굴이 몹시 창백해졌다가 다음에는 벌 겋게 달아올랐다. 그는 물끄러미 앞을 바라보았다. 미간을 찌 푸려 이마 밑에는 두 줄기 주름이 잡혔다.

"그럼 잘 있어." 나는 그에게 손을 내밀며 말했다.

"친구들에게도 알려 두는 게 좋을 거야. 네 경우엔, 잘 새겨 들어 두도록."

그는 묵묵히 내 손을 잡았다. 그러고는 뒤도 돌아보지 않고 자습실로 들어가 버렸다.

『위폐범들』에서 조르주에게 보여 준 부분을 다시 읽어 보았 지만 매우 불만스럽다. 여기에는 조르주가 읽은 것을 그대로 베껴 놓았다. 그러나 그 장은 전부 고쳐 써야겠다. 아무래도 그 애에게는 이야기로 해 주는 편이 정말로 좋을 것 같다. 어 떻게 하면 그의 마음을 움직일 수 있을지, 그 방법을 찾아 내 야만 한다. 물론 지금 형편으로는 외돌프(나는 이 이름을 바꿀 생각이다. 조르주의 말이 옳다.)를 정직하게 만들기는 어려운 일 이다. 그러나 조르주가 어떻게 생각하든 간에 그를 정직하게 만들 생각이다. 가장 어려운 것이 가장 흥미 있기 때문이다.(나 도 두비에와 같은 생각을 하기 시작했는걸!) 되는 대로 하는 이 야기는 사실주의 작가들에게나 맡겨 두자.

자습실로 돌아오자 곧 조르주는 두 친구에게 에두아르의 경고를 전했다. 도둑질에 관한 에두아르의 이야기는 이 소년의 마음을 움직이지 못하고 그대로 지나가 버렸다. 그러나 자칫하 면 그들이 큰 변을 당하게 할지도 모르는 위폐들은 되도록 빨리 처치해 버리지 않으면 안 되었다. 그들은 다음 외출할 때 써먹을 생각으로 제각기 얼마큼씩 위폐들을 가지고 있었다. 게리다니졸이 그것을 모아 도랑에 갖다 버렸다. 그리고 그날 저녁으로 스트루빌루에게 알리고, 스트루빌루는 곧 필요한 조처를 취했다.

16

그날 저녁, 에두아르가 그의 조카 조르주와 이야기하고 있을 무렵, 올리비에는 베르나르가 돌아간 후 아르망의 방문을 받았다.

아르망 브델은 딴 사람이 된 것 같았다. 산뜻하게 면도하고, 얼굴엔 미소를 띠고, 이마를 번쩍 쳐들고 있었다. 지나치게 몸에 꼭 맞는 새 옷차림에는 어쩌면 좀 우스꽝스러운 점이 있었다. 그 자신도 그렇게 느끼며, 또한 자신이 그렇게 느낀다는 걸 드러내고 있었다.

"좀 더 일찍 올 수도 있었지만, 너무 바빠서 말이야! ……내가 파사방의 비서가 됐다는 걸 너는 아는지? 혹은 그가 주관하는 잡지의 주필이라고 해도 좋지. 너에게는 기고를 청하지 않으려 해. 파사방이 너에게 꽤 화가 난 모양이니까. 게다가 그 잡지는 과감하게 좌파 쪽으로 기우는 판이야. 그래서 우선 베르카유와 그 일당을 몰아내 버렸지……."

"잡지를 위해서 낭패스러운 일이군."

"그래서 그 대신 나의 「밤의 항아리」를 싣기로 했어. 그리고 이야기가 났으니 말인데, 괜찮다면 너에게 그 시를 바치려 해."

"나에게는 낭패스러운 일이로군."

"파사방은 나의 그 천재적인 시를 창간호 권두에 실으려고 까지 했어. 그것을 나의 타고난 겸손함이, 그의 찬사가 주는 고된 시련을 겪으면서, 물리치고 반대한 거야. 이제 병이 나아 가는 너의 귀를 피로하게 하지 않을 것이 확실하다면, 여태까지 너를 통해서밖에 알지 못하던 고명한 『철봉』 작가와의 첫 회견 이야기를 들려 주고 싶지만."

"네 이야기를 듣는 것보다 더 나은 일이 있을 성싶지도 않은데."

"담배 피워도 괜찮아?"

"염려 마. 나도 피울 테니."

"사실은." 아르망은 담배에 불을 붙이며 이야기를 시작했다. "너의 탈퇴는 백작님을 아주 난처하게 했단 말이야. 너 듣기 좋으라고 하는 말이 아니라, 갈아 대자니 쉬울 리가 있나, 너처럼 천분이며 역량이며 재질 등의 결함을, 요컨대 그것들은 너를……."

"결국." 짓궂은 희롱을 참다 못해 올리비에가 가로막았다.

"결국 파사방에겐 비서가 필요했어. 그는 스트루빌루란 사나이를 알았는데, 나도 아는 사람이야. 기숙사에 있는 어떤 녀석의 삼촌이자 보증인이어서 말이야. 그 사람이 또 장 코브 라 플뢰르를 알아. 너도 아는 녀석이지."

"난 모르는데." 올리비에가 말했다.

"그래? 그럼 사귀어 보는 게 좋을 거야. 비상하고 굉장한 사나이야. 시들고 주름살이 오글쪼글하고 분장한 어린애 같은 친구야. 아페리티프만 마시고 사는데, 술에 취하면 멋진 시를 쓰지. 우리 창간호에 나올 테니 보라고. 그래서 스트루빌루는 그 녀석을 네 자리에, 파사방에게 보내기로 했지. 그 친구가 바빌론 거리 저택으로 들어가는 장면을 좀 상상해 보지. 코브 라 플뢰르의 행색으로 말하자면 얼룩투성이 옷을 걸친 데다가 바랜 금발을 어깨 위로 휘날리고, 일주일이나 몸을 씻지 않은 것 같은 꼴이지. 어떤 일을 당하더라도 늘 잘 대처한다고 자처하는 파사방은 코브 라 플뢰르가 퍽 마음에 들었다는 거야. 코브 라 플뢰르는 지극히 유순하고 상냥하고 수줍은 체했지. 그렇게 하려고 들면 방빌의 그랭구아르* 같은 티를 낼 수도 있는 녀석이니까. 그래서 결국 파사방은 마음이 끌린 것처럼 보였고, 그에게 일을 맡길 생각을 하기에까지 이르렀지. 그리고 코브 라 플뢰르는 동전 한 푼 없는 처지라는 것을 말해야겠어…… 그런데 그 녀석 작별 인사를 하려고 일어서더니 이렇게 말했어. '물러가기 전에 백작님께 미리 여쭈어 두는 게 좋겠습니다. 제게는 몇 가지 결점이 있어요.' '결점 없는 사람이 어디 있나?' '그리고 나쁜 버릇이 있습니다. 아편을 피워요.' '그러면 어때.' 그런 것쯤에는 당황하지 않는다는 듯 파사방은 그렇게 말했지. '내게도 좋은 게 있으니 자네에게 좀 주지.' 그러자 코브 라 플뢰르는 또 말했어. '그런데 저는 아편을 피우고 나면

---

* 루이 12세 시대의 가난한 시인 그랭구아르를 주인공으로 한, 테오도르 드 방빌의 희곡 「그랭구아르」에 나오는 주인공.

철자법을 완전히 잊어버리고 말아요.' 파사방은 농담인 줄 알고 억지로 웃어 보이며 손을 내밀었지. 코브 라 플뢰르는 이어서 말했어. '그리고 저는 하시시도 피웁니다.' '나도 가끔 피워 봤소.' 하고 파사방이 대답하자 '그런데 하시시를 피우면 도둑질을 하지 않고서는 견딜 수가 없어요.' 하고 코브 라 플뢰르는 또 말했거든. 그제서야 파사방은 그가 자기를 놀린다는 것을 알아차렸어. 그러자 코브 라 플뢰르는 말문이 열린 듯 맹렬하게 계속했어. '그리고 저는 에테르도 마십니다. 그러고 나면 뭐든지 찢어 버립니다. 마구 닥치는 대로 부숩니다.' 하면서 크리스털 꽃병을 잡고는 난로에다 던지려는 시늉을 하지 않았겠나. 파사방이 그것을 그의 손에서 서둘러 빼앗아서 '미리 알려 줘서 고맙네.' 하고 말했지.'

"그래서 쫓아 버렸다는 거야?"

"그러고는 코브 라 플뢰르가 돌아서는 길에 지하실에다 폭탄이라도 쑤셔 넣지나 않을까 하고 창밖을 살펴봤단 말이야."

"그런데 코브 라 플뢰르란 자는 왜 그런 짓을 했을까?" 잠시 침묵이 흐른 뒤 올리비에는 말했다. "네 말에 따르면, 그는 그 자리가 매우 아쉬웠을 텐데."

"하지만 세상엔 자기 이익에 상반되는 일을 하고 싶어 하는 사람도 있는 법이야. 그리고 사실은 코브 라 플뢰르에겐…… 파사방의 사치스러운 행세가 혐오감을 불러일으켰던 거야. 그의 우아함이며, 상냥한 태도며, 너그러운 친절이며, 잘난 체하는 꼴이 비위에 거슬린 거야. 그래, 그런 것에 그만 그는 구역질이 났어. 나도 그런 그의 심정은 알겠어…… 사실 너의 파사방이라는 사람, 확실히 메스꺼운 작자야."

"'너의 파사방'이라는 건 뭐야? 너도 알잖아, 이젠 그를 만나지도 않는다는걸. 그리고 그렇게 그가 혐오스럽다면 왜 그런 자리를 맡았어?"

"왜냐하면 나는 나에게 혐오감을 주는 것을 좋아하거든…… 바로 나 자신, 이 추악한 나 자신을 위시해서…… 그리고 사실 코브 라 플뢰르란 친구, 소심한 사람이지. 거북한 느낌이 들지 않았더라면 그런 말은 안 했을 걸세."

"오! 그렇다고는 하지만……."

"분명히 그래. 그는 거북해했어. 그리고 자기가 마음속으로 멸시하는 사람에게서 거북함을 느낀다는 것이 견딜 수 없었던 거야. 거북함을 숨기기 위해서 그는 허세를 부린 거지."

"미련한 놀음이군."

"이 사람아, 누구나 다 너처럼 영리하지는 못한 거야."

"요전에도 넌 그런 소릴 하던데."

"참 기억력도 좋군."

올리비에는 당당하게 겨룰 결심을 보였다.

"나는 네 농담을 잊어버리려고 하지. 그렇지만 지난번에 넌 진지하게 이야기했어. 내가 잊어버릴 수 없는 것을 넌 이야기했는걸."

아르망의 눈이 흐려졌다. 그는 억지로 웃음을 터뜨렸다.

"하, 지난번엔 네 기분에 맞춰 이야기했을 뿐이야. 넌 그때 단조(短調) 노래를 바랐어. 그래서 나는 네 마음에 들도록 꼬인 심정과 파스칼 풍 번민으로, 하소연 한가락을 읊었던 거야…… 그러니 다만 어떻게 하겠어? 농담을 할 때만 내 본심인 거야."

"아니, 그런 소릴 해 놓고 그게 본심이 아니었다니. 지금 하는 말이 바로 연극이야."

"오, 천진난만한 친구야, 참 순진하기 이를 데 없는 영혼을 보여 주는구나! 마치 누구나 조금은 진심으로 또는 의식적으로 연극을 하는 게 아니거나 하듯. 이 친구야, 인생은 희극에 불과한 거야. 그러나 너와 내가 다른 점은, 나는 내가 연극을 한다는 걸 안다는 거야. 그런 반면에······."

"그런 반면에······." 올리비에가 대들 듯 되풀이했다.

"그런데 말이지, 너를 예를 들어 말하지 않고, 예컨대 우리 아버지를 들어 보지. 아버지는 목사 역을 연기하며 그것을 진실로 믿으면서 그 속에 파묻혀 버리지. 내가 무슨 말을 하든지, 무슨 일을 하든지, 나 자신의 일부가 뒤에 남아서 위태로운 짓을 하는 다른 부분을 지켜보며/관찰하고 무시하고 야유도 하고 박수도 치지. 그렇게 자신이 분열되었는데, 어떻게 진지할 수 있겠어? 나는 그런 말의 의미도 이해할 수 없게 되었어. 별도리 없지. 슬플 때면 내 모습이 그로테스크하다고 느끼고, 그것은 나를 웃게 하지. 즐거울 때면 너무 터무니없는 농담을 하게 되어 울고 싶어지지."

"그런 소릴 들으니 나까지 울고 싶어지는데. 그렇게 병이 깊은 줄은 몰랐는걸."

아르망은 어깨를 으쓱했다. 그러고는 전혀 다른 어조로 말했다.

"어때, 네 기분이 좀 풀리도록 우리 창간호 편집이 어떻게 되어 가는지 이야기해 줄까? 우선 내 「밤의 항아리」, 코브 라 플뢰르의 시가 네 편, 자리의 대담, 우리 기숙사 기숙생인 게리다니줄의 산문시, 그리고 「다리미」라는 게 있는데, 일반 비평의 대논문으로, 잡지 경향이 거기에서 명확히 드러날 거야. 몇몇이 함께 그 걸작을 만들어 냈지.”

올리비에는 무슨 말을 해야 좋을지 몰라 서투르게 한마디 했다.

“합작에서 걸작은 생길 수 없지.”

아르망은 웃음을 터뜨렸다.

“걸작이라고 한 건 농담이야. 엄밀히 말하자면 작품이랄 만한 것도 아니지. 그런데 첫째로 ‘걸작’이란 무엇인가, 그것부터가 문제일 걸세. 「다리미」는 바로 그것을 밝히려는 거야. 모든 사람들이 찬탄하고, 오늘날까지 그것들이 엉터리라고 말할 생각을 한 사람이 아무도 없었거나, 또한 그런 말을 할 만한 용기를 지닌 사람이 아무도 없었다는 것 때문에 믿고 누구나 다 찬탄을 아끼지 않는 작품들이 얼마든지 있어. 가령 창간호 권두에는 「모나리자」를 복사한 그림이 실릴 텐데, 거기다 수염을 붙일 판이야. 두고 봐, 아주 놀라운 효과를 가져올 거야.”

“그럼 너는 「모나리자」가 엉터리 작품이라고 생각한단 말이야?”

“천만에.(하긴 그렇게 경탄할 만한 것이라고는 생각하지 않지만.) 넌 내 이야기를 이해하지 못하는구나. 엉터리 같은 일은 그 작품에 바치는 사람들의 찬탄이야. 소위 ‘걸작’이란 것을 운운할 때는 반드시 경건하게 모자를 벗는 그 습관 말이지. 「다리미」는 (그리고 이것을 잡지 전체의 이름으로 내걸 작정이지만.) 그러한 존경심을 웃음거리로 만들어 인기를 떨어뜨리자는 거야…… 또 하나 좋은 방법은 완전히 몰상식한 작가의 엉터리 작품(가령 나의 「밤의 항아리」 같은 것)을 독자가 찬탄하도록 제공하는 일이지."

"파사방도 그 모든 것에 찬성인가?"

"썩 재미있어 하지."

"내가 물러나길 잘했군."

"물러나다…… 누구나 조만간에, 좋든 싫든 그렇게 되기 마련이지. 그런 현명한 반성은 아주 자연스럽게 나도 너에게 작별 인사를 하게 하는군."

"조금 더 있다 가, 이 익살스러운 친구야…… 네 아버지가 목사인양 연극을 한다고, 어째서 넌 그런 말을 했어? 확신에 차서 하는 일이라 생각하지 않는단 말이지?"

"우리 아버지께서는 확신에 차지 않을 수 있는 권리도 방법도 없게끔 자기 생활을 꾸며 놓았거든. 그렇지, 한 직업적 신념인이지. 아버지는 신념의 교수지. 신앙을 가르치는 거지. 그것이 우리 아버지의 존재 이유야. 스스로 짊어진 역할이어서 끝까지 수행해야만 하는 거야. 그렇지만 그의 이른바 '양심'이라는 것 속에서 무슨 일이 일어나는지……? 그런 것을 그에게 물어보는 건 물론 실례일 테고. 그리고 그 자신도 그런 건 생각해 보지 않는 것 같아. 그런 생각을 할 틈이 없게끔 만들어 놓거든. 그는 자기 생활을 수많은 의무로 가득 채워 놨는데, 그 의무들은 신앙이 약해진다면 모든 의미를 잃고 말 것들이야. 그러니 그 신앙심이란 것은 그러한 의무들에 의해 강요되고 유지되는 셈이지. 아버지는 자신이 믿는다고 생각하지만, 그건 믿음을 품는 것처럼 계속 행동하기 때문이야. 그에게는 이미 믿지 않을 수 있는 자유가 없어. 만약에 그의 신앙심이 꺾이고 만다면 그야말로 일대 참변일 거야! 모조리 무너져 버릴 판이야! 게다가 그렇게 되면 우리 가족이 먹고살 길도 막힐 게 아닌가. 그건 생각해 볼 만한 문제지. 아버지의 신앙심은 우리들 생계 수단이거든. 우리들은 아버지 신앙심으로 먹고살아. 그러니까 아버지에게 정말 신앙심이 있는지 그걸 네가 내게 묻는다는 건 네게 그리 우아한 일이 못 된다고 생각하지 않니?"

"너희는 주로 기숙사 수입으로 살아가는 줄 알았는데."

"좀 그렇기도 하지. 그렇지만 나의 서정적 감회를 멈춘다는 것도 그리 우아한 일은 못 되는걸."

"그러면 넌 이제 아무것도 믿지 않아?"

올리비에가 서글프게 물었다. 그는 아르망을 사랑했고 그 일 그러진 언동에 괴로웠기 때문이다.

"Jubes renovare dolorem.* 넌 내 부모가 나를 목사로 만들려고 했다는 걸 잊어버린 모양이군. 그러자고 나를 맹렬히 공부시켰다. 경건한 계명을 내 마음속에 마구 쑤셔 넣어서, 말하자면 신앙심의 팽창을 꾀하려 했던 거야……. 그렇지만 결국 나에게는 하느님의 소명을 받을 바탕이 없다는 걸 인정할 수밖에 없었어. 유감스러운 일이지. 어쩌면 나도 굉장한 선교사가 되었을지도 모르지. 하지만 나의 천직, 그건 「밤의 항아리」를 쓰는 일이었나 봐."

"아아, 내가 얼마나 너를 측은히 생각하는지 네가 안다면!"

"언제나 넌 우리 아버지가 말하는 소위 '황금 같은 마음'을 지닌 사람이었어…… 그것을 이 이상 더 남용하지 말아야겠

---

* 베르길리우스의 시구로 '나에게 다시금 새로이 고민하라 하느냐.'라는 뜻.

어."

그는 모자를 들었다. 그리고 거의 방을 나섰다고 여겼는데, 갑자기 뒤돌아서며 말했다.

"너, 사라 소식 알고 싶지 않아?"

"베르나르에게서 다 들었으니, 그 밖에 네가 알려 줄 수 있는 것이 별로 없을 것 같아."

"그 친구, 기숙사에서 나왔다고 말해?"

"네 누님 라셸이 나가 달라고 했다더군."

아르망은 한쪽 손을 문 손잡이에 올려놓고 있었다. 다른 한쪽 손은 지팡이로 칸막이 커튼을 쳐들고 있었다. 지팡이가 커튼에 뚫린 구멍으로 들어가서 그 구멍을 더 크게 만들었다.

"마음 내키는 대로 해석해." 그는 말했다. 그러면서 그는 엄숙한 표정을 지었다. "누님은 확실히 이 세상에서 내가 사랑하고 존경하는 유일한 사람이야. 내가 누님을 존경하는 것은, 누님 덕성 때문이지. 그런데 나는 언제나 누님의 덕성을 모독하는 말만 해. 베르나르와 사라 일만 하더라도 누님은 아무것도 몰라. 내가 누님에게 모든 걸 이야기한 거야…… 게다가 안과 의사는 누님더러 울면 안 된다고 해! 무슨 희극이람!"

"지금 네가 진지하게 이야기한다고 믿어야겠어?"

"그래, 그거야말로 내게 가장 진지하다고 생각해. 즉 공포, 덕성이라고 불리는 모든 것에 대한 증오야. 굳이 이해하려고 하진 마. 어렸을 적의 청교도적 교육이 우리를 어떻게 만들어놓는지를 너는 모르니까. 그것은 가슴에 한을 남겨. 영원히 가실 수 없는 한이야…… 내 경우로 미루어본다면 말이야." 그는 빈정거리면서 말을 끝맺었다. "그런데 참, 네가 보고 좀 이야기해 줄 게 있어." 그는 모자를 내려놓고 창가로 다가갔다.

"자, 보게. 입술가에 뭐가 생겼어. 안쪽이야."

그는 올리비에에게로 몸을 숙이고 손가락으로 입술을 쳐들었다.

"아무것도 안 보이는데."

"보인다니까. 이쪽 구석에 말이야."

올리비에는 입술귀에서 희끄무레한 반점을 보았다. 좀 불안해진 그는 "아구창이로군." 하고 말하여 아르망을 안심시키려고 했다.

아르망은 어깨를 으쓱했다.

"무슨 바보 같은 소리야. 너처럼 확실한 사람이. 첫째로 아구창이란 남성 명사*야. 그리고 아구창은 말랑말랑해서 곧 사그라져. 그런데 이건 딱딱하고, 일주일, 일주일마다 갈수록 커지거든. 그리고 입속이 아주 씁쓸해."

"오래전에 생겼어?"

"안 지가 한 달 넘었어. 그렇지만 '걸작'**에 나온 말처럼 '나의 불행은 더 멀리서 온 것이라오……'"

"걱정스러우면 의사 진찰을 받아야지."

"네 권고를 기다릴 것도 없지!"

"그래, 의사는 뭐라고 해?"

"네 권고를 기다리지 않고서도 의사 진찰을 받아야 하리라고 생각은 했지. 그렇지만 결국 진찰을 안 받았어. 내가 생각

---

* 프랑스어로 아구창은 'un이라는 관사를 쓰는 남성 명사인데 올리비에는 'une aphte'라고 여성 관사를 붙여 말했다.

** 라신의 비극『페드르』를 말함.

하는 것이 틀림없다면 차라리 모르는 편이 나으니까."

"어리석은 일이야."

"바보 같다고 생각하겠지! 그렇지만 그것이야말로 아주 인간적이지. 아주 인간적이란 말이야……."

"치료를 하지 않는 게 어리석단 말이야."

"그러나 치료를 시작하고 보니 '이미 때가 늦었다!'라고 생각하는 것도 어리석지. 그런 것을 코브 라 플뢰르는 이번에 내놓을 시에서 썩 잘 표현했어."

　　자명한 일은 인정해야만 한다.
　　흔히 이승에서는, 춤이
　　노래보다 먼저 오는 것이기에.

"뭐든지 문학이 될 수 있군."

"뭐든지라고 말했지. 그렇지만 웬걸, 그게 그리 수월한 일도 아니지. 그럼 잘 있어…… 아참, 한 가지 더 이야기할 게 있었군. 알렉상드르에게서 소식이 있었어……. 그래, 너도 알지. 우리 형 말이야. 아프리카로 도망을 쳐 가지고 처음엔 사업이 잘 안 돼서 라셸이 보내 주는 돈을 모조리 까먹더니, 지금은 카자망스 연안에 자리를 잡았대. 편지가 왔는데, 장사 경기가 좋아서 머지않아 빚도 다 갚을 수 있으리라는 거야."

"무슨 장사를 하는데?"

"알 게 뭐야? 고무라든가 상아라든가 흑인 매매를 하는지도 모르지…… 수많은 잡다한 일을 다 할 테지…… 나보고 오라는 거야."

"그래, 갈 거야?"

"병역 문제만 없다면 내일이라도 떠나겠어. 알렉상드르는 나와 비슷한 바보거든. 그와는 마음이 잘 맞을 것 같아…… 좀 보겠어? 편지를 가지고 있으니까."

그는 호주머니에서 봉투를 한 통 꺼냈다. 그리고 그 속에서 편지를 여러 장 꺼내더니, 그중 한 장을 골라서 올리비에에게 내밀었다.

"전부 읽을 필요는 없어. 여기서부터 읽어.

올리비에는 읽어 보았다.

두 주 전부터 나는 내 집에 맞아들인 이상한 사람과 함께 살고 있다. 이 고장 태양에 머리를 호되게 얻어맞은 모양이다. 처음에 나는 틀림없는 광증을 일시적인 정신착란쯤으로만 생각했다. 이 야릇한 사나이는, 나이는 한 서른 살쯤 되어 보이고 후리후리한 키에, 억센 체격에다가 얼굴도 퍽 잘생겼고, 그 태도며 말씨며, 막일이라고는 해 본 일이 없는 것 같은 그 가냘픈 손등으로 미루어 보아 소위 '좋은 집안' 출신임에 틀림없어 보이는데 ― 그는 자신이 마귀에게 홀렸다고 생각해. 아니, 차라리 내가 그의 말을 잘못 알아들은 것이 아니라면, 자신을 마귀라고 생각하는 거야. 무슨 사건이 있었던 것이 틀림없어. 왜냐하면 꿈속에서, 또는 흔히 잠기곤 하는 선잠 상태에서 (그럴 때면 그는 내가 곁에 있는 것을 모르는 듯 혼잣말을 하는데) 손목이 잘린 이야기를 줄곧 하니 말이다. 그럴 적에는 몹시 흥분해서 무시무시한 눈알을 굴리기 때문에, 그에게서 흉기를 모두 멀찍이 치워 버렸다. 그렇지 않을 때는 순박한 청년이어서 상냥한 친구가 되어 주고 ── 정말 여러 달을 외롭게 지내고 보니, 여간 고마운 일이 아니라는 것을 믿을 수 있을 거야. ── 또 여러 가지로 일을 도와주기도 한다. 그는 통 자기 과거를 이야기하는 일이 없어서, 어떤 사람인지 알 수가 없어. 특히 곤충이며 식물 같은 것에 흥미를 보이는데, 어떤 이야기를 들어 보면 상당히 교양 있어 보인다. 내 곁에 있는 것이 좋은 모양이어서, 나가겠다는 말을 하지 않아. 그가 원하는 대로 언제까지든지 있게 할 작정이다. 마침 나도 조수가 한 명 필요했지. 결국 때 맞추어 와 준 셈이야.

그 사람과 함께 카자망스 강을 거슬러 올라갔었다는 흉악하게 생긴 흑인 말에 따르면 여자와 동행했다고 하는데, 내가 잘못 들은 것이 아니라면 그 여자는 어느 날 배가 뒤집혀서 강 속에 빠져 버렸다는 것이다. 그 사나이가 빠지게 만든 것이라고 해도 내가 놀랄 일은 별로 없을거야. 이 고장에서 거추장스러운 사람을 없애 버리자면 방법은 얼마든지 있고, 아무도 그런 것을 문제삼지 않아. 더 자세히 알게 되면 또 편지하마. 혹은 네가 이곳에 나를 보러 온다면, 직접 생생하게 이야기해 주지. 그래, 나도 알아…… 네겐 병역 문제가 있지…… 할 수 없어! 기다릴 수밖에. 왜냐하면 나를 만나고 싶거든 네가 이리로 올 결심을 해야 할 테니까. 돌아가고 싶은 생각이 점점 없어져 간다. 이곳 생활이 마음에 들고 주문해 입은 양복처럼 안성맞춤이다. 장사도 잘되고, 문명 세계의 끼웠다 뗐다 할 수 있는 칼라 따위는 굴레 같아서 더 이상 도저히 견딜 수 없을 듯하다.

여기 새로 우편환 한 장을 동봉하니, 네 마음대로 쓰도록 해라. 먼저 것은 라셸에게 보낸 것이었다. 이것은 네가 가져라……

"다음은 별로 재미없어." 아르망이 말했다.

올리비에는 아무 말 없이 편지를 돌려주었다. 편지에서 이야기하는 그 살인범이라는 사나이가 설마 자기 형이라는 생각은 그의 머리에 떠오르지 않았다. 뱅상에게선 오래전부터 아무 소식이 없었다. 양친은 그가 아메리카에 가 있는 것으로 생각 했다. 사실 올리비에는 크게 그를 걱정하지 않았다.

17

보리스는 소프로니스카 부인이 한 달 후 기숙사를 방문했을 때에야 비로소 브로냐가 죽었다는 것을 알았다. 그 슬픈 편지를 보내온 이후로 브로냐에게선 아무 소식도 없었다. 소프로니스카 부인이 들어오는 것을 보았을 때, 보리스는 언제나 휴식 시간에 하는 버릇대로 브델 부인의 살롱에 있었다. 부인이 정식 상복을 입은 것을 보자, 그녀가 이야기하기도 전에 그는 모든 것을 알아차렸다. 방 안에는 두 사람뿐이었다. 소프로니스카는 보리스를 껴안고, 그들은 함께 눈물을 흘렸다. 그녀는 다만 이렇게 되풀이할 뿐이었다. "가엾어라, 보리스…… 가엾어라……." 마치 보리스가 무엇보다도 가엾다는 듯이, 그리고 소년의 커다란 슬픔 앞에서 어머니인 자신의 슬픔은 잊어버린 듯이.

기별을 받고 브델 부인이 내려왔다. 보리스는 아직도 흐느낌으로 온통 몸을 흔들며 두 여인이 이야기를 하도록 옆으로 물러났다. 그는 브로냐 이야기를 하지 말아 주었으면 싶었다. 브로냐를 만나 본 일이 없었던 브델 부인은 예사로운 어린이 이야기를 하듯 그 아이 이야기를 하고 있었다. 그녀가 하는 질문까지 평범해서, 보리스에게는 무례하게 여겨졌다. 그는 소프로니스카 부인이 대답을 하지 말아 주었으면 싶었다. 그런데 그녀가 서러움을 늘어 놓는 것을 보고 괴로웠다. 그는 자기 슬픔을 가슴속에 접어 넣고 보물처럼 숨기고 있었다.

그렇다. 브로냐가 죽기 며칠 전에 이렇게 물은 것도 보리스 그를 생각한 것임에 틀림없다.

"엄마, 꼭 좀 알면 좋겠어…… 이딜*이라는 게 정말 뭐예요?"

가슴을 찌르는 그 말, 보리스는 그것을 자기 혼자만 알기를 바랐다.

브델 부인이 차를 대접했다. 보리스 몫도 한 잔 있었다. 휴식 시간이 끝나 갔기 때문에 그는 차를 황급히 마셨다. 그러고는 소프로니스카 부인께 작별 인사를 했다. 그녀는 여러 볼일이 있어서 이튿날 폴란드로 돌아간다고 했다.

이제 보리스에게는 온 세상이 사막 같았다. 그의 어머니는 너무나 먼 곳에 있어, 언제나 자기 곁에 있어 주질 않았다. 할아버지는 너무 늙었고, 그가 믿었던 베르나르도 이제 그의 곁에 없었다. ……그처럼 다정다감한 사람에게는 자신의 고상함과 순결함을 바칠 수 있을 만한 사람이 누구든 곁에 있어야 하는 것이다. 혼자서도 만족할 수 있을 만큼 충분한 오만함이

---

* 목가, 연가, 전원시, 혹은 순정적인 사랑이라는 뜻.

그에게는 없었다. 브로냐를 너무나 깊이 생각했던 나머지 그녀와 더불어 잃은 사랑의 근거를 다시 찾을 희망이 없어져 버렸다. 그가 보고 싶어 하던 천사들, 그녀가 없어진 이제 어찌 그것을 믿을 수 있겠는가. 이제는 그의 하늘까지도 텅 비었다.

보리스는 마치 지옥으로 빠져들어 가는 것 같은 심정으로 자습실로 돌아갔다. 물론 그는 공트랑 드 파사방과 친구가 될 수도 있었을 것이다. 공트랑은 선량한 소년이고, 그들은 나이도 같았다. 그러나 공트랑은 공부에만 정신이 팔려 있었다. 필립 아다망티도 나쁜 소년은 아니었다. 보리스와 친해지면 무척 좋아했을 것이다. 그러나 그는 게리다니졸의 지배를 받아서 이젠 자기 감정이라는 걸 갖지 못하기에 이르렀다. 그는 게리다니졸의 뒤를 따라 그를 모방했는데 게리다니졸은 늘 그를 재촉했다. 그리고 게리다니졸은 보리스를 견뎌 내지 못했다. 음악 소리 같은 보리스의 목소리, 아담한 모습, 계집애 같은 태도, 모두가 게리다니졸을 화나게 하고 짜증나게 했다. 그는 보리스를 보기만 하면 본능적인 증오심을 느끼는 것 같았다. 그 증오심은 마치 짐승 무리 속에서 강한 놈이 약한 놈에게 덤벼들게 하는 것과 같은 것이었다. 아마 사촌의 가르침을 받았던 모양이어서, 그의 증오에는 무슨 이론적인 것이 있는 듯했다. 왜냐하면 그러한 증오가 그의 눈에는 뭣인가 비난 같은 모양새를 가진 것 같았기 때문이다. 그리하여 그는 증오하는 것을 자랑스럽게 여기게 하기 위한 여러 가지 이유를 찾아 냈다. 자기가 보여 주는 멸시에 대해 보리스가 얼마나 민감한가를 그는 잘 알았다. 그는 그것을 재미있어 하고, 보리스의 눈길에 불안한 질문이 떠오르는 것을 보기 위해 조르주며 피피와 함께 무슨 음모라도 꾸미는 체했다.

"아, 참, 호기심도 많네." 조르주가 말했다. "말해 줄까?"

"소용없어. 알지 못할 거야."

'알지 못할 거야.' '용기가 없을 거야.' '어림도 없지.' 이런 말
이 끊임없이 보리스의 면상에 퍼부어졌다. 보리스에게는 자기
가 제외되어 외톨이가 된다는 것이 무참하게도 괴로웠다. 그는
남들이 자기에게 붙인 '겁장이'라는 굴욕적인 별명의 의미를
알 수 없었다. 혹은 그것을 알면 분개할 것이다. 그는 자신이
남들 생각처럼 비열한 놈이 아니라는 것을 증명하기 위해서라
면 무슨 일이든지 하고 싶었다!

"보리스란 아이를 견딜 수가 없어요." 게리다니졸이 스트루
빌루에게 말했다. "왜 가만 내버려두라고 했어요? 그 아이는
가만 내버려두는 것을 그다지 좋아하지도 않아요. 언제나 내
쪽만 보는걸요…… 요전 날 그 애는 '벌거벗은 여자'라는 말을
'수염난 여자'라는 뜻으로 알고 있어서* 우리 모두를 웃겼어요.
조르주가 그 녀석을 놀려 줬지요. 자기 생각이 틀렸다는걸 알
자 보리스는 막 울 것 같았다고요."

그러더니 게리다니졸은 사촌 형에게 이것저것 캐물었다. 사
촌 형은 마침내 보리스의 부적을 그에게 내 주고 그 사용법을
가르쳐 주었다.

며칠 후 자습실에 들어갔을 때 보리스는 자기 책상 위에서
이미 거의 잊었던 그 종이를 발견했다. 그는 이제는 부끄럽게

---

* '벌거벗은 여자'라는 뜻의 프랑스어는 'une femme à poil'인데 poil에 '털'이
라는 의미도 있어 보리스가 잘못 안 것.

생각하는 유년 시절의 그 '마법'에 관한 모든 일과 함께 그 종이를 자신의 기억에서 몰아냈던 것이다. 그는 그것을 얼른 알아보지 못했다. 왜냐하면 게리다니졸이 그 주문 "GAZ······ TELEPHONE······ CENT MILLE ROUBLES"이라는 것에다가 빨갛고 검은 테두리, 제법 잘 그린 음탕한 모습을 한 작은 악마들로 이루어진 테두리를 둘러 놓았기 때문이다. 그 모든 것은 그 종이에다 일종의 환상적인 모습을 주었다. 게리다니졸은 '지옥 같은 것'이라고, 보리스를 뒤흔들어 놓을 수 있는 모습이라고 생각했다.

그것은 다만 장난에 지나지 않았는지도 모른다. 그러나 장난은 모든 예상보다 훨씬 성공적이었다. 보리스는 얼굴을 붉히고 아무 말 없이 좌우를 둘러보았으나, 문 뒤에 숨어서 그를 살피는 게리다니졸을 보지 못했다. 보리스는 그것이 게리다니졸의 소행인 줄은 꿈에도 몰랐고, 또 어떻게 그 부적이 거기에 있는지 알 수가 없었다. 하늘에서 떨어진 듯, 혹은 차라리 지옥에서 솟아오른 듯했다. 물론 보리스는 그런 풋내기 학생다운 짓궂은 장난을 보면 어깨를 으쓱하고 넘길 수 있을 만한 나이였다. 그런데 그것이 그의 어지러웠던 과거를 뒤흔들어 놓은 것이다. 보리스는 부적을 집어 옷 속에 감추었다. 그날 하루 종일 '마법'을 실행하던 때의 회상이 그의 머리를 떠나지 않았다. 저녁때까지 그는 흉측한 유혹과 싸웠다. 그러나 그런 싸움에 그를 지원해 주는 것이 아무것도 없었으므로, 제 방으로 돌아오자 그는 곧 그에 굴복하고 말았다.

그는 자신이 파멸되어 가는 듯했다. 하늘로부터 아주 멀리 떨어져 버리는 것 같았다. 그는 자기가 파멸되는 것을 흐뭇하게 여기며 파멸 그 자체를 쾌락으로 삼았던 것이다.

그러나 마음속에, 그 같은 곤경에도, 그러한 버려진 완전한 고독의 구렁텅이 속에 빠져 있으면서도 그는 얼마간의 애정을 품고 있었고, 자기를 멸시하는 친구들의 태도 때문에 말할 수 없는 쓰라림을 느꼈다. 그래서 조금이라도 존경받기 위해서는 어떤 위험한 일, 터무니없는 일이라도 해 볼 생각이었다.

그 기회가 이윽고 닥쳐왔다.

위폐 거래를 포기하지 않을 수 없게 된 다음, 게리다니졸과 조르주와 피피는 오랫동안 그대로 한가하게 있지는 않았다. 처음에 그들이 한 기묘하고 자질구레한 장난들은 그들에겐 막간극에 불과했다. 게리다니졸의 상상력은 이윽고 강렬한 그 무엇을 꾸며 냈다.

'강자 클럽'의 존재 이유는 처음에는 다만 보리스를 가입시키지 않는다는 쾌감에 있었다. 그러나 얼마 안 가 게리다니졸은 반대로 그를 가입시켜 주는 것에 더 짓궂은 재미가 있을 것이라고 생각했다. 즉 보리스에게 무슨 서약을 시켜 놓고 그다음에 그가 어떤 엄청난 일을 하도록 만들자는 것이었다. 그때부터 그 생각이 그의 마음속에 깃들었다. 그리고 계획을 꾸밀 때 흔히 그렇듯 게리다니졸은 계획 그 자체보다도 그것을 성공시키기 위한 수단을 더 많이 생각했다. 대수롭지 않은 일 같아 보이지만, 세상의 많은 범죄는 그것으로 설명이 되는 것이다. 어떻든지 게리다니졸은 잔인한 소년이었다. 그러나 그는 적어도 피피 앞에서는 그 같은 잔인한 티를 숨길 필요를 느꼈다. 피피에게 잔혹한 마음씨는 조금도 없었다. 그는 마지막 순간까지 그것이 그저 장난에 지나지 않는다고 믿었다.

어떤 클럽에든 강령이라는 것이 필요하다. 제 속셈이 있던 게리다니졸은 '강한 자는 죽음을 두려워하지 않는다.'라는 것을 제안했다. 그리하여 그 강령이 채택되었고, 그것은 키케로*의 말이라고 했다. 가입자를 가리키는 표시로, 오른팔에 문신을 하자고 조르주가 제안했다. 그러나 아플 것이 겁난 피피는 능숙한 문신장이는 항구에 나가야 찾을 수 있다고 주장했다. 게다가 게리다니졸도 문신은 지울 수 없는 자국을 남기니 뒤에 귀찮을지도 모른다고 반대했다. 결국 표시 같은 건 반드시 필요한 것도 아니다, 그러니 가입자들은 엄숙한 선서로 만족하자고 결정했다.

위폐 거래를 했을 때는 보증이 필요했는데, 조르주가 자기 아버지의 편지를 보여 준 것도 그 때문이었다. 그러나 그런 생각은 그들 머리에서 사라졌다. 다행히 그런 소년들에게는 끈질김이 없었다. 결국 그들은 '가입 조건'에 관해서도, '갖추어야 할 자격'에 관해서도 결정을 내리지 않았다. 그런 것이 무슨 소용이 있겠는가? 세 사람은 거기에 '들어 있고', 보리스는 '못 들어 있다'는 건 정해 놓은 일이니까. 그 반면에 그들은 '꿍무니를 빼는 자는 배반자로 지목하여 영원히 클럽에서 탈퇴시킬 것'을 규정했다. 보리스를 가입시키려는 생각을 품었던 게리다니졸은 특히 이 점을 역설했다.

보리스가 없다면 장난은 싱거울 것이요 클럽 힘도 쓸모 없으리라는 것을 인정할 수밖에 없었다. 보리스를 구슬리는 일

---

* 로마의 정치가이자 학자, 작가. 그의 문체는 라틴어의 모범으로 일컬어진다. (B.C.106~B.C.43)

은 게리다니졸보다 조르주가 적임이었다. 게리다니졸은 경계받을 염려가 있었다. 피피에겐 교활한 점이 부족했다. 그리고 그는 위태로운 일은 하지 않으려고 했다.

이 가증스러운 사건에서 가장 흉악한 것은 바로 그것, 조르주가 하겠다고 동의한 우정놀이 연극이었다. 그는 갑자기 보리스를 무척 좋아하는 척했다. 그때까지는 보리스를 거들떠보지도 않던 조르주였다. 나는 어쩌면 그가 자기 장난에 자신이 걸려든 것이 아닌가, 그가 꾸민 감정이 거의 진짜처럼 되어 가는 것이 아닌가, 또는 보리스가 그에 화답하는 순간 그것이 진정한 것으로 되어 버린 것이 아닌가 하는 생각까지 든다. 그는 매우 정다운 태도로 보리스를 가까이 했다. 그리고 게리다니졸의 지시대로 이야기를 했던 것이다…… 평가와 애정에 굶주렸던 보리스는 처음 몇 마디로 정복당하고 말았다.

그렇게 되자 게리다니졸은 계획을 짜서 피피와 조르주에게 알렸다. 일종의 '시험'을 정해 놓고, 가입자 중에서 제비를 뽑아 지명되는 사람이 그 시험을 치러야 한다는 것이었다. 그리고 피피를 안심시키기 위해서 제비는 보리스가 뽑히도록 할 것이라고 암시했다. 결국 '시험'은 보리스의 용기를 테스트해 보는 것이 그 목적이 되리라.

그 '시험'이 정확히 무엇인지 게리다니졸은 아직 밝히려 하지 않았다. 피피가 반대하지 않을까 싶었기 때문이다.

"아, 그런 건 안 돼. 난 싫어!"

조금 뒤에 게리다니졸이 라 페루즈 영감의 권총이 사용될 길을 찾아 낼 것이라고 넌지시 말했을 때 과연 피피는 그렇게 외쳤다.

"바보군! 그저 장난인데 뭐."

벌써 마음이 내킨 조르주가 말했다.

"그리고……." 하고 게리다니졸이 덧붙였다. "바보 같은 짓을 하고 싶으면 그렇다고 말만 해. 너 같은 건 없어도 좋아."

게리다니졸은 그러한 논법으로 언제나 피피를 이겨 낼 수 있다는 것을 알았다. 그리고 가입자들이 제각기 이름을 적어 넣을 서약서를 꾸며 온 그는 말했다. "그렇다면 이 자리에서 분명히 말해야지. 서명을 한 뒤에는 늦을 테니까."

"그렇게 골내지 마." 피피가 말했다. "그 종이 이리 줘." 그리고 그는 서명했다.

"난 그렇게 하고 싶은데." 조르주는 보리스의 목을 정답게 팔로 껴안고 말했다. "게리다니졸은 너를 원하지 않는 거야."

"왜?"

"믿을 수가 없다는 거지. 너는 끝까지 못 하고 꽁무니를 뺄 거라고 말했어."

"그걸 어떻게 지가 알아?"

"첫 시험부터 넌 도망을 갈 거라는 거야."

"두고 보면 알지."

"정말 제비를 뽑을 용기가 있어?"

"그렇고말고!"

"하지만 무슨 일을 할지 알아?"

보리스는 알지 못했다. 그러나 알고 싶었다. 그래서 조르주가 설명해 주었다. '강한 자는 죽음을 두려워하지 않는다.' 이것을 증명해 보자는 것이다.

보리스는 머릿속이 크게 곤두박질치는 것 같았다. 그러나 그는 꿋꿋하게 두근거리는 마음을 숨기며 말했다.

"그래, 네가 서명했다는 건 정말이야?"

"자, 보렴." 그리고 조르주가 종이를 내밀자 보리스는 거기에서 세 사람 이름을 읽었다.

"그러면······."

그는 불안하게 말문을 열었다.

"그러면 뭐란 말이야······?" 조르주가 하도 퉁명스럽게 가로막는 바람에 보리스는 그만 말을 계속하지 못했다. 그가 묻고 싶은 것이 무엇인지 조르주는 알았다. 즉 다른 사람들도 틀림없이 가입했는지, 그들 또한 망설이고 뒷걸음질치지 않을 것이 확실한지를 말이다.

"아무것도 아니야." 보리스는 말했다. 그러나 그 순간 이미 그는 다른 아이들에게 의심을 품기 시작했다. 다른 아이들이 자기네는 떼어 두고 페어플레이를 하지 않는 것 같은 생각이 들기 시작했던 것이다. '할 수 없지.' 하고 그는 생각했다. '그 애들이 끝까지 못 하고 꽁무니를 빼면 어때! 내가 그 애들보다 더 용기 있다는 걸 보여 주겠어.' 그러곤 곧바로 조르주의 눈을 바라보면서 말했다.

"게리다니졸에게 말해 줘. 나도 가입하겠다고."

"그럼 서명할 테야?"

오! 그럴 필요가 이제는 없었다. 약속했으니까, 보리스는 그저 이렇게 말했다.

"해야 한다면 하지."

그리고 저주받은 그 종이 위 '강자' 셋의 서명 아래에다가

정성 들여 커다란 글씨로 자기 이름을 써넣었다.

조르주는 의기양양하여 다른 두 소년에게 그 종이를 가져
갔다. 그들은 보리스가 과감한 태도를 보여 주었음을 인정했
다. 그러고는 셋이서 의논을 시작했다.

"물론 권총에다가는 탄환을 재지 말아야지." 하기야 그들은
실탄을 가지고 있지도 않았다. 피피가 겁을 내는 것은 흥분이
지나치면 때로는 죽음을 초래할 수도 있다는 말을 들었기 때
문이다. "아버지에게 들은 이야기지만, 사형 집행 흉내를 내다
가도……." 하고 그는 말했다. 그러자 조르주가 내몰듯 핀잔을
줬다.

"네 아버지는 남프랑스 태생이지."

아니다, 게리다니졸은 권총에 탄환을 재지는 않을 것이다.
그럴 필요가 없었다. 전에 재어 두었던 탄환을 라 페루즈 노인
은 아직 빼지 않은 것이다. 그것을 게리다니졸은 이미 확인해
두었지만, 다른 사람들에게는 말하지 않았다.

모자 속에 이름들을 적은 종이를 넣었다. 같은 모양으로 접
은 비슷한 종잇조각 네 개였다. 제비를 '뽑게' 되어 있던 게리
다니졸은 다섯 번째 종이에다가 이중으로 보리스의 이름을 써
놓고 손에 쥐고 있었다. 그리하여 마치 우연인 것처럼 그것이
뽑혀 나왔다. 보리스는 속임수를 쓴 것이 아닌가 하고 의심했
다. 그러나 그는 아무 말도 하지 않았다. 항의를 해 본들 무슨
소용이 있겠어? 그는 이제 자기는 끝장나고 말았다는 것을 알
았다. 자기를 지키기 위한 것이라면 그는 아무런 짓도 하지 않
으리라. 그뿐만 아니라 만약에 다른 사람이 제비에서 뽑혔다

하더라도 자기가 그 대신 나섰을 것이다. 그토록 그의 절망은
컸다.

"가엾게도, 너 재수가 나빴구나."

조르주는 그런 말을 해야 한다고 생각했다. 그 어조가 너무
거짓 같아서, 보리스는 서글프게 그를 쳐다보았다.

"뻔했던 일이지." 보리스가 말했다.

그러고 나서 그들은 연습을 하기로 했다. 그러나 들킬 염려
가 있었으므로 당장에는 권총을 사용하지 않기로 결정했다.
권총은 마지막에 가서 '진짜'로 할 때 비로소 케이스에서 꺼내
자는 것이었다. 눈치 채일 일은 절대로 하지 말아야 했다.

그래서 그날은 시간과 장소에 관해 합의를 보는 것에 그쳤
다. 장소는 마룻바닥에 분필로 둥그렇게 그려 놓았다. 자습실
교단 오른쪽, 전에는 현관 쪽으로 드나들었지만 지금은 막아
버린 문으로 막힌 구석이었다. 시간은 자습 시간으로 정해졌
다. 학생들이 모두 보는 앞에서 벌어지게 되었다. 아마도 모두
를 아연실색케 하리라.

방이 빈 틈을 타서 가입자 세 사람만이 한자리에 모여 연습
을 했다. 그러나 결국 그 연습에선 별로 할 일이 없었다. 다만
보리스가 앉은 자리에서 백묵으로 그린 장소까지 꼭 열두 발
짝밖에 안 된다는 것을 알았을 따름이다.

"겁나는 일이 아니라면, 한 발짝도 더 나가선 안돼." 조르주
가 말했다.

"겁은 안 날 거야." 끝끝내 의심을 받아, 보리스는 화가 나
서 그렇게 말했다. 그처럼 꿋꿋한 보리스의 태도에 세 소년은
감명받기 시작했다. 피피는 그 정도로 그치는 게 좋으리라고

생각했다. 그러나 게리다니졸은 그 장난을 끝까지 몰고갈 결심을 보였다. "자! 그럼, 내일이야." 그는 한쪽 입술 끝에만 야릇한 웃음을 띠며 말했다.

"포옹해 주는 게 어때." 감격한 나머지 피피가 말했다. 그는 용맹한 옛 기사들의 포옹을 생각했던 것이다. 그러고는 갑자기 보리스를 껴안았다. 피피가 자기 두 볼에다 어린애다운 큰 뽀뽀를 두 번 소리내 해 줬을 때, 보리스는 가까스로 눈물을 참았다. 조르주도 게리도 피피를 따라하지는 않았다. 조르주에게는 피피의 태도가 그리 점잖지 못해 보였다. 그리고 게리다니졸로 말하자면 그런 건 아무래도 좋았다……!

18

 이튿날 저녁에 기숙사 학생들은 종소리를 듣고 모두 모여들었다.

 같은 걸상에 보리스, 게리다니졸, 조르주, 필립, 그렇게 네 소년이 앉았다. 게리다니졸은 시계를 꺼내 보리스와 자기 사이에 놓았다. 시계는 5시 35분을 가리켰다. 자습은 5시에 시작해 6시까지 계속되게 되어 있었다. 보리스는 그 일을 6시 5분 전, 학생들이 흩어지기 직전에 하기로 결정되어 있었다. 그렇게 하는 것이 좋았다. 그러면 일이 일어나자마자 곧 도망쳐 버릴 수 있었기 때문이다. 이윽고 게리다니졸이 보리스에게 좀 목소리를 돋우어, 하지만 보리스를 보지 않으면서 그렇게 하는 것이 자기 말에 더욱 숙명적인 느낌을 줄 것이라는 생각에, 이렇게 말했다.

 "이봐, 앞으로 십오 분밖에 남지 않았어."

 보리스는 언젠가 읽었던 소설을 회상했다. 산적들이 한 여인을 죽이려는 찰나 죽음을 각오시키기 위해 그녀에게 기도하게 하는 이야기였다. 국경을 넘어 나가려는 외국인이 여행 서류를 준비하듯 보리스는 마음속과 머릿속에서 기도문을 찾아 보았으나, 하나도 발견하지 못했다. 그러나 너무나 피곤했고 동시에 아주 긴장한 그는 그에 대해 지나치게 신경을 쓰지 않았다. 그는 생각을 하려고 계속 애를 썼지만, 아무것도 생각할 수 없었다. 권총은 호주머니 속에 묵직하게 들어 있었다. 손을 갖다 대지 않아도 느낄 수 있었다.

"앞으로 십 분."

조르주는 게리다니졸 왼편에서 곁눈으로 그 장면을 지켜보았지만, 보지 않는 체했다. 그는 열에 들뜬 듯 공부했다. 여태껏 자습실이 그렇게 조용한 적이 없었다. 라 페루즈 노인은 평소의 장난꾸러기 학생들을 알아볼 수 없을 지경이어서 처음으로 안도의 숨을 내쉬었다. 그러나 피피는 침착할 수 없었다. 게리다니졸이 무서웠던 것이다. 그는 이 장난이 험악하게 끝나지 않으리라는 확신이 없었다. 가슴이 꽉 차서 답답하고 터질 것 같아 이따금 크게 내쉬는 한숨 소리가 자기 귀에도 들렸다. 마침내 견딜 수 없어 앞에 펼쳐 놓았던 역사 공책 아래쪽을 반쯤 찢어서 — 시험 준비를 하고 있었던 것인데, 글들이 눈앞에서 뒤범벅되고 사실과 연대가 머릿속에서 뒤섞이고 있었다. — 그 위에다가 아주 빨리 이렇게 썼다. '권총에 탄환이 재어 있지 않다는 건 틀림없겠지?' 그리고 그것을 조르주에게 건네주고, 조르주는 그것을 다시 게리다니졸에게 넘겨주었다. 그러나 게리다니졸은 그것을 읽자 피피를 보지도 않고 어깨를 으쓱해 보였다. 그러더니 종이를 동그랗게 뭉쳐 분필로 그린 장소까지 손가락으로 퉁겨 보냈다. 그러고는 자기 겨냥이 정확히 들어맞은 것에 만족한 듯 빙그레 웃었다. 그 웃음, 처음에는 의식적으로 띠었던 그 웃음은 사건이 끝날 때까지 사라지지 않았다. 마치 그의 얼굴에 새겨진 듯했다.

"앞으로 오 분."

퍽 큰 소리였다. 피피에게도 그 소리가 들렸다. 견딜 수 없는 불안이 그를 사로잡았다. 그리하여 자습 시간도 막 끝나려는 참인데, 다급하게 밖으로 나갈 일이라도 생기기나 한 듯, 혹은 정말로 복통이 일어났던지, 그는 손을 들고 학생들이 교사에게 무슨 허가를 맡으려고 할 때처럼 손가락으로 딱딱 소리를 냈다. 그러고는 라 페루즈 노인의 대답도 기다리지 않고 자리에서 뛰어나갔다. 문으로 가려면 교단 앞을 지나야만 했다. 그는 거의 뛰다시피 했다. 그러나 휘청거리는 걸음걸이였다.

필립이 밖으로 나가자, 거의 바로 그 뒤를 이어 이번엔 보리스가 일어섰다. 그의 뒷자리에서 열심히 공부하던 어린 파사방은 눈을 들었다. 그가 그 뒤 세라핀에게 한 말에 따르면, 그때 보리스는 '무시무시하게 창백하더라는' 것이다. 그러나 그런 경우에는 언제나 그런 이야기를 하게 마련이다. 하여튼 그는 거의 즉시로 쳐다보기를 그치고, 다시 공부에 몰두했다. 그는 훗날 그것을 몹시 후회했다. 만약 보리스에게 무슨 일이 일어날지 알았더라면 틀림없이 말렸을 것이라고 그는 후에 울면서 말했다. 그러나 그는 아무것도 눈치 채지 못했던 것이다.

그리하여 보리스는 표시된 장소까지 나아갔다. 그는 뚫어지게 눈을 크게 뜨고 자동인형처럼 천천히 발을 옮겼다. 차라리 몽유병자 같았다. 오른손으로 권총을 잡고 있었으나 권총은 웃옷 호주머니에 그대로 들어 있었다. 그는 마지막에 가서야 비로소 그것을 꺼냈던 것이다.

운명의 장소는 앞에서도 말한 것처럼 교단 오른쪽, 막아 버린 문곁의, 좀 들어간 구석이었다. 그렇기 때문에 교단에서는 교사가 몸을 굽히지 않고서는 그쪽을 볼 수 없었다.

라 페루즈 노인은 몸을 굽혔다. 처음에는 이상하게도 엄숙한 손자의 태도가 불안해 보였지만 무슨 일을 하는지 그는 알 수 없었다. 그는 커다랗게 위엄 있어 보이려는 목소리로 말문을 열었다.

"보리스 군, 당장 제자리로……."

그러자 별안간 권총이 눈에 띄었다. 보리스가 그것을 관자놀이에 막 갖다 댔던 것이다. 라 페루즈 노인은 그것이 무엇인지 깨달았다. 그러자 혈관의 피가 얼어붙기라도 하듯 큰 오한을 느꼈다. 그는 자리를 박차고 일어나서 보리스에게 달려가 그의 행동을 막고 소리를 지르려고 했다…… 일종의 거칠게 헐떡이는 소리가 그의 입술에서 새어나왔다. 그는 옴짝 못 하고 마비된 채 크게 부들부들 떨고만 있었다.

총소리가 났다. 보리스는 바로 쓰러지지는 않았다. 몸이 구석에 늘어붙어 있는 것같이 그는 잠시 그대로 서 있었다. 이어 머리가 어깨 위로 늘어지더니 그 무게로 온몸이 털썩 무너지듯 쓰러졌다.

얼마 후 경찰관은 검증을 할 때, 보리스의 곁에서 권총이 보이지 않아 놀랐다. 곁이라지만 그가 쓰러졌던 장소 언저리를 말한다. 왜냐하면 조그만 시체는 거의 즉시 침대로 운반되었기 때문이다. 곧 뒤이어 일어난 이 혼란 속에서 아직 게리다니졸이 그대로 제자리에 앉아 있는 동안, 조르주는 자기 걸상을 뛰어넘어 아무도 눈치 채지 않게 권총을 슬쩍 빼돌릴 수 있었다. 그는 다른 사람들이 보리스에게로 몸을 기울이는 틈을 타서 우선 발로 권총을 뒤로 밀어냈다. 그러고는 재빨리 집어 웃옷 속에다 감추었다가 슬그머니 게리다니졸에게 넘겨주었던 것이다. 모든 사람의 주의는 온통 한곳으로만 쏠려 있었다. 그러니 누구 하나 게리다니졸을 보는 사람도 없어, 그는 남의 눈에 띄지 않고 라 페루즈의 방까지 달려가 권총을 원래 있던 자리에 놓아 둘 수 있었다. 그 뒤 가택수색을 하다가 경찰이 케이스에 든 권총을 발견했을 때, 만약에 게리다니졸이 탄창을 빼 치우는 것을 생각하기만 했다면, 권총이 케이스에서 나왔다는 것도, 보리스가 그것을 사용했다는 것도 몰랐을지 모른다. 확실히 게리는 좀 정신을 잃었더랬다. 그 순간적인 기절, 그는 그 뒤 자기가 저지른 범죄를 뉘우치기보다 슬프게도 그 기절을 훨씬 더 후회했다. 그러나 그를 구해 준 것은 그러한 기절이었다. 왜냐하면 다시 층계를 내려와 다른 학생들과 섞여 보리스의 시체가 운반되어 가는 것을 보았을 때, 그는 갑자기 눈에 띄도록 부르르 떨며 일종의 신경 발작을 일으킨 것이다. 달려온 브델 부인과 라셀은 그것을 격심한 충격 탓으로 여겼다. 그처럼 나이 어린 소년에게서 잔인성을 상상하기보다는 차라리 무엇이든 다른 모든 추측을 해 보는 것이 인정 아니겠는가. 그리하여 게리다니졸이 자기 결백함을 주장했을 때 사람들은 그의 말을 믿었다. 조르주에게서 넘겨받았던 피피의 쪽지, 그가 손가락으로 퉁겨 보내 나중에 어느 걸상 밑에서 발견된 쪽지, 그 구겨진 조그만 쪽지가 그를 도왔던 것이다. 잔인한 장난을 했다는 점에 있어서는 조르주나 피피와 마찬가지로 물론 그에게도 죄가 있었다. 그러나 만약에 권총에 탄환이 재어져 있는 것을 알았더라면 그런 짓은 하지 않았을 것이라고 그는 단언했다. 따라서 조르주 혼자만 전적으로 책임을 통감해야 했다.

조르주는 그렇게 불량한 소년이 아니었기 때문에 게리다니졸에 대한 찬탄은 이윽고 증오로 변했다. 그날 밤, 부모 곁으로 돌아온 그는 어머니 품으로 뛰어들었다. 그리하여 폴린은 그 무서운 참극으로 아들을 돌려주신 주님께 끓어오르는 감사를 금치 못했다.

에두아르의 일기

무엇이든 명확히 설명할 수 있다는 건 아니지만, 충분한 동기 없이는 아무런 사실도 제공하고 싶지 않다. 그렇기 때문에 나는 『위폐범들』에 보리스의 자살을 가져다 쓰지 않으련다. 그것을 이해하는 것만 해도 여간 힘든 일이 아니다. 그리고 나는 삼면기사적인 것을 좋아하지 않는다. 그런 것에는 무엇인가 단호한, 부인할 수 없는 난폭한, 지나치게 현실적인 면이 있다…… 현실이 하나의 증거물처럼 내 사상을 뒷받침하기 위해 오는 것은 나도 인정한다. 그러나 현실이 사상을 앞서는 것은 받아들이지 않는다. 뜻하지 않은 일에 부닥치는 것을 나는 싫어한다. 보리스의 자살은 나에게는 하나의 '온당치 못한 일'처럼 보이기까지 한다. 왜냐하면 그것은 내가 예상치 않았던 일이니까.

라 페루즈 노인은 손자가 자기보다 용감했다고 생각하는 모양이지만, 어떤 자살이든 자살에는 다소 비겁함이 깃들어 있는 것이다. 만약에 그 소년이 자기의 그 끔찍한 소행으로 브델 씨네 가정에 초래한 재난을 예측할 수 있었더라면, 그는 도저히 용서받을 수 없을 것이다. 아자이스는 그 기숙사 학생들을 귀가시키지 않을 수 없었다. 일시적인 조치라고 아자이스는 말하지만, 라셸은 이미 몰락을 걱정했다. 벌써 아이들을 거두어 간 가정이 넷이나 된다. 조르주를 자기 곁으로 데려오겠다는 누님 뜻을 나도 꺾을 수 없었다. 더욱이 그 애는 친구 죽음으로 커다란 충격을 받아, 이제는 행실을 고칠 마음이 든 것 같았다. 그 비통한 죽음은 참으로 대단한 파문을 일으킨 것이다! 올리비에조차도 충격을 받은 모양이다. 아르망 또한 그 냉소적 태도에도 불구하고, 자기 가족이 빠져드는 파멸을 걱정하여 파사방이 허락해 주는 시간을 기숙사에 바치겠다고 나섰다. 왜냐하면 라 페루즈 노인이 이제 분명히 그의 직책을 수행할 수 없게 되어 버린 까닭이다.

난 노인을 만나기가 두려웠다. 그가 나를 맞이해 준 곳은, 기숙사 3층의 조그만 자기 방 안이었다. 이내 나의 팔을 잡더니, 자못 이상한 태도로 거의 미소마저 띠면서 이렇게 말하는 그를 보고 나는 매우 놀랐다. 그가 슬퍼하며 울 것을 생각했을 뿐이니 말이다.

"그 소리 말이야…… 왜 요전에 자네에게 말한 그 소리 말일세……."

"그래서요?"

"그게 멎었어. 끝나 버렸어. 이젠 들리지 않아. 아무리 주의를 해 봐도 소용없어……."

나는 마치 어린애들 놀이에 응해 주듯 말했다.

"그럼 이젠 그 소리가 들리지 않아서 서운하시겠군요?"

"아니, 그런 게 아냐…… 여간 평온하지 않아! 난 고요함을 굉장히 바랬어…… 내가 무슨 생각을 했는지 알겠나? 일생 동안 우리들은 정말로 고요함이란 것이 무엇인지 모른다는 거야. 우리들 피까지도 몸속에서 일종의 끊임없는 소리를 내지. 우리들은 이젠 그 소리를 분간하지 못하지만, 그건 어렸을 때부터 습관이 되었기 때문이야…… 그런데 우리들이 일생 동안 아무리 해도 들을 수 없는 것이 있다고 나는 생각해. 바로 하모니야…… 그 피의 소리가 그것을 덮어 버리기 때문이지. 그래, 나는 죽은 다음이 아니고서는 정말로 들을 수 없다고 생각해."

"그렇지만 믿지 않으신다는 말씀이었는데……."

"영혼의 불멸 말인가? 자네에게 그런 말을 했던가……? 그런가 보군. 하지만 난 그 반대도 믿지 않아."

내가 아무 말도 하지 않는 것을 보자, 그는 고개를 저으면서 장중한 어조로 말을 이었다.

"이 세상에서 하느님은 언제나 말이 없다는 것을 자네는 생각해 본 일이 있는가? 이야기를 하는 건 악마밖에 없어. 혹은 적어도, 적어도……." 그는 덧붙였다……. "우리들이 아무리 주의를 해도 우리가 들을 수 있는 것은 악마의 목소리뿐이야……. 우리에겐 하느님의 목소리를 들을 수 있는 귀가 없어. 하느님의 말씀! 자네는 그것이 어떤 것인지 생각해 본 일이 있는가……? 오오, 내가 이야기하는 건 보통 인간의 언어로 쓰이는 말이 아니야……. 성서 첫 구절이 생각나겠지. '태초에 말씀이 있었느니라.' 나는 여러 번 생각했어, 하느님 말씀, 그것은 창조의 모든 것이라고. 그런데 악마가 그것을 가로챈 것이야. 그래서 이제는 악마의 소리가 하느님의 목소리를 들리지 않게 한단 말일세. 오! 말해 보게나, 자넨 이렇게 생각하지 않나, 아무래도 마지막 말은 역시 하느님 것이라고……? 그래서 죽은 뒤에 더 이상 시간이 존재하지 않게 되고, 곧 우리들이 '영원'의 품으로 들어간다면, 그때 우리들은 하느님 목소리를 들을 수 있을 거라고 생각하는지…… 직접 말일세?"

일종의 흥분 같은 것이 마치 간질 발작으로 넘어트려 버릴 듯 그의 몸을 뒤흔들기 시작했다. 그러더니 별안간 그는 격렬하게 흐느껴 울었다.

"아니지, 아니야." 그는 분명치 않은 목소리로 외쳤다. "악마와 하느님은 하나야. 둘은 서로 뜻이 맞아. 우리들은 이 세상의 나쁜 것은 모두 악마에게서 오는 것이라 믿으려고 애써. 왜 그러냐 하면 그렇지 않으면 하느님을 용서할 힘을 우리들에게서 찾아낼 수 없을 것이기 때문이야. 하느님은 쥐를 괴롭히는 고양이처럼 우리를 농락해……. 그러고선 자기에게 감사해야 한다고 우리에게 요구해. 무엇을 감사해야 한단 말인가? 무엇을……?"

그러고는 내게로 몸을 구부리며 말했다.

"그리고 하느님이 하신 것 중에서 가장 끔찍한 일이 무엇인지 알겠나……! 그것은 우리들을 구하기 위해 자기 아들을 희생했다는 걸세. 자기 아들을! 자기 아들을……! 잔인함, 이것이 하느님의 제일가는 속성이야."

그는 침대에 몸을 던지고 담벼락을 향해 몸을 돌렸다. 얼마 동안 경련 같은 꿈틀거림이 계속되었다. 그러더니 이윽고 잠이 든 것 같아서 나는 그를 남겨 두고 나왔다.

그는 보리스 이야기는 한마디도 하지 않았다. 그러나 나는 그 신비한 절망 속에서 차마 마주 볼 수 없을 만큼 너무나 놀라운 그의 고통의 간접적인 표현을 보지 않으면 안 된다고 생각했다.

나는 올리비에를 통해 베르나르가 자기 아버지에게로 돌아갔다는 것을 알았다. 사실 그가 택할 수 있는 그야말로 제일 좋은 길이었다. 우연히 만난 칼루브의 입을 통해 늙은 판사인 아버지의 건강이 좋지 못하다는 것을 알고, 베르나르는 이제 자기 마음의 목소리에만 귀를 기울였던 것이다. 우리들은 내일 저녁 만나게 되어 있다. 프로피탕디외 씨가 몰리니에, 누님, 그리고 두 아이들과 함께 나를 저녁 식사에 초대해 줬기 때문이다. 나는 칼루브를 알고 싶은 생각이 간절하다.

작품 해설

앙드레 지드의 생애

앙드레 지드(André Gide, 1869~1951)는 1869년 11월 22일 파리 메디시스 거리에서, 개신교를 믿는 상류 부르주아 가문에서 태어났다. 아버지 폴 지드(Paul Gide, 1835~1880)는 프랑스 남부 위제스(Uzès) 출신으로 법학 교수 자격 시험에 수석 합격한 후 파리 법과 대학 교수가 되었으며, 1863년에 쥘리에트 롱도(Juliette Rondeaux, 1835~1895)와 결혼했다. 아버지 쪽 집안은 대대로 프로테스탄트로 신앙심 깊은 위그노였다. 어머니 쥘리에트 롱도는 프랑스 북부 노르망디의 루앙 출신인데, 롱도 집안 조상은 모두 오랜 가톨릭교인이었으나 조부가 신교도 여인과 결혼한 후로 개신교인이 되었다. 하원의원, 사법관, 기업가들을 배출한 매우 유력한 집안이었다. 앙드레 지드는 이 부부의 유일한 혈육이었는데, 『일기』에서 자신이 "두 혈통과 두 집안, 두 종교가 빚어낸 결실"이었다고 고백한 것도 바로 이러한 출신 배경에서였다. 물론 지드 정신의 종교적 기반은 개신교적이라고 해도 무방할 것이다. 그의 극단적인 자기반성벽도 이 신교도적 혈통과 가정환경 그리고 가정교육에서 비롯했다고 할 수 있다.

지드가 열두 살 되던 해, 관대했던 아버지가 세상을 떠나자, 그는 순전히 여성적 분위기에서 자란다. 그의 교육은 완전히 어머니와 큰어머니, 예전에 어머니의 가정교사였으나 나중에 절친한 친구가 된 안나 새클턴(Anna Shackleton) 등 여자들 손에 맡겨졌다. 특히 어린 시절부터 어머니의 과잉보호 아래 엄격한 종교적 분위기에서 성장한 그는 일찍부터 자기희생과 영적인 열정에 길들었으며, 성년이 된 후에도 개신교 도덕률은 그에게 막대한 영향을 끼치지만, 어머니와는 점점 멀어진다. 그런데 지드는 어릴 때부터 건강하지 못해 정규 교육을 제대로 받지 못하고 주로 가정교사와 공부했으며 나중에는 사립학교에 간다. 1877년에서 1882년까지 그는 알자스 학원에서 공부했는데, 그동안 신경증 발작으로 온천욕 치료도 받는다. 감수성이 강한 소년에게서 흔히 보는 신경 장애는 어린 앙드레 심신의 정상적인 발육과 학교 생활에 커다란 걸림돌이 되었고, 그 질환은 그의 나이 마흔 살이 넘어서 재발하여 그를 괴롭힌다. 또한 가정의 엄격한 청교도적 분위기가 아름다운 것, 자연적인 것을 향하려는 마음에 제약을 주곤 했다. 요컨대 그의 영혼은 오랫동안 닫혀 있었던 것이다.

이 닫힌 상태는 두 살 위이고 더 성숙한 외사촌 누이 마들렌 롱도(Madeleine Rondeaux, 1867~1938)에 대한 청순한 사랑

덕분에 비로소 조금씩 열리기 시작한다. 그녀는 지드에게 시를 즐길 수 있는 소양을 길러 주었고, 신비주의 취향을 불어넣어 주었다. 1882년 지드는 우연히 외숙모의 불륜 장면을 목격하고 충격을 받는데, 어머니의 불륜으로 마들렌은 심한 고통과 깊은 슬픔에 빠진다. 지드는 어린 마음에도 그녀를 돕는 것만이 자신의 의무이며, 거기에 자신의 존재 이유가 있다고 느낀다. 지드는 자신과 마들렌에게 깊은 상처를 준 그 사건을 나중에 『좁은 문』과 『한 알의 밀이 죽지 않으면』에서 다시 이야기한다. 열다섯 살이 되자 그의 독서열은 차차 왕성해졌다. 그 당시 그가 감명 깊게 읽은 것은 테오필 고티에의 시집이었다. 고티에 는 관습적인 것에 대한 경멸과 해방을 대표하는 시인으로 알려졌는데, 지드가 그를 좋아한 것은 아마도 어머니와 자기 자신에 대한 도전에서이기도 했을 것이다. 그 밖에 빅토르 위고의 시집과 하이네의 시집도 그의 탐독 대상이었다. 또한 그의 정신에 비상한 영향을 끼친 그리스 시인들의 작품을 르콩트 드 릴의 번역으로 읽었는데, 그는 그 작품을 통해 그리스 신들의 세계에 매료되었다. 지드가 이런 이교도적 정열에 탐닉했던 때는 역설적이게도 바로 기독교 신앙에 한창 열중했던 때였다. 이 상반되는 두 세계가 서로 충돌하지 않고 그의 정신에서 공존했던 것은 기묘한 일이다. 당시 지드는 결코 미지근한 세례 지망자가 아니라 친구들로부터 목사라는 별명을 들을 정도로 늘 성경을 끼고 살았던 열광적인 구도자였기 때문이다. 그러나 그 마음의 사원은 그 자신의 말을 빌리면 "동방이 활짝 열리고 빛과 음악과 시가 자유롭게 흘러 들어오는 이슬람교 사원 같은 것"이었는지도 모른다.

외숙모의 불륜 사건 이후 지드는 도덕적이고 신앙심이 깊은 마들렌에 대해 육체적 욕망에서 벗어난 순수한 사랑을 품는다. 그 후 그는 마들렌과 결혼하려 하지만, 어머니의 반대에 부딪친다. 1891년 『앙드레 왈테르의 수기』에서 그는 마들렌에 대한 사랑을 중심으로 당시 그가 고민하던 영혼과 육체의 싸움, 형이상학적인 고뇌와 불안을 단편적인 일기 형식을 빌려 표현한다. 여기서 그는 자신의 연인을 육체적으로 소유할 생각이 없으며, 결혼한다 하더라도 육체 관계는 갖지 않을 것이라고 선언한다. 그러나 이 작품을 읽은 마들렌은 그의 구혼을 거절한다. 그 무렵 그는 반도덕주의를 내세우는 니체의 저서를 읽고 큰 충격을 받으며, 부르주아 사회의 위선을 폭로하는 유미주의자 오스카 와일드를 만난다. 이로 인해 지금까지 청교도적 도덕에 순응하던 그는 가정과 사회에 반항하고, 도덕과 종교의 굴레로부터 벗어나기 위해 투쟁한다. 그 당시 그는 일생에서 가장 혼란한 시기에 처해 있었다. 어릴 때부터 엄격하게 훈련받은 청교도적인 극기주의가 그 영혼의 평정을 유지했지만, 청춘이 눈뜸과 동시에 평정은 완전히 뒤집히고 말았다. 육체의 순결을 고집하는 것이 자유분방한 상상을 유발해 오히려 영혼을 더욱 불결하게 만드는 결과를 초래했기 때문이다. 더욱이 신에 대한 준엄한 추종은 오히려 영혼의 균형을 깨뜨려 자신에게 불안감을 줬다. 여기에서 그는 운명을 걸고 성패를 가름하는 시도를 하지 않으면 안 되었다. 즉 기독교와 결별한 것이다.

1893년 10월 지드는 친구인 화가 폴 로랑과 함께 아프리카 알제리로 여행을 떠난다. 그는 그 여행에서 과거의 너무나 병적인 고뇌, 낭만주의, 우울 등을 버리고 균형과 충실과 건강을 찾으려고 했다. 말하자면 고전주의에 대한 최초의 동경이었던 것이다. 이 여행 도중에 폐결핵에 걸린 지드는 치료를 받고 회복되면서 새로 태어난 느낌, 혹은 처음으로 충만하게 살아 있는 듯한 느낌을 받는다. 여행 중 그는 젊은 아랍인들과 동성애 관계를 갖고, 그의 건강 회복에 많은 도움을 받으며 동성애가 비정상적인 것이 아니라는 생각을 하게 된다. 나중에 가서야 그는 그러한 생각이 "내 인생의 드라마를 만든 끔찍한 방향 설정의 착오"였음을 고백하지만, 그 당시에 그는 어떤 부활한 자의 비밀 같은 것을 간직하고 돌아오면서, 자신을 일종의 초인으로 생각한다.

그때부터 그는 동시대인들을 부르주아 사회의 도덕적, 종교적 구속으로부터 해방하고, 그들에게 끊임없이 변화하는 열정적인 삶을 계시하는 것을 자신의 사명으로 여긴다. 그리하여 소생한 자의 비밀과 기쁨을 간직한 채 파리로 귀환하나, 과거에 그토록 동경했던 파리 문단과 살롱의 모습을 『팔뤼드』(1895)에서 죽음의 냄새로 가득 찬 곳으로 풍자하고 비판한다. 1895년 5월에는 어머니를 여읜다. 지드가 유일하게 의지할 것은 오직 마들렌에 대한 사랑뿐이었다. 몇 해 전, 지드의 구혼을 거절했던 마들렌도 지드의 필사적인 거듭된 구혼 앞에 마음을 열지 않을 수 없었다. 그해 10월에 두 사람은 모파상의 『여자의 일생』으로 알려진 노르망디의 에트르타 교회에서 결혼식을 올리고 알제리로 신혼여행을 떠난다. 그러나 두 사람의 결혼 생활은 그리 행복하지 못했다. 그 비밀은 그의 사후, 1951년에 발간된 『이제 그녀는 그대 안에 있다』에 자세히 서술되어 있다. 동성애적 취향의 지드는 마들렌같이 순결한 여자에게는 성적인 욕망이 없을 것이라고 단정하고 그녀와 부부 관계를 맺지 않았던 것이다. 마음으로는 서로 지극히 사랑하면서도 이른바 '하얀 결혼'을 유지해 마들렌은 일생 처녀로 지냈다고 한다. 그러나 그녀는 지드의 생애에 큰 위치를 차지하여 『앙드레 왈테르의 수기』의 에마뉘엘, 『배덕자』의 마르셀린, 『좁은 문』의 알리사에 그녀 모습이 짙게 투영되어 있다.

지드는 북아프리카 여행에서 얻은 경험을 토대로 생명 찬가라고 할 수 있는 일종의 산문시 『지상의 양식』(1897)과 생명 해방을 노래한 그 최초의 비극 소설 『배덕자』(1902)를 쓴다. 그는 여기서 스스로의 체험을 통해, 개인주의를 극단적으로 밀고 나갈 때 생기는 위험에 대해 경고하지만, 문단과 독자들의 큰 주목을 받지 못한다. 그런데 『좁은 문』(1909)에서는 그 반대로 종교적 이상을 위해 자연적 본능을 억압할 때 생기는 위험에 대해서 감동적으로 묘사해 대호평을 받고 프랑스 문학계의 한 중심축으로 자리 잡는다.

이제 지드는 새로운 사상의 계시자로 젊은 세대의 존경을 받는다. 그는 젊은이들의 비판 정신을 일깨우고, 그들에게 성실성과 진정성을 향한 험난한 길을 제시한다. 그 때문에 그는 도덕과 종교 전통을 고수하는 보수주의자들의 증오를 불러오는데, 그들은 그를 젊은이들을 타락시키고 기독교 사회를 파괴하며 문명 기초를 뒤흔드는 위험한 인물로 매도한다. 그들은 또한 지드의 문제 의식을 단지 동성애를 비롯한 성적인 차원의 해방으로 축소, 왜곡하려 한다. 하지만 지드의 반순응주의는 억압적인 사회가 부과하는 온갖 금기와 편견의 굴레로부터 개인을 해방하기 위한 살아 있는 정신의 투쟁이라 할 수 있다.

2차 세계대전이 일어날 때까지 지드는 왕성한 문학 활동을 펼친다. 1909년 그는 프랑스 문단에 새 바람을 불어넣은 《신 프랑스 평론(N.R.F.)》을 창간하는데, 이 잡지는 프랑스 유수한 출판사 가운데 하나인 갈리마르의 모체가 된다. 여기서 그는 신인들을 대거 발굴하여 세상에 내놓는 산파 역을 맡는데, 마르탱 뒤 가르, 자크 리비에르, 발레리 라르보 등이 이 잡지를 거쳐 나온 쟁쟁한 문인들이다. 다만 프루스트의 『스완네 집 쪽으로』의 출판 의뢰를 받고 거절하는 실수를 하는데, 나중에 다시 읽은 후, 자기 잘못을 인정하고 프루스트에게 사과했다는 일화가 전해진다. 1914년 『교황청의 지하도』를 이 잡지에 발표하면서 절친했던 친구이자 유명한 작가인 폴 클로델과 결별한다. 가톨릭교도로 지드를 개종하고자 심혈을 기울였던 클로델은 어둡고 몽매한 종교계를 한껏 야유하고, 동기 없는 범죄를 통해 인간의 완전한 자유를 실험하는 이 풍자적인 소설을 접한 후, 지드와 결정적으로 갈라선다. 인간에게 내재한 자기기만의 뿌리가 얼마나 깊은가를 한 개신교 목사를 통해 보여 주는 『전원 교향곡』(1919)을 거쳐, 1924년에는 자기 작품 가운데 가장 중요한 작품이라고 공언한 『코리동』을 발표한다. 여기서 지드는 대담하게도 동성애를 적극 옹호해서 상당한 물의를 일으키고 맹렬한 공격을 받는다. 양차대전 사이 불안에 찬 시기에 지드가 발표한 일련의 작품을 통해 그의 추종자와 지지자들이 주로 젊은 층을 중심으로 급속도로 확산됨에 따라 그의 적도 많이 생겼는데, 감각의 해방을 가르치고 열정의 자유를 부르짖으며 모든 인습과 순응주의로부터의 탈피를 외치는 '배덕주의자'이자 동성애자인 지드에 대해 특히 가톨릭계 작가들이 비판의 선봉에 서곤 했다. 1926년 지드 자신이 최초의, 유일한 소설로 명명한 『위폐범들』은 독창적인 기법을 통해 소설 장르를 혁신하며 누보로망의 선구적인 작품으로 평가받으며, 같은 해 지드가 마들렌과 결혼하기까지 자기 삶의 전반 이십육 년을 회고하는 자서전 『한 알의 밀이 죽지 않으면』이 발표된다.

이즈음 지드는 『위폐범들』을 탈고하자 마르크 알레그레와 함께 콩고로 여행을 떠난다. 이 여행은 그에게 커다란 전환점이 된다. 이후부터 그의 눈은 차차 사회 문제를 향해 크게 열린다. 그의 정신적인 변화라기보다 정신의 필연적인 진전인데, 허위와 부정에 대한 증오, 피압박자에 대한 사랑, 진실 추구의 욕구 등은 그의 변치 않는 정신적 태도였기 때문이다. 다만 눈이 그의 내면에서부터 외부 세계로 향한 것만이 달라진 셈이다. 그런데 이것이 그를 '현대의 양심'이라고 불리기에 마땅한 위대한 존재로 만든 중요한 계기가 되었던 것이다. 아프리카 여행 후, 정치 사회적인 문제들에 관심을 돌려, 그는 프랑스의 비인간적인 식민 정책과 제국주의를 비판하고, 콩고와 차드의 원주민들을 옹호하는 「콩고 기행」(1927)과 「차드에서 돌아오다」(1928)를 발표한다. 또한 그는 여성 문제를 다룬 3부작인 「여인들의 학교」(1929), 「로베르」(1930), 「즈느비에브」(1936)에서 에블린이라는 여인과 그녀의 딸 이야기를 통해 페미니즘적 시각에서 여성 해방에 대한 자기 입장을 피력한다. 그리고 그는 사회 정의를 실현하기 위한 결단으로 1932년 공산주의로 전향할 것을 선언해 세상을 깜짝 놀라게 한다. 하지만 소련의 현실을 직접 목격한 후 이내 혹독한 환멸을 느끼며, 자신의 판단 착오를

『소련 기행』(1936)과『나의 소련 기행에 대한 수정』(1937)에서 밝힌다.

　1938년 아내 마들렌이 세상을 떠나자 지드는 큰 충격을 받는다. 같은 해『이제 그녀는 그대 안에 있네』를 집필하는데, 1951년 지드가 작고한 후 출간되는 이 책은 이미『배덕자』와『좁은 문』에서 암시된 적 있는, 마들렌과의 결혼 생활의 비밀을 명확히 드러내며, 이 두 작품의 자전적 성격을 구체적으로 입증한다. 그는 여기서 자신이 사랑하는 한 여인의 삶을 망쳐 놓았음을 통렬히 후회한다. 2차 세계대전이 발발한 1939년, 지드는 열네 살 때부터 죽기 몇 달 전까지 꾸준히 쓴 그의『일기』(1889~1939)와『전집』을 발간하며, 독일 점령 아래 비시 정권에 대해 어떤 태도를 취할지 잠시 망설이다가, 프랑스 남부로 피신한 다음 북아프리카까지 간다. 전쟁이 끝난 후 귀국하자, 그 동안 항의와 원성의 대상이 되어 온 그에게 이제 많은 영광이 따른다. 1947년 옥스퍼드 대학에서 명예박사 학위를 받고, 같은 해 11월에는 노벨상을 수상한다. 아카데미 프랑세즈 회원으로 추대되었을 때 "나는 아직 그렇게 늙지는 않았다."라고 거절했던 그도 노벨 문학상은 기쁘게 받았다. 1949년 괴테 탄생 200주년을 맞이해서 토마스 만과 나란히 괴테 협회로부터 기념상을 받았으며, 1950년 마르크 알레그레가 제작한 영화「앙드레 지드와 함께」가 상연되어 큰 성공을 거둔다.

　만년의 지드는 한편으로는 다만 허무로 끝날 뿐이라고 믿는 죽음을 평온한 마음으로 기다리면서도, 다른 한편으로는 갈수록 개인 권리가 억압되는 전체주의 사회를 근심스러운 눈길로 지켜본다. 그럼에도 그는 젊은이들의 판단력과 반항 정신에 대한 신뢰를 잃지 않는다. 자신이 이룩한 업적과 인류를 위한 봉사에 대해 확고한 자신감을 가진 그는 자신의 정신적인 유언이라 할 수 있는 『테제』(1946)에서 아테네의 전설적인 영웅에 자신을 투영한다. 괴물을 퇴치하고 아테네를 건국한 테제처럼, 그는 현대 무신론적 휴머니즘의 선도자로, 신이 존재하지 않는 인간사회의 인도자로 자처하고 인정받는 것이다. 지병인 폐결핵이 재발한 지드가 1951년 2월 19일, 82세를 일기로 세상을 떠나자, 사르트르는 《현대》에 기고한 「살아 있는 지드」라는 글에서 20세기 인간들에게 무신론을 선포하고 인류의 완전한 자유를 선언한 지드의 공적에 대해 찬사를 아끼지 않았다.

『위폐범들』——모험의 소설 혹은 소설의 모험

이 작품은 1919년쯤에 착상되어 1925년 《신 프랑스 평론》 2월호부터 발표되기 시작했고 이듬해인 1926년에 단행본으로 출간되었다. 지드는 그의 픽션을 세 종류로 나누어 『배덕자』, 『좁은 문』, 『전원 교향곡』, 『이자벨』, 『여성의 학교』 3부작 등을 '이야기(récit)', 『팔뤼드』, 『교황청의 지하도』처럼 풍자적인 작품을 '풍자물(soties)'이라 부르고, 이 『위폐범들』만을 자신의 유일무이한 '소설(roman)'이라고 명명한다. 뿐만 아니라 이것은 지드가 '마지막 작품'이라고 생각하고 자신의 모든 것을 남김없이 쏟아 넣고자 한 소설이다.

사실 이 소설을 제외한 대다수 작품들은 짧고 간결하고, 작가의 개인적인 드라마만 표현하며, 외적이고 우발적인 사건이

거세된, 요컨대 상징적인 성격이 강한 정리(定理)소설(roman-théorème)이었다. 젊었을 때 지드는 자연주의 작품의 비속함과 조악함에 염증을 느끼고 도덕 분석이나 서정 토로, 아이러니와 패러디 경향에 보다 큰 관심을 뒀다. 그러나 자신의 부단한 비판 정신과 연륜과 더불어 확대되어 간 경험 등으로 인해 청년기에 품었던 소설적 이상에 대해 반성한다. 하나의 작품이란 닫힌 영역 이상의 것이다. 그는 가능한 한 개방되어 있으며, 현존하는 삶을 나타내는 모든 것을 집결하는 총화(總和)소설(roman-somme)을 구상한다. 따라서 지드가 특별한 의미를 부여하는 '소설'은 차원이 가장 방대하며, 작가의 명성을 정착시킬 수 있는 야심만만한 용어로 사용되었다. 이런 점에서 '소설'은 고전 비극의 주인공들처럼 유일하고 제한적인 문제만을 다루는 단선(單線)적이고 한정된 연대기로서의 '이야기'와 구별되고, 환상과 기묘가 혼합된 풍자적이고 비판적인 이야기인 '풍자물'과도 구별되는 것이다.

그러므로 『위폐범들』에는 여러 서로 다른 플롯들이 여섯 가정, 즉 프로피탕디외 가(家), 몰리니에 가, 파사방 가, 브델아자이스 가, 라 페루즈 가, 소프로니스카 가 등을 중심으로 복잡하게 얽히고, 세대가 서로 다른 거의 모든 연령층이 망라된다. 인물들을 나이별로 분류해 보면, 소년층(7명), 청소년층(7명), 청년층(10명), 장년층(10명), 노년층(3명) 등으로, 다양한 일을 하는 인물들이 약 마흔여 명 등장한다. 직업별로 보면 중학생(7명), 고등학생(7명), 법조인(3명), 소설가(2명), 의사(2명), 교사(2명), 목사(2명), 주부(6명), 하인(2명), 무직(1명) 등이다. 게다가 이 소설에 나오는 주제는 무려 51개나 된다고 어떤 평론가는 분석한다. 이렇듯 이 소설은 많은 인물들과 숱한 주제들이 서로 교차되면서 뒤엉킨 채 용해된, 겉으로는 지극히 혼란스러운 인상을 주는 작품이다.

『위폐범들』이라는 제목은 스트루빌루라는 인물에 조종되어 위조화폐를 은밀하게 통용하는 중학생 소년들의 일화에서 비롯되었는데, 사실은 상징적인 의미도 제목에 내포한다. 즉 소설 세계 거의 모든 인물들에겐, 정도의 차이는 있겠지만, 거의 모두 위조화폐의 가치밖에 없다. 대다수 인물들은 서로 속이고, 자기 자신마저 속이는 자기기만적인 총체적 거짓 세계에 사는 것이다. 골드만의 말처럼 "타락한 사회에서 타락한 방법으로 진정성을 추구하려는" 베르나르 같은 몇몇 예외적인 인물이 없는 것은 아니지만, 이 소설에 의하면 인간으로서 다소나마 위폐범 같은 요소가 없는 사람은 없다는 것을 작가는 우리에게 보여 준다. 다시 말하면, 소설 세계 등장인물들은 횡적으로는 서로 본질과 진심을 은폐하고, 거짓 연기로 관계를 맺으며, 종적으로는 그 연기의 끈을 쥐고 마음대로 흔드는 숨은 조종자 사이에서 지배-피지배 관계가 거미줄처럼 얽힌 세계에서 사는 것이다. 이러한 외적 상황에 대해 각 중요 인물들의 행동 궤적을 크게 세 범주로 묶어 유형화하면 다음과 같다.

1) 맹종 인물군 ── 아자이스, 브델, 스트루빌루, 샤를, 뱅상, 릴리앙, 사라, 레옹, 조르주, 필립
2) 체념 인물군 ── 보리스, 아르망, 로라, 라셸, 폴린, 라 페루즈
3) 반항 인물군 ── 베르나르, 올리비에, 에두아르

그런데 이 인물들 중에서 베르나르와 올리비에의 행동 양식에 각별한 의미가 있는 것은 베르나르가 단순히 아버지에 대한 반항심으로 가출 후 다시 귀가하고, 올리비에도 에두아르와 결별 후 결국 결합했다는데 있지 않다. 그것은 여러 대립 과정을 거치는 동안, 어떤 도그마에도 굴복하지 않고, 체념하지 않으면서 성실하게 자아의 진정성을 모색하는 노력 과정 때문이다. 엄밀한 의미에서 인간은 결코 이 진정성에 도달할 수 없을 것이며, 종횡으로 얽힌 지배와 연기의 촘촘한 그물망으로부터 아무도 완전히 자유로울 수 없을 것이다. 따라서 인간이 할 수 있고, 또 해야 하는 것은 개인의 고유성과 자율성을 가능한 한 확보하면서 자유롭고 진정한 삶을 쟁취하려는 끊임없는 노력뿐인지도 모른다.

이런 의미에서 두 인물, 특히 베르나르의 삶의 양식은 한 쪽 두각시에서 진정한 인간이 되어 가는 과정, 곧 생성과 성장의 궤적이라 할 수 있다. '진정한 자아'의 발견과 그 발전을 위한 삶, 아니 구체적인 '삶', 그 자체가 바로 베르나르 삶의 목표가 된다. 그 무엇을 위한 수단인 삶이 아니라, 삶이 곧 목적이기 때문에 '어떻게 살아야 하는가.'라는 근원적인 질문은 오직 '살아가면서' 스스로 깨달아야 한다는 것이다. 기만에서 진정성으로, 반항에서 조화로, 대립에서 지양으로 이행하는 지속적인 노력 과정이 바로 목적인 삶, 이것이 지드가 이 소설에서 추구한 가장 의미 있는 삶의 양식일 것이다. 이것은 '지드주의(Gidisme)'라고 부를 수 있는 그 가치관의 소설적 구현이라고 볼 수 있다. 그것은 항상 새롭고 충실한 노력을 바쳐 자기 자신에 의해 자기 안에 있는 진실을 찾아서, 스스로 선택하고 만든 가치관에 입각해 행동하는 모험적인 삶의 태도를 말한다.

한편 『위폐범들』이 프랑스 문학사에서 비중 있게 다루어지고, 비평가들의 비상한 관심을 야기하며, 지금까지도 많은 프랑스 대학에서 교재로 삼을 뿐 아니라, 수많은 논문과 연구 서적 들이 쏟아져 나오는 것은 단순히 이 작품이 '이 소설 이전 지드의 전 작품을 종합하는 듯한' 소설이거나 제도와 인습에 대한 반항, 가족과 세대 간 갈등, 동성애, 성실성, 선과 악 문제, 소설 창작과 삶의 관계 등 수많은 지드적인 주제로 넘치기 때문만은 아니다. 그것은 지드가 이 소설에서 의욕적으로 시도한 새로운 미학적 시도 때문이다. 이 새로운 시도로 평론가들은 이 소설을 소설 장르의 전통적인 개념을 거부한 반소설의 모델이라고 규정하며, 작품 자체의 기술 혁신과 의도의 측면에서 지드를 누보로망의 선구자로 높이 평가하는 것이다.

사실상 지드는 이 소설을 구상하고 집필하는 과정을 이례적으로 『위폐범들의 일기』라는 독특한 저술에서 소상히 밝혀 놓았는데, 『위폐범들』을 쓰면서 그의 주된 관심이 어디 있었는가는 거기에 잘 나타난다. 그의 관심사는 무엇을 쓸 것인가에 있었다기보다는 어떻게 쓸 것인가에 있었다. 그래서 그는 무엇보다도 소설 기법에, 특히 구성 문제에 골몰한다. 그가 『위폐범들』에서 구체화한 혁신적인 구성 기법은 대략 두 가지로 압축할 수 있다. 하나는 바흐의 대위법을 소설에 적용해 음악적인 구조를 지닌 다성(多聲)적(polyphonique) 소설을 만들고자 하는 푸가(fugue) 기법이며, 다른 하나는 문장(紋章) 구조에서 착안한 미장아빔(mise en abyme) 기법이다.

지드는 1919년, 『위폐범들의 일기』 첫머리에서 "나는 세자르 프랑크가 했던 방식대로 안단테 모티브와 알레그로 모티브를 병치하고 배열하고자 애쓰는 음악가와 같다."라고 쓴다. 실제로 『위폐범들』에서도 소설가 에두아르의 입을 통해 "내가 하고 싶은 것은 '푸가 기법'으로 간주될 수 있는 어떤 것이다. 나는 음악에서 가능했던 것이 문학에서는 왜 불가능한지 그 이유를 알 수 없다."라고 피력한다. 1921년 사이에 쓰인 그의 『일기』에서도 여러 번에 걸쳐 푸가에 몰두하고, 바흐에 열중하는 모습을 확인할 수 있다.

기 미쇼라는 평론가는 지드가 실제로 푸가 기법을 소설에 어떻게 적용했는지 분석했다. 먼저 그는 소설 속 다양한 인물들의 복잡한 행동 양상을 크게 네 플롯으로 분류했는데 1) 베르나르의 모험, 2) 뱅상의 사랑, 3) 에두아르와 파사방 사이의 올리비에, 4) 조르주와 그의 패거리다. 푸가의 요소로, 주제(위폐), 주제에 대한 화답(정신적 위폐), 반주제(모험), 반주제에 대한 화답(성실성), 지속 저음(pédale), 화음(accords) 등으로 분류해 소설 1부 18장, 2부 7장, 3부 18장 전체를 하나의 정교한 악보처럼 분석하고 재구성했다. 미쇼는 소설 내적인 구조를 다음과 같은 다소 도식적인 선/악의 대칭 구조로 정리하는데, 여기서 주제 각각은 A-1/B-1, A-2/B-2, A-3/B-3 쌍을 이루며 서로 대립하고 그 경계선에 올리비에를 올려놓았다.

A) 선인들
　A-1) 지속저음 ― 예술에 있어서 진실을 추구하는 에두아르
　A-2) 반주제 ― 삶에 있어서 진실을 추구하는 베르나르

A-3) 반주제에 대한 화답―사랑에 있어서 진실을 추구
하는 로라

B) 악인들

B-1) 반지속저음―파사방 또는 예술에 있어서 위폐

B-2) 주제―조르주와 그의 패거리 또는 삶에 있어서
위폐

B-3) 주제에 대한 화답―뱅상 또는 사랑에 있어서 위폐

C) 중심축(pivot)―선과 악 사이의 올리비에

그리고 미쇼는 다양한 테마들을 통합하는 내적인 심오한
질서이자 소설의 보이지 않는 원리를 악마라고 상정하고, 악마
의 개입과 간섭으로 소설이 작동된다 하여 이 작품이 악마적
인 거울의 유희로 이루어진 소설이라고 파악했다. 거울의 유희
부분은 미장아빔 기법 분석을 통해 좀 더 명료하게 이해할 수
있을 것이다.

미장아빔이란 1893년 지드의 일기에서 첫 선을 보인 용어인
데, 원래는 문장(紋章) 또는 가문학(家紋學)에서 비롯된 표현이
다. 아빔은 방패꼴 문장 중심부를 지칭하며, 문장 방식이란 하
나의 문장 속 중심부에 또 하나의 문장을 새겨 넣는 방식을
뜻하므로, 미장아빔을 번역하면 '중심문(中心紋) 새겨 넣기'라
고 할 수 있다. 지드는 회화에서도 유사한 기법을 발견하고 이
것을 나름대로 이론화해 처음으로 이야기 구조에 적용하고자
했다. 비유컨대 마치 작은 볼록거울이 소설 공간 중심부에 박
혀서 소설 주제나 구조, 또는 소설 그 자체를 반영하는 방식이
이 기법의 원래 의미라고 할 수 있다. 그런데 일반적으로 그것

은 다른 이야기 속에 어떤 이야기를 집어넣는 방식, 즉 토도로
프가 말한 이야기 속 이야기를 배열하는 방식 중 하나인 상감
(象嵌, enchassement) 기법, 또는 격자식(格子式) 이야기의 특수
한 한 형태로 간주된다.

중요한 작중 인물 중 하나인 에두아르의 직업이 소설가이
고, 『위폐범들』의 3분의 1정도가 그의 일기라는 측면에서 볼
때, 『위폐범들』은 주로 그의 일기를 통해 그의 주변 세계와 소
설 장르 자체에 대하여 부단히 성찰하고 비판하면서, 그 자신
의 소설인 『위폐범들』을 구상하고 집필하고 반성하는 한 소설
가의 드라마를 보여 주는 소설이라고 볼 수 있다. 이러한 주제
에 대해 지드는 『위폐범들의 일기』에서, 외적인 사실과 소설화
의 노력이라는 문제가 소설의 중요 주제일 뿐 아니라, 이야기
를 이탈시키는 새로운 중심이라고 단언하며 그 중요성을 역설
한다. 『위폐범들의 일기』는 지드가 『위폐범들』을 쓰는 과정에
서 비롯했으며, 『위폐범들』 속 에두아르의 일기도 역시 에두아
르 자신이 소설을 쓰는 과정에서 수반된 것이다. 여기서 현실
과 허구라는 두 세계는 구조적인 동질성을 띤다. 더구나 지드
의 소설과 에두아르의 소설은 각각 그 주제도 거의 같을 뿐 아
니라, 제목까지 똑같다는 점을 감안해 보면, 에두아르의 일기
와 소설이라는 소우주는 지드의 일기와 소설이라는 대우주를
미장아빔 기법으로 새겨 넣은 중심문이라고 볼 수 있다.

에두아르의 일기와 소설에 대한 이야기가 함축하는 의미는
두 가지 측면에서 정리할 수 있다. 첫째, 글쓰기 측면이다. 중요
한 것은 에두아르가 결국 소설 쓰기에 실패했다는 이야기 결
과가 아니라, 이야기 과정 그 자체, 즉 구상하고 만들어 보고

검증하고 부수어 다시 구상하기를 되풀이하는 진지하고 어려운 글쓰기 과정이다. 이것에 의하여 독자들은 에두아르의 소설이 태동하여 생성되는 현장을 목격하고, 그 결과 지드의 소설이 고통스럽게 창조되는 과정을 충분히 유추하며, 『위폐범들』을 하나의 생산품, 즉 이미 작업이 완결된 닫힌 상태가 아니라, 현실에서 허구로 진행 중인 열린 가능성으로 지각한다.

둘째, 독자의 읽기 측면이다. 에두아르는 지드와 마찬가지로 자신의 주변 세계를 소설화하는 글쓰기 과정이 주제인 소설을 쓰는 중이다. 마찬가지로 에두아르의 소설 『위폐범들』 속 인물 오디베르도 작가 에두아르처럼 그의 주변 세계를 소설화하는 글쓰기 과정이 주제인 소설을 쓰는 중이다. 이와 같이 글쓰기 과정이 주제인 소설을 쓰기 위해 오디베르도 작가 자신과 마찬가지로 소설가를 중심인물로 설정하여, 그 소설가-인물의 현실을 소설화하는 소설을 쓰는 중인 소설을 쓸 것이다······. 이 같은 논법은 이론적으로 얼마든지 계속될 수 있기 때문에 독자로 하여금 마치 거울 놀이를 할 때처럼 무한한 심연으로 빨려 들어가게 만들 듯 보인다. 지드의 이 기법에 대해, 형이상학적인 현기증을 일으키고, 깊이와 신비의 환영을 유발한다고 한 어느 평론가의 지적은 이런 의미에서 매우 적절하다고 본다. 그러므로 이 소설에서 지드의 이 기법은 하나의 심층적 구조로서 구성의 내적인 중심 원리라고도 볼 수 있다.

소설은 현실의 충실한 재현이라는 전통적인 사실주의의 명제를 "소설은 큰길을 따라 산책하는 거울"이라는 스탕달의 유명한 거울 비유로 집약할 수 있다면, 미장아빔이라는 지드의 거울은 현실의 거울이라기보다는 '소설의 거울'이라고 볼 수 있다. 여기서 소설의 거울이라는 의미는 소설 내부에 소설의 다양한 메시지들을 응집하는 거울들과 소설 그 자체의 약호 체계를 집약하는 거울이 동시에 존재한다는 뜻이다. 이것은 미장아빔을 '기술(記述)의 나르시시즘'이라고 한 평론가 리카르두의 표현과 그 맥을 같이한다고 할 수 있다. 요컨대 스탕달의 주안점이 무엇을 비출 것인가에 있었다면, 지드에게 중요한 것은 어떻게 비출 것인가의 문제였다.

비록 『위폐범들』에 적용된 이 기법이 너무 명백하다고 비판하거나, 이 소설 자체가 걸작 수준은 되지 못한다는 부분적인 폄하가 없는 것은 아니지만, 우리가 높이 사는 것은 새로운 형태에 대한 지드의 미학적인 탐구와 모험 정신이다. 바로 그 열매인 이 기법은 소설 내적인 공간을 확장하는 미학적 효과와 더불어, 소설 구조의 새로운 가능성을 제시하는 것이다. 이는 사실주의적 구습으로부터 한 걸음도 벗어나지 못한 채, 답보 상태에 봉착한 소설 장르에 돌파구를 열고자 노력하는 지드다운 성실한 암중모색의 결과이기도 한 것이다. 그리하여 '글쓰기의 모험'이라고 불리는 누보로망에 이르러 우리는 한층 세련된 모습으로 다채롭게 재현되면서 활짝 꽃을 피우는 미장아빔 기법을 다시 만나게 되는 것이다.

2010년 7월

동성식(창원대학교 불문학과 교수)

옮기고 나서

　지드는 평생 끊임없이 자신을 재구성한다는 기도를 품고 있었다. 그 기도를 지배하는 계획에 따라 그는 늘 활동을 한 것이다. 몽테뉴의 글을 평생 읽었던 지드는 '나'를 결코 고정하지 않았다고 평자들은 말한다. 따라서 그의 수많은 작품들은 다양하고 서로 상반되는 내용으로 구성된 것을 볼 수 있다. 최근 출간된 플레이야드 총서에 수록된 '회상록' 그리고 '여행기'들 또한 그 같은 복합적인 것을 보여, 현실의 이중성과 그가 얼마나 끈질긴 대화를 했던가를 잘 보여 준다.

　그는 1927년 6월 일기에 다음과 같은 말을 남겼다. "대화 자체를 없애 버리는 것은 삶의 발전을 멈추게 하는 것이다. 모든 것은 조화에 이르는 것이다. 더욱 거칠었고 더욱 끈질겼던 상치(相馳)일수록, 화해의 무르익음은 더욱 깊고 그 폭이 넓은 것이다." 『위폐범들』을 다시 읽으며, 위에 서술한 지드의 면모를 다시 한 번 되새겨 볼 기회를 가졌다. 그리고 1927년에 발표된

이 작품에서 소설 내용과 그 형식의 변화를 볼 수 있다는 것은, 이미 그때 지드가 새로운 소설을 시도했다는 이야기여서 놀랍기도 하다.

　필자의 은사이신 이휘영 선생께서 생전에, 지드의 여러 작품을 소개하신 바 있다. 그중 『위폐범들』에 대해 늘 깊은 관심을 표시하셨다. 그리하여 이미 번역 출판된 『위폐범들』에 대해 아쉬움을 보이시며 다시 꼭 손을 보고 싶다고 자주 말씀하셨다. 그러나 그 뜻을 이루지 못하고 타계하셨다.

　그 후 선생님의 아드님이 선생님께서 번역하셨던 원고를 나에게 전했다. 퍽 오래전 일이다. 선생님 뜻을 이뤄 드리는 것이 내 의무라 생각했으나 다른 일에 밀려 미루어 오다, 선생님 원고를 저본으로 삼아 새로 번역에 착수했는데 결코 쉬운 작업은 아니었다. 그러나 흥미 있고 매력적인 일이었다. 따라서 오류나 그 외 잘못된 점은 전적으로 필자 책임이다.

　지드의 생애와 작품 해설은, 서울대학교에서 최초로 지드 작품을 다룬 논문으로 박사학위를 받고 그 외 지드에 관한 저서를 낸 바 있는 창원 대학교의 동성식 교수에게 의뢰했다.

　이 작품의 탈고를 오래 기다리며 배려해 준 민음사 박맹호 회장께 감사하고 원고 정리를 한 민음사 편집부의 노고에 고마움을 표시한다.

2010년 7월
원윤수

작가 연보

1869년   11월 22일 파리 메디시스 가에서 파리대학 법학부
         교수 폴 지드와 부르주아 출신 쥘리에트 롱도 사이
         에서 출생.

1877년   유복한 개신교 집안 아이들이 다니는 알자스 학원
         에 입학. 홍역에 걸려 외조부 에두아르 롱도 소유의
         라 로크 성에서 요양. 건강이 좋지 않아서 학교 생
         활을 제대로 하지 못함.

1880년   10월, 아버지 사망.

1881년   어머니와 함께 몽펠리에로 가서 생활. 신경증 발작.

1882년   어머니의 불륜을 알고 괴로워하는 외사촌 누이 마
         들렌을 사모하고 있음을 깨달음.

1883년   파리에 있는 앙리 보에르 댁에서 반 기숙 생활. 규
         칙적으로 일기를 쓰기 시작.

1889년   소르본 대학교에 진학.

1890년	12월, 몽펠리에에서 폴 발레리와 처음 만나 깊은 우정을 나눔.
1891년	1월, 마들렌이 결혼 거부.『앙드레 왈테르의 수기』 익명 발표. 말라르메의 화요회에 출입. 12월 오스카 와일드와 첫 만남.『나르시스론』 발표.
1892년	『앙드레 왈테르의 시』 발표. 11월, 군복무를 하다가 결핵으로 전역.
1893년	『위리앵의 여행』,『사랑의 시도』 발표.
1895년	『팔뤼드』 출간. 5월에 어머니 폴 지드가 사망하고 한 달 후 외사촌 누이 마들렌과 약혼. 10월에 결혼.
1896년	5월, 라 로크 마을 최연소 시장으로 선출.
1897년	『지상의 양식』 발표.『문학과 도덕의 제 문제에 대한 고찰』 발표.
1898년	아내와 이탈리아 여행을 갔다가 그의 모델이 되겠다는 소년들과 쾌락에 빠짐.
1902년	1월,『배덕자』 발표.
1904년	『사울』,『프레텍스트』,『오스카 와일드』 발표.
1908년	『서한집을 통해 본 도스토옙스키』 발표. 코포, 슐랭베르제, 게옹, 자크 리비에르와 월간 문예지 《N.R.F.》 창간.
1909년	『좁은 문』 발표.《N.R.F.》의 영향력 확장.
1911년	N.R.F.가 가스통 갈리마르를 중심으로 출판사 설립.
1913년	로제 마르탱 뒤 가르와 만나 생애 가장 친한 친구로 지냄.『위폐범들』에서 로제 마르탱 뒤 가르에게 헌사를 바침.

1914년	『교황청의 지하도』 발표. 친구 클로델은 이 작품이 어둡고 몽매한 종교계를 야유하고 범죄를 통해 인간을 실험한다고 비판하며 지드와 절교.
1916년	집안 친구 알레그레 목사의 16세 아들 마르크와 연애 시작.
1919년	『전원 교향곡』 발표. 『위폐범들』 집필 시작.
1923년	벨기에 화가 테오 반 리셀베르그의 부인, 엘리자베트 반 리셀베르그와의 사이에서 딸 카트린 출생. 아내가 죽은 후 1938년에 딸을 자기 호적에 입적.
1926년	콩고 여행. 『위폐범들』 발표. 『한 알의 밀이 죽지 않으면』 보급판 출간.
1927년	「콩고 기행」 발표.
1928년	「차드에서 돌아오다」 발표.
1929년	「여인들의 학교」 발표.
1930년	「로베르」 발표.
1935년	「새로운 양식」 발표.
1936년	「주느비에브」, 『소련 기행』 발표.
1937년	『나의 소련 기행에 대한 수정』 발표로 공산주의와 결별 선언.
1938년	아내 마들렌 사망. 큰 충격을 받고 『이제 그녀는 그대 안에 있네』 집필. 지드 사후 1951년에 발표.
1939년	열네 살 때부터 꾸준히 써 온 『일기』 발표. 《N.R.F.》에서 사퇴.
1947년	옥스퍼드 대학교 명예 박사 학위 수여. 11월에 노벨 문학상 수상.

1948년	『프랑시스 잠과의 편지』 발표. 소극『교황청의 지하도』 발표.
1951년	지병인 폐결핵이 재발하여 2월 19일, 82세를 일기로 사망.
1955년	앙드레 지드 - 폴 발레리 『서한집』 출간.
1963년	앙드레 지드 - 앙드레 쉬아레스 『서한집』 출간.
1968년	앙드레 지드 - 로제 마르탱 뒤 가르 『서한집』 출간.
2001년	지드의 회상록과 여행기들을 엮은 플레이야드 총서가 '회상록과 여행기'라는 제목으로 출간.

세계문학전집 **249**

위폐범들

1판 1쇄 펴냄 2010년 7월 2일
1판 16쇄 펴냄 2022년 6월 28일

지은이 앙드레 지드
옮긴이 원윤수
발행인 박근섭, 박상준
펴낸곳 (주)민음사

출판등록 1966. 5. 19. (제 16-490호)
서울특별시 강남구 도산대로1길 62(신사동) 강남출판문화센터 5층 (우편번호 06027)
대표전화 02-515-2000 팩시밀리 02-515-2007
www.minumsa.com

© 원윤수, 2010. Printed in Seoul, Korea

ISBN 978-89-374-6249-8 04800
ISBN 978-89-374-6000-5 (세트)

세계문학전집 목록

1·2 **변신 이야기** 오비디우스 · 이윤기 옮김 서울대 권장도서 100선

3 **햄릿** 셰익스피어 · 최종철 옮김 서울대 권장도서 100선 | 미국대학위원회 선정 SAT 추천도서

4 **변신 · 시골의사** 카프카 · 전영애 옮김 서울대 권장도서 100선

5 **동물농장** 오웰 · 도정일 옮김 미국대학위원회 선정 SAT 추천도서 | 《타임》 선정 현대 100대 영문소설

6 **허클베리 핀의 모험** 트웨인 · 김욱동 옮김 《뉴스위크》 선정 100대 명저

7 **암흑의 핵심** 콘래드 · 이상옥 옮김 미국대학위원회 선정 SAT 추천도서 | 《뉴스위크》 선정 10대 명저

8 **토니오 크뢰거 · 트리스탄 · 베니스에서의 죽음** 토마스 만 · 안삼환 외 옮김 노벨 문학상 수상 작가

9 **문학이란 무엇인가** 사르트르 · 정명환 옮김

10 **한국단편문학선 1** 김동인 외 · 이남호 엮음 국립중앙도서관 선정 청소년 권장도서

11·12 **인간의 굴레에서** 서머싯 몸 · 송무 옮김

13 **이반 데니소비치, 수용소의 하루** 솔제니친 · 이영의 옮김 노벨 문학상 수상 작가

14 **너새니얼 호손 단편선** 호손 · 천승걸 옮김

15 **나의 미카엘** 오즈 · 최창모 옮김

16·17 **중국신화전설** 위앤커 · 전인초, 김선자 옮김

18 **고리오 영감** 발자크 · 박영근 옮김

19 **파리대왕** 골딩 · 유종호 옮김 노벨 문학상 수상 작가 | 《타임》 선정 현대 100대 영문소설

20 **한국단편문학선 2** 김동리 외 · 이남호 엮음

21·22 **파우스트** 괴테 · 정서웅 옮김 서울대 권장도서 100선 | 미국대학위원회 선정 SAT 추천도서

23·24 **빌헬름 마이스터의 수업시대** 괴테 · 안삼환 옮김

25 **젊은 베르테르의 슬픔** 괴테 · 박찬기 옮김 논술 및 수능에 출제된 책(1998~2005)

26 **이피게니에 · 스텔라** 괴테 · 박찬기 외 옮김

27 **다섯째 아이** 레싱 · 정덕애 옮김 노벨 문학상 수상 작가

28 **삶의 한가운데** 린저 · 박찬일 옮김

29 **농담** 쿤데라 · 방미경 옮김

30 **야성의 부름** 런던 · 권택영 옮김

31 **아메리칸** 제임스 · 최경도 옮김

32·33 **양철북** 그라스 · 장희창 옮김 노벨 문학상 수상 작가 | 서울대 권장도서 100선

34·35 **백년의 고독** 마르케스 · 조구호 옮김 노벨 문학상 수상 작가 | 서울대 권장도서 100선

36 **마담 보바리** 플로베르 · 김화영 옮김 서울대 권장도서 100선

37 **거미여인의 키스** 푸익 · 송병선 옮김

38 **달과 6펜스** 서머싯 몸 · 송무 옮김

39 **폴란드의 풍차** 지오노 · 박인철 옮김

40·41 **독일어 시간** 렌츠 · 정서웅 옮김

42 **말테의 수기** 릴케 · 문현미 옮김

43 **고도를 기다리며** 베케트 · 오증자 옮김 노벨 문학상 수상 작가 | 서울대 권장도서 100선

44 **데미안** 헤세 · 전영애 옮김 노벨 문학상 수상 작가

45 젊은 예술가의 초상 조이스·이상옥 옮김 서울대 권장도서 100선

46 카탈로니아 찬가 오웰·정영목 옮김

47 호밀밭의 파수꾼 샐린저·공경희 옮김 《타임》 선정 현대 100대 영문소설 | 미국대학위원회 선정
SAT 추천도서 | 《뉴스위크》 선정 100대 명저 | BBC 선정 꼭 읽어야 할 책

48·49 파르마의 수도원 스탕달·원윤수, 임미경 옮김

50 수레바퀴 아래서 헤세·김이섭 옮김 노벨 문학상 수상 작가 | 국립중앙도서관 선정 청소년 권장도서

51·52 내 이름은 빨강 파묵·이난아 옮김 노벨 문학상 수상 작가

53 오셀로 셰익스피어·최종철 옮김 서울대 권장도서 100선

54 조서 르 클레지오·김윤진 옮김 노벨 문학상 수상 작가

55 모래의 여자 아베 코보·김난주 옮김

56·57 부덴브로크 가의 사람들 토마스 만·홍성광 옮김 노벨 문학상 수상 작가

58 싯다르타 헤세·박병덕 옮김 노벨 문학상 수상 작가

59·60 아들과 연인 로렌스·정상준 옮김 《뉴스위크》 선정 100대 명저

61 설국 가와바타 야스나리·유숙자 옮김 노벨 문학상 수상 작가 | 서울대 권장도서 100선

62 벨킨 이야기·스페이드 여왕 푸슈킨·최선 옮김

63·64 넙치 그라스·김재혁 옮김 노벨 문학상 수상 작가

65 소망 없는 불행 한트케·윤용호 옮김 노벨 문학상 수상 작가

66 나르치스와 골드문트 헤세·임홍배 옮김 노벨 문학상 수상 작가

67 황야의 이리 헤세·김누리 옮김 노벨 문학상 수상 작가

68 뻬쩨르부르그 이야기 고골·조주관 옮김

69 밤으로의 긴 여로 오닐·민승남 옮김 노벨 문학상 수상 작가 | 미국대학위원회 선정 SAT 추천도서

70 체호프 단편선 체호프·박현섭 옮김

71 버스 정류장 가오싱젠·오수경 옮김 노벨 문학상 수상 작가

72 구운몽 김만중·송성욱 옮김 서울대 권장도서 100선 | 국립중앙도서관 선정 청소년 권장도서

73 대머리 여가수 이오네스코·오세곤 옮김

74 이솝 우화집 이솝·유종호 옮김 논술 및 수능에 출제된 책(1998~2005)

75 위대한 개츠비 피츠제럴드·김욱동 옮김 《타임》 선정 현대 100대 영문소설

76 푸른 꽃 노발리스·김재혁 옮김

77 1984 오웰·정회성 옮김 《타임》 선정 현대 100대 영문소설 | 《뉴스위크》 선정 100대 명저

78·79 영혼의 집 아옌데·권미선 옮김

80 첫사랑 투르게네프·이항재 옮김

81 내가 죽어 누워 있을 때 포크너·김명주 옮김 노벨 문학상 수상 작가

82 런던 스케치 레싱·서숙 옮김 노벨 문학상 수상 작가

83 팡세 파스칼·이환 옮김

84 질투 로브그리예·박이문, 박희원 옮김

85·86 채털리 부인의 연인 로렌스·이인규 옮김

87 그 후 나쓰메 소세키·윤상인 옮김

88 오만과 편견 오스틴·윤지관, 전승희 옮김 미국대학위원회 선정 SAT 추천도서

89·90 부활 톨스토이·연진희 옮김 논술 및 수능에 출제된 책(1998~2005)

91 방드르디, 태평양의 끝 투르니에·김화영 옮김

92 미겔 스트리트 나이폴·이상옥 옮김 노벨 문학상 수상 작가

93 뻬드로 빠라모 룰포·정창 옮김

94 차라투스트라는 이렇게 말했다 니체·장희창 옮김 국립중앙도서관 선정 청소년 권장도서

95·96 적과 흑 스탕달·이동렬 옮김 국립중앙도서관 선정 청소년 권장도서

97·98 콜레라 시대의 사랑 마르케스·송병선 옮김 노벨 문학상 수상 작가 | BBC 선정 꼭 읽어야 할 책

99 맥베스 셰익스피어·최종철 옮김 서울대 권장도서 100선 | 미국대학위원회 선정 SAT 추천도서

100 춘향전 작자 미상·송성욱 풀어 옮김 서울대 권장도서 100선

101 페르디두르케 곰브로비치·윤진 옮김

102 포르노그라피아 곰브로비치·임미경 옮김

103 인간 실격 다자이 오사무·김춘미 옮김

104 네루다의 우편배달부 스카르메타·우석균 옮김

105·106 이탈리아 기행 괴테·박찬기 외 옮김

107 나무 위의 남작 칼비노·이현경 옮김

108 달콤 쌉싸름한 초콜릿 에스키벨·권미선 옮김

109·110 제인 에어 C. 브론테·유종호 옮김 BBC 선정 꼭 읽어야 할 책

111 크눌프 헤세·이노은 옮김 노벨 문학상 수상 작가

112 시계태엽 오렌지 버지스·박시영 옮김 《타임》 선정 현대 100대 영문소설 | 《뉴스위크》 선정 100대 명저

113·114 파리의 노트르담 위고·정기수 옮김 미국대학위원회 선정 SAT 추천도서

115 새로운 인생 단테·박우수 옮김

116·117 로드 짐 콘래드·이상옥 옮김 《뉴스위크》 선정 100대 명저

118 폭풍의 언덕 E. 브론테·김종길 옮김 미국대학위원회 선정 SAT 추천도서

119 텔크테에서의 만남 그라스·안삼환 옮김 노벨 문학상 수상 작가

120 검찰관 고골·조주관 옮김

121 안개 우나무노·조민현 옮김

122 나사의 회전 제임스·최경도 옮김 미국대학위원회 선정 SAT 추천도서

123 피츠제럴드 단편선 1 피츠제럴드·김욱동 옮김

124 목화밭의 고독 속에서 콜테스·임수현 옮김

125 돼지꿈 황석영

126 라셀라스 존슨·이인규 옮김

127 리어 왕 셰익스피어·최종철 옮김 서울대 권장도서 100선 | 《뉴스위크》 선정 100대 명저

128·129 쿠오 바디스 시엔키에비츠·최성은 옮김 노벨 문학상 수상 작가

130 자기만의 방 울프·이미애 옮김

131 시르트의 바닷가 그라크·송진석 옮김

132 이성과 감성 오스틴·윤지관 옮김

133 바덴바덴에서의 여름 치프킨·이장욱 옮김

134 새로운 인생 파묵·이난아 옮김 노벨 문학상 수상 작가

135·136 무지개 로렌스·김정매 옮김

137 인생의 베일 서머싯 몸·황소연 옮김

138 보이지 않는 도시들 칼비노·이현경 옮김

139·140·141 연초 도매상 바스·이운경 옮김 《타임》 선정 현대 100대 영문소설

142·143 플로스 강의 물방앗간 엘리엇·한애경, 이봉지 옮김 미국대학위원회 선정 SAT 추천도서

144 연인 뒤라스·김인환 옮김

145·146 이름 없는 주드 하디·정종화 옮김

147 제49호 품목의 경매 핀천·김성곤 옮김 《타임》 선정 현대 100대 영문소설

148 성역 포크너 · 이진준 옮김 노벨 문학상 수상 작가 | 퓰리처상 수상 작가

149 무진기행 김승옥

150·151·152 신곡(지옥편·연옥편·천국편) 단테 · 박상진 옮김 서울대 권장도서 100선 | 미국 대학위원회 선정 SAT 추천도서 | 국립중앙도서관 선정 청소년 권장도서 | 《뉴스위크》 선정 100대 명저

153 구덩이 플라토노프 · 정보라 옮김

154·155·156 카라마조프가의 형제들 도스토옙스키 · 김연경 옮김 서울대 권장도서 100선 | 국립중앙도서관 선정 청소년 권장도서

157 지상의 양식 지드 · 김화영 옮김 노벨 문학상 수상 작가

158 밤의 군대들 메일러 · 권택영 옮김 퓰리처상 수상 작가

159 주홍 글자 호손 · 김욱동 옮김 서울대 권장도서 100선 | 미국대학위원회 선정 SAT 추천도서

160 깊은 강 엔도 슈사쿠 · 유숙자 옮김

161 욕망이라는 이름의 전차 윌리엄스 · 김소임 옮김

162 마사 퀘스트 레싱 · 나영균 옮김 노벨 문학상 수상 작가

163·164 운명의 딸 아옌데 · 권미선 옮김

165 모렐의 발명 비오이 카사레스 · 송병선 옮김

166 삼국유사 일연 · 김원중 옮김 서울대 권장도서 100선

167 풀잎은 노래한다 레싱 · 이태동 옮김 노벨 문학상 수상 작가

168 파리의 우울 보들레르 · 윤영애 옮김

169 포스트맨은 벨을 두 번 울린다 케인 · 이만식 옮김

170 썩은 잎 마르케스 · 송병선 옮김 노벨 문학상 수상 작가

171 모든 것이 산산이 부서지다 아체베 · 조규형 옮김 《타임》 선정 현대 100대 영문소설 | 《뉴스위크》 선정 100대 명저

172 한여름 밤의 꿈 셰익스피어 · 최종철 옮김 미국대학위원회 선정 SAT 추천도서

173 로미오와 줄리엣 셰익스피어 · 최종철 옮김 미국대학위원회 선정 SAT 추천도서

174·175 분노의 포도 스타인벡 · 김승욱 옮김 노벨 문학상 수상 작가 | 《타임》 선정 현대 100대 영문소설

176·177 괴테와의 대화 에커만 · 장희창 옮김

178 그물을 헤치고 머독 · 유종호 옮김 《타임》 선정 현대 100대 영문소설

179 브람스를 좋아하세요... 사강 · 김남주 옮김

180 카타리나 블룸의 잃어버린 명예 하인리히 뵐 · 김연수 옮김 노벨 문학상 수상 작가

181·182 에덴의 동쪽 스타인벡 · 정회성 옮김 노벨 문학상 수상 작가

183 순수의 시대 워튼 · 송은주 옮김 《뉴스위크》 선정 100대 명저 | 퓰리처상 수상작

184 도둑 일기 주네 · 박형섭 옮김

185 나자 브르통 · 오생근 옮김

186·187 캐치-22 헬러 · 안정효 옮김 《타임》 선정 현대 100대 영문소설 | 《뉴스위크》 선정 100대 명저 | BBC 선정 꼭 읽어야 할 책

188 숄로호프 단편선 숄로호프 · 이항재 옮김 노벨 문학상 수상 작가

189 말 사르트르 · 정명환 옮김

190·191 보이지 않는 인간 엘리슨 · 조영환 옮김 《타임》 선정 현대 100대 영문소설 | 미국대학위원회 선정 SAT 추천도서 | 《뉴스위크》 선정 100대 명저

192 왑샷 가문 연대기 치버 · 김승욱 옮김 퓰리처상 수상 작가

193 왑샷 가문 몰락기 치버 · 김승욱 옮김 퓰리처상 수상 작가

194 필립과 다른 사람들 노터봄 · 지명숙 옮김

195·196 하드리아누스 황제의 회상록 유르스나르 · 곽광수 옮김

197·198 소피의 선택 스타이런 · 한정아 옮김 퓰리처상 수상 작가

199 피츠제럴드 단편선 2 피츠제럴드 · 한은경 옮김

200 홍길동전 허균 · 김탁환 옮김

201 요술 부지깽이 쿠버 · 양윤희 옮김

202 북호텔 다비 · 원윤수 옮김

203 톰 소여의 모험 트웨인 · 김욱동 옮김

204 금오신화 김시습 · 이지하 옮김

205·206 테스 하디 · 정종화 옮김 미국대학위원회 선정 SAT 추천도서 | BBC 선정 꼭 읽어야 할 책

207 브루스터플레이스의 여자들 네일러 · 이소영 옮김

208 더 이상 평안은 없다 아체베 · 이소영 옮김

209 그레인지 코플랜드의 세 번째 인생 워커 · 김시현 옮김 퓰리처상 수상 작가

210 어느 시골 신부의 일기 베르나노스 · 정영란 옮김

211 타라스 불바 고골 · 조주관 옮김

212·213 위대한 유산 디킨스 · 이인규 옮김 서울대 권장도서 100선 | BBC 선정 꼭 읽어야 할 책

214 면도날 서머싯 몸 · 안진환 옮김

215·216 성채 크로닌 · 이은정 옮김

217 오이디푸스 왕 소포클레스 · 강대진 옮김 서울대 권장도서 100선

218 세일즈맨의 죽음 밀러 · 강유나 옮김

219·220·221 안나 카레니나 톨스토이 · 연진희 옮김 서울대 권장도서 100선

222 오스카 와일드 작품선 와일드 · 정영목 옮김

223 벨아미 모파상 · 송덕호 옮김

224 파스쿠알 두아르테 가족 호세 셀라 · 정동섭 옮김 노벨 문학상 수상 작가

225 시칠리아에서의 대화 비토리니 · 김운찬 옮김

226·227 길 위에서 케루악 · 이만식 옮김 《타임》 선정 현대 100대 영문소설 | 《뉴스위크》 선정 100대 명저

228 우리 시대의 영웅 레르몬토프 · 오정미 옮김

229 아우라 푸엔테스 · 송상기 옮김

230 클링조어의 마지막 여름 헤세 · 황승환 옮김 노벨 문학상 수상 작가

231 리스본의 겨울 무뇨스 몰리나 · 나송주 옮김

232 뻐꾸기 둥지 위로 날아간 새 키지 · 정회성 옮김 《타임》 선정 현대 100대 영문소설 | 《뉴스위크》 선정 100대 명저

233 페널티킥 앞에 선 골키퍼의 불안 한트케 · 윤용호 옮김 노벨 문학상 수상 작가

234 참을 수 없는 존재의 가벼움 쿤데라 · 이재룡 옮김

235·236 바다여, 바다여 머독 · 최옥영 옮김

237 한 줌의 먼지 에벌린 워 · 안진환 옮김 《타임》 선정 현대 100대 영문소설

238 뜨거운 양철 지붕 위의 고양이 · 유리 동물원 윌리엄스 · 김소임 옮김 퓰리처상 수상작

239 지하로부터의 수기 도스토옙스키 · 김연경 옮김

240 키메라 바스 · 이운경 옮김

241 반쪼가리 자작 칼비노 · 이현경 옮김

242 벌집 호세 셀라 · 남진희 옮김 노벨 문학상 수상 작가

243 불멸 쿤데라 · 김병욱 옮김

244·245 파우스트 박사 토마스 만 · 임홍배, 박병덕 옮김 노벨 문학상 수상 작가

246 사랑할 때와 죽을 때 레마르크 · 장희창 옮김

247 누가 버지니아 울프를 두려워하랴? 올비 · 강유나 옮김

248 인형의 집 입센 · 안미란 옮김

249 위폐범들 지드 · 원윤수 옮김 노벨 문학상 수상 작가

250 무정 이광수 · 정영훈 책임 편집 서울대 권장도서 100선

251·252 의지와 운명 푸엔테스 · 김현철 옮김

253 폭력적인 삶 파솔리니 · 이승수 옮김

254 거장과 마르가리타 불가코프 · 정보라 옮김

255·256 경이로운 도시 멘도사 · 김현철 옮김

257 야콥을 둘러싼 추측들 욘존 · 손대영 옮김

258 왕자와 거지 트웨인 · 김욱동 옮김

259 존재하지 않는 기사 칼비노 · 이현경 옮김

260·261 눈먼 암살자 애트우드 · 차은정 옮김 《타임》 선정 현대 100대 영문소설

262 베니스의 상인 셰익스피어 · 최종철 옮김

263 말리나 바흐만 · 남정애 옮김

264 사볼타 사건의 진실 멘도사 · 권미선 옮김

265 뒤렌마트 희곡선 뒤렌마트 · 김혜숙 옮김

266 이방인 카뮈 · 김화영 옮김 노벨 문학상 수상 작가 | 미국대학위원회 선정 SAT 추천도서

267 페스트 카뮈 · 김화영 옮김 노벨 문학상 수상 작가 | 국립중앙도서관 선정 청소년 권장도서

268 검은 튤립 뒤마 · 송진석 옮김

269·270 베를린 알렉산더 광장 되블린 · 김재혁 옮김

271 하얀 성 파묵 · 이난아 옮김 노벨 문학상 수상 작가

272 푸슈킨 선집 푸슈킨 · 최선 옮김

273·274 유리알 유희 헤세 · 이영임 옮김 노벨 문학상 수상 작가

275 픽션들 보르헤스 · 송병선 옮김 서울대 권장도서 100선

276 신의 화살 아체베 · 이소영 옮김

277 빌헬름 텔 · 간계와 사랑 실러 · 홍성광 옮김

278 노인과 바다 헤밍웨이 · 김욱동 옮김 노벨 문학상 수상 작가 | 퓰리처상 수상작

279 무기여 잘 있어라 헤밍웨이 · 김욱동 옮김 미국대학위원회 선정 SAT 추천도서

280 태양은 다시 떠오른다 헤밍웨이 · 김욱동 옮김 《타임》 선정 현대 100대 영문 소설

281 알레프 보르헤스 · 송병선 옮김

282 일곱 박공의 집 호손 · 정소영 옮김

283 에마 오스틴 · 윤지관, 김영희 옮김

284·285 죄와 벌 도스토옙스키 · 김연경 옮김 미국대학위원회 선정 SAT 추천도서

286 시련 밀러 · 최영 옮김

287 모두가 나의 아들 밀러 · 최영 옮김

288·289 누구를 위하여 종은 울리나 헤밍웨이 · 김욱동 옮김 노벨 문학상 수상 작가

290 구르브 연락 없다 멘도사 · 정창 옮김

291·292·293 데카메론 보카치오 · 박상진 옮김

294 나누어진 하늘 볼프 · 전영애 옮김

295·296 제브데트 씨와 아들들 파묵 · 이난아 옮김 노벨 문학상 수상 작가

297·298 여인의 초상 제임스 · 최경도 옮김 미국대학위원회 선정 SAT 추천도서

299 압살롬, 압살롬! 포크너 · 이태동 옮김 노벨 문학상 수상 작가

300 이상 소설 전집 이상 · 권영민 책임 편집

301·302·303·304·305 레 미제라블 위고 · 정기수 옮김

306 관객모독 한트케 · 윤용호 옮김 노벨 문학상 수상 작가

307 더블린 사람들 조이스 · 이종일 옮김

308 에드거 앨런 포 단편선 앨런 포 · 전승희 옮김 미국대학위원회 선정 SAT 추천도서

309 보이체크 · 당통의 죽음 뷔히너 · 홍성광 옮김

310 노르웨이의 숲 무라카미 하루키 · 양억관 옮김

311 운명론자 자크와 그의 주인 디드로 · 김희영 옮김

312·313 헤밍웨이 단편선 헤밍웨이 · 김욱동 옮김 노벨 문학상 수상 작가

314 피라미드 골딩 · 안지현 옮김 노벨 문학상 수상 작가

315 닫힌 방 · 악마와 선한 신 사르트르 · 지영래 옮김

316 등대로 울프 · 이미애 옮김 《타임》 선정 현대 100대 영문소설 | 《뉴스위크》 선정 100대 명저

317·318 한국 희곡선 송영 외 · 양승국 엮음

319 여자의 일생 모파상 · 이동렬 옮김

320 의식 노터봄 · 김영중 옮김

321 육체의 악마 라디게 · 원윤수 옮김

322·323 감정 교육 플로베르 · 지영화 옮김

324 불타는 평원 룰포 · 정창 옮김

325 위대한 몬느 알랭푸르니에 · 박영근 옮김

326 라쇼몬 아쿠타가와 류노스케 · 서은혜 옮김

327 반바지 당나귀 보스코 · 정영란 옮김

328 정복자들 말로 · 최윤주 옮김

329·330 우리 동네 아이들 마흐푸즈 · 배혜경 옮김 노벨 문학상 수상 작가

331·332 개선문 레마르크 · 장희창 옮김

333 사바나의 개미 언덕 아체베 · 이소영 옮김

334 게걸음으로 그라스 · 장희창 옮김 노벨 문학상 수상 작가

335 코스모스 곰브로비치 · 최성은 옮김

336 좁은 문 · 전원교향곡 · 배덕자 지드 · 동성식 옮김 노벨 문학상 수상 작가

337·338 암 병동 솔제니친 · 이영의 옮김 노벨 문학상 수상 작가

339 피의 꽃잎들 응구기 와 시옹오 · 왕은철 옮김

340 운명 케르테스 · 유진일 옮김 노벨 문학상 수상 작가

341·342 벌거벗은 자와 죽은 자 메일러 · 이운경 옮김 퓰리처상 수상 작가

343 시지프 신화 카뮈 · 김화영 옮김 노벨 문학상 수상 작가

344 뇌우 차오위 · 오수경 옮김

345 모옌 중단편선 모옌 · 심규호, 유소영 옮김 노벨 문학상 수상 작가

346 일야서 한사오궁 · 심규호, 유소영 옮김

347 상속자들 골딩 · 안지현 옮김 노벨 문학상 수상 작가

348 설득 오스틴 · 전승희 옮김

349 히로시마 내 사랑 뒤라스 · 방미경 옮김

350 오 헨리 단편선 오 헨리 · 김희용 옮김

351·352 올리버 트위스트 디킨스 · 이인규 옮김

353·354·355·356 **전쟁과 평화** 톨스토이·연진희 옮김

357 **다시 찾은 브라이즈헤드** 에벌린 워·백지민 옮김

358 **아무도 대령에게 편지하지 않다** 마르케스·송병선 옮김

359 **사양** 다자이 오사무·유숙자 옮김

360 **좌절** 케르테스·한경민 옮김 노벨 문학상 수상 작가

361·362 **닥터 지바고** 파스테르나크·김연경 옮김 노벨 문학상 수상 작가

363 **노생거 사원** 오스틴·윤지관 옮김

364 **개구리** 모옌·심규호, 유소영 옮김 노벨 문학상 수상 작가

365 **마왕** 투르니에·이원복 옮김 공쿠르상 수상 작가

366 **맨스필드 파크** 오스틴·김영희 옮김

367 **이선 프롬** 이디스 워튼·김욱동 옮김 퓰리처상 수상 작가

368 **여름** 이디스 워튼·김욱동 옮김 퓰리처상 수상 작가

369·370·371 **나는 고백한다** 자우메 카브레·권가람 옮김

372·373·374 **태엽 감는 새 연대기** 무라카미 하루키·김연경 옮김

375·376 **대사들** 제임스·정소영 옮김

377 **족장의 가을** 마르케스·송병선 옮김 노벨 문학상 수상 작가

378 **핏빛 자오선** 매카시·김시현 옮김

379 **모두 다 예쁜 말들** 매카시·김시현 옮김

380 **국경을 넘어** 매카시·김시현 옮김

381 **평원의 도시들** 매카시·김시현 옮김

382 **만년** 다자이 오사무·유숙자 옮김

383 **반항하는 인간** 카뮈·김화영 옮김 노벨 문학상 수상 작가

384·385·386 **악령** 도스토옙스키·김연경 옮김

387 **태평양을 막는 제방** 뒤라스·윤진 옮김

388 **남아 있는 나날** 가즈오 이시구로·송은경 옮김

389 **앙리 브륄라르의 생애** 스탕달·원윤수 옮김

390 **찻집** 라오서·오수경 옮김

391 **태어나지 않은 아이를 위한 기도** 케르테스·이상동 옮김 노벨 문학상 수상 작가

392·393 **서머싯 몸 단편선** 서머싯 몸·황소연 옮김

394 **케이크와 맥주** 서머싯 몸·황소연 옮김

395 **월든** 소로·정회성 옮김

396 **모래 사나이** E. T. A. 호프만·신동화 옮김

397·398 **검은 책** 오르한 파묵·이난아 옮김 노벨 문학상 수상 작가

399 **방랑자들** 올가 토카르추크·최성은 옮김 노벨 문학상 수상 작가

400 **시여, 침을 뱉어라** 김수영·이영준 엮음

401·402 **환락의 집** 이디스 워튼·전승희 옮김

403 **달려라 메로스** 다자이 오사무·유숙자 옮김

404 **아버지와 자식** 투르게네프·연진희 옮김

405 **청부 살인자의 성모** 바예호·송병선 옮김

406 **세피아빛 초상** 아옌데·조영실 옮김

407·408·409·410 **사기 열전** 사마천·김원중 옮김 서울대 권장도서 100선

세계문학전집은 계속 간행됩니다.